本书由上海文化发展基金
图书出版专项基金资助出版

CHINESE AND WESTERN TRENDS OF THOUGHTS
ON LITERATURE AND ART
AND TRANSBOUNDARY THINKING

杨乃乔　主编

中西文学艺术思潮及跨界思考
——文学与美术、音乐、戏剧、电影的对话

复旦大学出版社

序言

文学艺术的跨界对话与审美体验的多元碰撞

杨乃乔

1905年,复旦公学成立;1917年,复旦公学定名为复旦大学,同年设立国文学科;此后在其基础上逐步形成了中国语言文学系(1925);2017年,迎来了复旦大学中文学科发展100周年的庆典。为纪念复旦大学中文学科百年的发展历程,中文系举办了一系列"复旦大学中文学科百年庆典工作坊"。于11月25日至26日,在复旦大学中文系光华楼西主楼1001会议室,我们举办了"文学艺术跨界工作坊"以配合这项系列庆典活动,这个工作坊的命题为"中西文学艺术思潮及跨界思考——文学与音乐、美术、戏剧、电影的对话"。

当下是一个不可遏制的全球化时代,学术知识及其相关交叉的多元信息呈现为几何级数的无限量增长,这种知识大爆炸的态势必然推动了学科边界的外向性扩张,学科与学科之间的交集,也必然构筑了当下知识分子生存的互文性知识领域。从人类历史的源头反思,文学艺术在发生的原初状态本然就秉有不可或缺的间性审美关系;从近现代以来,为人类知识做学科门类的划分,此举多少是在精致的逻辑界分中表现出一种筑墙围堰的学术部落主义意识。无论怎样,当下闭锁于一个学科既成的传统阴影下孤独思考的时代已经终结了。正因如此,我们邀请文学艺术五个研究领域中的优秀学者,集结于复旦大学中文系,在跨界(transboundary)的互文知识场域中展开多元对话,期以获取学科之间的相互启示,这也就是我们所言说的兼容并包的在跨界中所形成的第三种学术立场。

我们注意到，近年来，在欧美比较文学系与东亚系等学科方向下，有一批学者把自己的学术研究视域跨界于文学之外，投向对美术、音乐、戏剧与电影等艺术现象的思考。现下也更是一个资本全球化的时代，资本已经介入意识形态，成为推动文学艺术创作的第一生产力。我始终认为，资本意识形态化比政治意识形态化更具创造力与摧毁力。尤其是在图像-资本时代，以语言编码所书写的文学遭遇了现下读图视觉心理的惯性抵制，文学以抽象的语言符号所叙事的内视形象及其故事，给这个时代在高节律的工作后必须慵懒且惰性的大众审美带来的只能是阅读疲劳。文学在这个时代失宠的结局可以被诠释为失去了资本运作的支持，最终跌落为一种"贫困的高雅文化"。正是如此，艺术（尤其是视域艺术）伺机成为贴合于图像-资本时代的主流大众审美文化，高调在场。平心而论，图像-资本时代对文学来说是不公平的，但无论怎样，文学在这个时代的失宠也比在历史上遭受意识形态的绑架要洁净得多。

有一种现象值得我们警醒，特别是资本对艺术的商业性介入，使得艺术在剩余价值的诱惑下不置可否地繁盛了起来。令人担忧的是，无论兴衰与否，资本渗透于文学艺术且意识形态化了。当然，一批对文学怀有激情的书写者在遭遇挫败后，他们不得不在资本全球化的操控下寻找另外的生存出路；于是他们放弃了初始创作期对小说写作所持有的神圣感，改换门庭，以编写电视与电影剧本力图介入资本运作。关键在于，至少在比较文学与文艺学两个方向下，一批在理论上具有批评敏锐力的学者也开始从文学批评潜地转向艺术批评，惨淡经营的文学再度遭遇了批评者的放逐，被彻底边缘化了。非常有趣的是，文学与艺术被工具理性及资本运作操控后的批评转向，却进一步导致了两者之间壁垒的逐渐消失，艺术批评反而成为文学批评者所关注的主流。当然，这是一个大可展开论述的话题。

历史转型得太快，一切都猝不及防！

文学往往是在一个民族或国家历史的黑暗走向黎明的过渡期时，表现出强大的反抗性与生命力，在不可言说却必须言说的历史阶段，文学恰然以审美的隐喻讲述着反抗者想说而不可直言的话语，那便是文学义无反顾的品格！在中外文学史的发展历程上，都曾经历过因历史的转型而伴随着文学思潮蓬勃兴起的激动人心时刻，但历史在当下资本全球化的转型中却令人心酸地淘汰了文学。资本成为一种意识形态在商业性的剩余价值运作中操控且压死了文学。关于这里的文学，我指的是进入当代文学教科书的体制性当代文学。

还有一种现象，我在这里必须提及，其实文学的潜在生命力是非常强大的，文学在图像-资本时代遭受挫败后，其在垂暮逝去中依然自律性地寻找生存的进路，这就是资本运作对当代网络文学及其写手的策动与诱惑，当代网络文学崛起了。事实上，现下在互联网上存在着一批当代网络文学写作的群体，而进入体制性当代文学史教科书的作家与批评家，他们在既成的最后自尊上是不情愿接受网络文学及其写手的，他们宁愿文学遭遇死亡。然而当代网络文学及其写手以无视传统当代文学的诸种创作手法，抓取了太多青年大众的阅读眼球，很多网络文学作品被改编为电影或电视连续剧之类，他们在资本介入中的增值性获益，可以说，也是令人震惊的！

较之于那些介入资本运作的网红网络文学写手，那些业已成名的优秀当代文学作家却成为相对的贫困者，"富人"与"穷人"就此划分出来。我建议应该把"当代文学"视为一个总称，其中可以界分为"体制当代文学"与"网络当代文学"。很有趣，恰然是当代文学教科书把那些曾对体制给予批评的当代文学作品，潜在地诠释且定义为"体制当代文学"了。当代文学教科书对贴着地面走红的网络文学所给出的沉默式拒绝，就是对自己所持有的正统性与体制性的保守。

其实，现下不是没有人阅读文学，可以说，非常多！只是阅读文学的观念、阅读媒介（手机与电脑等）及审美期待等改变了，传统当代文学还停留在纸质文学的观念上。传统当代文学及其批评对当代网络文学的拒绝，反而更加导致了传统当代文学自身的边缘化。因为传统当代文学拒绝把走红的当代网络文学接纳到教科书的"当代文学"这个概念中来，所以也就必然形成这样一个判断逻辑：当代网络文学的走红与传统当代文学无关。不幸的是，在纸质文学和网络文学的冲突与较量中，现下作为教科书的"当代文学"显得异常寂落。说到底，这绝然不仅仅是作为阅读媒介的纸质与网络的问题，而是背后的代际生存观念的差异性问题。当然，这是另外一个可以延伸出来讨论的话题。

从本质属性上来看视，文学艺术本然就是在共存的历史语境下生成与发展的。在全球化的时代,我们把文学艺术还原于历史的整体语境,给予跨界的对话与思考,这必然是不可遏制的学术思潮,就如同在20世纪80年代中期所崛起的"八五新潮"一样。"八五新潮"于本质上是一场在那个时代撼动且弥漫中国的综合性人文思潮,文学、美术、音乐、戏剧与电影等共谋推动了"八五新潮"在那个历史舞台上的演奏。

还有一种启示是,在历史上对于美术、音乐、戏剧与电影等艺术现象给出深度批评的学者,他们多数恰然不是在本行现下从事专业研究的专职批评者,而是从哲学、美学与文学跨界过来的学者。如法兰克福学派(Frankfurter Schule)和伯明翰学派(School of Birmingham)的多位学者,他们对音乐、美术与电影等诸种艺术现象的思考和批评给后人所带来的启示,已然证明了这一点。他们都以博物学者(naturalist)的身份介入了文学艺术的批评。其实,现下我们没有必要再度讨论跨界研究的合法性什么的,文学艺术研究的无界(unboundary)时代已经到来。我想任何一位学者也不愿意把自己围限在一方狭小的知识领域,清苦地劳作于自己的那一亩三分地,以毕生的精力只挖一口井,井挖得越深,从井底所看视的天空越小,其实是以此宣告自己出局于这个时代。"观念"永远是人自我设限或挣脱自我设限的界标,不同的"观念"铸就了不同的人格气象,所以我特别尊重德国的魏玛包豪斯大学(Bauhaus-Universität Weimar)和美国曾经存在过的黑山学院(Black Mountain College)。包豪斯的自由与黑山派的精神恰然就是在无界的敞开中推动思想兼容并包地延展,让人及其审美放任在创造历史的最大可能性中,而不是枯萎地把梳在历史的文献里,一脸严肃地告诉世人:当心!这个错了,那个又错了!在我看来,以语言书写的历史本身就不可规避地存在着巨大的错误,然而历史又是宽容的,其同样有着宏大的容错性,即便错了也是历史。学者对历史的纠错性研究是不可以改变既成的历史的,既然如此,那不如去创造历史!

这,就是文学艺术精神的本质!

不可抗拒的是,文学艺术研究的博物学(natural history)时代到来了!

也正是结缘于这样一个共同的学术观念及本然的审美兴趣,我们邀请国内高校及相关科研机构的一批优秀学者,从文学、音乐、美术、戏剧与电影五个领域无界地走到一起来，集结于复旦大学中文系，就文学艺术的多元交集现象给出了极具个性的发言与争论。两天的工作坊全然沉浸在无界的张力性对话与互涉性的启示中，一切都是那么激动人心，让人难以忘却！可以说，这是中国人文学界第一次在五个领域的无界中以自觉的学理观念所举办的"文学艺术跨界工作坊"。在工作坊结束之际，与会的学者都激情亢奋地呼吁我们应该把这样一个"文学艺术跨界工作坊"持续性地举办下去，让多元审美领域中的学者集结在一起，以分享文学思想与多元艺术体验碰撞的闪光。

需要提及的是，围绕着"复旦大学中文学科百年庆典"，此次"文学艺术跨界工作坊"还同步举办了六位中外学者的专家讲座，我们在此也记录如下：Alicia Relinque Elet 教授（Universidad de Granada，Spain）的"Searching for the True Meaning: On the Translation of Tang Xianzu's Mudan Ting"（"探寻真实的意义：论汤显祖〈牡丹亭〉的翻译"）；Sultana Wahnón 教授（Universidad de Granada，Spain）的"La hermenéutica literaria de Roland Barthes"（"罗兰·巴特的文学诠释学"）；丁亚平研究员（中国艺术研究院电影电视艺术研究所）的"电影史是什么？"；王岳川教授（北京大学中文系）的"国学与书法"；宋瑾教授（中央音乐学院音乐学系）的"走出慕比乌斯情节——西方音乐：从后现代到后现代之后"；朱青生教授（北京大学历史系）的"当代艺术的现状与问题——以'中国当代艺术年鉴展'为中心"。

此次工作坊结束后，我们整理了与会学者的发言稿及相关论文，以结集出版这部文集：《中西文学艺术思潮及跨界思考——文学与美术、音乐、戏剧、电影的对话》。仅从上述六位学者的讲座命题和这部工作坊论文集所收入的文章及其作者，读者不难见出此次"文学艺术跨界工作坊"所涵盖的领域是怎样的多元与开阔。

无论如何，这只是一次尝试性的开始，相信参加或以文章的形式介入此次工作坊的学界同仁会有更为振奋的接续性行动，以推动这项跨界学术活动持续下去。

目　录

文　学

◆ 导言　真正的思考是以在精神上背井离乡作为前提的
　　………………………………………………………… 刘耘华　3
语图互仿的顺势和逆势……………………………… 赵宪章　9
话语现象与文艺美学………………………………… 徐　岱　31
文学与思想：以海德格尔为中心的一个纵深考察 … 刘耘华　51
川端康成的文学与中国宋元美术…………………… 周　阅　65
中国当代文学中国家形象构建的三个问题………… 徐放鸣　79

美　术

◆ 导言　专业细分的死胡同与难得的跨学科对话……… 马钦忠　97
"开物成务"：《周易》的设计思想初探 ……………… 李砚祖　102
国学深度决定书法高度……………………………… 王岳川　111
民间艺术在当代语境中的美学价值重建——国家级非遗传承
　人王桂英的剪纸及其文化人类学的田野调查…… 马凯臻　142
临济宗与"无声诗"：博物学视域下的《观音・猿・鹤图》寻义
　………………………………………………………… 施　锜　178
当代艺术的三个危机………………………………… 马钦忠　211
中国当代艺术年鉴2016年卷导论 ………………… 朱青生　230

"坏"画·坏画·坏画主义……………………………………李蒲星 243
艺术批评的"锚地"和"发明意义"的修辞学批评困境………马钦忠 257
历史的设问：谁是卑鄙者，谁是高尚者？——关于行为艺术
  《五月二十八日诞辰》的再反思……………………………杨乃乔 281

音　乐

◆ 导言　跨界的理由与禁忌：寻求不对称的动态平衡……韩锺恩 303
作为意向存在的音响经验实事…………………………………韩锺恩 308
叙事与阐释的历史，挑战性的重写音乐史的研究范式
　　——论音乐的历史田野工作及其历史音乐民族志书写
　　…………………………………………………………………洛　秦 325
音乐与文化的关系解读：方法论范式再议……………………杨燕迪 358
言说音乐的三种术语及隐喻——为导师于润洋教授80寿辰
　　而作……………………………………………………………宋　瑾 370
音乐与迷幻………………………………………………………萧　梅 394
从现代音乐拓向哲学的思考——论新音乐崛起的繁盛与当代
　　音乐评论的贫困………………………………………………杨乃乔 416
音乐的耳朵与超生物性感官——重读马克思《1844年经济学
　　哲学手稿》相关内容并及赵宋光人类学本体论思想讨论
　　…………………………………………………………………韩锺恩 435

戏　剧

◆ 导言　追问这个时代戏剧创作与戏剧批评的纯粹性
　　——一次学术争鸣的学术史记忆……………………………杨乃乔 455
为朱光女士一辩…………………………………………………宫宝荣 468
重提《蒋公的面子》——一场批评接力的"游戏"……………麻文琦 474
戏剧应如何表现特殊历史时期…………………………………朱　光 484
英雄与超人，以崇高的名义——对一种与亚氏悲剧观相抗衡

的悲剧理论的分析 …………………………………… 麻文琦　489
正义与义在《赵氏孤儿》中的隐性冲突 ………………… 王　云　509
"剧场"不可取代"戏剧"刍议 …………………………… 宫宝荣　522
对 drama 的再认识——兼论戏曲传奇 ………………… 吕效平　535
《清风亭》中雷殛之文化阐释 …………………………… 王　云　554

电　影

◆ 导言　基于跨界的思考与电影研究的几种路径 ……… 裴亚莉　581
中国电影史研究的主体性、整体观与具体化 …………… 李道新　586
中国史诗类型电影创作现状批评——以产业化改革为界标
　………………………………………………………… 于忠民　604
从经验到象征——论吴天明电影艺术观念的转变 ……… 裴亚莉　622
论中国电影与通俗文化传统 ……………………………… 丁亚平　638
"有害"甚或"有罪"：1920年前后清华学校的"电影问题"
　——以《清华周刊》里的电影信息为中心 …………… 李道新　656

后记 ………………………………………………………………… 671

文 学

◆ 导 言

真正的思考是以在精神上背井离乡作为前提的

刘耘华

学科的分界古已有之。分界愈精细,表明人类对自身、世界及其复杂关系的认知愈深入,所以,分界本身并非坏事。问题出在基于学科分界所构建的知识创造、传授与运作的系统之上。

目前,我国高等院校和科研机构与其他国家一样,一般都以某一学科为基础来组建具有人事与财务权力的二级机构,如基于中国语言文学所建立的文学院或中文系、基于历史所建立的历史学院或历史系、基于哲学所建立的哲学学院或哲学系、基于法学所建立的法学院或法学系,等等,负责各自学科的知识创新和传授。其优点是分工明确、运作简便,施事者各安其分、术有专攻,但是长此以往,学科之间便各自为政、互不越界,学者们也各自盘踞于自己的地盘之内,形成了根深蒂固的营生惯习。这一状况已渐成知识共同体内的"第二十二条军规",一旦越界,便有莽撞冒犯、侵夺"他者"知识"主权"之犯"规"嫌疑。明眼人一看便知,这种被圈禁起来的"知识",实已与谋生手段深深地融合交织为一体。显而易见,这种知识与体制的合谋,会严重阻遏对真理与新知的探索。这与以越界为本性、天性开放的比较文学是彼此扞格不入的。

复旦大学中文系于2017年11月举办"中西文学艺术思潮及跨界思考——文学与音乐、美术、舞蹈、戏剧、电影的对话"工作坊,文学艺术领域的诸位知名学者云集于此,畅言越界之实,以笔者之谫陋,窃以为这在我国学界乃罕见之事。这个为期两天的会议,议程紧凑而富有条理,发言精彩而互动热烈,无疑,这是一次成功的越界对话。

其中,以文学为焦点的五篇跨界论文,涉及文学与哲学、政治、美术以及话语理论批判等方面。除本人之外,余皆为资深教授,其见地不仅具有与其身份十分匹配的深刻独到之处,而且有的论点还犀利尖锐、切中时弊。

《语图互仿的顺势和逆势》是南京大学赵宪章的论文,这篇论文从诗歌与绘画的相互模仿及其艺术效果着眼来审视这两种艺术形式的意义生成机制。他注意到,在诗画互仿的历史现象之中,存在一种"非对称性"的态势,即:先有诗而后有画——绘画模仿诗歌作品,如"诗意画",很多成了绘画史上的精品;反之则不然,如"题画诗",在诗歌史上的地位很难与前者在绘画史上的地位相匹配。他认为,这种"非对称性"态势广泛地存在于语言文学与其他视觉艺术之间。这是什么原因造成的呢?此文在一一评述莱辛对"拉奥孔之痛"的解释、钱锺书的"诗实画虚"论以及福科对《形象的背叛》之解构式诠释的基础上,指出上述现象之最根本的原因在于,语言与图像具有不同的符号属性:语言是"实指"符号,图像是"虚指"符号;实指的所以是"强势"、居于高位的,虚指的所以是"弱势"、处于低位的。

绘画模仿诗歌是"顺势而为",容易成功;反之,则是"逆势而上",难以产生上佳效果。因此,当二者共享同一个文本,就有可能导致语言对图像的解构和驱逐,或者延宕和遗忘。由此可知,在所谓"文学图像化"的境况中,语言作为强势符号的性质决定了它不会有损自身,图像仅仅充任了工具和载体,"图以载文",使文学借此得以自我放逐。毫无疑问,赵宪章此文在莱辛、钱锺书、福科等学者的基础上推进了对于图文共生机制的理论探讨。

北京语言大学周阅的《川端康成的文学与中国宋元美术》也是研讨文学与图像关系的一篇力作。此文以川端康成的文学,特别是其小说创作为例,细致地追索和勾画了他与我国宋元美术的种种关联。作者指出,川端之所以对宋元美术情有独钟、推崇备至,首先,主要原因是后者强调审美、寄情和愉悦功能,更加精致细腻,契合了日本的民族审美传统和川端的美学趣味;其次,宋元美术与文学的交汇,诗情与画意的融通,不仅补偿了川端少年时代的绘画梦想,而且满足了他借助美术作品的触发来进行文学创作的愿望；再次，宋元绘画从为客体对象传神转向为主体精神写意，较以往有了更加深广的文化意蕴，对于追求艺术至上的川端来说，其丰富的内涵和人文精神具有无比的魅力；最后，宋代以后宗教色彩，特别是禅宗精神向美术领域不断渗透，由此而产生的神圣高雅的格调和情趣深得川端之心。总之，宋元美术不仅在审美趣味上投合了川端康成的欣赏口味，更在精神气质上彼此契合。

此文行文轻柔婉转，论述丝丝入扣，读来令人深感熨帖和愉悦；更为难得的是，周阅对川端小说的解读，能够将小说中的意象画面与人物命运、性格以及身世遭际联系起来思考，如《雪国》中的"垂死的秋虫"，《古都》中"分株寄生的紫花地丁"，川端的刻画都极其生动，此文对此的分析相当精彩。有意思的还有，文中所引述的中国诗歌与绘画关系的例证及其诠释，似乎都能成为赵宪章上述宏文的佐证。这当然并非巧合，而是由真知所牵合的一种"无目的而又合目的"的思想互文性。

近些年来，"理论"一词似乎类于过街老鼠。最近，笔者参加过好几次学术论坛，教授们无不自谦不懂"理论"，然而逮着机会就真诚地或埋怨或挖苦或嘲笑"理论"，说些"理论研究"的风凉话。笔者对此一直不明底里，现在读了徐岱尖锐犀利的文章《话语现象与文艺美学》，才觉得有点弄明白了。

徐岱的论文认为，中国的文艺理论之所以长久地困惑于"路在何方"，原来是被各种热闹喧哗而又华而不实的"理论"给祸害的，因为"文艺理论界"（美学界）有不少人，总是热衷于炒作层出不穷的各种"话题"，以此置换对真正有现实关怀和思想内涵的学术"问题"的关注。这种"话题炒作"，之所以既惹人厌恶又损害学术，主要原因是：其一，动机不纯，即一心一意要出人头地，把"学术"视为争名夺利的手段；其二，对西方的那一套，自己还没搞懂，却试图以己昏昏使人昭昭，便只好堆砌术语、叠加概念、晦涩其文、夸张其语，结果令人如同云遮雾罩；其三，它是一种违背常识、脱离经验、只在术语和概念之中寻求"一般性"的"理论"或"理论（至上）主义"。这种"话语现象"，纯粹是以欺世盗名为目标的"扯淡"（bullshit）！[①] 其实质，无非"论辩行话"。它的后台，就是貌似雄辩的、一

[①] 按：徐先生可能根据中译本，将美国学者哈里·法兰克福（Harry G. Frankfurt）的 On Bullshit（美国普林斯顿大学出版社，2005年初版）一书中的"bullshit"表述为"扯淡"。此词本义是"牛粪"，常用于表示极度愤慨或轻蔑的态度。

整套解构派的理论主义话语。所以,由"话语现象"的泛滥所造成的"扯淡之风"的盛行,其根源在于解构主义的幽灵,症结出在其创立者德里达身上。

最后,徐岱指出,美学中浮躁的"话语现象",归根到底是对真正的"问题意识"的遮蔽和吞没,而只有抵制住理论主义的诱惑,当代美学才能摆脱泛滥成灾的"话语现象"的纠缠,将真正的美学问题提到议事日程之上。尊重常识,回归经验,这是当代美学超越空洞的"话语美学",重返以问题为导向的美学研究的当务之急。

从内容及性质来看,徐放鸣的论文《中国当代文学中国家形象构建的三个问题》大概属于"文学与政治"的跨学科论域。徐放鸣指出,中国形象长期以来不仅处于被"他者"塑造的尴尬境地,而且由于历史与现实的多重原因一直被误读、丑化甚至妖魔化,加上当今中国的文化传播一向处于"文化贸易逆差"的状态,这些都引发了国人的"国家形象焦虑";而文艺实践在国家形象构建之中拥有独特的优势,因为它可以通过社会生活史与民族心灵史来构建和传递中国形象的精神内涵。文学艺术的国家形象建构,对外可致力于扭转西方"他者"构建的与中国形象不相符的现象,打破西方"妖魔化"中国的固有想象以及"中国威胁论"抑或"中国崩溃论"的言说,对内能够引领、启迪、凝聚和提升民族的自我认同,弘扬人文精神。

从主体构建的角度看,国家形象的主体性分为构建的主体性与价值的主体性。中国当代文学拥有强烈的英雄主义情结,通过弘扬中华民族自强不息的进取精神、忧国忧民的济世精神、不屈不挠的奋争精神等民族精神,促进国家形象主体性的实现。从读者接受的视角看,国家形象的主体间性分为传播的主体间性(国外接受)与接受的主体间性(国内接受)两个方面。对于国家形象的接受困境可以通过继承与发扬中国当代文学优良传统予以解决:首先是采用"他国化"的输出策略;其次是对文艺"共同美"的追求;再次是坚持深入现实的创作理念。同时,要探索文艺活动协同创新机制并思考"国家形象批评"的问题,共同促进国家形象接受的实现,因为国家形象的构建不只取决于主体性,更要关注创作者与接受者双向的主体间性。值得说明的是,徐放鸣把胡塞尔的"主体间性"创造性地诠释为"互为主体性",这样一来,马丁·布伯的"我-你"关系论被一起植入中外文学文化传播之中。

最后，顺便也介绍一下拙文《文学与思想：以海德格尔为中心的一个纵深考察》。该文认为，在中西文化的古典时期，"统一性（同一性）诉求"一维偏盛，相对而言，万有之"差异性"成为边缘性的因素，"差异"常常被视作"个殊性"与"偶然性"，被认为是应该予以同化、克服乃至清除的暂时性存有，而"同一性"则被扶上"真理"的宝座，被视作万有个殊的"基础""依据""保证"或通贯性的"一"。西方文化基于"同一性"的真理观，奠定了"原本"与"摹本"、"理性"与"欲望"、"推理"与"叙述"等一系列二元对立的思维模式，与此相应，思想（哲学）取得了对"诗"（文学及艺术）的支配地位。直至当代，伽达默尔的"视域融合"仍以不断地扩展"同"为旨归（与之相应，"异"被视为可以不断削减乃至可最终消除的），成中英先生认为，这种看法只是推断性的结论，并非事实，所以重视差异的"视域歧分"（division of horizons）同样是审视和比较中西文化与文学的一个有效视角。本文以此为借镜，在对中西古典文化的差异作出概要梳理与辨析之后，以海德格尔为个案，对"文学（诗）"与"思想（哲学）"的关系及其具体蕴涵作了进一步的阐述："真理"是一种"缘发性自成"（ereignis），其中，始终伴随着"澄明与遮蔽的原始争执"，艺术（特别是诗歌）是"这种争执的实现过程"，而"真理"便在作品里得到保持与守护。在这个过程中，"思"与"诗"彼此交融在一起。这种"真理"观以及文学与思想的整体关系论，与中国古代思想是灵犀相通的（事实上也受到过中国文化，特别是老庄及《周易》天道思想的影响）。

行笔至此，且让我对上述诸贤的一些问题作一生发性的总结。

我们知道，对于"自我"的认知，若无"他者"作为参照，绝不可能；正是"他者"，替我们找到"自身"（identity）。这表明，"越界"的思考既必要也必须，换言之，真正的思考是以在精神上背井离乡作为前提的。"逝"愈"远"，"返"愈"真"（《老子》第25章："大曰逝，逝曰远，远曰反。"），即，视野愈广博辽远，见识愈清晰真切。至此，原先一些自以为理所当然之事，可能就会变得根基不稳，甚至开始摇晃起来了。此以钱锺书先生的论断为例："诗实画虚"论，放在中国文人画特别是水墨山水的脉络之中，当然是可以成立的，"实"强"虚"弱的论断亦可随之安立。然而一旦我们离开自己，甚至离开现代西方，越界到辽远的西方古典时代，我感到上述的论断似乎也开始摇晃起来了。特别是当透视法应用于西方绘画之后，物象之边界清晰,明暗之比例精确,不允许模糊之虚有立足之地,这些绘画很难与"诗实画虚"论熨帖协和。我的意思是,"诗实画虚"或语言"强"图像"弱"及其势必造成的"顺逆"关系等论断,很可能只是众多可能性结论中的一种,还不能把它全称化。对于"语-图"关系的表述,我感到"互文性模仿"的说法更为中允。① 从这个视角切入,像O.D.奇卡雷洛的《谦卑圣母和夏娃的诱惑》、马萨乔的《圣三位一体》以及普桑的《阿卡迪亚的牧羊人》等具有明显"语-图"关系的杰作,就能够得到意味更加丰富绵长的读解。

再如"话语现象"的问题。徐岱所针对的是,有些学者面对五花八门的西方新理论,自己还没弄懂便匆匆上阵,于是一大堆新术语、新概念轮番轰炸,浅入深出,令人头晕眼花,结果是不仅淹没了真"问题",而且还让人找不到好"出路"。无疑,这是切中时弊、发聋振聩之论。不过,徐文坚持以"一种西方人"来反对"另一种西方人",最后似乎不把"另一种西方人"(如德里达)打入冷宫彻底否定便心不甘,这一倾向窃以为未必值得提倡。或许我们还是应该回到徐文一开始就提到的学术应然样态:"学术"活动的"常规形态",是民主与平等的讨论。这就意味着,"问题"是开放的,不只是自己眼中的"问题"才是真问题。哪怕是像德里达这样的"另类西方人",他的众多著述,倘若我们读了,懂了,进去了,或许其中也有很多值得反思和深入探讨的"真问题"。我们不要着急地追随着某些所谓"正常的西方人",不管三七二十一,先把他打倒,后面也不容他再申说,这就有违"民主与平等的讨论"了。

---

① 可参见吴琼的精彩论文《图像中的互文》(笔者得之于名为"豆瓣"公众号:https://www.douban.com/note/698500779/)。

语图互仿的顺势和逆势

赵宪章*

[内容提要] 语言艺术和图像艺术的相互模仿,在中外文艺史上形成一道亮丽的风景。就其互仿效果而言,却存在非对称性态势:图像模仿语言是二者互仿的"顺势",语言模仿图像则表现为"逆势"。莱辛在其《拉奥孔》中就已意识到这一问题。将其纳入"文学遭遇图像时代"的语境中重新探讨,就会有新的发现:二者互仿的非对称性的根本原因在于它们有不同的符号属性;语言是"实指"符号,图像是"虚指"符号;实指的是"强势"的,虚指的是"弱势"的。因此,当二者共享同一个文本,就有可能导致语言对图像的解构和驱逐,或者延宕和遗忘。由是观之,在所谓"文学图像化"的境况中,语言作为强势符号的性质决定了它不会有损自身,图像仅仅充任了工具和载体,"图以载文",使文学借此得以自我放逐。

[关键词] 语言 图像 符号 模仿

诗歌与绘画的关系是中外文艺理论史上的传统话题。但是,有一种现象至今尚未受到普遍关注和充分阐释,那就是二者相互模仿的艺术效果问题:大凡先有诗而后有画,即模仿诗歌的绘画作品,例如"诗意画",很多成了绘画史上的精品;反之,先有画而后有诗,即模仿绘画的诗歌作品,例如"题画诗",在诗歌史上的地位则很难与前者在绘画史上的地位相匹配。[①] 即使像

---

* 赵宪章(1951—),男,南京大学中文系教授、博导,兼任中国文艺理论学会副会长。
① "题画诗"之为"题画诗",必有"画"的参照才能充分显现它的意义;题画诗一旦脱离画面,它的意义就会大打折扣,所以很难和诗史上的"纯诗"相提并论。

李白、杜甫、白居易这样的伟大诗人,他们的题画诗(咏画诗)①也不能和其"纯诗"的艺术成就相提并论;反之,对于他们"诗意"的模仿倒成就了不少绘画作品。我们不妨将这一现象称之为诗画互仿的"非对称性"态势,其中必定隐含着尚未被我们所认识的审美规律。

如果我们将视野进一步展开就会发现,这种非对称性态势不仅表现在诗画互仿之间,而且遍及整个文学史和艺术史。一方面,无论是先民的神话传说,还是见诸经史子集的经典故事,同时被文学和图像反复模写的例子难以计数,从而构成一道亮丽的风景线,共同在文学史和艺术史上熠熠生辉。另一方面,它们之间的相互模仿又是不对称的:大凡以语言文本为模仿对象的图像艺术,取得较高艺术成就的概率非常高,并有可能成为艺术史上的杰作;相反,那些先有图像、后被改编为语言文本的作品,则很难取得较高文学价值。这一非对称性态势,在汉赋和汉画、宗教教义及其造像、小说戏曲文本与其插图,直至晚清以降的连环画和戏剧影视等作品中非常普遍,而不是个别案例。有资料显示:45%的电影电视是语言作品的改编,其中包括85%的奥斯卡最佳影片和70%的艾美奖获奖电视片。②这一数据说明,图像艺术对于语言艺术的倚重达到何种程度,以及这种倚重对于提升图像艺术的意义何其重大;相反,如果将原创影视作品进行"文学改写",诸如近年来盛行的"影视小说"之类,一般而言只能沦为小说世界的等外品。

事实说明,包括"诗画互仿"在内的整个"语图互仿"(语言作品和图像作品的相互模仿),在艺术效果方面普遍存在非对称性的模仿态势:图像艺术对于语言艺术的模仿是语图互仿的"顺势";反之,语言艺术对于图像艺术的模仿则是语图互仿的"逆势"。"势者,乘利而为制也。如机发矢直,涧曲湍回,自然之趣也。"③对其展开深入的学理探讨,有利于从根本上阐释文学和图像的各种复杂关系。

---

① 严格意义上的"题画诗"当为题写在画面上的诗,二者共享同一个文本。但在唐代之前的所谓"题画诗"并非如此,诗和画大多各自分立,所以被后人称为"画赞"或"咏画诗"。由于"咏画诗"同样是先有画、后有诗,同样是诗歌对于绘画的模仿和咏赞,所以也被称为广义的题画诗。
② 吴辉:《改编也是一门艺术》,《中国社会科学报》2009年11月17日。
③ 刘勰:《文心雕龙·定势》,载范文澜:《文心雕龙注》(下),人民文学出版社,1958年,第529—530页。

一、拉奥孔之"痛"

关于语言艺术和图像艺术的相互模仿问题,最早、最系统和最经典的论述,莫过于莱辛在18世纪60年代关于"拉奥孔"的研究。因此,我们的讨论不妨由此开始。

我们知道,"诗画异质"是莱辛在《拉奥孔》中所要论证的基本命题,正如它的副标题所示——"论画与诗的界限"。也就是说,莱辛的主旨是以"拉奥孔"为典型个案,通过分析这一角色在诗歌和绘画(雕塑)中的不同呈现,阐发语言艺术和图像艺术的异质性。令人疑惑的是:他为什么还要不惜笔墨,反复考证罗马诗人维吉尔的史诗《伊尼特》和拉奥孔雕像群的创作年代问题呢?这一看似和主题无甚关联的问题,其实只是为了证实他的这样一种假定:史诗是雕像的蓝本,后者是对前者的模仿,而不是相反。[①] 但是,近代考古研究发现的碑文已经证明,莱辛当年的假定是完全错误的:"实际上维吉尔史诗和雕像群都是在公元前21年之前不久完成的;即使维吉尔史诗可能略早,也不能成为雕像群的蓝本,因为它是在维吉尔死(公元前19年)后才由他的朋友发表的。"[②] 既然这样,我们似乎可以推测:莱辛当年不厌其烦地论证并固执地坚持他的假定,抑或和他的"诗画异质"论存在某种逻辑联系?

细读《拉奥孔》全篇就可以发现,这种联系确实存在:只有假定雕像以史诗为蓝本而不是相反,莱辛的诗画理论才可以得到史实的支持;更重要的是,这样的假定符合语言和图像相互模仿的学理逻辑;否则,莱辛的论辩不仅失去了历史根基,即使其诗画异质理论本身也难以自圆其说。换言之,只有将"绘画模仿诗歌"作为二者互仿的"顺势",莱辛在《拉奥孔》

[①] 莱辛《拉奥孔》正文共分29章。从第五章开始(包括第六章和第七章),就涉及维吉尔的史诗《伊尼特》和拉奥孔雕像群的年代先后以及谁模仿谁的问题。在后来的三章(第二十六至二十八章),专门考证拉奥孔雕像群的年代问题。即使在其他各章及其附注中,也不时提及这一问题,反复说明维吉尔关于拉奥孔的描写早于拉奥孔雕像,后者是对前者的模仿。由于过于繁琐,朱光潜在翻译《拉奥孔》时将这类内容删除了大半。

[②] 朱光潜《拉奥孔》译注,见莱辛:《拉奥孔》,朱光潜译,人民文学出版社,1982年,第156页译者注①。雷纳·韦勒克在谈及这一问题时也这样说过:"近代考古研究已在罗德斯岛发现有关碑文,证明雕像家制作的年代约在公元前50年"(维吉尔死于公元前17年),和朱光潜记述的年代略有不同,但并不影响他们观点的一致性,即:《拉奥孔》雕像不可能是对维吉尔史诗《伊尼特》的模仿,莱辛的推断是错误的。参见雷纳·韦勒克:《近代文学批评史》第1卷,杨岂深、扬自伍译,上海译文出版社,1987年,第218页。

中所阐发的诗画异质论才是可能的、有效的。这就是以往被学界所忽略了的莱辛的"隐情"。

莱辛的这一"隐情",集中体现在他对拉奥孔之"痛"的特别关注上。正如他在《拉奥孔》第一章就发出的诘问:"为什么拉奥孔在雕刻里不哀号,而在诗里却哀号?"由此确定了莱辛诗画异质论的逻辑起点。所以,只要将《拉奥孔》的学理逻辑梳理清楚,莱辛的"隐情"之谜便可自然彰显。

莱辛的诘问主要是针对温克尔曼的观点。温克尔曼认为,古希腊艺术的理想是"高贵的单纯和静穆的伟大",因此,雕塑家不会将拉奥孔的痛苦表现在他的面容上,所以"他并不像在维吉尔的诗里那样发出惨痛的哀号,张开大口来哀号在这里是在所不许的。他所发出的毋宁是一种节制住的焦急的叹息……身体的苦痛和灵魂的伟大仿佛都经过衡量"。① 莱辛并不否认温克尔曼所指出的这一事实,只是不同意他所分析的理由,即把拉奥孔雕像"节制痛苦"看作是希腊精神使然——"高贵的单纯和静穆的伟大"之艺术体现。

莱辛以古希腊悲剧和史诗为例,对温克尔曼的"节制痛苦"说进行了批判。莱辛认为,"哀号"是身体痛苦的自然表情,出自人的自然本性;希腊人并不以此为耻,只是不让这些弱点防止他走向光荣,或者阻碍他尽职尽责。正是在这一意义上,希腊人既是超凡的人,又是自然的人、真正的人,绝非提倡苦行禁欲和压抑感情的斯多噶派哲学家。古希腊悲剧和史诗完全忠实于这一自然,包括维吉尔在内,对拉奥孔遭受巨蛇缠绕而痛苦哀号的描写,都是希腊精神的忠实再现。也就是说,希腊人因苦痛而哀号是和他们的伟大心灵相容的,这并非雕像不肯模仿哀号的理由;拉奥孔雕像之所以没有痛苦哀号的表情,应当另有其他方面的原因。

这一原因究竟是什么?莱辛在断然否定了温克尔曼的"精神决定论"之后,认为应当到绘画自身的符号属性中去寻找。

首先,绘画等造型艺术是在空间中模仿物体的艺术,它的题材只限于模仿美的物体,或者说"美"是造型艺术的最高法律,并不屑于满足惟妙惟肖,后者必须服从前者。如果将拉奥孔的苦痛哀号表现出来,必然导致面

---

① 温克尔曼:《论希腊绘画和雕刻作品的模仿》,载莱辛:《拉奥孔》,朱光潜译,人民文学出版社,1979年,第5—6页。

容变形而丑陋不堪。因此,《拉奥孔》雕像和其他希腊艺术一样,"不得不把身体苦痛冲淡,把哀号化为轻微的叹息。这并非因为哀号就显出心灵不高贵,而是因为哀号会使面孔扭曲,令人恶心";假如拉奥孔张开大口哀号,"在雕刻里就会成为一个大窟窿,这就会产生最坏的效果"。①

莱辛找到的另一理由是所谓"顷刻"理论,即认为最能产生绘画效果的并不是情节或情感的"顶点",而是"最富于孕育性的那一顷刻"。② 因为,"顶点"就是"止境",就是"极限",从而给想象划定了"界限",并且稍纵即逝,只是暂时的存在;"最富于孕育性的那一顷刻"具有常驻不变的持续性,可以让想象自由活动。"所以拉奥孔在叹息时,想象就听得见他哀号;但是当他哀号时,想象就不能往上面升一步,也不能往下面降一步":上升一步是"死亡",下降一步是"呻吟";无论"死亡"还是"呻吟",我们"所看到的拉奥孔就会处在一种比较平凡的因而是比较乏味的状态了"。③

这就是莱辛为拉奥孔雕像"痛而不号"所找到的两条理由,确实抓住了绘画等造型艺术的主要特点,切中问题之肯綮。至于诗歌为什么不受上述局限,莱辛不得不回到被温克尔曼拿来比较过的维吉尔的史诗。莱辛认为,诗人模仿的对象"无限广阔",不像绘画只能描绘可以直接眼见的物体,读者一般也是从听觉而不是从视觉的角度考虑它。正像维吉尔描写拉奥孔放声号哭,读者不会由此想到张开大口哀号的丑陋。可见,美并不是诗的最高法律,诗人不会受到美的局限。另外,诗歌作为时间的艺术,也无必要将自己的叙述定格在某一"顷刻",完全可以随心所欲地叙述每一个动作及其绵延。

以上就是莱辛的"诗画异质"论的基本内涵,可将其概括为"诗广画狭"说,即:在"模仿对象"和"模仿方式"(时间的或空间的)两个方面,诗是广阔的、无限的,画则不能。毫无疑问,莱辛的"诗画异质"论同时隐含着"诗高画低"倾向:"生活高出图画有多么远,诗人在这里也就高出画家多么远。"④

---

① 莱辛:《拉奥孔》,朱光潜译,人民文学出版社,1979年,第16页。
② 同上书,第83页。
③ 同上书,第19页。
④ 同上书,第75页。

莱辛的"诗画异质"论及其由此导致的"诗高画低"倾向,在当时的批评界属于惊世骇俗的声音,反对派完全可以找到另外的理由,或者利用莱辛的逻辑漏洞对其进行质疑。例如他所批评的温克尔曼,就其提及"诗如画"的语境来看,无非是提倡绘画的画题应当模仿诗歌的题材,本意并非像莱辛所批评的那样将二者完全等同。① 如是,"拉奥孔之痛"也就成了"莱辛之痛"。因此,莱辛就不能止于在《拉奥孔》第四章之前就已经和盘托出的上述观点,他需要更充分的论据加以佐证,特别需要文艺史实作为自己的证据。于是,对上述观点进行修补、论证和具体化是必需的。这样,维吉尔的史诗和拉奥孔雕像的创作年代以及谁模仿谁的问题,也就成了《拉奥孔》第四章之后,特别是第五、第六两章及其此后的内容:既然诗歌"广于"和"高于"绘画,后者模仿前者也就成了诗语的"自然流溢",当属"顺势而为";反之,由图像艺术生出语言艺术,当然也就成了"不识高低"而为之,属于"逆势而上"了。

其实,关于史诗和雕像的年代以及谁模仿谁的问题,莱辛的许多论证非常勉强,逻辑上也有漏洞和错乱。例如,关于拉奥孔之"痛"的细节描述,在没有任何根据的前提下,怎么就能断定已经失传的更早的史诗和现存的希腊著作一致呢?② 只是凭据维吉尔的史诗和此前的描述不一致,但是和雕像群一致,怎么就能认定维吉尔的史诗在先、雕像群在后,并且是后者模仿了前者呢?③ 事实上,对于这样的推论,即使莱辛本人也没有底气,不得不承认"这种可能性还够不上历史的确凿性。不过我虽然不敢据此作出其他的历史结论,至少却相信我们可把上述论点作为一种假设……不管雕刻家们用维吉尔的史诗作为蓝本这个论点是否得到证实,我想姑且假定事实是如此,来考察一下他们是怎样根据维吉尔而进行工作的"。④ 可见,莱辛明明知道自己的推论是勉强的,但是仍要固执地将

---

① 温克尔曼提出"诗如画"的目的,只是建议"画题"应当模仿"诗题",并非将诗画完全等同。他说:"绘画和诗一样都有广阔的边界;自然,画家可以遵循诗人的足迹,也像音乐所能做到的那样。画家能够选择的崇高题材是由历史赋予的,但一般的摹仿不可能使这些题材达到像悲剧和英雄史诗在文艺领域中所达到的高度。"温克尔曼:《论古代艺术》,邵大箴译,中国人民大学出版社,1989 年,第 75—76 页。
② "已失传的更早的史诗",指公元前 7 世纪希腊诗人庇桑德的史诗。
③ 所谓"维吉尔的史诗和此前的描述不一致,但是和雕像群一致",是指"让两条毒蛇把父亲和儿子一起缠死"这一拉奥孔之"痛"的细节,维吉尔和此前的描述不一致,但和雕像群一致。
④ 莱辛:《拉奥孔》,朱光潜译,人民文学出版社,1979 年,第 35—36 页。

其作为自己的理论前提；因为不作出这样的历史假定，他就无法继续"诗画异质"的文本论证。可见，这一假定对于他的论证何其关键，绝非可有可无。

在明确了被自己"假定的前提"之后，莱辛关于"诗画异质"问题的探讨确实得以延展、深化和具体化，特别是其中一些文本分析令人折服。例如，维吉尔让毒蛇把父亲和两个儿子捆在一起，却没有缠绕住胳膊，从而给双手留下完全自由的巧妙构思，就被雕像如法模仿了；但是，维吉尔让那两条蛇在拉奥孔的身躯和颈项上各缠绕两道，蛇的毒液一直流到面部的图景，却没有被雕像全部采纳，否则就会影响美的视觉效果。再如，拉奥孔作为阿波罗的祭司，在维吉尔的笔下，理所当然是戴着头巾、穿着道袍的；但是，雕像却不惜违背这一习俗，让他和他的两个儿子完全裸体。诸如此类的文本细节分析，就是为了进一步证实他的"诗画异质"论：雕像在模仿诗歌时，必须将"美"作为最高法律而有所取舍，必须考虑"最富于孕育性的那一顷刻"而有所改变。因为造型艺术所采用的是"自然符号"，不同于语言艺术（诗歌）的"人为符号"，所以必然受到模仿对象和模仿方式的局限。

反之，如果莱辛事先不作出上述假定，他的这些讨论也就无从谈起，缘何提出"诗画异质"论？更进一步说，如果是相反的史实，即雕像在先、史诗在后，史诗是对雕像的模仿，那么，维吉尔为什么要平添雕像中本来就没有的东西呢？为什么把本来就很美的"轻微地叹息"，改写成"惨痛的哀号"呢？等等，不但找不到任何理由，他所论定的"诗画异质"论也就跟着打了水漂。

其实，关于维吉尔史诗和拉奥孔雕像谁模仿谁的问题，早在莱辛之前就有许多争论。莱辛在辨析这些观点时尽管也考虑到第三种可能，即诗人和雕刻家也可能都是根据同一个更古老的来源——公元前 7 世纪希腊诗人庞桑德写过的一部史诗（已佚），但是很快就放弃这一问题的设问，执意将雕像模仿维吉尔史诗作成"历史铁案"。所以，在即将结束《拉奥孔》之前（第二十六至二十八章），莱辛又回过头来继续他的考证，其用功之勤说明他对这一问题何其在意！看来，莱辛之所以提出"第三种可能"，实则是一种"缓兵之计"，因为这一可能同样属于"雕刻模仿诗歌"，仍然支持莱辛的诗画理论，只是已经失传了的史诗不能拿来作文本分析。

总之,莱辛之所以固执地坚持自己的假定,是因为只有以此为前提,才有可能展开"诗画异质"问题的讨论,特别是其中的文本分析,"诗画异质"论本身才是可能的、有效的。尽管后来的考古研究证明莱辛当年的假定是错的,也不影响它作为"诗画异质"论的逻辑假定及其合法性。莱辛的论证逻辑及其"诗广画狭"说和"诗高画低"论,证明"语图互仿的顺势和逆势"这一命题早在莱辛的《拉奥孔》中就已涉及。这一命题其实是诗画关系研究中的应有之义;它的原创属于莱辛,只是被粗心的后学们疏忽了。

二、顺势而为

钱锺书在他那篇著名的《中国诗与中国画》中,不惜笔墨、旁征博引,非常详细地描述了这样一个事实:中国画史上最有代表性和最主要的流派是"南宗文人画";但是,和其风格相似的"神韵派"却不能代表中国旧诗。例如王维,既是南宗画的创始人,也是神韵诗的大师,"他的诗和他的画又具有同样风格,而且他在旧画传统里坐第一把交椅,但是旧诗传统里排起座位来,首席是数不着他的。中唐以后,众望所归的最大诗人一直是杜甫。……这样看来,中国传统文艺批评对诗和画有不同的标准;评画时赏识王士禛所谓'虚'以及相联系的风格,而评诗时却赏识'实'以及相联系的风格"。① 钱氏还援引苏轼所论,拿吴道子同王维比较,换一个角度说明他的观点:"以画品论,吴道子没有王维高。但是,比较起画风和诗风来,评论家只是把'画工'吴道子和'诗王'杜甫齐称。换句话说,画品居次的吴道子的画风相当于最高的诗风,而诗品居首的杜甫的诗风只相当于次高的画风。"② 钱锺书在论文的最后总结说:中国诗和中国画在批评标准上确有分歧,"这个分歧是批评史里的事实,首先需要承认,其次还等待着解释——真正的、不是装模作样的解释"。③ 这也算是钱锺书留给后学的"钱氏之问"吧。

---

① 钱锺书:《中国诗与中国画》,载《旧文四篇》,上海古籍出版社,1979年,第19—20页。
② 同上书,第23页。
③ 对于文艺史上的现象,只是给出一个新鲜的名称,但是并未作出任何实质性的阐发,钱锺书将其斥之为"装模作样的解释",就像解释"鸦片使人睡觉"是由于"催眠促睡力"那样。同上书,第25页。

"钱氏之问"涉及中国诗和中国画的关键问题——主要是什么原因，导致中国诗画批评标准的差异？如果继续套用莱辛的"诗广画狭"说及其"诗画高低"论，显然不适合钱氏的语境。但是，仍然需要回到莱辛所关注的符号属性上来，即：诗歌作为语言的艺术，绘画作为图像的艺术，不同的符号属性是否导致不同的批评标准？莱辛将二者使用的不同符号规定为"人为的"和"自然的"，恐怕是很不确切的。特别是从现代符号学的意义上来说，相对诗语之"人为符号"而言，图像之构图、线条、色彩就是"自然符号"吗？纯粹的自然符号当是自然本身，而绘画的图像符号显然是被"人化"过了的。正像自然之音和语音的区别，自然之"象"和人为之"像"也有着相同的区别。绘画之"像"当然是人为之像，并非自然之"象"。① 否则，我们如何解释原始社会"语图一体"这种现象呢？② 例如原始岩画，既是"图"，也是原始人的"言说"，如果按照莱辛的区分，它究竟是"人为符号"还是"自然符号"呢？中国的书法和篆刻也是语图一体的，属于"人为符号"还是"自然符号"？因此，无论是文学的符号（语言），还是绘画的符号（图像），既然是"符号"，毫无疑问都是"人为"的，因为只有人才能创造并理解符号。③ 廓清了这一问题，才有可能将诗和画放在同一个层面进行比较，并且重新回到"钱氏之问"。

中国传统诗学之所以尊奉杜甫为"诗王""诗圣"，原因其实就是钱氏所说的"实"，恰如他的诗歌历来就有"诗史"的美誉；中国传统画学之所以尊奉王维为"南宗文人画之祖"，原因其实就是钱氏所说的"虚"，恰如他援诗入画、讲究笔墨以及脱落形似的"神韵"。"崇实"和"尚虚"，不仅仅是杜甫诗和王维画的各自特点，也是他们所分别代表的中国诗和中国画的主流风格，或者说是主流批评话语所认同的中国诗画的主要特点。如果我们进一步追问：中国诗和中国画为什么会有"崇实"和"尚虚"的区别？那就不属于"风格"问题了——风格属于"萝卜青菜，各有所爱"，不存在价值

---

① 2001年10月，我国全国科学技术名词审定委员会和国家语言文字工作委员会联合召开了"像"和"象"的用法研讨会。与会专家们认为："象"是指自然界、人或物的形态、样子；"像"是指用模仿、比照等方法制成的人或物的形象。见《"象"与"像"的正确用法》，《中华生物医学工程》2007年第4期。
② 赵宪章：《文学和图像关系研究中的若干问题》，《江海学刊》2010年第1期。
③ 正是在这一意义上，卡西尔认为："我们应当把人定义为符号的动物（animal symbolicum）来取代把人定义为理性的动物。"因为只有人才能创造和理解符号，动物则不能。参见卡西尔：《人论》，甘阳译，上海译文出版社，1982年，第34页。

判断——问题在于它们所使用的符号,即语言符号和图像符号的功能性区别。在我们看来,正是符号的功能性区别,才导致诗风"崇实"、画风"尚虚",从而使中国诗画批评标准产生差异。只有从这里出发,即在符号学层面阐发语言和图像的功能性差异,我们才有可能接近"钱氏之问",才不至于作出他所鄙视的"装模作样的解释"。

关于语言和图像的符号功能及其关系,马格利特的《形象的背叛》提供了一个不错的分析个案,尽管这一个案已被许多学者所引用,甚至包括福柯在内,他还专门为此写了一篇题为《这不是一只烟斗》的论文。①

图 1 《形象的背叛》

比利时超现实主义画家勒内·马格利特(Rene Magritte)的许多作品都致力于颠覆我们的视觉经验和观看习惯。他的《形象的背叛》(1926)画的是一只大烟斗,画面的下方却有一行法文标示:"这不是一只烟斗。"②(图1)最一般的解释是,马格利特在提醒我们:画面上的烟斗并不是一只实在的烟斗,只是烟斗的艺术符号,由此告诫观众不应过分相信艺术的再现功能,艺术再现和被再现之物完全是两码事。按照这一解释,《形象的背叛》就类似"脑筋急转弯"的游戏了,我们尽可以将其推广到所有艺术,把那些与图像悖反的文字标签黏贴在任何绘画作品上。因为,"这个谜被破译得如此之快,以至于破译的全部快感都随即烟消云散:这当然不是烟斗,它只是一只烟斗的图

---

① 马格利特读过福柯刚出版的《词与物》之后,于 1966 年 5 月 6 日写信给福柯,表示他对该书的兴趣,对书中"resemblance"(意象)与"simililtude"(相似)所作的区别进行了评论,并附上《形象的背叛》这幅画的复制品。从马格利特同年 6 月 4 日的回信看,福柯在 5 月 23 日接到信后立即复信给马格利特,提出了关于这一幅作品的看法。马格利特在 6 月 4 日的信中没有提到福柯是否回答了他关于"resemblance"与"similtude"的评论。但在两年后(1968),福柯专门写了一篇文章评述马格利特的《形象的背叛》,这就是福柯的论文《这不是一只烟斗》。参见叶秀山:《"画面"、"语言"和"诗"——读福柯的〈这不是一只烟斗〉》,《外国美学》集刊第 10 期,商务印书馆,1994 年,第 300 页。
② 福柯在论文的开篇就非常仔细地分析了"这不是一只烟斗"的书写形式:"题词用恭正的手写体书写,类似刻意雕琢的修道院经文手写体。如今,在学生练习本的样板字中或在小学常识课后教师留下的板书中,还可发现这种字体。"福柯:《这不是一只烟斗》,张延风译,载杜小真编选:《福柯集》,上海远东出版社,1988 年,第 114 页。

像"。① 可见,尽管这样的解释并没有错,却比较表面和肤浅。马格利特一生创作了许多类似作品,②说明他对类似问题有过长期和深沉的思考。

我们知道,传统绘画的"确认"依靠"相似"得以成立。《形象的背叛》中的"形象"和烟斗的相似性毋庸置疑,但其语言标示却与"确认"相对立,致使最基本的确认被驱逐。于是,"形象坠入词中。词句的闪光划开画面,使之碎片横飞"。福柯说:"对于构思极其聪颖的图画,仅需诸如'这不是一只烟斗'之类的画名即可迫使形象由画名而生,与其空间脱离,最终进入漂浮状态。距画名或近或远,与自身或似或异,均不可知。"可见,"《这不是一只烟斗》表现的是言语对物形的切入以及言语所具有的否定和分解的潜在能力。……在一个空间里,每一种要素仿佛都服从唯一的造型表现和相似原则。但是,语言符号却像一个例外。它们在远处围绕着形象游荡。专横的题目好像已经把它们永远同形象隔开"。③ 显然,福柯实则是假借马格利特重述他在《词与物》中的主张——词语、图像和事物三者断裂的理论。

毫无疑问,福柯的解读是深刻的。他在这幅画中看到了语言和图像的矛盾关系,看到了前者对于后者的强势"切入"及其解构能力,以至于彻底颠覆了后者与事物的相似性确认原则。这种"相似性确认原则",说到底是图像的"可信性"问题,即图像在怎样(相似)的条件下才可以使人联想到"物",从而使"确认"成为可能。语言却不存在这一问题。语言的功能本质就是能指和所指的一致,否则便被斥之为"言不达意""言不及义"。从历史上看,语言一直被视为人之本能、人之为人的根本,因而也就成了人类历史的"第一信符"(最信赖的符号)。所以,尽管有"以图证史"的说法,但是,真正了解和确认历史,人类更多还是信赖和使用语言材料。即使考古学者们在地下发掘出了新的(实物)图像,往往也要依靠语言文献对其证实或证伪;反之,对于考古发现的语言文本,则无须图像资料的证实或证伪。这就是语言符号相对图像符号而言所具有的可信性,以及由

---

① W.J.T.米歇尔:《图像理论》,陈永国等译,北京大学出版社,2006年,第55页。
② 马格利特在他的系列画《梦的钥匙》中,"鸡蛋"图像下面书写的是"刺槐","锤子"图像下面书写的是"沙漠","苹果"图像下面书写的是"这不是一只苹果",如此等等,说明作者对同一问题有过持久而深入的思考。
③ 福柯:《这不是一只烟斗》,张延风译,载杜小真编选:《福柯集》,上海远东出版社,1988年,第123—125页。

"可信"所导致的权威和力量。

需要进一步思考的是,《形象的背叛》作为一幅画,其中的烟斗形象和说明文字共享同一个文本;无论就图像和文字所占有的画面空间而言,还是就观者观看的时间顺序而言,最具优势的应该是烟斗形象,其次才是说明文字;那么,为什么占据较小空间,并且是后看到的文字,反而推翻了占据较大空间,并且是先看到的图像呢?[1] 传统的"先入为见"在此为何失效了呢? 或者说,观者为什么宁肯相信"后看到"的、"小空间"的文字说明,而不肯相信"先前看到"的、"大空间"的烟斗图像呢? 这就涉及语言和图像两种符号的不同功能:语言是实指性符号,图像是虚指性符号。[2] 正是语言的实指性,决定了它的可信性。所以,当两种符号的"所指"发生矛盾时,语言的权威性便凸显出来,从而赢得"不容质疑"的效果。因此,包括诗歌在内的整个文学作为语言的艺术,正是在这一意义上决定了它的写实特点。"写实",既是语言符号的功能特点,也是它的优长之所在,从而决定了全部语言艺术不同于图像艺术的风格特点——崇实性。

关于语言符号的崇实性,以及与此相关的图像符号的虚指性,我们还可以结合马格利特此后创作的另一幅作品继续展开分析,这就是他的同题连续画《双重之谜》(图2)。

《双重之谜》的第一重之谜应是架设在厚实的地板上的《形象的背叛》,不同的是它已被画框所圈定,已经成为地道的"架上绘画",从而明示了它不是任何实在的烟斗。[3] 这第二重之谜,在我们看来,当是"悬浮"在画面左上方的烟斗图像及其与《形象的背叛》的关系。《形象的背叛》作为一幅完成的绘画,被放置在这一新的画境中,显然成了一种类似教具的"展示",暗示它是对"悬浮烟斗"的模仿,"这不是一只烟斗"的说明文字因此也就顺理成章。从画面及其相似性来看,作为架上绘画中的烟斗,它的清晰性和写实性已经大大逊色于原来的《形象的背叛》;"悬浮烟斗"则有

---

[1] 我们之所以认定图像是"先看到的",是因为它本身是一幅"画",而不是"标示牌"或其他说明文字,这是绘画本身的"先验规定"。
[2] "实指"和"虚指"是语言和图像的基本符号属性。关于这一问题,我们将有另文专论,并非本研究的主题。
[3] 福柯特别注意到《双重之谜》中的《形象的背叛》已被"安排在一个框架内,而不是并排放在既无边界又无标志的冷漠空间中。框架放在画架上,而画架摆在清晰可见的地板条上……"福柯:《这不是一只烟斗》,张延风译,载杜小真编选:《福柯集》,上海远东出版社,1988年,第114页。

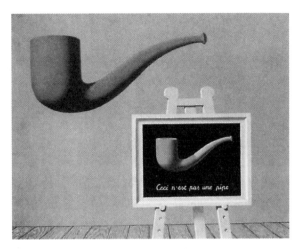

图 2 《双重之谜》

过之而无不及,更加粗糙和模糊,即使衬托它的背景是什么也使人茫然,说明它作为烟斗的图像更不实在、更加虚幻。这就意味着,作为架上绘画的《形象的背叛》,并非是对实在烟斗的模仿,只是对"烟斗影像"的模仿,从而在图像和实在之间又插入一个虚指的符号,进一步拉大了艺术和现实的距离。于是,"这不是一只烟斗"也就有了更广的意义:不仅用来指称画框中的烟斗图像,同时也用来指称悬浮的烟斗图像,还用来指称《双重之谜》这幅绘画本身。就此而言,马格利特实则是用自己的特有方式重述柏拉图的理念:艺术是"摹本的摹本""影子的影子",和自然(真理)"隔着三层"。①

可见,"这不是一只烟斗"的语言表述尽管在《双重之谜》中缩小了空间位置,但是,它的作用和表现力却被进一步放大,大到我们可以想象得到的所有艺术和实在的联系,从根本上颠覆了图像再现及其相似性确认原则。也就是说,在《双重之谜》中,图像符号被进一步虚幻,语言符号作为"第一信符"的权威性及其解构能力被进一步强化。考虑到《双重之谜》是《形象的背叛》的续篇,也就涉及"观看"和"确认"的时间顺序问题——当观者在观看《双重之谜》时,已经看过《形象的背叛》了。《形象的背叛》中的"这不是一只烟斗"的文字标识已经颠覆了它那"酷似"烟斗的形象;

---

① 柏拉图:《文艺对话集》,朱光潜译,人民文学出版社,1963 年,第 67—81 页。

但是,《双重之谜》并没有将这句话扩展到整个画面,我们为什么可以作出同样的解读呢?并且认为它是《形象的背叛》的更深一层、更进一步的"背叛"呢?这就是语言的另一种存在——"隐语"。"这不是一只烟斗"或者类似的文字表述尽管没有控制《双重之谜》的全部画面,但是,它的"影响力"并未消失,观看和阅读的经验与习惯已经自然将其"写入"其间。这就是"言外意""画外音",可谓"言有尽而意无穷","此地无声胜有声",进一步彰显了语言作为"第一信符"的权威性和解构能力。

当然,依照福柯的解读,语言对图像的解构并不是单向的、一次性的,马格利特"既否定形象的显性相似性,也否定准备送给形象的名称……构成了既与之对抗又为之补充的形象"。① 专横的题目好像已经把它们永远同形象隔开,但在实际上又悄悄地接近形象:"这不是一只烟斗!"那么,它是什么?是 A? 是 B? 是 C? ……可以延续到 N 个"相似"及其"是"的揣测。这样,马格利特虽然切断了相似与确认之间的联系,但是,由于仍然保持了绘画的性质(它是一幅画,不是"说明文"或"标示牌"之类),所以也就可以"排除最接近言语的性质,尽可能追随无限延续的相似形象,把延续从任何确认性中解放出来,因为确认性有可能试图说出相似形象与何物相似"。② 这样,马格利特的两幅画表面看来是语言符号把"紊乱"引进画面,实则是由于图像的虚拟性和不确定性导致了紊乱。并且,"紊乱"本身又构成了语言符号的有序——在无限延续中追寻虚拟图像的相似性,图像的虚拟性反而为语言的实指性追问提供了无限延宕的空间。

这就是语言和图像两种不同性质的符号,在"崇实"和"尚虚"的对立中所进行的无休止的对话,对话的结果是语言符号的崇实性和图像符号的虚拟性同时被不断强化。因此,当我们看到马格利特将烟斗图像和"不是烟斗"的语言表述并置在同一个画面时,我们毫不犹豫地选择了相信语言符号的所指,而对虚拟的图像符号却进行了无休止的追问和质疑。

总之,正是语言和图像两种符号的功能性差异,才导致诗文"崇实"和

---

① 福柯:《这不是一只烟斗》,张延风译,载杜小真编选:《福柯集》,上海远东出版社,1988 年,第 123 页。
② 同上书,第 125 页。

绘画"尚虚"的主流风格。尽管文艺史上也有尚虚的诗文和崇实的绘画，但是它们却不能在各自的领域取得话语领导权，或者说不能享受主流批评话语的最高褒奖。正是在这一意义上，图像艺术模仿语言艺术也就有了比较"实在"的根基，尽管它只是"模仿的模仿"。

如果说我们在前文通过莱辛《拉奥孔》的分析，已经阐发了语言和图像作为艺术符号的广狭和高低之分，那么，现在我们又通过马格利特的"烟斗"，发现了二者的实虚之别。无论是广狭和高低，还是崇实和尚虚，就图像模仿语言的效果而言，也就必然表现为"顺势而为"的态势。反之则不然，语言艺术模仿图像艺术，由于模仿对象的虚拟性，也就很难达到它直接模仿"实在"的水平；更由于"虚拟"并非语言符号的优长，这类模仿当然也就只能"逆势而上"了。

三、逆势而上

如前所述，莱辛在《拉奥孔》中曾以荷马为例，表达了语言模仿图像的窘境，尽管他并未使用"逆势而上"的概念。在莱辛看来，尽管语言符号"广于"和"高于"图像符号，但是，这并不意味着前者对后者的模仿就可以得心应手、任意而为。因为，语言的优长是叙述持续性的动作，而不是描绘同时并列的物体。如果诗人一定要这样做，他就不能像画家那样处理这样的题材，或者扬长避短，或者将在空间并列的物体时间化。例如，荷马描写某件物体，一般只写一个特点：写船只写"黑色船"，或"空船"，或"快船"，到此为止，不再对船作进一步描绘；但对船的起锚、航行或靠岸等，却描绘得极其详细。这就是"扬长避短"。如果一定要对物体详细描绘，荷马便巧妙地"把这个对象摆在一系列先后承续的顷刻里，使它在每一顷刻里都现出不同的样子"。[①] 例如描绘天后的马车，荷马就让人把车的零件一件一件地装配起来；描绘阿伽门农的装束，荷马就让这位国王把全套衣服一件一件地穿上。还有阿喀琉斯那面著名的盾，荷马居然写下了一百多行诗句，但他并不是将这盾作为一件现成品进行描绘，而是将其作为一件正在完成过程中的作品展开叙说，从而"把题材中同时并列的东西转化为先后承续的东西，因而把物

---

① 莱辛：《拉奥孔》，朱光潜译，人民文学出版社，1979年，第84—85页。

体的枯燥描绘转化为行动的生动图画。我们看到的不是盾,而是制造盾的那位神明的艺术大师在进行工作"。① 如果描绘一幅画,"荷马也把这幅图画拆散成为所绘对象的历史,使在自然中本是并列的各部分,在他的描绘中同样自然地一个接着一个,仿佛要和语言的波澜采取同一步伐。……我们在画家作品里只能看到已完成的东西,在诗人作品里就看到它的完成的过程"。②

莱辛的这些表述暗含着这样的意思:语言模仿图像,并非如图像模仿语言那样自然而然,顺势而为,而是极其困难,会遇到阻障,属于"不得已而为之"。因此,语言对于图像的模仿,只能扬长避短,或将空间物体时间化。个中原委在于,这种模仿必然伴随两种不同符号之间的冲突,即以描绘物体同时并存见长的图像符号,和以叙说事物先后承续见长的语言符号之间的冲突。这种冲突,就是语言模仿图像的"符号阻障"。在这一过程中,尽管诗人可以将前者转化为后者,也不过是"化美为媚"(使物体在动态中呈现美),但是毕竟属于权宜之计,最后把部分还原成整体,仍然是非常困难的,不可能像图像那样使物体同时并列地、完整地呈现出来。这就是语言的局限、诗的局限。正是在这一意义上,莱辛认为,所谓"诗如画",只是相对而言,诗中的画并不是真正的画,它的效果也不可能和真正的画相提并论,只是诗语激活想象力所产生的那种效果。这种效果只能说明:"由画家用颜色和线条很容易表现出来的东西,如果用文字去表现,就显得极困难。"所以,他警告诗人尽量不要去做这种傻事,否则就有可能惨遭失败!③

总之,正是语言和图像的符号冲突,导致前者模仿后者的障碍。所以,这种模仿必然表现为"逆势而上"。而图像模仿语言,只是选取其间"最富于孕育性的那一顷刻",并不存在符号冲突,所以就表现为自然而然、顺势而为。现在的问题是:语言作为"强势符号",在其模仿图像的过程中,即其逆势而上的过程,对于图像可能产生怎样的后果呢?莱辛并未就此有所论及,因为他并未面对过这样的问题。如果我们不限于莱辛的论域,将目光转移到中国文艺史,那么就会发现,语言模仿图像之"逆势

---

① 莱辛:《拉奥孔》,朱光潜译,人民文学出版社,1979年,第101页。
② 同上书,第89—90页。
③ 同上书,第115—116页。

而上",并非莱辛所论及的那样简单,中国题画诗(文)对图像的"延宕"和"遗忘",就是非常典型的例证。

有学者将中国的题画诗追溯到魏晋时代的"画赞"。① 但是,"反观魏晋间的画赞,人物'赞'以叙事为主,物品'赞'则为咏物,其写法皆为客观描述"。② "画赞",或称"咏画诗",属于广义"题画诗",从魏晋到隋唐延续着大体相似的特点。这些特点首先表现为,"咏画诗"并不题写在画面上,二者的文本是分离的。其次,就咏画诗所"咏"内容而言,它的语言表述是客观的,主要是为了"诠释"画面本身,其中的溢美之词也仅止于画面中的人和物。杜甫的《画鹰》、白居易的《画竹歌》等,尽管也有发挥和寄托,但仍属于常规性诗文修辞,并未游离画面上的"鹰"和"竹"。因此,语言和图像的关系,在"咏画诗时代"不仅不存在冲突,而且产生了画龙点睛和相得益彰的效果,二者是一种和谐关系。

真正意义上的题画诗应当出现在宋元时期。宋元以及此后的题画诗大多题写在画面上,诗画开始共享同一个文本。这一新形式不仅使"诗"成为"画"之不可或缺,也使中国画本身演变为一个新的"格式塔"。于是,诗画关系被士人普遍关注,③"诗画一律"观念被普遍认同。宋元之后题画诗的基本特点是"高情逸思,画之不足,题以发之"。④ 例如苏轼"春江水暖鸭先知"(《惠崇春江晚景》)中的"鸭",怎么能"知"水之冷暖呢?诗人如何知道"水暖鸭先知"呢? 也就是说,由"春"而"暖"、"鸭"、而"知"的引申,已经延宕出画面本身,僧人画家惠崇的《春江晚景图》没有也不可能画出"水之暖"和"鸭先知"。元好问的"画到天机古亦难,遗山诗境更高寒"(《云谷早行图》),⑤ 则成了画艺、诗论、怀旧和言志的别称,更是游离了画面本身。"元四家"之一王蒙有过之而无不及,他的题画诗《茅屋讽经图轴》,索性撇开由画面起句的传统,也没有详写"茅屋"和"讽经"本身,只

---

① 孙熙春:《诗与画的融通之始——浅论六朝题画诗》,《山东教育学院学报》2005 年第 6 期。
② 青木正儿:《题画文学及其发展》,魏仲佑译,(台湾东海大学)《中国文化月刊》1980 年第 9 期。
③ 此间出现了中国历史上第一部题画诗集,即宋人孙绍远编的《声画集》。此书编收历代题画诗 8 962 首,内容之丰富和分类之详尽,史无前例。
④ 方薰:《山静居画论》,人民美术出版社,1959 年,第 130 页。
⑤ 《云谷早行图》原是一幅诗意画,作者不详,是对中唐诗人李益《早行》诗的模仿。元好问这首同名题画诗的全文是:"画到天机古亦难,遗山诗境更高寒。贞元朝士今谁在? 莫厌明窗百过看。"元诗高度褒扬《云谷早行图》的"天机"画艺和"高寒"画境,同时表露了自己金亡不仕的悲壮和对"贞元朝士"李益的怀念。

有"一卷黄庭看未了"句,才可能使读者联想到"茅屋里吟诵《黄庭经》"的场景。① 可见,宋元之后的题画诗,主要功能已经不再是"诠释图像"了,"引申画意"成了它的主旨和取向。就此而言,两宋之后的题画诗,往往起于画题却"扬长而去",或借题发挥以"比德",或王顾左右而言他,大大超越了画面本身。于是,所谓"题画诗",也就成了延宕到画面之外的"画外音",成了绘画本体之外的"附加品"。

明清之后,题画诗和画本体的关系又有变化。特别是明中期以来,文人画不仅占据了中国绘画的主流,而且进一步发挥了宋元文人画的"文人性"。宋元文人画与先唐的画工(职业画家)画法并无太大差别,尽管其严谨性也在逐步松弛,即所谓"宋画刻画,元画萧散"。明中期之后,文人画则将严谨的画法视为"匠气"和"俗气"。"于是,中国画也就由正规的绘画性绘画,演化而为程式的或写意的书法性绘画。前者以董其昌、清六家为代表,称作'正统派';后者以徐渭、清四僧、扬州八怪、吴昌硕为代表,称为'野逸派'。"无论是正统派还是野逸派,都"把画外功夫的修炼置于画之本法的修炼之上",即"把诗文、书法、佛学、印学等看得非常重要,而把绘画专业的造型技术却看得相对次要。这样,题款在他们的绘画创作中,其意义也就更加空前地凸显出来,'诗画一律'变成了'诗画一局','书画同源'变成了'书画同法'"。②

徐建融先生所指出的这一事实,其实是语言对于图像的"驱逐"。特别是在野逸派的作品里,这种"驱逐"表现得最为明显。因为,此前的题画诗,如果将其删去,画本身仍是完整的、独立的,画本体的意义仍然清楚;但是,野逸派写意画家的作品就不同了,如果删去所题诗(文),作品就残缺了、不完整了,画面的所指就变得很不确定。"例如,郑板桥的兰竹,去掉了题款,构图章法的疏密主次便会失衡,意境内容也会不明确,究竟是祝寿的,还是嫉世的?抑或是自抒清高情怀的?"③如此等等。郑板桥"以书入画",将书法融入绘画本体,更是典型地表现了语言对于图

---

① 王蒙题画诗《茅屋讽经图轴》的全文是:"客来客去吾何较,山静山深事亦无。一卷黄庭看未了,紫藤花落鸟相呼。"
② 徐建融:《题跋10讲》,上海书画出版社,2004年,第12—15页。书法和印章都属于"语图一体"的艺术,关于这一问题,以及它们和绘画的关系,我们将另文探讨。
③ 同上书,第14页。

像的驱逐。① 他那首著名的《竹石图》五言题画诗，②不仅和画面没有任何直接的联系，当推"比德"的极致（图3），而且，他的画竹之法，也明显使用了书法用笔，具有浓重的书法韵味。就其题画诗的书写本身而言，他所独创的"六分半"书体，③似书似画，和画本体以及所"比"之"德"也相映成趣。于是，"书体"成了"画题"，而且更吸引人的眼球，更有意味。题画诗及其书体不仅驱逐了画面，也驱逐了画题。观者不再关注画面本身，画本体已经烟消云散。这和马格利特的"这不是一只烟斗"似乎有着异曲同工之妙。不同的是，马氏以语图悖反的形式，造成语言对图像的解构；郑板桥则以语图唱和的形式，由画面扬长而去，忘却了画本体的存在。

图3 《竹石图》

正是对于题画诗的过度倚重，影响了中国画之绘画本体的发展。除却少数大家之外，许多作品的绘画语言十分粗陋、单调，画面造型抽象、含混，笔墨技法僵硬、生涩，甚或胡乱涂抹。现在，我们似乎可以理解，明清以来有些艺术家，从徐渭到齐白石，尽管他们多才多艺，但主要还是以画

---

① 郑板桥的《竹石图轴》，将诗题在峰峦上，代之以皴法，衬托出潇湘修竹的秀美。《竹石轴》在竹与石、竹与竹之间的空隙处，题上高高低低、正正斜斜的字，好像一座远山将竹连成一个整体，丰富有趣。他还画过一幅竹，在竹的下方题了一片不规则的字，曰："以字作石补其缺耳。"他的另一幅《竹石图》，竹竿由右下方伸向左上方，顶天立地，而题诗则横穿过画幅中间，其"大都谦逊是家风"诗句的"都"字，恰好位于竹竿处。画家为了不伤画面布局，采取穿插挤让的方法，使"都"字小部分在竹竿的右边，大部分在竹竿的左边，虽然"藕"断而"丝"相连。参见周积寅：《郑板桥书画艺术》，天津人民美术出版社，1982年，第22页。
② 诗曰："咬定青山不放松，立根原在破岩中。千磨万击还坚韧，任尔东西南北风。"诗后署"充轩老父台先生政，板桥弟燮"12个小字，再钤"郑板桥"之阴文方印、"老而作画"之阴文长印。
③ 中国传统书学有"八分书"之说，指字势左右分布相背。郑板桥以"八分"杂入楷、行、草之中，独创了"板桥体"，世称"六分半书"。"六分"比"八分"略扁，每字往往有一两笔突出，大大小小、歪歪斜斜，疏疏密密、方方圆圆，通篇看去却浑然一体，人称"乱石铺街"。清人蒋士铨称板桥"写字如作兰，波磔奇古形翩翩"。郑板桥的这种创格和变体，一改当朝"滑熟"和"媚俗"之书风，但在中国书法史上毕竟是一支"偏锋"。

名世的艺术家;以及他们为什么并不看重自己的画品,将其列为自己全部艺术成就的末流,却对自己的诗、书、印十分得意。① 看来,这并非是他们的谦辞,也不是虚伪矫情或作秀卖乖,倒是中国题画诗在明清之后驱逐和遗忘绘画本体的真实写照。纵观明清至近代中国画,伴随着崇尚和倚重题画诗的风气愈演愈烈,绘画本体愈来愈演变为言说的由头,"以诗臆画"成了不言而喻的圭臬和共识。于是,画面语言的独立性几近被彻底遗忘。画家们在追求精神无穷大的同时,绘画之造型本体也被边缘化,直至归零。②

这样,在中国题画诗的语境中,就可以梳理出一条明晰的"语-图"关系史线索:魏晋至隋唐,题画诗对于绘画本体,主要表现为"诠释"关系,二者是和谐的。宋元之后,题画诗已经不再忍受画面的局限,开始溢出画体本身,延宕为"画外音";但是,由于新"格式塔"的形成,二者互相不可或缺,相映成趣。明清以降,"援诗入画"演变为"援书入画","诗画同源"演变为"诗画同法",题画诗及其书写方式对于绘画本体产生强烈冲击,其结果表现为前者对于后者的驱逐和遗忘,从而使语言和图像在中国画里的主宾位置被彻底颠覆。

很清楚,中国诗文进入中国绘画的过程,就是语言这一"实指符号"对于图像这一"虚指符号"的驱逐和遗忘过程。在这一过程中,语言作为"强势符号",在"不得已而为之"的模仿中"逆势而上",它的强力惯性带出了"尘埃飞扬"。"尘埃落定"之后,扬飞了的图像"剩余"和"残片"进入"漂浮状态"(福柯语),已不足以显现自身,脱离语言的辅佐已经难以象征清明而确定的世界。

其实,在语言和图像互文的历史上,前者对于后者的驱逐和遗忘,并非从题画诗开始。早在《易经》,其卦爻辞对于卦爻符号的解释就是如此。郭沫若将《易经》中的阳爻和阴爻看作是"古代生殖器崇拜的孑遗。画一以像男根,分而为二以像女阴,所以由此而演出男女、父母、阴阳、刚柔、天地的观念"。③ 也有人不同意郭氏的说法,认为阳爻和阴爻是古代巫师举

---

① 明代徐渭就曾自称"吾书第一,诗二,文三,画四"(陶望龄:《徐文长传》)。齐白石在评价自己的艺术成就时,也曾说过类似的话,称自己"诗第一,印次之,书再次之,画更次之"(《文汇报》2004年12月14日)。
② 吴冠中就曾写过一篇《笔墨等于零》的短文,颇遭非议。参见吴冠中:《笔墨等于零》,江苏文艺出版社,2001年,第192—193、194—197页。
③ 郭沫若:《中国古代社会研究》,科学出版社,1961年,第26页。

行筮法时所用的一种表数符号，与生殖器无关。无论哪种说法，都属臆测；只有一点是肯定的，即其卦爻作为图像符号，卦爻辞以及《易传》，都是对它的诠释和演绎。卦爻符作为图像符号一旦被语言反复诠释和充分阐发，它的本义是什么已经无关紧要，生殖符号还是筮法符号已经无人再去关心，所关心的只是它那被无限延宕的意义，即语言符号的所指内涵。我们可以将这一现象统称为"得意忘图"。

综上所述，语言和图像的相互模仿及其"顺势"和"逆势"问题，早在莱辛的《拉奥孔》中就有涉及。他摒弃了陈腐的"精神决定论"，选择从语图的不同符号属性进行阐发，从而将这一问题落实到客观的学理层面。[①] 但是，18世纪的莱辛并未面对"文学遭遇图像时代"的窘境，莱辛当年所论及的诗画关系也是分体存在的。如果沿着莱辛的路数继续前行，将这一问题纳入当下语境，那么我们就会发现，这一论题其实蕴涵着非常深刻、非常具有现实性，因而也是非常值得探讨的。例如，语言一旦进入图像世界，它们合二为一（语图合体），开始共享同一个文本时，语图关系可能发生怎样的境况？这就需要我们借鉴现代符号学，基于中外"语-图"关系史进行重新审视。我们发现，语言和图像，作为人类最基本的两种符号，"实指"和"虚指"是它们的基本属性。语言是实指符号，因而是强势的；图像是虚指符号，所以是弱势的。当语言进入图像世界，即二者合为一体、共享同一个文本时，它们的符号属性以及由此所决定的强势和弱势，不但不会有任何改变，反而有可能导致语言对于图像的驱逐。所谓"驱逐"，有两种不同的情势：第一，在语图悖反的情势下，如马格利特的"烟斗"连续画，前者对后者的强势和驱逐表现为"解构"，语言颠覆了图像的"相似性确认原则"。这是语图合体的特例。第二，最一般的情势是"语图唱和"，但是语言绝不会忍受图像的局限，例如中国的题画诗，由画题引申而去，或补其不足，或延宕而"比德"。延宕"比德"的后果同样表现为语言对于图像的驱逐，但同"语图悖反"情势下的驱逐很不相同，后者更像是一种"遗忘"，或者说是一种"遗忘性驱逐"。由是观之，在语言和图像的互

[①] 之所以强调莱辛的这一贡献，就在于我们的文学研究方法，即以思想史为主流话语的文学研究，恰恰是莱辛所鄙视的。思想史（或称"主题学"）的文学研究法，将文学仅仅作为思想的文献，违背了"文学是语言的艺术"这一常识，带有极强的主观性。作为形式美学之一的符号学美学就不是这样，讲究文本的客观性，从而使文学研究落实到客观的学理层面。

仿中，语言失去的只是自身的非直观性，它所得到的却是"图像直观"这一忠诚的侍臣。同理，在语言艺术大举进军影像世界的今天，例如影视创作中的文学改编，现代影像不过充当了文学的载体和工具。恰如古之"文以载道"，今则"图以载文"。无论怎样的改编，即便曲解或解构，也不会导致原作有任何改变。如果遭到非议，也是改编作品本身，文学原典依然故我。与其说现代影像技术将文学边缘化，不如说文学是在借助新媒体自我放逐，涅槃再生，再再生，乃至无穷。

话语现象与文艺美学

徐 岱[*]

[**内容提要**] 当代中国的文艺理论,被"路在何方"的困惑纠缠已久。问题来自由"学术话语"制造的种种时尚"话题"对体现真正思想内涵的学术"问题"的取代。所谓的"扯淡"之风盛行不衰,是导致当代中国文论界在貌似喧哗的背后实质在自言自语的症结所在。只有通过对理论主义的批判而终结这种不良之风,才是文艺美学开辟继往开来之路的希望所在。

[**关键词**] 文艺学 话语现象 理论主义

一、问题与话题

众所周知,"学术"活动的"常规形态",是民主与平等的讨论,而"一个讨论应该以明确将被讨论的问题作为开始"。[①] 所以在很大程度上,一部学术史因此可以被看作是相关研究的问题史;有无真正意义上的"问题",是区分学术之真伪的基本标准。纠缠当代文艺理论已久的"路在何方"的困惑,主要就体现于真正的"问题意识"的长期缺席。而症结所在,就是以解构主义为理论背景的话语现象的泛滥。

在1994年,美国两位来自科学界的学者保罗·格罗斯(弗吉尼亚大学生物学家)和诺曼·莱维特(拉特格斯大学数学家)出了部"不务正业"的书——《高级迷信》(孙雍君等译,北京大学出版社,2008年)。此书的

---

[*] 徐岱(1957—),男,浙江大学文科资深教授,兼任中国文艺理论学会、中国中外文艺理论学会副会长、浙江省美学学会会长,著有《美学新概念》《基础诗学》《批评美学》《小说叙事学》《什么是好艺术》《侠士道》等。
[①] 帕森斯、布洛克:《美学与艺术教育》,李中泽译,四川人民出版社,1998年,第282页。

内容无关两位学者的本行,而是涉及历史与政治、文学理论与文化批评等人文社科领域,对当时正以一种君临天下之势而显得得意忘形的"学术左派"(the academic left)给予了切中要害的无情痛批。所以此书一出就影响巨大,引发了自然、社科、人文诸界的"跨文化大战"。这场历时数年的纷争最终以此书的完胜结束,也完全在常人的意料之中。在某种意义上,它的胜利完成了以解构主义为靠山、作为一种美学范式的批评理论的退场仪式。毫无疑问,两位科学家撰写关于社会科学的"越界批判",是该书的特色,也是该书的成功之道:它不像通常社科类著作那样,以种种随心所欲地建构的理论为依据;而是以本色的科学态度,让大量实际事实说话,任何巧舌如簧的诡辩相形之下都显得无比愚蠢。

其实,自从这种学术思潮成为全球性的学术时尚之际,就有学者敏锐地指出,"对解构主义的正确理解,不可能脱离它的政治动机"。① 需要进一步明确的是,"解构"既不涉及以政权为核心的"大政治",更不涉及以人权为核心的"元政治",它只是围绕着学术圈内的话语权的"小政治"。但这个见解虽然深刻,还需要有具体的分析性批判才能让人醒悟。《高级迷信》一书的贡献就在于,它以无可辩驳的事实揭穿了聚集于"解构主义"旗帜下的那些所谓的"后现代批评理论",其实是一帮急于借学术公正之名进行卑劣的"校园政治"之勾当的功利之徒。书中的基本立场同众多有识之士的见解是一致的。比如书中引用一位虽然身份上属于学术左派阵营但仍未丧失起码学术良知的学者亚历山大·阿伊罗斯的话:由于解构主义本质上是一种否定论的方法,所以直接导致了它在一些政治观点上倾向于不负责任。这使得"在最好的情况下,它也显得毫无用处;而在最坏的情况下,它甚至是反动的"。② 何以用词如此严厉? 因为事实上,四面出击的解构主义的实质并不像德里达本人所自称以及许多忠实的信徒所相信的那样,试图"走出讲台,进入社会"。其真实的兴趣在于"学术圈子的重新洗牌",取代旧的权威成为学术新贵。

所以这种"主义"从不真正关心现实世界。诚如一位学者撰文批评的:在最厚颜无耻地以解构主义为依据的后现代主义形式下出产的许多

---

① 拉尔夫·史密斯:《艺术感觉与美育》,滕守尧译,四川人民出版社,2000年,第260页。
② 保罗·格罗斯、诺曼·莱维特:《高级迷信》,孙雍君等译,北京大学出版社,2008年,第96页。

学术论文,其主题总是大而化之,避而不谈任何具体的东西。① 不过,此书的真正意义还不在于为"解构主义的解构"推波助澜,而是通过揭示这批道貌岸然的学术投机分子的共同手法,进一步澄清了美学范式失衡的症结所在。书中指出,辨别一位"学术左派"的身份标志很容易,这就是这类人的文章热衷于使用种种时髦而怪异的行业术语,尤其是诸如抵制(resistance)、颠覆(subversion)、僭越(transgression)等。在适当的段落,其出现频率最高的就是"话语"。因为这些新派人物如同过去的善男信女那样坚信,只要"掌握了词语(words)、术语(terminology)和语汇(lexicon),也就是掌握了世界"。② 这种"话语中心论"对人文学界的伤害在于:热衷于将没有实质结果的"话题"伪装成新的学术范式,从而导致真正的学术"问题"消亡。

当今美学状况不尽如人意早已不是新闻。在很大程度上,症结在于我们的从业人员总是热衷于炒作层出不穷的各种"话题",以此置换了对许多真正学术"问题"的关注。当学术研究之地成为文化娱乐场所,人文学界沦陷为新闻媒介的殖民地,思想的果实必将枯萎。因为话题固然能吸引众人的眼球,但具有强烈的时效性和鲜明的文化消费性,时过境界之后只能销声匿迹,让位于新的话题。总是处于一种"你方唱罢我登台"的状态的"话题现象",不仅无法替换蕴涵思想深度的学术问题,而且会败坏人们对这类问题的兴趣。从"文化研究"到"生态批评",以"批评理论"取代"诗学重构",我们的人文学界时常呈现出"话题"驱逐"问题"的亢奋现象。当"学术行话"独步学界之际,美学研究终于成了一种自说自话的无人喝彩的圈子游戏。

何谓"话题"?即具体的言语谈话时所赖以进行的任何主题。它既缺乏也无须一定的思想内蕴和学术价值。所有的"问题"都可以也常常以"话题"的形式呈现;但反之却不然——许多"话题"并非货真价实的"问题",因而往往缺乏学术讨论的"可持续性"。因而,如果说"问题"的核心在于体现不同价值立场的"思想观念",那么"话题"的焦点在于由言语表达所体现的"话语现象"。究竟什么是"话语"(discourse)?如同理论界的

---

① 保罗·格罗斯、诺曼·莱维特:《高级迷信》,孙雍君等译,北京大学出版社,2008年,第85页。
② 同上书,第84页。

每一次辩论,那些本该首先得以明确界定的所谓"关键词"或者说"核心概念",却往往不清不楚。尽管如此,这并不妨碍争论各方以各自为政的方式,进行你来我往的激烈攻评。其实,如今似乎越来越成为学界新时尚的"话语"的概念并不神秘,概括地讲,它也就是人们在日常世界的不同领域里,所具体运用的实际的"语言使用形式"。它出于某种明确的交流意图的需要,体现了某种言语行为在实际语境中的功能。

所以在理论上,作为语言学概念的"话语"属于语用学的范畴。它不仅同一般言语现象一样,有着语法上符合相应语言规则的要求,而且还进一步体现着文体方面的特点。换句话说,一个被有效运用的"话语"现象,必定体现了合适的"文体"风格。这就是说,话语只是通过一定的"语段"(language section)构成相应的"语篇"(language),成为最终实现语际交流功能的"语境"(context)的组织部分。① 这也意味着在具体的言语活动中,话语本身只是言语行为的手段而非目的,它不能喧宾夺主地成为某种遮蔽或者转移交往主体视线的"现象"。② 在这个意义上说,"话语现象"这个概念的出现,本身就是一种不合理的"非常态"症状。如上所述,靠堆砌专业术语而形成的"话语现象",实质是一种高谈阔论的理论文字。它同常规的那些科学理论有着根本差异:与此不同,后者由于是"硬学科",通常情形下,不仅在理论上必须经受内在逻辑一致性的检测,而且还得接受来自实践应用的经验证实的"双重检测",方能得到同行的信赖;而前者的"软学科"的身份,只需受到行业中某些权威人士的肯定就能获得在学界的"通行证"。

但事实是,在现实中,人文与社会科学方面的理论文字,甚至往往由一些在学界拥有相当影响力的"权威刊物"的编辑来决定它的流行与否。比如 20 世纪末的人文学界最大也最具戏剧性的丑闻,莫过于由物理学家

---

① 冯·戴伊克:《话语、心理、社会》,施旭等译,中华书局,1993 年,第 4 页。
② 语段也叫句群,是由前后连贯、共同表示一个中心意思的几个句子组成的语言单位。说得更具体一点,语段是由在语义上有逻辑关系、在语法上有结构关系、在语气上衔接连贯的一群句子组合而成的大于句子、小于段落的语言单位。从比较的角度来看,语段对思想与知识的承载力远远大于句子;在意思表达上比篇章更加轻便和灵活,能够在相同的篇幅内容纳更多的信息。语篇是通过一定的语法手段和词汇手段的使用,以"语义连贯"为基础,由排列成直线的句子组成,是语言交流中基本含义的具体呈现单位。语篇中任何含义的成功呈现主要依赖于语境。语篇与语境相互依存、相辅相成。语篇产生于语境,也是语境组成的部分,是交流过程中一系列连续的语段或句子所构成的语言整体。

艾伦·索克尔撰写并发表于时髦期刊《社会文本》上题为《跨越边界：通向量子力学的变换解释学》一文。事情起因于索克尔在读了《高级迷信》一书后，作为一名有原则的自认为属于学术左派阵营的物理学家，他为该书对学术左派的有理的据的批判，揭露其所作所为实为学术诈骗而感到不安与沮丧。于是在1994年秋，他放下手上的研究工作花费数周时间炮制了一篇毫无任何严谨的思想逻辑和真诚的研究态度，完全以种种流行的时髦专业术语堆砌起来的游戏之作。这篇文章如期地于1996年5月刊登，编者还作了煞有介事的介绍。这终于让索克尔开了眼界，他的揭示其恶作剧的文字，于文章发表数日后在《共同语》(Lingua France)上公之于众，于是引发了一场波及全球的闹剧。

重提这段著名案例的意义，在于从"温故而知新"中让我们进一步认识到，作为"软学科"的人文研究容易落入种种陷阱和常常面临形形色色的骗局。要识别这种骗局并不难：记住孟子"尽信书不如无书"的名言，不要迷信文字和权威。但事实并非如此。不妨让我们来读读以下这几段文字：

1) 在通达的日常的过程中，席美尔、超现实主义和本雅明的工作已经开始考察了从实在论和自然主义当中偏离出来的各种表象形式的可能性。因为最重要的是它们已经参与到先锋派的形式当中。蒙太奇的彻底实践为使大家熟悉的东西变成奇异非凡的东西提供了生动的方式，在这一点上，它和为"日常生活研究"这个传统提供了诸如方法论基础之类的东西有异曲同工之妙。（第124页）……蒙太奇允许在被表现出来的那日常之内的差异的同时性。资本主义社会的不均衡发展和不平等的发展造成了各种后果，这些后果产生了在同一时间存在的一系列暂时性。……与此相类似的是，利用新技术以及进入到刚刚形成的生活方式等方面的不平等产生了不同的时间意识。因此，拼贴就是非同时性的同时性的同时性表象。（第157页）

2) 与此相关的是，蒙太奇拒绝把这些相异的元素包纳到一个同质的整体当中。拼贴艺术不是要把这些元素聚集到一个铁板一块的有意义的统一体当中，相反，它提供的是素材的狂轰乱炸，这种狂轰乱炸抵制住叙事的正式决定。拼贴不允许把各种事件和意象放进表面上看来自然而然的秩序(进步的系列的直线性)中，相反，它允许它那作为表述的条件被弄得明明白白：在元素之间的各种关系是去自然化的，这就暗示出，它们总是可以依照不同的组织结构而被重新表述。与此相似，因为一个拼贴中的各种元素经常利用不同的表象模式，所以存在着反表述（disarticulation）的可能性，在这种可能性中，另一个元素对这一个元素所造成的破坏对任何一种表象模式的权威性提出了挑战，并且允许把表象自身问题化。最后，并且再次与前面几点相关联的是，蒙太奇的潜能是在日常生活的断片不能在一个支配一切的框架的帮助下被焊接在一起的地方生产表象，但是在这个地方，并不因为无限的断片赢得赞许就把"总体性"的观念也一并抛弃。相反，一个批判性的总体性是可能存在的，只要它尝试着把世界看作是一个参差不齐的、相互冲突的，不能同化但又相互关联的元素组成的网络。（第158页）

3）如果情境主义的漂移可以通过参照本雅明而得到说明，那么，这是因为这二者都可以被看作是体现了辩证的方法的拼贴活动，而辩证的方法通过引入其他时间和其他空间而生产性地否定了现代文化的一贯性。（第232页）……现代性中的日常生活显示出了全方位的、无孔不入的异化：从对异化的认识当中而来的异化。换言之，异化是从我们的异化中异化出来的条件。在这里，借助于一种盘旋曲折的辩证法，去异化的道路必须从更加多的异化中开始：正是通过把日常生活去熟悉化，日常才被承认为异化。（第237页）……（作者关于米歇尔·德塞尔托的《日常生活的实践》的评论）诗学必需既被理解为既是对于日常所显示出来的各种形式的探讨，又是语言和生活之中的某种创造性活动。……如果《日常生活的实践》被看作是努力要通过一种诗学而揭示日常的诗意，那么它就是这样一种诗学，它清晰地表述出了各种活动，但是却没有表达出各种身份——它是使用的诗学，而不是使用者的诗学。……德塞尔托由日常生活的普通诗学显示了一种隐含在生产"一门关于独一性的科学"的欲望之中的紧张关系。……这种情况没有什么新异之处，它把德塞尔托与席美尔、本雅明和弗洛伊德之间联系在一起。在最为具体、特殊的环境之中发现可理解和可分析的文化实践中的一般化的意义的问题，也就是对文化进行关注的问题。精神分析的例子又一次派上了用场。弗洛伊德对于梦的理解背离了传统，……（因为）在面对梦的意义的特殊性时，弗洛伊德生产了一种关于梦的普通诗学。通过这种普通诗学，梦可以被放在一系列操作与功能(缩聚、换位、修正、偿愿等等)的关系中来理解,而正是这种普通诗学使它成为一门"关于独一者的科学"。(第255、260、292页)

4) 正如我们已经看到的,日常不能被纯粹地还原为物质文化的赋义行为或者民族文化的基本特征。日常,在某些非常重要而又具有挑战意义的方面,大致相当于文化生活的密度以及它拒绝被看作是"民族生活"的东西的参数包含在内。这并不意味着,民族文化的观念不再重要了,只是说,它们不是日常文化研究的终极点。在很多方面,民族的观念都将是一个基地,日常的研究千方百计地重新为这个基地编码并使之多元化。就此而言,一种通达日常生活的跨文化的道路可能不是从可知的或者可鉴别的文化差异的视角出发,而是(也许这是最近更有争议性的)从一种对日常生活而言的共通的、全球性的"不可见"的感觉出发。因此,试图凸显出日常的窃窃私语声的努力就可能(正如在德塞尔托的工作中的那样)在巴西的农民文化和法国的北非工厂工人之间建立起联系。这并不是指出日常的全球性的同一性,而是要规划跨越各种具体的社会-文化情境的邻近关系。(第293页)

以上这些文字出自英国学者本·海默尔《日常生活与文化理论导论》(王志宏译,商务印书馆,2008年)。这本书的题目是很吸引人的,貌似一本针对当下学术前沿问题的研究著作。但仔细阅读后,不难总结出这样一些特点:术语堆存、概念叠加、句子晦涩、表达夸张、行文啰唆、内容空洞,没有真正体现个性的风格,只有哗众取宠的文风。可以作为"话语现象"的典范。比如在上面摘选的这几段文字中,作者滔滔不绝的言说和似乎不容置疑的表达,貌似道出了不少重要的内容,并且还似乎呈现出作者在这个领域内的学识素养和理论功底。但事实上经不起认真推敲。这样的文字让外行不感兴趣,让真正的行家不屑一顾,只能吸引一些刚入山门且渴望早日有所成就但又既缺乏专业经验又缺少行业操守的年轻学人的兴趣。它的追随者"通常是从人文学科中选出来的具有反叛精神的学生"。[①] 这就是所谓"话语现象"的特点和目的。针对这种现象,美国普林

---

① 尼科斯·A.萨林加罗斯:《反建筑与解构主义新论》,李春青等译,中国建筑工业出版社,2010年,第111页。

斯顿大学荣誉哲学教授哈里·法兰克福于 2005 年出版了一部小册子《论扯淡》(On Bullshit)，给予了独到精辟的阐述。

这里所谓的"扯淡"不同于"说谎"，但它比后者的危害更大：它会让人们不再重视区分有意义的讨论和毫无意义的言论的必要性。当扯淡之风渐渐地占据主导地位，人们就会对关于重要问题的严肃认真的讨论，与毫无意义却又貌似一本正经的东拉西扯的言论之间的本质差异无动于衷。因为"扯淡"的意思，指的是一位言论者在陈述或谈论一件事时，其或明显或隐藏的主观态度存在一个共同点：其实并不真正在乎其谈话的内容，不关切其所涉及的事实真相。"扯淡"与"说谎"的相似点在于，两者都属于欺骗行为，因而也都试图向我们掩盖其真实的主观企图。两者的差异在于：说谎者是有意识地试图让我们相信不应相信的东西，这至少还表现出了他对真相的某种尊重；而扯淡者则是压根儿不存在任何这种念头，因为凡属扯淡的言论皆毫无真实内容，它原本没什么需要表达，不存在通过有效交流达到良好沟通的目的。扯淡的言论本身就是其目的所在：吸引阅读者的眼球并予以征服。它所带来的实质就是名利双收：通过获得显赫的功名来换取丰厚的利禄。

由于迄今仍影响着全球文论界的这种"话语现象"，其主要制造者大都属于以解构主义为中心的所谓"学术左派"阵营。因此有评论者写道："可以毫不夸张地说，学术左派的所有主张都源于操纵大众讨论话题的欲望。"①这个结论妥当与否暂且不论。有一点可以肯定：以"话语现象"为表征的"扯淡文化"，对于人类文明事业有巨大危害性：说谎并不会造成一个人不再适合讲老实话，但扯淡却会造成一个人不去讲老实话。② 法兰克福教授对此所作的批判性分析让人震撼。但他在书中提出，扯淡比较像艺术而不像技术，仍值得商榷。更严谨的说法应该是这样：一篇成功的扯淡文章是"艺术"与"技术"二者的有机融合，这需要对相关行业的行情有相当准确的认识，还需要对"入行"的技术的良好掌握。这二者合为一体，意味着一篇具有相当艺术性的"扯淡文章"的诞生。这方面的最佳代表当然非德里达莫属，稍有逊色但也别有特色的人物有罗兰·巴特

---

① 保罗·格罗斯、诺曼·莱维特：《高级迷信》，孙雍君等译，北京大学出版社，2008 年，第 3 页。
② 哈里·法兰克福：《论扯淡》，南方朔译，译林出版社，2008 年，第 74 页。

(比如他的《S/Z》)。

无论如何,我们可以借用卡尔·波普尔的一句话,对"话语现象"作出一个小结:作为现代知识分子,"我们爱炫耀我们自己,使用晦涩难懂的语言,目的无非是让人刮目相看"。①

二、问题的展开

需要继续思考的是,这种"话语现象"的蔚然成风说明了什么?它的症结何在?危害性又有多大?概括而言,"话语"即"理论",它的横行霸道呈现了"批评理论"的阴魂不散,本质上就是"理论主义"的延续。所以,在这种"主义"的发源地的法国文论界,一些有识之士对此特别敏锐。曾在美国纽约哥伦比亚大学教书的法国学者安托万·孔帕尼翁就是其中一位代表,他所著的《理论的幽灵:文学与常识》(吴泓缈等译,南京大学出版社,2011年),虽然没有明确标示出两种概念,但全书的宗旨仍很清楚:试图通过切割和经验常识联姻的"理论"与超越常识之上的"理论主义"的关系,为前者在文学批评活动中的存在提供一种合法性。

因此,在书里我们不仅能读到这样的见解:作为"主义"的理论对常识发动攻势反而自受其害——面对常识这条不死的九头蛇,理论越是繁衍枝蔓,越是内斗不止,便越有可能忘记文学本身,结果在从批评走向科学的过程中一败涂地。此外还能找到这样的结论:无论有意无意,一切理论皆建立在一套主观偏爱体系上。因为(作为主义的)理论与其说是理论还不如说是某种信念、教条,或者说是意识形态。这种与科学学说大相径庭的理论的结果于是也就可想而知:"答案过耳,问题犹在,并没有什么真正的变化。"②或许可以补充一点:唯一变化的是如同巴黎、罗马、纽约等每年一度的时装展示,不同的理论你方下台我出场。直到这场游戏最终因骗局被戳穿而无奈出局。孔帕尼翁这本著作的最大亮点在于其直言不讳且点出实质。比如他认为:"文学理论无法应用,所以也无法'证伪',它应该被当作文学来看。"③虽说这话符合那些不以"主义"自居的文学理

---

① 卡尔·波普尔:《二十世纪的教训》,王凌霄译,广西师范大学出版社,2004年,第138页。
② 安托万·孔帕尼翁:《理论的幽灵:文学与常识》,吴泓缈等译,南京大学出版社,2011年,第244、36、15、8页。
③ 同上书,第245页。

论的现实状况,但毕竟有点幼稚。

事实上,不仅"文学/美学理论"有其作为理论的文化职责,而且经验表明,所有的"理论"自觉不自觉地往往都会走上"超越常识"之路,成为一种通过玩耍文字游戏和组装概念配件的趾高气扬的"理论主义"。在其背后兴风作浪的,则是被"德里达病毒"所主宰的解构主义幽灵。换句话说,在"话语现象"-"理论主义"-"解构主义"间,存在着"三位一体"的关系,其中"解构主义"是其核心。萨林加罗斯说得好:解构主义就像一个真正的人工病毒。因为病毒没有生命,我们就不能杀死它。① 这就是何以在"批评理论"寿终正寝之后,它的阴魂仍然在美学与文艺理论界徘徊游荡,并且在相当程度上仍然影响着不少学者的原因。但问题是,如果不能有效地防止它如同癌细胞那样无限扩散,最终它会剥夺我们的文化生命,使美学成为它的陪葬物。所以,有必要认真对待"话语现象",梳理其同"解构主义"的血缘关系。而这得从"理论主义"说起。虽说这个概念是在"理论之后"的今天才逐渐被人所知,但即使在以德里达为"教宗"的所谓"理论的时代",美学界许多有人文学识和良知的学者,对其实质也早有深刻认识。

什么是"理论主义"? 通常意义上,"'理论主义'(theoreticism)是一个宽泛的字眼,既涵盖了解构主义的性情和倾向,也包括了它的态度"。它不是一个通常意义上属于科学领域中作为经验总结、通过逻辑推理而对客观规律进行归纳的、作为一种系统性学说的"理论",而是"理论'至上'主义"。这种由德里达创建的理论"至上"主义的最大特色,与科学理论对逻辑和经验的尊重背道而驰;被"至上"化了的理论意味着对逻辑的玩耍和对经验性事实的排斥。诚如美国学者拉尔夫·史密斯所指出的:(德里达的)解构主义最值得警惕的一面是它抛弃了实验精神,转而喜欢他所说的"理论主义"或公开诉诸一种无实质内容的理论,不是把它视为一种调查研究的工具,而是视为一种独立的反经验性知识本身。通过这种"不受事实约束"的冠冕堂皇的说法,理论主义为自己仅仅凭借主观意愿来操纵资料,以达到所需要的目的扫清了障碍。因此,"理论主义否认

---

① 尼科斯·A.萨林加罗斯:《反建筑与解构主义新论》,李春青等译,中国建筑工业出版社,2010年,第125、115页。

客观理解的可能性,而沉溺于一套策略"。它不是将理论视为一种研究手段,而是将"关于事实的主观解释"当作"客观事实本身"。①

这就是理论主义与它的近亲"理智主义"(intellectualism)的区别所在,通过认识这种不同,有助于我们更准确地把握理论主义。杜威曾经在批评现代哲学流派时指出:"哲学的最大缺点就是有一种理智主义。"这种主义"就是指这样一种学说,它认为一切经验过程都是认识的一种方式,而一切的题材、一切自然,在原则上就要被缩减和转化,一直到最后把它界说成为等同于科学本身精炼的对象所呈现出来的特征的东西"。② 这段话讲得有点绕,但它的意思其实是指一种对待实际事物的认识论,这种方法的根本特点就是将经验事物"化整为零"地孤立起来,最终分解成一种概念化的抽象实在。虽说看起来它是对原对象的"本质"性呈现,但事实上已面目全非。最能说明其问题的一个例子就是"水"的概念。比如在日常经验中,"水"是指有关人类生活中产生熟悉影响和用处的某些东西所具有的意蕴而言,例如它是可以饮用的,可以用来洗涤衣物、扑灭火烛等;但是氢二氧(H_2O)却隔断了这些联系,仅仅体现出独立于人类日常事务以外的一种工具性的效能。

由此来看,"理智主义"也即康德所谓的绝对排斥任何感觉元素的"知性"活动。这使它区别于一般的"理性"概念,因为后者中还保留着感性的痕迹。所以康德在《判断力批判》中特别强调:知性不能把握美。康德的认识论由三大部分构成:感性论、知性论和理性论。康德认为:"我们的全部知识开始于感官,从那里前进到知性,而终止于理性。"③知性的对象是自然界的必然,所以在康德哲学中,知性为认识能力立法,提供自然的概念和原理,形成科学知识;理性为欲求立法,提供自由的概念和原理,产生道德实践。审美判断力居于知性和理性之间。康德把判断力比作"桥梁",意思是:判断力不同于知性范畴(为自然立法)和理性范畴(为自由立法)。用康德话的话说:知性先天地向自然立法,这证明了我们所认识的自然只是现象,知性因此同时指出自然的一个超感性的基体,但在这里,这个基体却是全然未能得到确证的。判断力通过借以断定自然的先

---

① 拉尔夫·史密斯:《艺术感觉与美育》,滕守尧译,四川人民出版社,2000年,第264页。
② 杜威:《经验与自然》,傅统先译,江苏教育出版社,2005年,第16页。
③ 参见康德:《判断力批判》,邓晓芝译,人民出版社,2002年,第35页。

验原理——按照自然可能的特殊规律——揭示了自然的超感性基体(在我们之内一如在我们之外)依靠心智能力是可确定的。但理性通过其先天的实践法则使这个基体变为已确定的。这样,判断力就使从自然概念领域到自由概念领域的过渡成为可能。①

由此可见,由知性发展而来的"理智主义",虽然强化了在康德式认识论中的性质,将抽象活动提升到了不合适的水平,但归根到底仍作为认识论而为其认识对象保留着一个位置。所以杜威指出:康德把一切杂乱无章的东西都归结到一个领域——感觉领域中去,而把一切整齐和有规则的东西都归结到理性的领域中。② 所谓"知性"所扮演的角色,就是一种将感觉转换为理性的"清道夫"的工作,在其中,经验世界作为认识的对象依然是目的所在。但这种态度恰恰在理论主义中不复存在。这个貌似由理智主义发展而来的主义的核心,就在于对待经验世界的态度。在一名理论主义者看来,"解释一个现象就是将它和比它更一般的原则相联系"。所以,把握"理论主义"思想的一个关键所在,便是:现实在有关它的理论之外没有独立的存在。③ 换句话说,所谓理论"至上"的意思,也就是"理论"决定世界的存在。这早已不是康德的认识论意义上的主体性学说的主张,而是以貌似超越"主客二元说"的"主观决定论"。由此来讲,如果说通常意义上的(科学)"理论",体现了理性思考对经验中的"普遍性"的关心;那么"理论至上主义"所关注的,则是作为事物本质的"一般性"。

虽然在日常使用中,"普遍"与"一般"这对概念貌似有相似之处,但寻根究底而言,彼此之间的差异相去甚远。用杜威的话说:从哲学意义上讲,"'普遍'与'一般'有着很大的不同"。④ 究竟如何不同?所谓"一般",也就是能够呈现为可见的具体存在物的抽象性;所谓"普遍",也就是内涵于众多现象里的不可见的具体性。举例来说,医疗教学中使用的男女老少人体模型,就属于"一般"。它们虽然可见,但却是一种"超现实"存在,不是任何一个人类生命体的真实呈现。因为它是这些"人"的概念的抽象

---

① 参见康德:《判断力批判》,邓晓芒译,人民出版社,2002年,第35页。
② 杜威:《经验与自然》,傅统先译,江苏教育出版社,2005年,第34页。
③ 参见诺曼·霍兰德:《文学反应动力学》,张国清译,上海人民出版社,1991年,第348页;埃伦·迪萨纳亚克:《审美的人》,卢晓辉译,商务印书馆,2004年,第295页。
④ 约翰·杜威:《艺术即经验》,高建平译,商务印书馆,2005年,第260页。

化处理,不带有真实生命现象的特殊性。反之,普遍性所指的事物虽然无法像人体道具那样,以个别具体的方式直观地呈现出来;但它却以一种"不可见的抽象性"的方式,存在于所有真实的个体生命之中,体现着这些真实事物的带有本质意义的共性。俄国思想家别尔嘉耶夫强调:"精神的普遍性不意味着一般、抽象。"① 在某种意义上,"普遍"与"一般"的区别,也就是外在物质世界与内在精神领域的差异。真正的思想家永远无须为"一般"操心,让他们殚精竭虑的是呈现于特殊性中的那个"普遍性"。

众所周知,哲学是对智慧的爱,而形而上学是对于存在之普遍性的认识。② 在漫长的西方哲学史上,形而上学之所以曾作为思想的中心,就在于这种认识有其积极意义。日常生活经验表明:普遍性是经验的基本要素,它不是作为哲学概念,而是作为人们天天与之打交道的世界的属性。譬如,我们经验到的是雪、雨或热,一条街道、一间办公室或一个工头,爱或恨,而并非特指的"这场雪"或"这场雨"等。③ 相反,关于某个事物本质的"一般",它作为概念的产物则是理智的结果。也因此,尽管我们知道,一首杰出的爱情诗往往是作者为其心中特定的对象而作,但这并不妨碍我们一起分享,因为其中有彼此共同拥有的东西。所以对这样的说法我们觉得理所当然:"诗人从生活中撷取特定的个体,准确地描述其个性,然而由此却启示了普遍的人性。"④ 而由概念制造的"一般"则不具有真实的生活迹象。

把话说得再直白些:"普遍"与"一般"虽然都指向事物的"共同性",但前者将这种特性落实于特殊性之中,尊重事物的个体性存在;而后者则永远只停留在某些形迹可疑的"理论家"的手中,作为他们的概念玩物。这也正是哲学与理论的本质差异。关键所在,就在于就像杜威所强调的:"意义是普遍的也是客观的。"但为了能够认识到这种并非以物质实体形态呈现的东西,哲学家"发明"了普遍性的概念。换句话说,"普遍的和稳定的东西之所以是重要的,乃是因为它们具有促使产生独特的、不稳定的、转瞬即逝的东西的工具作用"。⑤ 不是把普遍性当作实在本身,而是

---

① 尼古拉·别尔嘉耶夫:《精神与实在》,张白春译,中国城市出版社,2002年,第43页。
② 杜威:《经验与自然》,傅统先译,江苏教育出版社,2005年,第35页。
③ 赫伯特·马尔库塞:《单向度的人》,刘继译,上海译文出版社,1989年,第190页。
④ 阿兰·德波顿:《哲学的慰藉》,资中筠译,上海译文出版社,2004年,第221页。
⑤ 杜威:《经验与自然》,傅统先译,江苏教育出版社,2005年,第76页。

作为认识事物所蕴含的意义的重要手段。这就是普遍与一般的根本差异。所以,哲学解释学代表人物伽达默尔说得好:在差异中寻找出共同的东西,这就是哲学的任务。事实上,从中我们也能够发现两种哲学的不同:作为一种智慧活动与作为一种僵化教条。导致彼此分道扬镳的关键,就在于对待经验世界的态度。杜威哲学的重要性就在于清楚地意识到,经验方法的全部意义与重要性,就是在于从事物本身出发来研究它们。换句话说,"它们是被发现出来的,被经验到的,而不是利用某种逻辑把戏推究出来的"。① 所以,从经验出发以普遍性为归属的认识论是有效的,反之,忽视日常经验世界的"逻辑把戏"除了自欺欺人外并没有意义。

对此,可以补充一句:从经验出发同样是美学的任务。以金庸小说中的侠客形象为例:从陈家洛、张无忌、胡斐到郭靖、杨过、段誉、萧峰和令狐冲,这些让人过目不忘的侠客尽管性格不同、各有特点,但对于许多能够"通宵达旦"读金庸的读者们来说,都能从这些形形色色的各路大侠身上,读出一种只有金庸小说中独有的"大侠本色"。这就是不同于"个别中的抽象的一般"的"特殊中的普遍性"。所以,不同于理论主义的废弃常识而不顾,作为哲学一门分支的美学研究并不无视日常的经验世界,恰恰相反,而是从经验世界出发最终回归其中。所以著名学者石里克干脆声明:"哲学不是一种理论,而是一种活动。"② 它不仅密切关注而且参与到日常生活之中。而这也正是真正严肃而负责的思想活动,同热衷于在书斋里玩耍文字游戏的理论主义的重要区别。任何一种健康的思想学说,在实质上都是对日常生活世界中的问题的反映,因而会表现出对"常识"的尊重而不是鄙弃。与之形成鲜明对照:所有的理论主义,无一例外地都以对常识的抛弃来显示其优越。③

所以,美国学者爱德蒙森曾一针见血道破问题的实质:"理论经常是通过向日常经验所提供的以及非知识阶层所拥有的东西说'不'开始的。"④ 以至于著名小说家米兰·昆德拉以嘲讽的口吻,将那些理论主义

---

① 杜威:《经验与自然》,傅统先译,江苏教育出版社,2005年,第4页。
② 石里克:《哲学的未来》,《哲学译丛》1996年第6期。
③ 理查德·沃林:《文化批评的观念》,张国清译,商务印书馆,2000年,第10页。
④ 马克·爱德蒙森:《文学对抗哲学》,王柏华等译,中央编译出版社,2000年,第145页。

批评家命名为,把文学艺术等人类文化只是看作"理论思潮衍生物的教授"。①事实上,这种做派不仅让人文学术重新落入旧形而上学主客观对峙的二元论旧巢,而且还进了一步,将主观抽象物置于真实世界之上。举例来说,2009 年,香港学者梁文道出版了一部题为《常识》(广西师范大学出版社)的书,坊间一时热卖,博得读书人一片叫好。究其原因,难免让人有些啼笑皆非。此书内容名副其实,所言皆为布衣百姓和草根群众所熟悉的老生常谈。人们的欣赏不言自明地证明了一个道理:常识之为常识多属于"老生常谈",虽无法满足人们的猎奇之心,但却有人类文化的积累和经验世界的总结,不能轻易鄙弃。借用斯诺的话来说:"老生常谈也有一种不幸的妙处:它很真实。"②当然,梁文道的书名不是首创,在 1778 年的北美大陆,托马斯·潘恩的一本小册子《常识》(何实译,华夏出版社,2004 年),在当时的英国一度成为除《圣经》之外最具影响力的书。

原因同样无他:它以通俗直白的语言表述直抵问题的本质,道出事实的真相。该书作者也凭借他所具有的这些"常识"而应邀参与起草了著名的《人权宣言》。这也反映出问题的症结所在:因为脱离经验世界而缺乏现实感,导致以理论主义为依据的话语现象不可能产生真正的"问题意识"。因而它们需要以不断制造出各种"话题"来吸引人们的眼球,通过标新立异来证明它的存在价值。面对此种情形,屡屡让人想到伊格尔顿的这句描述:"一种概念式样瞬息之间即取另一种而代之,快得一如发型的变化。"③许多年前,卢梭曾经嘲讽地说道:"什么是哲学?最有名的哲学家的著作内容是什么?这些智慧之友的教诲又是什么?我们听到他们说的话,难道不会把他们当作一群江湖骗子?"④这段话中提到的"哲学"对于通常意义上的哲学家并不公正,但用在作为话语现象的"理论"倒十分贴切。

三、问题的症结

半个多世纪以来,由专业行话所编织的"话语现象"带给美学的巨大

---

① 米兰·昆德拉:《小说的艺术》,董强译,上海译文出版社,2004 年,第 41 页。
② C.P.斯诺:《两种文化》,纪树立译,生活·读书·新知三联书店,1995 年,第 6 页。
③ 特雷·伊格尔顿:《二十世纪西方文学理论》,伍晓明译,北京大学出版社,2007 年,第 242 页。
④ 卢梭:《论科学与艺术》,陈筱卿译,商务印书馆,1997 年,第 33 页。

伤害有目共睹。用美国学者理查德·沃林的话说:"在经过了太多磨难的今天,有良知的知识人建立起这样的共识:真理必须进入世人的谈话中,它必须不仅在专家那里而且在一般公众面前证明它的优点。"①所以,在对理论主义实施弹劾之后,思想界必须理直气壮地承认,"常识仍然是一种了解自然世界的方式"。② 其实,我们对世界最真实也最重要的认识,是来自直观而不是凭借思想的"高空作业"得到的抽象的伪哲学。比如,当你感觉到清风拂面,你用手指抚摸青草,你用鼻子嗅,用眼睛看,用嘴巴尝,用耳朵听身边的世界,然后在这些感觉的基础上你开始理解这个世界。真正"明白"诸如"世界"或者"存在"这些听上去那么沉重的概念,究竟意味着什么。所以,小说家毛姆曾强调:"哲学家倾向于在书房中阐释他们的理论,只是从他们间接了解的生活材料中得出结论,而在我看来,如果他们也面临普通人所遭遇的人生浮沉,那他们的著作会有更确切的意义。"③这倒是经验之谈。

由此我们也就不难理解,何以往往以底气十足的理论姿态出现的"话语现象",其实是一种不仅毫无意义而且对精神生活危害极大的"扯淡"。著名学者理查德·罗蒂曾对这个问题给予了很好的说明。他在拿实用主义同解构主义作比较时表示:"我还不得不承认,能够把德里达原料加工成一套论辩行话的那些人,迫切需要把他们自身看作用最新理论武器全副武装起来的人。"④换句话说,所谓"话语现象"的实质,也即一种"论辩行话"。没有那个貌似雄辩的、以解构理论主义为核心的后台,这些"话语现象"就无法通过一套令人眼花缭乱的"论辩行话"来欺世盗名。所以,由"话语现象"的泛滥所造成的"扯淡之风"的盛行,其根源仍在于解构主义的幽灵。这个幽灵的症结出在其创立者德里达身上。伽达默尔说得好:"唯我独尊是人性中天生的缺点。"⑤人人都渴望出人头地,这是现代美学界山头林立、门派迭出的重要原因。

但解构主义的问题不是一般意义上的狂妄,而是前无古人或许也

---

① 理查德·沃林:《文化批评的观念》,张国清译,商务印书馆,2000年,第10页。
② 费夫尔:《西方文化的终结》,丁万江等译,江苏人民出版社,2004年,第195页。
③ 萨默塞特·毛姆:《在中国屏风上》,唐建清译,江苏人民出版社,2006年,第110页。
④ 理查德·罗蒂:《后哲学文化》,黄勇编译,上海译文出版社,2003年,第220页。
⑤ 汉斯·伽达默尔:《哲学生涯》,陈春文译,商务印书馆,2003年,第175页。

后无来者的癫狂。这是它同以获得有意义的思想成果为目标的、货真价实的理论活动的本质区别。一位诚实的思想者会这样表示:"我们并不放弃任何带有批判眼光的严谨态度,相反,我们要把这种态度推衍到极限。可是我们是朴朴实实地这样做的,不以什么批判者和大宗师自居。"①相反,理论主义者的共同特点就是傲慢。比如把福楼拜的小说名著当作社会学读本的法国人布尔迪厄曾以"粪土当年万户侯"的气派宣称:"《情感教育》这本著作虽被成千上万次地评论过,却无疑没有被真正读过。"②如果说思想者的谦逊明智,体现了追求真知灼见的哲学真诚,那么理论主义者的无知狂妄,则呈现了他们对个人权力赤裸裸的渴望和追求。美国学者克里格一针见血地指出:所有的理论主义者"都怀抱着自己的帝国主义雄心"。③ 若干年前,小说家史铁生在《写作的事》中写道:很多理论的出发点并不是为生命的意义而焦虑,而只是"为了话语的权力而争夺"。这番出自一颗纯粹之心的话,直言不讳地道出了事情的本来面目。

所以,尽管同任何其他理论一样,美学理论也必须符合实际。但许多理论都不是这样,它们宣称从事实出发,对事实作了真实的描述,实际上都在歪曲事实。比如,理论家们总是热衷于贬低那些被多数人视为具有重要艺术价值的成分,在表面上看似提供更好的解读,实质上只是为了标新立异以引人注目。问题的症结在于这些作者的内在动机。诚如一位美学家所强调的:"许多理论的提出都是为了反驳另外一些理论,因此,这些理论的片面性和走入极端,部分又是来自于那种想完全摧毁其他理论之片面性的侵略性企图。"④唯其如此,人们看到,一度占据了西方学界话语权的理论主义者们,"常常像一个钟摆那样,从一个极端走向另一个极端"。⑤ 原因其实很简单:理论主义者们既不对读者也不对作品负责,他们所关注的只是自己的身份与声誉的市场价格。以"批评理论"阵营中的主角之一、曾渴望让美国"变成理论生产中心"的詹明信为例,他曾坦诚表

---

① 奥·加塞尔:《什么是哲学》,商梓书等译,商务印书馆,1994年,第50页。
② 皮埃尔·布迪厄:《艺术的法则》,刘晖译,中央编译出版社,2001年,第263页。
③ 莫瑞·克里格:《批评旅途:六十年代之后》,李自修等译,中国社会科学出版社,1998年,第170—177页。
④ 吉尼·布洛克:《美学新解》,滕守尧译,辽宁人民出版社,1987年,第248页。
⑤ 同上书,第234页。

示,他所担心的是:不要因为在文章里"没有把自己的立场、观点发挥到淋漓尽致,因而在理论与意识形态的竞争中被淘汰出局"。① 这已足够说明问题。

由此可见,理论主义同经验世界的脱离势所必然,由它主宰的"话语现象"的空洞乏味也就不足为奇。但这显然有悖于美学研究的学术伦理。所以杰出的 20 世纪美国戏剧家阿瑟·米勒有句名言:一部剧本应该对有常识的人讲得通。② 这番经验之谈不仅仅属于艺术创作,它同样也能为美学家所分享。理解了这点,我们就能够对如何辨别"话语现象"心中有数,对"什么样的学术表述属于货真价实的学术文章"这样的问题不再会有困惑。不妨同样举些实例:

1) 我觉得,"祖国处于危难之中"这句呼喊并没有下面这一声呐喊那样可怕:"公民们!文化处于危难之中!"……信仰是一件非常愉快的事,但是必须要有知识。政治就像坏天气一样是不可避免的,不过,为要使政治变得高尚,就必须有文化工作,早就应当往凶恶的政治情感方面投入仁慈善良的情感了。……不能总是只讲政治,还应当保留少许良心和别的人性的感情。……不要以为只因人民受过折磨,他们就是神圣和道德高尚的了,甚至在基督教传播的最初几百年里,就有过许多出于愚蠢而受折磨的大殉道者。同时,也不应闭眼不看这样的事实:当"人民"获得了对人身施行暴力的权力后,他们变成了不比他们昔日的折磨者逊色的兽性的和残酷的折磨者。……大地上一切卑鄙和可恶的东西都是我们已经和正在做的,而我们所向往的一切美好的、理智的东西都生活在我们的内心。……看着谎言被上千次地重复并在许多人眼里正在获得真理的面目,真是太让人感到恶心了。

2) 问题还是一样:我们必须以战止战……许多人总是在说,"和平,和平"。但是,我们已成经学得教训,知道在地球上维护和平必须用武器做靠山;同样的道理、同样的手段,也出现在警察身上,他们要配置武器,

---

① 詹明信:《晚期资本主义的文化逻辑》,陈清侨等译,生活·读书·新知三联书店,1997年,第20,46 页。
② 罗伯特·马丁:《阿瑟·米勒论剧散文》,陈瑞兰等译,生活·读书·新知三联书店,1987年,第 199 页。

才能维持国家治安。你总不能跟罪犯达成协议,得到和平吧。……马克思主义一开头就错了,因为马克思主义一直在找敌人,不是在找朋友。……看过古代艺术经典(比如说,米开朗基罗的作品)的人,都不得不承认,大体而言,艺术水平是往下走的。米开朗基罗以前是将来也会是最伟大的艺术家,我们无法期望现今也会出现这样的大师。原因是什么? 那是因为艺术家听信历史主义者的预言,无意创作好的作品,满脑子想的就是成为未来的领袖。他们对自己比较感兴趣,没把心思放在作品的品质上。……西方为了和平奋战,也终于在欧洲实现和平。但是,不负责的西方知识分子,还是把西方世界视为邪恶的表征。(原因无他)因为他们要标新立异,所以对事实视而不见。他们不理会证据,甚至连客观的历史都可以歪曲。我不想再批评这些知识分子了。我宁可要求他们负起对人类、对真理的责任。我们的自由允许他们随意发表意见,侮辱这个自由的世界,把它丑化成恶魔张牙舞爪的地狱。这是他们的权利,但却不是事实。

3) 伟人也可能是坏人。按照我的定义,斯大林便是个伟人。他是迄今有过的最糟糕的人之一,但是他使俄国发生了没有他就不可能发生的重大变化,即使其后果令人毛骨悚然。希特勒和其他一些大人物都是伟人。凡是伟人都留下了历久不变的影响。

4) 科学能够告诉我们,心脏什么时候开始跳动,宫外孕各阶段胎儿有多高的存活率。至于何为"生命"的"真正"定义,何为"人"的定义,科学并不拥有这样的权威去确定诸如此类的标准。……现代世俗教育的失败,并不是由于它不传授知识,而是因为它缺乏道德、社会或思想的核心。我们的教学计划只明白学生应该具备一些技能。这样的教学计划只明确技术专家的理想——成为没有献身精神、没有观点,但却有大量技能到市场上去出售的人。

5) 将极权主义教育体系和民主主义教育体系作比较可以看出,最基本的差别在于,个体是被一种社会机制所操纵,还是个体能够作为一个负责的人,能充满能动性、有力量、有追求、忠诚并能够不受约束地取得创造性成就。极权主义使个体终结。……看一下当今任何一种极权体制,我们总是首先发现每个公民的头脑都受过教条主义的洗礼。这种洗礼包括教育系统、报纸广播等各种新闻媒体以及公开的政治的演讲。而这种教条总是围绕着全知、全能、无所不在的领袖、国家代理人而展开。

6) 西方社会已经放弃了那种认为人从根本上说是"经济人"的观念,即放弃了那种认为人的基本动机是经济动机,其处我实现在于社会成功和经济报酬的观念。重商主义社会所基于的人性与人的目的的道德概念,在今天已经不再可取了。因为我们已经认识到,自由和正义,是不可能在经济领域和通过经济领域得以实现的。

7) 我们正处在一场全球性的危机中,它规模浩大,极为严重,尚未被大多数人察觉,如同癌症;这是一场全球性的教育危机。……世界各国很快就会产出一代代有用的机器,而不能造就完全的公民——他们能独立思考,能批判传统,能理解他人的苦难和成就的意义。

以上所引的文字出自不同作者,故倘若细心辨认,不难发现这些段落的文字在风格和论题等方面都各有差异。它们分别出自七位思想家之手:(1) 高尔基:《不合时宜的思想》,朱希渝译,江苏人民出版社,1998年,第57、76、141、154、214、282页;(2) 波普尔:《二十世纪的教训》,王凌霄译,广西师范大学出版社,2004年,第70、77、57、59、142页;(3) 贾汉贝格鲁:《伯林谈话录》,杨祯钦译,译林出版社,2002年,第182页;(4) 波斯曼:《技术垄断》,何道宽译,北京大学出版社,2007年,第96、112页;(5) 马林诺夫斯基:《自由与文明》,张帆译,世界图书出版公司北京公司,2009年,第101、133页;(6) 彼得·德克鲁:《工人的未来》,余向华等译,机械工业出版社,2009年,第162页;(7) 玛莎·努斯鲍姆:《告别功利》,肖聿译,新华出版社,2010年,第2页。

但耐人寻味的是,这不仅并未妨碍让我们发现其中的共同性,而且甚至会产生"这是同一篇文章"的错觉。这是因为这些文字有着相似的品质:不仅"言之有物",而且"说得在理"。朴实本色,没有华丽的辞藻和复杂的术语,直抵问题的实质。这再次提醒我们:归根到底,美学中浮躁的"话语现象"是对真正的"问题意识"的遮蔽和吞没。因此,结论早已不言而喻:只有抵制住理论主义的诱惑,当代美学才能摆脱泛滥成灾的"话语现象"的纠缠,将真正的美学问题提到议事日程。尊重常识,回归经验,这是当代美学超越空洞的"话语美学"(或者用罗蒂的话讲"行话美学"),重返以问题为导向的美学研究的当务之急。

文学与思想:以海德格尔为中心的一个纵深考察

刘耘华*

[内容提要] 论文首先考察文学与思想的历史关联,指出西方文化基于"同一性"的真理观奠定了"原本"与"摹本"、"理性"与"欲望"、"推理"与"叙述"等一系列二元对立的思维模式,与此相应,思想(哲学)取得了对"诗"(文学及艺术)的支配地位。古代中国文化虽然也重统贯之"一",并有"文""道"之分,却未建立哲学与"诗"的文类对立。论文以海德格尔为个案辨析了"诗""思"合一的哲学内蕴及具体表现,并对文学的思想史研究提出了一些自己的见解。

[关键词] 文学 思想 诗与哲学之争 海德格尔

一、文学与思想之关系的历史审视

"视域歧分"(division of horizons)是成中英教授提出的一个说法,首次见于他在2012年12月16日于北京师范大学北国剧场的演讲。他认为,文化"分歧"(差异)一方面可以成为"融合"(求同)的推力乃至基础;另一方面,最后的或理想的融合是否能够达成尚属未知之事,故在不同的文化之间开展实际的对话之时,"视域歧分"之维度理应受到重视。① 对于笔者而言,

---

* 刘耘华(1964—),男,博士,上海师范大学文学院中文系教授、博导,比较文学与世界文学中心主任,主要从事中西比较诗学、海外汉学、儒家诗学及基督教与中国文学关系研究。
① 按:成先生将"division of horizons"自译为"视野分歧"。笔者感到,以大陆读者的阅读习惯,将其译作"视域歧分"似更能呈现出该词所具有的"行动"与"结果"相互交叠的蕴涵;同时,我在另一篇论文《文化原创期与中西之源发性差异的形成》(《学术月刊》2016年第6期)已运用成先生的这一观念对中西文化之源发性差异进行了较为深入的论述,亦可参看。

成先生所揭示的这一"问题意识",不仅有助于我们重视并努力探索不同文化的差异,而且它本身还可以成为审视不同文化、不同文学乃至文学与其他学科关系之差异的一个视角。本文即打算从"视域歧分"的视角切入,对文学与思想(哲学)的跨学科关联作一尝试性的审视。① 此先试述文学与思想之历史关联的展开脉络:

其一,在中西文化的古典时期,"统一性(同一性)诉求"可谓一维偏盛,相对而言,文化之中、之间的"差异性"便成为边缘性的因素,"差异"常常被视作"个殊性"与"偶然性",被认为是应该予以同化、克服乃至清除的暂时性存有,而"同一性"则被扶上"真理"的宝座,被视作万有个殊的"基础""依据""保证"或通贯性的"一"。在先秦时代,诸子皆重统贯之"一",故孔子云"吾道一以贯之"(《论语·里仁》),墨子云"一同"(《墨子·尚同篇》),孟子云"先圣后圣,其揆一也"(《孟子·离娄下》),荀子云"心未尝不两也,然而有所谓一"(《荀子·解蔽篇》)以及"乐者,审一以知和者也"(《荀子·乐论篇》),老子云"昔之得一者,天得一以清,地得一以宁"(《老子·第三十九章》)以及"圣人抱一,为天下式"(《老子·第二十二章》),庄子云"恢恑憰怪,道通为一"(《庄子·齐物论》)以及"通万物一气也"(《庄子·知北游》),《系辞下》云"天下之动,贞夫一者也",直至战国晚期诸文献里频繁出现的"太一",等等,其内涵虽然各自有别,但其作为众异之所归趋的"统一体"则是共通的。古希腊亦然。在前苏格拉底时代,众哲人所提出的"始基"概念,不管是质料性的"水""气""火""原子""四元素""种子",还是非质料性的"阿派朗"(apeiron)、"数"(number)、"存在"(On/onta/Being),它们都是使宇宙"统一"的同一性基础。值得指明的是,巴门尼德(Parmenides)及爱利亚学派的"存在"已经成为统贯天人的概念,其大无外,其小无内,在思维的抽象性和超越性方面到达了巅峰。"存在"是不可见的"整体"之"一",它"不变""不动""不可分割"(受到"必然性"的限定),"自我圆满",②"永远自身同一"(同质),必须借助"理性"方能得到

---

① 本文后面将用"哲学"一词来代替"思"与"思想",又用"诗"来代替"文学"。这样做的依据,主要是西方文化主流所赋予"哲学"与"文学"的学科特征及其内涵定位:纯粹的"思"被认为是最纯粹(与经验世界无关)的"哲学",而"诗"一般被视为最典型的"文学文类"。

② 巴门尼德说"存在"(Being)是"圆形的"(like the mass of a well-rounded sphere),多数学者认为,这使"遍在"的本体受制于具体的形物,二者是彼此冲突的。笔者则以为,"圆"(转下页)

"思维"和"认知"(此即所谓"真理之路")。这种"存在论",同时也就将差异、多样且可变的经验世界贬低为"非存在"("非存在"是无法进行"思维"的把握的,这是所谓"非真理"的"意见之路")。巴门尼德及爱利亚学派关于"存在"及"真理"的断言以及将"两条道路"对立起来的做法,被柏拉图、亚里士多德等思想家接受下来并加以改造,成为西方思想史的主流看法。①

其二,雅典城邦兴盛之后,造成了"论辩术"(art of eristics/rhetoric)的发达。亚里士多德说,论辩术借助"说理"(logos)、"动之以情"(pathos)、"人格感染"(ethos)以及"精妙措辞"②等多种方式,将"说服的艺术"推向很高的境界,同时也催生了以"人"为"尺度"的"主体意识"。所谓"自然与约法之争",其焦点便在于"万有"究竟是以客观的"自然"为尺度呢,还是以主观的"约法"为尺度,后者的代表主要就是论辩师(sophists)。职业论辩师普罗泰戈拉(Protagoras)向巴门尼德及爱利亚学派的"存在论"提出挑战,宣称"人是万物存在的尺度",也是"万物不存在的尺度",这样一来,"存在"便是"可变的""流动的"甚至"因人而异的",修辞学家比哲学家更能把握到"存在"的"真谛"。苏格拉底和柏拉图本身也是论辩好手,同样热衷于以"对话"或"散文"来探讨"真理",但是他们的"真理观"("存在"论)更倾向于巴门尼德。苏氏对于"某某德性本身"的寻索与柏拉图提出的"理式"论以及柏氏后期对于"一""多"关系的思考,都表明二者的万物"本体"更多是对巴门尼德思想的补充与延伸;柏氏所营造的"可知世界"与"可见世界"具有鲜明的等级秩序,其中无疑就有巴门尼德"两条道路"的身影。在这一等级森严的知识谱系中,"理性之知"与

(接上页)(sphere)只是巴氏拿来况义"存在"的比喻,表明它是自足圆满的;同样的情况,还有巴氏所言"存在"是"被必然性锁住了的"(powerful necessity holds it in the bonds of a Limit)。很显然,这也是一个比喻,用来表明"存在"是"不动的"(motionless)。有关巴门尼德的引文均见狄尔斯编、弗里曼英译的《前苏格拉底哲学残篇》(Freeman,41-44)。巴氏常使用譬喻甚至故事(muthos)来阐发抽象的哲学思想,但又未能像柏拉图那样娴熟精巧。英国著名的古典学者哈夫洛克(Eric A. Havelock,1903—1988)对此所作的解释是,巴门尼德处于"书写与非书写之间的交替时期",其诗歌写作受到"听与读"的双重牵引,故而风格显得笨拙而晦涩。
① 英国学者巴恩斯(Jonathan Barnes)认为,巴门尼德对前苏格拉底后期希腊思想界的影响是"全方位的"。
② 亚里士多德认为,论辩术(散文)的措辞与"诗"不同,"诗"要求"新异",而论辩术则诉求"合适"(aprropriate),既不能太普通,也不能过于高蹈(too elevated for the subject);不能表现出斧凿痕迹,而应自然流露、恰如其分。

"感性之知"形成了尖锐的、根本性的对立,而两者的社会身份分别对应于哲学家与修辞学家(主要是论辩师和诗人)。在柏氏看来,哲学家着眼于"可知世界",以概念、逻辑(推论)、辩证法为手段,得到的是不变的"真理"之"知"(具体说来,主要有对于"事物"的实证之知[dianoia]和对于"实证之知"的辩证再反思,得到所谓"理性之知"[noesis]);而柏拉图对于修辞学家的看法,似有一定程度上的区别对待。对诗人,柏氏(也许还包括苏格拉底)的态度最为轻慢:首先,他认为诗人没有自己的"主体性(理性)",他只能在被神夺走了理智——陷入"迷狂"之时方能"诵说""创造"与"制作";其次,诗人无法认识"真知",因为他所模仿的,只是"理式"的个别显现物,"与真理(eidos)隔了三层",故其"制作"无关"真理",而只是"形象"(image)甚或"幻象"(illusion);再次,诗人所"爱欲"的对象是感性与欲望,他煽动起来的欲望之火,将损害甚至湮灭灵魂里的理性之光,从而摧毁城邦的政治与道德秩序(正义)。柏氏认为,除非诗人接受哲学家的引导和规约,有助于推展哲学家的教化理想,否则城邦应予以驱逐。而对于论辩师,柏拉图所指责的主要是:他们拒绝承认世界万物的客观依据(本质、天性、真知),而把"聪明才智"(论辩术)转向谋取个人利益,其结果则是对于城邦政治与法律生活之机巧而间接的"操控",这同样会损害城邦的正义秩序。总之,在苏格拉底和柏拉图看来,哲学家所"爱欲"的是求"真知"的快乐,论辩师所"爱欲"的是求"说服"的快乐,而诗人"爱欲"的是感官(特别是性欲望)的快乐,他们各自在"真知"、"意见"(doxa)、"想象"的等级序列中得到了相应的、差异鲜明的位置,这也是"哲学""修辞学"与"诗"在西方历史上的最早定位。这一定位,从根本上说是依据其对于城邦治理的功用大小来确定的,故其基本立场是政治与道德的,即"实践性的"。柏氏的弟子亚里士多德一方面认为,"诗"与"哲学"一样源于"惊异"(wonder),一样可以表现必然性或可然性,一样可具有内在的连贯性(一个起承转合的整体),故并非天然地与"逻各斯"相对立;但另一方面他又承认"诗"所借助的,主要还是"秘索思",①故他给予"诗"的位置处于"哲学"与

---

① 即"muthos"(复数 muthoi),它在《荷马史诗》里的出现频率很高,主要指"(神的)故事""(英雄的)传说"。公元前 6 世纪末至前 5 世纪初,作为理性话语的"逻各斯"开始日益凸显并受到重视,"秘索思"便成为它的对立面了(即"非理性的、传说的、诉诸情感的、难以置信的")。在《诗学》里面,亚里士多德以之表示戏剧的情节、故事、人物、性格与行为等,总之,主要是一种"诗性的话语"。请参阅亚里士多德《诗学》"附录",陈中梅译注,商务印书馆,1996 年,第 197—199 页。

"历史"的"中间"。他赋予"诗"的中介位置,为后世所广泛接受和认同。康德、黑格尔等都把"美学"(感性学)视为"中介",并以之作为联系、沟通"普遍性"与"特殊性"的桥梁,或克服二者之隔阂冲突的"药方"。不过,在亚氏这里,"诗"的地位仍然低于"哲学"。

我国先秦时代没有类似古希腊的"哲学"与"文学(诗)"的"文类"对立。在孔子和儒家这里,"六经"皆教化之具,彼此互补而无高下之异;《庄子·天下篇》对于各家学术的评价,只有"淳"(全)"杂"(偏)之分,也无"文类"上的等级之别。笔者以为,在我国类似的歧分主要体现在"经"与"非经"(子、史、集)、"道"(子、史、集未必"无道")与"非道"的区别上,它的依据则在于"思想"(道),而非"文类",而古希腊的"哲学"与"文学(诗)"的差别则更侧重于思想的对象和思想的方式。故总体而言,"哲学"与"文学"之对抗与争吵的问题乃西方知识分科系统传入我国并占据主导地位之后才发生的,它是一个"现代学术问题"。

二、"诗""思"合一:以海德格尔为例

柏拉图的诗学观在古典时期及中世纪是主流的看法(在基督教神学家那里被推向极致),但同时它也受到了不少人的纠偏乃至反驳,如亚里士多德、锡德尼、维柯、雪莱,直至现代学人弗洛伊德、尼采、海德格尔和德里达。在海德格尔之前,西方关于"诗与哲学之争"的讨论,其实很少能够溢出柏拉图所设定的言说"方式"与"范围",只不过互执一端、各有偏倚而已,具体来说,即:柏拉图以"对立"的姿态来处置二者之间的关系,并设定了"原本"与"摹本"(eidos/mimeta①)、"真理"与"假象"、"理性"与"欲望"、"推理"与"叙述"(argument/narrative)、"普遍必然性"与"个别偶发性"、"存在"与"生成"(ousia/genesis, being/becoming)、"有益于德性"与"无益于德性"等具体的问题论域,反对者所反对的只是柏拉图所给予"诗"的"定位"不正确并造成了对其定性与功用的认知偏离,而上述诸多二元对立式的思维与论辩框架及其所内含的价值判断却鲜有人质疑。故从根本上说,反对者与被反对者均隶属于同一阵营,所捍卫的是同一个知识秩序的系统,即,都赞同并维护"逻各斯"对"秘索思"、"原本"对"摹本"、

---

① 这是"mimesis"的复数。"原本"是"一","摹本"是"多"。

"存在"对"生成"、"理性"对"欲望"、"推理"对"叙述"等一连串二元对立关系的优先地位。正因此,有人断言,在所达成的客观效果方面,柏拉图自己才是"诗"与诗人的最有力的辩护者。①

19世纪后期,一批欧洲哲人开始反省"存在"与"生成(变化世界)"的对立所造成的生命困惑。狄尔泰认为,人的生命,本是流逝、变化着的时间结构,"存在""真理""意义"不能仅仅被视为"逻辑"手中的"概念",因为它们都是生命本身的"表现"。生命虽然以形成永恒的意义统一体为目标,但此一统一体是生命自身在经验之中的自我展现和自我造就,并"在现在的意识之中把过去和未来呈现出来"。② 尼采的态度更为激烈,他否认"永恒的事实"与"绝对的真理",③而他所声称"杀死"的"上帝"其实就是这种超越于"时间"之外(不在因果链条之中)、单独存在(不在时空中完整显现)、永恒自我同一(绝对完满)的"真理"。"杀死上帝"是时代所要求的"罪案",故你我都是"凶手",④而长期纠缠于上帝的"真理"之中的"哲学"与"哲人"(尼采经常以柏拉图、苏格拉底为其始作俑者⑤)却在"罪案"发生之后充满了"腐烂的气息"因而"气息奄奄"。尼采设问:在上帝缺席的时代,我们如何继续前行?他认为,"艺术",特别是"悲剧艺术",将是我们的行走(生存)倚靠:"强力意志"的"未来人",孤独的斗士,惯于否定与"破坏",以创伤来培植"健康","快乐地"饕餮于"表象"的华美,并坚称"用

---

① 这一方面的论著甚多,恕不一一具列,请参考: Stanly Rosen, *The Quarrel between Philosophy and Poetry*, New York: Routledge, Chapman & Hall, Inc., 1988(此书有张辉教授翻译的中文版,华夏出版社,2004年); Sarah Kofman, *Socrates: Fictions of A Philosopher*, translated by Cathorine Porter, London: The Athlone Press, 1998; Raymond Barfield, *The Ancient Quarrel between Philosophy and Poetry*, New York: Cambridge University Press, 2011; William Wians, ed., *Logos and Muthos: Philosophical Essays in Greek Literature*, Albany: State University of New York Press, 2009; David Martin, *Religion and Power: No Logos Without Mythos*, Surry (England), Burlington (USA): Ashgate Publishing Company, 2014.
② Wilhelm Dilthey, "The Constitution of the Historical World in the Human Studies", in A. P. Rickman, ed., *Wilhelm Dilthey: Pioneer of the Human Studies*, Berkeley: University of California Press, 1979, pp.7-8, 113.
③ Friedrich Nietzsche, *Human, All Too Human: A Book for Free Spirits*, trans., R. J. Hollingdale, Cambridge: Cambridge University Press, 1986, sec. 1.
④ Friedrich Nietzsche, *The Gay Science: With a Prelude in Rhymes and an Appendix of Songs*, trans., J. Nauckhoff, New York: Vintage, 1974, sec. 125.
⑤ 在《偶像的黄昏》里,尼采反复咒骂苏格拉底与柏拉图是"腐朽之象""生气衰竭之所""赝品的希腊人"和"反希腊人"(anti-Greek)(Friedrich Nietzsche, *Twilight of the Idols*, trans., R. J. Hollingdale, London: Penguin, 1990, p.39.)。

锤子来从事哲学",如此等等。尼采称这样的"人"为"悲剧艺术家"或"真正的诗人"。不管是日神之"诗"的庄肃平和,还是酒神之"诗"的生气淋漓,它们都能赋予我们"陶醉"而"快乐"的感受、超越苦痛的勇气,进而促成我们反抗"虚无"、激发起对于生命的自我确认以及对于"真实"的真切领悟。换言之,在没有上帝的时代,"诗"比"哲学""宗教"或"道德"更可靠:在尼采心目中,迷恋并领会到"真实"(reality)的"诗人"凌驾于"哲学家"之上。不过很显然,尼采并未全然颠覆上述二元对立式的论辩框架,因为在他那儿伴随着"真理"一同死亡了的"哲学",与"诗"仍然是对抗性的,只不过是一种被翻转的对抗。

真正对上述二元对立式思维与论辩框架进行根本颠覆的是海德格尔,他把"存在"与"时间"视为"一体","存在者(beings)"是"存在(Being)"的"时间性表象",后者对于"存在"的"去蔽"(alêtheia)与"显露"(phusis)起着既遮又彰的作用,故"存在与表象之间,既相抗又密合为一"。① 这与巴门尼德把"存在"与"非存在"(实质上就是海德格尔所云"时间"中的"存在者",即变化界的事物)完全对立起来的做法很不一样。海氏不承认有超出"时间"之外单独存在的绝对实体(如巴门尼德的"存在"、柏拉图的"理式"、亚里士多德的"实体"、基督教的"神"、笛卡尔的"我思"、康德的"本体"、黑格尔的"绝对理念"等)。《存在与时间》开篇即云:要重新唤起对"存在"问题的意义之领悟,就得"把时间阐释为使对'存在'的任何一种一般性领悟得以可能的境域(Horizont/horizon)"。② 海氏把"人"这种"时间性"的"存在"命名为"此在"(Dasein),"此在"总是在"世界"中(Being-in-the-world):一方面,"世界"不同于客观中立的物理宇宙,而是"此在"向来如此并且仍然如此地"现身"并予以领会或理解的"地方";另一方面,"世界"如此这般的"显现"也为"此在"造就了各种不同的"场景"或"境遇",它们既"开显"也"限定"了"此在"对于"世界"的领会或理解。总之,"世界"与"此在"是彼此影响互渗而无法割裂的整体。按照

---

① Martin Heidegger, *Introduction to Metaphysics*, trans. Gregory Fried and Richard Polt, New Haven: Yale University Press, 2000, p.114. 海德格尔:《形而上学导论》,熊伟、王庆节译,商务印书馆,1996年,第115页。
② Martin Heidegger, *Being and Time*, trans. John Macquarrie and Edward Robinson, London: SCM Press Ltd., 1962, p.1. 海德格尔:《存在与时间》,陈嘉映、王庆节合译,熊伟校,生活·读书·新知三联书店,1987年,第1页。

海氏的说法,这个"整体"是"首要的存在实情",①它们共同造就了"此在"的"此"或"彼",以及其"世界"的"此"或"彼"。"世界"在理解中显现,总是需要经由"语言"("语言"作为"存在的家园",主要是指"世界"是一种语言的"作为-结构"[as-structure],即,借助"命名",把"世界"带到〔此在的〕面前——在此在的面前"现身"),故对于"此在"与"世界"的"理解",终究是一个"语言问题"。

"此在"在"世界"中的敞开(disclosing)倚赖于"现身情状"②(Befindlichkeit/ disposedness)和"理解"(verstehen/understanding),它们使"此在""生存着",并与"世界"发生了"有意义的"关联(也因此与物理存在区别开来)。"此在"不是"主体","世界"亦非"对象",二者彼此倚靠,互相牵引并"现身"。"现身情状"和"理解"都不离语言。但海德格尔所说的"语言",首要的也是基础的含义是"无言无声的"。它是一种让"世界"形成的建构性力量,换言之,"世界"之诸存在者的"现身"及其意义性的关联,是在此一无形无声的力量的牵引和召唤之下开显的。这种无声的召唤与建构的力量,才是真正的"语言"。它是语言的"本质"(源始的语言),也是"存在"的"本真(本己)"。诗人的"语言"只是将此一无形无声的"建构力"与"汇聚力"如其所是地显露出来而已。而在所有使用"语言"来使"存在"本真地显现的样式里,"哲学"与"思"与"真理"最为接近,因而具有"本质上的优先性"。至于其他的样式,则唯有"诗"方能"享有与哲学及哲学运思的同等地位":"诗"也能够谈论缘发自成性之"在之间"(Inzwischen)③的"无",也能够抵达"精神以自身为目的之现实可能性",从而获得"存在的朗现(Lichtung)"。④ 换言之,真正的、伟大的"诗"同样具有"精神的本质优越性":"在诗人的赋诗与思想家的运思中,总是留有

---

① 海德格尔:《存在与时间》,陈嘉映、王庆节合译,熊伟校,陈嘉映修订,生活·读书·新知三联书店,2015年,第62页。
② 按:陈嘉映等将其译为"现身"或"现身情态",是指"此在"向"世界"现身(被发现)的方式以及所处的特定情态。
③ 海德格尔区分了"在某某之间"(inmitten)意义上的"在之间"与"在其间"(indessen)意义上的"在之间",前者指存在者意义上——物理空间上的"在之间",后者指"存在"之"真理"意义上的"在之间"。这是海德格尔对"存在论差异"的另一种表述。详见张祥龙:《海德格尔论老子与荷尔德林的思想独特性》,《中国社会科学》2005年第2期。
④ Martin Heidegger, *Being and Time*, trans. John Macquarrie and Edward Robinson, London: SCM Press Ltd., 1962, p.205.

广袤丰盈的'世界-空间'（world-space）。在这里，每一事物——一棵树，一所房屋，一座山，一声鸟鸣，都显现出千姿百态,不同凡响。"①在海氏看来,地球"正发生着世界的晦暗化"——"诸神的逃遁、地球的毁坏、人类的大众化、平庸之辈的居于支配地位",而"精神的力量"在"幽暗化"的过程中日益消散、衰竭、"被剥夺"和"被排除",以至于"精神"被曲解、被贬损为"观察""算计""分类"的"工具"和"智能","精神"的表征——"语言"也因此变得愈来愈"苍白""空乏"和"枯竭"。② 海氏认为,"世界"的本质是"精神性的"和"神性的",而克治"世界晦暗"、使"世界"重获"精神澄明"的"光",只能来自"哲学（思）"与"诗"：前者叩询并显明"存在"（Sein/Being）的真谛,后者则奠基于哲人的询问与答案,在晦暗的日子里带领我们向神明、天空、大地发出清澈而空灵的召唤,"世界"在诗人的召唤下中重新如其所是地敞开并显露出它的神性以及不可思议的神奇,就这样,"哲学（思）"与"诗"连辔并行,重新赋予在尼采那儿"散发出腐臭气息"的"真理"（Sein/Being）以玄奥灵动、丰美充盈、光明朗润的"生命"："世界"摆脱了"暗晦",变成了"澄明"的"自然"（phusis）。而此时,"哲学"与"诗"便彼此合一了："在真理之中入思的诗,即存在之拓扑学。"③

三、"有文学的思想"和"有思想的文学"：呼唤"诗""思"兼备的比较文学研究者

这里有必要指出,不是所有的哲学家都认可尼采和海德格尔等人赋予诗人的"新角色",例如,时至今日,在欧美学界仍然占据着哲学界主流位置的语言分析学派就不太能接受"诗人哲学家们"的所作所为及其思想主张,与之相应,其思想之地位也未能得到与其巨大的反响相匹配的认可。笔者认为,这里面涉及的最深刻的冲突,就在于不同"真理观"的鲜明

---

① Martin Heidegger, *Introduction to Metaphysics*, trans. Gregory Fried and Richard Polt, New Haven: Yale University Press, 2000, p.28. 海德格尔：《形而上学导论》,熊伟、王庆节译,商务印书馆,1996年,第26—27页。
② Ibid, pp.47-48;同上书,第45—46页。
③ 按：何谓"在真理之中"呢？ 就是"在真理之中的存在者"（das in Wahrheit Seiende）,实在（存在者）与真实的相符。何谓"真理"呢？ 就是事物之"真实的本质",它非"种"或"类"的"一",而是每件事情的"真实存在"——按其本己（本真）的属性展开的"所是"（但不是"现成之物"）。Martin Heidegger, *Poetry, Language, Thought*, trans. Albert Hofstadter, New York: Harper and Row, 1971, p.12.

对抗。尼采、海德格尔等人之所以赋予诗人以"哲人"甚至"超哲人"的地位,正是因为他们的"存在"与"真理"观发生了根本性的改变。简言之:以古希腊形而上学和基督教神学为主要形态、在此之前居有西方主导地位的"存在"与"真理",其性质是永远自身同一、永远恒定不变的,它们超绝于具体经验世界之上和之外,同时又为经验世界提供依据、基础和保障,却不受经验世界的影响和感染。17—18世纪启蒙运动兴起,科学(理性)取代神学(神性)而成为知识系统的核心和真理的新标准,哲学(形而上学)受到排挤,进而下降到为科学实证性"真理"做"佐证"的地位。但不管变化如何,"哲学"与"科学"仍然强调"真理"的恒定不变性与绝对超越性。尼采和海德格尔的"存在"与"真理"却与此全然不同,他们眼中的"真实的"世界,毋宁说更是一个生命的"世界",一个变动的"整体",而非静止不变的孤悬"实体(entity)",故更应以"美的方式"去领会和把捉,而不能用"求真的分析"去作机械而片面的"逻辑证明"。海德格尔更断言:"存在"不是"存在者",也非"对象",毋宁说"它"是"让"存在"产生并给出存在"的"能存在"。^① 所以,真正的"真理"是使"能存在"(这是"源始的语言",也可谓派遣的天命)得到开显和澄明的"世界整体"。这是环绕一切存在者而运行的"光",存在者唯有进入这种澄明之光所照亮的领域,才算是"真实的存在";但另一方面,"真理的光"并非指"摆脱了所有遮蔽之后的纯粹无蔽"(即并非一种纯然现存的状态,因为如果这样的话,它便又成了"存在者"),相反,它必须通过"否定"(遮蔽)才能得到"彻底的贯彻","存在(真理)"正是在挣脱遮蔽的行进趋向中冲开了"阴森可怕的东西"并亮出自己,故"否定"(它具有"存在"的自行遮蔽与"存在者"的伪装之双重的形式)也是"无蔽的真理之本质"。"争执者"(早期的"世界"与"大地",晚期的天、地、神、人)具有"相互归属的亲密性(Innigkeit)"。总之,"真理"是一种"生发性自成"(Ereignis),其中,始终伴随着"澄明与遮蔽的原始争执"。^② 而艺术,特别是诗歌,^③便是"这种争执的

---

① 海德格尔:《形而上学导论》,熊伟、王庆节译,商务印书馆,1996年,第5—9页。
② 海德格尔:《林中路》,孙周兴译,上海译文出版社,1997年,第36—47页。
③ 按:海德格尔在不同著述里反复指出,艺术的本质是"诗","诗"在诸艺术领域(建筑、雕塑、绘画等)具有独特而优先的地位,因为,"诗"乃最初的因而也是诸神的"语言",其"本质乃真理之创建(Stiftung/founding)",而"创建"的意思即(原初的)"赠予""奠基"和"开端"[可以基督教之上帝创世的方式来诠释:"语言"是创世之时唯一显现出来的"(神的)事物"]。详见海氏《艺术作品的本源》《诗·言·思》《荷尔德林诗的阐释》《在通向语言的途中》等著作,在此不一一指明出处。

实现过程","真理"便在作品里得到保持与守护:

> 在梵·高的油画中发生着真理。这并不是说,在此画中某种现成之物被正确临摹出来,而是说,在鞋具的器具存在的敞开中,存在者整体,亦即在冲突中的世界和大地,进入无蔽状态之中。在作品中发挥作用的是真理,而不只是一种真实。刻画农夫鞋子的油画,描写罗马喷泉的诗作,不光是显示——如果它们总是有所显示的话——这种个别存在者是什么,而是使得无蔽本身在与存在者整体的关涉中发生出来。鞋具愈单纯朴素、愈根本地在其本质中出现,喷泉愈不暇修饰、愈纯粹地以其本质出现,伴随它们的所有存在者就愈直接、愈有力地变得更具有存在者特性。于是,自行遮蔽着的存在便被澄亮了。如此这般形成的光亮,把它的闪耀嵌入作品之中。这种被嵌入作品之中的闪耀就是美。美乃是作为无蔽的真理的一种现身方式。①

所以,"美与真理是比肩而立的"。康德以来,"美"主要是作为非概念性之趣味(taste)的对象并只与趣味相关;黑格尔认为"美"作为"理念的感性显现",尚未经过"反题"的否定与"合题"的升华,只是一种"直接性",故既非"精神的最高需要",亦不能承担"最高的职能"。② 但海德格尔认为,"真"("真理")与"美"是合一的,或者毋宁说,"真"只能借助"美"才能得到显现、持存和守护。"美"作为"显现"(erscheinen),既是"形式"与"质料"的统一,也是现实之物的现实性(actualitas)和真实性(wirklichkeit),在艺术所呈现的"存在者作为现实之物存在的方式中,隐蔽着美和真理的一种奇特的合流"。③

当然,海德格尔针对的主要不是康德和黑格尔,而是他的时代的"晦暗化"状态。他认为,"逻各斯"(科学的代名词)造成了"技术"对于人类社会的全面宰制,方便、实用、效率成为衡量人类活动的标尺,人类因此而陷入贫乏、庸俗、大众化的生存暗晦之中;神性从这"世界"逃逸了,"精神"不再是"存在"之本己的涌现了,"否定"沦落为"技术世界"的媚颂了(一种

---

① 海德格尔:《林中路》,孙周兴译,上海译文出版社,1997年,第39—40页。
② 黑格尔:《美学》第1卷,朱光潜译,商务印书馆,1982年,第131—132页。
③ 海德格尔:《林中路》,孙周兴译,上海译文出版社,1997年,第65页。

平庸的肯定),而科学的"逻各斯"则一跃而成为"哲学"的依据和基础。海氏是在这样的时代背景下从事他的颠覆性重构的。他对于时代难题所提出的答卷,恰如晴日霹雳,石破天惊,但所遭遇到的抵抗也堪称深厚悠远、绵绵不绝,其由主要正在于他所颠覆的是横亘于西方历史与文化深处的主流与支配性的思想秩序("二元对立")。不过,此中之是非得失,非关本文论旨,这里不作赘述。笔者关心的是,海氏等人以"诗"来揭示并借此来持存、守护存在之"真谛"的努力,对于我们比较文学研究者具有何种启示,同时又会为我们的研究带来何种挑战。以下试简述笔者的粗浅看法。

首先,在西方,"哲学与文学之争"源于书写行为的兴起向口传性叙述(尤指荷马史诗)的挑战。① 据 E.D.哈夫洛克研究,书写行为激发了人们对外部世界的全新思维和理解方式,并日益凸显了理性思维("逻各斯")的功用。美国学者翁(Walter J. Ong)以此为基础,对两者进行了全面比较,主要结论是:口传文化的思维与表达是并列添加性的(additive)而非从属性的(subordinative);是综合集聚性的(aggregative)而非分析切割性的(analytical);是日常生活性的(close to the humanlifeworld)而非脱离场景的客观性描述;是移情参与性的(empathetic/participatory)而非客观间距性的(objectivelydisplaced);是场景叠加性的(redundant/situational)而非抽象的(abstract)。② 人们愈来愈发现,"诗"("秘索思")不太合适于理性的思考。公元前6世纪末至前5世纪初,巴门尼德以"诗"来表达理性的哲学思考,便已显示二者的彼此扞格了,故其行文风格十分艰涩难读。早期的智者之所以大都使用"散文"来诉求说服性的推理,主要因为受到"理性推论"(逻各斯)自身特征的约束。"逻各斯"作为"秘索思"的对立,被柏拉图演绎成哲学与诗的冲突并最终显现为文类差别。笔者认为,这种差别始终存在,而且也不能一概否定。

其次,中西文化史上,哲学自古便与文学相互纠缠。哲学之中具有审

---

① 按:在《荷马史诗》里,"logos"仅出现2次,而"muthos"则出现了207次。公元前6世纪以后,"logos"一词在希腊哲人著述中的出现则愈来愈频繁。
② 翁一共总结了9点差别(W. J. Ong, *Orality and Literacy: The Technologizing of the World*, London: Methuen, 1982, pp.36-76)。这里采用美国学者夏帕的选择性综述(夏帕:《普罗泰戈拉与逻各斯:希腊哲学与修辞学研究》,卓新贤译,吉林出版集团有限公司,2014年,第34—44页)。

美情感的因素,而文学之中也常常蕴含着"形而上学的激情",而且正如周荣胜教授所指出的,越是伟大的杰作,二者之间的相互纠缠就越深。① 但是二者的关联方式及表现形态,中西各自有别。我国古代注重文道合一(实际上常常表现为以道驭文、文以载道),无道之文或者仅仅将文视为谋取个人功利之手段的"文人"向来受到主流的贬损,我国的文化传统中也没有出现过为时如此久远的"哲学与文学的争吵",没有建立争吵带来的知识等级及文类差异。这个问题是伴随着西学入主中国学术的大潮而发生的,而且它在现代中国社会变得愈来愈复杂难解了,即,它已不仅仅是学术性的,而且也是机构性的、利益性的问题了。在这一现实背景之下,想要重返古典时代,寻求破除文史哲之人为藩界的制度保障,这种可能性已经很小了。

　　再次,哲学在与文学的争吵中,虽然占据了上风并取得了替"真理"代言的资格(这是古典西方文化的主流信念),但很显然这并非真理本身的胜利,而只是评断何为真理的主观标准的胜利。具体来说,是以"科学-逻辑"思维为评断依据的"真理观"的胜利——精确性、明晰性、确定性、不变性成为"真理"的化身,诉诸生命情感与审美形象的文学艺术,因为无法予以精确度量并形成确定的"知识"而被摒弃于"真理"之外。不过,正如上文所述,科学与逻辑的滥用造成了人类社会的整齐划一和刻板机械,"世界"没了神性,人的生命也丧失了精神的丰饶与多样,所以,当"娱乐至死"的物欲狂欢汹涌而来之时,"世界"的精神领地便无力抵抗、一再失守。谁能担起重任,来矫正这种物欲的偏执与精神的贫乏? 近代西方对科学与理性的反思与反叛源远流长且多头并进,但是直至胡塞尔、海德格尔才真正为反叛奠定了哲学的根基,后者更进一步,将"诗"视作这一新根基的核心,换言之,"文学"被赋予取代"旧哲学"乃至"旧宗教"的伟大使命。

　　在讨论文学与哲学之相互促成的关系时,我们应该承认,文学家在创作中"应用"某种哲学的观念,与哲学家将"文学"建构成"思想系统"的一个奠基性的要素,二者之间是有思想深度上的高下之别的。对于后者的认知,就有更高的要求。这对于语言文学专业出身的学者而言,无疑是一

---

① 周荣胜:《单位观念与比较文学》,载刘耘华、李奭学主编:《文贝:比较文学与比较文化》(2015年第1辑),复旦大学出版社,2015年,第119—120页。

个重要的挑战。笔者认为,比较文学学者应该迎面而上,接受而非回避这一挑战,因为真正的研究,应该以问题为中心,去追踪问题所生发出来的思想线索与情感脉络,最终把问题讲清楚(这就必然要求打破学科之间的人为界限)。但是,由于哲学与文学(这里主要指诗学)的文类差异以及文学研究者的学科立场,我们也应该有所选择、有所不为——例如,把形式哲学(逻辑学)、分析哲学的工作交给哲学家去做,我们只要去关心深深地与文学纠缠在一起的"哲学"(即"有文学的思想"或"有思想的文学"),而且这种关心也始终应以解决"文学"自身的问题为旨归。

川端康成的文学与中国宋元美术

周 阅[*]

[内容提要] 日本作家川端康成对中国的宋元美术情有独钟，推崇备至。究其根源大致有四个方面：第一，宋元美术强调审美、寄情和愉悦功能，更加精致细腻，契合了日本的民族传统和川端的美学趣味；第二，宋元美术与文学的交汇，诗情与画意的融通，不仅补偿了川端幼少年时代的绘画理想，而且满足了他借助美术作品的触发来进行文学创作的愿望；第三，宋元绘画从为客体对象传神转向为主体精神写意，较以往有了更加深广的文化意蕴，对于追求艺术至上的川端来说，其丰富的内涵和人文精神具有无比的魅力；第四，宋代以后宗教色彩特别是禅宗精神向美术领域不断渗透，由此而产生的神圣高雅的格调和情趣深得川端之心。宋元美术对川端文学产生了潜在而深远的影响。

[关键词] 川端文学　宋元美术　诗画互通

1999年，正当日本举国上下都忙于举办纪念川端康成百年诞辰的活动时，仿佛是冥冥之中的天意，川端的大量创作笔记、手册、日记、书信以及未完成的小说遗稿在其宅邸被发现，成为日本文坛一个轰动性的事件。在新发现的资料中，有一篇题为《源氏物语与芭蕉》的演讲记录，是昭和四十五年（1970）川端在中国台北市召开的亚洲作家会议上的发言。这篇演讲稿虽然并没有直接谈审美，但在一定程度上却反映出了川端的艺术审美倾向。演讲的题目由日本古典文学巨著[①]和著名

---

[*] 周阅（1967— ），女，北京语言大学教授、博导，主要研究方向为东亚文学与文化关系、日本中国学。
[①]《源氏物语》，又名《紫物语》，紫氏部作，是日本第一部写实主义长篇小说。

俳人的名字①构成，但演讲内容却有一半篇幅是对美术作品以及川端本人美术收藏的评说。从通篇提到的具体人名来看，日本共5人，其中紫氏部、芭蕉是文学家，大雅、雪舟是画家，芜村则是俳句诗人兼画家；中国共7人——牧溪、梁楷、夏圭、王维、李渔、杜甫、白乐天（其中王维也是诗歌和绘画领域的双栖人物）；另有西洋1人，即达·芬奇。这些名字中，文学家和画家几乎各占一半，在一次文学演讲中提到如此众多的画家的确非同一般。不仅如此，作为一个日本作家，在演讲所论及的全部艺术家中，中国人超过了半数，这也是非常值得注意的。

演讲中提到的牧溪和梁楷都是受到川端盛赞的中国宋元画家。梁楷与禅僧交游甚广，画作以减笔泼墨人物最为出色。川端一直想要收藏他的作品却最终未果。梁楷的《出山释迦》《雪山绘》和《李白吟行图》，对川端来说"都是非常喜爱的"，"战后这些画从大名的家里拿出来卖，我并不是买不起，但最终没买，真是遗憾之至"。言辞间流露出无尽的遗憾和惋惜。在川端看来，梁楷的绘画是"在精神上具有相当高度的作品，这样的作品终究是日本人无法企及的"。②川端历来以言辞暧昧、行为谨慎著称，但却以极其明晰的态度给予一个中国古代画家如此之高的评价，实不多见。

在这篇演讲中，川端发表了这样一大段议论：

> 我来到台北怀着一个很大的期待，就是可以在故宫博物馆观赏古代的中国美术。中国古代美术确实是庄严而崇高的。从我的感觉上来说，它已深深地浸透到我的身体里，给我颤栗般的感动。能给人以这种感觉的美术，在西方仅有列奥纳多·达·芬奇一人。而在中国古代的铜器、绘画等当中却有无数。
>
> 我是美术爱好者，在日本，最想得到的是中国宋、元时代的山水画，日本的是藤原或平安时代（也可以说是王朝时期）的佛像画。③

在多如繁星的中国古代美术作品中，为什么川端唯独把宋元绘画看

---

① 芭蕉，即松尾芭蕉(1644—1694)，江户时代俳人。
② 川端康成：《源氏物语与芭蕉》，载《新潮 川端康成诞辰百年纪念特辑》1999年特大号。
③ 同上。

作不可多得的"精神食粮"？这其中存在着丰富多样而又相互交织的复杂因素。

宋代绘画在中国漫长的美术发展史上具有里程碑式的意义。郑振铎将宋代绘画与希腊雕刻及欧洲文艺复兴时期的美术相提并论,指出:"论述中国绘画史的,必当以宋这个光荣的时代为中心。"①"在中国绘画史上,几乎所有最重要的转折都是在北宋肇始的。它们全面影响了中国画以后的发展轨迹。这几大重要的转折是:在内在的审美意趣上,是从雄迈开张的盛唐尚武之音转向'郁郁乎文哉'的宋人审美理想;在题材上,是从鞍马人物转向山水花鸟;在表现语式上,是从工笔重彩转向水墨浅绛;而最显著、最重要的绘画现象则是文人画的崛起。文人画在元代达到鼎盛,并从此在中国画坛一枝独秀。"②当然,自北宋而南宋直至元代,中国绘画的发展绝非一成不变,而是消长变化、各具特色。比如同为山水画,北宋的巍峨阔大与南宋的缥缈绵远迥异,宋画与元画也有极大的差异,但是统而观之,川端之所以独好宋元时代的山水画,大致有以下几个方面的原因。

一、审美寄情的功能

两宋时期,"绘画的教化功能,不再被特别强调,而它的审美、寄情和娱悦作用则被空前看重"。③ 在儒家思想的影响下,中国绘画历来负有"明劝戒,著升沉"④"成教化,助人伦"⑤的社会政治功用,唐代张彦远在其著名画论《历代名画记》中将绘画视为"有国之鸿宝,理乱之纪纲"。⑥ 然而,随着中国封建体制在经历唐朝的鼎盛之后逐渐失去继续扩展的势头,艺术创作的风格和趣味也逐渐由沉雄壮阔转而趋于细腻婉约,兼收并蓄的宏大气度被玩味意境的精雅格调所替代。"从总体看,宋代绘画已不复有唐代绘画的雄健气势,但却更加精致、多样化,富于人情味和

---

① 郑振铎:《宋人画册》,人民美术出版社,1997年,序言。
② 潘公凯等:《中国绘画史》,上海古籍出版社,2004年,第126页。
③ 徐改:《中国古代绘画》,商务印书馆,1996年,第77页。
④ 谢赫:《古画名录》,载潘运告编著:《汉魏六朝书画论》,湖南美术出版社,1997年,第301页。
⑤ 张彦远:《历代名画记》,载何志明、潘运告编著:《唐五代画论》,湖南美术出版社,1997年,第139页。
⑥ 同上书,第141页。

抒情性"，①这与日本人在特有的自然地理环境中培养起来的审美情趣十分契合。日本列岛虽然山峦广布，但并没有中国喜马拉雅山脉那样巍峨险峻的高山，最高的富士山不过海拔 3 776 米，而且外形圆润柔和。日本各地尽管河流交错，但也没有中国黄河、长江那样气势磅礴的大江，而多为平静优美的细流。丰富而纤巧的自然孕育出了日本人细腻敏感的性格，以及对纤丽柔美风格的特殊爱好和对优雅的抒情性的格外追求。因此，拥有传统日本性格的川端在这样一种民族文化语境的影响下便自然而然地对宋元绘画产生了亲近感。

与绘画功用及审美情趣的变化相关，自宋伊始，绘画的形式也为之一变。宋以前无小幅画，南宋以后大幅卷轴画逐渐减少，而手卷、册页、折扇、团扇等圆、方、扇形的小幅画面日益增多且最终兴盛起来。郑振铎说，"这些宋人小画，虽然画幅不大，但当时画家们却仍然用了很大功力来制作。他们绝对地不肯出之以轻心率意。……是使用整个心灵，整副手眼，整套技巧的。虽说是小景，却俨然是全境，宛然是大气魄"，并将之比作短篇小说或绝代佳人，"增之一分则太长，削之一分则太短。恰到好处，无可移置"。② 相传米芾宝晋斋中不挂大幅，只挂三尺小幅。李迪、夏圭都创作了许多纨扇、方幅小品，而他们正是川端深深喜爱并多次提及的画家。不仅画面的尺幅减小，而且连带对绘画的欣赏方式也由壁间张挂移向案头展玩。幅面的缩小难以容纳气势恢宏的阔大风景，因而山水画常见一角半边的对角式构图，所谓"马一角、夏半边"③即是这一图式的代表。而花鸟画则多作单枝朵花，出现了由整株向折枝④的倾斜，留下了大量清爽简洁、富丽精巧的折枝花鸟作品。这本身就非常投合日本人的欣赏趣味。生活在狭小的日本列岛上的大和民族，在艺术情趣和审美习惯上似乎具有与生俱来的精细。时至今日，在工业化和科学技术飞速发展的今天，日本无论在工艺品还是在电器产品等各个领域也都体现着小巧精致的特色。文学形式的短小在日本是有悠久传统的。成书于 10 世纪上半叶的

---

① 徐改：《中国古代绘画》，商务印书馆，1996 年，第 78 页。
② 郑振铎：《宋人画册》，人民美术出版社，1997 年，序言。
③ 马远作画在布局上往往将实景置于画面一角，故称"马一角"，夏圭则喜将景物集于画面一边，或上或下，或左或右，因名"夏半边"。
④ 折枝乃花卉画的一种，即不写全株，只取树干上折下来的部分花枝，故名。唐代韩偓有《已凉》诗曰："碧栏干外锈帘垂，猩血屏风画折枝。"

日本歌物语文学的代表《伊势物语》就由 125 个短小故事构成,同时代的《大和物语》也由 170 余段相对独立的小故事组成。此外,中古时代的日记文学以及江户时代的俳谐、川柳等,都充分体现了日本文学的简洁精练和细致入微。在这种整体文化氛围的滋养下,川端文学亦罕有"大漠孤烟直,长河落日圆"的雄壮气魄,却常见别具情趣的纤细精致。川端花费大量的精力和心血创作的百余篇微型小说就从一个侧面反映了他对精巧事物的偏爱,这种偏爱之中既有传统的基因也有外来的养分,当然还有川端自身的个体原因,他曾坦言掌上小说"是符合我的体质的一种形式"。①

两宋时期长年与辽、金发生战乱,国政烦扰,朋党轧轹更使得生活于宋元时代的士大夫中有许多仁人志士纷纷志向林泉,寄情山水,借以逃避政治纷争、摆脱时事困扰。画家郭熙在《林泉高致·山水训》中说:"林泉之志,烟霞之侣,梦寐在焉,耳目断绝。今得妙手郁然出之,不下堂筵,坐穷泉壑;猿声鸟啼,依约在耳;山光水色,滉漾夺目。此岂不快人意,实获我心哉?此世之所以贵夫画山之本意也。"②特别到了南宋,文人雅士的偏安一隅转而表现为美术创作的残山剩水。宋元两代,"审美兴味和美的理想由具体人事、仕女牛马转到自然对象、山水花鸟",③反映社会生活的作品日渐衰落,而表现自然之美的作品层出不穷。这恰巧投合了川端不问政治、潜心艺术、亲近自然的志趣和个性,给予了他世外桃源般的幻想与满足。中国绘画在魏晋之降,尚是"水不容泛""人大于山",④山水仅仅是人物活动的背景,而不是独立的审美对象。自唐入宋,画题即由鞍马人物向山水花鸟转换,这是因为鞍马人物与农业生产和征战行猎紧密联系,在关注人事生活和社会政治的时代自然成为画家最重要的描摹对象;而山水花鸟蕴含的是一种宁静的美,需要创作主体和鉴赏主体的敏锐洞察和闲情逸致才能够被捕捉和欣赏。古今中外的美术史上,风景画的成熟大都晚于人物画即是此理。因此,关注客体由人物牛马向山水鱼虫的转化,实际上是外在的物质需要向内在的精神追求的转化,是绘画艺术成熟和审美趣味深化

---

① 川端康成:《独影自命》,载叶渭渠主编:《川端康成文集·独影自命》,金海曙、郭伟、张跃华译,中国社会科学出版社,1996 年,第 209 页。
② 俞剑华编著:《中国古代画论类编》(上),人民美术出版社,2000 年,第 632 页。
③ 李泽厚:《美的历程》,中国社会科学出版社,1984 年,第 208 页。
④ 张彦远:《历代名画记》,载何志明、潘运告编著:《唐五代画论》,湖南美术出版社,1997 年,第 162 页。

的表现。川端对山水画的倾心充分体现了其艺术家的直觉与敏锐。

两宋绘画,从山川溪流、云霞烟雾、闲花野草,到栖林小鸟、待饲鸡雏、结网劳蛛,无不入题。郭若虚说:"若论佛道人物,仕女牛马,则近不及古;若论山水林石,花竹禽鱼,则古不及近。"①宋元绘画的这一特色与川端的审美趣味不谋而合,山水、林石、花竹、禽鱼,恰恰是经常出现在川端作品中的文学意象。在观察世界时,川端目光停留的对象往往是一只小小的昆虫或是一尾静静的游鱼。在那些不易被人关注的半隐半现的角落里,总有着吸引川端注意的东西。经过川端的慧眼发现,它们始能成为文学作品中的重要角色。例如,名著《雪国》多次写到垂死的秋虫。它们如同贴在纱窗上,静静地一动也不动,薄弱的翅膀在秋风中瑟瑟飘动,"乍看好像是静静地死去,可是走近一看,只见它们抽搐着腿脚和触觉,痛苦地拼命挣扎"。② 这段细腻入微的文字不由令人联想到丹青高手对昆虫触须、翼翅等的逼真描摹。在秋色满山的背景之下,渺小的昆虫往往是人们视而不见的。但川端不仅留意观察,而且精心刻画,使之成为被命运之流裹挟席卷却无力抵抗的主人公驹子的化身,秋虫的挣扎正是驹子内心深处情感与理智、憧憬与绝望的挣扎,而艺妓们生的挣扎和死的悲哀对于整个社会来说,也如同连绵山野中的秋虫一样是微不足道的。川端在其自然观照中极大地投入了主观感情,出神入化地将驹子的人生浓缩在了秋虫的生命中,充分体现了川端艺术感觉的成熟与艺术表现的精细。

再如《舞姬》中反复写到一尾小白鲤鱼,它孤零零地待在皇宫护城河浑浊的角落里,"一动不动,不浮不沉",旁边是飘零的落叶。小白鲤鱼暗示着女主人公波子悲凉无助的心态,二者都是"孤独之身,同病相怜"。当波子长久地凝视护城河时,仿佛从水中白鲤鱼的身上映照出了自己。甚至,立于水中央的告示牌上写着的"请爱护鱼"几个字,看起来也像是"请爱护波子"。③ 白鲤鱼的委身之所正处于拐角,垃圾淤积,在宽阔的护城河里,白鲤鱼偏偏生活在这样一个肮脏的、没有自由的地方。而在广阔的

---

① 郭若虚:《图画见闻志》,载米田水译注:《图画见闻志·画继》,湖南美术出版社,2000年,第50页。
② 川端康成:《雪国》,载叶渭渠主编:《川端康成文集·雪国 古都》,叶渭渠译,中国社会科学出版社,1996年,第94页。
③ 川端康成:《舞姬》,载叶渭渠主编:《川端康成文集·名人 舞姬》,唐月梅译,中国社会科学出版社,1996年,第140—141页。

社会中,波子也同样偏偏生活于一个压抑的、没有幸福的家庭里。白鲤鱼的优美柔弱与环境的恶劣相互反衬,波子对白鲤鱼的担忧,折射着她自己对爱情、婚姻和事业的不安。这里,川端借鲤鱼而写人,避免了平面刻板地直接描写人物,从而使作品更具韵味。

此外,《古都》中分株寄生的紫花地丁,也是典型的例子。《古都》一开篇,小小的紫花地丁就和女主人公千重子同时出现在读者面前:"千重子发现老枫树干上的紫花地丁开了花。"紫花地丁共有两株,在老枫树粗老的、长满青苔的树干下方,有两个小洞,紫花地丁就分别寄生在那里。上下两株相距约一尺,一到春天就悄然开放。妙龄姑娘千重子为紫花地丁的生命所打动,涌起无限孤寂的感伤情绪。这里,人物的感情与自然息息相通,自然的演变暗示着人物的命运。千重子与孪生姐妹苗子自幼父母双亡,紫花地丁的寄生生涯便是这两姊妹的生活写照。"上边和下边的紫花地丁彼此会不会相见,会不会相识呢?"①这缥缈的思绪常常浮现在千重子的脑海里,这是她在追问自己的身世,她和苗子虽近在咫尺却互不相知。上下两株紫花地丁有着同样的花朵、相似的个性,却在不同的地方各自生长,这正是血脉相连却不相识、相识之后却不能相聚的千重子和苗子的象征。几乎没有人注意到这威武高大、长着老树瘤的粗干上还静静地开着紫花地丁,只有蝴蝶认识它们。当千重子发现紫花地丁开花时,成群的小白蝴蝶也低低地飞舞过来,在上面翩翩飘动。紫花地丁勾起千重子的惆怅,预示着她是一个弃儿。而紫花地丁的幽雅纤巧以及有老树作为坚实的依靠,又暗合了千重子被富有家庭收养并被待若千金的人生际遇。小说共四次出现紫花地丁这一意象,从春季的开花、初夏的凋谢,到秋季的枯黄,而这对姐妹也经历了春、夏的几次欢聚,迎来了深秋的悲离。她们的人生轨迹无声无息地渗透在了紫花地丁的生命之中,紫花地丁成了人物精神的依托、心灵的所在。如果没有川端对四季变迁中这两株小花的传神描摹,就不可能如此真切和充分地展现主人公的内心世界和命运起伏。川端对花鸟鱼虫的观察之细不能不令人惊叹。

从上述分析不难看出,川端文学中,无论是秋虫、鲤鱼还是紫花地丁,

---

① 川端康成:《雪国》,载叶渭渠主编:《川端康成文集·雪国 古都》,叶渭渠译,中国社会科学出版社,1996年,第131—132页。

都不是虚设,而是切实地服务于作品主题的。应当说,川端对于花鸟鱼虫、自然山水的细腻感知和准确把握与他对此类画题的宋元绘画的关注、认同和欣赏,有着内在的相辅相成的关系。

二、美术与文学的交汇

宋元美术与文学日益交汇融通,"画面的诗意追求开始成了中国山水画的自觉的重要要求"。① 实际上,中国绘画与文学的渊源由来已久。东晋顾恺之(约 345—406)著名的《女史箴图》和《洛神赋图》的构思就分别源于西晋文人张华(232—300)的《女史箴》和曹植(192—232)的《洛神赋》。至唐代,杜甫的作品中有许多都是读画诗文,如《冬日洛城北谒玄元皇帝庙》,此诗曾被邓椿在《画继》中引用并大加赞誉。李白也作有求画诗《求崔山人百丈崖瀑布图》等。有的诗文本身就兼具画论意义,如顾况(约 727—815)的《梁司马画马歌》。更有无数画卷是出自诗意,如王维(701—761)的《雪江诗意图》、黄筌(903—965)的《秋山诗意图》、黄居寀(933—?)的《诗意山水图》、郭熙(约 1023—1085)的《诗意山水图》等。② 在画论领域,从东晋王微(约 415—453)的图画"当与《易》象同体"③,经唐代张彦远(约 813—879)的"书画同体",④到苏轼(1037—1102)的"诗画本一律",⑤及至邓椿的惊人之语"画者,文之极也",⑥诗画之间的互动关系已从文人、画家的无意识层面提升到了有意识的层面。特别是"唐宋八大家"之一的苏轼,本人就是诗人兼画家,他一贯主张诗画的交融与相通。如他赞"燕公之笔,浑然天成,灿然日新,已离画工之度数而得诗人之清丽也",⑦又评文全"诗不能尽,溢而为书。变而为画,皆诗之余"。⑧ 苏轼明确提出了"士人画"的概念,后来发展为中国画史上影响深远的"文人画"。其最基本的特征之一,就是文学趣味异常突出。以官僚或文人身份参与绘画创

---

① 李泽厚:《美的历程》,中国社会科学出版社,1984 年,第 219 页。
② 这些绘画均在《宣和画谱》中有记载。
③ 王微:《叙画》,载潘运告编著:《汉魏六朝书画论》,湖南美术出版社,1997 年,第 294 页。
④ 张彦远:《历代名画记》,载何志明、潘运告编著:《唐五代画论》,湖南美术出版社,1997 年,第 139 页。
⑤ 苏轼:《苏轼诗集》,中华书局,1982 年,第 1525 页。
⑥ 邓椿:《画继》,载米田水译注:《图画见闻志·画继》,湖南美术出版社,2000 年,第 407 页。
⑦ 苏轼:《苏轼文集》,中华书局,1986 年,第 2212 页。
⑧ 同上书,第 614 页。

作古已有之,但他们的作品与职业画家尚无显著区别,也没有形成自己的理论体系。自北宋始,在宫廷画院和民间画工等职业画家之外,具有一定身份地位的文人学士当中出现了相当数量的业余画家。他们虽不以此为业,但在绘画的创作实践和理论建构方面,已自成系统并取得了突出的成就,至元代达于辉煌。作为文人,他们自然地在绘画作品中注入了诗文意象并且身体力行地推动着诗画的交融与互动。而画意中的诗情正是触动川端艺术感觉的关键,他曾说自己之所以与画家古贺春江成为艺术上的朋友,"也许是靠时髦的画面背后蕴含着的古典诗情亲近起来的"。①

同时,北宋的宫廷画院也自上而下地提倡在绘画中表现诗词意境,甚至在画院的考试中经常摘取古人诗句命题作画。邓椿的《画继》中记录了这样一则掌故:"战德淳,本画院人,因试'蝴蝶梦中家万里'一题,画苏武牧羊假寐以见万里意,遂魁。"②类似的事例在许多古代典籍中都有记载,如南宋俞成《萤雪丛说》记录一次以"踏花归去马蹄香"为题的考试,诗句中的"踏花""归去"及"马蹄"都比较具体,容易落实到画面,唯独一个"香"字虚无缥缈,"不可得而形容,何以见得亲切。有一名画,克尽其妙;但扫数蝴蝶飞逐马后而已,便表得马蹄香出也。果皆中魁选。夫以画学之取人,取其意思超拔者为上,亦犹科举之取士,取其文才角出者为优"。③ 又如陈善《扪虱新话论画》中记载:"唐人诗有'嫩绿枝头红一点,动人春色不须多'之句。闻旧时尝以此试画工,众工竞于花卉上妆点春色,皆不中选。惟一人于危亭缥缈,绿杨隐映之处,画一美妇人,凭栏而立,众工遂服。此可谓善体诗人之意矣。"④显然,考试的着眼点已不尽在对客观物象的如实描摹,而更在于画面的构思布局是否高妙新颖,对诗歌意境的把握是否准确,对言外之意的传达是否充分。有意思的是,川端的小说《马美人》结尾部分的描写与"踏花归去马蹄香"富于画面感的诗意具有惊人的神似之处:"马美人纵身跨上了马房里的无鞍马,马蹄践踏着大波斯菊。在月光下,马蹄声声,把波斯菊踩得七零八落,恍如黑色的流星,沿着白色的街道

---

① 川端康成:《临终的眼》,载叶渭渠主编:《川端康成文集·美的存在与发现》,叶渭渠译,中国社会科学出版社,1996年,第84页。
② 邓椿:《画继》,载米田水译注:《图画见闻志·画继》,湖南美术出版社,2000年,第378页。
③ 俞成:《萤雪丛说》,载《丛书集成初编·避暑漫抄及其他三种》,商务印书馆,1959年,第7页。
④ 俞剑华编著:《中国古代画论类编》(上),人民美术出版社,2000年,第85页。

向南边的山上一溜烟似地疾驰而去……"川端在创作小说时是否了解这一中国美术史上的掌故尚无确切考证,但喜爱宋元美术的川端在遍寻宋元绘画并关注相关史料的过程中,极有可能接触并留意到了这则故事,从而得其神机巧思,巧妙地融入自己的作品。

诗文与绘画之互动,恰如郭熙所引的那句名言:"诗是无形画,画是有形诗。"①文学家常常从优美的画面中发掘文思,而画家也往往在精妙的诗文里寻求画意。正如著名画家潘天寿(1897—1971)所言:"至宋初,吾国绘画,文学化达于高潮,向为画史画工之绘画,已转入文人手中而为文人之余事。"②而川端自幼喜爱绘画却最终走上了文学的道路,现实生活中未能兼顾的理想在宋元绘画的艺术天地里忽然有了统一的可能。要满足同时沉醉于美术与文学两种艺术氛围的企望,欣赏宋元绘画无疑是最完美的途径。同时,这也与川端借助美术作品来触发联想,进而形成构思的独特的创作习惯有着直接的关系。③ 尽管川端最终并未走上丹青之路,无法做到像王维那样"画中有诗",但他却在创作中孜孜不倦地实践着文学与美术的互动,力争达到"诗中有画"④的境界。

川端文学具有高度的诗化美和意境美与此不无关系。《古都》的全部情节几乎都铺展在北山杉林那山水画卷般的背景之中,这是除紫花地丁之外作者花费笔墨和心血最多的景物,二者一远一近,一阔一微,共同发挥着结构情节的重要作用。同紫花地丁一样,先后四次出现的北山杉林,已经成为小说的重要标志。《古都》原著的卷首画,就是由著名画家东山魁夷创作的北山杉林图。对杉林的描绘使得以文字为载体的文学作品拥有了丰富的视觉内涵,从而令这篇小说"文中有画"。读者无论在阅读之中还是在掩卷之后,脑海里都会久久浮现这大自然美丽的画面,绘画所给予人们的感官享受和心灵愉悦已经完全融会在文学作品之中了。

三、丰厚的人文内涵

宋元绘画较以往有了更加深广的文化意蕴,包含着比前代绘画更为

---

① 俞剑华编著:《中国古代画论类编》(上),人民美术出版社,2000年,第641页。
② 潘天寿:《中国绘画史》,商务印书馆,1936年,第124页。
③ 川端64岁时曾亲自提议日本画家东山魁夷先作画,然后自己依其画意进行文学创作,《不死》《月下美人》《地》《白马》等微型小说都是如此诞生的。
④ 苏轼:《苏轼文集》,中华书局,1986年,第29页。

丰厚的人文内涵,不仅表达了画家们的感性体验,而且更加多元地承载了他们的理性思考。绘画的内在空间容量不断扩大,"不专为实用之装饰,且耽自然之玩赏",更"集文学、哲理、思想精神之表现"[①]于一体。在绘画技巧方面,笔墨技法经过长期积累已臻成熟,笔墨的表现力极大丰富,不仅可以状有形之物,而且可以写无形之情。在这一前提下,绘画艺术的文学化又使得对主体心性的观照深入画家的创作意识,绘画主体的作用和地位日益受到重视,绘画主体的艺术精神和气韵品格成为品评作品高下的决定性因素。郭若虚指出绘画"系乎得自天机,出于灵府也",皆是"本自心源,想成形迹,迹与心合"。[②] 绘画本身遂逐步从写真传神转向写意达情,脱离了对所视之物外在形状的直观摹写,由技艺走向艺术。"至南宋,中国绘画的发展历程终于完成其从为客体对象传神走向为主体内在精神写意的转型。"[③]对于有着艺术至上的唯美追求的川端来说,这种具有丰富内涵的美术作品堪称真正的艺术,其中所蕴含的人文精神和艺术氛围,显然具有不可抗拒的强大吸引力。

具体到川端所喜爱的山水画,"一开始就是以老庄哲学为其理论内核,又在唐宋南禅之风和宋代'格物致知'的理学迭起的气氛中汲养滋壮,便自然而然地倾向于幽然冲逸的意境,重'神''理'而轻'形''色'"。[④] 这方面的重要理论倡导者是苏轼,他极力提倡作画要"适吾意":"松陵人朱君象先,能文而不求举,善画而不求售。曰:'文以达吾心,画以适吾意而已。'"[⑤]苏轼的主张摒除了艺术创作的功利因素,从而大大提纯了创作活动的精神意义和艺术价值。他之所以盛赞文仝的墨竹,并非因其画面所体现的技巧性和写实性,而是因其作画时意在笔先,成竹于胸。他说:"与可画竹时,见竹不见人。岂独不见人,嗒然遗其身。其身与竹化,无穷出清新。庄周世无有,谁知此疑神。"[⑥]竹,作为品性高洁的象征被选为画题本身已经是寄情于物,寓意笔端,而文仝画竹更达到了浑然忘我或物我合

---

① 陈师曾:《中国绘画史》,徐书成点校,中国人民大学出版社,2004年,第53页。
② 郭若虚:《图画见闻志》,载米田水译注:《图画见闻志·画继》,湖南美术出版社,2000年,第31—32页。
③ 何楚雄:《中国画论研究》,中国社会科学出版社,1996年,第32页。
④ 潘公凯等:《中国绘画史》,上海古籍出版社,2004年,第141页。
⑤ 苏轼:《苏轼文集》,中华书局,1986年,第2211页。
⑥ 同上书,第1522页。

一的境界。宋元画家在墨艺中追求的精神境界也正是川端在文学中憧憬的理想目标,因而才会使他产生深深的共鸣。他在散文《温泉通讯》中,有这样一段抒情表白:"竹林用寂寞、体贴、纤细的感情眷恋着阳光。……我经常躺在枯草上凝望着竹林";"竹叶和阳光彼此恋慕所闪出的光的戏谑,吸引了我,使我坠入无我的境地";"我自己的心情,完全变成这竹林的心情了"。[①] 此段倾诉中的物我圆融思想与文仝画竹时的境界如出一辙,而川端从欣赏竹林到将内心情感倾注于竹林、将自我幻化于竹林并最终诉诸笔端的过程,也正是中国画家"达吾心""适吾意"的过程。在这一点上,文学与绘画作为艺术是相通的。

实际上,川端早就认为绘画不仅可以写形状物,更可以表达人的潜在的精神世界。小说《梦》中有一段对N夫人少女时代肖像画的描述:"画中的脸又像在哭,又像在笑。少女的脸庞似乎重叠着老妇的面容,看上去亦哭亦笑。但是,从扭曲的底层仿佛正浮现出澄澈端正的轮廓。画家或许用自己哀伤的火焰舔舐了姑娘的面容吧。焦躁与错乱的悲剧色调如同在诉说着几近绝望的憧憬。画家的憎恶与少女的美丽、画家的疲惫与少女的年轻,似乎在画作内部进行着斗争……"[②] 从这段文字中可以清晰地感觉到画家精神世界在画作中的投影。这与米友仁的"心画"之说以及米芾称苏轼画枯木竹石乃是抒写"胸中盘郁"都如出一辙。同样,川端的另一篇小说《一种诗风与画风》中,画家近木曾经以自己健康的妻子为模特创作了许多明朗的写实风格的绘画,但他与疯女同居之后,即使仍以妻子为模特,却只能描绘出幽灵般的作品。小说中近木的绘画已经逐渐脱离了对客体物象的纪实描摹,转而成为对主体意识的主观表达,并且是极为深刻地表现了平时不为人察觉的潜意识。客体物象的轮廓已经极度模糊,而主体意识的显影异常清晰。近木面对的是妻子,写下的是心象,其绘画艺术的达成在于对摇摆不定的主体感觉的捕捉和再现。由此可见,川端对绘画的认识在某些方面确实与中国古人在绘画理论上的自觉主张不谋而合。

---

① 川端康成:《温泉通信》,载叶渭渠主编:《川端康成文集·美的存在与发现》,叶渭渠译,中国社会科学出版社,1996年,第3—4页。
② 川端康成:《川端康成全集》第7卷,日本:新潮社,1999年,第369页。

四、美术与宗教的融通

宋代以后,宗教色彩特别是禅宗精神向美术领域不断渗透。实际上,唐代已经出现了以王维为代表的禅意画,随着佛教禅宗的空前发展,宋元时代禅林墨戏异常盛行,一批参禅画家脱颖而出,形成了绘画史上的"禅画"。在禅画家中,尤以宋代的梁楷、牧溪,元代的因陀罗等人的灿烂成就引人瞩目。他们的作品不仅以"静穆的观照和飞跃的生命构成艺术的两元"①,而且以奇特的艺术语言直接表现"法本法无法,无法法亦法,今付无法时,法法何曾法"(延寿)的禅机妙悟,成为不同于文人画的古代禅画。陈师曾(1876—1923)和潘天寿分别在他们各自撰写的《中国绘画史》中论及宋元绘画与佛禅思想的关系:"盖其精神脱离实际利方面,以表示超世无我之理想,其中不免含有佛老之趣味。"②"兼以当时禅理学之因缘,士夫禅僧等,多倾向于幽微简远之情趣,大适合于水墨简笔之绘画以为消遣。"③综观川端的美术收藏和他所留下的文字,不难发现,宗教思想正是川端文学与美术的一个至关重要的结合点。川端曾经说过这样一段话:

> 智积院的《瀑布图》、高桐院的《山水图》④等,令人感到仿佛是宗教画似的。我不知道这些画是宋画还是元画,不过也有一说认为宋朝的山水画是宗教画。可能是把山当作神来看待吧,也可以说把山当作神来祭祀,描绘了接近天的高度。……梁楷的《雪景图》也是那样的画。我最为倾心的,是让我感受到那是宗教美术或宗教性的美术。也许是蒙受了其恩惠,才需要不断地在文学里寻求信仰的吧。⑤

川端之所以推崇雪舟等室町时代的禅僧画家,恐怕就与室町时代在"美术上由于吸收了中国以南宋为主的宋元美术而富有禅宗色彩"⑥有

---

① 宗白华:《美学散步》,上海人民出版社,1981年,第65页。
② 陈师曾:《中国绘画史》,徐书成点校,中国人民大学出版社,2004年,第53页。
③ 潘天寿:《中国绘画史》,商务印书馆,1936年,第124页。
④ 高桐院在京都大德寺内,藏有两幅《山水图》,其一署名为宋人李唐,被指定为国宝;另一幅《杨柳观音像》传为吴道子所作。但川端此文中说《山水图》是吴道子的作品。
⑤ 川端康成:《川端康成散文》(上),叶渭渠译,中国广播电视出版社,1999年,第244—245页。
⑥ 刘晓路:《日本美术史纲》,上海古籍出版社,2003年,第69页。

关。或许也正是由于宋画与佛教的这种渊源,川端才从自己收藏的佛画《清泷权现》中"仿佛看到了宋风的影响"。① 宗教所特有的高尚森严和圣洁脱俗的品格,摄住了川端的文心,因为"所有格调高雅的艺术,都必然会这样地渗入人们的内心深处,打开人们心灵的窗扉"。②

宋元美术对川端文学的影响并非外在的、表层的,而是潜在的、深层的,人们很难具体地寻找某幅宋元绘画的画面构图直接引发了某篇川端小说的写景叙事。但是不可否认,宋元美术与日本民族传统及川端个性特征的契合使川端深受吸引并大为关注,而对宋元美术的反复欣赏和品味,则坚定和加强了川端在其文学生涯中逐步形成的美学思想和艺术追求。

江苏作家储福金曾经在《读川端康成》一文中谈到川端的"调子",他认为:"川端康成的调子并非只在景色的描写中,而在他整个作品的情景描绘中。有着一种真正的文学的调子,一种真正的文学的味道。"储福金所说的"调子"即是一种文学的韵味,同样的韵味在中国诗词中亦可寻到:"不知为什么,我读川端康成作品时,会浮现当初读唐后主李煜诗词的感觉。我觉得他们的作品有相通的地方。细想想,这种感觉是莫名的。……然而在我的感觉中,依然认为他们作品有一种本质的相通,都有着一种文学的色彩,细腻的、哀至心灵的色彩。川端康成的小说每一个句子都有着一种调子,便如李煜的诗词每一个字都有着一种调子,那是一种独特的文学调子。作家创作一部作品并不难,要在作品中形成一种调子就不容易了,也许有的作家一辈子都不知道要使作品具有独特的调子。"(储福金)这种"调子"是无形的,只可意会不可言传,它取决于作家创作时审美心境的营造和艺术环境的熏染。川端从中国美术中汲取的养分并不是某一个具体的物品、景色或情节,而是一种总体的艺术气韵,一种深层的审美感悟。所以,川端文学与中国美术有着一种内在的相通:"《名人》与梁楷和玉堂相通,《山之声》与《十便十宜》相通,《千羽鹤》与李迪、金冬心相通。……对古代美术的关心与川端自身的创作,无疑在某些方面是交相辉映的。"③

---

① 川端康成:《川端康成全集》第 28 卷,日本:新潮社,1999 年,第 488 页。
② 川端康成:《川端康成散文》(上),叶渭渠译,中国广播电视出版社,1999 年,第 425 页。
③ 羽鸟彻哉:《中国与川端》,《成蹊大学文学部纪要》1997 年第 3 期。

中国当代文学中国家形象构建的三个问题

徐放鸣*

[内容提要] 文艺实践中的国家形象构建拥有独特的优势,它可以通过社会生活史与民族心灵史这两种呈现方式表现出构建的特殊性,在中国当代文学实践中,体现为通过史诗叙事实现了这种构建。从主体构建的角度看,国家形象的主体性分为构建的主体性与价值的主体性,中国当代文学拥有强烈的英雄主义情结,通过弘扬中华民族自强不息的进取精神、忧国忧民的济世精神、不屈不挠的奋争精神等民族精神,促进了国家形象主体性的实现。从读者接受的视角看,国家形象的主体间性分为传播的主体间性(国外接受)与接受的主体间性(国内接受)两个方面。对于国家形象的接受困境可以通过继承与发扬中国当代文学优良传统予以解决,首先是采用"他国化"的输出策略,其次是对文艺"共同美"的追求,再次是坚持深入现实的创作理念。同时,要探索文艺活动协同创新机制并思考"国家形象批评"的问题,共同促进国家形象接受的实现。

[关键词] 中国当代文学 构建 国家形象

国家形象是一个具有强烈意识形态色彩的词语,它肇始于国际关系以及新闻传播研究领域,之后被引入文艺学的研究视野中来,目前已经成为多学科关注的焦点。之所以如此,是因为在全球化背景下国家形象作为国家文化软实力的一个重要表征,其地位日益突出,而长期以来,中国

---

* 徐放鸣(1957—),男,江苏师范大学文学院中文系教授,主要从事审美文化、文艺美学以及传统文化研究。本文系作者承担的国家社会科学基金重点项目"中国当代文艺实践中的国家形象构建研究"(项目批准号:12AZW003)的阶段性成果。

形象处于被"他者"塑造的尴尬境地。由于历史与现实的多重原因被误读、丑化甚至妖魔化,加之当今中国的文化传播长期处于"文化贸易逆差"的状态,这些都引发了国人的"国家形象焦虑"。实际上,这种焦虑背后隐藏着国人的文化理想,一个伴随着中国经济、科技、军事实力的提升,如何实现中华民族文化伟大复兴的"中国梦",因而积极主动地塑造正面的中国形象成了紧迫的任务。目前,我国的文艺发展在取得显著成就的同时也存在着一些亟待解决的问题,如何增强文艺活动主动塑造国家形象的自觉意识,如何在中华民族伟大复兴的历史进程中塑造出自己的民族形象和国家形象,是中国当代文艺需要深入思考的现实问题。

文学作为文艺实践的重要组成部分,已经成为国家形象构建的重要载体。文学可以说是一种跨国界的世界语言,如何使用这一世界语言讲好中国故事,是当代文艺工作者需要探索的重要课题。文学对国家形象的构建具有独特的塑造优势与审美特性,可以从更深的层次挖掘国家形象的内涵与特质,而不止于对国家形象的表征性描述;它拥有"讲好中国故事"的独特优势,在多个维度上拥有构建国家形象的特殊性,也成为世界认识和理解中国的一个重要窗口。从目前关于文艺实践中的国家形象研究现状看,国家形象的若干特性亟待界定与把握。关于国家形象构建的特殊性,国家形象的历史性、现实性与想象性,国家形象构建中的"自我"与"他者",国家形象构建的主体性与主体间性等问题,都需要进行深入的梳理。本文将立足中国当代文学的创作与批评实践,对中国当代文学中国家形象构建的特殊性、主体性与主体间性这三个问题予以阐释。

一、文学呈现国家形象的特殊性

中国当代文学中的国家形象作为文学形象的一种类型,拥有文学形象所具有的普遍特征,文学形象研究专家赵炎秋认为"形象的实质是生活","文学形象是生活的反映,文学形象的内容是生活,文学形象要受生活的制约,形象中所表现的生活与现实生活具有同一性","文学形象是用语言形式化了的生活"。[①] 因而可以说文学中的国家形象的实质也应是生活,国家形象构建的目的应是"讲好中国故事",反映一个国家与民族的

---

① 赵炎秋:《形象诗学》,中国社会科学出版社,2004年,第118—130页。

历史和现实生活。由于生活分为物质生活与精神生活两个层面,加之"文学领域关于中国形象的构建不是一个当下的'瞬间性'行为,而是一个富于历史感的'延续性'进程",因而"这个中国形象体系是在传统与当代、个体与整体、物质与精神、民族与地方的张力中,以社会生活史与'民族心灵史'的方式呈现出的多元化样态"。① "社会生活史"与"民族心灵史"这两种构建方式,从表征与内涵两个方面入手,成为文学呈现国家形象最有效的实现路径,鲜活地表现中华民族在社会物质生活发展史与民族心灵变迁史中的动态变化过程,全方位地向世界与国人展现关于中国独特的人、物、事,从历时性与共时性等多个层面构建了中国形象。具体而言,国家形象构建的这两种方式反映在中国当代文学中突出表现为对史诗性的推崇。史诗,原本是长篇叙事诗这种古老文学体裁的代称,史诗范畴或称"史诗性"则是后来逐渐演变而来的。史诗所特有的美学意蕴,使其拥有长久的魅力,不断地为时代所用,它从古典史诗这一文学体裁中孕育产生,随后又将古典史诗所具有的美学因子转移到了近现代长篇小说即现代史诗中。史诗可以在广阔的背景中反映重大的历史事件与社会生活面貌,将一个民族生存与发展的历史以及民族心灵在历史"节点"中的重大变化投射到文学的艺术底版之上。史诗叙事为中国当代文学增加了历史的厚重感,加入了浓厚的文化认同的色彩,成为中国当代文学有效塑造国家形象,实现国家认同、民族想象的重要形式。

社会生活史作为国家形象构建的一种方式,着眼于文艺实践中国家形象构建的表征性诉求,是国家形象最为直接和鲜明的表达。由于这种社会生活史的广阔视角,以这种方式呈现的国家形象既来源于中国深厚的历史传统,又立足于中国的当下,历史与现代的交错扭结共同构成了一种错综复杂的国家形象史。对于一般的读者而言,没有精力与时间去研读某一国家的历史,往往是通过一国的文艺作品来认识一个国家,了解这个国家发生的各种故事,它作为国家形象基础且重要的一种构建方式,能够比较直观地展现一国的国家形象。这种表现方式常常以具有历史意义与时代感的社会、政治生活为表现内容,不仅包括重大历史事件,比如类似抗日战争、解放战争、抗美援朝等重大战争,像《东藏记》《历史的天空》

---

① 徐放鸣:《文学的使命与中国梦》,《文艺报》2014年2月10日。

《东方》《战争和人》等作品;比如类似中华人民共和国的建立、改革开放等决定国家与民族走向的历史"节点",像《第二个太阳》《沉重的翅膀》《芙蓉镇》等作品。而且它又蕴含浓郁的世俗情怀,描写社会生活中的衣食住行、婚丧礼俗、饮食习惯、节庆风尚等,像《钟鼓楼》《穆斯林的葬礼》等作品。社会生活史这种表现方式可以从宏观与微观的不同层面表现不断变动的中国。

民族心灵史作为国家形象构建的另外一种方式,着眼于文艺实践中国家形象构建的深层性诉求,立足于文化与精神层面,展现一个国家与民族的情感世界。这种构建方式虽然也会从社会生活等较为宏观的角度展现社会政治、经济、文化与军事,亦会从村落史、家族史入手,展示生产活动、人情世故与民俗风情,但它观照的是社会生活中民族心灵的变迁历程。这种民族心灵史的呈现方式往往从小处着手,小中见大,继而观照整个民族的心灵变迁,通过个体的命运去辐射群体的无意识,对民族的心灵世界予以普遍性的书写。它从民族精神生活的层面构建国家形象,因而就包孕着民族独特的精神力量与价值观念。民族心灵史的视角集中于民族文化心理、民族文化人格、民族审美理想、对民族文化的反思以及灾难中的民族心灵创伤等,从中呈现特定的民族精神。对于民族心灵史的书写,中国当代文学中有反思中华民族现代化进程的,比如《尘埃落定》《白鹿原》《平凡的世界》《秦腔》《蛙》《额尔古纳河右岸》等;有描写"文革"及"左倾"思潮带给民族心灵创伤的,比如《芙蓉镇》《将军吟》等;有描写改革开放以来,民族价值观念与民族心态变化的,比如《骚动之秋》《都市风流》《抉择》等。这些作品从精神层面展现了百年中国不同阶段的心灵变迁,所书写的时代大变局中的百年心灵史成为每个中华儿女念兹在兹的精神记忆。民族心灵史这种呈现方式以中华民族五千年独特的文化品格与精神变迁为表现内容,为世界文化盛宴带去独特的中国味道。

有学者指出:"讲述中国故事、具有中国风格和中国气派的原创文学……意味着整体客观呈现中国社会生活,展现文明古国在现代化进程中的经验、情感和精神世界。"[①]可以说,社会生活史与民族心灵史作为文学构建国家形象的独特方式,共同构建了一种动态的中国形象。这种方

---

① 廖文:《提升中国文学的原创力》,《人民日报》2013年11月8日。

式既能从历时性的角度构建出古典中国形象、近代中国形象、红色中国形象与当代中国形象,也能够从共时性的视角,梳理出国家形象谱系。比如,从范围上有乡土形象、地方形象、民族形象等,从类型上有文化形象、改革形象、世俗形象等。中国当代文学通过史诗叙事,具体运用社会生活史与民族心灵史这两种独特的方式,从共时性与历时性的角度呈现的中国形象,不同于国际关系与新闻传播领域塑造的国家形象,而具有构建的特殊性,我们试图用以下四个统一进行概括。

一是历史性与现代性的统一。历史性指向国家形象的传统底蕴,现代性指向国家形象的先锋追求。中华民族悠久的历史文化传统为中国形象增添了厚重的精神底色,成为中华民族砥砺前行的内生动力,呈现中国历史形象是国家形象构建不可或缺的一部分,并且能够通过这种历史性的构建对中国的当下予以观照。全球化的冲击使得古典中国纳入世界文化潮流之中,对于现代性的追求成为民族发展的外部动力,追求国家形象的现代性反映了中国文学在中外文化交流中的世界性眼光。历史性与现代性的统一表明,中国当代文学呈现国家形象是以东西文化为坐标而予以的全面考察。二是想象性与现实性的统一。国际政治学与传播学中的国家形象研究讲求真实,往往是立足于中国的当下现实,表达一种真实感,深刻而真实地反映中国人的生存状况和价值追求。中国当代文学呈现国家形象的特殊性在这里恰恰表现为立足现实性的基础之上增加了文学的想象性,文学是一种带有丰富想象性色彩的意象创构形式,"文学的本质在于形象",[①]文学呈现的国家形象便带有了想象性的色彩;从另一个层面也可以讲,"国家形象体现或满足了不同文化背景中人们的不同文化想象"。[②] 国家形象的想象性与现实性相互扭结,以立足于现实基础之上的审美想象呈现了国家形象构建的复杂性。三是个性化与整体性的统一。中国当代文学呈现的国家形象可以从共时性的角度梳理出多样化的形象谱系,可以通过类型、地域、层次等几个标准划分出多元样态,比如民族形象、乡土形象、民俗形象、地方形象、世俗形象、审美形象、文化形象、政治形象等。但是这些个性化的形象系统又统一于整体性的国家形象体

---

① 赵炎秋:《形象诗学》,中国社会科学出版社,2004年,第118—130页。
② 张玉勤:《当代文艺实践构建国家形象的历史性、现实性与想象性》,《江海学刊》2013年第4期。

系,服务于从历时角度构建出的古典中国形象、近代中国形象、红色中国形象与当代中国形象这些具有整体感的国家形象之中,实现着个性化与整体性的统一,给予国家形象立体而又全面的呈现。四是审美与意识形态的统一。国际政治学与新闻传播学中的国家形象具有强烈的意识形态色彩,往往服务于政府的外交需要,以传播具有政治色彩的话语为主要任务,侧重于宣传性。文学是一种审美意识形态,审美性是它的重要特征之一,"文学能够使读者沉迷它所创造的艺术形象和境界中,感到审美的愉悦、情绪的感染和精神的熏陶"。① 中国当代文学呈现的国家形象是以审美的方式构架起整个国家形象系统,能够以审美化的形式生动、感性地呈现有关中国的人、物、事,在丰富多彩的中国故事里使得具有意识形态色彩的国家形象话语融汇于文学的审美属性之中。

二、国家形象构建的主体性

若要讨论中国当代文学中国家形象构建的主体性问题,需要首先明确国家形象的功能,有学者指出:"中国好故事的文艺书写,既是书写给中国人看,也是书写给世界看,根本是要书写出人的丰富的精神气象。"②应当强调的是,不能仅仅将国家形象建构作为对外传播之用,国家形象塑造的功能可以分为对外功能与对内功能两个方面。首先,对外功能是指本国文艺所构建的国家形象需要在对外文化传播交流中发挥积极作用,致力于扭转长久以来西方"他者"构建的与中国形象不相符的"他者形象",通过"自我形象"的塑造打破西方"妖魔化"中国的固有想象以及"中国威胁论"抑或"中国崩溃论"的言说。比如,铁凝认为:"如果全球化一定要催促或者教导作家想一些东西,我想那也应该是如何更深入地追寻民族文化和审美精神,用汉语塑造出真正有魅力的中国形象。"③在这方面,我国近年来积极实施中国文化"走出去"战略,面向世界生动讲述中国故事,主动利用西方主流媒体阵地正面传播中国形象,中国的国家形象宣传片《人物篇》《角度篇》登陆美国纽约时代广场,大型舞剧《丝海梦寻》在联合国总部大厅精彩上演,连续 7 年组织"文化中国,四海同春"海外艺术巡演活

---

① 张炯:《论文学的审美愉悦性》,《文艺报》2013 年 10 月 21 日。
② 陈彦:《讲好有价值持守的中国故事》,《人民日报》2013 年 12 月 13 日。
③ 李舫:《艺术作品怎样输出国家形象》,《人民日报》2008 年 1 月 15 日。

动,原创剧目《云南映像》《木兰诗篇》等成功实现海外商业巡演,积累了在新的时代环境和媒体条件下主动塑造和传播中国形象的经验。其次,对内功能是指文艺所构建的国家形象需要在国民精神塑造方面发挥引领、启迪、凝聚和提升的作用,在国家认同方面充当重要的角色,这一功能尤其是在当下社会转型的大背景下,在缺乏价值硬度与精神钙质的文坛尤为重要。同时,对内功能还表现在人文精神的弘扬这一层面,当下国人在国外不时发生的一系列有损国家形象的事件,表明在不同文明交流互鉴的当下,我们的国民素质还亟待提高。对于这一问题,李建军认为:"建设优秀的、美好的国家形象,说到底,就是在现代价值理念的引导和支持下,培养和提高国民素质,建设优秀的、美好的国民形象。"①中国现代化的进程离不开国民精神的现代化,国人的文化素养和精神境界的提升也是国家形象构建的重要着力点。虽然国家形象的研究肇始于对外交流与域外传播领域,但也要尤其关注国家形象建构的对内功能。因为在当下精神价值多元的时代,文艺实践领域的国家形象构建能够发挥精神引领的独特作用,能够在新历史条件下促进新的"文化共同体"的建设。在这里,中国当代文学中的英雄主义情结与国家形象构建的主体性之间拥有非常密切的关联,可以说"英雄主义有利于全球化文化交流中国家形象的塑造"。② 由于英雄主义具有呈现民族特质、凝聚精神力量等诸多超越性的价值,使得它与中国主流文学保持着密切的关系。中国知识分子骨子里有着"以天下为己任"的情怀,鲁迅就曾在《中国人失掉自信力了吗?》一文中说道:"我们自古以来,就有埋头苦干的人,有拼命硬干的人,有为民请命的人,有舍身求法的人,……虽是等于为帝王将相作家谱的所谓的'正史',也往往掩不住他们的光辉,这就是中国的脊梁。"③英雄主义蕴含着中华民族的独特精神气质,具有更为深层的国族认同色彩,可以从精神层面阐发民族精神的内核,是一个国家与民族价值体系最为核心的体现,能够在不同侧面提升国人的精神境界。中国当代文学的英雄主义情结促进了国家形象主体性的发挥,为国家形象增添了思想与价值的深度。

---

① 李建军:《国家形象与文学艺术》,《中国社会科学院院报》2008年2月19日。
② 徐放鸣:《当前文学要弘扬英雄主义》,《文艺报》2009年3月24日。
③ 鲁迅:《中国人失掉自信力了吗?》,载《鲁迅全集》第6卷,人民文学出版社,1981年,第118页。

国家形象的主体性是由哲学上的主体性演化而来。主体性是源于西方哲学的重要概念,是现代哲学的基石,它与现代性相伴相生,以理性为基点,强调作为主体的"人"的能动性。后现代主义反对绝对理性的主体,以此解决主客二元对立哲学的弊端,逐渐将主体边缘化。社会转型的大背景以及西方理论资源的涌入,使中国语境下的主体性问题呈现出复杂性,表现为一个开放的体系。进入新时期,思想解放的潮流带来对机械反映论的反拨与文学自律性的追求,李泽厚基于康德哲学的研究率先提出了哲学领域的主体性问题,之后刘再复倡导文学的主体性。文学主体性上承 20 世纪 80 年代"人道主义"的探讨,下启 90 年代"人文精神大讨论",强调对人的关注,发挥主体的能动性,带有强烈的思想启蒙色彩,深化了文学理论的研究,在当代中国的学术史上具有重要意义。这里,我们尝试将主体性理论引入国家形象研究中来,所谓国家形象的主体性是指国家形象的呈现需要富有责任意识的建设主体,以正面的形象塑造来影响本国读者与他国观众。具体而言,这一主体性可以分为构建主体性与价值主体性两部分。

第一,国家形象构建的主体性。构建的主体性是指国家形象的呈现需要富有责任意识的创作主体,积极主动地参与到国家形象的建构中来。国家形象构建主体性的提出有其产生的特殊背景。历史上的中国形象长期处于"他者"构建的状态,其间中国形象经历了从最初被景仰和爱慕,到后来全面否定和妖魔化,再到现在的毁誉参半,在这一历史过程中,中国只能充当一个无言的"被建构者",默默接受西方"他者"的想象性塑造。这些不公正的对待,尤其是近代以来的"妖魔化"中国的浪潮,严重遮蔽了真实中国形象。同时,这种定格化的"他者形象"导致了严重的本土"他者化"与"异质化"的构建逻辑,"西方的中国形象支配现代中国的自我形象或自我想象,塑造中国的现代性自我。西方现代性想象正是通过中国现代思想转换成现代中国反思历史、改造现实、憧憬未来的思想视域与问题框架"。[①] 这种逻辑恰恰是一种丧失主体意识的表现,使得中国在国家形象塑造方面失去了言说的合法性与权威性。因此,应当坚持国家形象构建的自我主体性,积极主动地构建意蕴丰富、鲜明生动的"自我形象"。

[①] 周宁主编:《世界的中国形象丛书·总序》,人民出版社,2010 年,第 9 页。

第二,国家形象价值的主体性。国家形象价值的主体性是指要以蕴含正能量的国家形象为表现内容,传播崭新的中国形象。国家形象构建的价值主体性首先是为了消除"他者形象"与"他者化"的影响后果。西方"他者"视角下被歪曲、妖魔化的中国形象使得西方读者对中国产生了严重误读,其负面影响至今仍未消除。更为严重的是,在这一过程中,部分中国作家的创作也逐渐被"他者化"与"异质化"了,这虽然也是对中国形象的一种有意构建,但是却陷入一味"猎奇"和"揭丑"的快感中,大量描写落后、腐朽以及有违中国伦理的事物,这些作品也严重损害了国家形象。在《文艺创作与国家形象》这一研究国家形象"他者化"的代表性著作中,作者李朝全批判了这种"西方中心主义创作视角",认为《乌鸦》《上海宝贝》《废都》等中国当代文学作品都是"他者化"的典型代表。所以说,以正面的形象塑造来影响他国读者是价值主体性的重要功能。其次,可以积极影响本国国民对"自我形象"的认知。国家形象价值的主体性能够促进文学艺术审美教育功能的实现,发挥对自己国民的启迪与提升作用,提高国民的人文素养和精神品性,提升民族凝聚力,增强国家、民族认同感,构建本国的"文化核心价值观"。评论家雷达曾说过:"就现在的文学本身而言,最缺少的是弘扬正面精神价值的能力,而这恰恰应该是一个民族文学精神能力的支柱性需求。"①国家形象价值的主体性在当下文坛尤为重要,应当以正面价值荡涤丑恶,发挥国家形象构建主体性与价值主体性的作用,促进国家形象对外功能与对内功能的全面实现。

有学者认为,新时期以来文学的主潮是"民族灵魂的发现与重铸",即"作为创作主体的众多作家,呼吸领受了民族自我意识觉醒的浓厚空气,日益清醒地反思我们民族的生存状态和精神状态,不倦地、焦灼地探求着处身今日世界,如何强化民族灵魂的道路"。② 正如李准在《黄河东流去》一书"开头的话"中所说:"《黄河东流去》不是为逝去的岁月唱挽歌,她是想在时代的天平上,重新估量一下我们这个民族得以生存和延续的生命力量。"③中国当代文学中的英雄主义情结与新时期文学的主题正相合拍,强调国家形象建构的主体性,要求我们深入挖掘中华民族的优秀品格

---

① 雷达:《当前文学创作症候分析》,《光明日报》2006 年 7 月 5 日。
② 雷达:《民族灵魂的发现与重铸——新时期文学主潮论纲》,《文学评论》1987 年第 1 期。
③ 李准:《黄河东流去·开头的话》,百花洲文艺出版社,1999 年,第 2 页。

以及民族灵魂,通过对"人"的塑造,展现维持中华民族生命力的永恒动力,架构支撑民族历经浩劫却依然能够延续下去的灵魂支柱,展现中国形象,凝聚中国力量。中国当代文学通过弘扬以下几种突出的民族精神,坚持了国家形象构建的主体性。

首先是自强不息的进取精神。自强不息是中华民族精神的重要内容,"天行健,君子以自强不息"被看作传统文化的核心观念延续至今,自强不息是一种奋发向上、不断进取的精神。自强不息作为一种理想的人生态度被凝练出来,随着时代的变迁,汇入民族精神的长河中,激励着每个中国人奋斗不止,维系着中华民族的生存,推动着中华民族不断前行。自强不息是中华民族数千年在饱尝苦难、历经变革后,依然屹立于东方的重要原因,成为中华民族宝贵的精神传统,是任何时候都需要继承与发扬的。比如《平凡的世界》中的孙少平就是这种精神的代表,不论是在家劳作、外出揽工还是成为煤炭工人,他总是保持一种乐观的心态,不屈服于命运,永不放弃,从不将自己的人生放在他人手中,而是通过个人努力去改变生活,改变命运。《穆斯林的葬礼》中的韩新月,从小就有远大的志向,并通过自己的努力去证明人与人的平等;她热爱学习,热爱生活,为了理想永不放弃。在面对母亲的阻挠、承受着穆斯林教义压力的情况下,依旧追求平等的爱情。《天行者》中的农村民办教师,即使办学条件十分艰苦,却依然在这种环境中传播现代文明,以坚韧不拔的精神奋斗在农村教育的一线,正是因为这些农村知识分子的存在,给乡村发展特别是精神脱贫带来了希望。

其次是忧国忧民的济世精神。在民族危难之际,在历史的转折点,每每涌现出无数的仁人志士,在"达则兼济天下"的理想感召下,在救国救民愿望的驱使下,投身于时代的洪流中,他们身上闪烁着耀眼的爱国主义光芒。这一精神深深植根于中华民族的优良传统之中,成为中华民族家国情怀的独特呈现,历史上的屈原、陆游、岳飞、文天祥、顾炎武等都是这一精神的代表,在新的历史背景下,它的内涵又不断扩展着。比如长篇历史小说《张居正》中的张居正,在明后期社会弊端丛生、矛盾尖锐的背景下,他采取丈量土地、改革税制、整饬吏治等一系列措施推行新政,即使最后是悲剧性的结局,但仍然可以看到主人公"挽狂澜于既倒,扶大厦之将倾"的决心和忧国忧民的情怀。又如《白鹿原》中的朱先生,为了让乡民免受战乱所带来的伤害,他冒着生命危险深入虎穴,说服方巡抚退兵;在百姓遭受饥馑的时候,他又能够做到公正不阿,主持放粮赈济灾民;在抗日战争爆发时又能够肩负起民族大义弃笔从戎,奔赴抗日一线。再如《东藏记》中以孟弗之为代表的知识分子,在日寇的铁蹄下,从北平避难到昆明继续办学,以知识分子独有的方式播撒救亡图存的希望,蕴含着浓厚的爱国主义情怀。

再次是不屈不挠的奋争精神。在苦难与灾难面前,无论是天灾还是人祸,即使生活在水深火热之中,勤劳勇敢的中国人也能表现出不屈不挠的奋争精神、顽强的生存毅力与坚韧不拔的民族性格。例如,《黄河东流去》以国民党扒开黄河花园口大堤为叙事背景,书写了黄泛区难民的血泪史。其中的李麦、马凤英、海老清、徐秋斋等人,在饥饿与流亡的死亡线上展现出不屈的奋争精神,展现了中国农民的灵魂。《蛙》描写了在苦难的日子里关于吃与生育的故事,"吃"是莫言小说中经常出现的情节,小说在一群孩子吃煤的场景中拉开序幕,人们在饥饿中度日。小说书写了中华民族为了生存而不得不采取的计划生育政策,展现了那个特殊年代中国人在苦难中的生存精神与坚忍力。《老井》为我们讲述了黄土高原的老井村几代人打井的故事,刻画了中华民族在面对苦难时所表现出的强烈的生存抗争精神。对外而言,虽然中华民族历来爱好和平、睦邻友好,但是在遇到外来侵略的时候,在面对强权压迫时,从来没有停止过斗争与反抗,作为统一的多民族国家,在民族危亡的关键时刻能够一致对外,比如姜大牙、李云龙等相关革命历史题材小说中塑造的军人英雄就是这一精神的代表。

三、国家形象构建的主体间性

用世界语言讲好中国故事是一个非常复杂的体系,它不只涉及创作问题,还包括更为现实的国家形象接受问题。对于文学接受问题,接受美学代表人物姚斯认为:"在这个作者、作品和大众的三角关系之中,大众并不是被动的部分,并不仅仅成为一种反应,相反,它自身就是历史的一个能动的构成。"[①]文学接受的对象具体分为一般读者、批评家、作家。接受者的作用非常重要,每一部文学作品都只是在被读者、听众等接受者接受

---

① 姚斯、霍拉勃:《接受美学与接受理论》,周宁、金元浦译,辽宁人民出版社,1987年,第24页。

之后才成为现实的作品,文学文本"召唤"读者根据自己的阅读习惯、审美经验、期待视野对其进行"填空",进行"二度创作",产生"第二文本"。由此可见,读者既有的阅读基础将对文学接受产生非常大的影响,中国当代文学中的国家形象接受问题同样如此。

国家形象的构建不只取决于主体性,更要关注创作者与接受者双向的主体间性。国家形象的主体间性这一概念是指在国家形象的构建中要关注接受主体,以更易于为他国接受者与本国读者所理解的内容与形式来塑造本国形象,最终形成国家形象的构建主体与国家形象的接受主体之间的良性互动关系。这里所称的国家形象构建的主体间性跟主体性一样,也是从哲学相关理论中演化而来。主体间性也称交互主体性,是20世纪西方哲学中的重要范畴,西方哲学传统是主客二分的主体性哲学,主体间性则是对单纯强调主体性的弊端进行反思的一种产物,重在解决主体与主体之间如何沟通与交流,实现相互理解的问题。简言之,主体间性指人与他人、人与世界的关系,是一种交互主体的关系,是自我主体与对象主体间呈现出的共生性与平等性的交流关系。主体间性哲学并不否认主体性,可以看作是主体性哲学的一种延伸与发展。主体间性的概念来源于胡塞尔的现象学哲学,后在伽达默尔的解释学中表现为解读活动中主体间的"视域融合",巴赫金通过"复调"理论和"对话"理论发展了主体间性哲学。对于主体间性哲学,现象学、存在哲学、哲学解释学等各流派都在不同程度上作出了理论贡献。虽然主体间性理论是西方哲学提出的重要概念,然而中国传统美学也存在很多主体间性因素,"中国古典哲学中所体现出的主体间性思想成为中西思想的交汇点",[①]比如我国上古时期阴阳五行学说主张的"和实生物,同则不继"的哲学思想,庄子"与天地并生,与万物为一"的观念等。主体间性本是哲学概念,后来引入文学研究中来。以此观照国家形象接受问题,可以将国家形象构建的主体间性具体分为国家形象传播的主体间性与国家形象接受的主体间性。

第一,国家形象传播的主体间性。国家形象传播的主体间性是指为了实现国家形象的对外功能,以全球化为视域进行域外输出时,需要关注

---

① 周建萍:《主体间性理论的实践性品格——兼与中国古典"和"范畴相比较》,《徐州师范大学学报(哲学社会科学版)》2010年第4期。

他国接受主体,以他国读者更易理解与接受的方式进行推广,与域外进行跨文化接轨,展开对话,丰富全球国家形象体系。中国形象的主动传播是实现国家形象对外功能的保障,之所以提出国家形象传播的主体间性,在于中国形象域外传播存在现实困境。导致困境产生的原因,一是异质文化之间的交流障碍。产生于不同"土壤"之上的文化,由于特定的地理、历史、传统的不同而在国民文化心理、审美思维等方面表现出很大的差异,异质文化之间的交流往往存在巨大的障碍,以文学为载体的国家形象传播同样如此。二是文学作品价值深度的缺失。这里所谓的价值深度指的是文学所蕴含的关乎人性、指向人类生存、展示现代性思考的思想价值。文学作品作为中国形象域外传播的重要载体,需要拥有较为深刻的思想内涵,体现一种人类的普遍价值追求,以它为载体的国家形象才能够得到有效传播,才可能在域外传播中获得认同。目前,部分作品思想深度欠缺,成为以其为载体的国家形象传播受阻的重要原因。

第二,国家形象接受的主体间性。国家形象接受的主体间性是指为了实现国家形象的对内功能,在更广的范围扩大国族认同的覆盖面,实现对国民精神的提升与启迪的作用,需要采用更易使读者接受的策略,其中也包括"国家形象批评"这一特殊接受形式。之所以重视国家形象接受的主体间性问题,在于国家形象接受也面临着困境。究其原因,一是国家形象现实性的缺失。国家形象塑造需要生动反映现实的中国,以既有温度,又有风骨的文学书写影响世道人心。但是目前部分作家的创作不是来自社会生活而是主观想象,文学创作存在"闭门造车"、固守"小我"的问题,使得部分作品反映现实的力度欠缺,难以贴近读者的生活实际,使得读者在阅读中产生接受障碍。二是当代语境下接受主体地位的改变。在文化产业发展的商业化浪潮中,在后现代主义思潮的影响下,读者群体的审美趣味日益多元,艺术接受的自主权日益扩大,文学逐渐失去了中心地位,而新媒体的发展、图像时代与"微"时代的到来,更对读者的"浅阅读"起了推波助澜的作用。在创作者与接受者之间的双向互动中,部分作家逐渐失去主体地位,慢慢抛弃了文学的超越性品质,陷入一味迎合读者趣味和片面追求商业价值的泥淖之中,丢掉了作家应有的社会责任感。

对于国家形象在域外传播以及国内接受方面所面临的困境,也需要从理论的角度予以考量,从技巧与内容两个层次进行思考。具体而言,若要解决好这一问题,需要继承和发扬中国当代文学的三种优良传统。首先是"他国化"的输出策略。曹顺庆主张的"他国化"概念本是用来研究文学在异质文化中的变异情况,也成为构建软实力、促进文艺交流的一种方式,包括"拿来"与"送去"两个层面,其中"送去"的策略有"对文学作品的语言进行他国化,对某些文化事物、文化意象等进行他国化,根据接受国读者的兴趣进行他国化"。① 从一定意义上说,莫言获得诺贝尔文学奖就是践行"他国化"的成功代表。应用于文学实践中的国家形象构建,则可以理解为在国家形象域外传播中,需要努力将文学作品进行转化,尽量符合他国的文化特质、欣赏习惯,这样才能在异质文化的传播中降低阻力,这种"他国化"策略又要求我们尤其需要注意文学作品的外译工作。其次是对文艺"共同美"的追求。对于这一问题有学者指出:"中国文艺要以关注现代生存这个'共同的文艺'为基点展开形象塑造,以此展现民族形象和国家形象,并实现与世界的融通。"②"要进行文化反思,这种反思是对民族文化精神和民族良心的拷问,也可以说在当代文艺实践中重塑国家形象是'现代性'的建构过程。"③这就要求我们的作家拥有国际视野,而不仅局限于"小我"。只有如此才能为人类文明贡献中国人的思考,在交流互鉴中与世界文明产生共鸣、形成"和声",实现与"他者"文化与"他者"形象的相互沟通与理解。例如,莫言的《蛙》"以一种悲悯的情怀从生存和发展的视角去观照计划生育,以反思的态度提供对计划生育过程更多的阐释可能,从而赋予读者对国家形象更深刻的想象和理解"。④ 还有长篇小说《尘埃落定》,作者阿来使用"跨族别写作"的方式,使得作品具有强烈的寓言色彩,通过对尊严的肯定表现"普遍的人性指向",显示出国家形象构建的立场与终极关怀,这样才能"在倡导文化多元共生的全球化视野中构建自己国家的文化形象——民族性与世界性相融通的文化形象",⑤有效传播本国文学所构建的"自我形象"。再次是坚持深入现实的创作理

---

① 董首一、曹顺庆:《"他国化":构建文化软实力的一种有效方式》,《当代文坛》2014年第1期。
② 徐放鸣、张玉勤:《我们的文艺如何面对中国的"形象焦虑"》,《文艺报》2007年3月6日。
③ 周建萍:《中国当代文艺实践与"国家形象"建构中的"自我"与"他者"》,《江苏师范大学学报(哲学社会科学版)》2013年第5期。
④ 郝敬波:《〈蛙〉:小说叙事与国家形象》,《江苏师范大学学报(哲学社会科学版)》2013年第5期。
⑤ 徐放鸣:《国家形象研究视域中的"形象诗学"》,《江海学刊》2013年第4期。

念。中国当代文学有着现实主义的文学传统,现实主义与中国文学传统中的写实主义观念有内在的亲和力,与中国实用主义文学观有相通之处。现实主义文学创作理念认为,现实是源头活水,人民是根本旨归,现实主义作品的民间立场往往带给读者一种亲切感。中国语境下对现实主义的接受基础影响着当下国家形象的研究。由于国家形象对内功能的属性,国家形象需要有较为广泛的接受对象,而部分作家的创作远离现实,这无疑会使国家形象产生接受障碍。我们提倡在国家形象构建的过程中坚持深入现实、深入基层的创作理念,这样才能贴近生活、贴近群众、贴近实际,以理想主义的光芒烛照现实生存,否则作品只能被束之高阁,更无法实现中国形象建构的对内功能。例如《平凡的世界》这一作品,它描写了改革开放最初10年中国社会的变迁史,更为引人瞩目的是从它问世至今一直受到读者青睐,在大部分中国当代文学作品接受调查中都居于首位,并产生了一种非常有趣的读者与评论家意见分歧的"《平凡的世界》现象"(或称"路遥现象")。这本书成功的原因在于作者深入现实的创作精神,路遥将自己的创作立足于现实生活,在创作期间他走遍矿区、学校、集市,翻阅了10年的《参考消息》《人民日报》等报刊,从而获得了打动读者的"金钥匙"。

除了继承发扬以上三种中国当代文学优良传统外,对于国家形象而言,不论是国内接受还是国外接受,都需要"着力探讨文学与其他艺术在艺术生产上的有效协同创新机制"。[①] 例如在图像时代,如何利用新媒体,实现从"文学经典"到"影视经典"的转化,将文学所蕴含的价值转移到影视作品中,以适应当下读者的接受需求,促进中国形象的接受,这也是国家形象接受需要考虑的问题。例如,《白鹿原》《芙蓉镇》《历史的天空》《亮剑》《红高粱》《推拿》等作品都曾改编成影视剧,其中电影《红高粱》获得了第38届柏林国际电影节金熊奖,电影《白鹿原》获得第62届柏林国际电影节最佳摄影银熊奖和金熊奖提名,电影《推拿》在第64届柏林国际电影节上入围主竞赛单元金熊奖并最终获得最佳艺术贡献(摄影)银熊奖。这些改编自中国当代文学优秀作品的电影,大大促进了国家形象的传播。在新的历史语境下,如何有效利用视觉文化的优势提高国家形象

---

① 徐放鸣:《文学的使命与中国梦》,《文艺报》2014年2月10日。

的接受度，需要研究者予以关注和思考。同时，在国家形象接受的主体间性中还存在"国家形象批评"这一问题，文艺批评作为一种特殊的接受方式，是文学活动的重要组成部分，既推动文学创作又影响文学接受。文学中的国家形象构建为文学创作提供了新的维度，当前作协体制下的专业批评家是中国文学批评队伍的主力军，应深入思考其中的"国家形象批评"问题。关于国家形象的批评显然不能仅仅局限于过去对于文学作品文学性与思想性进行批评的单一范畴内，文学作品是否积极构建国家形象、构建了什么样的国家形象以及文学作品中国家形象塑造的审美规律、形象谱系、传播特性等问题理应成为一个新的批评方向，可以帮助国家形象接受走出困境，探索"国家形象批评"发展的新维度，思考文艺批评的新方向。

美 术

◆ 导 言

专业细分的死胡同与难得的跨学科对话

马钦忠

难得这样的跨学科对话!

不仅美术与音乐、戏剧、文学难得这种跨学科,即使仅仅美术这一学科,也难得同台"对话",因为业之所"专",各言其言,实在是对不了话。可见,专业细分让我等在一条小径上走进死胡同。那如何写这么一篇关涉美术部分论文的导语呢?

我既疏于学又疏于博,实在是勉为其难。学而不厌的精神倒是有的,故说几句拜读诸位大作的体会吧! 以求教之。

一读李砚祖和施锜的大作。

李砚祖从《周易》追溯中国的造物设计思想,指出汉字和八卦一个是"字"符,一个是"卦"符,同样有其能指和所指。但从起源上看,这两者亦相像或相同。其区别在八卦符号为"象"和"数"(理),汉字符号为"象"和"义",因此在"象"上是共同的。中国设计造物沿此理路,主张"开物成务,以冒天下之道",将所有人造物和设计指称为"开物",即开创事物,设计物事;"成务"乃事物开创后为人所用,为人所成事成业。"备物致用,立成器以为天下利",明确造物目的都出于一定需要,为一定目的服务,故六十四卦中有《需》卦,"需者饮者之道也"。由此"象""义"而有所谓"道""器"之分。《周易·系辞上》谓:"形而上者谓之道,形而下者谓之器,化而裁之谓之变,推而行之谓之通,举而错之天下之民谓之事业。"这是设计之道,何以不是艺术之道?!

故而谓之:"我们也可以认为,是《易》和《传》的创设者巧妙地运用了当时社会积累的造物和设计的经验成果为《易》和《传》作注解,亦可把《易》和《传》作为造物设计的伟大成果之一,或谓是采用造物和设计的方法产生的中华文明的重要成果之一。"

谓之《易》《传》,可也。然验之于中国造物史并与世界造物史以及对人类生活的塑造,特别是就人类日常生活的物用之结果,似差之远矣!这是要就教于砚祖先生的。

施锜的大作,虽不说图像学如何如何,读之确如潘诺夫斯基的图像三原则的精准运用。第一层次,进行前图像志描述,其解释基础是实际经验,修正解释的依据是风格史;第二层次,进行图像故事和寓言世界的程式化题材追溯,属于图像志分析阶段,其解释基础是原典梳理;第三层次,对其象征寓意进行图像学解释,并还原到不同历史时期对这一题材的社会生活和文化生活的一般意义的文化象征史的剖析,提出在"负责创造此作品的地点、时期、文明和个人所特有的"性质。在此,论者扣住画家的图像,从纵时轴/历时轴旁征博引,又以直接证法与间接证法综而用之,论文详赡而博约。牧溪在《观音猿鹤图》中之生活史的历史氛围、文学史的精神语境与绘画史的图像变革沿习仪规,作者在此论证得明明白白。美术史亦是文化史,信矣!

观音、猿猴与鹤这三个图像看似毫无关联,却在禅宗的"猿鹤"与"话头"到临济宗的"无声诗"传统中,演绎成为牧溪的"猿鹤"而成为一组对画的缘由。此牧溪的《观音·猿·鹤》三联画,亦可谓是唐宋博物文化、蜀地特色、临济宗诗画及中日禅宗交流史的重要特征,此画即物证也。以图证史,一佳例也。

二读马凯臻的大文。

马凯臻的文章是对徐州剪纸艺人王桂英的长期跟踪研究,用文化人类学和艺术社会学的方法,深入剖析剪纸艺术对于一个几乎是文盲的农民妇女的生活世界所产生的作用。这篇论文掷地有声地告诉我们所谓艺术为何物。这里与艺术史无关,与艺术创作的深度和高度无关。这里最有意义的是,王桂英的剪纸艺术即是她的生活世界:梦想、渴望、生活中点点滴滴的火花都是她的艺术世界。

王桂英目不识丁,在21世纪的中国,王桂英家贫穷得连歪斜在墙角的两只破柜还是村里别人家为躲避超生罚款藏到这里的。正是这样的一个王桂英,对剪纸之爱,不仅仅塑造了她的精神生活,更重要的是,她扎根于她的生活,她既无师承,(因为不识字)也无法借助出版物和文献延展她的生命体验。但也正因此,她同样独创性地呈现了她压缩的、简化的、审美化的"生活世界"。

所谓"饥者歌其食,劳者歌其事",王桂英用360度无死角的剪纸之艺"见"证了她的生活:积肥、翻地、耙地、耕地、耩地、锄草、浇地、喷药、看青苗、割麦、扛麦个子、捆麦、拉麦、扬麦、打场、垛麦草、铡麦、进仓、春耕夏收……几乎就是对小麦种植与她的生命过程的全景把握。在这儿,没有任何外在使命的假大空的宏大叙事,更没有一点点所谓文化魂之类的言辞,任凭她所见所闻所感所悟,出手皆真情真爱真趣!

若问我艺事何为?我的回答:最高境界即此也。

三读李蒲星、朱青生与杨乃乔的文章,最后说说我自己。

李蒲星的"坏画"论,把"坏"看成是革新与创新的发展之路,此之"坏"即对旧之新,宋之梁楷之"坏"即是开启了中国绘画新路径之"好"。安格尔说德拉克洛瓦的《希阿岛的屠杀》是对"绘画的屠杀",从此以后,有了越来越多的经典作品皆因被称为"坏"而名垂史册。演及当代,相对学院派"条陈"和"戒律"既定习惯的绘画之"好",蔑视之而另辟蹊径之"坏",即是走向新征程的起点。美术发展史似乎总是由这种"坏"奏响了走向未来的集结号。此之"坏"非彼之"坏"也。

杨乃乔关于艺术家吴高钟2000年从死牛肚子中钻出来的行为艺术的讨论,即可看作为李蒲星文之"坏画"的正面意义的经典案例的呈堂证供。

杨乃乔梳理了一位艺术家从架上绘画走向观念艺术的"纯粹之思",而整个社会舆论完全无视"当代艺术家大多是边缘的绝地生存者"的探索的艰难性和高风险,卫道士、假卫道士、守旧者对一个纯粹思想者进行无情绞杀,各种嘴脸竞相表演,让吴高钟经受到了一次严重的"公共伤害"。此说精准而深刻。因为这次"公共伤害"让吴高钟"因祸得福",随之而来的一系列关于"伤害"和"防卫"的心理作品为中国当代艺术吹来一股强劲的"坏艺术"之风。

在2000年下半年,他制作了下一个现场行为艺术,命名为《新生活》(*New Life*)。他让自己瑟缩在狭小的电冰箱中生活、学习和思考,他脆弱地感觉到只有退缩于一个封闭的私人空间中遁迹藏名，关上门保持低温，才能捕捉到一点安全感，以躲避唾沫星子都可以砸死人的批评暴力，从而缓解灵魂的疼痛。

从 2000 年到 2003 年，他制作了摄影作品《"腐烂"系列》（Rotten Organic Compound）。在生存的偶然中，吴高钟打开了一扇通往陌生空间的视觉之门，食物霉烂后所呈现的另类视觉美丽让他无比惊奇。附着在腐烂食物表面的霉花及诸种色彩斑斓的绒毛，让吴高钟恐惧地意识到隐匿在现实的美丽诸象背后可能就是霉烂的恶臭与恶心。

从 2003 年到 2006 年，吴高钟制作了《"长毛"装置系列》（The Hair Sculpture Series），把霉烂的、毛毛茸茸的感觉转型为黑茸茸的猪毛形式，以此密布于他周边的日常物品上：鞋子、帽子、箱子和木楼梯等。这种视觉语言依然是来自外界的压迫在他心里沉淀的惊悚所复现的黑色记忆。

从此，吴高钟便开创了中国当代艺术中一种令人"担惊受怕"的家具……由这些与人生活最紧密并被砍成"脆弱不堪"的、摆放成"家"的环境，让人去想象……太精彩了！

我想说：有多少"公共伤害"在上演，就一定会有更多"坏"的视觉艺术出现，尽管它们可能非常非常弱小！

朱青生的《中国当代艺术年鉴 2016 年卷导论》，让我看到的是新技术、新手段带来艺术的平等、多元、国际化差异的缩小和第三世界的当代艺术的弯道超车。特别是当代艺术以"非理性"和超科学技术为其主导性质，彰显出片面的理性、科学和人类整体的本性之间的不相容性。艺术正以自身的"不理解原则"创造一个基于混合、拼接、虚拟和想象的人性的真实全景。虽其未必符合秩序和规划，却是现实。在此基础之上，正如朱青生一直坚持的"人人都是艺术家"观点，这种平民化的艺术媒介即使没有政治行政权力和雄厚资本的支持，使"卑微"的普通人、处于边缘状态的个体、教育层次"肤浅"的各色人等，都可借由新媒体、新技术的"山水社会"新模式登上舞台。

当代艺术则把这些变化更加强化地呈现出来，同时，问题也接踵而来了。朱青生不无忧虑地写道："然而 2016 年，当代艺术整体并没有对景观社会的黄昏进行积极的批判和反思，有越来越多初有成就的新晋艺术家介入时尚拍卖权力榜的表演之中，成为巨大资本景观的参与者。他们参与了虚华繁荣的财富攫取和分配……当代艺术家经常参与合谋,并且为虎作伥,提供更为绚丽和精彩的诱导。"

他的这些看法倒正好也是我的文章要表达的意思。

感谢本书主编选我两篇论文。一文说的是当代艺术特别要警惕的伪视觉知识的生产。这是由当代艺术国际化、市场化带来的必然问题。首先,我声明我绝对不反对市场化和国际化,也不反对资本对艺术市场和艺术国际流动的介入。人生在世,不论何人均要吃喝拉撒,必与孔方兄交接,那就是市场交易。当今之世,谁都不可能置身其外。此文要指出的是,当资本、代表学术最高水准的美术馆、策展人、批评家、最具影响力的国际展、国际著名拍卖行屡创天价行为等诸方面,全都集中在"某一些人的作品"之时,我们就必须怀疑这种视觉知识生产的公共性问题了。芝诺的"龟兔"赛跑会在布尔迪厄说的"艺术圈"同时抵达终点,一定是那个"看不见的手"的"鬼力"。

另一文是对热衷于跟着法国后现代批评家用词语发明取代价值批判的无聊而又乏味的智力卖弄和标新表演的批评,如在一个自我虚构的"钵中之脑"的"艺术圈"说着"钵中之脑"的"钵中之脑"的创造奇迹,现实与其何干?!作品之义乃在于出色的词语杜撰。德里达甚至剖析出"词语"这个词和"药"这个词在古希腊语中的词义关联,而推论出甚或会颠覆古希腊文化的根基。这种卖弄耸闻的"新闻学术"写作在中国有众多学舌者,而实质上杂耍的是古希腊的诡辩家所做的修辞学的"词语买卖"。

"开物成务":《周易》的设计思想初探

李砚祖*

[内容提要]　作为先秦古籍,《周易》蕴含着深刻的设计思想和观念。八卦符号和汉字是中国早期文明中最伟大、最成功的平面设计,《周易》中保留和揭示的象数理论折射出早期设计的思维方式及设计的基本方法与观点。本文不仅对《周易》的设计思想作了揭示,亦对"作"与"述"、"道"与"器"等概念作了新的阐释。

[关键词]　周易　象数　道　形　器　设计观

《周易》是先秦古籍之一,包括"经"和"传"两部分。其成书年代,历来有诸多说法,《汉书·艺文志》谓:"人更三圣,世历三古。"所谓"人更三圣",指传作者先后为伏羲、文王和孔子,谓之"三圣"。"三圣"之时又谓之"三古",即三个不同时代。现今学术界比较一致的认识,认为《易经》部分产生于殷周之际,而《易传》部分产生于春秋战国之际,其作者远非一人,其时代远非一时一代。

《周易》被认为是我国最古的一部书,也是最难理解的一部书。[①] 之所以难以理解,除时间久远、文字简古外,还因为是书原为一部占筮之书,又是一部博大精深的哲学著作,包罗宏富。全书共十二篇,分为"经"和"传"两部分。其"经"部分,分为"上经"和"下经"两篇,主要由卦辞和爻辞组成,是著占的记录、解释和判定。《易传》部分,又称为"十翼",为七种十篇,包括《文言》、《彖传》上下篇、《象传》上下篇、《系辞传》上下篇、《说卦

---

* 李砚祖(1954—　)，男，博士，清华大学美术学院美术学教授、博导，主要从事美术、装饰艺术及艺术设计的历史与理论、陶瓷艺术、中国画学的研究与教学。
① 李镜池:《周易探源·序》,中华书局,1978年,第1页。

传》《序卦传》《杂卦传》。"传"是解释"经"文大义的,其成书在"经"之后,其间约七八百年。有学者认为:"从《易经》到《易传》的发展过程实际上是一幅人类认识发展史的缩影。我们可以从中看到人类的抽象思维是怎样逐渐提高的过程,可以看到这种在宗教巫术的基础上孕育产生出来的哲学思想体系是怎样扬弃了宗教巫术的内容,同时又利用了宗教巫术的形式,从而使自己带上了不同于其他一些哲学思想体系的特点。"①

《周易》的源起是占筮。中国上古时期的占筮,主要有卜占和蓍占两种。《尚书·洪范篇》有"卜筮人"的记载,这些卜筮之人为职业者。"卜"为"龟卜",先灼烧龟甲,然后根据龟甲灼后的裂纹而得兆,并以兆判断问事的吉凶。"筮"又称作"占筮",即以一定数量的蓍草茎秆进行布局和推演,从而得卦,并分析卦象和卦爻之辞以问吉凶。《周易·系辞》中有完整的占筮之法的记录。

占筮是用蓍草之茎秆作为工具按一定之数之法行占筮,并得其卦。而以"阴""阳"符号组成的卦形符号是为"图形",与占筮之行动有一定关系,即八卦图形反映和表现了占筮中的某些关系,如数理关系,但八卦图形所谓"卦象"的产生,并非源自占筮,而是"圣人之作"。《周易·系辞》谓:"古者包牺氏之王天下也,仰则观象于天,俯则观法于地,观鸟兽之文,与地之宜,近取诸身,远取诸物,于是始作八卦,以通神明之德,以类万物之情。"《系辞》的这一表述,实际上是指认八卦图形的起源,它不是在占筮中形成的,而是包牺氏观察自然、人文后使用抽象的方式创设出来的图形。这一组图形,其基本元素是被称为"阴"(--)"阳"(—)的两条不同的线段,以三叠(三划)的不同组合而成,并规定了一定的卦名及对应的象征物。宋人将这种"阴""阳"二线段设计成了一个所谓的"太极图",以对应《系辞》"《易》有太极,是生两仪,两仪生四象,四象生八卦"之谓。

从图形的角度看,八种三划卦象符号(本文称为"初形"或原形)通过不同的方式,如重叠(两两相生),可得六十四组不同的六画卦形。进而如八卦初形的象征性一样,喻示六十四种(类)事物。在形式构成上,这六十四种卦形符号有一定的组合规则和秩序,而在其象征意义和内在性上亦有着特定的逻辑结构和排序,即始于《乾》《坤》,终于《既济》《未济》,每每

---

① 任继愈主编:《中国哲学发展史》(先秦),人民出版社,1983年,第583页。

相承(反)相受,整体上具有事物从发生、发展到转化的秩序性和必然性。

图形立、卦象生,由此立爻辞,建文言,添系辞,形成整一的《周易》大系。这里,图形是其原点或谓之基础。从设计的角度看,这是中国上古时代最为伟大的设计之一。其设计者,《系辞》谓"包牺氏",即传说中的伏羲氏。如前所述,八卦图形的创生并非出自一人之手,乃数代人经验和设计智慧的结晶。值得注意的是,八卦图形的创生和设计,与中国汉字的创生和设计,有着共同的思维模式和设计方式,其时代应相距不远。唐张彦远《历代名画记》谓汉字为仓颉所创:"古先圣王受命应录,则有龟字效灵,龙图呈宝,自巢、燧以来,皆有此瑞,亦映乎瑶牒,事传乎金册。庖牺氏发于荥河中,典籍图画萌矣。轩辕氏得于温、洛中,史皇、仓颉状焉。奎有芒角,下主辞章;颉有四目,仰观垂象。因俪鸟龟之迹,遂定书字之形。造化不能藏其秘,故天雨粟;灵怪不能遁其形,故鬼夜哭。"① 仓颉创生设计汉字未可视为史实,但张彦远所谓仓颉在创生汉字时亦"仰观垂象、因俪鸟龟之迹",这种"观物取象"的造字方式与包牺氏创生设计八卦的方式是一致的。这实际上揭示出远古中国先民们用同一种思维方式和设计方式创作设计汉字和八卦符号。

汉字和八卦符号都是符号,一个是"字符",一个是"卦"符,同样有其能指和所指。从起源上看,这两者亦相像或相同。在存在的意义看,八卦符号的特性为"象"和"数"(理),汉字符号的特性为"象"和"义"。在"象"上是共同的。

"象"在《周易》中是一个关键的概念,亦可以看作《易》之源之本。《系辞》谓:"《易》者,象也"。"象",用今日之概念,即"形象""样子",或谓"象征",这亦是《周易》之"象"的本义。《系辞》谓:"圣人有以见天下之赜,而拟诸其形容,象其物宜,是故谓之象。"这种"在天成象,在地成形"的"形象",实际上具有几个基本的层次:第一,是指自然物象,无论是"天象"还是"地形"或为"人貌物容",这些是具体的、可见的,并不依人的认知与否而变化,它是"易象""卦象"的基础和来源。《周易》从一开始就肯定自然物象的存在,并尊崇它,所谓"天地定位"(《说卦传》)、"有天地然后万物生"(《序卦传》)。第二,是指人由自然物象而创设出的符号,如《周易》之

---

① 于安澜编:《画史丛书》卷一,上海人民美术出版社,1962年,第1页。

八卦符号、汉字以及其他区别于自然物象的图形符号。图形符号又必然与其所指和能指相应,即图形符号不仅来源于一定的自然物象,其符号形象又引申、扩展以及象征代表着更多的东西。由此产生第三方面,即这些图形符号如"卦象"又有其特定的不断引申的所指,《易》之"象"是包含极为丰富、象征、指代性极强其本身又高度抽象的符号,理解和认知这些高度抽象的符号,仅靠图形符号本身还不能传述其所有寓意,还要靠文字的解说,所谓"拟诸其形容,象其物宜",形象要与其物象内在的本质相合。因此,在一定意义上,《周易》的"卦象"和所有卦爻辞及传文(所谓十翼)共同组成了一个完整意义上的"符号",也即《周易》本身。第四,《周易》之"卦象"符号是一系列抽象符号的组合,内含着严谨的逻辑结构和秩序,即"数"的形式和结构,所谓"极其数,遂定天下之象"。"象"和"数"的完美整合和表现,是"卦象"符号设计的重要特质。

《易》象所具备的这四个层次或谓之特质,从设计的角度,可以看作古代设计者设计智慧的集中体现,亦可视作古代设计者设计思想、观念、方法的集成。

《周易》的造物设计思想是丰富的,也是宏观的、本质性的,它以《易》和"象"为核心,总体上涉及谁造物、为什么要造物、造物的生成与存在、造物的原则、造物与自然、造物与用物等方面,从设计与造物思想的角度去研读《周易》,无疑使我们探摸到中国设计思想的源头所在,亦为《周易》的研读找寻到了一个新的视角。以下择其大要,将《周易》中内蕴的或者说与设计、与造物相关的思想观念作一综述与分析。

一

远古的设计者(广大劳作者、知识者,包括所谓圣人)具有朴素的唯物观,认为一切"象"包括高度抽象的"卦象"符号,都来自现实的可见之象:"见乃谓之象",所谓"仰则观象于天,俯则观法于地,观鸟兽之文,与地之宜,近取诸身,远取诸物,于是始作八卦,以通神明之德,以类万物之情"。从方法论的角度看,"象"是观物而取(创设)的结果,"观物取象"既说明了"象"的来源,又指明了"象"产生的方法和路径。设计者不是靠想象而是通过看(观)而抽取最具典型性和代表性的东西,并将其表现出来(成象),"观物取象"内蕴着一个图像设计和创造的过程。

在"形象"的创设中,须"拟诸其形容,象其物宜",这是"象"设计时必须遵循的原则之一,即抽象的图形符号其"形象"不是随意为之的,它既与其来源(所观照之物、写生便化之对象)又与其象征和意指之物"两相宜",即图形符号必须相合于所观之物又要合于意象之物(所指)。"象其物宜"实质上是对"形象"创设本身的要求,但更高要求或根本目的不是"象其物宜",而是"立象以尽意,设卦以尽情伪"。立象的动机和目的在于"尽意",即要求完全地表达要表达的东西"意"。古人也许早就认识到,有许多东西仅靠语言和文字是不可能完全或完整表达其义的,如子曰"书不尽言,言不尽意",唯有图形符号才具备这一功能。《尚氏学》谓"意之不能尽者,卦能尽之;言之不能尽者,象能显之",所以"立象以尽意"。"设卦以尽情伪","情伪",应理解为"情""伪"两方面,"情"指人天生的本性、感性、质等方面,"伪"指人为、人工的方面,泛指规矩、法、工具等方面。"立象以尽意,设卦以尽情伪","立象"和"设卦"其所指基本一样,具有相同所指的递进关系,"尽意"和"尽情伪"也类似,具有进一步阐述和分析的语义。

二

"开物成务,以冒天下之道。"《周易》将所有人造物和设计指称为"开物","开物"可理解为开创事物,设计物事;"成务"是事物开创后能为人所用,为人所成事成业,而且符合规律(冒天下之道)。"开物"者或者说设计者是谁呢?《易经》谓为"圣人之作",第一位"圣人"是开创八卦的"包牺氏",包牺氏不仅观天察地设八卦,"以通神明之德,以类万物之情",而且"作结绳而为网罟,以佃以渔";包牺氏之后,"神农氏作,斫木为耜,揉木为耒";"神农氏没,黄帝、尧、舜氏作",其作主要是"垂衣裳"、"刳木为舟,剡木为楫"、"服牛乘马"(车辆)、"断木为杵、掘地为臼"(粮食加工之具),"弦木为弧,剡木为矢"(弓箭),从衣服到交通工具的舟、车、加工粮食的工具杵臼以及狩猎的弓箭等造物,这些工具和器物主要是劳动工具和生活用具。《易经》将居室设计归为黄帝、尧帝之后的"圣人":"后世圣人易之以宫室,上栋下宇,以待风雨。"总之,圣人"开物"。《周礼·冬官考工记》亦有相同的表述:"知者创物,巧者述之,守之世,谓之工。百工之事,皆圣人之作也。烁金以为刃,凝土以为器,作车以行陆,作舟以行水,此皆圣人之所作也。"这种类似的表述,首先是一种历史意识和意志,作为一种历史意识,它可以说是当时人们的一种普遍的认识和历史记忆;作为一种历史意志,有可能是统治阶级的某种意志。其次,所谓"圣人",与我们今天所理解的"神圣之人"不同,当时所谓"圣人"非"神人",而是"智慧之人"。《尚书·洪范篇》有"聪作谋,睿作圣"之说,《易经》谓"于事无不通谓之圣",即能把握诸事规律而通晓诸事者。《抱朴子·辨问篇》中记载当时社会所谓圣人:"人所尤长,众所不及者为圣",就是说在某一方面有过人之处即为圣人,如"善刻削之尤巧者谓之木圣,故张衡、马钧于今有木圣之名"。① 刘勰《文心雕龙·征圣篇》有更为明确的指认:"夫作者曰圣,述者曰明","作"者即创造者、发明者、设计者,是于无处创生事物者;"述"者是传承者,孔子谓自己"述而不作",即他的学问或事业仅是传述而非创作。《抱朴子·极言篇》谓:"良匠能与人规矩,不能使人必巧也。明师能授人方书,不能使人必为也。"这里的明师实际上即"述者"。魏晋王弼《老子指略》中有"竭圣智以治巧伪"之说,意指聪明才智施于工艺和设计之中;《颜氏家训》则指出远古以来的卜筮者为"圣人之业也"。其后的时代,圣人为"作者"与非圣人的"述者"有明显的区别和分工,以致宗炳在《画山水序》中提出"圣人含道应物,贤者澄怀味象",贤者类似于"述者",可以寄情于山水,修身养性,而圣人则道高一尺,仍然是"作者""设计者""创造者"的身份,把握规律,运筹而开物。

从历史唯物主义的观点看,这种将无数劳作者、先民的创造归为某些"圣人"是不符合历史实际的,但若将"包牺氏""黄帝""尧""舜"之类的圣人,还原为历史上的学有专长、聪明睿智之人以及创造者、劳动者的代表和象征,这应符合历史发展的实际,因为在历史的积淀和记录中,诸多因素形成事物创生的神话效应,包括历史人物被神化和"圣"化。《周易》中对事物创设者的记录和描述也不例外,其作为中国三代重要的设计思想和观念,是我们理解远古设计的认知基础之一。

三

"备物致用,立成器以为天下利",是《周易》关于造物目的性的解答。人造物或设计,无论是物质的各种器用,还是非物质的图形符号(如八

---

① 《抱朴子·辨问》。

卦），都出于一定需要，为一定目的服务。六十四卦中有《需》卦，"需者饮者之道也"。《系辞》谓："利用出入，民咸用之谓神"，陆绩注曰："圣人制器以周民用，用之不遗，故曰'利用出入'也。民皆用之而不知所由来，故'谓之神'也。"李道平疏云："'立成器以为天下利'，'制器以周民用'，即'立成器'也。用之不遗，故'利用出入'，即'以为天下利'也。"就是说"利用出入"与"备物致用，立成器以为天下利"两语是同样的，说明人们设计和造物的目的是为民所用。这成为《周易》的基本思想之一。《周易·系辞》谓包牺氏始八卦的目的是："以通神明之德，以类万物之情"，"作绳而为网罟，以佃以渔"；神农作耒耜，是为了农耕之作；黄帝、尧、舜垂衣裳、造舟楫、车辆、弓矢，皆"通其变，使民不倦，神而化之，使民宜之"，使"百姓日用"不知匮乏，为生活和生产服务，即"周乎万物而道济天下"。"备物致用"以利天下的设计观、造物观，从有意识地开始设计和造物起，就成为设计者和造物者所秉持的基本信念和准则，这一信念和准则亦成为《周易》在人世间万事万物中确定自身的基本原则之一。而为使民不倦，设计和造物不能守旧僵化，而要"通其变"，不断创设新的东西；而所有的创设又必须方便生产和生活，所谓"使民宜之"，在方法上则主张"神而化之"，即掌握设计和造物的规律，"无碍"地去创设和满足人的需求。

四

《周易》中对"物"（包括人造物）之存在的论述，揭示了三代乃至远古中国先民们对事物从发生、发展、消亡全过程的辩证认识和精准把握，这亦是六十四卦象有序结构的根本依据。

《序卦传》是阐述卦象内在结构秩序的主要篇章。《序卦传》谓"有天地然后万物生"，物之始生，生必蒙，蒙必养。由物的生发开始，一步步涉及物的生长、发展、掌控，当其到达发展高峰时，引导其向好的方向转化，不至于"满而覆"。如"物"进入《大有》的存在阶段，要防止其"盈"，故受之以《谦》。当物仅仅是一种"质"的存在时，要受之以《贲》，即要注重其文饰，不可以苟合。"物相遇而后聚，……聚而上者谓之升"，但只升不停不行，因之要受之以《困》，防止其过度。再如，物不可以一直变动不居，"故受之以《艮》；艮者止也。物不可以终止，故受之以《渐》，渐者进也"。从物的创生（屯卦）开始，至"物不可穷"，故受之以《未济》为终卦，整个六十四卦的内在结构和形式次序，反映了人们对事物从发生、发展到转变过程的认识和把握，揭示了事物"相因""相反"的存在规律，也深刻反映了当时人们对设计和造物的认识水准与思想观念。

五

所谓"道""器"之分。《周易·系辞》谓："形而上者谓之道，形而下者谓之器，化而裁之谓之变，推而行之谓之通，举而错之天下之民谓之事业。"这是《易传·系辞》在阐释"乾坤成列，《易》立其中"时的论述。这里涉及道、器、变、通、事业五个层次及概念。道与器因"形"而成为一对关系。实际上，我们分析道器之关系时可以发现这里亦包含了形、形上、形下三个概念和层次，"形"是基准和分界，"形"即"形象"，亦可理解为符号、图形、概念，由"形"出发，"道"是无形的存在，那是一种无形的、笼罩一切的规律之道，是只可意会而难以言传的东西。如《老子》言："道可道，非常道"，老子曾用"夷""希""微"三字来表述道之特性："视之不见，名曰'夷'；听之不闻，名曰'希'；搏之不得，名曰'微'。此三者不可致诘，故混而为一。其上不皦，其下不昧，绳绳兮不可名，复归于无物。是谓无状之状，无物之象，是谓惚恍。迎之不见其首，随之不见其后。"这段文字可看作是对"道"的最深刻的描述，"道"是超越"物"（器）、"象"（符号、形）的无物之象，无状之状。它借助了"形""器"作为解说道的基础，同时亦揭示出了道、形、器三者之间的辩证关系。"形而上者谓之道，形而下者谓之器"之说也包含了这三者关系，形是基础。与道作为无形无物之存在相对的"器"是有形有物的存在。道、形、器三者是互为的，形是基础，也是出发点，从这一论述出发，不仅可见古人对"形"的重视，而且可见古人看事论物的思维方式，实际上可称之为"图式思维"。

《周易》从卦象开始包括其理论的阐释和设计，作为中国古代文明中最伟大的创设之一，其设计的思维方式，主要是一种图式思维方式，它不能简单地类同于今天的"形象思维"，"图式"是形象，但不仅仅是"形象"。

道器之分，不是《易》之目的，而是手段，是认识问题的方法、工具。因此，接着要"化"、要"变"，不能固守道器之分，"化而裁之谓之变，推而行之谓之通，举而错之天下之民谓之事业"。"化"指道与器的互为作用，能导致事物的转化和目的的实现;实践谓之"通";举而错之,谓文质相杂、万事相交、众生相应,并皆宜适于天下之民,这就是"事业"。陆绩云:"变通尽利,观象制器,举而措之于天下,民咸用之,以为事业。"[①]所谓"事业",指设计制象造物利天下百姓之日用而无不宜。

"道""器"之分,并非高下尊卑之分;所谓"道器"观,并非尊道轻器之观,而是以形(符号、图像、概念)为基点对事物(器物、工具)及其运行规律(道)的理论总结、归纳与阐释。是古人图像思维模式理论化的产物。作为重要的思想遗产,其中不乏对设计和造物的深刻认识,它对其后历代的影响是多方面的,主流是积极的;而当作"分尊卑"的说教时,其影响则是消极的,但应指出,其消极的影响是出于历史和部分后人的"误读",而不是《易传》中此说的个中原义。

综上所述,《周易》中蕴含的设计观念和思想是丰富而深厚的,以上仅择其大要加以解析,其内在的思想和方法仍有很大的探索空间,尤其需要从设计和设计方法的角度对其卦象和数理结构等进行系统研究。一方面,《周易》是部大书,它以《易》和"象"为核心,以释"易"传"易"为目的,但作为历史文献,它包含、记录和表征了来自其特定时代的关于造物和设计的认识、思想、观念,可理解为是当时人们对造物和设计的一种普遍认识,是造物设计达到一定水准,即在造物设计实践的基础上产生的。另一方面,我们也可以认为,是《易》和《传》的创设者巧妙地运用了当时社会积累的造物和设计的经验成果为《易》和《传》作注解,亦可把《易》和《传》作为造物设计的伟大成果之一,或谓是采用造物和设计的方法产生的中华文明的重要成果之一。

无疑,仅在设计思想领域,这些论述已经为其后历代的设计思想和观念奠定了基调和趋向。

[①] 李道平:《周易集解纂疏》。

国学深度决定书法高度

王岳川*

[内容提要] 中国文化史中,书法作为艺术技能和生命诗意的体现,地位很高。但现代以来的东西文化冲突使书法在现代生活中日益边缘化,东方书画文化精神也日渐落空。本文认为,书法代表着中国文化软实力。在高校中开展书法教育,在海外传播书法文化,是建立中国文化自信和建立自我评价体系的重要一环。

[关键词] 书法 国学 东西方文化 文化自信 高校教育

在中国文化史上,书法的地位非常高。作为一个文化人,人们不仅会将琴、棋、书、画看作把握人生的艺术技能,更是将其看成个体有限生命诗意生存中的高妙境界。隋唐以后的进士书法家可谓多矣:白居易、李绅、张九龄、颜真卿、柳公权、顾况、韩愈、杜牧、王维、李商隐、贺知章、杨凝式、韩熙载、王安石、司马光、朱熹、张孝祥、苏轼、宋祁、范成大、范仲淹、欧阳修、秦观、黄庭坚、蔡京、蔡襄、陆游、文天祥、韩琦、秦桧、杨维桢、解缙、王守仁、丰坊、王世贞、董其昌、张瑞图、张居正、王铎、倪元璐、黄道周、周亮工、王士禛、笪重光、郑板桥、刘墉、翁方纲、梁同书、钱大昕、王文治、姚鼐、钱沣、孙星衍、伊秉绶、阮元、洪亮吉、吴荣光、林则徐、何绍基、刘熙载、曾国藩、俞樾、翁同龢、李文田、吴大澂、张之洞、沈曾植、李瑞清、刘春霖等。可谓人才济济,蔚为大观。

但进入现代性话语以来,现代中国书画和西方世界艺术趣味的冲突

---

* 王岳川(1955—),男,北京大学中文系教授、博导,北京大学书法艺术研究所所长,中国书法家协会理事兼教委会副主任,主要从事文艺学与中国书法史论研究。

日益加大,在全球化西化一体化的文化偏见中,东方境界正在被不断贬抑和自我轻视,进而在当代生活中与西方流行文化相比似乎变得无足轻重。所以,在相当一段时间内,书画变成了专家书家保留中国传统文化命脉的一种艰辛努力,以及诸多退休老人安度晚年的夕阳红的余光。这两个极端使得书法艺术的大部分的文化精神失传和落空,东方书画文化在当代文化转型中遭遇到价值判断加速失落的进程。

一、书法"十方"的重要文化传承价值

人们都知道佛教谈"十方",佛教指十大方向,即上天、下地、东、西、南、北、生门、死位、过去、未来。老百姓喜欢谈"四方"——东西南北。一些人是井底之蛙观天只看到"一方",就认为天不过如此,甚至盲人摸象,只摸到书法线条结构就以偏概全地认为是书法的全部。这种错误认识必须清理。在我看来,书法的丰富性和深厚性使其起码具有十个维度,不可将书法矮化浅化为"一方"!

前五个维度要追问的问题是:"你为何要写书法?""书法为何?!"

第一个维度,书法的"书"就是文字,就是"六书"的"书",所以离开了文字去写书法,就相当于你找一个"圆的方"或"方的圆",结果是什么东西也找不到,因为这是基本常识的悖论和错误。但是还有人想指鹿为马写非汉字,这是多大的怪事!

第二个维度,书法的线条结构,或者是有些人所说的形态、形式,这是书法的外形式,也是书法家进入专业领域的门槛,古今都有"池水尽墨""入木三分"的例子。但是单一的形式结构不是书法本体构成的内形式或本体。研究西方文论和美学,可知其中法国结构主义、俄国形式主义、英美新批评成为中国书法形式流派的理论来源。有些现代书法理论误认为书法跟内容无关,书法就是形式。我这里要补充一句,西方形式主义者在近一个世纪前研究得很清楚,它是把形式、结构叫作"外形式",就是能看见的那种形式,并认为外形式受内形式的制约,因为还有理念、观念等具有辉煌内结构的"内形式"。就连现象学作品本体论讲到最高层时还承认有一个层次叫"形而上层",本杰明作为西方马克思主义者认定在艺术品上有一种"气息"(aura)。为什么你看历代的名书法有一种神秘光晕感,而看今天一些人写的却苍白尽显?没有艺术气息光晕,这件作品就没有

生命。而国内很多的形式主义者却不知道艺术有内形式,甚至坚持外形式至上,这就是食洋不化而走偏了。

第三个维度,书法的内容。有些人告诉我书法和文字内容无关。让我很感动的是听梅墨生讲于右任写《千字文》。《千字文》是中国智慧中很重要的部分,它是戴着镣铐跳舞的文化浓缩——周兴嗣必须在一夜之内把王羲之当时上千幅字中一千个不重复的字撰写成朗朗上口的文学作品。《千字文》囊括了中国历朝历代的历史脉络:儒家的教诲、做人的准则、天地宇宙的运行等。书法大家长期书写《千字文》说明:文字是书法的素材,而文学内容则是书法意蕴不可或缺的要素。

第四个维度,书法的精神,书法的高境会臻达某种心灵的感悟。可以说书法的精神或者灵魂是大文化的人文性和哲思的审美性。孙过庭《书谱》强调"五合五乖",写书法为什么是要合的时候才能写,乖的时候就写不了? 为什么苏东坡要写"五不写"? 其中有一条很有趣:不认识的人不写。而今人只要有钱摆在那里便什么都敢写。这种内形式是人的精神投射,是人的心灵的时空展示——书法家的创作是徒手的,是变化无穷的,是不能重复的,这是了不起的,这就是文而化之的精神踪迹。我曾经写了一篇文章,说书法的线条就是人的心电图,当你读颜真卿《祭侄文稿》没读出他当时的悲愤忠义,读王羲之《兰亭序》和苏东坡的《寒食帖》没有读出人文哲思的心灵投射,那你离书法够远了。拒绝灵魂精神的书法是死书法,是自我虚构的白色书法(法国解构主义美学家罗兰·巴特称之为"白色写作"),就是人们所说充满机心匠气的"工艺书法""设计书法"。所以我也不同意有些书法家说的每幅书法创作要打若干草稿,要先多次设计,我倒很同意墨生先生说的,即天地人瞬间的相合才能得到一件好作品。

第五个维度,书法的境界。境界不是人人都有的,所以王国维才把学问的艰辛分成三个境界,而最高境界是"那人却在,灯火阑珊处"! 王国维早就说了热闹跟风是境界的丧失。潘公凯院长有次对我说,看一幅丈八的今人的作品不如看宋元一平方尺的小品那么丰富深厚,那么有味道。这就叫境界的霄壤之别! 不要以为尺幅大就超越古人了,不要以为当下卖钱多它就有境界了。所以刘熙载才说:"书,如也,如其学,如其才,如其志,总之如其人。"(《艺概·书概》)

前五条就要回答的问题："为何写书法？""为谁写书法？""你的书法为何？！"我想说明的是，书法不仅仅是形式结构，而且还会遇到更严峻的问题——"谁需要书法？""书法有何意义？！"因为书法作品要进入更大的人文社会空间，遭遇更多的美学法则。

第六个维度，人和人平等对话。西方的形式主义被存在主义哲学超越了，又被接受美学和读者反应批评超越。读者的重要性在西方美学中空前突出。但是一些"追西"的书法人却很乖戾，写书法就是让观者看不懂，似乎写书法就是让自己显得先锋前卫。错！我看到很多展厅里骂声一片，边看边骂，看到很多国展获奖者在《书法报》刊登出作品以后骂声一片，这就是拒绝了人和人之间的审美对话。我认为，书法对话不应该是目空一切的，而应该进入"高山流水"的知音境界。比如说，我看见一幅好作品恨不与作者同时代，对书写者心向往之。我经常晚上熬夜读到好书，恨不与作者是同代人。而当代书法的标新立异和自我发飙使得这种高山流水的人与人之间的人性对话已经消失，正应了法国解构主义的名言——"作者死了"！

第七个维度，书法的评判性。我没有说评审，我说的是评判！评判是拿你的作品同历代经典书法作对照，是专业人士对你的作品进行专业的价值甄别。《中庸》强调"博学之，审问之，慎思之，明辨之，笃行之"，它把中国学问思辨和知行合一说得清清楚楚。而评判就是强调你的作品在中国书法史上有什么审美价值？具有什么地位？很少有人的作品能够逃过专业的眼睛。而今天却出现这样的情况，比如说知道某某人是这一届的评委，有些人书风就靠近这几个评委，这叫讨好趋同，这叫取巧投机，这样的做法使得评审会变成吹黑哨，甚至变成书法界腐败的象征之一。所以，必须拿经典和当代对话，必须拿博学、审问、慎思、明辨、笃行来进行对照，这样评审性才有学科意义可言。

第八个维度，书法的价值。法国的萨特认为：写作有四个不同升华的层次，分别写人与自我、人与他人、人与社会、人与世界。写"一地鸡毛的琐事"属于人与自我；写"他人就是地狱"属于人与他人；写《老人与海》属于人与社会；写《战争与和平》《红楼梦》属于人与世界。书法作为艺术文化有其共性，低俗的书法就是一己恶绪的宣泄，最高的书法写人类性的精神高迈和深情冷眼。有些人把书法拿到法国、美国去展示，相信法国人、美国人可能看他的作品不会像中国人看得那么精深,但他们起码能看到一种优美的、具有差异性的文化。凡是美好的东西都具有人类性,今天我们把人类性称之为普世价值。书法有没有全球普世价值还需实践证明,但是起码书法有东亚普世价值,就是"汉字文化圈"的亚洲价值。

第九个维度,书法题跋的文化时空性。书法写下来只需几分钟,但是要被历代看很长时间。一幅有价值传递的书法作品会有不同时代若干人阅读并在前代书作上题跋。现在让一位今天获奖的书法者,给他一件古代作品或者是名家作品请他题跋,他立马被打回原形。因为:一是要文言构思而不能写现代汉语;二是要鉴定你的眼力,你的境界,要把这幅作品来龙去脉的复杂历史说得很清楚;三是题跋本身就是两个高人的穿破了历史的对话而优劣立显;四是扩展开来说,除题跋外要写对联,你如果连音韵、平仄、虚实、对仗等都不懂,对什么联?我经常看见很多书法家写的对联就对了七个字而已,真是贻笑大方,这幅字万一流传到了一千年以后就变成了当代书法的耻辱柱!还有人写律诗,动辄写七律之类,令人寒气从脊骨上升起来,反文化或非文化者只会写顺口溜、打油诗。

第十个维度,书法作品最严格的审判官——铁面无私的历史。我的恩师季羡林先生在百年大讲堂给新生说了两句话,这是我听见致辞最短两句话,第一句是"我要放下三顶'帽子',什么泰斗、大师、国宝,都不是,我就是一个在北京大学教了60多年书的老教师";第二句话说:"大家不要怕我,我怕大家,因为胡适的传记我写,陈寅恪的墓志铭我写,而我季羡林的传记和墓志铭由你们来写。"古人说得很清楚,"不畏先生畏后生",历史将有同样的尺度来衡量所有的自我膨胀者。不要认为你是"现代""后现代""后后现代"人,四百年后,你叫古人!

最后,总结几句话来说明我提出的"书法十方",前面五方是文字、形态、内容、精神、境界,这五方是自己内在修为。后面五方是不由你的意志为转移的,即交流、评审、人类性、题跋的时空性和历史审判的严酷性。书法十方的博大精深不可矮化!书法是当代重要的文化软实力,是重塑"汉字文化圈"的重要途径。我们都应该对文字和书法心怀敬意,倍加珍惜,远离为伪劣书法和心造幻影书法,创作出具有鲜明个性审美和经得起历史文化仲裁的真正书法!

二、书法与文化与人的本体关系

在 21 世纪,一些受西方现代后现代艺术影响的人过分强调书法技法、结构、形式、视觉冲击力,深究起来,无疑受到百年前即西方 20 世纪初形式主义思潮的影响。研究西学的人都清楚:20 世纪西方经历了一次形式转变,发生在 20 世纪初——1914 年左右,其后出现了"俄国形式主义""法国结构主义""英美新批评"的形式主义——抛弃内容,强调文艺没有内容,只是语言形式构成本身,或一种只有形式意义的技法本身。然而,这种形式主义理论很快被西方思想界所抛弃。1945 年"二战"结束后"存在主义"风靡一时,形式主义理论成为过眼云烟。其后存在主义又被新的主义——解构主义、后现代主义、后殖民主义、新历史主义、文化研究所超越。21 世纪最新西方理论是"生态美学""生态文化",倡导重新回归人和自然、人和社会、人和自我、人和自己存在的家园感,对反文化、反自然状态加以批判,重新确立优美典雅的美学风范。中国书法的"先锋"跟随百年前的西方走而大谈形式主义,事实上早就过时而成为"后卫"。在西方将目光投向东方的"生态文化"时代,还继续玩着西方现代派 20 世纪早就玩剩的东西,还在津津有味地自我感觉很时髦,真是令人感到恍若隔世的悲哀!

古代文人从不为写书法而写书法,他们在书法中寄托了自己的精神世界和高尚品格。如苏东坡《寒食帖》:"空庖煮寒菜,破灶烧湿苇。那知是寒食,但见乌衔纸。君门深九重,坟墓在万里。也拟哭途穷,死灰吹不起。"写如此惨痛的诗,东坡却写得潇洒神骏,如果今日书家就会变成一种爆裂情绪的喷发和一片狼藉的书法痕迹。这幅字之所以成为"天下第三行书",是因为它代表了东坡"泰山崩于前,而面不改色"的中国文人的高风亮节和一种重压之下绝不低头的强悍的精神力量。

书法家最难的不在于技巧,而在"自知"和"止于至善"。有的书法家得到一点笔墨功夫,就妄认为自己超越了王羲之,超越了孙过庭,超越了历代名家。这种所谓的超越应缓行!在西方,人们对古希腊,对莎士比亚、歌德,从来不敢妄用"超越"一词,季羡林先生说:"真正的经典是不可超越的",只能做到有限的努力在某方面有自我的个性区分而已。在这个意义上可以说"池水尽墨"的张芝,"池水尽黑"的王羲之,"技近乎道"的中国历代书法家，他们所努力臻达的境界就是精益求精、止于至善。至善不仅是技法，因为比技法更高的是道，如果离道，书法就浅了。孙过庭对那些歪门邪道的各种奇怪之书深恶痛绝，诸如龙书、蛇书、云书、垂露篆之流，龟书、鹤头书、花书、芝英书之类，这类属于绘画方面的描画而已，已经不属于书法范围，故而反对写字如绘画："龙蛇云露之流，龟鹤花英之类，乍图真于率尔，或写瑞于当年，巧涉丹青，工亏翰墨。"（《书谱》）而对一些书艺不高，仅凭附权贵名人抬高身价的书家提出尖锐的批评——"身谢道衰"——人死后其书法价值就衰退不堪。实在是警策之论。

在我看来书法有四个维度，今天在长达半个世纪以来，在人们无所住心中已经模糊，所以要重新提出。

第一，书法之"书"应回到"六书"本意。其一，书就是文字；其二，书是书写。如果给书法下一定义的话：书法是"文字表达深度文化内涵的典雅书写"。包括三方面：首先，一定要写文字，在篆隶行楷草中笔歌墨舞；其次，它必须包含深度的意义内涵——经史子集名句和自己情感迸发的上乘诗文；再次，它必须典雅地书写，比如写得很烂，写得很怪，写得八病丛生，气象很弱，就不能叫书法，只能叫作写字习作，甚至是很劣质的习作。如果某位书家不写文字就最好叫作抽象画。篆书、隶书、楷书、行书、草书千变万化，穷尽汉字的变化之功能，但必须写的是文字才能叫书法。

汉字经历了"神性—圣性—罪性"三个阶段。仓颉造字"天雨粟，鬼夜哭"，惊天地而泣鬼神。其后，在漫长的文化进展中，文字获得不可动摇的圣性，如孔子两次拜访老子问道，因为老子博览群书，道行很深。到了现代，面对西方拼音文字，中国汉字文化空前自卑，于是百年来走一条汉语拼音化最终"废除汉字"（钱玄同）的道路，成为国人的艰难历程。

书法被誉为中国文化核心的核心，这是有一定道理的。首先书法是以汉字为载体的艺术形式，这是其他艺术形式所不具有的。书法将汉字的艺术美发挥到了极致，篆书、隶书、行书、楷书、草书等种类繁多，形态各异。在古代，但凡能读书认字之人，都能写一手不错的书法，可以说书法是中国最具有群众基础的艺术形式。孔子说，"兴于诗，立于礼，成于乐"，把艺术看得非常重要。古代有"六艺"，其中就有"书"。从某种意义上说，书法一端连着汉字魔方，一端连着经史子集。书法之"书"字就是文字和书写，书法是文字的审美书写，文字背后有着伟大的意义。如今，"汉字文化圈"名存实亡,君不见表面的领海之争、地缘政治之争、国土之争,其实深层次是"汉字文化圈"失效的结果。可以这么说,自1945年起,日本"去中国化"废除了大部分汉字,韩国同样废除了汉字,越南完全废除汉字,菲律宾全部废除汉字,汉字文化圈在周边国家中早已经变成了"美国文化圈"。从这个意义上来说,如果今天不重视汉字,不重新修复汉字文化,不重新再提倡中国汉字文化圈,我辈将愧对历史。

第二,有人认为书法仅仅是形式,这是西方结构主义和形式主义的一种早已经过时的说法。请大家解释一个事实:书法大家于右任先生在台湾,他发现大门外小孩撒尿很生气,挥笔写了六个字"不可随处小便",让秘书贴到门口。一个好事者经过门口看是于公的字,糨糊尚未干,揭下来拿回去挂到堂屋,大家一看掩口大笑而退,尴尬之中,一文人剪开重新装裱,最后成了"小处不可随便"的励志之作。我的问题是:为什么前者写得更流畅生动,后者剪开重裱气韵完全中断,但前者不可挂而后者却可以挂?所以,认为书法仅仅是形式是远远不够的,比如中国文学史上的汉代大赋和六朝骈文可以说最具有形式主义的特点,但这种不要内容只要华丽形式的所谓作品在中国文学史上地位并不高。书法不仅不可以没有内容,而且必须是含义深蕴的内容。正是书法将已经中断的古代经史子集重新进拉回当代人的生活空间。今天在电视、广告等很多领域已经看不到古文,唯独存在的空间就是书法,"立己达人""极高明而道中庸""心远地自偏""厚德载物""道不远人"等,都使已经中断千年的历史,重新走进今天的生活。

书法书写的文字保存了历代的经典和古汉语精粹。古汉语被现代汉语白话文所替代,但是书法家写的书法中却保存了先秦诸子、孔孟老庄、唐诗宋词名言警句的精神气脉。比如写"大音稀声""道不远人",就知道是道家和儒家的思想;写"天行健,君子以自强不息"就知道是《易经》的思想,而这些在古代汉语中属于中华民族文化的灵魂。无视这一重要文化内涵的重要意义,只重视形式主义的以偏概全,将对书法的发展产生负面影响。

第三,应注意书法公共空间的问题。古人书法作"案上观",今天书法作"壁上观",确实,视觉产生了变化,但是要看到更大的变化,那就是公共空间的变化。今天人文社会公共空间中书法没有太高的地位,书家题字基本上都是店铺名字，很多地方都是采用美术字，甚至用的电脑字。但我以为，书法的空间很大，公共空间很宽阔，书法的本体是"书写性"，它是中国人唯一在这个世界机械化境况中徒手线书写的艺术。如今，桥是直的，飞机航线是直的，跑道是直的，高楼大厦是直的，唯独书法是充满变化的手工徒手线的纠结，它是保存人本质力量的精神艺术。书法八面出锋，阴阳向背，点化之间，血性毕现，才情勃发，神骏之极。

  书法成为一个文化人最逼真的心电图，像怀素一样"忽然绝叫三五声，满壁纵横千万字"，完全是敞开心扉，舒散怀抱。我们应该珍惜在这直线条的现代世界中独存的书法家徒手线条的艺术。同时，我认为要重新恢复中国书法的公共空间，使书法不仅仅在画廊、拍卖机构、书画市场、民间交易中出现，而且应该在中国星级旅游场所和五星酒店出现，要抓中国真正的文化艺术，要落实到书法的张挂和欣赏场所。现在全国都挤在"兰亭奖""国展奖"的羊肠小道上是不正常的。况且每年书法获奖者过去若干年，有几个能够在书坛站住？而且全民书法的普及和提高效果很差，大中小学的广大师生的书法水平萎缩，中国的书法文化仍然是空虚不实的。全国每个四五星级酒店，不仅要有游泳池，而且大厅必须挂名家大字画，在套间就应该挂一幅幅真正上佳的真迹。如果全国都如此做，那些在星级饭店中的假山水画、假油画、劣质行画将被统统清理出去，我们才有真正清洁的对外文化空间。书法是"技近乎道"的——书写的内容是中国接近断根的中国经史子集的文化内核；张挂的地方是亭台楼阁、佛庙道观、大门中堂、酒肆文轩等；普及程度为国人之最，老中青幼皆宜。但是，如今书法在全盘西化下又往往被西化者轻视。我想，随着中国文化的重新崛起，书法一定会在东方文化的世界化中大显身手。

  第四，中国在海外宣传中国文化形象中，书法形象的文化软实力不可低估。举例说西湖申遗长达四年都失败，一位外国主评委说："西湖这样狭小不洁的湖凭什么要申遗，北欧这样的湖有两千多个。"我说："您错了，西湖不是你们北欧的自然湖，它是中国南宋以后的文人湖、文化湖、书画湖、诗词湖。如果不了解这一点，你就不了解中国，就不了解西湖。"西湖申遗成功，就在于让外国人真正明白，原来亭台楼阁那些对联，那些诗词曲赋，那些文人，白居易、苏东坡们构成了西湖之魂！中国的亭台楼阁是书法文化拓展的巨大文化符码。设想一下，如果黄鹤楼没有对联、没有牌匾,岳阳楼没有书法匾额,昆明湖没有长联,它们最后还剩下些什么?可以说,中国书法发展的最大空间当是整个世界,这要从提升中国文化软实力的角度去看。书法是最具有世界视野的文化形态——现在海外的孔子学院培养出了六千多万能够写汉字、读汉语的人,但是不会写书法。我们应该去做这个工作,今天的海外市场非常大,要让天下更多的人来学汉语,写汉字书法,进而爱好中国的和谐文化。

三、书法原创性与中国文化形象

在我看来,历史上每一个杰出的书法家都是原创性的,不创新是不可能,但乱创新是对真正创新的抹杀误导和混淆视听。在某种意义上,对经典的深入是创新的必由之路。王羲之最初师法老师卫夫人,"羲之少学卫夫人书,将谓大能;及渡江北游名山,比见李斯、曹喜等书;又之许下,见钟繇、梁鹄书;又之洛下,见蔡邕《石经》三体书;又于从兄洽处,见张昶《华岳碑》,始知学卫夫人书,徒费年月耳。……遂改本师,仍于众碑学习焉"(《题笔阵图后》)。后来醒悟了就义无反顾地进入"师法自然"阶段,这种自然的熏陶和感染使他创造出颇具有南方气息的、以美秀韵取胜的魏晋书法的代表。同样,唐代褚遂良的"用笔当如锥划沙,如印印泥",颜真卿提出的"屋漏痕"等也是师自然;王铎一日临帖一日创作,既师自然也师心性,在传统的亲和中感悟书法笔法的真谛。

大体上说,创新有两条路:一是师自然,从雄奇山水、天地壮丽中获得创新的灵感和资源;一是师传统,从历代大家的书写与意象中看到新的可能性。这两条路不能丢。反过来,当代中国书法的另一条路子,一不师传统,二不是师自然,而是师西方。

比如书法西化主义,把中国书法的文化根基连根斩断之后,把这根藤接在西方现代艺术上,这样做当然是无本之流、无根之学。书法本是一种很文人化的艺术,西化主义结果就是把书法变成了美术,变成了"反书法"。其实,书法西化主义实质是"反书法",西化主义以反书法的形态出现,很自然到最后就提出了"非汉字书法",不写文字的书法,这就变得相当严重了,因为完全斩断了和传统的联系,完全斩断了和自然的联系。所以在"西式书法"的展厅里,很多参观者都很困惑,因为不知道书法西化主义要让看什么。不妨说,书法西化主义在中国,它可以探索,但却是一条书法歧路。

从这个意义上说,中国书法今天的出路不在于将自己嫁接在西方现代艺术这种"西方的丑学"上,这类实验已经长达一个世纪而且有颇多邯郸学步的例子,而是让西方人和全世界的人学会领略东方书法的韵味和精神深度,起码在多元时代学会尊重中国书法文化,学会尊重和欣赏这种差异性文化形态。中国书法如果没有这种自我意识,没有这种独立意识,没有这种自信,就可能被西方现代艺术殖民,变得不再是书法,或者成为文化上的"后殖民书法"。西方有识之士认为,中国云南玉龙雪山下的民族很纯净,生活很生态,实在是西方狂暴先锋应该反省的。中国古老书法也是人类文化的一片净土,起码我没有看到有人在书法中写出"国骂"内容!今天的书法国际化不是让这些纯净的民族变成嬉皮士式的重金属摇滚或者地下吸毒,而是让西方人去学会欣赏玉龙雪山下中国民族的纯净高远。如果没有这种"文化尊重"的观念,就是在无视这个民族的精神,就是在糟蹋世界上的精神净土。对书法而言,同样如此。

今天,应该充分意识到书法的文化审美价值。宗白华先生说,书法具有中国文化深度结构,熊秉明先生说,书法是艺术哲学中璀璨的明珠。为什么?就是因为书法是中国文化的身份,是中国艺术精神的表征。书法一下笔似乎极其简单,但是却把天地万色还原成了黑白二色,它如同现象学的"还原"去"做减法"。把大千世界的颜色简化为黑白二色,就是"还原",就是道,道就是一,不需多,"为道"就是要"日损"!除了这个"道"之"易"外,书法的厚重、墨色变化、黑白对比、强弱对比、粗细对比、结体对比、疏密对比等,在一下笔的时候就要确立,不可修改,不可重复。这就是书法的一次完成性和整体性,就是"目击道存",就是浑然天成。历代书家把书法看成道,书法之道是不可修改的,而画是可以修改的。你要在书法上面去描去修改,那书法就是失败之作,因为不自然、不完整、不天然。

从这个意义上说,当务之急不是改变书法的精神形式,而是要让世界学会欣赏中国书法。世界各国美术人士要成为书法的真正知音,就要提升自己的书法趣味,直到能够体悟笔墨韵味,感受书法的最高远境界。而那种玩世不恭的行为派的艺术其实非常肤浅,甚至只是一种带有童心的艺术闹剧,它要成为真正的艺术还有待来日。

为什么有些人对当代中国的书法文化的定位总是不准确呢?很多人

只有忿懑的情绪,不满意当前书法现状,而没有真正进入书法文化内核,骚动忿懑情绪又能改变什么呢?有些人没有精读书法史,没有仔细琢磨每一家的笔法,对书法理论批评史非常陌生,不知道每一家的理论是怎么阐释书法现象的。这种没有理论也没有实践的看法往往导致浅薄和自负,是很危险的。谈论书法要尊重前人、尊重传统,而不是一味地责骂,否则就成为一个外行人的信口雌黄。人家怎么信你?我们应尊敬所有书法家的一步步地文化推进,尊敬他们点点滴滴的艺术贡献。但是,尊重是一个方面,同时批评家还要提出文化警示,还要指出前面还有很多深渊和危险,不然一味地鼓励大家往前跑,就会盲人瞎马,夜半临池。既要尊重传统,也有警惕陷阱,归根到底是为了中国书法的健康发展而提出"瞻前顾后"的批评精神。

书法的发展离不开"创新"。不妨向王铎一样"一日临帖一日创作"。仅仅有创新的焦虑是不够的,应该提倡"诚意正心""止于至善"的劳作,以及那种为子孙后代造福的拳拳之心。在长久的艺术(这个词本身就有工匠精神)劳作之后创新的灵感才会到来,而只有长久的可持续发展的守正创新,才是真正的书法创新。在这个意义上说,究竟是像那种在西方现代派中抄袭搬回家,却认为自己在根本创新呢?还是对长期以来抛弃中国书法文化精神进行深刻反省,而后守正创新?从现在开始,我们应老老实实地去做书法文化清理工作,而不是花里胡哨或者花拳绣腿走走样子。

"守正创新"必须对中国书法传统三个维度加以洞悉:其一,中国书法帖学传统经典,这是中国书法传统的主流;其二,中国书法碑学传统;其三,中国书法的民间传统。后二者都是对书法主流的补充。面对当代中国书法的种种怪现状,有人说要回到传统。但怎么回到传统?回到什么样的传统?光回到传统就够了吗?这都是需要思考和明辨的问题。如果将三者绝对化,或者碑学成为时髦,或者民间书法成为时髦,都存在以偏概全的问题。只有以帖学为主流的多元书法局面,才是创新的保证。有人好走极端,缺乏海纳百川、多元共生的气魄,将书法界弄成为某些人的私利赛场。要有多元的竞争和互相促进,多种书法流派风格的共存互动,有一个大而宽松的创新氛围,才能真正对书法创新有所推动。

在明白技近乎道的规律、弄清道的方向后,还应对"技"加以厘定。在人们日益热衷的技法问题上,我以为要有扎实的功底,要"取法乎上"。有很多人练书法,不是去临传统的"法书",而是去练当代书法家的字,甚至练自己老师的书法。忘记了书法的要义是"以手指月"——学生通过老师的手指(现象)去看到月亮(本体),而不是去看老师的手指。月亮就是传统,是历代的法书,就是书法经典。学得越像老师而离书法经典越远。同样的情况也出现在日本。我曾经和日本书法界打交道多年,发现他们书法上重大的教学失误是:日本的一些书法老师不管是在书法班还是在大学校,都要求他们的弟子学生写得像老师。这是一个天大的误区,可谓毁人不倦。中国的书法传统就是"以手指月",就是告诉你一条路,通过这条路走向传统经典,去看历代书法那精深的内核!

书法要有文化的提升,提升当然不局限在技法和理论上,而是一种精神境界的"自我超越"。这就涉及文化和民间的关系了。比如《二十四诗品》将诗的风格细分为二十四种,即:雄浑、冲淡、纤秾、沉着、高古、典雅、洗炼、劲健、绮丽、自然、含蓄、豪放、精神、缜密、疏野、清奇、委曲、实境、悲慨、形容、超诣、飘逸、旷达、流动,既可以看作诗品,也可以参照为"书品"。很多艺术形式如果不经过文化的提升就可能湮没在历史中,或者成为低级趣味的表露。如为什么从民间走来的刘三姐却要经过众多专家的艺术加工整理,最后才集体推出电影《刘三姐》?传播的是电影刘三姐,还是民间打情骂俏的刘三姐?当然是经过艺术加工和文化提升之后的刘三姐。

在我看来,没有传统精粹和精神高度,可以得势于一时,但最终什么都留不下。如果先秦那些民歌不经过孔子的删改和加工能成为今天的《诗经》经典吗?[①] 如果有人认为《诗经》不是三百首而是多多益善不加删改,今天人们读到的将不再是中国的诗歌经典!因此,文化的提升和精英的介入极为重要,否则精神艺术就变成了地下艺术,而不能代表一个国家的精神国粹。人为炒作书法是容易的,但在书法文化史上要留下自己的艺术踪迹,却殊为不易。

---

① 司马迁《史记·孔子世家》云:"古者《诗》三千余篇,及至孔子,去其重,取可施于礼义,上采契、后稷,中述殷、周之盛,至幽、厉之缺,始于衽席,故曰:'《关雎》之乱以为《风》始,《鹿鸣》为《小雅》始,《文王》为《大雅》始,《清庙》为《颂》始'三百五篇孔子皆弦歌之,以求合《韶》《武》《雅》《颂》之音。礼乐自此可得而述,以备王道,成六艺。"

四、正大气象书风与丑怪书法的美学分野

长期以来,中国文化界受美国嬉皮士文化和政治波普艺术影响,有一股不小的审丑之风在艺术界颇为流行。从国内文化的角度看,就是中国文化失败主义、文化自卑主义在艺术界的表现。从世界文化霸权看,在美国文化中弥漫着一种全球化的世俗化、消费主义、享乐主义和搞笑主义的后现代痞子文化风气。这种风气进入中国以后,迅速和一些反精英、反经典、反文化的痞子文化,就是"文革"的那种打倒孔家店、打倒专家教授的非理性思潮结合起来,变成本土的一种奇怪的世俗化文化景观。

更深地看,欧洲的油画才500年,中国的纸上绘画2 000多年,但油画将中国绘画颠覆掉了。美国要取代欧洲成为世界的引领者,不可能在纸面和布上超越,他们把欧洲过去的达达主义乃至行为艺术、装置艺术全都收录到美国,无限地放大。美国现当代艺术不需要去艰苦地写素描,不需要面对一幅画布长期劳作——像达·芬奇画《蒙娜丽莎》那样画4年之久,只要用沾满颜料的人在画布上拖一拖就可以炒作为一个举世瞩目的画作。这种美国式的文化工业生产导致了全世界精品大量流失,法国、德国也是如此,甚至有人在《蒙娜丽莎》油画上画两只小胡子表示她是男人或同性恋等。以丑为美,就是萨特所说的"恶心"的艺术,从"二战"以后它就开始大量繁殖并扩散至全球。

欧洲油画在整个18世纪、19世纪人气上升阶段大多是正大气象的,典雅优美的;进入19世纪末期,尤其是到了第一次世界大战,就出现了大问题。

中国当代绘画受西方的影响应该说是比较大的,但要说当代书法家受西方的影响并且创作丑怪,我认为中国书法家还没有能力走得那么远。他们对"西方"的"六张面孔"(古希腊民主的西方、古罗马法治的西方、中世纪神学的西方、近代理性启蒙的西方、现代非理性的西方、后现代后殖民的西方)的认识恐怕还没有真切进入。当代先锋书法家的整体文化水平使得他们很少到西方留学和深造,其外语程度还没有实力实地感受到西方六张面孔的差异,于是饥不择食匆匆拿了一种时髦就买账,而且基本上拿的是"后现代西方",于是,盲人摸象的奇怪书法苦果可想而知!

为了跟风,一些中国的水墨画夹杂狂怪书法,按照西方的装置艺术、

行为艺术、拼贴艺术、概念艺术去做，就有书法后现代主义、书法行为主义等。他们的原则就是：你是优美的，我就是恶心丑陋的；你是典雅的，我就是嬉皮式搞笑的；你坚持书法的正大气象，我就专搞与中国传统命脉相违背的东西。……当然这种牛劲与西方大量财团乃至于中国拍卖市场的怂恿以及一些美院系统紧跟西方美术风有关系。理论家思考全球化中的中国问题，一定要有中国身份、中国立场、中国文化指纹，没有这一切你画画得再西化，中国人不会认同，西方人一个经济危机就把你抛弃了。其实，国人大可不必太在乎某个洋人说这个画好不好，要有一种坚强的文化自信、书法自信，相信自己的文化底蕴和历史契机，而且一定要把本民族优秀的文化提升到国际化的高度，同西方平等对话。

为什么一些书家会出现这种丑和怪的创作方式？我想主要与时代的巨变有关系。对于书法创作我认为还是要有精神洁癖，要干净，更要准确到位。高雅的艺术在纸面上流淌的是文雅的、舒心的，流露出典雅优美的气息，而不是往脏丑的方面颓唐嚣张。书法的主流，像历届书法大展展出的作品和获奖作品，实际上说明评委机制和文化导向存在大问题。因为在前几届的国展中，受时下流风影响，作品幅式很大，字也大，创作时用笔下力太大太狂，这样的作品已经占据了一些展览大部分的空间。有时候看完一个展览后感觉很疲惫，整个展厅的作品那种气息都是冲动、混乱、暴躁。中国书法的美丽精神正在流失。

这说明书法家在创作上已经走到另外一条路上了。一味强调视觉冲击，这种冲击效果过后留在内心的感觉是很空洞无聊的，当没有意境可以回味，作品不能作用于心灵的感动，其存在的生命力就很短，有时候在展厅中展出时作品就正在死去，影响几天后就消失殆尽。但是，狂怪书法负面导向作用又显得非常强大，许多人去看了这样的展览之后，看到这种的作品居然可以获奖，也开始放弃长久的优美虔敬，全力模仿这样的粗狂乱丑的创作方式，推波助澜，书法发展方向就大变了——你写得很粗野，我就写得比你更狂怪，你写得很黑丑，我就写得更鄙陋。于是，书法内涵并没有得到更深挖掘和体现，反而遮蔽在浅薄的形式结构的当代狂躁中。

这些年情况稍好一点，因为这几年一部分书家迷途知返，又回到魏晋二王的路子来，这是一种审美的趣味的调整，有时候感到疲劳会逐渐地转向，会朝另外一个方向发展。现在的作品给人的感觉就比较清新、秀美文雅,更接近文人书法的味道。当然如果是这样一直写下去,在审美方向上可能又趋于保守,让人感到过于小巧了些。从书法的审美意义上说,书法的形式是不断转变的,不断有新的形式出现。但不管有什么样的形式出现,整件作品比较洁净,因为这种洁静可以提升人对艺术的喜爱向往,而不是厌恶背离。

其实,今天书法出现种种的疾病、症候,是书法家精神生态出了问题,这不是一个简单的书法用笔、章法、墨法问题。书法家的人格,书法家的内心世界精神心态衍生出一大堆的精神垃圾,他无法把那些垃圾排出体外,排出他的怀抱,于是书法生病了,书法家不健康了!看看孙过庭《书谱》是怎样张扬志气平和的书风,批评一味斗狠张怪的书法。孙过庭《书谱》以王羲之为例认为:"右军之书,末年多妙,当缘思虑通审,志气和平,不激不历,而风规自远。"而王献之以降的书家,大抵狠命地标新立异于某种书法体裁,不仅在技巧浑厚上不能和王羲之相提并论,在精神气质上也与王羲之相差很远:"而子敬已下,莫不鼓努为力,标置成体,岂独工用不侔,亦乃神情悬隔者也。"

书法评委处在书法文化链的高端,起着"书法指挥棒"的作用。对书法界的问题澄清应该在评委问题上下工夫——谁有资历担当评委?评委的组成应具有多种形态:其一,挑选具有不同流派和不同风格的书法家、书法理论家、书法教育家组成评委会,而不应该是几个风格雷同、趣味相投者山头式组合;其二,组成由书法家、书法教授、文化学者集体评委会,杜绝以我为主的单边主义话语。我时常感慨,中央电视台青歌赛都找了余秋雨,不管对余秋雨有多少批评,但起码余秋雨是文化学者而不是歌唱演员。就连歌曲大赛的组委会都知道找文化人来考考歌者的文化底蕴。书法应是最文化的了——写的是经史子集里面保留中国经典名句的文化钻石,可是却被评得技法上支离破碎,毫无文化感染力。在这"评奖指挥棒"下,每年雷同的书法展和书法作品使得书法百花园只剩下几种时下奇诡的书风,这种不正常的书法现象在社会上扩散,导致大众书法越写越丑,越写越让人难受,感到集体恶心。如果把住了展览高端入场券和推选高端评委这两个关口,书法其他的疑难杂症我估计会慢慢化解,过分狂怪的书法热也会慢慢降温。

我同意孔子的"不语怪力乱神"。我坚持书法的"正大气象"。孟子说

"春秋无义战",其道将难行。但仁爱之思、君轻民贵的思想却流传深远。这说明在当时做不到的事情并不是没有意义,相反,当时很热的现象倒是值得警惕的。在书法上做到"奇绝、奇巧"很容易,做到"正大""守正"倒很困难。孙过庭《书谱》说:"初学分布,但求平正;既知平正,务追险绝,既能险绝,复归平正。初谓未及,中则过之,后乃通会,通会之际,人书俱老。"同样,"古不乖时,今不同弊"的论断,认为要继承古代经典,但有不能完全脱离时代,应在沿袭中有创新,在继承中有发展。这与我坚持的"守正创新"具有精神的一致性,故深得我心。

要做到"正"又不死板、不僵化是很不容易的;做到"大","大"不是字要写得大,而是气象要大,内涵要大,胸襟要大,这实际上就不是技巧所能解决的,这和一个人的人格、精神方面的浩然之气有很重要的联系。有人写的字,脱离了"正大"之后有一种很媚俗的趣味,江湖气味很重,而"正大"的气息应该是朴厚深茂、自然而然,极少人工刻意雕琢;有人书法摆布的痕迹和匠气很明显,朴素不够,花俏成分太多。"正大"实际上也是内心高远宽博的展示,自然而然的流露,不是刻意出来的。中国文化中的琴棋书画、文房四宝实际上都很素朴:毛笔是集兽毛而成,笔杆用竹子做成,墨是松烟做成,砚台是石头雕成,书法通过很朴素的工具把自己内心自然之像呈现出来。正大气象的作品会给人一种鼓舞、一种感动、一种震撼。书法家也罢,书法爱好者也罢,走上正大气象道路时也陶冶着自己的人格襟抱,提高着自己的精神境界,写字就成为自我浩然之气性情的真实流露。可以说,"正大"这条路子是书法家不应放弃的道路。与书法的正大气象相反的怪僻、丑陋气,是学术界美学理论上需要辨识清楚的问题。

在我看来,更重要的是把正大气象具体化,守正创新的"新"是很重要的,仅仅"守正"不行,仅仅"创新"也不行。只有守正创新才会在寻找新路途中不迷失自己。"正大气象"的"大"不是说尺幅要大,我看过一张写了八尺整张的作品,却感到书者内心深度很浅,艺术感觉很弱,心灵空间很小。相反看一方小的汉印,真可谓方寸之间寻丈之势!给人感觉到磅礴正气,那种汉代气象,也许可称为"平正"。"复归平正"的"平正"含义很深。今天做鬼脸的书法有之,做洋脸的书法有之,踏踏实实做本真的书法却不多。我曾目睹有书法家在六尺整张反复染墨冲洗,不像率性自然的书法,反倒很像工匠画。有人发现新材料,往墨汁里加很多化工膨胀剂,发泡以后写到纸上就迅速扩展、大大膨胀,视觉效果很有冲击力。但是结果却适得其反,古代纸张纸寿千年,用膨胀剂写字以后纸寿只有三年!三年后纸纷纷扬扬,在化学碱的作用下变成碎片。我想这样做完全丧失了艺术创作的体验性和神骏性,丧失了"庖丁解牛"那种人与物合一的高峰体验,而变成一个拙劣匠人的手工活。不断地去在化学品中生产着短命的文字,这是一个很大的问题。有人以为把西方后现代的东西拿过来装饰可以唬人,就像用化肥一样又简单又快捷,但几年后文化土壤全部碱化。用自然生态的农家肥才能长出生态美的庄稼,才能给子孙后代留下一片清洁的山河。书法亦然!

这诸多怪现象不能继续下去了,不管他打着什么旗号、标着什么主义,其实艺术说到底是人真审美、实情性的体现。回顾经典,那些魏晋的作品,不过就一尺见方的信札,却显示出一种高远的气象和令人惊叹的韵味。这不仅仅是技巧,更有很多的深刻精神内涵在里面。现在的创作尺幅求大、材料求多,实际上已经走上另外一条路。因为附加的条件多了以后,一件很大的作品能看出作者的文化不自信和精神的羸弱,他书写中整个精神流动过程不是一气呵成而是颠三倒四。宋代姜夔在《续书谱》中认为:"风神者,一须人品高,二须师法古,三须笔纸佳,四须险劲,五须高明,六须润泽,七须向背得宜,八须时出新意。"创作书法需要在和谐中生美,可谓君子所见略同。

其实,书法家人格魅力和内心境界同他的书法是相关的。那些为展出而写八尺整纸乃至丈二的作品,极为张狂,充满了切割空间的视觉冲击力,但已经把书法的本体忽略了。我想起关羽过五关斩六将,白天奔波千里,晚上还灯下苦读。他读的不是兵书,读的是"五经"之一的《春秋》。武功高强之人深夜读史书,似乎跟神勇武力风马牛不相及,但这恰恰说明的正是关公深明大义,精神薄云天,读《春秋》辨善恶,让奸臣贼子惧!凛然正气,凸显目前。再说王羲之,为什么看王羲之诸帖,气象那么大?除了聪颖过人、坦腹东床、傲视权贵的人格气象外,他还保持着自己的真血性、真情怀,有道法自然的风度。早年池水尽墨,晚年跪在父母亲墓前发誓永不做官,集中全部精力将书法写精而直追钟繇、张芝。正是因为他这样避离一切,蔑视诸侯,然后将自己的书法放到人生最高点才成就了书圣王羲之,如此坦荡的选择,他的境界当然就会大。而今天的很多人,生活当中就是一个大俗人,是一个没有什么品位的人,你还指望他的书法能出现什么奇迹?尽管有人完全不认同"书如其人",还拿叛徒、汉奸写的字作为反证,但这种辩解十分勉强。在我看来,"书如其人"有其合理的心理学成分,不能死板地理解和僵化地对应与曲解。人的内在的气象和他外在的书法表达是有深层关系的,不然一部艺术史就完全可以重写,甚至可能写成一部阳奉阴违史!

五、大学书法教育传承经典的意义

梁启超曾在清华大学的一次讲演中说:"各种美术之中,以写字为最高。"梁启超能够那么高看书法一眼,他当时可是思想界的领袖人物,这眼光非腐儒可比!后来冯友兰进一步说:"书法评论的标准,不在于用笔、用墨、布局等技术问题,而在于气韵的雅俗。如果气韵雅,虽然技术方面还有些问题,那是可以救药的。如果气韵俗,即使在技术方面没有问题,也不是好书法,而且这些弊病是不可救药的。"(《三松堂自序》)这里面的眷眷睿思和深厚意蕴值得我们思之再三。

经过多年的努力奔走和呼吁,中国教育部终于发文要求从小学一年级到高三开设书法课。这无疑是文化大发展的重要举措。我建议,大学一年级同样应该开设书法课。理由如下:

面对处于人生最蓬勃生长、具有最旺盛求知欲和最敏感感受力的青少年,给他什么样的审美观呢?给他一些卡通?给他一些西方的流行文化?一个人年轻时要为未来立下根本,这个根本非常关键。书法一端连着文字,让大学生正确认识中国文字的魅力和中国古代文字保存在书法作品中的魅力,同时另一端还连着生命意义世界。书法的内容往往是人生的警策,是对自己的提醒,营造的是一种文化氛围,有一种文化的向心力和亲和力,再用高水平的线条完美地表现出书法内容——八面出锋、阴阳向背、枯笔渴笔、涨墨浓墨、焦墨飞白、墨分五彩。通过练习书法,大学生可以把握篆书的和谐对称之美,把握楷书、隶书的正大方正之美,把握行草书的摇曳生姿之美。书法审美有优美和壮美,书法形象有正大气象,书法传承有守正创新。这些对大学生影响很大,通过书法可以对中国文化从根本上有所了解。

在我看来,中国大学生拿起毛笔来写书法,同样是明智的,而且是具有未来的中国文化战略眼光。教育要把握好这个时机,让大学生不仅从内心生出那种浩然之气,为中华民族骄傲,同时技不压身——学会更多的技艺。中国有句话叫"技近乎道",技最终要达道,这个道就是仁者爱人,就是爱国热情,就是和平意识,就是和谐发展精神。这样,他就会爱父母、爱家庭、爱他人、爱社会、爱国家。

大学生从小事一步步做起,从拿出毛笔一笔一画写出中国字开始,最终会生发出一种爱国的激情,让吾国几千年的文明积淀在他们心灵中。当他拿起毛笔写字的时候,他笔下会出现散氏盘、石鼓文、张迁碑、乙瑛碑、汉简,会临摹王羲之《兰亭序》、颜真卿《祭侄文稿》、苏东坡《寒食帖》……这一系列的书法经典都会在他们的笔下出现。他拿起毛笔画画,墨分五彩,阴阳向背,都会存于他们的作品和心灵中。这些学生毕业了,他们中有很多人会到国外去,教外国的孩子画画写字,他们将成为传播中国文化的文化大使、书法大使。在我看来,应该对大学书法教育抱有充分的乐观态度。一个国家如果只是经济和军事强大是很危险的,"中国崩溃论""中国威胁论""黄祸论"不绝如缕。但当把非常有意义的文化学术翻译传播出去,必定会出现"中国文化世界化"的喜人局面。

也许正是在这样的新历史语境下,百年前蔡元培提出的"美育代宗教"的意义在当代凸显出来。要让中国人今天完全信仰金钱不可能,完全信仰某种主义也不可能,彻底皈依基督教、佛教或儒教同样不可能,那么包括书法在内的艺术,是否可能作为一种暂时替代品或者中介,在这个虚无主义和消费主义肆虐的时代给人以某种希望呢?

然而,"美"今天被很多人质疑,而"丑"却被太多的人喜欢,这使从事艺术者陷入两难处境。从正面看,当代审美范畴空前扩大,过去是"美""优雅""和谐",今天却可以有"荒诞""黑色幽默""百色写作""丑陋""恶心"等。借用光谱学来说,过去主要是红黄色暖色调倾向,而今已经有诸多阴暗的冷色调出现。作为美学理论的研究者面对这些时不能扼杀,而应给予恰当的评价。从负面来看,这些冷色调如果成了主色调,那么人性良知和神性光辉就有可能被掩盖。因而,在"以美育代宗教"时要掂量的是用什么样的"美育"来代宗教,如果让那些恶心或极端的"试验艺术"来代宗教,可能会产生更多、更大面积的精神生态失衡。

不得不承认,近代以来文人书法传统已经或正在被"西方现代性"中断。如今的中国书坛秉承"文人书法"精神的书法家可以说寥若晨星,文人书法的消亡一方面是西方现代性的凯歌,另一方面也是中国文化自身边缘化的哀歌。它不仅导致当代中国书法"审美单面化",也使得中国书法在和东亚其他国家争夺书法话语权的行动中处于相当被动的地位。

随着中国传统文人书法的中断,古代中国书法的精神光辉被日本现代书法所遮掩,日本书法已横亘在中国书法面前。西方人以自己的好恶来评判书法的优劣,其认识书法尤其是现代书法不是通过中国而是日本。手岛右卿《崩坏》等现代书法作品修改了中国书法在世界上的位置,使世界认识东方时首先认识了日本书法,甚至只认识正在时间隧道中飘逝的现代书法。日本书法在现代建筑改变传统空间以后,用现代书法的空间分割和视觉冲击力赢得了西方的关注和市场,中国"二王"以降的书法璀璨星空,手札式的文人书法形态已不再成为西人关注的中心。对国际艺术话语体系中中国书法形象的边缘化问题,在中国书法界仍然未引起充分重视。

在面临国外压力的同时,海外某些书法家也在用西方眼光看中国书法,从而将中国书法"非中国化"。诸如非文字书法、后现代行为主义书法、新英文书法等尽管有其试验的意义,但对中国书法在世界的形象的拓展方面仍然问题多多。中国书法不应以这样的"西化形象"出现在当今世界。"文人书法"之"道"的地基已经消失,中国书法进入一个尴尬的非文化境地。何时或能够以何种方式达到"书法文化突围"? 其实,日本书法界同样遭遇到这样的苦恼。河内利治认为:"在现代社会,竞争原理的作用使功利主义成为人们各类行动的优先选项……这种简直就如同生产消费品一样'生产着'书法作品的现象在蔓延着。像这种轻视纯真的独立性、创造性的现象,完全就像要和日本经济相同步那样,是无论如何不能从黑暗的、闭塞的地道中解脱的。为此,已经很久没有人提出'怎样才算好的书法和为什么好'这样的问题了。"[①]

如今,在遍布世界的孔子学院中,西方人正在如饥似渴地学习汉字和书法,只要世界慢慢接受认可书法文化,中国书法一定会成为中国文化输

---

① 河内利治:《汉字书法审美范畴考释·自序》,承春先译,上海社会科学院出版社,2006年,第12页。

出的重要途径。中国作为书法大国和原创国，理应在塑造文化、输出文化方面走在前沿。在中国书法成功申遗之后，随着中国国际文化输出交流的进一步繁荣，我相信书法在弘扬文化价值观方面会发挥更大的作用。

在这一大文化语境中，21世纪初我在北京大学提出"文化书法"，基于我这样一种认识：在相当长的一段时间内，中国人在物质上一定不能沉沦到消费主义文化中，在精神价值上也不能降解为虚无主义化。中国还不是一个后现代国家，而是处于前现代农业大国向工业文明和后工业文明转型的复杂语境中。一个丧失了母土大地的艺术家将是没有生命的艺术家，就像古希腊神话中的伊卡洛斯一样凭蜡做的翅膀飞向高空，最终会被太阳融化而跌回大地。因此，我采取一种务实的态度，坚持"文化书法"就意味着强调东方"文化价值"的新的生命形态，一方面审视文化中国有生命价值之"经"，另一方面整合西方思想艺术中有意义价值之"纬"，以我为主求实创新，形成人类新文化的"经"和"纬"。

我认为基本技法很重要，是书法专业本科时期应该基本解决的任务。到了书法硕士和书法博士乃至博士后，其工作重点除了有部分人要继续解决技法问题，相当一部分人的精力应放在书法的文化深度、高度、阔度上。高校的书法教学和中国书协的书法功能不同。中国书协是文联领导下的组织，对群众书法运动加以引导。而大学是思想启蒙和提升精神之高地，按照德国哲学家雅斯贝尔斯的说法，大学就是一个文化水库，大江涨潮泛滥的时候，大学容纳它让江河湖海平静，等枯水季节的时候输出水滋润大地；大学是宁静的、有选择的，她拒绝那些昙花一现东西，她容纳那些经过历史沉淀和大众检验合格的文化财富，才成为推广的必然之门。其实，5 000年书法历史中，近20年的中国书法现代摸索，仅仅是历史之一瞬，它在历史长河中仅仅是一朵浪花。大可不必认为今人的书法有了怎样的"超越"，后之视今乃如今之视昔。人们大可不必将"技"和"道"二元对立，并强行将技胜于道看成一时的收获。可以这么说，清朝有一个书法家叫唐驼，他发誓40年不下楼，在书法上要超过30年不下楼的智永和尚。他确实做到了，但他把自己写成了一个驼背，他的技法据说曾经很厉害，但不到百年就湮没无闻，今天谁知道他呢？大家知道王羲之微醺写就的《兰亭序》，其成为一篇晋人的哲思奇文，被收入《英汉对照中国哲学文本》中；颜真卿的《祭侄文稿》，他写出了自己的磅礴激情和爱国情操……

这些附加在书法上的精神和情操就叫文化！什么叫作技近乎道？这就叫技近乎"道"！

大学书法并不以成为职业书法家为目的，而是以在文化与书法互动中提升自己的精神境界为旨归。从历史上看，中国古代几乎没有单一的所谓职业书法家。到了近代人类分工变得越来越细，中国因袭现代西方才有了所谓的职业书法家。而中国出现了职业书法家以后，书法绘画的文化底蕴反倒消失不少。当代中国书法和绘画如果最后丧失了文化，丧失了金字塔的底座而只要那个尖的话，无疑是本末倒置。

在我看来，北京大学是文化的高地，北京大学书法所当然坚持推进经典书法、学者书法、文化书法。中国书法文化需要投入巨大的心力和时间。像于右任、沈尹默、启功、饶宗颐、沈鹏、欧阳中石等先生那样，经过文化的熏陶和洗练的书法才是真正的学者书法或文化书法。文化书法就是吁求书法家成为"大家"而不仅仅成为"专家"，成为"名家"而不仅仅是"名人"，书法代表作是其成功的台基。可以说，文化书法重建"书法文化生态"，是一个很前沿的问题，同样需要细心处理。文化人必须要有艺术感觉，才能不萎缩其创新性，生命灵魂才有灵性。反之，书法家需要吸取学术思想文化的底蕴，才能使自己的作品具有勃勃生气，才能使手下的笔墨线条、起承转合中有大气盘旋的文化的魅力。文化人需要更多的审美感觉和艺术感觉，而艺术家需要更多的本土文化底蕴和国际文化大视野。书法是一种渐进的文化修为过程。当代中国文化的深度制约中国书法未来的高度。我们都应该珍惜"东方魔方"——汉字为中心的艺术文化，并通过自己的努力精进使中国书法文化成为人类共赏的审美文化。

六、知行合一，在海外传播中国书法文化

王阳明哲学的重中之重是"知行合一"。知而不行等于无知。故而我在理论阐明文化强国和文化创新之后，坚持文化输出的海外实践。

十几年前我提出过"发现东方与文化输出"的观念，进而提出要不断地"文化创新"。文化创新是生命精神喷发状态，而"原创力"是文化生产力，可以表征大国文化形象。在全球化后现代语境中，21世纪中国文化应在当代中国文化流派众多的话语角逐中，超越西化跟潮的流派横向移植，超越"五四"情结的现代性诉求，超越技法结构层面的艺术话语，坚持

以文化为心性的文化本源。如果说过去一直是西方影响中国,中国是"文化拿来",那么从现在开始,中国已开始独立创新、自主创新,并持续不断地向海外输出中国文化,使得人类不再患"文化偏食症",而是去学会欣赏东方文化的精髓。我们必定会面对世界文化战争异常复杂的大格局,面对千年辉煌和失落的命运以及难以预料的前景,对西式的文化霸权主义种种形态加以检视,对东西方文化价值和人类精神生态修复重建作多重深刻的反思——"再中国化"与创造中国"当代新思想"。

我认为,人类正在经历第二次文艺复兴。如果是第一次文艺复兴发生在500年前的欧洲,那么,第二次文艺复兴将是中国文艺复兴。中国人文教育刚刚兴起,就出现国际间的"文化战争"。我们提出在海外设立孔子学院100—400所,日本就提出在本土之外设立日语教学中心100—300所,韩国成立数百所"世宗学院"和中国抗衡。东亚文化战争一触即发。在这一意义上说,我认为中华民族的人文教育空前重要。这不仅仅是学会琴棋书画的问题,而是民族指纹、民族身份、民族认同感的问题。

2011年应该是我的"文化输出年":我先在美国十几所大学进行"中国文化和艺术精神"的学术讲演和书法展出;然后,接受拉美三国——古巴、牙买加、哥斯达黎加等国的大学邀请,讲演《中国文化的美丽精神》《中国文化与中国书法》,并在三国办《王岳川书法艺术展》;10月到印度尼西亚出席"李岚清书法篆刻展"并作讲演《中国文化与书法精神》;11月1日到英国伦敦大学出席国际艺术文化大会,并商讨2012年到大英博物馆举办中国大书法大山水展的具体方案。在海外传播中国文化的进程中,我在思考:人类跟着西方文化模式走,是否是人类的福音?东方文化是否可以提出自己的文化精神,努力将具有世界性意义的东方创新文化播撒为人类文明不可缺少的新文化元素?

中国文化和艺术形象长期以来在西方被妖魔化,"黄祸""中国威胁论""中国崩溃论"此起彼伏。在文化冷战模式中,西方一些国家对中国的崛起加以遏制。而且更为严重的是,南海、东海局势表明,长达千年的"汉字文化圈"已经在半个多世纪"去中国化"中被消解了,"汉字文化圈"已经被"美国文化圈"取代,导致中国目前遭遇文化软实力的屡屡被掣肘局面。因此,我们应该以更积极的文化态度,进行中国文化的海外传播。进而言之,当我们在文化大发展、大提升的同时,应努力进行中国书法文化的海外输出,让世界了解中国、理解中国、欣赏中国,使中国文化和书法逐渐世界化。

在美国各大学传播中国文化和书法艺术。长期以来,西方国家对中国书法相当隔膜,导致彼此文化的不通约性。我应美国十几所大学的邀请,赴美进行了为期一个月的"中国文化和书法精神"的学术讲演,分别在美国华盛顿、纽约、哥伦比亚、亚特兰大、圣路易斯、卡拉马祖、明尼苏达、芝加哥、丹佛、旧金山等地的大学巡回讲演《中国文化创新与中国艺术精神》《中国书法文化的当代启示》《中国文化书法艺术》等。二十几场文化和书法讲演,引起了美国各大学的文化关注和热烈反响,同时美国媒体也加以跟踪报道。

我在美国各大学讲演中强调:文化是不止息的精神生态创造过程。中国人的思维方式具有中庸平和、辩证宽容、知足常乐、幽默圆熟的多元特性。中国文化是"三和"文明:家庭和睦、社会和谐、国际和平。在讲演之后,我开始辅导美国大学生写书法。我发现,美国大学生对中国书法非常感兴趣,但是师资奇缺,教材很少。我尽力给学生讲解中国汉字发展与书法的关系,中国书法从甲骨文、金文、篆书到草书、行书、楷书,经历了一个漫长的发展阶段,书体是随着字体的发展而丰富起来的。还讲解中国书法书写的基本技法、中国书法的不同境界等,吸引了一批又一批大学生乃至博士生加入书法练习。在美国丹佛大学我看到了该校举办的美国学生们的书法展,其不错的水平,让我非常欣慰。同时,我在同美国书法家交流中,感到了中国书法文化海外输出的优势所在。

中国书法海外传播的意义在于:其一,书法是汉字历史和深度文化意义的审美书写体现,这一视觉艺术可以跨越国界,对外国学生而言就有喜闻乐见的审美特性,传播极快;其二,书法是中国思想中经史子集的意义承担者,将促成中国书法文化复兴和逐步世界化,减少文化误读和对抗;其三,书法是中外文化交流的重要使者,在孔子学院遍及全球,全世界学习汉语的人已经达到 7 000 万之多的情况下,书法国际传播具有重要的中国文化外交的意义。

我提出,21 世纪中国书法应该坚持"十六字精神":回归经典、走进魏晋、守正创新、正大气象。大国形象包含四重形象:经济形象、政治形象、军事形象、文化形象。中国形象中的经济形象是辉煌的,政治形象正在赢得越来越多的国家的信任,军事形象也正在崛起和获得认同,但是文化形象却处于不利之境。可以说,大幅提升中国文化软实力,建立中国文化战略和国家话语,迫在眉睫。

在访问美国之后,我飞往欧洲的德国、法国、瑞士、捷克进行文化访问和策划书展,之后,由西班牙转机到拉丁美洲三国——古巴、牙买加、哥斯达黎加进行访问、学术讲演和举办《王岳川书法展》。在古巴哈瓦那大学,我演讲了《中国文化和书法的美丽精神》,认为"西方文化的东方化"与"中国文化的世界化"是21世纪中国学者乃至人类优秀学者最主要的两项宏伟工程;传授了中国文化书法的新理念,让西方年轻的眼睛回首中国文化的足迹。比起其他古文明,中华文明在整个世界上是保留得最完整的,而书法是保留得最完整的中华文明的奇葩。在哈瓦那大学中央图书馆大堂举办"王岳川书法展"时,我的一些理论上的新观念、书法上的美学精神,引起了大学生对中国文化的极大关注。

在牙买加,西印度大学莫纳分校和牙买加学院分别举办了"王岳川书法展"。之后,我飞抵哥斯达黎加与哥斯达黎加大学校长会面,在哥斯达黎加孔子学院举办了《中西在文化艺术交流中互相倾听》的讲演并举行"王岳川书法展"。面对十分热烈的现场,面对哥斯达黎加大学师生对中国书法艺术的热烈反响,面对中国文化、中国书法充满了兴趣的诸多提问,我力图从文化的科技层面、制度层面、思想层面、价值层面来诠释中国书法的文化精神,强调在多元化的全球语境中,中国文化和书法理应发出自己的声音。

在近两个月的欧美出访中,我深切感受到并发现,西方对差异化的中国文化和书法艺术的兴趣正与日俱增,西方国家的人们也热衷于谈论中国和中国文化,关注中国的发展进程,渴望了解中国文化的基本价值,从中发现中国快速发展的奥秘。中国书法家也应在中西对话与倾听之文化之旅已然到来时,走上书法国际对话的文化之旅!

2011年10月,应驻印尼使馆文化处、国家汉办/孔子学院总部和印尼阿拉扎大学邀请开展了"书法艺术培训与讲座",吸引了来自雅加达、万隆等地孔子学院的学生和不少书法爱好者。在体验环节,我通过实物向大家展示和介绍了文房四宝,从教大家正确的执笔方法和坐姿开始,再以"永"字为例,教学生如何用毛笔写"点、横、竖、钩、提、撇、捺"这些基本笔画。最后，大学生们开始一笔一画地认真练习，描红、临帖，或者干脆随心所欲写几个自己喜欢的字，有的写"中印友好"，有的写"爱和平"，还有的选择练习自己的中文名字，几百名印尼大学生无不沉浸在体验中国书法的快乐之中。

这次活动展示了中国传统书法文化的魅力，有助于印尼朋友从中领略中国的文化与艺术，为各国人民学习汉语和了解中华文化提供了交流的平台，加强中国人民与印尼人民友谊合作的桥梁。在全球多元多极化的今天，在历史与当代、东方与西方文化的激荡中，中国书法当然不能救世，但作为中国文化精神的重要部分，可以通过文化对话这一软权力"化干戈为玉帛"。有大胸怀的文人、有前瞻智慧的学者，任重而道远。中华文化应主动地向海外输出，才能重新恢复"汉字文化圈"的文化魅力和文化软实力。

2011年11月4—5日，一场关于中国山水、书法艺术与世界上其他艺术的关系的对话在伦敦大学亚非学院举办。此次活动是由伦敦大学亚非学院、中国美术馆主办和伦敦亚洲艺术周主办。来自中国、欧洲和美国的艺术史学家、批评家、策展人和艺术家们展开研讨会并作了精彩演讲。

我作了论坛主旨发言，对当代中国艺术走向问题作了阐发：中国绘画、书法文化的世界意义，我们如何在这么一种中国式的现代形态中把书法艺术尽善尽美地表达出来。其中有几点引发了会议的热烈讨论：书法为何向西方求索？西方分两种，分界线是比较清楚的——现代性欧洲和后现代美国。向欧洲求索的结果基本上把中国边缘化了，比如欧洲的架上油画仅有500年，都把中国2 000多年的纸介媒体——中国书画边缘化了。但是现在面临的第二大问题，行为艺术、装置书法、拼贴艺术、达达艺术，有的是从欧洲进入美国后，与消费主义和低俗文化相融合，把欧洲的架上油画，那种贵族式的、古典气息的文化艺术边缘化了。

中国书法的困境在于：其一，中国书法想回到古代是不可能的；其二，进入西方的话又被西方边缘化；其三，进入后现代，又被冷幽默、被调侃化、被行为艺术化。中国书法只能在戴着文字"镣铐"跳舞这个中国中心中努力拓展。在严格意义上说，书法就是通过文字表达深度文化意蕴的优美雅化写书。会议期间，英国伦敦大学安排我在众多西方专家教授面前写了十余幅中国书法，引起他们极大的兴趣，对中国书法的热烈议论带入了会场讨论中。之后,一行专家应伦敦大学邀请参观了大英博物馆。我发现,大英博物馆展出中国书法的位置极为狭窄,仅有的零星几幅书法还是复印机复印的劣质品,我认为这一冷落现象应该引起中国书法界的重视。我相信中国文化的世界化趋势不可逆转,西方文化应该学会倾听、尊重东方文化和艺术。

总之,东方的和平文化精神可以遏制西方的战争精神。在人类战争频仍而恐怖主义遍布世界的今天,在人类文化在西化主义中面临"单边主义""霸权主义"的情态下,在人类精神出现价值空洞和生存意义丧失的新世纪危机中,在人类遭遇现代性陷阱和核战危机后,我们必须思考人类未来究竟应何去何从?! 在人类遭遇到生态失衡的海啸以及地缘战争威胁的今天,作为东方大国应该深思,中国文化应该怎样创新并持之以恒地输出! 东方应在制度和文化方面对处于现代性弊端中的西方有新的启迪! 中国人更应该站在人类思想的制高点上来思考人类未来走向,中国文化(包括书法文化)创新和超越应该成为21世纪的人类文化精神坐标! 我认为书法是当代中国最为重要的文化软实力! 作为正在崛起的大国,今天的文化应该有正大气象的"大书法观"——当我们在文化大发展、大提升的同时,应努力进行中国书法文化的海外输出,让世界了解中国、理解中国、欣赏中国,使中国文化和书法逐渐世界化成为可能。

七、书法是当代中国重要的文化软实力

文化和书法有诸多内在依托和外在碰撞。可以注意以下几点:

第一,防止汉字被虚无化、减魅化。近代以后,由于汉字从过去的"神性"变成现在的"罪性",过去懂文化的人,都是一些高人精英,到了近代以来,由于全盘西化,导致一部分国人急于废除汉字,大搞汉字拼音化、简化化,导致汉字处于危险中——如果汉字被废除,国人开始写拼音,楷书、隶书、篆书、草书将"皮之不存,毛将焉附"。我们说汉字是方块的魔方,我认为,为了是防止中国的汉字文化圈的分崩离析,防止周边国家慢慢退出汉字,防止自己的对汉字的不珍惜而导致成为千古罪人,当然应坚持汉字书法,因为书法的"书"字本意就是文字,就是文字的优美书写。

第二,中国古代很少有所谓的职业书法家,王羲之是右将军,颜真卿是大将军,怀素是和尚,张旭是文人,苏、黄、米、蔡都是文人,没有什么职

业性地专门写书法的。当然,唐代冯承素、赵模、诸葛贞、韩道政、汤普澈可称为专职书家或临书家,奉旨勾摹王羲之《兰亭序》数本,太宗以赐皇太子诸王。但这些类似工匠的书家没有形成自己的书法美学风貌,而且书坛地位很低。而初唐的褚遂良、欧阳询、虞世南,都是大臣,地位很高。可以说,书法最早是从学者中来的,是精英文化。中国古代的文化和书法关系比较紧密,形成了书法与儒教、书法与道教、书法与佛教、书法与兵家、书法与建筑、书法与诗词、书法与格律、书法与对联等各种紧密关系。古话说得好,技近乎道,技法要和道相通,毋庸置疑,书法和文化有紧密的本体依存关系。

第三,鉴于当今中国书法市场化、恶俗化、做戏化太多,比如双手写字、耳朵写字、脚丫子夹着笔写字等都是反文化的。我们要让那些歪门邪道或者是那些杂耍的书法没有市场。通过在北京大学书法所严谨求实的书法教学工作,使我经过慎重思考以后提出了"文化书法"。"文化书法"是以文化为核心展开书法的翅膀,主要的目的是让文化飞得更远。比如说我们写"登高行远"这四个字,当它是铅字时没有视觉震撼力——"登高行远"来自《中庸》的"登高必自卑,行远必自迩"这几个字——但是写一个中堂或者榜书,就像朱熹写在岳麓书院的"礼、义、廉、耻",每个字两米高,"登高行远"四个字就会非常震撼,因为书法能够把内涵扩大。我把书法称之为微言大义用完美的形式表达出来的精神境界。"文化书法"一个含义就是让书法重新回归它的文化价值,就是让书法站在文化的高端,而不是变成地摊杂耍,变成市场吆喝。

第四,书法是全民教育最好的方式。我们知道,德国人人必须学钢琴,施坦威钢琴成为德国人的艺术身份的骄傲,其发明的128项专利一直保持着钢琴界第一品牌的位置,施坦威公司被视为现代钢琴制造业的奠基者,是全世界最好的钢琴品牌。可以这么说,全世界最好的钢琴几乎都来自德国,大师演奏的钢琴都是德国钢琴。光有钢琴演奏技术还不行,德国人有个保护自己国粹的习惯——孩子们必须弹钢琴。德奥出过贝多芬、莫扎特、巴赫等音乐大师,音乐传统源远流长。中国出过王羲之、颜真卿、苏东坡、米芾、王铎等,是一个书法大国,是全世界绝无仅有的书法原创国和书法传播国。全世界其他国家的书法都是从中国传播出去的,我们应该倍加珍惜书法这一国粹和文化瑰宝,弄清普及国内书法教育全民学习的极端重要性和我们未能做到的原因之所在。

第五，书法具有中国文化的对外宣传功能，是孔子学院在海外教学最重要的工具。外国学生们拿起毛笔写中国书法，同时也在传播中国的汉字和汉字文化，因为写汉字就是写篆书、楷书、隶书、行书、草书。可以说，书法是中国文化全球化的一个重要的工具。我们不仅要把书法当作一种技艺来传播，更要以中国文化作为底蕴来传播我们的书法。

第六，书法是青少年修身养性、老人长寿的重要工具，它是长寿文化和教育文化的有效工程。经过书法界多年的呼吁，教育部前年发文要求中小学开授书法课。我们知道，小孩写书法很重要，小孩子都比较好动，多动症的孩子很多。书法是一种很神奇的艺术：毛笔，手肘、手腕不能落地，必须悬空，通过教学的办法才能将字写到格子里边。要写得很精准，对于一个人的意志力、恒定力、专注性等，都非常重要。中小学学生拿起毛笔，安安静静地坐在书房里听到自己心跳的声音，在万籁俱寂当中学习书法，这对中国的新生代具有调养性情、修身养性的重要功能。孩子们通过书法教育的导入，每天写的都是神圣的词、伟大的词——厚德载物、自强不息、登高行远、更上一层楼等，他天天和美好的词语打交道，近朱者赤，书法就成为一把很重要的打开民族文化灵魂的钥匙。

第七，书法和老人的长寿文化有关。全世界那么多人去找长寿之方，最终失败，我认为都是愚昧的变现。事实上，一支毛笔可以让人长寿，何乐而不为呢？举例说明，唐朝人均寿命40岁，而欧阳询活了85岁，晚唐柳公权活了88岁，颜真卿活了78岁（还是被杀掉的）。五代的杨凝式活了80多岁，明代的文徵明则享90高寿。明清两代书画家、高僧和帝王的寿命进行比较的结果是：书画家的平均寿命为79.7岁，高僧为66岁，帝王不足40岁。相比之下书画家最长寿。当代人也如此，中国第一届书协主席舒同，活了93岁，第二任书协主席启功享高寿86岁。著名学者书法家季羡林享高寿100岁。欧阳中石和沈鹏已经80多岁，身体都很好。书法是养生的，更人性、更生态。润物细无声的书法，在八面出锋、阴阳向背中充满了中国哲学意味。当今世界人们大多在消费主义中做加法，导致太多人过劳死。而书法一支毛笔、一张宣纸、一瓶墨水，白纸黑字，损之又损，那就是道——书法之道。宋代诗人陆游说过："一笑玩笔砚，病体为之轻。"（《北窗试笔》）说练习书法，笔下生力，墨里增神，有利于强体健身。

今后国家应该重视老人文化当中的书法，修身养性。

第八，书法还是民族团结融合的重要途径。我们知道，很多民族的文字慢慢地消失了，而汉字历经3000年而具有生命活力，书法功不可没。为什么我们不让大家写写书法，让汉字变得更加有趣、更加有魅力呢？我认为，所有书写文字的都可以叫作书法，比如蒙族的文字若能写得好也可称为书法。还有伊斯兰教的文字的优美书写也可以称为书法。这样，就让"书法"的外延变得更大，让整个民族更加团结。

我强调书法的文化属性和书法的文化担当，以及书法人的历史责任感和汉字文化圈认同感。我认为，书法是一种爱的传递，因为人家拿您的书法挂在墙上，要看一辈子，还作为传家宝，真可谓"文章千古事，得失寸心知"！在我看来，书者如也。刘熙载说："书，如也，如其学，如其才，如其志，总之曰如其人也。"（《艺概·书概》）就是书法与人有根本的关系，书中有其品，有其神，有其境。这意味着，书法的深处有深厚的人文关怀。于右任先生有首学书法的诗："朝临石门铭，暮写二十品。辛苦集为联，夜夜泪湿枕。"（《杂忆》）为什么学书法会有"夜夜泪湿枕"之感？为何编集成联颇感辛苦？因为技艺后面有着宽广的文化精神之挚爱，编集成联需要深厚的文学修养和审美感悟。进一步说，书法技艺虽是小道，但它的文化土壤是依仁游艺的人生。真正的书法家根本不屑于翻来覆去玩技法，而是在精研书技之时提升人生修为境界，借助技艺表达对文化审美高度的体认。一言以蔽之，书法具有的人文关怀的表达形式是"雅"，那种以俗为高、追腐为奇的玩世书法，是难以落入行家法眼的。

中国必须走出文化自卑主义、文化不自信主义。还需要看到，西方长期以来坚持"去中国化"思路，将中国文化和艺术边缘化。更严重的是，西方垄断了文化评判权和话语权，所以中国艺术家只有得到西方人认可和热捧，才"出口转内销"在国内走红。似乎中国文人介绍中国艺术家，没有权利，中国文化话语被旁落和冷淡，理论家和艺术家被西方边缘化，这种状态必须改变！中国需要一些真正懂文化的理论家、批评家和领导人，要重视真正懂书法、懂文化的人，建立自己的评价体系，发出中国书法的声音。

民间艺术在当代语境中的美学价值重建
——国家级非遗传承人王桂英的剪纸及其文化人类学的田野调查

马凯臻*

[内容提要] 王桂英是国家级非物质文化遗产徐州剪纸传承人、江苏省非物质文化遗产项目代表性传承人。她以独特的生活方式与艺术形式,以及两者之间所发生的互动关系,成为中国民间手工艺者的一个颇具典型意义的代表。本文以文化人类学的关照角度对王桂英进行田野考察,并以此为基础,在中国剪纸艺术的文化背景下,对王桂英的生活与艺术,以及两者相互依托的关系展开深入解读,发掘民间艺术在当代语境中重建美学价值的意义。

[关键词] 王桂英 剪纸 生活与艺术 在场 原始思维 美学价值

剪纸艺人王桂英是国家级非物质文化遗产徐州剪纸传承人、江苏省非物质文化遗产项目代表性传承人。我们于2001年开始对王桂英进行文化人类学的田野考察工作。考察分两个阶段:第一阶段为2001年全年不间断地对王桂英进行接触与跟踪调查,主要是观察其生活状态与艺术创作形式,以及两者之间所发生的互动关系;第二阶段是从2002年至今,主要跟踪、观察王桂英的生活与艺术创作的发展变化,特别是观察当地的经济、文化生态环境的变化,以及王桂英身份变化后,给王桂

---

* 马凯臻(1956—),男,江苏师范大学美术学院兼职教授,景德镇陶瓷大学艺术文博学院客座教授,主要从事美术批评、中西美术史论研究。

英所带来的影响。同时挖掘与整理2001年以前王桂英的生活与艺术经历。本文的写作仅是对第一阶段的田野考察所得材料的提取,简略总结与分析。

王桂英,女,1940年左右(具体年月王桂英本人无法确定)生于邳县(今新沂市合沟镇)。调查的第一天,王桂英这样描述自己:

2001年2月7日(农历正月十五)　　星期三　　阴转多晴

问:哪年剪纸?

答:我8个月没有父亲,7岁没有母亲。我母亲给我缝一个帽子,上边有花。俺父亲是木匠,挖的木花(雕花)在门上,后来,俺祖父告诉我,这是你父亲挖的花。我母亲不在了,我祖父嫌帽子红红绿绿的,就把花摘了夹在书里,我一看就问这是什么?祖父说,这是你娘没死之前给你缝的帽子。我看你娘死了,就把花摘下来了,光留了青布头帽子。从那以后,我就按着那瞎铰,六七岁就摹仿着铰木门上的花,帽子上的花。祖父一去世,撇我自己,结婚时我才16岁,五几年生活困难,吃喝不上,没办法,有人说你铰点花拿去卖。

问:从多大卖花?

答:卖花那年可能21岁。

问:什么花?

答:鞋花,帽花。当时二分钱一个花,当时二分钱当用,鸡蛋一分半一个。后来,到"破四旧,立四新",人家街上不让卖,从那就放着不干了。后来邳县(合沟镇原属邳县)兴农民画,就画农民画。后来颜廷芳(县文化局干部)说,你铰点花,我从那时又铰。①

这里,王桂英提到的父亲留下的木花,就是父亲所雕的门花"海棠花",母亲留下的帽花,就是母亲绣制的童帽上的绣片"凤凰穿牡丹"。从那时起王桂英从模仿父母的这两件遗物开始了自学剪纸。约21岁时她一度以卖花样糊口。"文革"时因"破四旧,立四新"被迫放下剪刀。这种状况一

---

① 马凯臻:《剪出的四季——一个中国农民的剪纸艺术与生活》(田野调查笔记),载李砚祖主编:《艺术与科学》卷七,清华大学出版社,2008年,第122、123页。

直持续到"文革"后的20世纪80年代,由于邳县文化馆办了剪纸学习班,王桂英又重拾剪刀。在这个学习班上,在县文化馆干部颜廷的启示下,开始了现实题材的创作。之后,王桂英的作品在《北京周报》《中国民间工艺》等一系列报刊发表,也参加过一些剪纸艺术展。其中有15件作品被中国美术馆收藏。王桂英于1995年被联合国教科文组织、中国民间文艺家协会授予"民间工艺美术家"称号。

在对王桂英的生活与剪纸进行梳理与解读之前,有必要大致勾勒一个有关中国传统民间剪纸的知识背景。因为,我们只有将王桂英置放在这样的一个背景中,才可能清晰地发现王桂英剪纸艺术的独特魅力,以及她对中国民间手工艺的突出贡献。

一、略述中国民间剪纸的源起及文化基因

剪纸在中国几乎分布在每一个省份,它是中国最普及、最广泛且源远流长的一种民间手工艺,也是中国民间艺术的经典代表。考古资料显示,最早的剪纸实物见于从1 500年前北朝和隋唐墓葬中发掘出的《对马》《对猴》等七幅团花。如果从剪纸的广义概念理解,纸张尚未出现之前的以树叶、金银箔、皮革、丝织品为材料的"剪纸"早在商代开始就已经出现了。那时的"剪纸"只是为制作铜镜、漆器等器物而先期进行的"镂空"的花样,还不具独立欣赏的意义。以纸张为材料的剪纸当然是随着西汉造纸术的出现而得以确立的,东汉时期蔡伦进一步推动了造纸术的发展,剪纸的应用范围随之散布开来。从新疆出土的剪纸看,其功用已扩展为民间祭祀用品了。

之后,中国民间剪纸走过了唐代的初兴,宋代的盛行,明代的普及,清代的发展[①]一路发展下来,累积了人物、戏曲故事、动物、花草、吉祥符号等丰富的题材。同时也因为地区的差异而呈现不同的艺术风格。但是,如果将这些不同的题材梳理归纳,就会发现如此丰富的题材,却总是反复循环着两个基本的主题,即:一是对生殖与生命的崇拜;二是对吉祥、幸福的企盼。当然,诸如纳吉避害、道德劝喻、升官发财等题材也较常见,但我们将其归类于后者也并无不妥。这两个反复循环的永恒主题,其

---

① 参见王伯敏:《中国民间剪纸史》第四章,中国美术学院出版社,2006年。

实就是中华民族最本原的文化,也是民间剪纸的文化密码与基因。这种文化基因一脉相传,直至今日仍在我们的现实生活中若隐若现、连绵不绝。

二、王桂英:艺术即生活

我们从史的角度大致描述了中国民间剪纸的基本样貌与文化基因。对王桂英的生活与剪纸的考察、梳理与研究即是在这样一个大的文化背景与当代社会相碰撞的断面中进入的。从中我试图从大量的第一手资料中,总结并解析王桂英与她的生活、她的生活与她的剪纸之间的互动关系。

图 1—4 是从田野考察中采集到的丰富的王桂英的生活场景与剪纸作品的择取。我想用这两组图片提示:其一,与中国民间剪纸的传统题材比照,可见王桂英的剪纸不但发生了很大的变化,而且也拉开了很大的距离。这种变化与距离表现为王桂英完全摆脱了中国民间艺术始终循环的两个基本主题。也就是说,对现实生活的关照,使王桂英的剪纸发生了重要的基因突变,从而使其成为中国剪纸艺术发展史的一个典型个案。但是,王桂英的剪纸如果仅仅体现为对现实生活的一般性关照,也并不具有十分典型意义。所以,其二,另一个重要提示是,王桂英对生活的关照是积极的、当下的、即时的、纪录的、在场的。比如,我记录了《摘石榴》这件作品的创作产生缘起(图 3—4):

图 1　摊煎饼

(52.5×38 cm,王桂英剪纸,马凯臻收集)

图 2　王桂英的生活·摊煎饼

(马凯臻摄影)

图 3　摘石榴　　　　　　　　　图 4　王桂英的生活·摘石榴
(29.5×27.5 cm,王桂英剪纸,马凯臻收集)　　　　　　（马凯臻摄影）

2001 年 9 月 11 日(农历七月二十四日)　　星期二　　晴

　　这些日子王桂英很忙,今天又收玉米,那幅大型作品《集市》还有一张没剪完。不过《北京申奥成功》倒是完成了。还有那天收辣椒,王桂英也把它剪了出来。

　　王桂英在石榴树下剪最后一张《赶集》,骚蛋(王桂英的孙子,3 岁)拖根长杆打石榴。石榴长得挺大了,但王桂英还说不熟。骚蛋连打带捅,王桂英也不拦,只是笑着骂。万珍上前帮衬,骚蛋终于弄下了石榴,王桂英放下剪刀剥石榴给骚蛋吃。①

　　这两组并置呈现的图片,让我们清晰看到王桂英与传统剪纸的本质性差异就在于,王桂英的剪纸与她的当下生活始终是一体的,她的艺术就像她的呼吸,她的生命律动那样自然而然,顺畅无阻。可以说,剪纸作为一门手工艺,其基本的内含与意义在王桂英的手里发生了关键性的变化,她的剪纸已然从民间艺术精神梦游般的状态中摆脱出来,以至成为民间艺术精神梦游的终结者。

　　(一)王桂英,民间艺术精神梦游的终结者

　　我用"民间艺术精神梦游的终结者"来描述王桂英,源自两个方面的

---

① 马凯臻:《剪出的四季——一个中国农民的剪纸艺术与生活》(田野调查笔记),载李砚祖主编:《艺术与科学》卷七,清华大学出版社,2008 年,第 131 页。

事实。

一方面，我们知道，中国民间剪纸起源于人类的蒙昧时期，发展并繁荣于农耕文明时期。民间剪纸像其他所有的民间艺术一样，最集中地体现了一个民族的生存智慧、生存哲学、生存愿景。生活在民间的黎民百姓寄寓民间艺术丰富的意蕴，也就是上边提到的两个基本主题：对生殖与生命的崇拜与对吉祥、幸福的企盼。但是，黎民百姓真实的生存状如何呢？在以农耕为基本生存手段的历史时期，百姓的生命祈求和美好生活的愿望，与他们所处的残酷的生存环境总是相背离的。就是说，那种对生命，对生活的美好愿望很少或从来没有实际发生过。正如我们在芭蕾舞剧《白毛女》中看到的舞台场景——我们可以抛却舞剧的政治诉求，仅须关注一个具有典型意义的舞台场景设计——观众会发现，主人公杨白劳生活空间的窗户上贴有一对大红的窗花（剪纸），即鸳鸯，它已然成为这个一贫如洗的生活空间的焦点。鸳鸯在中国传统文化里寓意什么？成双成对，美好爱情。这对红色的鸳鸯剪纸，连同杨白劳的女儿喜儿身上的大红棉袄，以及杨白劳送给喜儿的红头绳，构成了舞台上的三个亮色。这三点红传递着一个确定的信息，就是对吉祥、幸福生活的企盼。但剧情的发展让观众看到，杨白劳一家的实际境遇却是惨不忍睹，所谓对吉祥、幸福生活的企盼，实则是一场精神的梦游。因为始终被压抑在社会底层，或深受恶劣自然环境折磨的黎民百姓，最好的解脱就是让自己处在一种精神梦游的状态之中，从而缓解冲突。这一心理过程中间便催生了许多寄寓美好情感的民间艺术作品。在一定的历史时期所产生的这种精神梦游的状态没有什么不好，起码它表达了我们中国百姓的一种生活企盼，当然，更是一种精神安抚！从这中我们也可窥见中国文化中的乐观因素与西方文化中的苦难感知不一样。西方人在历史的演进过程中，他们也体验到了自然与命运对自己的伤害，以及不可和解的冲突。但是，他们很少让自己处在一种精神梦游的状态之中，从而缓解冲突，而是客观地将自己的种种遭际上升到人类的悲剧命运，并通过艺术形象与命运对话，企望以此唤起人类自我实现的崇高愿望。从亚里士多德开始，西方人都认定悲剧是艺术的最高形式，这种命运观成就了古希腊悲剧，如《被缚的普罗米修斯》《俄狄浦斯王》《美狄亚》三大悲剧，也成就了在漫漫的历史长河中西方煌然可观的悲剧艺术。这是一种与中国人不同路线的文化传统。当然，我们不能说这是中国百姓借此麻醉自己,这实际上是一种生活态度与不得已的文化选择,它表达的是中国百姓的精神向往与追求,寄托了中国百姓对美好生活的情愫。

那么,我们将这些寄予了"生殖与生命的崇拜与吉祥、幸福的企盼"的传统剪纸与王桂英的剪纸相比照,就会感受到时代的生活的气息从王桂英的作品中扑面而来。这使我们很容易地感受到她与时代的关系,她与生活的关系,她与其生存状态的关系。所以,可以说王桂英剪纸艺术的存在,就是民间艺术与现实生活发生关系的存在。

民间剪纸由于根植于农村相对封闭的自然经济,它以十分缓慢的节奏再生与繁衍着。在这种缓慢的进程中,民间剪纸无论在形式上,还是在题材上都难以自行更新,长此以往它便逐渐成为一种稳定的、程式的、甚至是经典的美学范式而"规训"着后来者,同时确立了最基本的评价标准。而事实上,越是经典的、稳定的、成熟的艺术形式,最终越会稳定为一种奴役最初创造经典的艺术家的权力,使艺术家成为被这种权力所规训的产物。所以,如"连年有余"[①](图5)、"鸳鸯荷花"、"抓髻娃娃"、"耄耋富贵"等题材,才有可能成为民间艺术的缺乏"原创"性的"流行款式",或者说是经典化的"规定动作"。

所以,可以说传统的民间剪纸发展至今无论从题材到形式,都与当下生活脱离了关系而仅仅成为传统文化的一个符号。王桂英不同,她将现实生活的基因、时代的基因带入剪纸这一被"规训"千年的传统艺术的创作中,并以一种与时代同脉搏的存在方式,冲击着历经千年而建构起来的民间剪纸艺术的美学价值体系,并以文化"原创"的优势,成为民间艺术精神梦游的终结者。

另一方面,不可否认,在民间剪纸中,我们也会发现一些描述现实生活的作品存在,但这些实在属于少数,它们很容易淹没于浩如烟海的中国民间剪纸作品当中,我们的剪纸研究者,也是把传统题材的剪纸作为主要的例举或研究对象,而缺乏对现实题材的剪纸作品的提取与研究。比如,以周旭编著的《中国民间美术概要》一书为例,在"民间剪纸"部分中,编著者共举例27件作品,其中11件作品纯为花卉、动物、吉祥图案一类的题

---

① 这组"连年有余"为不同时间、不同地域、不同作者的作品,图式样貌基本雷同。

民间艺术在当代语境中的美学价值重建 | 149

图 5　连年有余（组）剪纸

(图片采自网络)

材;16 件人物或人物与花卉、动物相结合的作品。在这 16 件有关人物的作品中,15 件都是戏剧故事,以及传说中的人物。唯有一件作品是现实生活中的人物,而这件作品恰恰是王桂英的剪纸《喂猪》。① 即使这些极少的描述现实的剪纸作品(以王伯敏著《中国民间剪纸》"近现代全国各地剪纸"一章中所收录的 787 件套作品为例),②如果与王桂英的作品进行比较,也会看到这些现实题材的作品仍与王桂英的作品存在着非常大的差异。这种差异有三点:

其一,许多所谓现实题材的剪纸作品并不是对自己生活的真实记录,而是一种被刻意建构起来的概念化、诗化的生活,已经不是源自本体的生活体验而自然生成的"对吉祥幸福生活的企盼",而是由外在的意识形态

---

① 参见周旭:《中国民间美术概要》第五章"民间剪纸",人民美术出版社,2006 年。著者特别在第 81 页王桂英的作品《喂猪》下标注:"江苏邳县艺术人王桂英的剪纸《喂猪》完全是自己生活的写照。"后王桂英所在的合沟镇划归新沂市管辖。
② 参见王伯敏:《中国民间剪纸史》,中国美术学院出版社,2006 年,第六章。

渗入形成的图像,因之而不可避免地留有了粉饰生活的痕迹,甚至有的已转化为意识形态化的宣传品。例如,概念化的美好家庭、概念化的世界和平、概念化的母子关系等。我把这一现象视为精神梦游在新的历史时期的顽强延续;王桂英不同,她是将自己的生活带入剪纸的叙述空间中。可以说,王桂英所有的叙事冲动,都源自她对当下生活的真切感受,她是在用剪纸来记录自己的生活。而且,王桂英所关注的不是虚无缥缈的将来,而是当下;不是精神梦游式幸福,而是自身所处的生活现实。

其二,许多剪纸艺术对现实生活的呈现,一般是偶发的,不是常态的自觉。有时其创作动机仅是为了表达一个主题,或一个概念,是为创作而创作的一时冲动。由于不是与日常黏合密切的生活常态,所以,其作品缺乏对现实生活的全方位关注;王桂英不同,她对现实生活的描述不是片断的,不是点状的,不是碎片化的,而全方位的,是生活中的360度无死角。比如,王桂英仅对从耕种小麦到收割进仓这样一个场景与过程的描述,据我统计,就有积肥、翻地、耙地、耕地、耩地、锄草、浇地、喷药、看青苗、割麦、扛麦个子、捆麦、拉麦、扬麦、打场、垛麦草、铡麦、进仓、春耕夏收等20多件剪纸作品,几乎就是对小麦种植与其生命过程的全景把握(图6—9)。

其三,大多剪纸艺人对现实生活图像的描述是一种审美选择,什么题材入画或不入画总有一番审美考量与筛选,总之,他们大都是行走在艺术的空间里去寻找生活选择生活;王桂英不同,王桂英对生活的描述不是一种审美选择,而是一种对"看见"的记录,这种记录没有入画不入画的思量,它像日记一样,已经深入生活的细节中去。这便意味着王桂英是行走

图 6　春耕

(27×19.5 cm,王桂英剪纸,马凯臻收集)

图 7　割麦

(12.5×10 cm,王桂英剪纸,马凯臻收集)

图 8　垛麦草　　　　　　　　　　图 9　铡麦

（50.5×36 cm，王桂英剪纸，马凯臻收集）　　（52×36 cm，王桂英剪纸，马凯臻收集）

在生活的空间里，她不是生活的旁观者，而是生活当中的存在者，她用艺术的方式去呈现自己的存在。所以，王桂英剪纸不是对生活表面的呈现，而是深入生活的每一个角落，每一个细节，而不管这个细节美还是不美，如图 10—11。

图 10　收蚕茧　　　　　　　　　　图 11　扯电线

（50.5×36 cm，王桂英剪纸，马凯臻收集）　　（49.5×35 cm，王桂英剪纸，马凯臻收集）

正是基于上述两个方面的事实，本文才确立了王桂英完成了对民间艺术"美学价值的重建"这一基本观点。

（二）王桂英，讲述自己的生活故事

王桂英剪纸作品中最有价值的部分，就是对自己当下生活的记录与讲述。

王桂英之所以能从中国民间剪纸史的发展线索中凸显出来，就在于她的作品与她的个人生活是紧密相关的。调研了解到王桂英没文化,不识字,但我们发现这并不妨碍她对生活感知的敏锐。王桂英的作品很像一部生活日记,它记写着生活中的诸多琐碎。王桂英呈示给我们的图像,都是在农村随处可见的物像,有些事情的琐碎,可能会令一般人扫一眼就丢到了一边,但王桂英会把这些捡拾起来。王桂英不善言语,但她的这些剪纸很像她的絮絮叨叨。很像她与乡里乡亲的"拉呱"(图 12—15)。所以,"我愿意把王桂英的剪纸称作拉呱,称作乡谣,这是因为王桂英对生活的描述从不放弃最平凡的家常琐事。她总是敏感地发现生活的细节,并提取到她的作品中,让人们感受到周围的一切都是那么的鲜活"。[①] 如《洗被单》《给压岁钱》《采桑》《斗鸡》《做窑活》《推磨》……

图 12　市集

(50×34.5 cm,王桂英剪纸,马凯臻收集)

图 13　采桑

(51×35.5 cm,王桂英剪纸,马凯臻收集)

图 14　种蘑菇

(49.5×36 cm,王桂英剪纸,马凯臻收集)

图 15　炸油条

(52×37.5 cm,王桂英剪纸,马凯臻收集)

---

① 马凯臻:《王桂英:困窘的栖居与诗意的歌唱》,《中华儿女·书画名家》2008 年第 2 期。

考察中,我曾经询问王桂英:"你都能剪什么?"王桂英说:"只要从俺眼前经过的,我都能剪。"这话里起码有这么两层意思:其一,透着一种自信;其二,自信是表面,如更深入地理解,这句话恰好反映了王桂英观照生活无死角的视野。我们知道许多的艺术家,不远万里跑去新疆、西藏去寻找"美"的生活,因为他们对身边的"美"的生活已经麻木了。而在王桂英不是这样,一切有温度的生活碎片,一切生活的常态,都可以拿来入画。所以,只要她还保持着对身边生活的敏感度,她的剪纸就永远是新鲜的,有温度的。2001年调研的第一天,王桂英就说起了她随口编成的一首"剪纸歌":

2001 年 2 月 7 日(农历正月十五)　　　星期三　　阴转多晴

剪纸时,王桂英说起她的《剪纸歌》:"那年,我搁外边干活,旁人弄我的剪子,我不给他弄,我说你别摸我这剪子,我这剪子多有用——

能剪龙,能剪凤,

能剪老鼠生儿会打洞。

能剪山,能剪水,

剪个鸭子扁扁嘴。

能剪鸡,能剪鹅,

剪个鲤鱼跳天河。

能剪猪,能剪羊,

生产劳动我都剪上。

最后剪一个万年青青万年,

遇上花草我都剪全。①

这首歌谣似乎在提示我们,王桂英记录着生活中的每一个点,如果我们把这些点连缀起来就是一条条生活的情节线。这些情节线又可以细密地编织到一起而构成一个"场",这个"场",从大处说,是一个时代;从小处说,是一个具体的生活场域。可以这样说,没有这样一个时代,没有这样具体

---

① 马凯臻:《剪出的四季——一个中国农民的剪纸艺术与生活》(田野调查笔记),载李砚祖主编:《艺术与科学》卷七,清华大学出版社,2008 年,第 123 页。

的生活场域,就没有王桂英的剪纸。

(三) 在场,本真的生活叙事

"场"在西方是自然科学的一个概念。在东方这个概念最早出现在风水里。今天,可以把它理解为各种可见与不可见元素整合而成的空间环境。这里,我把这个概念引过来,是指称对王桂英的剪纸产生影响的一切环境因素。

我们已看到王桂英的作品反映出了与生活环境的真实关系,这种真实的非虚拟的关系描述,我称之为"在场"。当下,我们处在一个不断地被虚构,以致影响到艺术作品真实性的环境之中,所谓"在场",就是对抗虚构、虚饰、虚假而生成的概念,它以根本性的真实作为目标进行艺术陈述。所以,"在场"对于认知王桂英的剪纸艺术是一个重要的概念。

前面提到许多现实题材剪纸作品所出现的一些问题,其实,还有更重要的一点要放在这里强调,即许多此类剪纸作品展现为一种不"在场"的生活样态。"在场"与不"在场"的区别何在？从表面看,都是在表现生活,但区别是：不"在场"是概念化的表现"应该如此"的生活；"在场"则是记录性地再现"本来如此"的生活。前者是对现实生活的遮蔽,认为生活"应该如此",这其实是与传统的精神梦游一脉相承,因为"人"不在其中；后者则相反,"人"在其中,人不是生活的旁观者,更不是想象者,所呈现的生活是不经虚饰的"本来如此"。当然,这种"在场"于王桂英是不自觉的,是生活铸就的一种天然的本能。

图16 打糊子

(27×19 cm,王桂英剪纸,马凯臻收集)

为了更好地说明这个问题,我们来看这样一件作品《打糊子》(图16),考察中我有幸观察到这样一幕,王桂英带从徐州市来的小李、小朱两个徒弟剪纸,他们先在村子里走了一圈,回来决定以刚才看到的柴油机"打糊子"(摊煎饼之前将原料打成糊状)为题各剪一件作品。

2001 年 11 月 12 日（农历九月二十七日）　　星期一　　晴

银杏叶黄了。好看。

王桂英家装上了玻璃，门窗也油上了漆。

小李在王桂英家住了八天，今天要走。小李的妻子小朱在前两天也带着孩子到了王桂英家。这些天，王桂英、小李还有计划剪了不少东西，铺在地上满满当当的。

三个人都剪一个主题——碾面。王桂英叫"打糊子"。

因为这次展览，计划来了兴趣，也剪了些作品。王桂英说："计划撂掉了，计划不撂掉这会儿剪得也好。"

小李指着自己的一幅作品说："这一点是大娘剪的，特别好。这里本来是方角，方角跟这几幅重了，大娘说这样剪过去，因为它是在集市里，集市在露天，不可能四四方方，它有可能这多一块，这少一块，人来来往往，空间布局不讲究了，为了整体协调。这个平车是大娘建议我这样放的，本来是这样，大娘说空，本来说平着放，平着太单调……我感觉大娘对生活观察特别细。"

的确，王桂英对生活的观察很细致。小李有张作品本来要剪上一只鹅的。王桂英说这里正在碾面，噪声大，鸡和狗根本站不住，吓跑了，所以不要剪鹅。①

徒弟有一定的绘画基础，为了画面的生动与气氛烘托，他特意在画面的一角剪了一只鹅。但王桂英看了却提出批评。这一情节让我悟到，王桂英与徒弟虽然同时在"打糊子"的现场，但实际表现为王桂英"在场"，徒弟"不在场"。那么，我们看《弹三弦》（图17）这件作品，一位民间艺人正在弹三弦，他的身上趴着一只鸟。按照王桂英对生活与艺术的理解，这是不可能出现的画面，当然也就不可以出现在自己的剪纸当中。这一

图17　弹三弦

（陕西，佚名，图片采自网络）

---

① 马凯臻：《剪出的四季——一个中国农民的剪纸艺术与生活》（田野调查笔记），载李砚祖主编：《艺术与科学》卷七，清华大学出版社，2008 年，第 136 页。

点不禁让人想起19世纪法国现实主义画家库尔贝的一句名言:"我不会画天使,因为我从来没有见过他们。"当然,这种对比不是挑剔更不是否定《弹三弦》这件作品,同样也不否定王桂英的徒弟的创作,他们与王桂英的剪纸实为两种创作思路,体现了一种浪漫主义的意趣。我只是想强调王桂英对生活与艺术之关系的基本认知。"在场"是一种态度,一种立场。由此也必须承认,所谓"在场",是对生活真相的还原,是对生活逻辑的尊重,这种体验性的真实情感,的确是促成王桂英成功的非技巧性因素,是对王桂英剪纸艺术品格的一个保障。如果,哪一天王桂英脱离了这个"场",她的艺术也就发生了质的变化(这一点将在以后专文论述)。

由此,带来了一个问题。也许有人会问,王桂英的剪纸充盈着生活的诗意,既然王桂英的剪纸是一种"在场"的表达,那么这便意味着她自己的现实生活一定非常平静,非常富有诗意。但不幸的是这个判断是错的。实际情况是王桂英的生活是非常贫困的。

(四)困窘的栖居与诗意的歌唱

王桂英的生活究竟贫困到什么程度?第一次到王桂英家时我们看到:

2001年2月7日(农历正月十五)　　星期三　　阴转多晴

春节刚过,又是正月十五,是个吃元宵、点花灯的日子。本以为王桂英家会有节日的色彩。不料,踏进王桂英的家门,便觉处处透着逼人的冷气。细细打量,房子很高却四壁空空,泥土地面,窗户也没玻璃。王桂英说:"房子盖五六年了,没钱装饰,还直漏雨。"

满屋打量没有想见到的剪纸,门楣上也没有这一带过节流行的门笺。当地风俗,家里有丧事,三年内是不贴春联、挂门笺的。是谁不在了?家人还是亲戚?不便问。

王桂英是个厚道人,一眼就看出来。我们向她说了来意,她笑了,出门拎了只煤球炉要我们取暖。炉子里的火苗有气无力,还是冷,只得不住搓手。

王桂英拿出她的剪纸,满满当当铺了一地,心口因这红红的一片有了暖意。①

当时,我们环顾四周,空旷的四壁悬着缭乱的蛛网。像样的家什只有歪斜在墙角的两只破柜,后来才知道那是村里别人家的,那家人为躲避超生罚款藏到王桂英这里的。房子是为二儿子路线好娶媳妇盖的,我们去时他还在天津打工没回来,不久他回来后才知道,一年下来没挣到一分钱,盖房子所欠的4 000元钱自然是没有着落。7个多月后,王桂英在她的个人作品展②上剪纸出售,卖了2 000多元钱。我在送她回家的路上,她对我说了这2 000多元钱的用法:

2001年10月10日(农历八月二十四日)　　星期三　　晴

一大早送王桂英回家。

天气真好,阳光透过车窗把王桂英的脸涂上了一层金色。王桂英说:"回去地里该种蒜了,姜还没收,麦地不打算种麦子啦,要栽桑。麦地两边的人家都种桑了,人家喂蚕,你要种庄稼,就得打药,也影响人家喂蚕。喂蚕也行,一年喂四季蚕,春季要喂好了,一季够一年打的粮食。"

又说:"这次展览会卖了2 000多块钱,这钱先不急着还账,把家拾拾,把屋里的地坪打上,窗户装上玻璃,这也是一个段落,我也办过展览了,电视台也来拍了……我手里这两个钱要是给人家了,家里边还是那样。"③

调研中我们又陆续了解到,王桂英7岁时父母相继离世后,14岁时又因祖父的病逝而孑然一身。采访她时我发现她抽烟抽得很凶,一天可达两包,我问她什么时候开始抽烟的? 当时她没回答我。有一次,她主动说,你不是问我啥时抽烟的吗? 我曾经有一个儿子,后来死了,我就是在那个时候抽烟的。调研期间,王桂英的丈夫又因患病无钱就医而早早去世。

---

① 马凯臻:《剪出的四季——一个中国农民的剪纸艺术与生活》(田野调查笔记),载李砚祖主编:《艺术与科学》卷七,清华大学出版社,2008年,第123页。
② 2001年9月26日《四季——民间艺术家王桂英·生活与艺术》(徐州盛宝集团、徐州电视台、徐州博物馆主办,马凯臻策展)在徐州博物馆举办。
③ 马凯臻:《剪出的四季——一个中国农民的剪纸艺术与生活》(田野调查笔记),载李砚祖主编:《艺术与科学》卷七,清华大学出版社,2008年,第134页。

下面是王桂英的丈夫去世前15天的考察笔记：

2001年6月9日(农历闰四月十八日)　　星期六　　多云

　　下午赶到合沟时，除王桂英和老伴，全家已下了地。王桂英见到我们就悄悄说，前两天老伴到县医院看病了，查出是胃癌晚期，现在老头还不知道。王桂英说得很镇静。

　　跟王桂英去了地里，麦子已割了一半，王桂英一声不吭，闷着头只顾干活……

　　知道了王桂英老伴得了胃癌，我便有种不祥的感觉。我把这感觉说给建峰和小范，大家不约而同地想到要给王桂英全家照张相。我知道王桂英全家没有一张全家的合影。看太阳在云里似隐似显，便催王桂英赶快收工回家。

　　回到家，王桂英把全家召到一起，小范为他们照了相。王桂英提出要给老伴单独照一张，完了自己又与老伴合照了一张（事后才知道，这是他们第一次合影）。我明白她的用意，心里有些酸楚……照相时老伴笑得很慈祥，像往常一样。照完了，就露出痛苦的表情，不作声。王桂英的女儿弄了张席就地铺在石榴树下，让爸爸在上面躺着。在我的镜头里，他脸上的皱纹深了许多，虽然一声不吭，痛苦尽隐其中。他时躺时坐时侧时仰……我觉得就这么用镜头对着他实在是残酷……

　　对老伴的病，王桂英很无奈，路线在天津打工，三年只拿到150块，这次给父亲看病怎么会够呢。①

丈夫去世的第二天，王桂英说的一句话让我刻骨铭心、印象深刻，她说："死了也好，受罪。"

　　上述情况自然会让人产生疑问，在我们一般的印象是，大凡有过苦难经历或思想磨砺的艺术家，从历史上看如中国的徐渭、朱耷，西方的蒙克、梵高。前者，他们的作品或笔墨放纵恣肆，很有一种纠结的生命挣扎感（徐渭）；或满篇倔强之气，俨然是自我的写照（朱耷）。后者，他们的作品

---

① 马凯臻：《剪出的四季——一个中国农民的剪纸艺术与生活》（田野调查笔记），载李砚祖主编：《艺术与科学》卷七，清华大学出版社，2008年，第129页。

或将童年被死亡与疾病缠绕的阴影带进艺术创作(蒙克);或将一生的忧郁与寂寞变幻作扭曲的线条(梵高)。总之,但凡这一类的艺术家,他们的作品总潜隐着一种忧郁、孤独的悲伤情绪,或呈现出一种宣泄欲望与痛苦的疯狂。为什么?生活、情感的磨砺使然!正所谓有什么样的生活,就有什么样的艺术。但是,从童年到今天一直被困窘所纠缠的王桂英,她的剪纸作品为什么没有一种在贫困中挣扎的"在场"感呢?为什么没有像徐渭、朱耷、蒙克、梵高那样的情绪有些微的显露呢?从她的剪纸里我们看不到生活的焦灼发现——她的内心如此安详。透过她的那些红红的剪纸,我们能够感受到,生活的重负似乎已被内心的宁静与清澈,调和成一曲充满诗意的乡谣。困窘的栖居与诗意的歌唱,这样的一对矛盾,在王桂英那里是怎样安然统一的呢?既然王桂英的剪纸作品体现为"在场",可我们为什么丝毫觉察不到生活困窘的"在场"感呢?这一直是一个令人困惑的问题。后来,在与王桂英长时间的接触当中,发现四点原因。

首先,之前强调王桂英是"精神梦游的终结者"。听起来,她似乎一下子与中国人的传统思维切割得很干净。其实不然,王桂英的骨子里仍然保存着中国传统文化中最关键的部分,她仍然继承了中国百姓的文化精神。所谓中国民间艺术的两大主题之一——"对吉祥幸福生活的向往"是王桂英精神世界中根深蒂固、不可更改的基本底色,当然,这种传统的价值观在王桂英那里并不是像传统剪纸那样是通过吉祥符号等纳吉避害的"规定动作"来实现。她只是通过对当下生活的真诚描述,来延续中国百姓积极、乐观的生活态度。所以,我们会发现,王桂英特别关注生活中的一些非常有情趣的场景与细节。而且,她会通过最朴素的语言,把这些生活场景与细节在大刀阔斧之下表现得诗意而灵动。如《斗鸡》《摘辣椒》……(图18—19)

其次,我们知道,面对命运,王桂英几乎没有话语的权利。但是,我发现只有在剪纸中,她才能找到言说的自由并由此带来情感的慰藉。应该说,剪纸是王桂英生命的一个维度,她的生命只有在剪纸里才能找到一种安逸的、充盈饱满的感觉。反过来说,只有剪纸才能让她在现实的苦难中寻找到一种平衡,只有剪纸才是消解她命运多舛的灵物。所以,"如果仅仅把王桂英的剪纸看作是一种艺术,那可能有失偏颇。其实,她的剪纸更

图 18　斗鸡

（44×35 cm，王桂英剪纸，马凯臻收集）

图 19　摘辣椒

（36×42 cm，王桂英剪纸，马凯臻收集）

是一种生命的存在形式，一种表述这种生命存在的、独特的、乡谣似的话语方式。正因为如此我才坚信，只要生命不息，王桂英的剪刀就不会有停下的可能。因为，王桂英总要说话，总要拉呱，总要轻轻地唱起乡谣……拉一些家常呱给人家听，唱一些乡谣来排遣生活中的不如意，来抚慰自己的心灵"。①

再次，王桂英的童年是灰暗与残破的，她反复陈述的童年印象就是8个月大时父亲被土匪打死，7岁时母亲又悬梁自尽，15岁时唯一的亲人爷爷去世，16岁她为寻找安身立命之所而早早出嫁。因此，在王桂英的所有关于童年的记忆中，都蒙上了一层浓厚的灰色基调，这种基调与她的一生形影不离，以致成为王桂英今天生活境遇的一个比照，即此后种种生活的不如意都在这种比照下显得如此的微不足道。所以，王桂英的那种面对困窘生活的从容，我们很难用"乐观"一词去言说与评价，而只能说，儿时的记忆已然成为王桂英的一种顽固不去的生活参照，王桂英的所谓"乐观"其实并非源自心理本在的健康，而多半是由童年的灰色记忆形塑而成。这是一种在人生不同阶段的比对之下，悄然建构起的日常困窘与精神满足相容不悖的二元结构。换句话说，当下

---

① 马凯臻：《王桂英：困窘的栖居与诗意的歌唱》，《中华儿女·书画名家》2008年第2期。

生活中的种种不顺之所以没有衍生发酵,从而加深固化于童年生活的灰色基调,是因为对王桂英进行心理干预与调适的恰恰是给自己带来痛楚的童年往事。

最后,由童年的灰色境遇形塑而成的不仅有"乐观",还有不会在温室里培塑下才有的坚强。这便让她抵御住了生活的磨砺。王桂英身处困窘之中,却不抱怨生活,她享受生活给她带来的点点滴滴的快乐,并用自己特有的"乐观"心态去覆盖生活的困窘。观察中我捕捉到的一件小事便是这一结论的生动注脚:2010年除夕,依新沂当地的风俗,王桂英家买来一棵5米多高的竹子。王桂英在上面拴了些铜钱和花生,然后栽到院子里。这叫"摇钱树":

2002 年 2 月 11 日(农历腊月三十)　除夕　星期一　晴转多云

路线(王桂英的二儿子)从镇上买回一棵五米多高的竹子。王桂英在上面拴了些铜钱和花生,说是摇钱树。摇钱树就栽在院子中间,骚蛋(王桂英的孙子)要去摇,被王桂英拦住,说大年初一才能摇。[①]

2002 年 2 月 12 日(农历正月初一)　　春节　　星期二　　晴

七点多到王桂英家,屋里还很昏暗。骚蛋刚起床,一家人正包饺子。村子里鞭炮声渐渐响了起来。

吃完饺子,大家到院子里去晃摇钱树。先是让骚蛋去摇,半天却没摇下什么"钱"。王桂英又去摇,那些花生铜钱还是不掉。计划(王桂英的大儿子)急了,埋怨王桂英扎得太紧。王桂英淡淡地说:"摇不下来怕什么,就当是储蓄了。"[②](图20—21)

是的,这种话大概只有王桂英这种饱经沧桑与变故而又积极乐观的人才能说得出来。所以,在她的作品里,我们找不到对人生世态的感叹。她给我们这个越来越冷漠、越复杂的世界带来了温情。

---

① 马凯臻:《剪出的四季——一个中国农民的剪纸艺术与生活》(田野调查笔记),载李砚祖主编:《艺术与科学》卷七,清华大学出版社,2008年,第143页。
② 同上。

图 20　王桂英的生活·摇钱树
（马凯臻摄影）

图 21　摇钱树
（26.5×38.5 cm，王桂英剪纸，马凯臻收集）

三、王桂英剪纸的艺术风格

生活与艺术的关系与"在场"的表达，是王桂英对民间艺术"美学价值重建"的最核心部分。但是，仅此还不够。因为，对"在场"的生活进行完美表达，必须辅以完整且独具特色的叙述语言体系。所以，王桂英对民间艺术"美学价值重建"的另一个重要的方面，就是她那种独特的艺术表达方式。

（一）表现性与自由性

"在场"就王桂英剪纸的本质特点，但这并不意味着她的剪纸在表现形式上是对客观物像的竭力模拟。相反，王桂英并不在意形象的"失真"而无意中体现了形象的表现性。在对待画面像与不像的问题上，王桂英没有十分地在意：

2001 年 2 月 7 日（农历正月十五）　　星期三　　阴转多晴
王桂英从屋里取了红纸叠成一沓，把小凳移到门口的亮处剪了起来。
问：你觉得剪得像好？还是不像好？
答：我看人家铰得像真好看，但是咱没有人那本事。人家那都是画好的,咱……

问:你剪不用画,是吗?

答:我就铰个大体。

问:你剪是不是从来都不画?

答:不画,铰什么都不画。

问:你觉得像好看吗?还是你这不像的好看?

答:(笑)我觉得像好看,可咱没有这个本事(笑)。①

所谓表现,是西方艺术的术语,亦是西方的一个艺术流派。总体上说,表现性是对艺术的写实与再现的一种美学上的反动。但是王桂英剪纸艺术的"在场"性似乎又与表现性有矛盾。因为,"在场"就意味着对客观现实的尊重。是的,表面看"在场"与"表现性"处于对立的状态之中,其实,正是这种矛盾的统一,才使王桂英的作品洋溢着生命的活力与艺术的张力。王桂英确实在两者的整合中,实现了诗意的表达中不失"在场"和"在场"中不失诗意的表达。总之,王桂英是以诗意的"在场"叙事,激活了民间剪纸艺术的传统范式。我们以《电视台采访我》(图22)为例略作分析:

图22 电视台采访我

(49×34.5 cm,王桂英剪纸,马凯臻收集)

---

① 马凯臻:《剪出的四季——一个中国农民的剪纸艺术与生活》(田野调查笔记),载李砚祖主编:《艺术与科学》卷七,清华大学出版社,2008年,第123页。

这件作品分为上下两部分,下半部是电视台记者拍摄王桂英,而王桂英则在剪眼前的劳作场景;上半部是太阳、云、飞鸟。构图类似于汉画像石的分格图像。上半部分,从鸟到云是图形的渐变,最终鸟与云融为一体,变化自然而流畅。王桂英对云的处理,显然不是模拟自然状态的云,细加分析可知,表面看这种云纹是由鸟的形态变化而来,但实质上,它却是王桂英从自己经常剪且变化多端的鞋花纹样(图23)中信手拈来。

图 23　鞋花

(王桂英剪纸,马凯臻收集)

王桂英所独创的这种云纹具有非常诗意的表现性。如果对比我们经常可以见到的其他剪纸艺人对"云"的表现(图24),就会发现,那只是一种对云的外在形象的竭力描摹,即使也在努力着使"云"图案化,但还是不像王桂英那样大胆地突破"云"的外在形貌的局限。所以,苏东坡评价吴道子的"出新意于法度之中,寄妙理于豪放之外"[①]一样可以用来评价王桂英的剪纸艺术。法度是什么?剪纸有它的物性规范,即自律性。王桂

---

① 苏轼:《书吴道子画后》,刊刻于山东蓬莱阁卧碑亭所藏"卧碑亭"。

英在尊重剪纸的物性特点与创作规律,但又不局限于此,她会调动必要的手段将画面处理得很灵活。总体上讲,王桂英的作品豪放、拙朴、凝重,透着苏北人的淳厚,但是我们看她的鞋花,却是细致、婉约的,而这种细致、婉约的鞋花被借用到《电视台采访我》巧妙地转化为云纹后,又与图像下半部分的粗放风格形成对比,上半部分线条灵动,下半部分刀味艰涩,这样便造成了大地扎实,而飞云飘逸的艺术效果。由此可见,这种非常诗意地"表现性",非但与"在场"不是"与敌共眠"的关系。相反,它恰恰体现了"寄妙理于豪放之外"这一特点。

图 24　牛郎和织女
（扬州剪纸,图片采自网络）

而这种"出新意于法度之中,寄妙理于豪放之外"的艺术特质其实就是一种心性自由的创作精神。而这种心性的自由,正是原生艺术的纯正品格。

王桂英的剪纸是自由的,这是她的自觉意识,并不完全出自本能。王桂英没有文化,不会有教科书那样的理论储备,但在她的心里却有着自己总结出的理论。在 2001 年的《四季——民间艺术家王桂英·生活与艺术》展览会后,我们组织了一个座谈会,王桂英与一位学生有这样的对话:

2001 年 9 月 26 日(农历八月初十)　　星期三　　晴

　　下午,王桂英剪纸艺术座谈会很成功。专家对王桂英评价甚高。王桂英只是听,专家的话她有些不懂,但她仍在认真听。有人把话筒递给王桂英让她说点什么,本不善言谈的她在这场合愈发说不出什么了。想起开会前,一学生模样的女孩和她聊着什么,我隐约听到一句"字不缺点,花无正枝。写字你不能缺一点,剪花你可以随意"。这话太棒了！这应该是王桂英的艺术理论。①

"字不缺点,花无正枝"这就是王桂英对艺术的理解,这简单的八个字并不

---

① 马凯臻:《剪出的四季——一个中国农民的剪纸艺术与生活》(田野调查笔记),载李砚祖主编:《艺术与科学》卷七,清华大学出版社,2008 年,第 132 页。

输于专家对她的专业解读。她剪纸中所体现出的自由性应该就源自她这种对剪纸艺术的朴素理解。关于这一点,我们不妨以《摊煎饼》(图1)作为分析样本。我们知道,剪纸分阳剪、阴剪两类。按照民间剪纸艺人一般的剪法,一幅画面,要么是阳剪,要么是阴剪,比较统一。但王桂英不拘泥于这些:《摊煎饼》中,右边这棵树是阳中有阴,王桂英先是给出一个大形,然后剪出寥寥几条枝叶,表现得却是树的枝叶繁茂;而左边的这棵树则是阳剪,王桂英用粗线勾勒,写实的外形表现了树叶的稀疏。虽然画面只是黑白关系,但阴阳互转互换形成互为牵动的内在张力,有着多声部的合声效果。这真正体现了王桂英信手拈来、游刃有余,在黑白之间穿梭往来的自由精神。而且,王桂英剪纸是从来不打稿子的,拿过纸就剪,一切变化都在剪的过程中随机实现。

(二) 宁减勿加与宁朴勿华

善于做减法,是王桂英剪纸的一个重要特点。我们知道中国民间艺术多见于做加法。因为,中国民间的传统思维大都崇尚完整、圆满、丰富。这是一种吉祥的寓意,反映到民间艺术的实际表达中,便呈现出一种构图饱满而繁复的状态,如民间年画、蜡染、木雕等。相比之下,王桂英却多是在做减法,她的剪刀总是十分吝啬,从不随意往画面上增添什么。这一风格在她早期的剪纸中尤显突出。如《上烟杆子》(图25)、《给衣柜刷油漆》(图26),几乎删去了她所认为的所有累赘,以最大的限度保持了一张纸的朴而无华的感觉,它们朴拙、单纯、洗练,耐人品味。王桂英后期的剪纸虽然多了些灵动,但仍保持着宁减勿加、宁朴勿华的整体感觉。如这一时期的《收蘑菇》《打水泥板》作品(图27—28),王桂英仍然可以将减法做到略去人物的眼睛。考察中,我发现也有观者发现并提出这一问题,王桂英的回答是:"有头必有眼,你既然知道了那是脑袋,就不一定非要剪上眼睛。"这样的回答是理性的,同时也是感性的,它是王桂英"宁减勿加"风格的最好诠释。

我们知道人类早期绘画的简率,是那一时期不可避免的缺点,如晚周的帛画《人物龙凤图》、汉画像石等,它们没有能力对人物五官进行细致的刻画,所以,那一时期呈现出的质朴无华,其实是一种由于技术、材料的局限与认知能力不足,不得已而为之的结果。王桂英不同,她对画面的简率处理既是剪纸物性特点所限,更是理性的认知与艺术的追求。

图 25　上烟杆子

（19.5×13.5 cm，王桂英剪纸，马凯臻收集）

图 26　给衣柜刷油漆

（18.5×16.5 cm，王桂英剪纸，马凯臻收集）

图 27　收蘑菇

（50×35.5 cm，王桂英剪纸，马凯臻收集）

图 28　打水泥板

（50×36 cm，王桂英剪纸，马凯臻收集）

有趣的是，不识字的王桂英对艺术与客观对象之关系的这种本能认知，可以在一千多年前的文采飞扬的文化人那里找到知音。唐代画家、绘画理论家张彦远在他的《历代名画记》中就中国绘画的问题说："夫画物特忌形貌彩章，历历具足，甚谨甚细，而外露巧密。所以不患不了，而患于了。既知其了，亦何必了，此非不了也。若不识其了，是真不了也。"[①]这里，王桂英的"你既然知道了那是脑袋，就不一定非要剪上眼睛"的逻辑叙述，其实就是张彦远"既知其了，亦何必了"的最为形象的注释。张彦远的这段一直导引着中国文人画发展方向的画语录竟然与王桂英的村夫俗语，在对艺术认知的方法与逻辑上如此默契。它提示我们，在艺术史上文

---

① 张彦远：《历代名画记》。

人的艺术理想与民间的艺术思维总有因暗合而共同激起思想浪花的地方。从这点来看,王桂英这句话的意义就不仅局限于艺术处理本身了,其更大的意义在于它让我们看到了王桂英对事物的认知逻辑与方法。反过来说,王桂英所具有的这种认知能力与素质的意义,要大于她的艺术能力的意义。

当然,这种略去眼睛的处理,虽偶见于其他剪纸艺人的作品,但因并不具有王桂英这样的明确逻辑认知,所以并无意义的张力。

(三) 时间意识与空间意识

一张纸、一把剪刀的表现力比起其他艺术形式是单薄的,特别是对时间与空间的表达更处下风。那么,怎样抗拒材料的限制,去赢得更有力度的表现力呢? 王桂英的思维方式帮助她解决了这一问题。

1. 时间意识,第四维度的构建

这件《打粉皮》(图 29),在不了解王桂英的思维方式之初,我们可能认为画面中有四个人。其实,只有三个人,中间那个人物分作了两个上半身,这是表现一个人左右转身的分解动作。王桂英通过这样一个动作过程,来表现时间的过程。《走婆家》(图 30)也是如此,图中的主体人物一人两身,表现了人物端着鱼盘从灶台到餐桌的一个行为过程,从而成功地构建起了画面的第四维度。《喂猪》(图 31)与《喂鸡》(图 32)除表现人物的行为外,还生动地呈现出动物急切抢食的动态过程。特别是《喂猪》,左边的一头猪有四条尾巴,右边的一头猪有三个头。依着王桂英的思维方

图 29　打粉皮

(47×32.5 cm,王桂英剪纸,马凯臻收集)

图 30　走婆家

(52×37 cm,王桂英剪纸,马凯臻收集)

图 31　喂猪
(48×34 cm，王桂英剪纸，马凯臻收集)

图 32　喂鸡
(38.5×27.5 cm，王桂英剪纸，马凯臻收集)

式，我们可以顺利地理解，这是在表现一头猪边吃边甩动尾巴，而另一头猪不断抬头，又低头吃食的动态。特别能表现王桂英艺术感觉力的是，她没有让两头猪同时做出甩尾巴和抬头低头的动作。这样便避免了动态的雷同，从而使画面相映成趣，富有节奏感。

《给钱喝汤》(图 33)画面上有七个人，但实际上，王桂英只表现了她本人、老伴和小孙子三个人。左边的三个人是王桂英从招呼孙子到准备喂饭，孙子躲开，到最终把饭喂进去，这样在一个画面里，表现出一个有趣的生活小情节。两个小人是孙子的两个动作，右边两个手里攥钱的是老伴，整个画面充满了生活的温度与情趣。

图 33　给钱喝汤
(26.5×19 cm，王桂英剪纸，马凯臻收集)

图 34　春耕夏收
(51×38 cm，王桂英剪纸，马凯臻收集)

《春耕夏种》(图 34)不是对物象瞬间动态的表现，而是表现小麦种植与收获的一个季节过程。从耕地、耙地、耩地到收割、运输、打场的劳作场景集于一幅画面之中。这里我们看不到季节的冲突与时间错位,画面整体构成浑然天成。

这种在一个静态的画面中,表现时间过程的处理方式,最早可以在汉代画像石中领略,只是汉画像石多是分格处理,或左右展开时间动态,相比之下王桂英的表现更显灵动。

2. 空间意识,多维视野的展开

王桂英的作品还体现了明确的空间意识。一般平面艺术的空间表达,大都采用"近大远小"或更为原始的"近下远上"的透视方法。王桂英不限于这些,她通过画面的视点转换,引导观众的视线向纵深观看,向四周观看,从而在平面中制造出多维的空间形态。《挖荠菜》(图35)中,画面下方与上方的荠菜一正一反。若以通常的视觉习惯审视,上方的两棵倒着长的荠菜显然是不合理的。王桂英在完成了这件剪纸后,向我们这样解释:

图35 挖荠菜

(26×20 cm,王桂英剪纸,马凯臻收集)

2001 年 3 月 1 日(农历二月初七)　　星期四　　晴

王桂英解释说:"这个人看着是趴在地上,实际不是趴着,她是从那块地过来,来了拔一棵荠菜送给挎篮子的。这个小孩撑不上人家,拔不动,坐那里哭了。"①

可见,在王桂英眼里,长在空间纵深处的荠菜就该这样表现,它区别于下方的几棵荠菜并与之共同组成了有远有近的空间关系。这是王桂英对空间关系的典型认知。王桂英的视点是移动的,她营造了一个可以走进去的空间。这里,只要我们摒弃已养成的"科学"的观察事物的方

---

① 马凯臻:《剪出的四季——一个中国农民的剪纸艺术与生活》(田野调查笔记),载李砚祖主编:《艺术与科学》卷七,清华大学出版社,2008 年,第 124 页。

法,跟随王桂英的视线向左移动,面对右边框就会明白,那个"趴在地上的女孩"的确是从东边一个方向走过来的。我们看到,因为王桂英观察生活的视点是自由移动的,其作品中的空间当然也可以不断变换视点,只要我们配合这种视点并随着画面提示而移动观看方向,就会形成新的视觉秩序。

同样,在《踢毽子》(图 36)中,房屋倒置看起来好像不合常理,但这正反映出王桂英对空间关系的理解。同《挖荠菜》一样,她用房间的正或倒的关系构成并表现建筑的不同方位,以形成院落合围的空间感。

图 36 踢毽子

(21×18.5 cm,王桂英剪纸,马凯臻收集)

图 37 是王桂英的《城里孩子跟我学剪纸》,这件作品的创作始终我都在场。那天,王桂英家的小院子里东南西北、角角落落挤满了孩子。王桂英很兴奋,她要表现这种孩子们占满小院空间的感觉,所以我们才看到了画面上方的孩子脑袋是冲下。这是孩子们在倒立吗?显然不是,王桂英是在表现院落纵深处(北边)的孩子。

图 37 城里孩子跟我学剪纸

(53×34 cm,王桂英剪纸,马凯臻收集)

如果这种解读尚嫌不明确的话,我们再看王桂英的《车船》(图 38),它让我们清晰地看到了物象(汽车)的正与倒于画面空间中的转换关系,即车行至纵深的远方后,车辆也自然翻转为倒立的形象。这种在王桂英那里重新泛起的原始思维与现代科学思维方式形成了有趣的反差。图39是瑞典的民间剪影艺术,[①]我们看到在与《车船》大致同类的叙事图像中,由于思维方式的差异,物象呈现却大相径庭。

图38　车船

（49.5×35 cm,王桂英剪纸,马凯臻收集）

图39　瑞典的民间剪影

（采自《欧洲民俗民间图案》）

　　从上述这些作品中我们发现,王桂英所操用与依赖的材料虽然是平面的,但她却善于摆脱平面思维,换句话说,她的思维没有被平面所控制。有人认为这是一种艺术表现方法或技巧,其实,这更是一种创作主体看世界的方法。王桂英没有受到过所谓科学的观察物象的训练,她没有我们习以为常的视点集中,焦点不变,在一个无形的画框之中观察对象的状态,她的站位是多向位的,她的视点或东或西或南或北,始终是移动的。我们的视觉经过"科学"的规训,王桂英的视觉是在一个原生态的生活空间中养成。

　　前面,我说这种有趣的空间表达是原始思维在王桂英那里的重新泛起,是因为王桂英的这种对空间关系的处理,我们可以在王桂英所在地区的徐州汉画像石中找到相同的例子。如《庖厨》(图40)我们要特别注意两只犬在画面中一正一倒的处理,有了对王桂英《捡荠菜》的阅读经验,我们应该知道,那只脑袋冲下犬,并不表明身体倒挂,而是汉代的画像作者以此突破画面的两维空间,表示它与另一只犬分处前后两个位置,共同窥察正在烹制中的美食。这种对画面空间的认知与王桂英的表达不谋而合。同样的例子还有徐州茅村出土的《饮宴图》(图41),画面上,两人对

---

① 田旭桐、侯芳编:《欧洲民俗民间图案》,广西美术出版社,2000年,第72页。

饮,屋脊置放一条硕大的鲤鱼,它应该是两只水鸟刚刚衔来以示祥瑞降临。它们之上,还有两只倒着头,喙衔鱼的水鸟,脑袋冲下,并不是飞向地面,而是表示,它们是刚刚从空间纵深的远方衔鱼飞来,尚未将鱼安放屋脊上。这种原始的思维方式,其实不仅限于今天王桂英所生活的这个地方,不仅限于两千多年前的汉代,这种案例在边远的少数民族那里,甚至域外都有发现,如蒙古阿尔泰山脉岩画《车马图》(图42)中的两匹马,即以一正一倒的形式来表现一远一近的空间距离。

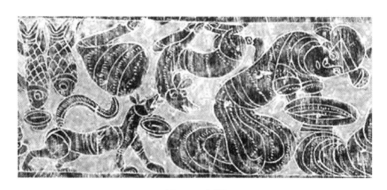

图 40　庖厨

(徐州汉画像石艺术馆藏)

**图 41　徐州铜山县茅村
　　　汉墓画像石
　　　——饮宴图**

(徐州汉画像石艺术馆藏)

图 42　车马图

(蒙古国阿尔泰山脉岩画)

这里要特别指出,有人据此认为王桂英的剪纸受到了汉画像石的影响,其实不然。在我考察王桂英之前,她从未见过汉画像石。那么问题是,王桂英的剪纸为什么会与汉画像石,甚至是与新石器时代岩画的血脉如此贯通呢?我们应该如何理解王桂英的剪纸与人类发展早期的艺术浑然相似的文化现象呢?

我以为,借用荣格的集体无意识理论可以给出比较合理的解释。荣格认为,集体无意识是"一种从不可计数的千百亿年来人类祖先经验的沉积物,一种每一世纪仅增加极小极小变化和差异的史前社会生活经历的回声"。① 我们知道,王桂英的这种朴素的,原始的观察事物的方法与思维模式的养成时代,恰处社会发展十分缓慢的农耕文明时期,加之王桂英所生活的这片土地也因与外界的沟通绝少,以致原始古朴的认知世界的方式与思维习惯,作为集体无意识在人群中沉积了下来。正因为,"集体无意识是一种由遗传保留的,无数同类型经验在心理深层积淀的人类普遍性精神"。② 因此,它在一定条件下,比如王桂英在面对生活而要极力使自己的艺术表达接近客观物象时,这种积淀在心理深处的原始时期的经验便会被激活。所以,才有了汉画像石等原始早期艺术与王桂英分处不同时代且从未谋面,却无论艺术风格及认知方式等方面,都颇为相似的文化现象。而且,只要适合王桂英的艺术生存的文化湿地还继续存在,这种文化现象便有可能继续延续下去。

可见,王桂英的艺术风貌,既不完全是个体的私人经验,也不是汉画像石艺术的文化传递,而是沉潜在艺术家心底的与往昔联结在一起的集体无意识发生了作用。当然,这种沉潜在心中的集体无意识,并不是逢人必会被激活的。它一定是与艺术家的个人素质、艺术潜能,以及生存环境、时代特征紧密关联。所以,我曾在一篇文章里说:"王桂英不识字,这是她的不幸,但这种'不幸'却有幸保护了她独特的美感系统,避免了主流文化对她的侵扰与污染,从而使她的艺术保持了原生艺术的纯正品格。"③我这样说,不是无的放矢。因为,我确实看到了一些想助王桂英一

---

① 转引自金开诚主编:《文艺心理学术语详解辞典》"集体无意识"辞条,北京大学出版社,1992年,第268页。
② 荣格于1922年在《论分析心理学与诗学的关系》一文中提出。
③ 马凯臻:《王桂英:困窘的栖居与诗意的歌唱》,《中华儿女·书画名家》2008年第2期。

臂之力的好心之人在有意地导引甚至是纠正着王桂英的思维方式：

2001年8月27日（农历七月初九）　　星期一　　晴
　　在王桂英的箱底看到几本书，是《速写技法》《绘画透视》之类。问王桂英看过没有，她笑，摇摇头，说是别人送的。我想，这倒好，如果真去认真学习，怕是不再有王桂英了。①

　　这里我很不厚道地庆幸王桂英的不识字，想想，王桂英如果识字，那几本绘画专业书籍她真看了，而且看懂了并应用了，那王桂英还是王桂英吗？王桂英的原始思维会不会被"科学"思维所刷新。这里，我没有丝毫贬低主流文化的意思，我只是说，庙堂与文人等主流文化与王桂英所代表的民间文化，虽然有交叉并互有影响，但仍然分属于不同的审美系统，特别是如王桂英的剪纸这样具有原生态样貌的民间艺术，你若用主流文化的审美与"科学"的认知方法去改造它，必然给它带来灭顶之灾。

　　（四）边界的限制与形象的伸展
　　前面我们说王桂英的剪纸体现为一种心性自由的精神。但是，这种自由精神又是被非常明确地限定在一个空间范围之内的，它呈现为一种二元对立与统一的状态。统览王桂英的剪纸会发现，她的大多数剪纸都明确的独立存在性，即具有显著的"独幅性"特征。
　　我们知道，传统的剪纸一般都是没有"独立性"的，它主要是以窗棂、鞋、帽等器物作为依附。那些器物不仅是剪纸的承载物，其造型对剪纸的外轮廓直接起到限止作用，或说器物造型即是剪纸的边框。这就使得剪纸一般不作为独立的作品而存在。这就是为什么大部分的剪纸没有外框限制的原因。
　　王桂英的剪纸不同，它不依附于任何器物，脱离器物等工艺母体，独立生长，独善其身。王桂英除却其内容不适宜作为器物的装饰外，在形式上王桂英更是加以边框处理，如此，便基本构成了一幅独立的画面。当然，我们也会发现其他民间剪纸有时也会被加上边框，但两者的性质完全

---
① 马凯臻：《剪出的四季——一个中国农民的剪纸艺术与生活》（田野调查笔记），载李砚祖主编：《艺术与科学》卷七，清华大学出版社，2008年，第131页。

不同。因为他们对边框的处理并没有与作品的主体构成有机的关系(图43),边框就是边框,它们与内容因完全没有关系,所以相互是可以剥离的。但在王桂英这里,我们可以从她的许多剪纸中,看出明确的将边框进行形象化处理的自觉性,这是王桂英独一无二的边框处理方式。这种独一性起码可以总结为两点:

图43 牧归

(窗花,甘肃正宁,佚名,图片采自网络)

图44 放鹅

(47.5×33 cm,王桂英剪纸,马凯臻收集)

首先,王桂英剪纸的边框是灵活的,不是呆板的,是一种借势,如《垛麦草》(图8)、《收蘑菇》(图27)、《放鹅》(图44)利用大树的枝干构成了画面的边框;其次,在王桂英的剪纸中,有时边框就是形象本身,它与画面是一体的,是画面的一个组成部分。这类边框的处理在王桂英的剪纸里也是屡见不鲜。在《打糊子》(图16)、《养鸡》(图45)、《喂蚕》(图46)中,房屋就是画框,自然巧妙,水到渠成。其中《喂蚕》更是由树、鸟等物象自然构成。

图45 养鸡

(47×33 cm,王桂英剪纸,马凯臻收集)

图46 喂蚕

(51.5×35 cm,王桂英剪纸,马凯臻收集)

那么,这些边框在王桂英所构建的画面中究竟起到什么作用呢?它的审美意义是什么?

首先,边框使作品独立成幅。其次,在性情张扬的同时,给画面一个限制,然后再自觉地用创作巧思去打破限制,让形象在限制中伸展,就像中国传统的格律诗、戏曲一样,戴着镣铐跳舞,在限制中找寻形象与精神的伸展。这种限制与反限制,两元对立统一的艺术图像,在收与放之间,形成了一种视觉上的张力感。再次,剪纸的独幅存在,推动了剪纸从一个小的、有历史局限的生态圈子突围而出,从而进入一个更大的适应文化变迁的生态圈中。所以,它的最终意义是,即使那种繁育民间艺术的农耕文明的温床已不复存在,以王桂英所代表的民间艺术仍然会因它与时代的融合关系而充盈着旺盛的生命力。

临济宗与"无声诗":博物学视域下的《观音·猿·鹤图》寻义

施 锜*

[内容提要] 南宋画僧法常(号牧溪,约1207—1281)所作的《观音·猿·鹤图》组画(现藏于日本大德寺)一直以来备受学界的关注,然而观音与猿鹤图像组合的文化源流,至今仍缺乏有说服力的诠释。本文采用古代博物学文化的研究视野,从猿、鹤各自在本土文本和佛教文本中的源流出发,溯源它们的文化意蕴,并探究猿鹤组合在禅宗文化中的面貌。同时,笔者对三联画中间一轴《观音》的形象源流,也作了考证研究,认为可以追溯到禅定比丘和达摩面壁等形象,观音的图像应是成型于禅宗源流之中。经寻义后可知,牧溪的《观音·猿·鹤》三联画是文化综合的产物,亦即唐宋博物文化、蜀地特色、临济宗诗画及中日禅宗交流史的重要物证。

[关键词] 观音 猿 鹤 临济宗 话头

南宋画僧法常(号牧溪,约1207—1281)所作的《观音·猿·鹤图》组画(现藏于日本大德寺)一直以来备受学界的关注(图1)。如徐建融先生的著作《法常禅画艺术》,曾详细考证了牧溪的生平和创作,认为该三轴画是一套组屏;① 高木森先生认为,"猿鹤"与"观音"的组合受到儒释道"三教合一"思想的影响;② 赵娜2010年的硕士学位论文《〈观音·猿·鹤图〉

---

* 施锜(1978—),女,上海戏剧学院舞台美术系史论教研室教授,复旦大学中文系博士后,美国斯坦福大学东亚系访问学者,台北故宫博物院访问学者。研究方向为:宋元画史中的博物学文化,比较视域下的中国古代诗意画与禅宗画,东亚视觉文化交流。
① 徐建融编著:《法常禅画艺术》,上海人民美术出版社,1989年,第43页。
② 高木森:《中国绘画思想史》,台北三民书局,2004年,第202页。

和法常研究》,通过对日本文献的阅读,认为三联画是法常的"猿""鹤"对幅画和"观音图"传到日本后所作的改造。① 然目前为止,《观音·猿·鹤图》的图像源流,即猿鹤与观音的含义和图像组合的讨论却仍缺乏有说服力的阐释。本文要解决的问题是,"猿鹤"对幅究竟出自何种文化背景,观音图像的文化源流又是从何而来。

图1 牧溪,《观音·猿·鹤图》,轴,绢本水墨淡彩;《观音》纵172.2厘米,横97.6厘米;《松猿》《竹鹤》,纵177.3厘米,横99.3厘米

(日本京都大德寺藏)

一、猿与唐宋文人及寺僧的文化互动

关于猿在中国文化中的意义,在荷兰汉学家高罗佩(Robert Hans van Gulik,1910—1967)的《长臂猿考》一书中已经有了详尽的梳理,本文则围绕主题进行新的讨论。动物学家认为,古代文献中的"猿"通常是指长臂猿,而"猴""狙"和"猱"则是指猕猴(属)。② 从化石来看,我国古代在三峡乃至西南各地分布的长臂猿主要是黑长臂猿,③这与古代典籍中多

---

① 赵娜:《〈观音·猿·鹤图〉和法常研究》,南京艺术学院2007年硕士学位论文。
② 胡凯津、张鹏撰:《猿猴在古代中国传统认知与生存状况》,《紫禁城》2016年第1期。
③ 王应祥、蒋学龙、冯庆撰:《黑长臂猿的分布、现状与保护》,《人类学学报》2000年第2期。

见的"玄猿""黑猿"或"猿臂"的描述一致。①

早期的文献表明,猿因为具备优美的姿态和清亮的啼声而常被认为是长寿的仙兽。如《太平御览》卷九百十引《春秋繁露》曰:"猨似猴,大而黑,长前臂。所以寿者,好引其气也。"②《魏书·华佗传》中将猿视为用作"导引"的"五禽戏"之一。③ 值得注意的是,自先秦至魏晋时代之前,古人常将猿与猴混为一谈。如《庄子·天地》曰:"猿狙之便自山林来。"疏曰:"猿狙,猕猴也。"④西晋傅玄(217—278)《猿猴赋》中曰:"遂戏猴而纵猿。"⑤西晋崔豹(活动于3世纪)《古今注·中》曰:"猿,五百岁[为]玃。"笺引《抱朴子内篇·对俗》曰:"猕猴寿五百岁变为猿,(猿)寿五百岁变为玃。"⑥可见魏晋时期的古人时常将猿与猴这两种不同的动物混为一谈。

自南北朝至隋唐时代,猿与猴在文化上开始分道扬镳。养猴与卖艺谋生有所关联,《通典》卷一四六载:"梁有猕猴幢枝,今有缘竿伎,又有猕猴缘竿伎,未番何者为是。"⑦《太平广记》卷四百四十六引《野人闲话》:"(蜀人杨于度)常饲养胡狲大小十余头,会人语,或令骑犬,作参军行李,或呵殿前后,其执鞭驱策,载帽穿靴,亦可取笑一时。"⑧而猿既可以作为游伴,也可成为庭院的观赏动物,被认为更有君子品性。唐代吴筠(活动于8世纪)的《元猿赋》与柳宗元(773—819)的《憎王孙文》二文最为充分地体现了"猿优猴劣"的观念。吴筠在《元猿赋》中将猿比作君子,并与猴类作了清晰的区分:"(元猿)犹有君子之性,异乎狙猱之伦。"⑨柳宗元在《憎王孙文》中结合养猿经历,将猿视为君子,将猴类视为小人:"猿王孙居异山,德异性,不能相容。猿之德静以恒,类仁让孝慈。"⑩可见此时猿由具有轻捷体态和清亮啼声的仙兽,转向了具有君子品格和超然出尘的灵

---

① 《史记·卷一百九·李将军列传》:"(李)广为人长,猨臂。"集解曰:"如淳曰:'臂如猨,通肩。'"(司马迁撰:《史记》第9册,中华书局,2013年,第2872页。)
② 夏剑钦、王巽斋校点:《太平御览》第8卷,河北教育出版社,1994年,第278页。
③ 陈寿撰,裴松之注:《三国志·魏书》第3册卷二十九,中华书局,2013年,第804页。
④ 郭象注,成玄英疏:《庄子注疏》,中华书局,2011年,第231页。
⑤ 《全晋文》卷四十六,载严可均编:《全上古三代秦汉三国六朝文》第6册,上海古籍出版社,2009年,第468页。
⑥ 崔豹撰,牟华林著:《〈古今注〉校笺》,线装书局,2015年,第101—102页。
⑦ 杜佑撰,王文锦等点校:《通典》第4册,中华书局,1992年,第3729页。
⑧ 李昉等编:《太平广记》第10册,中华书局,1961年,第3647页。
⑨ 董诰等编:《全唐文》第10册卷九二五,中华书局,1983年,第9644页。
⑩ 董诰等编:《全唐文》第7册卷五八三,中华书局,1983年,第5885页。

兽。此种文化传统在后世得到了延续，宋祁(998—1061)在其《景文集》卷四十六中有《君山养猿记》，同样区分了猿与猴：如"猿与沐猴类同而种别""沐猴躁动好腾倚挽裂诡""猿性静介，善吟啸，能通臂，亦善缘木"等，并强调了猿生长于巴蜀之地。① 至明代，猿与猴的品格差异已经成为传统文化常识的一部分。《明儒学案》卷五十六《诸儒学案下四》曰："猿静狙躁，猫义鼠贪，鹰直羔驯，雁序雉介，此皆是质上事。"②另据学者统计，自唐及宋，诗文中出现的猿有逐渐增多的趋势。《六朝诗集》出现猿40处，猴6处，猴入题1首。《全唐诗》含猿之作增至1600多处，猴仅55处，猿入题55首，猴入题1首。《全宋诗》含猿之作2637处，猴201处，猿入题105首，猴入题10首。③ 从量化的角度证明了唐宋时期是猿文化繁荣的关键时期。

由于猿与君子的比附，士人伴猿和咏猿的轶事，也自唐代开始盛行。猿常作为高人隐士的游伴被提及，如唐代赵璘(活动于9世纪)所撰《因话录》卷二中，载唐代人李勉(717—788)喜爱琴事："又养一猿名山公，常以之随逐，月夜泛江登金山，击铁鼓琴，猿必啸和。"④五代人和宋人也有类似的载录，如《太平广记》卷四百四十六《王仁裕》中载，王仁裕(880—956)在蜀中有一只叫作野宾的猿："呼之则声声应对"，后放归山林，却还能认出王氏。⑤ 王仁裕有诗《放猿》，又有《遇放猿再作》，其中有句："渐来子细窥行客，认得依稀是野宾。"⑥另《宋史》卷二百九十九载："(石)扬休喜闲放，平居养猿鹤，玩图书，吟咏自适。"⑦可见"游伴"与"自适"正是文人养猿的目的所在。

猿的习性要求较为广阔的庭院空间，若能种植供猿攀爬的乔木则为佳，因此它们往往处于家养和散养的过渡空间中。如白居易(772—846)《草堂记》中曰："香炉峰北面，遗爱寺西端。……有时聚猿鸟，终日空

---

① 宋祁撰：《景文集》，载《文渊阁四库全书·集部》第1088册，台湾商务印书馆，1983年，第419—420页。
② 黄宗羲著，沈芝盈点校：《明儒学案》，中华书局，2008年，下册，第1348页。
③ 胡凯津、张鹏撰：《猿猴在古代中国传统认知与生存状况》，《紫禁城》2016年第1期。
④ 赵璘：《因话录》，载王云五主编：《丛书集成初编》第2831册，商务印书馆，1936年，第11页。
⑤ 李昉等编：《太平广记》第10册，中华书局，1961年，第3643—3644页。
⑥ 彭定求等辑，中华书局编辑部点校：《全唐诗》卷七三六，中华书局，1999年，第8489页。
⑦ 脱脱撰：《宋史》第28卷，中华书局，2013年，第9930页。

风烟。"①宋元间人于石(1247—不详)《山居》诗中有句:"捣茶惊鹤醒,抛果引猿来。"②自唐代始,有一个特殊的群体开始养猿,那就是佛寺中的僧人。这是因为自魏晋时代始,佛寺多设于山中,《魏书》卷一百十四《释老志十》载,北魏神龟元年(518),任城王元澄(467—519)上书中曾引元魏《都城制》规定:"城内唯拟一永宁寺地,郭内唯拟尼寺一所,余悉城郭之外",另提到"昔如来传教,多依山林"。元象元年(538),东魏孝静帝(524—552)诏曰:"梵境幽玄,义归清旷,伽蓝净土,理绝嚣尘。"③并毁废城中新立之寺,使得原先集中在城市中的佛寺纷纷迁入山林。据学者张弓在《汉唐佛寺文化史》中的研究,至唐代,全国的佛寺形成了规模定数(5 358所),体现了佛寺在隋唐时期已经基本纳入中华帝国经济、政治和精神生活的有序轨道。④

如前所述,蜀地是猿类活动丰富的区域,其他南方地域也有类似记录,因此猿在南方佛寺中活动的状况多见于唐诗。如位于荆州玉泉山的玉泉寺,隋代皇甫毗(活动于6—7世纪)《玉泉寺碑》中有句:"猿吟白云之上,鹦啼碧树之间。"⑤周朴(不详—878)《宿玉泉寺》:"夜听猿不睡,秋思客先知。"⑥张九龄(678—740)《祠紫盖山经玉泉山寺》:"藓驳经行处,猿啼燕坐林。"⑦再如襄阳龙山的静胜寺,张说(667—730)《游龙山静胜寺》:"儿童供戏谑,猿鸟相惊顾。"⑧岭南清远县清远峡的峡山寺,张说《清远江峡山寺》:"猿鸣知谷静,鱼戏辨江空。"⑨巴蜀盆地的寺院中,更是多猿的描绘。史俊(生卒年不详)《题巴州光福寺楠木》:"翠色晚将岚气合,月光时有夜猿吟。"⑩岑参(715—770)《上嘉州青衣山中峰,题惠净上人幽居,

---

① 谢思炜撰:《白居易诗集校注》第2册卷七,中华书局,2006年,第621页。
② 北京大学古文献研究所编:《全宋诗》第70册卷三六七七,北京大学出版社,1991年,第44136页。
③ 魏收撰:《魏书》第8册,中华书局,2013年,第3044—3047页。
④ 张弓著:《汉唐佛寺文化史》上册,中国社会科学出版社,1997年,第92—151页。
⑤ 《全隋文》卷二十八,见严可均编:《全上古三代秦汉三国六朝文》第14册,商务印书馆,1999年,第327页。
⑥ 彭定求等编:《全唐诗》第10册卷六七三,中华书局,1999年,第7763页。
⑦ 彭定求等编:《全唐诗》第1册卷四九,中华书局,1999年,第604页。
⑧ 彭定求等编:《全唐诗》第2册卷八六,中华书局,1999年,第931页。
⑨ 彭定求等编:《全唐诗》第2册卷八八,中华书局,1999年,第970页。
⑩ 彭定求等编:《全唐诗》第2册卷七五,中华书局,1999年,第819页。

寄兵部杨郎中》:"猿鸟乐幽磬,松萝泛天香。"①孟郊(751—814)《送超上人归天台》:"山兽护方丈,山猿捧袈裟。"②白居易在当州作《游宝称寺》:"野猿疑弄客,山鸟似呼人。"③猿的书写在中南和南方地区的寺院群中也并不少见。如马戴(799—869)《题庐山寺》:"鼠惊樵客缘苍壁,猿戏山头撼紫怪。"④僧泠然(生卒年不详)《宿九华化城寺庄》有句:"岩边树动猿下涧。"⑤陆亘(活动于8—9世纪)《游天衣寺》:"疏钟远僧舍,深殿有猿戏。"⑥在江南一带的寺院中,同样留下了猿的诗句。姚合(779—855)《送僧贞实归杭州天竺》:"林外猿声连院磬,月中潮色到禅床。"⑦宋之问(656—712)《自衡阳至韶州谒能禅师》:"猿啼山馆晓,虹饮江皋霁。"⑧严维(活动于756年前后)《宿法华寺》:"一夕雨沉沉,哀猿万木阴。"⑨在受禅宗思想影响颇深的刘长卿(726—789)创作的诗歌中,佛寺与猿的意象可谓出现得最多。《登思禅寺上方题修筑茂松》:"远磬秋山里,清猿古木中。"《宿双峰寺,寄卢七、李十六》:"杳杳暮猿深,苍苍古松列。"《初到碧涧招明契上人》:"猿护窗前树,泉浇谷后田。"《题虎丘寺》:"虎啸崖谷寒,猿鸣杉松暮。"⑩关中寺院里的猿出现的频率虽没有南方地域那么多,但也偶有见闻。云际寺位于陕西武功至蓝田之间的终南山佛刹群落中。李洞(生卒年不详)《题云际寺》中有句:"猿戏青冥里,人行紫翠阴。"⑪这或体现了猿在南方寺院营造的文化氛围向北方的渗透。

与唐代一样,宋代的山寺中也常饲猿。文同(1018—1079)有诗《和子平吊猿》:"去年汶山花平僧,求得匡猿远相寄。"⑫全诗描绘了一只佛寺中

---

① 彭定求等编:《全唐诗》第3册卷一九八,中华书局,1999年,第2034页。
② 彭定求等编:《全唐诗》第6册卷三七九,中华书局,1999年,第4264页。
③ 彭定求等编:《全唐诗》第7册卷四三九,中华书局,1999年,第4897页。
④ 彭定求等编:《全唐诗》第9册卷五五六,中华书局,1999年,第6501页。
⑤ 彭定求等编:《全唐诗》第12册卷八二五,中华书局,1999年,第9380页。
⑥ 陈尚君辑校:《全唐诗补编》中册卷二十六,中华书局,1992年,第1048页。
⑦ 彭定求等编:《全唐诗》第8册卷四九六,中华书局,1999年,第5676页。
⑧ 陶敏、易淑琼校注:《沈佺期宋之问集校注》下册,中华书局,2001年,第547页。
⑨ 彭定求等编:《全唐诗》第2册卷一一九,中华书局,1999年,第1199页。
⑩ 储仲君撰:《刘长卿诗编年笺注》上册,中华书局,1996年,第217页;储仲君撰:《刘长卿诗编年笺注》下册,中华书局,1996年,第370、399、527页。
⑪ 彭定求等编:《全唐诗》第11册卷七二一,中华书局,1999年,第8356页。
⑫ 北京大学古文献研究所编:《全宋诗》第8册卷四三九,北京大学出版社,1992年,第5361页。

送来的猿从患病到去世的全过程。有趣的是,《五灯会元》卷二中载,千岁宝掌和尚(活动于 7 世纪)与朗禅师(生卒年不详)友善,"每通问,遣白犬驰往,朗亦以青猿为使令,故题朗壁曰:'白犬衔书至,青猿洗钵回'"①。因《五灯会元》成书于南宋年间,可见至少在宋时,僧人饲猿是颇为多见的。同时,僧人们也为猿作施食。成书于南宋淳熙九年(1182)的《淳熙三山志》中有"宿猿洞",成书于南宋淳祐十二年(1252)的《淳祐临安志》卷八《古迹》中,也载有一"呼猿洞":"宋僧智一善啸,有哀松之韵。尝养猿于山,闲临涧长啸,众猿毕集,谓之猿父。"②北宋赞宁(919—1002)在所撰的《宋高僧传》卷二十九《南宋钱塘灵隐寺智一传》中,也载释智一(生卒年不详)在灵山涧旁养一白猿:"每至众僧斋讫,敛生饭送猿台所,后令山童呼三二声。则群猿竞至。"③南宋徐集孙(活动于 13 世纪)曾有诗《下竺看猿》:"伸手攫挐野僧果,贵游玩弄如儿嬉。"④足见猿与饲养僧人之间的亲密关系。值得注意的是,古代佛寺的饲猿载录多见于唐宋时期,由于生态环境的改变,类似的僧猿故事在此后逐渐减少。但即便如此,直到明代,仍有类似的故事出现,如明代都穆(1458—1525)《都公谭纂》卷上中提到了一只与僧人共同生活并"相角为戏"的老猿,⑤也可以认为是从唐宋时代流传下来的饲猿文化的产物。

二、佛经中猿猴的本土转变

在佛经文本中,猿的佛教意蕴颇为微妙。佛经中不分猿与猴,猿猴常是身坠恶道,但一心向佛的修行者的象征,介于一般的动物和修行者之间。《六度集经》卷五有"猕猴救人"故事,即猕猴作为佛的前世行忍辱如是。《经律异相》卷四十七中所载的"猕猴等四兽与梵志结缘"中,猕猴为舍利弗的本生;在"猕猴奉佛钵蜜"中,猕猴向佛供奉了蜜水;"猕猴为五百仙人师"中,猕猴为优波笈多的本生;"五百猕猴效罗汉起佛图"中,"猕猴

---

① 普济著,苏渊雷点校:《五灯会元》上册,中华书局,1984 年,第 125 页。
② 施谔撰:《淳祐临安志》,载《宋元方志丛刊》第 4 册,中华书局,1990 年,第 3298 页。
③ 赞宁撰,范祥雍点校:《宋高僧传》下册,中华书局,1987 年,第 717 页。
④ 北京大学古文献研究所编:《全宋诗》第 64 册卷一二九〇,北京大学出版社,1992 年,第 40329 页。
⑤ 都穆撰:《都公谭纂》,载王云五主编:《丛书集成初编》第 2899 册,商务印书馆,1936 年,第 21—22 页。

学禅堕树死得生天上"。① 在《佛说师子月佛本生经》中,猕猴闻法得以成佛。② 另《大唐西域记》卷三载:"大阿罗汉舍利并在。野兽山猿采花供养,岁时更替,如承指命。"③《大唐西域记》卷五中则提到猕猴断食以求生天之事,④值得注意的是,在经文的诸多动物中,猿猴通过习道获得解脱的故事是最为多见的。

出于此种佛经文本的传统,大约自唐代始,中国本土也出现了"听经猿"或"供奉猿"的形象。南宋画家刘松年(约 1155—1218)曾有《猿猴献果图》(图 2),画中有两只黑长臂猿,一只在栎树上,另一只在石榴树上,向一梵相罗汉及其弟子供奉石榴,即与佛经中猿猴供养佛祖的载录有所关联。北宋高承(活动于 11 世纪)所撰《事物纪原》卷十中,载安石榴生于西域,在汉武帝时传入中国。⑤ 另《大唐西域记》卷一中亦提到屈支国及西域诸国均有

图 2　刘松年,《猿猴献果图》,轴,绢本设色,纵117.2厘米,横 56 厘米(台北故宫博物院藏)

石榴产出,⑥猿所献的石榴应是与梵僧相配合的物象,体现的是猿猴供奉罗汉这一主题,但画中已经不再是佛经中的猕猴,而是中国的黑长臂猿。

"听经猿"和"供奉猿"在进入图像的同时,也大量出现在文学中。沈

---

① 宝唱等集:《经律异相》,载《大正新修大藏经》第 53 册,台湾白马书局,2003 年,第 251—252 页。
② 失译:《佛说师子月佛本生经》,载《大正新修大藏经》第 3 册,台湾白马书局,2003 年,第 446 页。
③ 玄奘、辨机原著,季羡林等校注:《大唐西域记校注》,中华书局,1985 年,第 342 页。
④ 同上书,第 464 页。
⑤ 高承撰,李果订,金圆、许沛藻点校:《事物纪原》,中华书局,1989 年,第 554 页。
⑥ 玄奘、辨机原著,季羡林等校注:《大唐西域记校注》,中华书局,1985 年,第 54、211 页。

佺期(656—715)有诗《净居寺谒无碍上人》:"候禅青鸽乳,窥讲白猿参。"①封敖(活动于 9 世纪)《题西隐寺》:"猿从有性留僧坐,云霭无心伴客闲。"②李洞《寄翠微无可上人》:"展经猿识字,听法虎知非。"③猿的修行形象在后世也得以流传。前蜀太后徐氏(活动于 10 世纪)《三学山夜看圣灯》中有句:"猿来斋石上,僧集讲筵中。"④《宋高僧传》卷二十六《唐东阳清泰寺玄朗传》中载释玄朗(673—754)的修行:"此后或猿玃来而捧钵。或飞鸟息以听经。"⑤唐代后的"修行猿"则常出现于禅宗语境。元曲中有《龙济山野猿听经》杂剧,尤其在第四折中,演绎了深山老猿与禅师对答机锋的故事,最后听经猿如愿去到西方极乐世界。而在整个杂剧中,出现了颇多禅宗语言用词,如"五叶""话头"和"禅机"等。⑥ 明人李昌祺(1376—1452)《剪灯余话》卷二中载录一只化为袁姓秀才的听经猿,聪颖又调皮,与前文中猿化为僧的故事颇为类似,该猿自称:"心向禅宗。"⑦明人张岱(1597—1679)也在《西湖梦寻》卷二中曰:"慧理参禅,月明长啸,不问是黑是白,野心猿都能答应。"⑧清人何圣生(生卒年不详)在《檐醉杂记·卷二·轮回说证引》中载:"佛家轮回之说颇有证引凿凿者。……袁简斋为点苍山老猿再世,陈迦陵为善权山听经猿再世,是前身皆灵物也。"⑨简斋是袁枚(1716—1798)的号;迦陵是陈维崧的字(1625—1682),可见修行猿的形象与居士颇为接近。有趣的是,这类"心向禅宗"的修行猿的形象也在宋元之际传到了日本。成书于贞治二年(1363,相当于南宋景定四年)的《佛日庵公物目录》中,有牧溪名下的"坐禅猿"一铺,另又有牧溪"猿"二铺⑩,可见在牧溪或其传派已经开始创作类似的猿猴形象。

除了修行猿之外,源于佛经的"心猿"也进入了本土的猿文化。猴由于心性轻浮躁动,因此常被比喻凡夫的妄心。《杂阿含经》卷四十三中,用

---

① 彭定求等编:《全唐诗》第 2 册卷九七,中华书局,1999 年,第 1043 页。
② 彭定求等编:《全唐诗》第 7 册卷四七九,中华书局,1999 年,第 5491 页。
③ 彭定求等编:《全唐诗》第 11 册卷七二一,中华书局,1999 年,第 8359 页。
④ 彭定求等编:《全唐诗》第 1 册卷九,中华书局,1999 年,第 87 页。
⑤ 赞宁撰:《宋高僧传》下册,中华书局,1997 年,第 662—663 页。
⑥ 徐征等主编:《全元曲》第 9 卷,河北教育出版社,1998 年,第 6971—7003 页。
⑦ 李昌祺撰:《剪灯余话》,台北天一出版社,1985 年,第 8—11 页。
⑧ 张岱撰:《西湖梦寻》,载《陶庵梦忆·西湖梦寻》,中华书局,2007 年,第 155 页。
⑨ 何圣生撰:《檐醉杂记》,载《云在山房三种·网庐漫墨》,山西古籍出版社,1996 年,第 46 页。
⑩ 五岛美术馆编:《牧溪:憧憬の水墨画》,东京五岛美术馆,1996 年,第 154 页。

狗、鸟、毒蛇、野干、失收摩罗和猕猴来比喻众生的六根,谓此六种动物系于柱上,虽各用力欲向所乐之处,然不得脱离。其中的猿猴应指"意根",①即为不定的杂念。《心地观经·观心品第十》中世尊以众喻明"心法"义,其中就有:"故心如猿猴,游五欲树,不暂住。"②《佛遗教经》中形容无根者心为其主:"狂象无钩,猿猴得树腾跃,跳掷难可禁制。"③《入阿毗达磨论》卷上曰:"定谓心专注一境,即是制如猨猴心。"④虽然佛经中以猴喻心,但在本土自撰的文献中则代之以"心猿"。北周王褒(513—576)在《京师突厥寺碑》中曰:"七华妙觉,三空胜境,意树已彫,心猿斯静。"⑤玄奘(602—664)在给唐太宗(698—649)的表文中道:"今愿托虑禅门,澄心定水,制情猨之逸躁,系意马之奔驰,若不敛迹山中,不可成就。""栖身片石之上,庇影一树之荫,守察心猨,观法实相。"⑥唐代僧人撰成的《念佛镜·念佛镜末·修西方十劝》中有:"制护心猿莫放逸。"⑦唐代释道世(活动于7世纪)在《法苑珠林》卷四十八中言道:"识马易奔,心猿难制。神既劳役,形必损毙。"《法苑珠林》卷六十四中亦有:"三修祛爱马,六念静心猿。"⑧《五灯会元》卷三《盘山宝积禅师》亦有:"学者劳形,如猿捉影"之说。⑨ 可见在本土的佛教文本中,生成了与佛经中猴和猿猴既有相关,又有所不同的"心猿"。

"心猿"在魏晋至唐宋后世的佛禅诗文中得以大量体现,与之相类的还有"猿心""定猿"等词。如萧翼(活动于7世纪)《答辨才探得招字》:"酒蚁倾还泛,心猿躁似调。谁怜失群雁,长苦业风飘。"⑩许浑(791—858)

---

① 求那跋陀罗译,恒强校注:《杂阿含经》下册,线装书局,2012年,第988页。
② 般若译:《大乘本生心地观经》,载《大正新修大藏经》第3册,台湾白马书局,2003年,第327页。
③ 鸠摩罗什译:《佛垂般涅槃略说教诫经》,载《大正新修大藏经》第12册,台湾白马书局,2003年,第1111页。
④ 塞建陀罗造,玄奘译:《入阿毗达磨论》,载《大正新修大藏经》第28册,台湾白马书局,2003年,第982页。
⑤ 《全后周文》卷七,载严可均辑:《全上古三代秦汉三国六朝文》第13册,商务印书馆,1999年,第177页。
⑥ 慧立、彦悰撰,孙毓棠、谢方点校:《大慈恩寺三藏法师传》,中华书局,2000年,第208页。
⑦ 道镜、善道共集:《念佛镜》,载《大正新修大藏经》第47册,台湾白马书局,2003年,第132页。
⑧ 释道世著,周叔迦、苏晋仁校注:《法苑珠林》第3册,中华书局,2003年,第1464、1938页。
⑨ 普济著,苏渊雷点校:《五灯会元》上册,中华书局,1984年,第149页。
⑩ 彭定求等编:《全唐诗》第1册卷九七,中华书局,1999年,第506页。

《题杜居士(一作赠题杜隐居)》:"机尽心猿伏,神闲意马行。"①戴叔伦(732—789)《送少微上人入蜀》中有句:"乱猿心本定,流水性长闲。"②李群玉(800—862)《饭僧》:"以静制猿心,将虞瞥然起。"③宋之问(656—712)《宿清远峡山寺》:"说法初闻鸟,看心欲定猿。"④钱起(约722—780)《杪秋南山西峰题淮上人兰若》:"客到两忘言,猿心与禅定。"⑤赵嘏(活动于9世纪)《四祖寺》:"自为心猿不调伏,祖师元是世间人。"⑥李山甫(活动于9世纪)《题慈云寺僧院》:"欲问吾师语,心猿不肯降。"⑦李洞《寄南岳僧》:"花落傅公房外石,调猿弄虎叹无缘。"⑧罗邺(活动于9世纪)在《夏日宿灵岩寺宗公院》中曰:"他年纵使重来此,息得心猿鬓已霜。"⑨值得注意的是,这些诗人中许多都有入蜀经历,如戴叔伦、李洞和罗邺均是如此;另一些则曾活动于南方,如宋之问、赵嘏、许浑和李群玉等。

要补充的是,牧溪画中的猿是子母猿,此种形象在宋代之后屡屡出现,事实上,它可能有着更为深远的印度文化源头。在《印度教与佛教史纲》第二卷的第五篇《印度教》中提到,罗摩笯阇(1017—1127 或 1055—1137)的信徒分为两派,即登加赖派(南派)和伐达加赖派(北派)。他们在教义方面有着微妙的分歧,即普罗波提,对神表示顺从或自我舍弃的性质问题。北派信徒认为灵魂抓住神,像幼猴抱著母猴不放一样,而南派信徒则说,神拾起无所依靠的消极灵魂,尤如母猫衔起猫儿一般。这两派大致在公元 13 世纪时发生分裂。⑩ 这个时期,基本是中国的两宋时期,唐代则未有画猿的载录。如《图画见闻志》卷四《纪艺下》载:"(易元吉)后志于以古人所未到者驰其名,遂写獐猿。"⑪宋刘挚(1030—1098)《易元吉画

---

① 彭定求等编:《全唐诗》第 8 册卷五二八,中华书局,1999 年,第 6091 页。
② 彭定求等编:《全唐诗》第 5 册卷二七三,中华书局,1999 年,第 3075 页。
③ 彭定求等编:《全唐诗》第 9 册卷五六八,中华书局,1999 年,第 6637 页。
④ 彭定求等编:《全唐诗》第 1 册卷五二,中华书局,1999 年,第 642 页。
⑤ 彭定求等编:《全唐诗》第 4 册卷二三六,中华书局,1999 年,第 2608 页。
⑥ 彭定求等编:《全唐诗》第 9 册卷五五〇,中华书局,1999 年,第 6431 页。
⑦ 彭定求等编:《全唐诗》第 10 册卷六四三,中华书局,1999 年,第 7424 页。
⑧ 彭定求等编:《全唐诗》第 11 册卷七二三,中华书局,1999 年,第 8374 页。
⑨ 彭定求等编:《全唐诗》第 10 册卷六五四,中华书局,1999 年,第 7585 页。
⑩ 查尔斯·埃利奥特:《印度教与佛教史纲》第 2 卷,李荣熙译,(高雄)佛光出版社,1991 年,第 236—237 页。
⑪ 郭若虚:《图画见闻志》,载《图画见闻志·画继》,湖南美术出版社,2005 年,第 159 页。

猿》诗云:"老猿顾子稍留滞,小猿引臂劳攀援。"①而台北故宫博物院亦藏有传北宋易元吉(活动于 11 世纪)的《猴猫图》,不禁让人好奇,北宋时期是否有与来自印度的"子母猴"或"猴猫"的教义或图像传入中国,并转而适应了当时的本土文化。

三、猿鹤、琴僧与乐舞

相比猿而言,鹤是本土性更强的动物。印度佛经中并无鹤的踪影。而在中国栖息繁殖的有不同属的鹤科(gruidae)鹤类,每年南飞过冬,夏初回到北方远僻林地繁殖。

至少在汉代,鹤已经与猿对应。首先,猿鹤是君子的象征。《艺文类聚》卷九十引《抱朴子》曰:"周穆王南征一军皆化,君子为猨为鹤,小人为虫为沙。"②另猿鹤均被认为是长寿的仙兽。《春秋繁露》卷十六曰:"鹤之所以寿者,无宛气于中,是故食冰。猿之所以寿者,好引其末,是故气四越。"③此种说法应与汉时养生吐纳文化有关。

除此之外,鹤受到关注是因为其清越的长鸣以及优美的舞姿,这两点恰与猿的鸣啼和迅捷对应。古人对于鹤的记载似乎要比猿(并非猴)更早,《诗经·小雅·鹤鸣》有句:"鹤鸣于九皋,声闻于野。""鹤鸣于九皋,声闻于天。"④与猿一样,大约在晋代,鹤进入文人的庭院。西晋陆玑(活动于 3 世纪)《毛诗草木虫鱼疏》卷上载:"今吴人园中及士大夫家中皆养之(鹤),鸡鸣时亦鸣。"⑤唐诗中留下了大量文人养鹤的载录。如王绩(约 589—644)《田家三首》:"小池聊养鹤,闲田且牧猪。"勾勒了一幅田园生活的图景。再如张籍(766—830)《崔驸马养鹤》:"求得鹤来教剪翅,望仙台下亦将行。"形象地描述了养鹤需要剪翅的状况。宋时养鹤更是流行,苏轼(1037—1101)在《放鹤亭记》中曰:"山人有二鹤,甚驯而善飞。"⑥再如

---

① 刘挚撰:《忠肃集》卷十六,载《文渊阁四库全书·集部》第 1099 册,台湾商务印书馆,1983 年,第 636 页。
② 欧阳修撰,汪绍楹校:《艺文类聚》下册,上海古籍出版社,1985 年,第 1652 页。
③ 董仲舒撰,苏舆撰,钟哲点校:《春秋繁露义证》,中华书局,1992 年,第 449 页。
④ 毛亨传,郑玄笺,孔颖达疏:《毛诗正义》卷十一,载阮元校刻:《十三经注疏》,中华书局,1980 年,影印世界书局本,第 433 页。
⑤ 陆玑:《毛诗草木鸟兽虫鱼疏》,载王云五主编:《丛书集成初编》第 1346 册,商务印书馆,1936 年,第 40 页。
⑥ 苏轼撰,孔凡礼点校:《苏轼文集》第 1 册,中华书局,1986 年,第 360—361 页。

《梦溪笔谈》卷十《人事二》载:"林逋隐居杭州孤山,常畜两鹤,纵之则飞入云霄,盘旋久之,复入笼中。"①而陆游(1125—1210)《闲中颇自适戏书示客》中有句:"剪纱新制簪花帽,乞竹宽编养鹤笼。"②均显示了富有情趣的宋代文人养鹤休闲的生活。

文人养鹤的一大原因在于鹤的鸣声、舞姿与琴音之间的不解之缘。这一点高罗佩在《琴道》中的"琴和鹤"一节中曾有讨论。如顾况(活动于8世纪)《谢王郎中见赠琴鹤》:"此琴等焦尾,此鹤方胎生。……忽如启灵署,鸾凤相和鸣。"③白居易(772—846)最爱养鹤奏琴,如其《自喜》:"身兼妻子都三口,鹤与琴书共一船。"④刘得仁(838年前后在世)《赋得听松声》曰:"拂空增鹤唳,过牖合琴声。"⑤《续资治通鉴》卷二十九载:"时(魏)野方教鹤舞,俄报有中使至,抱琴逾垣而走。"⑥而明人所作《神奇秘谱》中,确然有曲《鹤鸣九皋》。在曲前的序中写道:"鹤为仙灵之禽,其鸣高亮闻八九里,此曲之义,盖以鹤鸣喻琴声焉。予尝畜二鹤作琴院竹林之间,或顾影而对舞,或双飞而交鸣,必有时焉。其舞也,感灵风则舞,以振起羽,仰见霄汉,如有神物则鸣,非时则不鸣,非时则不舞,故知其鹤之灵,而有是操。"⑦事实上,《鹤鸣九皋》以及以鹤为名的琴曲也出现在其他诸多琴谱中,如《谢琳太古遗音》《梧桐琴谱》《风宣玄品》和《西麓堂琴统》等。

猿鹤共同的音乐特质同样体现在诗文中,庾信(513—581)《枯树赋》中就有句:"临风亭而唳鹤,对月峡而吟猿。"⑧《蜀书·秦宓传》中有:"听玄猿之悲吟,察鹤鸣于九皋。"⑨唐代方干(836—903)的《书法华寺上方禅壁》:"砌下松巅有鹤栖,孤猿亦在鹤边啼。"⑩南宋白玉蟾《山中忆鹤林》中亦有句:"猿啼兮鹤唳,望美人兮天一隅。"⑪猿鹤在音乐方面的相通性,从

---

① 沈括著,胡道静校注:《新校正梦溪笔谈》,中华书局,1957年,第118页。
② 陆游著,钱仲联校注:《剑南诗稿校注》第4册,上海古籍出版社,1985年,第1776—1777页。
③ 彭定求等编:《全唐诗》第4册卷二六四,中华书局,1999年,第2928页。
④ 彭定求等编:《全唐诗》第7册卷四四七,中华书局,1999年,第5057页。
⑤ 彭定求等编:《全唐诗》第8册卷五四五,中华书局,1999年,第6352页。
⑥ 毕沅撰:《续资治通鉴》第2册,中华书局,1957年,第656页。
⑦ 中国艺术研究院中国研究所等编:《琴谱集成》第1册,中华书局,2010年,第54页。
⑧ 《全后周文》卷九,载严可均辑:《全上古三代秦汉三国六朝文》第13册,商务印书馆,1999年,第195页。
⑨ 陈寿撰,裴松之注:《三国志·蜀书》第4册卷三十八,中华书局,2013年,第973页。
⑩ 彭定求编:《全唐诗》第10册卷六五〇,中华书局,1999年,第7519页。
⑪ 北京大学古文献研究所编:《全宋诗》第60册三一三六,北京大学出版社,1991年,第37500页。

乐器和曲名相关的载录中也有所反映，它们在琴曲的曲名中常是一对。如《新刊发明琴谱》卷上中有《猿鹤双清》，其中有句："猿与鹤本非同气，今为表里。""风雨凄凄，霜雪夜迟，复还鹤鸣猿便啼。""相近相依御阴阳。"①与《鹤鸣九皋》一样，《猿鹤双清》也常出现在各类琴书之中，如《风宣玄品》与《西麓堂琴统》等亦有收录，除此之外，还有《别鹤操》《鹤舞松》以及《鹤舞洞天》等琴曲广为流传。乐器也曾以猿鹤为名，《酉阳杂俎》前集卷六《乐》中载："有人以猿臂骨为笛，吹之，其声清圆，胜于丝竹。"②有趣的是，《本草集解》曰："鹤骨为笛甚清越。"③这些与音乐有关的史料，都显示了猿鹤的啼声和舞姿常常被相提并论。

琴在佛教文化中也具有渊源，在印度佛典中，已经出现了"琴喻"。《杂阿含经》卷四十三中，载过去世有王闻未曾好弹琴声，极生爱乐，耽湎染著。但大臣却回答他说："（琴）得众因缘乃成音声，非不得众具而有音声。前所闻声，久已过去，转亦尽灭，不可持来。"④而琴与禅在义理上也自宋时开始有所联系。苏轼有诗《听僧昭素琴》："至和无攫醳，至平无按抑。不知微妙声，究竟从何出。散我不平气，洗我不和心。此心知有在，尚复此微吟。"⑤又有《破琴诗》，是苏轼梦见长老仲殊挟琴而来，并弹之有异声。然后想起了在宋迪所临的《梦琴房图》中，唐朝开元年间的道士邢和璞（生卒年不详）启示房琯（697—763），其前世为永禅师之事："度数形名本偶然，破琴今有十三弦。此生若遇邢和璞，方信秦筝是响泉。"其后又梦长老仲殊（生卒年不详）挟十三弦破琴而来，仲殊并吟诗一首；随后苏轼再梦，仲殊在梦中又诵其诗。苏轼六月得画，即作诗并书于画上："破琴虽未修，中有琴意足。谁云十三弦，音节如佩玉。新琴空高张，弦声不附木。宛然七弦筝，动与世好逐。陋矣房次律，因循堕流俗。悬知董庭兰，不识无弦曲。"⑥关于此诗，被注者认为有许多与元祐党争相关的政治隐喻，但其中音和琴的关联和错位，其实还是来自禅

---

① 中国艺术研究院中国研究所等编：《琴谱集成》第1册，中华书局，2010年，第357页。
② 段成式撰，曹中孚点校：《酉阳杂俎》，上海古籍出版社，2012年，第607页。
③ 张英、王士禛等纂：《渊鉴类涵》卷四百二十《鹤一》第17册，中国书店出版社，1985年，页一。
④ 求那跋陀罗译，恒强校注：《杂阿含经》下册，线装书局，2012年，第986—987页。
⑤ 王文浩辑注，孔凡礼点校：《苏轼诗集》第3册卷十二，中华书局，1982年，第576页。
⑥ 王文浩辑注，孔凡礼点校：《苏轼诗集》第5册卷三十三，中华书局，1982年，第1768—1770页。

宗文化。苏轼随后又作《书破琴诗后》,可谓是围绕琴、琴弦和琴音;前生与今生等话题,对时事和人性作了透彻的哲思和感叹,在他的琴与禅僧、绘画之间充满了梦幻般的联系。苏轼晚年复有著名的《题沈君琴》:"若言琴上有琴声,放在匣中何不鸣?若言声在指头上,何不于君指上听?"①明确地体现出受佛经中"琴喻"的影响。宋人成玉磵(活动于12世纪上半叶)认为:"攻琴如参禅,岁月磨练,瞥然省悟,则无所不通,纵横妙用而尝若有余。"冯注引《楞伽经》曰:"譬如琴瑟、箜篌、琵琶,虽有妙音,若无妙指,终不能发。汝与众生,亦复如是。又,偈云:声无既无灭,声有亦非生。生灭二缘难,是则常真赏。此诗宗旨,大约本此。"②黄庭坚《听崇德君鼓琴》中也有句:"两忘琴意与己意,乃似不著十指弹。禅心默默三渊静,幽谷清风淡相应。"③可见"琴喻"因有哲思和参悟的成分,特别受到北宋士人的欣赏。

与文学中的琴与禅之间的关联一样,"琴鹤"组合在宋时开始进入图像的范畴,且与禅宗有所关联。《画继》卷三载有李公麟(1049—1106)的《琴鹤图》,文献多载李公麟"以其耽禅,多交衲子",④此图当年应为苏轼所观。⑤ 因同时期苏轼(1037—1101)亦有《题李伯时画〈赵景仁琴鹤图〉二首》曰:"清献先生无一钱,故应琴鹤是家传。"⑥清献先生是北宋名臣赵抃(1008—1084),曾出使蜀州,是修禅的士人,也喜爱琴术。北宋叶梦得(1077—1148)《石林诗话》卷上的开篇即曰:"赵清献公以清德伏一世,平生蓄雷氏琴一张,鹤与白龟各一,所向与之俱。始除帅成都,蜀风素侈,公单马就道,以琴、鹤、龟自随,蜀人安其政,治声藉甚。"⑦南宋释晓莹(活动于12世纪)所集《罗湖野录》卷上亦以开篇载:"赵清献公平居以北京天钵元禅师为方外友,而咨决心法。"⑧叶梦得(1077—1148)《避暑录话》卷上

---

① 王文浩辑注,孔凡礼点校:《苏轼诗集》第8册卷四十七,中华书局,1982年,第2534—2535页。
② 成玉磵撰:《琴论》,见吴钊、伊鸿书等编:《中国古代乐论选辑》,人民音乐出版社,2011年,第218页。
③ 北京大学古文献研究所编:《全宋诗》第17册卷一〇〇〇,北京大学出版社,1999年,第11455页。
④ 邓椿著:《画继》,见《图画见闻志·画继》,湖南美术出版社,2005年,第288页。
⑤ 同上。
⑥ 王文浩辑注,孔凡礼点校:《苏轼诗集》第5册,中华书局,1982年,第1606页。
⑦ 叶梦得撰,逯铭昕校注:《石林诗话校注》,人民文学出版社,2011年,第1页。
⑧ 释晓莹撰:《罗湖野录》,载《罗湖野录·孝传·古孝子传》,中华书局,1985年,第1页。

载赵抃告老归家之后,终日食素、治佛室和香火。① 黄庭坚(1045—1105)有《赵景仁弹琴舞鹤图赞》:"无山而隐,不褐而禅。听松风以度曲,按舞鹤而忘年。"②赵抃本人有诗《次韵僧重喜闻琴歌》,可以闻知其与琴僧的唱和;诗《赠琴台僧正》,则描绘了聆听琴僧弹奏乐曲的感受。③ 同样,《南宋院画录》卷五曾引《珊瑚网》,提到画家梁楷(活动于13世纪)有一《鹤听琴图》,④梁楷是南宋宁宗(赵扩,1168—1224、1194—1224年在位)朝御用的禅画家,有《释伽出山图》及山水画《雪景山水》传世,现藏于东京国立博物馆。这些诗文和绘画的蛛丝马迹,都表明鹤的形象在宋代已经融入禅宗语境。

鹤除了与文人参禅有关之外,古代的琴僧养鹤,也有其传统,最初养鹤的僧人是东晋支遁(314—366)。唐代陆龟蒙(不详—881)《奉和袭美二游诗·任诗》中有:"秋笼支遁鹤,夜榻戴颙客。"⑤僧皎然(730—799)有《支公诗》:"支公养马复养鹤,率性无机多脱略。"⑥而支遁曾撰写过《安般经注》和《本起四禅序》,南齐隐士刘虬(活动于5世纪左右)所作《无量义经序》曰:"寻得旨之匠,起自支安。"⑦《世说新语·文学篇》载:"支道林造即色论,论成,示王中郎,中郎都无言。支曰:'默而识之乎?'王曰:'既无文殊,谁能见赏?'"注曰其典故出自《维摩诘经》,可见支遁的佛学旨趣和庄禅相近。另外,颇多诗人也通过对佛寺中"猿鸟"或"猿鹤"的描绘来体现幽静的禅修生活。王维(701—761)《燕子龛禅师》有句:"行随拾栗猿,归对巢松鹤。"⑧郑谷(850—910)《少华甘露寺》中有句:"长欲然香来此宿,北林猿鹤旧同群。"⑨刘沧(活动于867年前后)《宿题金山寺》中有句:

---

① 叶梦得撰:《避暑录话》,载各学人撰:《笔记小说大观》第3编,台北新兴书局,1975年,第1601页。
② 黄庭坚撰,刘琳、李勇先、王蓉贵校点:《黄庭坚全集》第2册,四川大学出版社,2001年,第568页。
③ 北京大学古文献研究所编:《全宋诗》第6册卷三三九,北京大学出版社,1999年,第4133、4146页。
④ 厉鹗辑,胡小罕、胡易知校笺:《南宋院画录图笺》,浙江人民美术出版社,2015年,第178页。
⑤ 彭定求等编:《全唐诗》第9册卷六一七,中华书局,1999年,第7163页。
⑥ 彭定求等编:《全唐诗》第12册卷八二〇,中华书局,1999年,第9333页。
⑦ 刘虬撰:《无量义经序》,载《大正新修大藏经》第9册,台湾白马书局,2003年,第384页。
⑧ 王维著,赵殿成笺注:《王右丞集笺注》卷五,中华书局,1961年,第81页。
⑨ 彭定求编:《全唐诗》第10册卷六七六,中华书局,1999年,第7806页。

"独鹤唳空秋露下,高僧入定夜猿知。"①韦庄(836—910)《访含弘山寺僧不遇留题精舍》:"池竹闭门教鹤守,琴书开箧任僧传。"②贯休(832—912)《句》诗曰:"家为买琴添旧价,厨因养鹤减晨炊。"③至宋代,北宋惠崇(965—1017)有诗《赠文兆》:"独鹤窥朝讲,邻僧听夜琴。"④秦观(1049—1100)在《圆通禅师行状》中载,就在丹阳县附近的金牛山:"(圆通禅师)庭养猿、鹤、孔雀、鹦鹉、白鹇,皆就掌取食,号五客,各为一诗赠之。士大夫欲相见者,就山中访焉。"⑤猿鹤所造就的山林情趣,以及佛经文本的本土化渗透,使猿鹤的组合生成了独特的禅宗美学意境。

最后要提到,就地域而言,猿鹤在诗文中较多地体现为蜀地传统。如李白著名的《蜀道难》中有句:"黄鹤之飞尚不得过,猿猱欲度愁攀缘。"⑥李洞《江峡寇乱寄怀吟僧》:"半锡探寒流,别师猿鹤洲。"⑦《宋史·石扬休传》载:"扬休喜闲放,平居养猿鹤,玩图书,吟咏自适,与家人言,未尝及朝廷事。"⑧石扬休(955—1075)曾迁入蜀地眉州,欧阳修(1007—1072)亦有诗《送石扬休还蜀》。⑨陆游《舟中作》中亦云:"想得今宵清绝梦,又携猿鹤上青城。"⑩从广义上说,猿鹤带有南方地域的隐逸色彩,但在各类载录中,与蜀地的关联占了颇大的数量。

四、牧溪之画与临济宗的"无声诗"

厘清了猿鹤的文化底蕴之外,我们继续探讨牧溪作画的初衷与禅宗之间有何关联。

关于牧溪的师承和生平资料颇为稀少,元代吴大素(生卒年不详)《松斋梅谱·方外缁黄》载:"僧法常,蜀人,号法常,善画龙虎、猿鹤、禽鸟、山水、树石、人物,不曾设色。多用蔗渣草结,又皆随笔点墨而成,意思简当,

---

① 彭定求编:《全唐诗》第 9 册卷五八六,中华书局,1999 年,第 6857 页。
② 彭定求编:《全唐诗》第 10 册卷六九五,中华书局,1999 年,第 8072 页。
③ 彭定求编:《全唐诗》第 12 册卷八三七,中华书局,1999 年,第 9516 页。
④ 韦庄著,韩安福笺注:《韦庄集笺注》卷一,上海古籍出版社,2002 年,第 44 页。
⑤ 秦观撰,徐培钧笺注:《淮海集笺注》中册卷三十六,上海古籍出版社,1994 年,第 1180 页。
⑥ 彭定求编:《全唐诗》第 3 册卷一六二,中华书局,1999 年,第 1683 页。
⑦ 彭定求编:《全唐诗》第 11 册卷七二二,中华书局,1999 年,第 8362 页。
⑧ 脱脱撰:《宋史》第 28 卷卷二百九十九,中华书局,2013 年,第 9930 页。
⑨ 欧阳修著,李逸安点校:《欧阳修全集》第 3 册卷五十七,中华书局,2001 年,第 814 页。
⑩ 陆游著,钱仲联校注:《剑南诗稿校注》第 8 册卷八十三,上海古籍出版社,1985 年,第 4448 页。

不费妆饰。松竹梅兰,不具形似,荷鹭芦雁,俱有高致。一日造语伤贾似道,广捕而避罪于越丘氏家,所作甚多,惟三友帐为之绝品。后世变事释,圆寂于至元间,江南士大夫家今存遗迹,竹差少,芦雁亦多赝本,今存遗像在武林长相寺中,云爱于此山。"①一般认为,牧溪因事从蜀地迁徙到了杭州一带,并成为知名的画僧。《图绘宝鉴》卷四载:"僧萝窗,不知名,居西湖六通寺,与牧溪画意相伴。"②可见牧溪在杭州时可能还形成了一定的画派传饰。由于牧溪的作品大多传入日本,日本留存的相关史料略为丰富。日本学者辻惟雄曾在著作中提到,牧溪在至元年间(1264—1264)居住于杭州六通寺;③金原省吾在《唐宋之绘画》中提到,牧溪曾与日本"圣一国师"圆尔(1202—1280)同门,为无准师范禅师(1177—1249)之法嗣,圆尔于理宗淳祐年间(1241)返回日本,并将牧溪的《观音》《猿》《鹤》等画作携入日本。④ 另室町时代(14—16世纪)足利将军的画库著录《君台观左右帐记》的《画家部》中载:"上上,法常号牧溪,无准之弟子,龙虎、猿雀、芦雁、山水、树石、人物、花果折枝。"⑤可见牧溪为无准师范(1179—1249)之弟子,圆尔辩圆(1208—1280)之同门是无误的。

  为进一步了解牧溪,我们有必要追溯的是无准师范的禅宗背景。《后村先生大全集》卷一百六十二中的《径山佛鉴禅师》中,曾载无准师范的生平,与日本京都东福寺所藏的师范门下的无文道璨(活动于13世纪)所撰的《径山佛鉴禅师行状》的内容基本一致。⑥ 无准师范是南宋临济宗杨岐派的高僧,径山寺的主持。师范出于蜀地,后至钱塘,曾见松原岳于灵隐,六年后至苏州,依西华秀峰临济宗杨岐派禅师破庵,不久后再至华藏寺依遁庵演。三年后回到灵隐寺,当时的首座是破庵,师范执侍三年,与破庵同登径山。破庵迁寂之时,又付密庵法衣和顶相,师范不受,只领取了圆误墨迹及密庵法语。再后受到宋理宗的欣

---

① 吴大素撰:《松斋梅谱》,载卢辅圣主编:《中国书画全书》第2册,上海书店出版社,1993年,第702页。
② 同上书,第877页。
③ 辻惟雄:《图说日本美术史》,蔡敦达、邬利明译,生活·读书·新知三联书店,2016年,第201页。
④ 金原省吾:《唐宋之绘画》,傅抱石译,商务印书馆,1935年,第50页。
⑤ 转引自徐建融编著:《法常禅画艺术》,上海人民美术出版社,1989年,第31页。
⑥ 刘克庄撰:《后村先生大全集》卷一六二,载四川大学古籍研究所编纂:《宋集珍本丛刊》第82册,线装书局,2004年,第628—630页。

赏,赐"佛鉴禅师"之号,并获理宗所赐银绢重修径山寺,又曾受日本弟子圆尔辩圆资助修寺等。可见师范活动的地点主要是在杭州的禅寺中。在德如(活动于1239前后)笔《纸本墨书无准行状记》中则载:"日本圆上人,慕师之名,逾海越漠,依止参扣。师以职事遇之。知欲师乎生出处之状,归故国以备扣问。"①可见在师范的传授下,圆尔将临济宗禅法带到了日本。宋僧释道璨(生卒年不详)曾有诗《送圆尔上人归日本》:"兴尽心空转海东,定应赤手展家风。报言日本真天子,且喜杨岐正脉通。"②诗中的"杨岐"即指临济宗门下的杨岐派,因此,与圆尔同门的牧溪也属于临济宗杨岐派法嗣。

牧溪既属临济宗法嗣,其创作背景也与临济宗的传统密切相关。虽然在广义的禅宗语境中,"游戏三昧"和"六根互用"的传统使"诗画合一"成为可能,但将画比作"无声诗",则主要出自临济宗的诗画传统。北宋临济宗诗僧惠洪(1070—1128)有诗《宋迪作八境绝妙,人谓之无声句,演上人戏余曰,道人能作有声画乎?因为之各赋一首》③,将画喻为"无声句",诗喻为"有声画"。据周裕锴的研究,惠洪诗题中的"无声句"或"无声诗"之语,最初出自被认为是临济宗黄龙派居士的黄庭坚④,黄庭坚的《次韵子瞻子由题憩寂图二首》诗曰:"松寒风雨石骨瘦,法窟寂寥僧定时。李侯有句不肯吐,淡墨写出无声诗。"⑤诗中的"无声"恰与入定境界对应,也与临济宗"文字禅"的体悟存在相通之处。而北宋时,画评也公认李公麟具有"诗画合一"的特质。《宣和画谱》卷七载其"盖深得杜甫作诗体制而移于画",李公麟本人亦曰:"吾为画,如骚人赋诗,吟咏性情而已。"⑥另外,黄庭坚将"识画"与"禅悟"对应起来。他在《题赵公佑画》中有句:"余未尝识画,然参禅而知无功之功;学道而知至道不烦;于是观图画悉知其巧拙

---

① 石川重雄撰:《东福寺藏〈佛鉴无准禅师行状〉:南宋寺院制度补论》,《国际社会科学杂志(中文版)》2009年第3期。
② 北京大学古文献研究所编:《全宋诗》第65册卷三四三一二,北京大学出版社,1992年,第40841页。
③ 释惠洪著,释廓门贯彻注,张伯伟等点校:《注石门文字禅》上册,中华书局,2012年,第540页。
④ 普济著,苏渊雷点校:《五灯会元》下册卷十七,中华书局,1984年,第1138—1139页。
⑤ 黄庭坚撰,任渊等注,罗尚荣点校:《黄庭坚诗集注》第1册卷九,中华书局,2003年,第355页。
⑥ 王群栗点校:《宣和画谱》,浙江人民美术出版社,2012年,第75、76页。

工俗,造微入妙。然此岂可为单见寡闻者道哉。"①这既是以禅论画之始,也是以画悟禅之始,从中体现出临济宗"文字禅"与"无声诗"的内在关联。惠洪在《冷斋夜话》卷四中曰:"如王维作雪里芭蕉,自法眼观之,知其神情寄寓于物,俗论则讥以为不知寒暑。"②并有诗《琛上人所蓄妙高墨戏三首》:"磨钱作镜时一照,乞与禅斋坐卧看。"③"法眼"就是指佛家之眼,"坐卧看"可谓是以禅观画。

至南宋,以画观禅和悟禅更为盛行,临济宗杨岐派禅师虚堂智愚(1185—1269)有诗《观山水图留休禅者》:"圆蒲冷相对,时与话峰头。"《题书画什后》:"得出何机感,寻披当尔思。"④临济宗黄龙派禅师善权(活动于12世纪)的《仁老湖上墨梅》曰:"若人天机深,万象回笔端。"⑤师范有诗《花光十梅》,临济宗杨岐派的石溪心月(不详—1254)禅师曾曰:"题曰悬崖放下,曰绝后再生,曰平地春回,曰淡中有味,曰一枝横出,曰五叶联芳,曰高下随宜,曰正偏自在,曰幻花灭尽,曰实相常圆。首尾托物显理,借位明功以形容禅家流功夫。"⑥与禅宗"十牛图"旨趣相近。可见临济宗的"无声诗"并非仅仅是赏玩画意,而是以其窥探禅悟门径,"无声诗"也可谓是绘画形式的"文字禅"。

从"无声诗"的主题来看,史载的禅画画题是尤其脉络的。除释道人物之外,与禅画关系密切的画题包括墨梅、芦雁(水禽)、潇湘(八景)以及一些小景、杂物画题等,且均为水墨画,取其"无声诗"与"幻成"之意。惠洪本人亦长于诗画,《画继》卷五载:"惠洪觉范,能画梅竹。没用皂子胶画梅于生绢扇上,灯月下映之,宛然影也。"⑦《松斋梅谱·方外缁黄》载:

---

① 黄庭坚撰:《山谷题跋》卷三,载王云五主编:《丛书集成初编》第1564册,商务印书馆,1936年,第29页。
② 惠洪、朱弁、吴沆撰,陈新点校:《冷斋夜话·风月堂诗话·环溪诗话》,中华书局,1988年,第37页。
③ 释惠洪著,释廓门贯彻注,张伯伟等点校:《注石门文字禅》下册,中华书局,2012年,1023页。
④ 北京大学古文献研究所编:《全宋诗》第57册卷三〇一八,北京大学出版社,1992年,第35939、35944页。
⑤ 孙绍达撰:《声画集》,载《文渊阁四库全书·集部》第1349册,台湾商务印书馆,1983年,第883页。
⑥ 石溪心月撰:《石溪心月禅师语录》,载蓝吉富主编:《禅宗全书》第46册语录部十一,文殊出版社,1988年,第240页。
⑦ 邓椿:《画继》,载《图画见闻志·画继》,湖南美术出版社,2005年,第348页。

"(惠洪)亦时出墨戏,画梅竹绝佳。"①众所周知,北宋的墨梅画题即出于禅画传统,北宋诗人华镇(活动于 1093 年前后)曾有诗《南岳僧仲岳墨画梅花》:"打孔声色本无有,宫徵青黄随世识。达人玄览彻根源,耳观目听纵横得。禅家会见此中意,戏弄柔毫移白黑。"②值得注意的是,吴太素将墨梅的传统追溯至北宋画僧华光仲仁(活动于 11—12 世纪),惠洪曾咏华光所作墨梅:"道人三昧力,幻出随意现。""怪老禅之游戏,幻此花于缣素。"③吴太素在《松斋梅谱·方外缁黄》中所载的画僧也均长于画墨梅。再如画芦雁(水禽)小景的传统来自北宋的诗画僧惠崇(965—1017),黄庭坚有诗《惠崇芦雁》:"惠崇烟雨芦雁,坐我潇湘洞庭。欲买扁舟归去,故人云是丹青。"④芦雁画题正是在禅宗语境下方才兴起的,如《画继》卷三所言:"杭士林生作江湖景,芦雁水禽,气格精绝。米老谓唐无此画。"⑤惠洪《石门文字禅》中所载的禅宗画题中有《汪履道家观所蓄烟雨芦雁图》及《汪履道家观雪雁图》,《石门文字禅》卷十六中载:"道林烟雨久不到,忽见橘州芦雁行。笑里笔端三昧力,坐中移我过潇湘。"⑥在此芦雁与潇湘又具有"幻出三昧力"的境界,即寒禽与秋水的悠远之境。如元人龚璛(1266—1331)《题惠崇小景》中的诗句:"物外道人方晏坐,身如枯木倚寒江;鸭鸭雁雁集禅观,何以鸳鸯画一双。"⑦而潇湘又是南宋流行的禅宗画题,由惠洪赋诗的《潇湘八景图》,也见于东传日本的牧溪和玉涧若芬(生卒年不详)的画题中。

要补充的是,从整体意义上的宋诗来看,"无声诗"主要为水墨或水墨浅设色画,并未见有明确的设色画题,与"淡墨写出"之形容完全一致。如

---

① 吴大素撰:《松斋梅谱》,载卢辅圣主编:《中国书画全书》第 2 册,上海书店出版社,1994 年,第 701 页。
② 华镇:《云溪居士集》卷六,载四川大学古籍研究所编纂:《宋集珍本丛刊》第 28 册,线装书局,2004 年,第 121—122 页。
③ 释惠洪著,释廓门贯彻注,张伯伟等点校:《注石门文字禅》上册,中华书局,2012 年,第 55 页;释惠洪著,释廓门贯彻注,张伯伟等点校:《注石门文字禅》下册,中华书局,2012 年,第 1272 页。
④ 黄庭坚撰,任渊等注,罗尚荣点校:《黄庭坚诗集注》第 1 册卷七,中华书局,2003 年,第 266 页。
⑤ 邓椿著:《画继》,载《图画见闻志·画继》,湖南美术出版社,2005 年,第 312 页。
⑥ 释惠洪著,释廓门贯彻注,张伯伟等点校:《注石门文字禅》下册,中华书局,2012 年,第 1227 页。
⑦ 龚璛撰:《存悔斋稿》,载《文渊阁四库全书·集部》第 1199 册,台湾商务印书馆,1983 年,第 332 页。

黄庭坚所题的《憩寂图》应是以水墨画禅僧入定，且是李公麟与苏轼合作的诗意画。苏辙(1039—1112)有诗《子瞻与李公麟宣德共画翠石古木老僧谓之憩寂图题其后》："东坡自作苍苍石，留取长松待伯时。只有两人嫌未足，更收前世杜陵诗。"①可见是取杜甫《戏为双松图歌》诗意而作；②杨万里(1127—1206)《题文发叔所藏潘子真水墨江湖八境小轴灵隐冷泉》："小潘诗家子，解作无声诗。"③胡仲弓(活动于1266前后)《题高伯寿墨梅》中有句："才见梅花喜溢眉，无声诗索有声诗。"④姚勉(1216—1262)《题墨梅风烟雪月水石兰竹八轴》："看君此画得天趣，妙写无声诗八篇。"⑤惠洪也曾有诗《戒坛院东坡枯木张嘉夫妙墨童子告以僧不在不可见作此示汪履道》："雪里壁间枯木枝，东坡戏作无声诗。"⑥这些画题与诗题都有密切的关联，亦可见禅宗文化对宋时水墨画的兴盛所产生的影响。

临济宗既有"文字禅"和"无声诗"的传统，墨梅、芦雁与潇湘等诗句因显现出禅意化的倾向受到临济宗的重视，由画僧创作并部分传入日本。"猿鹤"对句用于上堂说法或诗偈写作，被纳入禅宗语言体系，也是可以对应的事实。惠洪曾有《诵智觉禅师诗》："孤猿叫落中岩月，野客吟残半夜灯。此境此时谁得意，白云深处坐禅僧。"之后惠洪又写道："晓起临高阁，窥残月，闻猿声，诵此句大笑，栖鸟惊飞。"⑦此种境界与禅宗证悟有相通之处。另惠洪在《上元诗》中有句："夜久雪猿啼岳顶，梦回山月上梅花。""却忆寒岩曾独宿，雪窗残夜一声猿。"⑧又提到诗僧景淳有句："夜色中旬后，虚堂坐几更。隔溪猿不叫，当槛月初生。"其

---

① 苏辙撰，曾枣庄、马德富校点：《栾城集》上册卷十五，上海古籍出版社，1987年，第352页。
② 彭定求编：《全唐诗》第4册卷二一九，中华书局，1999年，第2309页。
③ 北京大学古文献研究所编：《全宋诗》第42册卷二二七八，北京大学出版社，1991年，第26121—26122页。
④ 北京大学古文献研究所编：《全宋诗》第63册卷三三三五，北京大学出版社，1991年，第39812页。
⑤ 北京大学古文献研究所编：《全宋诗》第64册卷三四〇五，北京大学出版社，1991年，第40497—40498页。
⑥ 释惠洪著，释廓门贯彻注，张伯伟等点校：《注石门文字禅》上册卷四，中华书局，2012年，第250页。
⑦ 惠洪、朱弁、吴沆撰，陈新点校：《冷斋夜话·风月堂诗话·环溪诗话》，中华书局，1988年，第49页。
⑧ 同上书，第45页。

中颇有深意。① 禅宗灯录中的禅师语录,也多有猿的相关诗句,尤其见于临济宗。《五灯会元》卷二《天柱崇慧禅师》:问"如何是西来意?"师曰:"白猿抱子来青嶂,蜂蝶衔花绿蕊间。"②《五灯会元》卷六《韶山寰普禅师》:"古今猿鸟叫,翠色薄烟笼。"③韶山寰普禅师是为夹山会禅师法嗣,夹山会禅师(活动于9世纪)兴建的夹山寺则是临济宗"碧岩学"和传入日本的"茶禅一味"兴起之地。《五灯会元》卷八《仙宗契符禅师》问:"诸圣收光归源后如何?"师曰:"三声猿屡断,万里客愁听。"④仙宗契符禅师(活动于10世纪)也属于主张"文字禅"的临济宗。《五灯会元》卷十七《泐潭洪英禅师》:"宝峰高士罕曾到,岩前雪压枯松倒。岭前岭后野猿啼,一条古路清风扫。"⑤泐潭洪英(1012—1070)是临济宗黄龙派僧人。《五灯会元》卷十八《广慧达皋禅师》有句:"佛为无心悟,心因有佛迷。佛心清净处,云外野猿啼。"⑥广慧达皋属临济宗法嗣。临济宗杨岐派禅师智昭所编撰的《人天眼目》卷一中临济宗的《汾阳颂》曰:"岳顶高峰人不见,猿啼白日又黄昏。"⑦黄庭坚亦有《又和二首》:"心猿方睡起,一笑六窗静。"⑧另曹洞宗也多有"猿鹤"话头,北宋的大阳警玄禅师(948—1027)有句:"羸鹤老猿啼谷韵,瘦松寒竹锁青烟。"⑨芙蓉道楷禅师(活动于12世纪)有句:"岭上猿啼,露湿中宵之月。林间鹤唳,风回清晓之松。"⑩芙蓉道楷的弟子普贤善秀则曰:"猿啼音莫辨,鹤唳响难明。"⑪可见"猿"及"猿鹤"之语在禅宗话头中曾流行一时。

另有几条值得关注的史料,体现了"猿鹤"在禅宗体系中的实际显现。一条出自五代后蜀欧阳炯(896—971)所作的《禅月大师应梦罗汉

---

① 惠洪、朱弁、吴沆撰,陈新点校:《冷斋夜话·风月堂诗话·环溪诗话》,中华书局,1988年,第51页。
② 普济著,苏渊雷点校:《五灯会元》,中华书局,1984年,第67页。
③ 同上书,第323页。
④ 同上书,第451页。
⑤ 同上书,第1125页。
⑥ 同上书,第1171页。
⑦ 智昭编撰,尚之煜释读:《天人眼目释读》,上海古籍出版社,2015年,第27—28页。
⑧ 黄庭坚撰,任渊等注,罗尚荣等点校:《黄庭坚诗集注》第2册卷十三,中华书局,2003年,第461页。
⑨ 普济著,苏渊雷点校:《五灯会元》下册,中华书局,1984年,第871页。
⑩ 同上书,第885页。
⑪ 同上书,第895页。

歌》,其中形容罗汉像"形如瘦鹤精神健",又有"崖里老猿斜展臂",①这是猿鹤形象与罗汉的关联。另一条出自南宋诗人洪咨夔(1176—1236)《致舟公堂头禅师尺牍》:"病愈甚,猿鹤入梦屡矣。"②在此猿鹤应是指向弃绝人世的出尘境界。在《郡斋读书志》卷十九中,载晁说之(1059—1129)寄诗予陈恬(1058—1131)曰:"处士何人为作牙,暂携猿鹤到京华,故山岩壑应惆怅,六六峰前只一家。"③此处亦指带有禅意的超然境界。

有趣的是,《图画见闻志》卷三中载宋仁宗(1010—1063)曾画《小猿》一轴④,事实上仁宗的禅宗活动是颇为丰富的,《五灯会元》卷十二和卷十五中分别载录了仁宗与灵隐德章禅师(活动于11世纪)及怀琏大觉禅师(活动于11世纪)之间的禅锋问答。⑤ 灵隐德章禅师正是临济宗石霜楚圆禅师(986—1036)门下。楚圆禅师也曾与仁宗以画谈禅,史载其"(仁宗)后诏师入内,同观渭川图。仁宗问能诗否,师曰:'那箇岗头一撮山,何年写入画图间;依稀以我湘源景,只少虞妃泪竹斑。'上悦,赐紫衣,号慈明大师"。⑥ 我们从这条史料可见临济宗禅师如何以诗画谈禅的情形,从诗意来看,与禅画"潇湘八景"的母题也有所关联。

最后,我们再来看牧溪的其他史料,元代庄肃(1245—1315)的《画继补遗》卷上中载:"僧法常,自号法常,善作龙虎、人物、芦雁杂画。枯淡山野,诚非雅玩,仅可僧房道舍,以助清幽耳。"⑦《图绘宝鉴》卷四中载:"僧法常,号牧溪,喜画龙虎、猿鹤、芦雁、山水、树石、人物皆随笔点墨而成,意思简当不费妆饰,但粗恶无古法诚非雅玩。"⑧这与《君台观左右帐记》中"龙虎、猿雀、芦雁、山水、树石、人物、花果折枝"的画题基本一致,"猿雀"

---

① 彭定求编:《全唐诗》第11册卷七六一,中华书局,1999年,第8727页。
② 何传馨主编:《南宋艺术与文化·书画卷》,台北故宫博物院,2010年,第393页。
③ 晁公武著,张猛校正:《郡斋读书志》,上海古籍出版社,1990年,第1047页。
④ 郭若虚著:《图画见闻志》,江苏美术出版社,2007年,第104页。
⑤ 普济著,苏渊雷点校:《五灯会元》中册,中华书局,1984年,第737页;普济著,苏渊雷点校:《五灯会元》下册,中华书局,1984年,第1005—1006页。
⑥ 汪森撰:《粤西丛载》卷十二,载《笔记小说大观》第18册,江苏广陵古籍刻印社,1983年,第211页。
⑦ 庄肃撰:《画继补遗》,载卢辅圣主编:《中国书画全书》第2册,上海书店出版社,1993年,第914页。
⑧ 夏文彦撰:《图绘宝鉴》,载卢辅圣主编:《中国书画全书》第2册,上海书店出版社,1993年,第877页。

可以与"猿鹤"形成对应。临济宗杨岐派禅师虚堂智愚(1185—1269)有诗专咏《常法常猿图》，其中有句："一点钟爱心，业风吹不断。"可见其描绘的内容是母子猿，与牧溪《松猿》内容一致。与法常同时代的南宋人徐集孙曾作《法常上人为作戏墨因赋二首》，其中包括《右鹭》与《右猿》，[①]与"猿鹤"对轴画题相近。至于《画史补遗》中所载牧溪长于人物，则应是禅僧写真或是减笔人物一类作品，如元代禅师笑隐大䜣(活动于14世纪)在《蒲室集·卷十二》中提道："吾友逊敏中得殷济川之画，达摩、宝公而下禅宗散圣凡廿八人，并取其平日机用摹写之。……昔法常常从其学。"[②]由此可见牧溪画题均不越禅门传统。作为临济宗门下画僧，牧溪创作"猿鹤"对轴画，应是将禅宗话头视觉化的"无声诗"，也是牧溪作为蜀僧所作的具有地方特色的禅画形象。

五、禅宗语境中的"自在观音"

我们最后要考察的是组画中间的观音图的文化源流。画中的观音覆头衣搭在宝冠之上，身坐流水山石，身侧置有净瓶，瓶中承载柳枝，身后是山石和植物(形态似竹)，一般被人们称为"白衣观音"。然而画中的观音有两个特点：第一，画中观音宝冠上披的是覆头衣；第二，画中的观音双目下垂作禅定姿态，结跏趺坐，并没有一般的"白衣观音"所具有的手印、持物和头光，应是一类特殊的观音像。由文献与图像的传统来看，笔者以为画中观音的造型倒是与画史载录中的"自在观音"最为契合。

首先，"覆头衣"并非始于观音像，而是始于禅定像。据齐庆媛女士在《江南式白衣观音造型》一文中所论，南北朝和隋代时，禅定僧及涅槃图中的须跋陀罗经常披覆头衣。覆头衣双领在胸部相交，或自两肩自然垂下。[③]如北魏时期的山西大同云冈石窟第7窟明窗西壁，有"圣树与坐禅比丘"雕刻(图3)，在蜿蜒的圣树一侧，上下两层皆有一比丘坐禅；第

[①] 北京大学古文献研究所编：《全宋诗》第64册卷一二九○，北京大学出版社，1992年，第40342—40343页。
[②] 大䜣禅师：《蒲室集》，载明复法师主编：《禅门逸书·初编》第6册，台北明文书局，1981年，第96页。
[③] 齐庆媛撰：《江南式白衣观音造型分析》，《故宫博物院院刊》2014年第7期。

12窟前室明窗两壁也有"禅僧"雕刻(图4),①均头披覆头衣,结跏趺坐,垂目思维,形态接近所画牧溪观音图像。而唐时类似的比丘像亦有出现,如现藏于大英博物馆的唐代比丘像即着覆头衣,呈禅坐入定状(图5)。②北宋大中祥符年间(1008—1016)江苏吴县甪直镇保圣寺的"十八罗汉之三"亦是头披覆头衣的禅坐造型(图6)。③盛唐时期,覆头衣开始适用于菩萨像,如齐庆媛文中提及,北宋时期的杭州烟霞洞右壁的"江南式白衣观音"立像,就是由搭着覆头衣的禅定比丘像和罗汉像演变而来的。可见宝冠上搭覆头衣的观音像,正是宋代时期在杭州一带出现并流行的形式。

图3　大同云冈石窟第7窟明窗西壁"圣树与坐禅比丘"

头戴覆头衣服的禅定罗汉图像,也曾出现在藏于日本东京静嘉堂文库的牧溪所作的《罗汉图》中(图7),画中有一入定罗汉,头披覆头衣,闭目寂坐,身后一条大蛇盘曲,覆头衣的形制与罗汉的寂静表情,与《观音图》如出一辙,可见覆头衣造型与坐禅之间的关联。此外,罗汉身后的蛇与禅定也有密切关联,《杂譬喻经》中的《毒蛇喻》即提到山中道人因恐惧毒蛇不能禅定,后受天人开示,始悟身中四蛇(四大)为五阴、六衰所沉没,得阿罗汉果。④ 这应是宋代流行的罗汉禅坐图,因苏轼曾在《十八大罗汉颂(有跋)》中的"第十二尊者"中曰:"正坐入定枯木中。其神腾出于上,有大蟒出其下。颂曰默坐者形,空飞者神。二俱非是,孰为此身?佛子何为,怀毒不已。愿解此相,问谁缚尔。"⑤与牧溪所绘的禅定罗汉图如出

---

① 冯骥才编:《中国大同雕塑全集·云冈石窟雕塑卷》上册,中华书局,2010年,图版第104;冯骥才编:《中国大同雕塑全集·云冈石窟雕塑卷》下册,中华书局,2010年,图版324、336。
② 星云大师总监修:《世界佛教美术图说大辞典·雕塑1》第10册,台湾佛光山宗委会,2013年,第266页。
③ 中国寺观雕塑全集编辑委员会编:《中国寺观雕塑全集·五代宋寺观造像》,黑龙江美术出版社,2005年,第30页。
④ 孙昌武、李赓扬译注:《杂譬喻经译注(四种)》,中华书局,2008年,第141—142页。
⑤ 苏轼撰,孔凡礼点校:《苏轼文集》第2册卷二十,河北人民出版社,2010年,第590页。

图 4　大同云冈石窟第 12 窟前室明窗两壁"禅僧"

图 5　比丘像,泥,高 28.4 厘米,
　　　原敦煌酒泉市莫高窟
　　　（大英博物馆藏）

图 6　十八罗汉之三,大中祥符年间,
　　　江苏吴县甪直镇保圣寺

一辙。这一图像同样可见于南宋周季常所画的《五百罗汉图》轴中的《洞中入定》一轴(图8),图上并有款"周季常笔",题记为:"方令卿正界赤城里弟子史从珦、从智、从修,侄景懋施财尽,此入惠安院常住供养,功德随心圆满。戊戌淳熙五年(1178),义韶题。"画中罗汉虽不着覆头衣,但姿态与牧溪《罗汉图》中一致,有力地证明了这一形象却是出于南宋画中的禅定之义。

图7　法常,《罗汉图》(局部),绢本水墨,纵 106 厘米,横 52.5 厘米

（日本东京静嘉堂文库藏）

图8　周季常,《五百罗汉图》《洞中入定》(局部),绢本设色,纵 115 厘米,横 53.1 厘米

（美国波士顿美术馆藏）

其次,"江南式白衣观音"虽有覆头衣造型,但一般为站立姿势,有时手中还有持物。描写来看,出现于画论中的"自在观音",很接近牧溪所画的观音造型。《画继》卷三中载:"(李公麟)又画自在观音,跏趺合爪而具自在之相,曰:'世以破坐为自在,自在在心不在相也。'乃知高人达士纵施横设,无施而不可者。"①可见"自在观音"是观音坐禅入定形态。这种坐禅亦称为"壁观",如《五灯会元》卷一所载:"(达摩)寓止于嵩山少林寺,面壁而坐,终日默然。人莫之测,谓之壁观婆罗门。"②另《禅源诸诠集都序》卷上之二中曰:"达摩以壁观教人安心,外止诸缘,内心无喘,心如墙壁,可

---

① 邓椿:《画继》,载《图画见闻志·画继》,湖南美术出版社,2005 年,第 288 页。
② 普济著,苏渊雷点校:《五灯会元》上册,中华书局,1984 年,第 43 页。

以入道,岂不正是坐禅之法。"① 都以坐姿修行。而李公麟还画过不少类似的禅坐像,前文提到过的《憩寂图》就是一例。另袁燮(1144—1224)《洁斋集》卷九中,题李公麟所画的禅定"观音佛":"观音入定,一念不萌;龙眠写之,浑然天成。非观音之心,至简至易,匪高匪深。或者神交默契,无间可寻耶。"② 他笔下这一类禅坐的观音,就是"自在观音"所描述的造型。

图 9　镰仓时代,《达摩像》,轴,绢本设色,纵 108.2 厘米,横 60.6 厘米
(日本山梨甲州向岳寺藏)

另外,宋代的释正觉(1091—1157)则有诗《吴傅朋郎中书来,尝得李伯时所画震旦第一祖西归像,相需以赞说偈寄之》,③ 可见李公麟也曾画过达摩像以及和覆头衣一致的风帽,这在宋时同样被认为是达摩的特征,如惠洪在《林间后录》中曰:"(达摩)麻衣风帽,翩然往来。"④ 从日本镰仓时代(1185—1333)自宋代(960—1279)传入的达摩禅坐像,到明代的达摩像,以及日本室町时代(1392—1573)画僧雪舟等杨(1420—1506)的《慧可断臂图》中,达摩均采用类似的壁观坐姿(图 9—11)。牧溪画中观音的禅坐姿态,与各类达摩面壁图基本一致,因此画论中的"自在观音"具备的是接近禅宗图像的特质。

值得注意的是,由于自五代至宋元时期是禅宗兴盛的时代,画史中不止一处出现了"自在观音"的载录。《宣和画谱》卷四载南唐王齐翰(活动于 10 世纪)也曾作"自在观音"和"白衣观音",另曾有"岩居观音图""岩居罗汉像"和"岩居僧",可见王齐翰与李公麟一样,很擅长画画禅坐入定的道释人

---

① 宗密述:《禅源诸诠集都序》,载《大正新修大藏经》第 48 册,台湾白马书局,2003 年,第 403 页。
② 袁燮撰:《洁斋集》上册,中华书局,1985 年,第 127 页。
③ 北京大学古文献研究所编:《全宋诗》第 31 册卷一七八一,北京大学出版社,1999 年,第 19781 页。
④ 惠洪撰:《林间后录》,载蓝吉富主编:《禅宗全书·宗义部二》第 32 册,台湾文殊出版社,1988 年,第 85 页。

图 10 宋旭,《达摩面壁图》,轴,纸本设色,纵 121.3 厘米,横 32.2 厘米

（辽宁大连旅顺博物馆藏）

图 11 室町时代,《慧可断臂图》,轴,纸本设色,纵 183.3 厘米,宽 112.9 厘米

（日本爱知常滑齐年寺藏）

物。这条载录也表明,"自在观音"与"白衣观音"在当时指向两种不同的观音形态。另《宣和画谱》卷十六亦载后蜀的黄筌(不详—965)曾作"自在观音"和"出山佛像",由此可见此类观音像也曾出现在蜀地①;《绘事备考》卷四则载南唐后主李煜曾作"自在观音"。② "自在观音"流行的时期,大致处于禅宗兴盛之后的五代到宋元。被称为"梅花和尚"的元代画家吴镇曾有《题大士》偈曰:"大定光中现自在相,杨柳瓶中,陁罗石上。心如止水水如心,稽首大悲观世音。"③从内容来看,也与牧溪所画的"自在观音"一致,而吴镇的部分绘画带有居士禅的特色。④ "自在观音"结跏趺坐有坐禅思惟的特质,《大智度论》卷七《放光释论》中有:"人师子问曰:'多有

---

① 王群栗点校:《宣和画谱》,浙江人民美术出版社,2012 年,第 42、176 页。
② 王毓贤撰:《绘事备考》,载卢辅圣主编:《中国书画全书》第 8 册,上海书店出版社,1993 年,第 630 页。
③ 李德壎编著:《吴镇诗词题跋辑注》,山东美术出版社,1990 年,第 145—136 页。
④ 施锜撰:《吴镇〈渔父图〉卷中的禅宗源流考论》,《中国美术研究》2017 年第 2 期。

坐法,佛何以故唯用结跏趺坐?'答曰:'诸坐法中,结跏趺坐最安稳,不疲极;此时坐禅人坐法,摄持手足,心亦不散。……如是坐者出家人法,在林树下结跏趺坐,众人见之皆大欢喜,知此道人必取道。'"①因此李公麟"跏趺合爪"的观音与牧溪所作的观音,都有禅坐的特质,更接近于文献所载的"自在观音",而非一般认为的"白衣观音"。

笔者以为,牧溪画中的观音像也可以称为"白衣自在观音",是一种禅定造型的"白衣观音"。与其造型相似的有现藏于美国克利夫兰美术馆的元代绝际永中所画的《白衣观音菩萨像》(图 12),其上有宋末元初临济宗禅师中峰明本(1271—1368)题赞:"正思惟处那,伽定中不存。一法妙契圆通,尘刹播慈风。幻住明本拜手。"我们可以看到此类观音与临济宗的关系。另一现藏于日本奈良国立博物馆的《白衣观音菩萨像》(图 13),创作于宋元之间的镰仓时代(1185—1333),观音双手结禅定印,宝冠上搭覆头衣,画中左下角有善财童子,杨柳净瓶与山石、竹林,与"观自在菩萨,于金刚宝石上,结跏趺坐"的描述一致。类似的菩萨形象也可以在蜀地的造像中见到,北宋时期四川安岳华严洞第 1 窟中"十二圆觉菩萨"之一的"辩音菩萨像"(图 14),宝冠上有覆头衣,双目下垂,结跏趺坐,与牧溪画中观音形象颇为相近。由此可见,此类自在观音像既是坐禅像,又曾在蜀地流行。

最后要提到的是,虽然猿鹤在佛教图像中的出现并不多见,但赵希鹄(1170—1242)的记载,恰恰证明了猿鹤在南宋时期曾作为佛教图像的一部分存在过。《洞天清录》《古画辨》中的"名画灵异"条曰:"宫洞于雪川长兴成山寺罗汉

图 12 绝际永中,《白衣观音菩萨像》,轴,纸本水墨,纵 78.7 厘米,横 31.7 厘米

(美国克利夫兰艺术博物馆藏)

---

① 龙树菩萨造,鸠摩罗什译:《大智度论》,载《大正新修大藏经》第 25 册,台湾白马书局,2003 年,第 111 页。

图 13　镰仓时代,《白衣观音菩萨像》,轴,绢本水墨,纵 100.3 厘米,横 41.4 厘米

（日本奈良国立博物馆藏）

图 14　安岳洞第 1 窟辩音菩萨像,石,高 2.4 米,位于四川安岳

壁上作猿鹤,皆走而复归。"①可见并非仅有牧溪将猿鹤配对。而牧溪的师尊无准师范曾有《观音大士赞》,其中有句:"何似明月霜满天,孤猿啼断千峰上。""如今何处求普门,一声鹤唳寒松顶。"是将"猿鹤""话头"化入观音形象的体现。另赞中有句:"寂灭现前,如月在天。""是所谓不然而然,虚而通,静而虑。""大哉观自在,善观诸音声。而与诸音声,不作音声见。"可谓是禅定观音造型的体现。该赞中最后两句为:"我观如幻相,愿作如幻赞。若有见闻者,当作如是观。"可谓是以画悟禅的体现。② 由此可见,牧溪作为师范的弟子,若作"猿鹤"对画与观音像,虽并没有证据可表明猿鹤与观音是同时而作,但这些画作被同时带回日本,牧溪的创作应是承袭了临济宗与师范本人的禅学思想的。

---

① 赵希鹄:《洞天清录》,载《洞天清录(外二种)》,浙江人民美术出版社,2016 年,第 61 页。
② 北京大学古文献研究所编:《全宋诗·卷二九一八》第 55 册,北京大学出版社,1991 年,第 34798 页。

六、结语

经由上文的讨论，我们可以得出四点结论。第一，一部美术史亦是一部文化史，猿鹤形象在唐宋之际进入佛禅文化和文学作品中，从禅宗的"猿鹤""话头"到临济宗的"无声诗"传统，是使牧溪的"猿鹤"成为一组对画的原因。第二，观音的形象最接近文献和实物中的"自在观音"，而非一般所认为的"白衣观音"，其造型可以追溯到禅定比丘和达摩面壁等形象，应是成形于禅宗源流之中。第三，牧溪在《观音图》中题款为"蜀僧法常谨制"，猿鹤与观音的图像在文化范畴而言与蜀地接近，如此的创作在传世的中国画中尚少，应是与牧溪的蜀地出身有关。第四，中国古画的传世文献和实物中，均未见将观音图像左右搭配动物为胁持的载录，但多有载录牧溪绘制"猿鹤""猿鸟"和"猿鹭"的对画；学者们认为《观音猿鹤图》在日本改为三画一组是确定的事实，本文不再赘述，但三联画之间的内在联系，也是值得关注的范畴。综上所述，牧溪的《观音·猿·鹤》三联画的文化源流，可谓是唐宋博物文化、蜀地特色、临济宗诗画及中日禅宗交流史的重要物证。

当代艺术的三个危机

马钦忠*

[内容提要] 本文从艺术公共空间的商业共谋、艺术家的自由创作和伪装成的"饥饿表演"到批评转化成了"发明意义"三个方面,讨论当代艺术的公共价值的生产面临的危机,并进一步上升到对艺术史的思考。不论是艺术创作还是艺术批评,当代艺术史不仅是词语的编撰与针对艺术的艺术行为,而且是生命与人的精神自由的艺术史,是呈现生命自由的各个时期的艺术史。因此,艺术史的根本价值永远是一个艺术之外的生命史奠定的基础。抽去这个基础,就是一场虚无主义的自我娱乐。

[关键词] 商业共谋 饥饿表演 发明意义

一、艺术"公用地"的危机

"公用地"的危机原来是一个经济学的概念,原本指设立公用地是为了普惠所有可以享用公用地资源的人们,结果却因为每个个体使用者为了个人私利最大化,竭尽所能地乱砍滥伐公共资源,最终导致公用地资源的衰竭。

这让我想到作为艺术"公用地"的博物馆,它的本义当然是公共文化的普惠性的生产场所。但是,艺术经纪人、策划人、收藏机构、画廊、拍卖公司和美术博物馆对一些艺术家的同步化的协同和高度一致地推出活动,让我对艺术博物馆的这块艺术"公用地"的公共性产生疑问。

---

* 马钦忠(1957—),男,四川大学文艺学硕士,从事自由出版人和独立美术策划人工作,先后担任多种策展活动的学术委员及评委,主编主持编辑美术书刊50余种,主要从事美术批评与公共艺术研究。

芝诺曾推出一个被称为"诡辩"的逻辑论证,即龟兔赛跑。兔子当然不相信龟是它的赛跑竞争对手,多跑十步、百步,兔子都可以轻松超过。芝诺的论证是只要让龟先跑一步,兔子永远都不可能赶上。几何的证明是每一个点都是无限可分的,所以,龟移一个点,兔子也只能移一个点,因此,兔子永远赶不上龟。同样,同时跑也是同时到达终点。

这个论证连20世纪的哲学家柏格森都说在数学上仍然是成立的,但数学之外当然是不成立的。①

以艺术博物馆为代表的各种商业机构、私人利益群体与媒体关注度等的高度协同和一致,让我们看到"龟"与"兔"不仅在数学之内,而且在数学之外都可以同时到达终点。这个高度的协同,被法国社会学家波德里亚称之为"艺术圈"的利益共谋。

现在,让我们分析"艺术圈"是如何利用艺术公用地的代表——艺术博物馆,找到"龟"与"兔"同时到达终点的利益逻辑的。

第一,从定性作品分析。

当代艺术的作品几乎是没有边界的,什么都可以是"作品"。当一个"作品"被一个所谓艺术家的人进行命名,然后有一个机构或策展人也认为其是"作品",并得到一个展示场或美术馆的掌控者的许可展示,于是,这个无论离我们既定的"作品"概念有多远的东西即被暂时当成了"艺术品",如垃圾、如大便、如手淫现场表演、如尸体等。这些理念的想入非非、行为的恶俗丑陋之被接受,让我们看到了美术馆——这块艺术公用地的公共性和开放性——如此远离商业目的,让任何观念和思想肆意滋生。"龟"与"兔"当然是风马牛,根本不可能同时到达终点。

而现实的状况远非如此。美国学者本杰明·布赫洛这样说:"20世纪80年代和90年代的文化工业已教会我们,无须那些宣称具有独立批评权威的人的妄自干涉,在艺术生产者、画廊和收藏家之间,现在可轻易形成决定着当代文化走向的契约:80年代画家们的兴衰就是重要例证。现在美学权威的赋予(或被剥夺),判断的依据就是对特定艺术品投资的回报速度,这在各单位的盈亏表或经济投机的数据上一清二楚。即使在这里,事情也并未像萨奇(Saatchi Brothers)所希望的一跃成为蓝筹股,不

---

① 柏格森:《时间与自由意志》,吴士栋译,商务印书馆,1989年,第77页。

到一两个季度之后,他们创作的作品重新沦为垃圾。"而在该领域"大部分批评家长期以来不过是工业机构豢养的傀儡,即使偶尔会有个孤独的声音出来反对这种花钱买来的众口一词的喝彩,……只会被大众当成是病态的,或干脆就置之不理"。①

在该著中,他研究了两个披露了这块艺术公用地作为商业交易的黑箱背离公共性的性质的人物和他们的作品。这两个执拗的艺术家尖锐地指出:这块艺术公用地就是商场,是私人谋利的工具,是伪装的"艺术公用地"。一个叫马塞尔·布鲁泰尔斯(Marcel Brodthers),专门讲如何把艺术与商业等同化,充分利用美术馆的公共场所制造公共话题,极力表明美术馆怎样可以成为谋利的场所。另一个人物是汉斯·哈克(Hans Haacke),主要揭露所谓扮演着这种公共文化处所——艺术公用地即艺术博物馆等场所的公共文化生产者背后的彻头彻尾的与金钱的种种内在联系。

先说布鲁泰尔斯。

他旗帜鲜明地指出"工业生产"式的极少主义是"理性秩序和技术工具论"在美术创作中的内化,并贬斥其为"只会将大脑变为偏执狂的单一性(singleness),即极少主义、机器人、电脑"三者同质化的东西。② 在1964年,他的作品第一次在布鲁塞尔的圣罗兰画廊展出时,他发布声明称:"商品和艺术从本质上都是欺骗性的",同时他直言不讳地爆料说,他在展出所有作品之时经纪人告诉他不能说它们是在三个月内完成的;他甚至说如果不是经纪人说这是艺术,他会认为"这不过是一些司空见惯的平常物品"。③

在他看来,波普艺术之所以是伟大的艺术,就因为它们就是商品。"艺术实践不可避免地屈从于商品形式,文化产品和商品形式高度一致",甚至是"物化的同义反复",因此要求那些对艺术抱有幻想的人们"切实地摒弃所有美学幻想(断裂和超越、愉悦或政治批判,以及谋求解放等各种幻想)"。④

---

① 本杰明·布赫洛:《新前卫与文化工业:1955到1975年间欧美艺术评论集》,何卫华等译,江苏凤凰美术出版社,2014年,第14页。
② 同上书,第61页。
③ 同上书,第63页。
④ 同上书,第73页。

不仅如此,他还编了一个关于艺术展览的通用公式,换上任一名称即可称之为"艺术",讽刺异常精准:"一个立方体,一个球体,一个遵守着海洋法则的金字塔。一个立体,一个球体,一座金字塔,一个圆柱体。一个蓝色的立体。……我更喜欢闭上眼睛走进夜晚。乌贼的墨汁可以描述云朵和遥远的地球。一个黄色的球体。一座黄色的金字塔。一个可以溶解在水、空气和火之中的黄色球体。"①

布鲁泰尔斯以此说明,所谓的艺术的意义就是如此这般编造出来的骗人把戏。而发生这一社会行为的场所就是所谓的艺术公用地——艺术博物馆。他用这番话描述:

> 博物馆——一位长方形的馆长。一位圆形的仆人——三角形的收银员——一位正方形的警卫——对我的朋友而言,闲人免进。你每天都可以在这里玩耍,直到世界末日。②

汉斯·哈克的例子是揭露和质询以公共文化为现代社会典范乃至作为文化圣殿的博物馆是如何与私人利益进行暗中"共谋"的,以及不同的所谓被市场追捧的艺术明星和流行风格如何由背后的赞助人以公共文化的名义进行操控的。

哈克经常挑衅体制化权力和操控,还揭发那些隐秘的行径。他揭露那些赞助人在第一世界扮演赞助人而在第三世界为了企业利益参与政治压迫,如经由他的作品所揭露的古根海姆美术馆在智利的受托人、在伊朗和南美的飞利浦公司、布尔勒家族、萨奇家族、加拿大铝业集团、卡地亚集团和美孚公司等。③ 如 1974 年汉斯·哈克的作品《古根海姆美术馆董事会》,就是这一质询的最有力的方式,彻底地把"艺术圈"的"共谋"和伪装出的公共文化的公共性暴露在光天化日之下。时任馆长托马斯·梅塞尔对于拒绝这件作品的理由可谓非常专业,他必须阻止"一种已经入侵到博物馆有机体的异性物质"。汉斯·哈克的影响力,作品人文指向的深刻和

---

① 本杰明·布赫洛:《新前卫与文化工业:1955 到 1975 年间欧美艺术评论集》,何卫华等译,江苏凤凰美术出版社,2014 年,第 75—76 页。
② 同上书,第 81 页。
③ 同上书,第 152—154 页。

尖锐,在国际上人人皆知,但对他的作品收藏却广泛受到抵制,因为他得罪了"全体艺术界",把"龟""兔"同时抵达终点的秘密黑布给撕开;既有断无数艺术家共谋成功之路的嫌疑,又把赞助人的道德和良知的遮羞布付之一炬。他的质询表明:作为文化工业的当代艺术,"已经越来越对权力和利益俯首帖耳",这股力量才是决定"美学生产的主要因素"。所以,这儿的公共性是大大值得怀疑的!用社会学家布尔迪厄的说法,汉斯·哈克揭穿了这个"场"的"谜底",当然要付出代价。而大多数情况下"艺术家在甘心情愿地做他们自认为非做不可的事时",常含有为自己的必要性的屈从辩解;而根本的问题是"一旦艺术家试图实施一种超越艺术场分配给他的职能之时,即实施一种非社会功能(为艺术而艺术)的职能时,他们立刻就会重新发现他们的自主性其实是很有限的"。① 也就是说像汉斯·哈克和布鲁泰尔斯这样的搅局者是极少的,大多数艺术家会积极配合并极力扮演好这儿的利益配比的角色委派。"艺术良知"的一台台大戏持续地在艺术公用地上演,而"龟""兔"一次次赛跑总是能同时到达目的地,原因即在于此。

对于这样制造出来的"奇迹",有一位社会学家为它的"合理性"共谋起了一个准确的名称,叫"艺术圈"。作为艺术家你能不能成功就看你是不是能成为这个"艺术圈"里的共谋的核心成员。

第二,"艺术圈"如何让"艺术公用地"变成谋取私利的工具?

与传统艺术相比,诸如基本技术训练、形式表达、色彩运用等,有诸多明确的硬技术门槛为区隔,决定探索性、历史性、商业性的绘画阶次。而乱象丛生的当代艺术成了一门越来越远离社会问题、越来越与人文状况无关的思想与肉身的戏谑,成了都市消费景观的欲望期待的商品操控,特别是各种各样的现成品和新技术手段挟持的所谓新艺术,没有任何明确的艺术入门门槛。于是乎,谁有权决定由谁命名的物品进入"艺术公用地",谁命名的物品就成了"艺术品"。

在此,这个意义的"艺术品"有两个进入的理由:

首先,针对"艺术圈"的艺术词语的发明而被认为是艺术。埃利蒂·德·迪弗便提供了这样一个分析样本,即《泉》《祈祷》之类物品如何被"艺

---

① 布尔迪厄:《布尔迪厄访谈录》,包亚明译,上海人民出版社,1997年,第156页。

术圈"认定为"艺术品"。在其《杜尚之后的康德》一书的第二章,分析了纽约艺术家协会、《盲人》杂志社、291号画廊等如何通过展示、出版、讨论等替代模式指定其为"艺术":

$$\frac{1\ 《祈祷》}{纽约艺术家协会} = \frac{《祈祷》的复制品}{《盲人》杂志社}$$

$$\frac{2\ 《祈祷》}{《盲人》杂志社} = \frac{《泉》的复制品}{《盲人》杂志社}$$

$$\frac{3\ 《泉》的照片}{《盲人》杂志社} = \frac{《盲人》杂志社}{291\ 画廊}$$

$$\frac{4\ 《祈祷》}{《泉》} = \frac{纽约独立艺术家协会}{291\ 画廊}$$

于是,关于杜尚的"穆特"事件,便进入了视觉艺术史的圣殿,仿佛永远也无法排除它的"合法性"的"艺术品"的性质了。①

其次,这个"艺术圈"是围绕着被视为"艺术公用地",即为生产公共文化福祉而组织起来的。

这个场所所产生的一系列伟大的文化事件和历史影响无可置疑。但是,近年来人们对在全球发达国家迅速膨胀起来的美术馆充满了疑问。视觉艺术特别是纯视觉艺术这一狭窄的领域,比起建筑、工业设计、文学、音乐、舞蹈等也不能说重要很多!为什么属于这一艺术类别的空间和场所却如此之多?原因何在?答案是除视觉艺术之外的其他艺术无法进行销售控制、价格操纵、拍卖炒作和炒作集团之间利益的可货币化分配。

具体地说,这个"艺术公用地"作为当代艺术的主要的展演场所,第一层面是:各种物质媒介的故事编撰,各种行为和媒介的想象性的呈现,控制场所话语和文化支配权的角逐,策展人、艺术家、财团比拼智力和财力的舞台。第二层面是:专家委员会的组成与倾向性和偏好性的策展原则的制定,艺术作品的征集和邀约,②可预期的一批"艺术品"的预制到"定制"。第三层面是:被指定的"艺术品"的公共演出。

---

① 蒂埃利·德·迪弗:《杜尚之后的康德》,沈语冰等译,江苏凤凰美术出版社,2014年,第104—105页。
② 转引自马克·吉梅内斯:《当代艺术之争》,王名南译,北京大学出版社,2015年,第95页。

```
         指定物品——生成为——艺术品
              |              |
       主办者的意义给定    形成关于"作品"的
       雇佣者的媒体解说    所谓最佳解释义的
       公众的自媒体感受    "发明"
```

于是"艺术品"的意义成了"悬置的",可以是外输的,可以是内蕴的,可以是发现的,结果是谁主导就是谁去"给定"标准释义。所以,波德里亚说:"批评判断不再是可能的,只剩下对毫无价值的友好、轻松的分享。这便是艺术阴谋的初始场景,由开幕、布展、修复、收藏、捐赠和投机环节不断传递下去。"进一步强化这个"艺术公用地"的共谋的艺术价值和商业利益的神话,作为资本征用艺术符号进行资本增殖的工具:"现成品事件暗示了一种主体性的悬置,在其中,艺术家的行为只是把一个客体转化成一个艺术客体。艺术从而只是一种近乎巫术般的操作:客体在其庸常性之中被转成一种美学,它把整个世界都变成了一种现成品。"[①]因此,这种行为就是在"垃圾箱里翻来捡去,寻找废弃物来补救自身"。他赞同沃霍尔的原因就是他让艺术与商品一样,"他赋予它一种可售的形式,商品的道德情操形式"是一种"在已经无效的时候为了无效而奋斗"。这个行业之所以有人乐此不疲,原因在于它是"一场共谋,甚至是圈内人的买卖;它包括了一种无效的内行知识,无须轻视,你不得不承认,在那里,每个人都在残余物、垃圾、空无之上工作"。[②]

第三,让我们看一看真正左右"艺术圈"的非艺术的主导力量。

在美国,艺术品成了投资、洗钱、避税的完美工具。"美国人可以把毕加索的作品纳入他们的养老基金,等到市场看起来成熟时卖出,不用因为价格上涨而交纳资本收益税。他们也会以个人名义购买毕加索作品,然后向公众展示,并要求按照所展示艺术品 100% 的价值减免税额。"[③]因此,在当今世界的收藏系统里,再也不是为了荣誉和喜爱而收藏艺术品,目的只有一个:赚取暴利。[④] 如何赚取?画廊、艺术家、拍卖

---

① 让·波德里亚:《艺术的共谋》,张新木等译,南京大学出版社,2015 年,第 98 页。
② 同上书,第 104 页。
③ 戈弗雷·巴克:《名利场:1850 年以来的艺术品市场》,马维达译,商务印书馆,2015 年,第 17 页。
④ 同上。

行、美术馆形成一个由资本为源头,制造市场陷阱为目的的艺术体制系统。美国投机者正是运用这套系统把美国本土的艺术家波洛克、德·库宁、贾斯帕·琼斯、马克·罗斯科和安迪·沃霍尔等人的作品炒上天的。

精明强干的市场操纵者如达米恩·赫斯特等,把作品赠送给泰特博物馆或纽约的 MoMa 博物馆以为抬高价格做铺垫。曼哈顿交易商穆格拉比(Mugrabi)家族10年间聚敛了1 500幅沃霍尔的画作。世界上最重要的10到15位这个级别的收藏家只要合谋就可以"安排"毕加索作品或沃霍尔作品的升和降。不仅如此,连银行家也参与哄抬和操纵艺术品价格,以贷款、抵押、分期付款等方式参与艺术品价格操纵。还有就是艺术家直接参与自己作品的炒作。早在19世纪中期有一位叫约翰·米莱爵士的艺术家从1849年的150英镑一幅画,到1887年炒作到5 000多英镑,而那个时候达·芬奇和拉斐尔的作品也才1 000英镑左右。① 当代艺术家的所谓商业"奇迹"就是由投机商、操盘手、公共展览和捐赠等"艺术圈"合谋的"杰作"。

第四,知识社会学为我们"解秘"。

我们无须为此担心,也不可能消解这个利益链的共谋机制;而且,更重要的是也不能简单地说"好"和"不好",必要的是对由此产生的当代艺术的公共性给予高度警惕。对此,曼海姆的知识社会学给予我们的答案是:场、艺术圈、知识陈述者、作品生产者,唯有形成公共的知识形式,才能最有利于实现相互利益最大化。"各种类型的知识极一致的认识和用来发展各种知识的相应的社会资源,对于理解任何社会都是至关重要的。"在此,"各种知识和学说运动中,知识建构者和陈述者"总是能找到"对自身利益和目的的表达"。②

最为深刻地剖析这个"艺术圈"的"艺术场"的利益性质的是布尔迪厄。他说:"由这些位置所产生的决定性力量已经强加到占据这些位置的占有者、行动者或体制之上,这些位置是由占据者在权力(或资本)的占有,也意味着对这个场的特殊利润的控制。"同时也取决于"这些位置与其

---

① 戈弗雷·巴克:《名利场:1850年以来的艺术品市场》,马维达译,商务印书馆,2015年,第29页。
② 卡尔·曼海姆:《意识形态与乌托邦》,黎鸣、李书崇译,商务印书馆,2000年,第21页。

他位置(统治者、服从性、同源性的位置等等)之间的客观关系"①。根本的目的是这个场的掌控者"企图把最优惠的等级体系化原则加到自己的产品上去"。因此,"每个场都构成一个潜在的敞开的游戏空间,其界线是一种动态的边界(dynamic border),与场的内部斗争的利害密切相关。一个场就是一个缺乏发明者的游戏,它比任何人们能设计出来的游戏都具有流动性和更为复杂"。②

如此体制之系统的互动功能、契约约定、从业经验等非常完善和成熟,这其中的每一方都是自身利益的充分的知识陈述人和利益关联者,其共生关系一定大于对公共价值和普遍性的"良知之爱"。这是曼海姆告诉我们的真理。

于是,我们看到,在这个"艺术圈"的利益互惠的系统中的"艺术公用地",其公共知识和人文价值的生产的公共性历来就是要大打折扣的。萨特早就把知识分子的这种利益诉求表述为"职业性的意识形态"。在此,"艺术家或作家,或更笼统地说,知识分子其实是统治阶级中被统治的一部分。他们拥有权力,并且由于占有文化资本而被授予某种特权",但在根本上"他们也许还会依照权力场内部的斗争的逻辑,提供这种权力任社会场中作为整体的被统治阶级驱使:这样的艺术家们是众人皆知的,从雨果到马拉美,从库尔贝到毕沙罗都是如此"。布尔迪厄对此给予理解,并说:"对他们来说,最重要的是对艺术场、对它的过去、它的将来、它将来的发展和一切有待于去做的事情,都有一种历史感觉,只要做到这些也就足够了。"③

这个"合理性"的利益互动互惠,让我们看到"艺术圈"的三条各自为本的路线走到了同一个利益点。艺术家的创作的自由流动,批评家的文化筛选和批判,赞助人的公益承担——相互看似彼此"陌生"而各守自己的职业角色,实际上执行的是同一套脚本。

那么,我们是不是要追问一下:在"艺术公用地"的这种演出,其公共性的可信度还有多少?而"艺术公用地"是同谋还是受害方?

---

① 布尔迪厄:《布尔迪厄访谈录》,包亚明译,上海人民出版社,1997年,第142页。
② 同上书,第150页。
③ 同上书,第89页。

二、职业"饥饿艺术家"的表演脚本

艺术有种种类别,装饰的、实用的、观赏的,而从中划分出一块称之为当代艺术,不是从艺术类别和使用材料的方式上划分,而是指专门思考和展现当代人文精神状况、呈现对人的自由与生存威胁和挑战的思考,因此,它拥有批判性品格,是前卫性的精神探险,时时触及人的生存现状的政治、文化、伦理、性别、身体等各种社会底线,以呈现作为生命的可能性与未来性。正因为这种性质,当代艺术在当代文化的思考中占有特别独特的地位,以至于成为众多人文学者寄望自由的策源地,如福柯说艺术为我们提供了"第三只眼睛",梅洛·庞蒂说艺术为我们从时间之流中切开了一个"岔口",德勒兹说艺术的语言深入"谵妄"而摆脱了社会规训,从而让人们于此看到生命的真理。

德勒兹和加塔利说:"所有人类行为的动力都来自一个叫做'需要'(wanting)的器官,它在很大程度上不易被人察觉,它存在于人性中最隐蔽的地方。这种每个人身上都有的'需要'不受任何道德约束,也蔑视现实中的所有非难。它生成欲望(want)毫无道理,不顾是非。"[①]而这种"最隐蔽的"欲望的无所顾忌,似乎先天性地归诸艺术家拥有的特权。于是乎,艺术家以视觉呈现和形式创造展现出的追问没有先入之见,没有给予和委派,没有命名和给定,以肉身物像和物品的观念展演而成为人类视觉智慧和生命底蕴探索的工具。

但是,实际的情况并非这样乐观。在一个文化工业特别是当代艺术越来越被当成产业而蓬勃发展之际,在资本国际化所构筑的自由流动的巨大的利益集团的操纵下,这种"最隐蔽的"生命需要的种种呈现方式,正在被进行职业化的训练,"痉挛""癫狂""谵妄症"式的艺术样式是有运用脚本的。1922年卡夫卡发表《饥饿艺术家》,描绘了一位以饥饿为表演项目的艺术家,生存艰难、无人理解,但他不改初衷,以摧残自己身体的方式为艺术理想殉道,揭露了功利主义社会里理想主义的悲惨遭遇。而如今,这种当代艺术的看似饥饿表演,实际上是训练出来的专为特定项目服务

---

① 转引自迈克尔·莱杰:《重构抽象表现主义:20世纪40年代的主体性与绘画》,沈语冰等译,江苏凤凰美术出版社,2014年,第318页。

的职业技能和谋生手段,是专门挖掘出来为表现乌托邦和自由的项目委托与业务承接的一门手艺。他们以德勒兹的"痉挛"和"谵妄"加上福柯的"疯癫"为工作内容,以貌似卡夫卡的"饥饿艺术家"的殉道精神装饰外表,其实却是早就有一套编写好的表演台词和脚本,与卡夫卡的《饥饿艺术家》的主旨正好相反。记得许多年前,尹吉男写过一篇短文《前卫伤病员》,即指为赢得眼球的伪前卫艺术伪装成受伤。而现在,这一切都非常职业化了。美术学院有这样的课程,各种艺术基金和多家艺术经营机构也有众多类似的职业培训。

波德里亚精准地拟定了这种"饥饿职业"的当代艺术的表演脚本的主题词:让价值在词项自身的这种革命中被废除。如果说工厂不存在了,那是因为劳动无所不在;如果说监狱不存在了,那是因为社会时空中的关押和禁闭无所不在;如果说精神病院不存在了,那是因为心理和临床的控制已经得到普及;如果说资本不存在了(对资本的马克思主义批判也不存在了),那是因为价值规律已经以各种形式转入生存的自主管理,等等。如果说墓地不存在了,那是因为现代城市在整体上承担着墓地的功能;现代城市是死亡之城、死人之城。如果说实用性大都市是全部文化的完成形式,那么很简单,我们的文化就是一种死亡文化。① 诸如对贝克特的戏剧的戏仿,伍斯特团体的演出主旨以及杰塞文的媒体剧场,还有短暂存在的建筑业协会的前卫演出,几乎都是这一脚本的搬用。② 即使是大红大紫的、被吹捧得仿佛是20世纪至今最精彩的作品——马修·巴尼的《睾提肌》,据他的策展人玄而又玄的描述,结果还是福柯的"规训"与"惩罚"的视觉展演版。③

饥饿表演的策略是专门攻击文明底线,如曼祖的大便,卡伦·萨利(Karen Finley)对她的观众的生理器官的侵犯,阿利德(John Armleder)把垃圾当艺术品,④达明·赫斯特攻击基督,安德烈·塞拉诺(Andres

---

① 波德里亚:《象征交换与死亡》,车槿山译,译林出版社,2006年,第196页。
② 迈克尔·拉什:《新媒体艺术》,俞青译,上海人民美术出版社,2015年,第68—69页。
③ 南茜·斯配特尔:《前循环:马修·巴尼和身体》,许德金译,载《今日先锋》第13辑,上海人民出版社,2005年。
④ 布莱顿·泰勒:《当代艺术》,王升才等译,凤凰出版传媒集团、江苏美术出版社,2007年,第132页。

Serrano)把基督像浸在尿液中,等等。① 在此,这些挑衅的作品很难说有多深的人文思考,也难以见到关于生命的创新理解的拓展,但是很有效,几乎谈史必录,图册经典一定赫然在册。不得不说这是成功的产品推广,是以自由的名义进行的一场成功的饥饿职业演出。其中翘楚当推杰夫·昆斯,从照片到寝室私生活、到玩具商店几乎随处拿来的东西都能成功地被其指为艺术品,以高昂的价格易主。而那些非常会发现这些作品的意义的学者说,杰夫·昆斯之所以把这些商品当成圣典陈放,是"对商品拜物教的讽刺",如《粉红色的豹》《胡弗电动吸尘器》在荧光灯下"打扮成英雄状态",并指出其背后是"人的劳动付出最后已经奉献"的物品的"支持机制"。这位学者太会挖掘这些无聊作品的意义了。在我看来,其一,即使这位史家所言如是,也只能算当代艺术中的一件十分平庸的作品;其二,假如这位史家和这位艺术家果真以为此类作品可忝列艺术史,那一定是雇佣兵或判断能力出了问题。

相对于直接挑衅社会问题、政治问题、文化问题等的"饥饿表演",另一种针对艺术史内部的"词语"表演则显得专业、学术,也更具隐蔽性。必须透过这种被商业塑造的神奇的迷雾,才能看到它的真面目。

我们可以从激浪派到极少主义(亦译为极简主义)的逻辑思想的所谓"革命"寻其轨迹。

20世纪60年代,一批作家、制片人、音乐家等人共同参与一项国际运动,主旨是"一个激浪派事件,就是某种局面的最小单位的'一次开放事件',从而邀请来开放被封闭的东西"。于是,打开钢琴什么也不做的"极简"之启道之旅便开始了,以至于到斯特拉的一块白色画布、白南准的无图像投影均赫然在列。② 对白南准的无图像投影,一位批评家发现了精彩的意义:"注入了一种表演性的形式到屏幕背景里,在这个过程中,观众从商业电影和另类电影两者的操纵中摆脱出来。"这真是绞尽脑汁挖掘出来的艺术价值! 看样子在这位批评家的脑子里,观众都是像他一样在白南准的空白与好莱坞大片之间寻找意义而困惑不解。

---

① 费恩伯格:《艺术史:1940年到今天》,陈颖等译,上海社会科学院出版社,2015年,第492—497页。
② 迈克尔·拉什:《新媒体艺术》,俞青译,上海人民美术出版社,2015年,第24—25页。

于是,在这个什么图像也没有的"极简""极少"中产生出"概念主义",那就是找到一个"指定某某为艺术""指定某某行为为艺术",从而生产出艺术史的"新词"。美国的极简主义和波普艺术,就是这种"概念主义"哲学指称下艺术生产的产物。极简主义艺术直接抄写建筑和空间形体,波普艺术抄写商品和挪用商品,总体思路基本一致。特别是极简主义,不论从艺术造型还是艺术语言的探索,根本上缺乏价值,如贾德、塞拉等人的作品,就是钢板、工字钢、槽钢等工业使用物的简单成形。正如露西·利帕德(Lucy Lippard)所说:虽然艺术是想象力和自由的产物,"而极简主义更接近工业设计"。[1]

作为研究当代艺术的工作者或专家,不是艺术家做了什么就一定能诠释出什么重要意义来。我们必须追问:这是什么意义?是唯一的意义还是"什么都可以"的意义?"什么都可以"的意义是意义吗?如果这种意义仅仅是针对艺术史摆弄出的"新词语",我不认为有什么实质的价值,不过是一场词语生产的娱乐而已。艺术史是生命自由的视觉与空间的精神史,而非词语差异的词典史,当代艺术正在这种泥潭中越陷越深。看起来无比繁荣、盛况空前的当代艺术景观正上演着一场场看似深刻的"一种流动的停滞"的布朗运动效应。当代艺术在此成为或期待成为策展团队、收藏群体、资本市场等交易的一项项订单博览会,给艺术家指派展览和销售定制的文化创意生产。

我赞同这样的说法:艺术"乌托邦诉诸目标,批判则诉诸手段;乌托邦是一个承诺,一个对未来的投射,一个预期,一个白日梦;而批判是一种警觉,它关注使想象成为可能的诸种条件,将其自身转化为对过去的拒绝以及对现实的否定,并执行一项变革的策略"。[2] 这才是当代艺术的生命锚地!对此,我坚信不疑。

三、发明"艺术意义"的当代艺术批评

德勒兹和瓜塔里说,当代艺术不再表现为对象,而是过程的拼凑,赋予或被赋予一系列面谈的标题;这也是丹托所关注的,当代艺术表现为对

---

[1] 迈克尔·拉什:《新媒体艺术》,俞青译,上海人民美术出版社,2015年,第82页。
[2] 蒂埃利·德·迪弗:《杜尚之后的康德》,沈语冰等译,江苏凤凰美术出版社,2014年,第354页。

象的主观化,用知觉相等物的理论纳入解释,直指某种事态或对象,如德·库宁的表现绘画,贾科梅蒂的消瘦得难以想象的人物——它们都成了肉身化的哲学,因此关于艺术之美的艺术史终结了。①

换一个角度说,艺术家在创作我们称之为前卫艺术的作品之时就是一种哲学思考,他们自身就有一整套的关于他们使用某某物品的哲学理由,比批评家的理念更加肉身化。因此,大多数情况下,他们不大会去理会与他们同时代的批评家如此这般的声音,除非是对他们相关作品的吹捧和尖锐批评。反之,流行的看法是:这些靠文字混饭吃的二流智商者们(在许多艺术家眼中,认为一流者一定是搞实践的,搞不好实践的才去玩文字),是一定要谈论作品的;因此,所谓艺术的意义是什么？它的本质是什么？它的动机是什么……如此等等,对创作无效,对欣赏无益,纯粹是对相关作品的意义"发明"才有意义。

靠文字混饭吃的批评家们开始了艺术史的"发明"意义的批评之旅。

比如杜尚的意义就是如此"发明"的。1954 年之前没有人认可杜尚的艺术史地位,认为他不过就是一个搅局者,自以为是的游离于美术圈之外的小混混。之后,各种装置和现成的物品铺天盖地在各种各样的艺术空间和美术馆登场,于是,"发明"意义的批评家群体便到杜尚这儿争夺命名权。比如,丰特纳在平面的画布上戳几个洞,便成了让平面介入三维空间的艺术史典范。这种低级的美术史原创要求的水平未免太欺负人的智商！

我批评这种"发明"意义的当代艺术批评,在于对这种写作指向的作用的怀疑。诸如《艺术诸定义》②等众多研究视觉艺术的经典,我的感受是:这些清晰的分析和论证,是培养学习者们进入艺术圈的专业阅读的工具,进而进一步创造另一类专业阅读的新样式,至于对艺术创作和理解作品就相差甚远了。

因此,我对这种写作提出这样几点疑问:

---

① 阿瑟·丹托:《艺术的终结》,欧阳英译,江苏人民出版社,2001 年,第 93 页。
② 斯蒂芬·戴维斯:《艺术诸定义》,韩振华等译,南京大学出版社,2014 年;理查德·沃尔海姆:《艺术及其对象》,刘悦笛译,北京大学出版社,2012 年;诺埃尔·卡罗尔:《艺术哲学:当代分析美学导论》,王祖哲、曲陆名译,南京大学出版社,2015 年。

（1）不看这些理论看得懂当代艺术作品吗？

（2）看了这些理论有助于区别和认识什么样的物品可以是艺术作品，什么样的物品不是艺术作品吗？

（3）这些理论的词语排列和逻辑的前后关系能帮助我们预见未来的艺术吗？

（4）这些理论有助于我们对艺术的先后形态有进一步的更替的预判吗？

答案是：没有，这些理论只针对过去已发生的事物。答案是：有，那就是这些理论扮演了"意义发明"的角色和作用。

于是，关于艺术意义"发明"的艺术批评写作面临两个严重危机：一个是游离于"原作"的物质性和现场性的问题；一个是对某物被认定为"艺术品"的问题。

第一个问题是：游离于原作和原作将消逝的艺术批评写作的危机。

面对铺天盖地的装置艺术以及其他现场性的临时作品，展览后即消失的"原作"带来全新的艺术史问题，且这个问题还没有引起足够的关注。

作为针对特定场所、用现成物呈现、结束后作为艺术作品的"原件"的材料便还原为材料，除极少数被收藏，绝大多数留存下来的仅有图片、影像、文字记录，从而带来这样三个全新的"空场"：

（1）作为原作的装置作品在空间场所的描述性存在；

（2）现场感的描述的不可还原；

（3）解读和体验的一次性，对后来者的永远缺席。

于是，针对装置艺术为主体的视觉艺术史便成为一个以影像、图片、文字描述和报道为依据的"读"而无法"看"的视觉艺术史。这为此前以视觉之"看"原作为依据的美术史写作带来新的问题。

这里面临两个难点。

一方面是针对视觉艺术读解的"反对阐释"。桑塔格在一篇《反对阐释》的文章里说："阐释是智力对世界的报复。去阐释，就是去使世界贫瘠，使世界枯竭——为的是另建一个'意义'的影子世界。"她认为需要的批评是艺术色情学而非艺术阐释学。批评不是说作品意味着什么,而是"显示它如何是这样,甚至本来就是这样"。①

很难说桑塔格说得多精彩,主要问题是,这个失去了"原作"的装置艺术之史,如不评述和阐释,还怎样个"史"法?

也就是说,另一方面,失去了"原作"这一"锚地",不可能离开阐释,甚至在很大意义上,当代艺术,特别是装置艺术的意义就是一个阐释不断叠加的意义生长过程。如杜尚的《小便池》、博伊斯的《蜡和毛毡》、约翰·凯奇的《4分33秒》等所谓"作品",就是这样衍生出来的。继续衍生的结果,视觉艺术史便成为以话题为主的阐释艺术史。这个"史"一定是令人大跌眼镜的。玩这种把戏的最杰出人物是法国哲学家德里达,小题大做、追问推演,最后与讨论主旨沾上边。此所谓"解构"也!

同时,另外的问题不可避免地突显出来:

(1)当"原作"退场之后,由阐释还原和扩展作品的意义;
(2)场所讲述和主场的权力话语的主导叙述的倾向性;
(3)阐释的偏好性的选点讲述与无原作的对应。

结果,由于这样三个问题,视觉艺术史的写作演变成为"权力讲述的艺术史"和"怎么说都对又都不对"的游戏化和娱乐化的艺术史。为了避免这种过分随意的批评境况,早在20世纪七八十年代著名文艺理论家韦勒克即提出要建立一套结构、规范和功能系统的理论。② 当然,针对今日当代艺术乃至装置艺术的日日翻新,那几乎是不可能的。

因此,艾柯设计了一套"最低限度"减少"随意性"的准则,或许聊胜于无吧!

在《阐释的限度》一书中,艾柯说,意义的棋盘不能无底,阐释不能随心所欲,文本不能衍生出它自身根本没有的东西。据此,他提出了三个规则:

---

① 苏姗·桑塔格:《沉默的美学》,文周颖译,海南出版社,2006年,第6、12页
② 韦勒克:《批评的诸种概念》,丁弘等译,上海人民出版社,2015年,第24—25、58—59页。

规则一,不存在可以立刻判断类比好坏的规则,因为每个事物都在某个角度与任何其他事物相像;

规则二,如果能自圆其说的话,这个游戏就是有效的,是一个正确的链条系统;

规则三,各个连接不可以太标新立异,它必须先找到至少一次先例。①

那么,假如按照这个规则写视觉艺术史是一个什么样的面貌?抑或"后现代"就该如此"碎片化"? 我不得其解。

第二个问题是:"发明"一个理由指定"某物为艺术品"。

请看下列示意图:

某物品	准艺术品	艺术品
小便池	反艺术史的艺术品	开创现成物品
布里洛盒子	反讽商品拜物教	

在此,艺术的工作有两项:一是选择某物;二是给此物一个理由并签名。

于是,艺术批评便成了"某某物是关于……意义"的填空游戏。怎样进行这项"填空游戏"的艺术品的"认定"呢? 基本上有三个选项:

(1) 物质材料——预设意义;
(2) 物质作为符号——给定意义;
(3) 艺术家设定 A 是 B,B 是 C 的指代意义。

这样,便经由艺术家的设定和展览过程的公共化读解放大和扩展生成意义。

博伊斯说他的《油脂椅》与他 1944 年的特殊经历即容克战斗机被苏联军队击落有关,正是油脂让他活了下来。这是他指定的这些材料的艺术品意义。是否如此,无可验证。而批评家发明了更多意义:一把椅子

---

① 转引自英格博格·布罗伊尔、彼得·洛伊施、迪特尔·默施:《法意哲学家圆桌》,叶隽等译,华夏出版社,2004 年,第 96 页。

和油脂参照人的坐姿的一个切面,所谓人形化雕塑的意义展现于此:椅子是家具的一部分,与床一样是人体最亲密的接触物;从人体解剖上看,椅子最接近的部分是消化、排泄和性交;由此借油脂而获营养……这些"发明"出的意义,充斥在当代艺术史的方方面面,实在是无聊之极。

第三个问题是:批评写作的意义发明是挑选某一个物并找到它的"物性",这个物性就是艺术性。最为典型的例子就是极简主义给他们作品成为艺术的物性的理由。

贾德说,他给矩形铁架等赋予一种"生命跨度",目的是为放弃绘画的平面性,让真实形体自身说话;他也反对雕塑,因为那是一部分一部分弄出来的拟人化的东西通过联想产生意义;正因此,他要避免造型的可分性,用单一形式、有力的结构、相同单元的重复,创作"一个接一个的那种秩序"①。于是,这种种抽屉盒、方钢、铁架、钢板没有任何区别的东西便有"形式"的"永恒"的物性。这岂不是彻头彻尾的强词夺理、指鹿为马的理论!不过,有了这个理由的支持——他们是够大胆的——结果真的把砖头、石块等组成几何图案搬进了美术馆。更有甚者,把汤匙放大,把伞放大,把镐放大,都成了20世纪的艺术经典了!

进一步,让我们看看,批评家们是如何为这些所谓作品赋予价值的。

这位为极简主义写了重要论文的弗雷德说:极简主义与绘画相反,把悬置的物性找了回来并呈现它。以艺术博物馆的新型剧场展演的方式,把艺术的经验设置成为"对于一个一定情境中的对象的经验"。这里的说法至少有两点不成立:第一,哪一个空间没有秩序和整体性?非要等到极简主义拿几个铁架、几块砖到美术馆,人们才醒悟我们的存在中到处都是极简主义的艺术。第二,当然与场所有关——普通人在钢铁厂和家具店摆放这些东西,然后说成是艺术品,早就被送进精神病院去了。凭什么你换个地方就成艺术品,而我把某物挪个地方它还是它自身?!

再举一个关于塞拉的例子。这位美国的著名艺术家被美国学者进行了神话般的过度解读。如一位叫作罗莎琳·克劳斯的学者如是说:"理查德·塞拉的作品是关于雕塑的雕塑,关于重量、范围、物质的密度和不透

---

① 迈克尔·弗雷德:《艺术与物性:论文与评论集》,张晓剑等译,江苏凤凰美术出版社,2013年,第158页。

明度,以及雕塑方案利用展现作品结构的机制打破不透明性的可行性,而这种机制不仅使作品结构本身清晰展现,而且观众也可以从外面观看该结构……塞拉的雕塑一再地让观众意识到他所领悟的整个世界的隐含意义是自己的投体,他认为的雕塑的内在真实是自己的内在表现——来源于自己的固定观点。"①这段溢美之词至少有这样几点值得讨论:(1)塞拉的巨型冷轧钢板是够重的,同样的材料如石块的现成物运用就不是关于"重量、范围、物质的密度和不透明性"的思考,偏偏塞拉的几块枯燥乏味的钢板几何交错摆放就是伟大的物性并从而让观者反观自身?(2)实质上,塞拉的钢板既无雕也无塑,就是工业材料的现成状的运用,用他们发明的物性说法,这种最少改变,最少人为性,正是他们呈现此物之物性的原因。但这种物性到处都是,满世界都是,凭什么你找个"物性"的说法就成了艺术?这种套路和杜尚的小便池如出一辙,而且更加强词夺理!

这种针对艺术史的词语间隙发明词语的艺术命名的游戏越来越远离当代艺术的精神实质。阿伦特说:"艺术家固有的世俗性是艺术的根本,即使一件'非客观艺术'替代了对事物的再现,也不会改变。而若有人把非客观性误认为是主观性,认为是艺术家觉得需要'表达自己',表达他的主观感受,便标志他是个假内行而非是艺术家。艺术家,无论画家、雕塑家、诗人还是音乐家,都创造世俗性的作品。"②

是的,不论是艺术创作还是艺术批评,都不是艺术史的词语编撰,不是针对艺术的艺术行为,不是各个时期艺术与艺术的艺术史,而必须是生命与人的精神自由的艺术史,是呈现生命自由的各个时期的艺术史。这便是阿伦特把"世俗性"看成艺术的根本原因。因此,艺术史的根本价值永远是一个艺术之外的生命史奠定的基础。抽去这个基础,就是一场虚无主义的自我娱乐。

---

① 转引自本杰明·布赫洛:《新前卫与文化工业:1955 到 1975 年间欧美艺术评论集》,何卫华等译,江苏凤凰美术出版社,2014 年,第 296 页。
② 阿伦特:《人的状况》,此处转引自赫伯特·里德:《现代绘画简史》,洪潇亭译,广西美术出版社,2015 年,第 288 页。

中国当代艺术年鉴 2016 年卷导论

朱青生[*]

[内容提要] 2016 年度有两个情况值得关注,其一是自媒体/众媒体正在分离景观社会,形成分散视点和超出理性、性质杂乱的状况;其二是新技术正在改变着艺术的整体样貌。二者相互关联,产生了不同的新观念和新感觉,致使当代艺术面貌产生变化。2016 年的艺术发展的一个表征,可以通过雅昌的 AAC 评奖作品的整体状态看到其突出的反映,即青年艺术家和"成年"艺术家感觉像两个时代的艺术家。绝大多数青年艺术家的作品都采用新媒体(至少是运用跨媒体)的方式来制作,这种对新技术的运用已经与传统美术中的建筑、绘画、雕塑和工艺相去甚远,而这个状态恰巧反映了新媒体和新技术带来的社会和人的重大变化。

[关键词] 当代艺术 新媒体 新技术 艺术形式 新图像

2016 年特别值得关注的第一种情况是,当代艺术在新媒体的催动之下,产生出一种图像、信息和媒介的新模式。新模式将主题和问题用不同的经过采集、截取和挪用的媒体材料来组合呈现、不断变动,而且意义随观众的切入时间、状态和个人兴趣而随时变化,这是当今世界由众媒体/自媒体(社交网络)形成的"散点透视"的一个缩影:从不同立场提出不同角度的叙述和评论,抗拒"焦点透视"的中心舆论,从而形成了视觉与图像显现的新模式,这种新模式就是"山水社会"。2016 年中国政府一再强调媒体应有的党性,严重地反映出主流媒体及意识形态面临的问题,而英国

---

[*] 朱青生(1957—),男,博士,北京大学历史系教授、博导,主要从事美术批评与中西美术史论研究。

退欧和美国大选则显示出主流媒体的影响力衰退。没有政治行政权力和雄厚资本支持的波段、频道、场面以及明星造成的巨大的"景观"作用,"卑微"的普通人、处于边缘状态的个体、教育层次"肤浅"的各色人等的观念表达,已经借由新媒体、新技术的"山水社会"新模式登上了舞台,而当代艺术则把这个变更强化地呈现出来。

2016年,政治的全球媒体模式发生偏转,既被当代艺术展示方式突出地反映出来,又由当代艺术的技术进行着实验和推进,加速了景观社会的塌陷。1967年德波定义的所谓"景观社会"本来是以媒体为主导,如今它连同背后的资本所营造的自上而下的"焦点透视"中心状态的模式正在走向衰败,各种社交媒体中不同阶层的人仅仅凭借个人的遭遇和看法,利用截图、道听途说、不加验证的数据和信息,采用个人修图和拼接的方法,生产各种符合自我期待的心态和思绪的流言甚至谣言,在整体的社会情境中产生巨大的政治作用和文化变革。山水社会正在取代景观社会。

当代艺术还提示了人类整体存在的对科学和理性至上的否定,把与科学、进步的启蒙精神指向不同的意识形态、宗教信仰和个人的思维(思性/神性)作为判断的依据,进而依赖自我尚未清楚地意识,也不能稳定地加以控制的情感、情绪以及莫名其妙的愁绪和焦虑(情性),形成思潮和情态,从而将人的三种不同的本性面向进行混杂表述(三性一身),我们将之归纳成山水社会的"三远法",而不再是景观社会的统一的风景。当代艺术的这种混杂表述从更新的层次深刻地揭露了,理性本身的局限和片面使之发展到一定的阶段就走向了自身的悖论,是对当代政治困境的揭示。对"理性"的深度调查和中性陈述所构成的精英立场本应是主流社会的现代化成果,但是并未如愿地成为社会正确性的唯一的表达,反而成为对人性整体平衡的忽视甚至无知,无意却又无可奈何地催生出与理性和科学背道而驰的思想、信仰和情绪,以及民粹主义和宗教极端主义,形成对理性和科学的反冲击;凭借因为社会差异、发展不均、遭遇不平等和尊严待遇的巨大差别,引发不平和怨恨,以自我的情绪性的想象、焦躁的幻觉,撕裂了正确与正当的人类秩序和现代化进程。当代艺术是就以"非理性"和超科学技术为其主导性质,如今彰显出,片面的理性与科学和人类整体的本性之间并不相容。艺术正以自身的"不理解原则"创造一个基于混合、拼接、虚拟和想象的人性的真实全景,未必符合秩序和规划,却是现实。

由于文化、宗教、意识形态的影响，不同人在思想和信仰方面遵循着不同的选择和认同，互相党同伐异，拒绝统一、形成人类共存。艺术的"不理解"原则本身就承认和保持了对差异和敌对的接受，甚至，虽然从某个思想和宗教标准看来，对方和对象是愚昧、混乱和"无知"，甚至"反人道"的，但却真实存在，正是人间的事实，并且构成了另一些"他人"的生存基础，拥有巨大的政治能量。无论站在何种立场，哪怕是从政治正确的文明推进角度赞成这种思维或信仰与否，在现实生活中，它都可能导致社会的分化和撕裂，甚至形成巨大的恐怖和死亡威胁。这是一个真实的问题，会以这样或那样的方式表述出来。当代艺术则承担了充分的表达。

　　更何况，再进一步，一个人无论有没有坚定的自我执持的意识形态和宗教信仰，都无不受到"情性"的左右，在无意识和无意义以及不可知的状态中作出决断和行为，最后连自己都无从解释。而这样的方法似乎已经越来越使人的生命趋向一场戏，或者是日趋荒诞的游戏化的状态。

　　另一种情况是，新技术的发展催生了艺术的新方式。新方式使艺术的基本面貌发生转移。尽管当代艺术创作活动目前整体上仍以一种极其粗糙肤浅的方式在进行，但随着新媒体、新技术而发展起来的知识经济却给新的艺术的发展、传播、扩展和实验留下了余地。

　　所谓新技术的发展，正是世界整体变化和经济发展的重点。这些重点被艺术呈现本来也是理所当然，但如果仅仅是如此，也不是什么特别的新生事物，因为自古以来，技术和艺术的关系就很紧密。在希腊的艺术概念（也即现代汉语所使用的"艺术"概念的本源）中，艺术和技术是一个词。只不过，今天当我们用中国眼光来看从西方引进的观念时，可以很清晰地意识到，在不同文化和不同历史阶段，艺术并不是指的同一个东西，差异性在所难免。但是差异性所揭示的恰恰是艺术与技术之间不可相容的冲突。艺术本身就有技术的成分，也与技术相互作用而得以发展。人的价值根植于人的本性，亘古不变，但是如果新技术扩展了人的能力，亦即人的感觉能力、记忆能力和传播能力，那么它就不再简单地是人性在新技术中如何延续的问题，而是本性如何在新技术中获得充分的体现与扩展的问题。这种扩展意味着，在过去我们假设人性的整体曾经被部分地表达，现在这些被表达的部分得到了进一步的扩大和延伸。

　　单就新技术延伸出更多人的感觉而言，比如现代物理学对宇宙的观察和摄制,现代生物学对分子内在结构或者生命活动迹象进行计算而形成的新图形和影像,无论对微观世界中的分子,还是对宏观世界中的外星和宇宙,以前单凭感官都无法直接到达和感觉。随着生物工程、宇宙研究、影像生成等诸多技术方向的发展,一方面,人经过自己的努力而达到对事物感觉能力的延伸;另一方面,感觉能力的延伸也会随着技术的扩展而使人对世界和生命的理解发生变化,即人如何来看待世界和人生的三观会受到影响。

在如今的当代艺术中,有两种趋向已经明显地呈现出这种感觉的后果:第一是对此种新技术形成的新图像、新形式加以吸纳;第二是对各种事物有了新的寄托、表达和呈现的新技术。

第一,新技术形成的新图像、新形式。

这意味着这样一个问题:到底什么是我们可以看到的?当代艺术虽然在这方面的意识表现得还不甚清楚,但已有了一些苗头。比如艺术家可以把自己假设为在宏观和微观上深入外星的生物,或切入某种生物中间的观者,在这些情况下展现人类究竟可以看到什么。如此的假设变成了艺术家的展现,而并不是科学图像的直接展演;是制幻和转换使这种展现愈发深入一种当下的恐惧和快乐之中。因为感觉能力扩展之后,人自身的感觉器官已经不是艺术的主要依赖。依靠新技术,人不断发现着前所未有的世界。这就是技术的延伸带来的新的艺术作品。

所以,今天几乎所有当代艺术家都或多或少地受到了新图像和新方式的影响,这种新图像或新形式以逼迫的方式映入了全体人类的印象(详见下文)。艺术家作为人群中最为敏锐的感受者,对于人类整体感觉延伸之后新图像的包裹不可能视而不见。如果在其艺术品中对这样的图像没有反映,无非是因为这种图像的逼迫已使他们有意识地对这类图像的"反面"予以怀念和强调,或有意识地逃避这种图像对人的魔幻的笼罩与吸引。而更多的情况是主动地采集和利用,只不过在形式上根据自己熟练掌握的材料和门类,作出或多或少的转换而已。"有意逃避"和"主动设置"这两种创作方式,实际是对待新图像和新形式的两种互相对立的反应。不是有意逃避因为新图像的过分生疏、奇异和怪诞而引发的种种混乱、喧嚣和旋转的状态,就是主动把这种状态设置为影像、装置和图像集成,以表达人的幻想与合谋。所有这类变动的驱动力,还是来自不间断的宏观世界和微观世界的图像的改变。

第二,新的寄托、表达和呈现的技术。

新技术必然带来新的呈现方式。新技术在2016年更快地改变了过去我们对"新媒体艺术"的定义。过去所谓的新媒体艺术只是把非传统媒体(建筑、绘画、雕塑和工艺美术)的形式加以运用,而今天的新媒体实际上还包含把媒体作为媒介的方式加以发展。所谓媒介的方式,即不仅可以动用新技术、新的展现方式和新的机械来合成与旧的媒介相类似的效果和状态,比如用计算机画一幅画,用打印技术做一尊雕刻,用虚拟影像搭建一座建筑,而且更使媒介的作用发生了根本变化。媒介本来是通过某种外在的物体或器械来增加人与人之间的传播意义,现在,媒介在人与人之间的传播意义当然获得了迅速的增长和急速的变化,更有意义的是,还涉及了媒介领域的扩展。媒介不限于人与人之间,而是渗透到人与自我的肉身的关联、人与环境和自然的关联,以及人与理想、超凡和神圣的存在的关联之中。传播的意义既可以深入人的神经内部,也可以扩展到人的观察范围里对神的崇仰和对政治理想的设计。

最为突出的是新技术渗透到人与自我的肉身的关联之中。许多人机一体的装置、情境和展场被设计出来,让人的生理与感觉变化带来的惊喜得以在艺术中充分显示。今天的许多艺术展览甚至是由纯粹的技术人员组合承担了艺术家那个超凡脱俗的角色。在2016年,其发展的速度突然提高,以后的情况更可无限期待。

人与环境和自然关联的机械复制时代已经结束,新的"卧游时代"已经来临。"卧游时代"把机械复制的性质变成了媒介转换,这也是山水社会的另一个特质,即将真实的自然外界以及历史和现实的环境作为描画的对象去制作成模拟的感知对象,使人的个体本身在"宁静"(卧)状态下去主动地游历揽取世界,甚至自身不动,却透过屏幕终端被迫接受世界对自己的环绕和包裹,而这个世界全部是由媒体所选择和编辑的,甚至是出于政治和经济目的而有意编排和伪造的。并且,这种环绕和包裹采取一种侵入的方式,通过很小的渠道——目前主要是手机,今后还会有更为简洁的方式——侵入个人。中国称过去的山水画为"卧游",意为人在家中足不出户,就可把画在墙壁上的山水尽收眼底,饱览天下。但今天的时代不再需要墙壁上的山水,人在任何地方都已无法逃脱;整个世界转化成信息之后，通过移动媒介黏着在最紧密的地方，紧密程度甚至超过了人与自然的关系，和人发生肉体的亲近，手机及今后将进一步变化的信息终端比任何一个他人（父母、兄弟、亲朋、爱人）和物质的自然环境更加紧密地贴附在个人身上，成为对人自身的捆绑和包裹。过去的"卧游"是以对墙壁的美化而让人流目，畅游心神，如今人们却被信息的移动终端无处不在地捆绑、侵入、挤压和推进。此时的艺术实际承担了对屏幕无尽而疯狂的注入和"美化"的任务，当代艺术只是将这种潜在的运动和浪潮集中显示在观者的眼前。表面看来，当代艺术也参与了山水社会的一个更新的方式，即新技术已经使我们背离了景观社会，再也无法让自己成为一个主体来建造透视——所谓的透视意为有一个立足点和焦点，从这个点观望出去，就能够规划在一个单纯空间内的所有物体和所有现象。而新技术制作的"山水"是一种晃动的观察，这种观察随着人的走动而发生，只是其异化显现为不再是人的主动走动，而是被迫旋转，在旋转中，人身处于各种各样的景色的围绕之中。

　　人与理想、超凡和神圣的存在的关联是将理想的图景以现实权力结构分配的"图表"混同表现。这些图表其实就是现实的景观——根据权力和现行体制，政治权利、经济状况、文化状态所显现和反映的阶级、阶层、性别、宗教、种族和民族所构成的现实图景。各种阶级与利益阶层之间的实际政治权力和经济状况及其分配的合法性在过去总是被掌握公共媒介和公告发布权力的统治集团独占，而今由于上述的新媒体变化，各个阶级、阶层中地位处于中心和边缘地位的多种愿景（理想、超凡和神圣的存在）和抗议（现实的政治利益和文化需要）都得以同时表达，看似一片混乱，实则使人类新的平等意识和民主精神在新技术的支持下具有实现的可能。

　　当代艺术呈现了新技术带来的新观念的各个主要方面，并不仅仅是将真实的外界和历史与当下的现实环境作为描画对象去创作出一幅模拟的图画，而是人们已经没有办法在自身的"宁静"状态下去主动地汲取世界。这种杂乱是因为新技术彻底颠覆了对象世界，"集成"或"拼贴"（collage）已经成为通行的方式，不再是电影中的蒙太奇（montage），更多地是因为人们在不在场的情况下虚拟了自己的在场，而这种"在场"交错、重合，甚至杂乱，把人的其他感觉和空间的幻觉融合在其中。

新技术导致了当代艺术的主体方式向媒介艺术转换,使"艺术家"的范围迅速扩大。在过去的时代,艺术主体仅仅是少数艺术家的作品,这些作品由于艺术家的谋生或成名需要而被创造出来。而贯穿整个 20 世纪的艺术,即我们所谓的现代艺术革命或当代艺术的根本变化,则是对过去界限的不断打破与开拓。当代艺术正在新媒体和新技术的条件下引导所有人——特别是对自身的人的价值具有高度责任感和希望的人——去看待一切问题,也即看待世界、看待人的本性、看待人与人之间的关系,甚至反观人的自身,并使之成为一种普遍活动。这种活动把一切看作视觉的关切,并从视觉延伸到其他感官,这就使不间断的形式革命终于转化为观念的艺术。再进一步,由观念拓展到艺术和各种问题之间的另一种关系。人的"情性"终于归附到了每个人本身,那个让大多数人去追随、观望、凝视和崇仰少数人所做之事的时代已经结束。古典时代结束,当代艺术重启,这一过程没有完全结束,因为当代艺术对艺术民主化的过程只是一个开始,这一开始过程在当下的延续,正是由于新媒体的介入而产生了突然的提升。大量的技术人员因为专长和专注,一旦自己的工作成果超出了商业项目和生产目的所规定的范围,就成为一位艺术家。这种提升是我们在 2016 年观察到的问题,虽然这个问题并不是从 2016 年开始,但越来越值得我们特别关注。

与此同时,对新技术的意识也随之更为觉醒。在技术爆发之前的工业社会,人们本可以对技术的产生抱着顺其自然的态度,随遇而安,但新技术却不允许人们这样做,人去自然中生存的意愿已经被逼迫得成为不可能。

新媒体带来的不仅是对人有益的一种开放和发展,还有人的异化与被钳制和控制的可能。如果从纯粹的社会学和理性的角度来考虑,新媒体给我们带来了一个新的时代,这一点似乎已经成为共识。然而事实上,艺术的意义并不在于用新媒体所提供的方式去制造新技术发展的可能,也不在于以此去实现想象力的延伸,甚至是去参与推动技术性的记录、观察、计算和控制能力的增长——这并不是艺术的工作,这是理性的工作、思想的工作。艺术则是对这样的事情充满了恐惧、怀疑、无所适从,从而显现出对所有上述新问题的纠结、反抗和批判。

在这样一个"最危险的时候",当现代技术似乎已发展到能以人工智能去压迫和取代人本身之时,当代艺术对新技术的批判和反思更关注的是如何能够用血肉之躯重新筑成我们新的长城。这种"长城"不是为了防范外来的新媒体和新技术的侵袭,因为这实际上是无从防范的时代变更,而是为了彻底意识到现代化进程的最大障碍是体制内在的保守和人对人的精神奴役。我们所要依靠的不是肉身,因为肉身今后必定会退化和腐败为机器旁的一团赘肉。这里隐藏的艺术的真正作用,正在于艺术和技术的根本上的不相容性。所谓艺术,就是对技术所遵循的原则的不间断地反抗、消除和创造。只要有两个人类个体,他们之间的差异性被不间断地强调、揭示和激发,这就是艺术。艺术与技术的关系,既是对技术的使用,又是对技术、对人的异化的逃脱、超越和清除。如今我们所看到的一切——计算机写作、绘画、诗歌——都是过去时代的艺术,已不再是艺术的当代主导形式,它们大多只是博物馆的藏品,被供奉在人类的精神纪念堂里,成为文明的遗产。艺术的价值本身恰恰并不是因为人类在历史上曾有过这些艺术,而是正在不断开创和开拓的可能,这正是新媒体和新技术展现的希望。

然而2016年,当代艺术整体并没有对景观社会的黄昏进行积极的批判和反思,有越来越多初有成就的新晋艺术家介入时尚拍卖权力榜的表演之中,成为巨大资本景观的参与者。他们参与了虚华繁荣的财富攫取和分配,就如同电视台在综艺节目进程中插播广告,如有1 000万个人观看,每个人被插入的广告平均耽搁2分钟,那么广告就攫取了2 000万分钟。一个人的一辈子有多少分钟?一次商业时尚的广告占有公共关注的时段就是在以合法的方式"谋杀"。当代的艺术家经常参与合谋,并且为虎作伥,提供更为绚丽和精彩的诱导。

当然,当代艺术家介入商演和时尚,还表现出两种奇特的自我否定和否定的力量,并在冲撞中显现出一幅怪异的图景。一方面,他们丧失了一切政治当代性,对权力和资本赤裸裸地投怀送抱;另一方面,他们又坚持秉持一种调侃和嘲讽的态度,使时尚背后的权威和资本的支持者莫名其妙地上当受骗。这反映了他们的混乱、愚蠢以及对结果的无从预计和毫无办法,只是在自我的迷失中参加了一场否定自我的黄昏盛宴。山水社会的信息变革和技术发展的无限可能已经预示了一场正在酝酿的颠覆性震荡。

因此，新媒体和新技术实际上已经在新的时代和年代产生了一种独特的意味。2016年，许多新媒体艺术作品广受关注，也被"中国现代艺术档案"着意调查，并不是因为这一年新媒体、新技术在艺术创作中有多大发展，而在于新媒体、新技术已经引起了更为深刻和广泛的意识。这种意识显现为一种形象和现象，以作品和展览的形式展示出来，其中，有些被艺术家仅仅作为个人状态的显现，而这种个人状态的无聊与无耻常常充满着智慧的调谑。这只是事情的一个方面。另一个方面，这种媒体与技术本身形成的冲突、无解和自我消除俨然逐步变成了艺术发展的普遍现象。

附录

写在"中国当代艺术年鉴展2016"闭幕之际

朱青生

中国的当代艺术到底发展到什么？总是需要有一个记录和总结。北京大学"中国现代艺术档案"经过30年的积累和努力，逐渐把当代艺术的实时档案的记录方法和总结方式规范化。平时每（工作）日都作相应的记录，尽可能覆盖所能得到线索的全部当代艺术活动。一年为期的记录补充、整理完毕后，利用本年度的数据，用回归方程进行统计处理，对所有的艺术现象进行分类和排序，得到一个相对"机械"但客观的影响力排序。同时再对文献阅读以同样方式检验后，将有影响力的学者和评论家邀请到本年度编辑委员会进行查漏补缺，最终形成"年鉴著录艺术家"名单。名单一旦确定，各个档案专题小组对这些艺术家进行建档工作，或对已经在目之艺术家的档案库作出补充，专门对话，走访工作室，并进行个案的相关研究、讨论，甚至召开专题研讨会和公共讲座，来对一个艺术家和一种艺术现象进行进一步讨论。最后尽可能将这些艺术家在本年度的作品原作（如原作不能到场，就将其文献）集中在美术馆展示。

今年的年鉴展在北京民生现代美术馆展出了2016年度的中国当代

艺术的整体情况,开幕之时正值美术馆开馆两周年纪念日,人潮如涌,宾主尽欢。今天,年鉴展静悄悄地完成了自己的使命,落幕并准备巡回到南京等地,继续展现2016年这一年的总结。

中国的当代艺术到底处在一个什么样的状况？如果要追问这个问题,我们有两个对比的维度,即自我纵向对比和业界横向对比,方能建立其位置。第一个维度是和1985年以来,甚至是1979年以来的中国当代艺术发展的整体情况的脉络来进行纵向比较,这是年鉴编写的基本标尺。在年鉴前言中表述为:"《中国当代艺术年鉴》记录变量,不记录常量。它不是美术界的当年活动总结,也不是分门别类艺术的年度记录,而是对中国当代艺术正在进行的实验、探索、创新和当前的遭遇进行调查和整理,以年度为单位,客观地记录事实,并对各条记录进行核实、简明描述和对照索引,使当代艺术的变化得到显示,进而努力揭示各个重要事实的意义和之间的关联,从而反映中国的现代化过程及其中的社会思潮、文化现象和当代人对其作出的最敏锐的创造性反应,同时标示艺术对现代化过程的推动和反省。"

仅仅与自我相比,中国当代艺术的状态如本年鉴导论所言:"2016年度有两个情况值得关注,其一是自媒体/众媒体正在分离景观社会而形成分散视点和超出理性性质杂乱的状况；其二是新技术正在改变着艺术的整体样貌。二者相互关联,产生了不同的新观念和新感觉,致使当代艺术面貌产生变化。"

在正常的发展情况下,新创作的艺术必然会在过去的基础上有所推进,有所拓展,因此必须同时注重第二个维度,即与同时代国际上的当代艺术的整体情况横向比较。在信息传播发达,人员流动频繁的时代,现在世界上除了极少数地区,当代已经没有纯粹的"地方文化",虽然在当代艺术中强调"在地性",这种在地性更大的原因是强调此时此刻在展览发生的这个场所所针对的问题的独特性,在当代艺术中已经没有什么"问题"是所谓的地区或者地缘政治的单独问题,而是对现代化信息化时代的世界性普遍问题各自作出个人的回答。

在中国,当代艺术已经发展到完全与任何地区的当代艺术齐头并进的地步,其中的每个艺术家和每件艺术都和整个国际整体的艺术概念和创作状况构成比较关系。评价即必须遵守所谓的"对立法则"。在当代艺术中,无论作者属于哪个国籍或者身在哪个地方进行创作,作为一个个体(或者小组)的艺术家,其作品必须在整个人类信息所能到达的全部当代艺术的范围内,和其他艺术之间形成对立。所谓对立就是相对独立,独立就是显现差异。当代艺术的对立法则表现在三种差异上。第一种是与已有的所有艺术(即"有史以来")有所差异,才能显现出此次创作和此件作品对于"艺术史记录"的贡献,贡献无论大小,但不可全无。第二种是与正在创作的同时期所有艺术界之间的差异,即此次创作和此件作品不能与其他的个人和群组所作的作品相同或过于相似,即所谓"撞车",抄袭当然是不可容忍的。这样就带来了第三种差异,这种差异是自我的作品与自己以前的作品以及自己以前所认同的观念和形式范畴内的作品之间保持差异,使每件作品具有独一无二的性状。只有当差异获得显现,尤其是被(当代)艺术作品和活动鲜明而清晰地显现之后,作为现代人的人格的独立性才能彰显出来,人的尊严才能有所着落,而这也正是当代艺术的独特性。当个人的独立可以在自我的创作过程中不间断地流变和演化,不满足于对自我的固定的重复,甚至不用重复来维护自我利益的品牌和名牌,那么"自由"的意义才能真正地体现出来。所以当代艺术的对立法则,就是在当代艺术的创作过程中,以上述的三个差异来显现自我的性质和价值。

  人类需要当代艺术,是社会现代化发展到一定程度的产物。因为社会物质文明的现代化,其结果都是使人类行为在理性的规范中日趋简化和经济,以最小的成本获得最大的利益,以最简化的程序完成最复杂的计算。但是这种高度理性化和科学化的过程必然是对每个个体差异性和独一无二的人格的限制和压迫,所以当代艺术作为一种现代化阶段的艺术,在表象上它反映了现代化的过程,甚至某种程度上是对现代化进程的歌颂或赞扬,如早期的意大利未来主义。但是总体上来说,它是对这个现代性进程充满反省和批判,意识到自己作为一个人如何在整个现代化进程中遭遇文化上被割裂、精神上被分裂、人际关系疏离、人与自然之间的关系被阻断、人和神受庇护的安慰被侵害,尤其是人与人之间的亲密关系被扭曲的这样一种现实,甚至它可以成为一种昭示,带给人一种巨大的黑暗恐惧的未来的想象,使人对已经习惯的现实生活开始变得警醒、惊悚。所以当代艺术把装饰性和美化的功能留给了文化产业和设计工业,而自身承担着先知的角色,用形式显现不可言说的在现代化进程中人类的感受和感觉。

所以回顾今天结束的年鉴展,整体的趋向是展示新媒体和新技术所带来的新的社会状态。但是这个展览并不是技术和媒体的博览会,而是展现了人性在新媒体和新技术的影响下的增长和挣扎。

再来对比同时的两个展览,即卡塞尔文献展和威尼斯双年展,大概能看出其间的区别。如果有了对这个区别的认识,也许能从同时代的角度对比体认出中国当代艺术整体的大致状态。威尼斯双年展作为主题展的集中展示和国家馆之间的较量,可以看到各个国家之间有着自我的标榜,也许是各个国家之间的评选机制的差异,有些国家馆显得非常饱满和冲动,而有些国家似乎是经过一次协商以后选出来的"精品"陈列。但是总体上,主题展呈现的更多的是关于正在遗落的审美意识,甚至是在印刷时代行将灭亡之际对于书籍这个曾经引导人类从野蛮走向文明的丰功伟绩的一次挽歌,因为互联网正不可避免地将印刷时代及其载体——书籍送入历史。而在恐惧和欢乐这样的主题中,本来这是人的爱恨情愁、喜怒哀乐,本来并不随着历史而产生本质的变化,旧石器时代人间的恐惧和欢乐与在互联网时代的人们(具有更大范围内人间信息交往)所感受到的恐惧和欢乐,并不因为物质文明的进展而有所减少,当然也很难想象会有所增多。

人情穿越了历史,具有无今无古的性质,使得艺术展现了和科学、思想所不同的性质,实际上艺术自身并不能像科学一样被证伪而形成自身的递进和发展,从这个意义上来说,也许我们可以理解这次主题"艺术万岁"的意义之所在:艺术万岁不是艺术不死,而是人的情绪并不随历史而变迁,却穿透历史,获得永恒。所谓永恒,就是只要有人存在,即如此。这样一来再看展厅中的作品,无论在世界的哪个国家出现,都可以并列展出,反过来由哪一个国家的艺术家来创作,也无所谓。所以这就与我们在年鉴展那种不记录"常量"而记录"变量"——所强调的与历史的差异性有所区别。在威尼斯,无论是哪个国家的作品,每件作品应该说在感觉上是与其他作品之间是有差异的,无论是形式和风格,但是这种差异的最突出的形式,并不是观念和意识,也许这是威尼斯双年展和年鉴展的取向不同,双年展主题展可以用已经去世的艺术家的作品来表达主题的意义,但是在年鉴展哪怕是过世的艺术家,如陈劲雄,也是他在2016年在世时的最后的一个展览。年鉴展展出的每个艺术家的作品,都不是因为他们适应于一个主题,而是他有一种创造和突破,哪怕是人生的最后一跃。

卡塞尔文献展主题明确,通过强调难民问题,自始至终揭示着政治对人性的压迫,包括作为一个已被群组认同的集体意识对每一个个体差异和个性的规定与限制。其主要的标志性作品是雅典卫城帕特农神庙的装置,而这个装置既反映了策展人带着全体西方人要向自己的艺术根源——雅典致敬的选题,同时它的建造是用透明的塑料薄膜在钢架上包上成千上万的书籍,这些书籍都是印刷时代曾经带给人思想和知识的载体(据说它们大多数是禁书,但仔细观察,也不一定,有很多流行的书籍也在其列),这就把主题建造得相当智慧和清晰,也具有视觉的冲击力。在这一点上年鉴展不具备这样分量的作品,因为年鉴展不设置主题,只展现被人所追求展示过的成绩,同时年鉴展因为场地和条件所限,也没有过大的作品。所以在年鉴展开幕时,民生银行的负责人曾经请我一起私下座谈,我的第一也是唯一的要求就是在明年扩大规模,在规模达到足够大的时候,重大问题才能显现得清晰明确。

卡塞尔文献展的主展馆主要是展出希腊籍艺术家的创作,按时间上来说是中国的近现代。希腊虽然让我们读到这个名字就心生激动,但是他们的近现代作品并不能够触动来自世界各国五洲四海的人的心灵。倒是在新新画廊,关于移民的主题,虽然政治的针对性过于清晰,但是确实有几件作品,以其新的媒体的设计,在印有喷绘的屏幕上,交替变换人的形象的投影,并始终伴随着深沉交错的声音的回荡,反映了当下的欧洲和世界所处的人的权利和人的生存安全的焦虑与困难,极其动人。但是移民问题毕竟是政治,艺术家固然应当先天下之忧而忧,但是当这种忧患和关心只出现在展厅中,而其昂贵的花费与社会迫切的效益之间构成如此大的反差,使我在其中产生了荒诞而羞愧的感觉。我们的年鉴展虽然花费了一定的社会资源,毕竟简朴节俭,尽最大效率反映一年中当代艺术所呈现的当下的心态和思潮,中国当代艺术发生了什么就展示了什么。

今天"中国当代艺术年鉴展2016"闭幕,也许我说的这些回顾之言还为时过早,远非定论。

"坏"画·坏画·坏画主义

李蒲星*

[内容提要] 广义的"坏画"是人类美术史普遍存在的文化发展现象,常常出现在审美意识形态的转型阶段。一脉相承并被社会普遍接受认可的审美意识形态作品被定义为好画,而超越、反抗、拒斥、疏离这种审美意识形态的探索、前卫作品则被定义为坏画。所谓"坏",既是指作品所包含的艺术理念与审美趣味,也是指作品新颖独特的形式语言风格。中国当代美术中的"坏画"现象引人注意首先在水墨画领域,而近年备受关注的则是当代油画中越来越明显的坏画倾向;水墨的"坏"当然是相对于新旧传统的中国画,而油画中的"坏"则是相对于学院化的当代艺术。与学院化的当代艺术不同,当代坏画对学院形式语言表示出极大的蔑视,追求无技巧的技巧、无形式的形式;更重要的是,坏画重建了艺术与当下中国社会与生活的最直接联系,彻底抛弃了日益流入唯美主义的伪现实主义当代艺术。从这个意义上说,坏画具有自己明确的艺术态度,呈现出一种以反叛当代艺术以延展当代艺术的立场与姿态,越来越多的新生代画家加入坏画队伍则显示出当代美术创作倾向与流派的特征。

[关键词] "坏"画 坏画 坏画主义 审美意识形态 当代艺术

提到"坏",我首先想到的是一幅后现代主义经典绘画《坏孩子》(美国画家菲谢尔,1981)和廖雯主编的女性主义艺术家访谈录《不再有好女孩》(河北教育出版社)。无论是画的标题(《坏孩子》)还是书名(《不再有好女

---

* 李蒲星(1963—),男,湖南师范大学美术学院美术史与美术理论教授、硕士生导师,主要从事艺术文化学、中国近现代美术研究和当代美术评论研究。

孩》)都不仅仅是局部的名称意义,而是整体的美学判断。正是整体的美学判断上,它们与"坏"画中的"坏"是一致的。尽管"坏孩子""坏女孩"倾向于道德判断,"坏"画倾向于美学判断,而前者却是以艺术之名的道德判断。

审美精神既是人类精神世界的重要部分,也是人类精神中最独特的部分。独特到它似乎不是以精神的方式存在,而更接近飘忽不定的感觉和直觉。所以,审美感觉(或直觉)比审美精神更准确。这种感觉看似是不可捉摸的,但人类却找到了将这种飘忽不定物质化、客体化甚至恒久化的方式,那就是艺术作品。所有的艺术,都是审美感觉的物化形态,绘画只是其中之一。但是,在物化过程中,绘画变得复杂丰富,而不仅仅是感觉。

通行的方式是将完整统一的绘画分解成视觉的形式、语言、图像部分和与之相对应却看不见的观念、意识、心理部分。艺术的统一完整性就在于两个部分的相互呼应,共同制造出审美感觉。所谓不入流的艺术,就是统一完整性的丧失。艺术的统一完整性合成审美的感觉,而一旦审美感觉物化到绘画等艺术样式中,就会形成所谓的审美定势或审美标准。凡是符合这个定势和标准的绘画就是好画。这样的好画和道德体系里的符合道德标准的好孩子与好女孩是一样的。

然而,审美精神毕竟是人类精神世界的一个部分,而人类的精神世界是在与人类的现实世界对应中建立起来的;现实世界与精神世界的关系就像人与自己的影子之间的关系一样。人类的现实世界(即文明)和动物的现实世界(即自然)的根本差别是:文明总是处在绝对的运动中,静止才是相对的。永恒运动变化的现实世界自然会对应到人类的精神世界中,只不过没有人与影子的对应关系那么简单、直接、快速罢了。按系统论的思维方式,人的精神是一个大系统,大系统由若干子系统构成;审美精神只不过是其中的一个子系统。现实文明世界的运动变化,首先是影响到某个子系统,然后再扩展到其他精神层面,最后集中到审美精神。所以,从这个意义上说,审美感觉的变化是最缓慢的。

当整个精神系统的变化集中到审美精神领域时,审美的感觉为之一变,或者称之为美学革命或者称之为审美思想与观念的解放。美学即感觉的革命和解放必然要与早已形成的物化的审美定势正面冲突。在这个冲突过程中,美学的革命和解放必然要找到自己的代言人,即能将革命和解放的审美物化的艺术家。这样的代言人有一个已经很熟知的名号：前卫艺术家或先锋艺术家。前卫艺术和前卫艺术家是相互生成的。虽然这个名称在现代社会才出现,但作为一种文明现象和艺术现象,"前卫"贯穿于人类的艺术史中。

两宋是中国古代绘画艺术的极盛时期,也是中国人的审美精神极丰富发达时期,自然也就形成了标准化、定势化的审美样式。尽管有北宋、南宋差异,尽管有山水、花鸟、人物等题材类型的差异,但我们仍然可以透过种种差异看到一个统一的标准的宋代绘画美学,而这样的绘画美学又是和当时的诗词、书法、陶瓷、园林等艺术形态相互呼应的,我们可以称之为"宋人的美学",也可以视之为古代中国的美学极致,是中国古典美学的典范。然而,就是在这样的博大精深而又统一的审美规范中,竟然也出现了明显的不和谐,那就是南宋梁楷的泼墨大写意。梁楷本来也是当时审美规范的创造者,是个人艺术事业的成功者,但在晚年由于一些今天已不太清楚的原因,梁楷的绘画突然间来了一个巨变。因为这种巨变,梁楷在中国古代的画论中被描述为"梁疯子"。

在当时流行的审美标准看来,梁疯子的《泼墨仙人图》等作品当然就是"坏"画。这样的"疯狂"和"坏"画再一次集中出现在明晚期的徐渭绘画中。因为绘画的视觉特征,"坏"画,首先是在语言形式上的"坏"。梁楷人物画的题材、主题并没有多大变化,徐渭画的也是千年一贯的植物,他们的"坏"画,"坏"就"坏"在笔墨上。这个特征主要是由于中国书法直接影响到中国绘画之后。书法虽然也是视觉艺术,但它的抽象性决定了书法的形式语言与审美观念完全是合二为一的。

中国文明史研究的共识是,明代中晚期是中国文明的蜕变阶段。与徐渭的"坏"画相呼应的是傅山的"坏"书(还有可称之为"坏"文的市民小说)。因为他们二人首先是文人,所以,他们不仅是"坏"书与"坏"画的创作者,也是"坏"书与"坏"画的理论家。这种理论最简洁明了地落在傅山的"宁丑勿媚,宁拙勿巧,宁支离勿轻滑,宁直率勿安排"四句话中。

"坏"画现象既是艺术发展中的必然现象,当然也是古今中外概莫能外的现象。西方美术史上明显的好与"坏"冲突始于浪漫主义美术的兴起。德拉克洛瓦的《希阿岛的屠杀》被安格尔称之为"绘画的屠杀"。从此以后,多少美术史上的经典作品诞生之时都被否定为"坏"。库尔贝的《浴女》被法国皇帝用马鞭抽,皇后则以为画中的裸女不再是正常人类形象;米勒的《拾穗者》、罗丹的《巴尔扎克》、马奈的《草地上的午餐》与莫奈的《日出》都是被当作"坏"画而咒骂,而最后却成为广为人知的经典。现代主义美术之始的野兽派更是被全盘否定。从此,西方美术史上的"坏"画高歌猛进,一路狂飙。

与中国美术史上的"坏"画现象突出"形式语言"的"坏"不同,西方美术史上的"坏"画常常是观念优先,形式断后。库尔贝、米勒、德拉克洛瓦等人基本上都是观念和趣味的"坏"。马奈的《草地上的午餐》明明带有强烈的"坏"形式,但攻击者依然以伤风败俗的道德观念绑架,毕加索的《亚威农少女》也是如此。直到现代主义各大派遥相呼应渐成气候之后,形式语言的"坏"才逐渐被人注意,现代主义也因此戴上形式主义的帽子。因为现代主义被贴上形式主义的标签,所以,后现代主义反其道而行之,更强调观念,《坏孩子》的"坏"就是典型。

女性主义艺术更是将这种"坏"女孩观念推到极致。德·库宁的《女人》系列,本来是扩展了表现主义的形式语言,具有"坏"语言的特征,但批评家更愿意强调他的观念"坏"——彻底颠覆了作为善、美化身的女性固有观念,极力夸大女人的丑与恶,从而使这个男性画家与女性主义成为一丘之貉。西方美术的这种观念优先也影响到当代中国画。当年指责朱新建的也是观念——封建道德与三寸金莲。而朱新建真正的"坏"笔墨却被忽视了。

实际上,朱新建之所以越来越被认识到他的画远远超出了所谓新文人画意义,就在于他可以说是当代中国最早的"坏"画创作者。这种"坏",现在看来根本不是三寸金莲之类题材观念,而是他的笔墨方式完全颠覆了传统的笔墨趣味美学。他的人物、山水、花鸟具有高度的笔墨一致性。如果说朱新建的画"坏",那是因为与传统中国画一脉相承,因而像当年的梁楷、徐渭一样"坏"得一目了然。他的书法,也成为当代"坏"书(书法谓之"丑"书)的典型。

一、作为个案的"坏"画

从 20 世纪初开始,中国文明进入一个前所未有的新阶段。在这个被称为近现代的时段里,无论是中国现实的社会,还是中国人的精神世界,在中西文化的融合对抗中都变得比古代复杂,而且随着时间的推移愈来愈复杂。这种复杂,突出表现在价值标准的复杂中。如果说古代社会也有朝代变更、时势变化,但其基本的精神却是一脉相承的,维系着文明的和谐一致与单纯,那么,近现代则是破坏这种文化的和谐与单纯。

如果说古代社会推动书画变化的好与坏标准是清晰的,到近现代时期,好与坏的标准则开始变得模糊不清。

"国画现代化"和"油画民族化"的艺术实践从近现代就开始了,到20世纪50年代后则更自觉。由于共和国初期审美意识形态定于一尊,所以,好画的标准清晰明朗。虽然有石鲁"野怪乱黑"的"坏"画和林风眠的"丑化",但当时的审美主流意识形态是清晰的,绝大多数画家可以按照这种好画标准进行创作。进入改革开放时期,"定于一尊"不再,价值观念随之进入一个混乱无序的阶段,这特别集中地体现在这个时间的艺术生态中,虽然只有40来年,又因为身处其中,因而更显得混乱不清、好坏不辨。

由于时势的变化,定于一尊的审美意识形态遭到质疑和批判。批判的武器并不新鲜,一是中国传统的纯粹性与正宗,二是西方的现代主义。40来年的改革开放从本质上说延续的仍是晚清民国以来的历史与社会,只是更复杂一些而已。依托这样的历史与社会大背景,无论是以纯正自居的传统,还是以普世潮流自谓的西方现代主义,或是共和国初期的审美意识形态,都在这期间的中国美术里找到自己的代言人。因为三方不仅都有现成的近乎固化的意识形态审美标准:这些标准要么是从古代继承下来的,要么是从西方拿来的,要么是自然顺延下来的。而且彼此之间是尖锐对立的。

这种对立,实际是三种态度、立场、原则对应在美术领域的对立。因为都有强大的存在基础又尖锐对立,所以改革开放40来年,中国美术进入坏画层出不穷的热闹年代。任何一方的好画,都可能被另一方指责为坏画。最早将西方现代主义引入中国的"星星美展",在当时共和国初期的审美观念看来毫无疑问是坏画。当时的批判和指责远远超出了美术本身的范畴。尽管如此,西方现代主义美术还是依托当时的思想解放背景迅速发展壮大,短短几年就形成了已成历史的"八五新潮"美术。从20世纪末开始,中国美术进入所谓否定之否定的时期,现代主义的狂澜开始冷静下来，原来尖锐对立的现代主义和现实主义彼此走近，由此诞生了所谓的"玩世现实主义"和"新生代现实主义"。好画与坏画的标准也因此变得更模糊起来。

20世纪末的十年，除了"玩世现实主义"和"新生代现实主义"外，就是"新文人画"。新文人画一开始就与"中西融合派"尖锐对立。这种对立并不新鲜，早在20世纪初就出现了。这也就注定了新文人画的理论和实践的局限性。这样一个从哪方来讲都苍白无力的世纪末现象竟然还呈现出泡沫式的繁荣热闹，一个重要的原因就是朱新建和他的画。朱新建的画被当作坏画，遭到严厉的批评，这在20世纪末是唯一的美术现象。结果不仅使新文人画备受关注，朱新建也顺理成章地成为新文人画的代表人物。而实际上，朱新建与其他新文人画有着太大的差别，这种差别就是：无论是理论还是实践都有严重局限的新文人画的泡沫下，必然会引来众多乌合之众的追随，而真正能够以个人的天才超越理论和实践双重局限的只有朱新建。

从明朝开始，中国书画就分裂为传统保守派和传统创新派，两派彼此博弈，一直延续到清朝。随着西方文化的强势入侵，在救亡图存的大历史背景下，传统保守派彻底出局，取而代之的是新起的中西融合创新派。历史在传统创新派和中西融合创新派之间展开。双方旗鼓相当，势均力敌。这种历史态势一直延续到当代。由于共和国初期极力扶植中西融合创新派，彼此实际上已经难以势均力敌。新文人画的出现就是弱者的抗争。弱者的抗争总是悲剧性的，新文人画在艺术的价值上几乎全军覆没，只有一个朱新建。因为唯有朱新建继承的是齐白石、黄宾虹、傅抱石等人的传统创新派精髓，朱新建之所以成为当时坏画的典型，就在于此。这和齐白石当年被传统保守派攻击为"蔬笋气"的意义是一样的，其批判的套路也有迹可循。批评莫奈《草地上的午餐》的焦点集中在道德的堕落，因为这最容易为民众理解进而形成批判的群众威力。

同样，批判朱新建的焦点也集中在他的三寸金莲和腐朽封建道德上。实际上我们今天早已清楚，莫奈的被批判就是因为他的画违背了传统的审美标准，是"坏"画，他也因此成为印象派的先驱，只是《草地上的午餐》有某种道德的诱因才被选中作为目标。同样，朱新建的画被批判，三寸金莲只不过是一个借口，更深的原因是他的画坏——他的笔墨形式完全不同于传统文人画的笔墨趣味。其实,用现下的观念看视,朱新建的坏画是"坏"画。为了强调"坏"的效果,朱新建将他的"坏"书也纳入画中。而这正是齐白石等人当年立足传统创新的延续。从这个意义上说,朱新建绘画与书法是"坏"画与"坏"书,正是因为他超越了传统的局限。

一个流行的近现代美术史研究观点认为,在传统创新派和中西融合创新派的赌博中,前者以完胜收官。如果仅就黄、齐、傅一代人而言,此论似合理,但由此推而广之就令人质疑了。中西融合派第二代在人物画上的巨大成就是传统派望尘莫及的。即使是山水画如李可染、陆俨少的创作也不再那么纯正了。朱新建能立足传统而直指当代的创新,已属于罕见的大智大勇了。而更多指向当代的毫无疑问是中西融合派代表,刘庆和、李津最为突出。和朱新建被指责一样,在新(共和国初期)旧(传统)中国画审美标准看来,刘庆和、李津的画无疑都是"坏"画。只不过时代变了,此时的中国,无论是自身的发展变化,还是对外开放的深广度,都达到了史无前例的程度。所以,刘庆和、李津携带着自己的"坏"画迅速在中国画坛走红。真正将"坏"画引入美术批评中也是从他们开始的,始作俑者是易英。

易英执教于中央美术学院,以西方美术史的教学和研究见长,兼作美术批评,立场态度鲜明地指向当代。所以,传统中国画在他的批评视野之外。在易英看来,刘庆和、李津的画根本不是中国画,而是当代艺术,所以他才关注。如果硬要说是中国画,那也是"坏"中国画。2007年,易英为参加首届"艺术长沙"个展的李津画册作文,标题就是《坏画李津》。易英之所以称李津的画为"坏"画,首先是从传统中国画的审美标准,特别是笔墨标准着眼的。"李津算是八五老将了……他那时就是一个前卫画家,不好好按水墨画的规矩作画,画得很粗野……墨用得很重,人物画得有些粗糙,显得傻乎乎的。"易英认为,李津的画之所以画得很不成熟(不像好国画)的原因"不是没有学到国画的基本功,就是故意不那样画"。更重要的是,易英是按照西方绘画观念的分析方法判断"李津就是画坏画的"(严格地讲,这里的坏应该加引号)。前一点,李津和朱新建近似,后一点是李津独有而朱新建没有的。这正是中西融合派的特点,只不过李津的西更宽泛,写实主义、现代主义与后现代主义都有。

易英多次为刘庆和的画撰写评论,最近的一篇是2015年刘庆和的美仑美术馆个展。作为策展人的易英为展览画册写了《白话的启示——再谈刘庆和的艺术》一文。文章沿用了此前文章的一贯观点："他的画很另类,不像正统的国画。他是画在皮纸上,自然谈不上笔墨,细细的线条,淡淡的墨色,歪歪扭扭的人物,故意做出业余画家的样子。"文章还认为："他好像不关心画画的技巧,只关心画什么东西。中国画所要求的笔墨的功底和人物画要求的准确的造型,都和他没有关系。"在标准的中国画看来,刘庆和的画当然同样是"坏"画。

二、"坏"画主义

《坏画李津》不仅是最早的"坏"画理论文献,也是迄今为止最重要的"坏"画研究文献之一。虽然文章仅两千余字,还是李津个人的艺术评论,但易英在文章中仍清楚地阐明了"坏"画的艺术史意义和价值;他说的是水墨画,论述的却是最一般的绘画理论问题。这对我们认识最近几年越来越受到关注的"坏"画现象有重要的启示。

易英一直在使用"假抽象""真抽象""学院派"等与"坏"画相关联的概念："假抽象是画得很好……只是用符号代替了形象","真抽象是本来就画得不好,或是没学到家,想画好而画不好,于是画面就有些抽象了,或者觉得画不好还痛快些,自由更重要"。易英认为："假抽象可以还原到学院派……真抽象会还原到本性,从学院的角度看,这种还原在形式上是很糟糕的……假抽象的前世投胎就是坏画。"易英还指出："坏画是一种计谋。这种计谋的概念就是:画不好好画就画坏画。或者,不是画不好好画,而是不愿意画好画,因为坏画更像一张画。""坏画不是为形式而形式,是要表达着某种观念,这种观念可能是隐晦的,无意识的,也可能就是一种策略。"

易英判断李津的画是"坏"画,这是一个艺术价值的肯定判断(而不是相反)。因为在易英看来："画画也是这样,越是学院的,就越没有个性,越是好画就越不是快乐原则。"如何认知"坏"画,易英也有自己的看法："其实坏画不是形式,也不是风格。画在于人,本性中的有些东西并不是刻意追求的,你在日常生活中是什么样子,在画中就是什么样子,这是坏画的基础。"所以,虽然易英肯定了李津、刘庆和等人"坏"画的艺术价值,但也认为那只是偶然的个案,不足以成为某种形式或风格的潮流。这就是说,

"坏"画主义是不成立的。

易英的文章写于 2007 年，当时并没有引起普遍关注。"坏"画这个概念也没有在美术界流行开。直到近些年，"坏"画才成为一个热词，其中的一个重要原因是一个名为"绘画艺术坏蛋店"的微信公众号不遗余力地推广。人们发现，无论是中国还是外国，竟然有那么多的"坏"画家。从人数上看，早就是成群结队了。因为作为社交媒体的微信有着巨大的传播能力，所以"坏"画很快成为一个网络上的热词。然而，与网络的先进性相比，绘画是一个太古老、太保守的行业，有着自己传统的纸媒体传播手段。虽然差不多所有画家都不会绝对拒绝网络，但美术界里界外，都认为传统纸媒才有足够的权威发布与传播合法性；微信只不过是瞬间即逝的娱乐世界，过于虚幻。

虽然伴随着"坏"画热度的上升，也出现了类似于《"坏画"何以登堂入室——中国当代艺术中"坏画"现象的视觉文化逻辑及其相关问题》一类的长篇评论，但纸媒体评论界却基本上对网络上的"坏"画现象保持沉默。这当然也就会出现认识上的混乱，这种混乱正好印证了人们对网络世界的基本态度。所以，迄今为止的"坏"画研究，真正具有权威性的仍是易英的《坏画探源》与《坏画李津》等系列文章。而易英的这些文章却是在这一轮网络"坏"画现象之前撰写的。所以，以易英的"坏"画研究面对网络上的"坏"画现象，以网络上的"坏"画现象丰富已有的"坏"画研究，就是一个有必要、有意义的工作了。

易英简略地将画一分为二为"坏"画和好画。好画就是讲规矩的学院派，压抑甚至消解个性；"坏"画就是不讲规矩、由着性子乱画，保持着与个体生命最直接持续的联系。在易英的标准看来，"坏"画更接近艺术的最高价值。讲规矩的好画，无论是古典的还是现代主义的，因为规矩是客观的，是基本功，所以，自成流派和风格。而直接与原始个性和独特生存经验相连的"坏"画，则不可能有多人共同遵循的风格和形式。从这个意义上讲，"坏"画只是一种倾向。虽然"坏"画概念源于西画，但中国水墨同样可以有"坏"画，甚至，因为中国画千百年一直受书法影响，遵循着在传承中发展的原则，这种原则被认为是中国画不可逾越的底线特征，否则就不是中国画。这样的原则也就使中国画极端地倾向于形式主义与风格主义，也成为某种模式和程式。

深受西方现当代艺术影响的刘庆和、李津等人则试图以一己之力打破中国水墨画的千年模式，所以，在中国画的审美标准看来，他们的画就是"坏"画。也因为这样的缘故，一向不关注中国画的易英也就对刘、李的创作一见倾心。实际上，早在刘、李之前，黄永玉、吴冠中的中国画就被以正宗中国画自居的人视为非国画，也就是说，他们就是"坏"画的先驱。朱新建也是如此。易英之所以对这些"坏"画先驱视而不见，大概是因为他们的画过多地追求形式和风格。

然而，绘画艺术毕竟是一种视觉艺术。既然如此，它就总有某种形式、语言和风格，否则就无以成就其艺术的价值。差别在于：好画是"有形式的形式"，"坏"画是"无形式的形式"。这种无形式的形式就是画家的个性独造。离开画家的个性，这样的无形式即为零。所以，无形式的形式，根本就在于画家的个性独造，而不是人人可为的。例如，刘庆和特别迷恋纤细的线条，这样的线条在传统中国画的形式语言中是不如此呈现的。刘庆和的纤细线条是他连环画创作实践中练就出来的，将之从连环画中抽离出来，错位在他的水墨画中，于是就成了刘庆和的"无形式的形式"。这种形式构成了刘庆和绘画的艺术价值，但也仅限于此。如果刘庆和的学生将这种形式运用于自己的画中，它就毫无艺术价值。这就是"坏"画的基本原理，我们姑且称之为"坏"画主义，其核心有二：一是"无形式的形式"，二是"绝对个人有效性"。

与中国画的风格化、模式化相比，经过从现代主义到后现代主义狂风暴雨般的冲洗，油画的风格化、形式化几乎荡然无存。所以，西方油画几乎是"坏"画当道。然而，油画传入中国，从一开始就扮演着仆人的服务角色，只是服务的主人在权力和金钱之间跑来跑去，这就构成了有中国特色的中国油画。这样的"仆人"本性（或者叫中国性）经过百年的累积，形成了巨大的能量。无论西方的古典主义、现实主义还是现代主义、后现代主义，一旦传到中国，一旦与中国现实相结合，立即就变成了为权力、为金钱服务的仆人。仆人化的中国油画走着与西方现代油画完全不同的路径。西方是"坏"画当道，中国则是好画盛行。好画的大本营就是学院派。蒙克绝望到疯狂呐喊的表现主义中国化之后，变成色彩与形式的唯美主义而大行其道。西方油画的各种风格和流派一旦中国化之后，莫不如此，而且走向更极端的庸俗唯美主义。

20世纪90年代兴起的"玩世现实主义",在当时是遭到打压的前卫艺术"坏"画,进入21世纪之后野鸡变凤凰,成为金融资本疯狂追逐的当代艺术,由此也带动了至今不衰的"当代艺术"潮流。这个过程,也就是前卫艺术华丽转身为庸俗文化的过程。就像人们不再关心流行歌手的歌如何,而只关心出场费和唱片销量一样,中国当代艺术由备受打压的前卫艺术奇迹般地变成了一个近乎狂欢的流行文化符号,狂欢者毫不关心艺术如何,唯一关心的是艺术家的身价是千万元还是亿万元俱乐部,关心的是作品的拍卖价格是涨还是跌。

虽然也有像朱其等个别人站出来说皇帝没穿衣服,但仅次于权力的金融资本完全操控了当代艺术的狂欢者。

狂欢的中国当代艺术就是这样彻底走向了另一面:他要努力把自己包装修饰为服务金钱的高级仆人。所以,它变得越来越好,早就不再是一般意义的好画了。

物极必反!

当一个空间美声、美文与好画挤塞到令人窒息的时候,生命的本能必然感受到底线的压力。不在窒息中爆发,就在窒息中崩溃。这样,一股被称为"坏"画的清新空气流动了。

与易英盛赞的刘庆和、李津不同,这次的"坏"画全集中在油画,而且,人们惊讶的是,怎么一夜之间冒出这么多"坏"画?这些"坏"画完全吻合易英在此前对"坏"画的描述,不同的是,短时间如此多的"坏"画,俨然是一股潮流。

作为潮流的"坏"画出现,当然是对中国油画好画主宰一切的反动。问题是,初兴的"坏"画潮流是昙花一现转瞬即逝,还是方兴未艾的中国艺术的新方向?

改革开放40来年,中国经济社会获得巨大发展,其变化可以说是翻天覆地。特别是经济发展,不仅从根本上改变了中国的现实景观,也对世界经济产生了深远的影响。可以说,中国经济已深深地融入全球经济一体化的大循环中。与此对应的是,经济、社会大发展大繁荣的一面被突显,而其复杂混乱的另一面却被有意无意地遮蔽。而恰好是这种复杂混乱直接对应了社会心理。社会心理的复杂混乱,既有对外开放经济发展带来的,更有40来年累积的矛盾造成的。因为一切以经济建设为中心,其他的社会发展与建设中的矛盾就被搁置累积,经济社会的发展又带来了许多原来没有的新问题。随着时间的推移,新老问题越来越多,日益集中到社会和人心。作为人类的精神文化,艺术与现实的关系总是对应的。社会现实的存在,决定社会的思想意识,而社会的思想意识则直接反映到艺术创作中。

然而,与社会现实、社会意识的巨大变化相比,中国艺术严重滞后。改革开放初期的玩世现实主义早就不具有对应当下的现实能力,却由于金融资本的追捧和其他原因依然成为当代艺术的主流和权威,金融资本制造出来的艺术市场繁荣已成为当代艺术发展的最大障碍。当下中国的社会现实迫切需要与之相对应的艺术,而不再是披着金钱外衣的假现实主义。

毫无疑问,当下中国不仅是经济、社会发展的肥沃土壤,也是文学艺术创造的肥沃土壤。中国能够贡献于全世界的不仅仅是经济,也包括文学和艺术。有这样的历史与文明逻辑,无论金融资本的反艺术势力有多大,就像无论生产关系对生产力有多大的阻压,生产力总会要顽强地发展。艺术创作在本质上就是艺术生产力。

"坏"画现象应运而现。

如果说李津、刘庆和等人的"坏"画带有明显的个案性质,而且还是集中在水墨画;那么,经过近十年的默默耕耘,以廖国核为代表的"坏"画终于借助互联网以整体的姿态登上中国当代艺术的舞台。如果说"玩世现实主义"是改革开放之初中国最强有力的艺术,当今中国最强有力的现实主义艺术就是"坏"画。

没有人否认中国经济的巨大发展和社会的巨大变化,但新旧矛盾对人心的影响却越来越趋向负面,越来越复杂的社会矛盾使人越来越对好视而不见,看到的、感受到的却是越来越"坏"。互联网和自媒体的巨大影响力更强化了人们精神与心理上的"坏"感。这就是"坏"画的时代基础,是艺术最大的时代精神,也是玩世现实主义艺术时代所没有的新艺术土壤。

易英从艺术本体的视角分析了"坏"画与好画的本质区别,也从李津、刘庆和等人的个体艺术实践强调了"坏"画的极端个人性。因此,他认为"坏"画只是个人偶然的自言自语,与社会并没有直接关系,并且李津、刘庆和的艺术创作也证明了这一点。"坏"画属于个人的历史经验,而与社会现实无关。所以,只有"坏"画,不可能有作为艺术思潮的"坏"画主义。

近几年的"坏"画现象说明不只是如此。

易英认为"坏"画不在乎艺术的表达形式,在乎的是某种观念,这是对的。只是,这种观念虽然是个人的,但不是孤立的,它可以是个人的生存经验制造出的观念,也可以是个人的生存经验与社会的联系。如果说作为"50—60"一代的李津、刘庆和们更强调生存经验中的历史部分,那么,作为"70—80"一代的"坏"画艺术家,他们的生存经验更多的是现实社会给予的。

所以,相对于传统的中国画,无论是观念还是语言形式,刘庆和、李津的画当然是"坏"画,但是他们的画"坏"得并不彻底。他们的"坏"是相对的,而不是绝对的。这与他们的年龄有关,也与他们的艺术媒介有关。他们的画终究是要融入中国画的大流向中。徐悲鸿、林风眠、黄永玉的画也被指责为"坏"画,但时过境迁,他们成了中国画的新权威。刘庆和、李津自然也是这样。这是作为绘画艺术二元论的中国画与油画的重要区别。

与中国画相比,植根于西方文化的油画则可以"坏"得更彻底。西方艺术的这种"坏"——渲染痛苦、悲伤、绝望,最早可以追溯到早期的基督教艺术,到浪漫主义则成为主流。早逝的天才籍里科凭借一幅《梅杜萨之筏》流芳千古,就在于他开启了西方绘画的"坏"之旅——张扬人类的痛楚与苦难。从浪漫主义到现实主义,再到现代主义、后现代主义,莫不如是。"坏"画的传统渊源就在这里,这就是为什么当下的"坏"画都集中在油画的原因。

廖国核之所以成为"坏"画的代表人物,不仅是他默默耕耘了十多年,而且,用毛焰的话说,他画得很诚实。这种诚实,就是对现实社会的最真切感受,是一种内心与精神的痛感,不是为"坏"而"坏"的纯艺术。

虽然"坏"画现象方兴未艾,但也有批评者认为"坏"画已成为一种可以批量生产的模式。这种为"坏"而"坏"的现象既有艺术创作的一般规律。一个新的艺术倾向与流派出现会吸引大量的追随者从而良莠不齐——印象派时代就是如此。更重要的原因是,艺术市场和金融资本的投机所致。特别是"坏"画被认为具有投资潜质而受市场青睐的时候,这种现象几乎不可避免。

这是一个信念问题。我们相信艺术的伟大和不朽,就要相信艺术家的诚实——总会有诚实的艺术家。就像方力均等人总是努力以艺术家的诚实以努力实现自我超越一样。作为一种艺术思潮的"坏"画主义既然不可避免地泥沙俱下、鱼龙混杂,我们就要相信,龙终究是龙。

艺术批评的"锚地"和"发明意义"的修辞学批评困境

马钦忠

[内容提要] 艺术批评的知识生产职能：之一，让作品由看而成为可读的语言的梯子；之二，释读艺术作品的人文精神，守护人文基线；之三，与艺术家一起引导、提炼、发现、深化作品的价值与意义；之四，在社会、人的生命状况与艺术史之间设定坐标；之五，向大众进行艺术作品的社会传播。因此，艺术批评的意义不是远离这个基础去发明意义，更不是艺术史的针对艺术词语的创新和所谓自由。我不认同所谓针对艺术史的单纯的艺术形式的创新；这种创新假设不能触及社会及生命意义，那只是一种娱乐方式而已。这就是我说的艺术批评的"锚地"。不论多么玄虚、多么幻象丛生，它的意义与价值一定在这儿得到验证和体现；反之，就是玩弄词语、把词语游戏当成艺术批评的意义发明。值得特别注意的是，正是后者的这种批评方式给当代艺术批评带来严重的娱乐化、随意化以及词语针对词语的毫无意义的"战争"；这不仅在国际上流行，同样也严重地影响到我国的当代艺术批评。对此，非常有必要进行一次学术清理。

[关键词] 艺术批评 雅歌号 发明意义 修辞学批评

一、"雅歌号"行程的"在途中"而成为"悬空中"

关于"雅歌号"，巴特是这样说的："突然达到一个事先料想不到的高度而再现出某种经历的深度和差异性；它们按照优雅的、修饰性的结构要求，都排列在作品的表面。人们感到高兴的是把这些词语组合在一起的程式，而不是它们自身的力量和美。""而在现代诗歌中，关系只是词语的一种延伸,词语是根本,像源头一样扎根在可以领会但不可触摸的那些功能的韵律学之中。""词语从此仅仅是一张垂直的设计图,它就像一块石头或一根柱子一样插入由意义、想法和暂留形象组成的整体之中;它是站立着的符号",被"引导到一种零的状态"。① 当然,视觉艺术是物品词语,反之,词语也是物。在这个理论的预设中,没有什么不可以是词语。巴特的"文之悦"把写作、评论作为一种创造、一种发明意义的哲学写作游牧,对于这种想象体自身的迷恋成为写作目的。这种"发明意义"的批评在他的"想象之流亡"的叙述中,表达得更为直接:"流亡。一旦决定舍弃恋爱状态,恋人便会感到远离了自己的想象。"更进一步:"我试图摆脱恋人的想象,可是,想象却在下头闷燃,就像没有熄火的煤重又开始燃烧;被舍弃的东西重又冒出来:从那没有堵死的墓穴中突然发出一声长嘶。"② 恋的对象无关紧要了,而成了与自己的想象进行的一场战斗。怎么都对,怎么都行。费耶阿本德如是说科学,艺术又岂在话下。

于是,"雅歌号"正式起航了!

那么,靠什么划动这艘"雅歌号"航行呢?答曰:修辞学方法论。

保罗·德曼把18、19、20世纪的文学变化,归结为讽喻、隐喻及提喻的认知。他说:"主客体的辩证关系再也不是浪漫主义思想的中心议题,而现在却发现,这一辩证关系,完全处于那些存在于讽喻符号体系之内的时间关系当中。它在见于其真正时间性困境中的那种自我概念,同试图躲避这种否定的自我知识的防御策略之间变成了一种冲突。从语言层面上说,19世纪经常假定的象征优于讽喻的地位,正是这种顽固的自我神秘化所采取的一种形式。就18世纪末叶所披露出来的事实而言,19世纪和20世纪的欧洲文学,有大片大片的领域似乎趋向于复归。因为它们没有了前浪漫主义作家的那种清醒。于是,隐喻语言的象征性概念自身,很快就会在各个领域得到确立,尽管在美学理论及诗歌实践中还存留着一些歧义。"所以,他说:"批评就是对文学的解构,就是把文学还原成修辞神秘化的语法的严谨。"从而,批评和文学变成了"围绕着把语法同修辞加

---

① 朱立元主编:《二十世纪美学名著选》下册,复旦大学出版社,1988年,第402、404页。
② 罗兰·巴特:《一个解构主义的文本》,汪耀进、武佩荣译,上海人民出版社,1999年,第104、106页。

以区分的认识论轴线"。①

这还不够,对后现代主义的第二代理论精英来说,这样的修辞学更新语词零件太缺乏深度了。他们还停留在词语系统之间进行替代、转换。现在应该"撕裂"词语、"击穿"词语而"延异"出新的"雅歌号"的超时代版。

拉巴特和南希的《文字的凭据——对拉康的一个解读》是专以索绪尔和拉康为基础的一个解构策略的技术分析和建构,基本方法是:能指|所指—僭越中界线—解构‖书写—文字—间隔—由符号算法和运算能指化—意义生产和发明。在此,"这个主体乃是作为'我'所是(suis)的主体,'基于我和其他主体共有(这个)语言'。恰恰是这个'我'在此成为(est)全部行动的主体,即能指运算的主体:'我'可以(peux)'表意'并且'被理解'"。②

这个理论模型的另一个版本:大他者|语言|能指—小他者|言语|所指—文字的凭证:书写撕裂语词|创造意义。这儿是关键,即"撕裂词语",用书写"延异"出意义,即实现能指化。所谓"能指化的功能就是把隐微义以合乎规则的方式提升到一般化的地位——与此同时,这项运作必定会让主体的意义和功能产生紊乱"。这正是意义所在:"如果文字的问题不在于和某物相一致,——尤其是与某个'精神'一致,那么反过来,问题在于文字和一种永久的彻底的不一致姿态相一致[真理]。"修辞学的比喻在此发挥巨大作用:"比喻将主体的功能和词语的功能集于一身;它是这样一个场所:语词在里面控制着主体,并且把它转化成文字,转化到某个转义法的或能指的独特文字性所具有的各种形式下。"以作为"它是一种真理的奴隶"。

于是,拉巴特和南希便把德里达的文字书写的"延异"作用生命本体论化了,尽管后现代主义拒绝本质的说法;一方面,梦与词之间出现了空隙,这非常关键,即言语和语言之间、他我之间恰好是个体的"主体间性"通过文字书写被撬开了:"就是在弗洛伊德文本中(重新)解读文字。'无意识中的文字'",通过"这一(重新)解读的原则是双重化的:一方面,既

---

① 保罗·德曼:《解构之图》,李自修等译,中国社会科学出版社,1998 年,第 26、66 页。
② 菲利普·拉古-拉巴特、让-吕克·南希:《文字的凭据:对拉康的一个解读》,张洋译,漓江出版社,2016 年,第 77 页。

然问题在于去发现梦中的这同一个文字化结构(换句话说,音位学结构)的迫切要求,正是在这个结构里,能指在话语中被说出并且得到分析。那么就必须在弗洛伊德使用的模型中(字谜、埃及象形文字)辨认出与一切类似的象征主义相区别的一种纯粹的能指运作的各主要特征;另一方面,更准确地说,问题涉及在梦的运作的所有组成部分中辨别出文字本身的各个要素或功能"。①

详细地分析他们的技术表述太浪费精力和笔墨,关键是解读出的结果也没有特别的意义。因此,通过事例分析是简便有效的办法。

具有这种修辞学方法论范本意义之一的是法国作家西克苏(Helene Cixous)的"女性写作"。西克苏主张飞翔或游泳两种类型的写作,所谓写作的写作,以此逃离陆地。她的作品是文学? 哲学? 文字谜? 纯粹文字结构游戏? 概念艺术? 是或者又不是。在一篇《频闪式写作》的批评文章中,德勒兹说看西克苏的 *Neutre*,认为她创造了一种关于当代性的疯狂的速度变换文本。"通过运动的方式调和出无可名状的光影和色调。写一秒、写一秒的十分之一。规则简单:从一棵树移动到另一棵树或者是交换成活跃的身体,或者是替补性的术语,或者是对偶性功能的词语命名。这一切发生得如此之快以至于困难重重,从外观上,可见三个操作过程,即从一棵树到身体或名称。该运动是由一个晕光闪现的树为极点,滑入或隐入黑色垂直交错的条纹,而后繁衍出一代代幽灵者:纸……每个游戏的他者:例如这种陈述'没有就是没有它的他者:山姆徘徊于此。'"

那么她创造了什么呢? 在德勒兹看来,是一种材料关联的游戏:"虚构的元素激发欲望,语音学元素激发文字,语言学元素激发状貌,批评的元素激发了旁征博引,活跃的元素激发了场景。"于是这本书便成了读得快与慢、联想的速度如何便会形成不同的滑动速度,而不同的速度便有不同的故事连接。而同时,元素永久地滑动,形成极端的旋转,阻止它们拼接成任何固定的意义模块。②

不过在我读她的《写作,总是写作》一文时,有些"将自己颤抖的身体

---

① 菲利普·拉古-拉巴特、让-吕克·南希:《文字的凭据:对拉康的一个解读》,张洋译,漓江出版社,2016年,第82、95、116页。
② Gilles Deleuze, *Desert Islands and Other Text*, New York: Semiotext(E), 2004, pp.230-231.

抛向前去",跳跃、多变、情绪大回还、无法捉摸,有些性感的混合体,但一种强烈的回肠荡气似乎在"空中游泳"。用作文章起头的"partie"这个法文词,既可以看作这个访谈的主题,又较能体现她的写作理念,完美、盛宴、遗憾等酸甜苦辣的人生叙述一应俱全。不过,让我感受到一股强大力量的还是那种对来自阿尔及利亚的一位法国女性融入巴黎社会的被歧视的抗议和呐喊。①

另一位实践这种"雅歌号"的著名艺术家是阿普特卡尔(Ken Aptekar)。他一直在揭示一个问题的新层面:阐释过程怎样改变一件艺术品的意义? 在为 2001 年伦敦维多利亚和阿尔伯特博物馆举办的题为"给予和索取"(Give and Take)的展览而作的一件装置作品中,阿普特卡尔把自己的画挂在原作品旁边。当观众在彼此呼应的阿普特卡尔的画作和原图像之间反复浏览时,他的"衍生作品"在看似无穷无尽的阐释中产生了共鸣。这就是他试图实践的:阐释也是一个创造性过程,而每个观众都完成了一件新作品。②

一位叫马里翁的在他的《可见者的交错》的文本中为这种行为提供了十分精细的理论解说:可见者决定于不可见者,而可见者呈现之不可见者为预设不可见者之植入自身作为"观看自我给予所给予者"。如印象派之色彩到波洛克行动绘画皆为凝视不可见者为可见者,逐渐远离模仿、样本,最后到终结如马列维奇的"黑与白"到"白与白",再到观念艺术和现成品艺术,皆为凝视"不可见者"而成为"可见者"。这和凝视圣像是相同的,即由可见者而达到"不可见者"。终点,都是"可见者把自己给予观看"并成为"给予者"即纯粹凝视自身。③

当然,在这种理论的支撑下,发明意义的批评不仅合法化了,而且更成为新的智慧的源泉了。至于和批评指涉的作品还有多少关系,便彻底地弃而不顾了。

于是我们可以非常明确地看到"雅歌号"在"途中"而成为悬在"空

---

① Helene Cixous, "The Writing, Alway the Writing", *Hatred of Capitalism*, Edited by Chris Kraus and Sylvere Lotringer, New York: Semiotext(E), 2001, pp.121-124.
② 罗莎琳·克劳斯:《前卫的原创性及其他现代主义神话》,周文颐、路珏译,凤凰美术出版社,2015 年,第 253—254 页。
③ 让-吕克·马里翁:《可见者的交错》,张建华译,漓江出版社,2015 年,第 66 页。

中"了。

之一,把作品设定为某种词语式的呈现,转化为观看者及批评者自身的词语意义的见证,即是批评者作为当事人把叙述文本引申出的衍生义当成作品的结构的组成部分。当然这是你知我知他知或都不知的模糊地带,是一个假设的"言谈"。

之二,批评的意义发明假定了"他们试图以一种这样的方式来描述事件,对事件的这种描述当时实际上是没法做到的。在此,我诉诸的是人们熟悉的事实,即我们是在那些事件发生之后才书写事件的历史"。① 结果,事后的"书写事件"也成了作品的一部分。那么,从哪儿得到确证或者仅仅只是说说而已?两者皆可。自然,说了也等于没说。所以,我读丹托的诸多艺术及美学文章,虽然分析技术很过硬,但关于意义云云,大多不得要领。

格瑞伊斯在《批评反思》一文中指出,艺术批评的困境在于:"批评家不乐于认同这一具体艺术立场在理论上被归结为我们已经走到了历史的终结的论点。例如,阿瑟·丹托(Arthur Danto)在《艺术终结以后》的书中提出,那些前卫艺术试图论述艺术的本质和功能已经站不住脚。因此,作为我们熟知的前卫模式的批评不可能从理论上拥有特别推崇任何一种具体的艺术类型的权力——正如在美国语境中的格林伯格的范式——一再重复的模式所做的那样。这个世纪艺术发展到最终成了什么都被相对化的多元主义,一切皆可能,唯有批评判断的基础则不再被考虑。这种分析的确貌似很有道理。但今天的多元主义本身就是人造品——一种前卫艺术的产品。一种单一现代艺术作品就是一个巨大的当代性的区分机器。"②

于是乎,人们便沿着这个"区分机器"进行修辞学意义的无限的批评意义的发明,并把这种发明当作为一种意识形态进行传播。

二、图灵测试:关于"钵中之脑"的破除和重新堕入

让我们用一个例子加以证明。

---

① 阿瑟·丹图:《叙述与认识》,周建漳译,上海译文出版社,2007年,第18页。
② Boris Groys, *Art Power*, Cambridge: the MIT Press, 2013, p.115.

沙地上爬着一只蚂蚁。爬着爬着,蚂蚁在沙地上画出一条线来。纯粹出于偶然,这线条弯弯曲曲,最后看上去就好像是一幅清晰可辨的温斯顿·丘吉尔漫画。这蚂蚁画了一幅温斯顿·丘吉尔的像没有?多数人在稍作思考以后会说:没有。这蚂蚁毕竟从未见过丘吉尔,连丘吉尔的照片也没见过,而且,它也没有描绘丘吉尔的意向。它仅仅是画了一条线(即便这,也是无意的)、一条我们能"看作"丘吉尔之像的线而已。①

我们可以把这个设定看作是杜尚的小便池。

现在让我们继续沿着普特南的分析前进。假设我们都被置于这个"钵中之脑"且为一个邪恶的科学家操纵:

这会儿让我们假定这架自动机具有这样的程序,它向我们大家交谈关于苹果时,你则觉得正听我讲话,当然,我的话并没有真的进入你的耳朵,因为你并没有(真实的)耳朵,我也没有真实的嘴巴和舌头。相反,当我讲话时,所发生的是外输脉冲从我的大脑传到计算机,该计算机既引起我"听到"我讲这些话的声音和"感到"我的舌头颤动等等,也引起你"听到"我的话,"看到"我在讲话,等等。在这种情况下,我们在某种意义上真的进行着交流。你实际存在着,对此我并没有搞错(我搞错的只是除了大脑,还存在着你的身体和"外部世界")。从某种观点来看,即使"整个世界"是一个集体幻觉,也无碍大局;因为当我对你讲话时,你毕竟确实听到了我的话,即使起作用的机制并不如我们所设想的那样。②

我们可以把这个"钵中之脑"想象为封闭的自指涉的20世纪艺术史。现在我们分析看看发生了什么情况。

我们来到布尔迪厄的"场域"。如他举例所说:"诸如汉斯·哈克(Hans Haacke)这样的画家的所作所为吧,他用艺术的工具来质疑那些对艺术创造自主性的干预。他在古根海姆博物馆展出的一幅绘画,揭露了古根海姆家族财政资源的来源,这样一来,古根海姆博物馆的馆长就别

---

① 希拉里·普特南:《理性、真理与历史》,童世骏、李光程译,上海译文出版社,1997年,第6页。
② 同上书,第12页。

无选择：如果他展出这幅画，那他就不得不辞职，或被这家博物馆的资助人解聘；如果他拒绝展出这幅画，那他在艺术家的眼里会受尽讥笑。这位艺术家让艺术重新履行了自身的职责，却立即就陷入了麻烦之中。因此我们发现，艺术家获得的自主性从根源上说，既取决于他们作品的内容，也取决于他们作品的形式。这种自主性暗含了一种对俗世必需之物的屈服，艺术家认定的德操就是超脱于这些必需之物的，他们的方式就是自诩完全有权决定艺术的形式，然而他们付出的代价却是同样一点不少地放弃了艺术的其他职责。艺术场域委派给他们的职责，就是不发挥任何社会职责的职责，即'为艺术而艺术'。除此之外，一旦他们要履行其他职责，他们就会重新发现这种自主性的局限。"①

在布尔迪厄的社会学系统里这叫"场域"。大多人一定得服从或接受这个场域委派的角色，与杜尚比，汉斯·哈克真是小巫见大巫了。对之前的艺术史，他进行了颠覆，而之后的"场域"规则由他的"小便池"开始。即是说他用他新创设的场域取代了历史。对此，非常清楚明确地说明了两个问题：其一，杜尚的"艺术行为"是针对这个"艺术圈子"的社会在说"不"；他鄙视这个圈子的自恋和自视清高的自指涉。这是由他的作品一忽儿被拒绝、一忽儿被怒斥，到知道他杜尚是何许人也之时又如此容易地被接受即"小便池"为艺术品。这是一个什么也不是、根本无须给予尊重的无知的"艺术界"。其二，他的现成物品被接受作为艺术品是由于这是他的"艺术界"和由他产生的体制系统所决定（因为他既是这次展览的评委也是股东）。这两个条件互为因果。因此，从杜尚的视点看，小便池不是艺术品。语言哲学家塞尔由此得出的结论是："（便壶）是声讨建立起来的社会自诩拥有为艺术创作价值立法之权力的某种行为"，即"以言行事"。但是，历史还是从反面重新开始了："直至今天，在占统治地位的意识形态领域，（现成物品）逐渐被视为先锋派的某种真正的范式。"②

我举这个例子只是为了说明杜尚所做的正是从"钵中之脑"的自迷自恋出走，但是，"发明意义"的批评家们重新堕入了"钵中之脑"。

我读杜尚关于现成物的所作所为，认为他是从社会现实去批判艺术

---

① 布尔迪厄、华康德：《反思社会学导引》，李猛、李康译，商务印书馆，2015 年，第 138 页。
② 转引自萨米埃尔·扎尔卡：《当代艺术的概念》，晓祥、文婧译，中国社会科学出版社，2015 年，第 67—68 页。

品和艺术圈的自律。他要说的是艺术不是什么,生活才是根本。因此,他的现成品是砸艺术体制和艺术圈的砖头,是否定艺术圈的工具。杜尚所做的是一个自由生命抵抗、嘲讽艺术体制和惯例的自由持久的"自我证明",所以是尼采的问题而非康德的问题。但遗憾的是,其被当成了艺术史的一种必然。为此提供有力证明的便是迪弗的这本《杜尚之后的康德》。

为什么人们会对杜尚的行为最初是愤怒,而后来又会把他的"小便池"视为经典?

迪弗认为,关键在于艺术史和艺术家对艺术专名的传统的职业惯习。有了专名,然后依赖专名进行专项归类、专项书写。凡是这个类型之内或有这个类型特征的都叫艺术。而艺术史就是这个专名的归类材料史,并且假定它们都有一个基本性质,此即所谓艺术本质。而这个本质是什么?答曰:艺术意志,即用某种媒介呈现的精神,艺术家也是用这种媒介方式追求一种精神。于是,杜尚成功了:指定某某物代表为某某精神;这更加是一种纯粹精神。这便是迪弗说杜尚所制造的康德的数学替代式。于是"艺术"的自我命名的精神神秘史终于被杜尚用一个小便池点破。杜尚成功地逃出了惯习所固守"专名的"艺术圈。但是后来者沿着这个"无论如何"的"做法"的做法本身又重新当成圣典,再次堕入普特南假设的"钵中之脑"。①

新的"钵中之脑"构筑的"场域"委派给了新的批评家和新工作。阿瑟·C.丹托在他的"布里洛盒子的美学"里一再感叹于"难以驾驭的前卫艺术"的种种乱象,诸如各种以粪、尿、尸体等的所谓艺术,有感叹而无态度和立场,更没有明确指出"代表什么"和"意谓如何"。这让我想起哈罗德·布鲁姆的《影响的焦虑》所说的故意"误读""篡改"而创作的文学史。"诗的影响——当它涉及到两位强者诗人,两位真正的诗人时——总是以对前一位诗人的误读而进行的。这种误读是一种创造性的校正,实际上必然是一种误译。一部成果斐然的'诗的影响'的历史——亦即文艺复兴以来的西方诗歌的主要传统乃是一部焦虑和自我拯救之漫画的历史,是歪曲和误解的历史,是反常和随心所欲地修正的历史,而没有所有这一

---

① 蒂挨利·德·迪弗:《杜尚之后的康德》,沈语冰等译,江苏美术出版社,2014年,第80页。

切,现代诗歌本身是根本不可能生存的。"①语法修辞学的批评不仅把这种"篡改"合法化,而且换成词语战争之后俨然成了人类智慧的新的增长点了。

丹托说,没有下述关于早期符号理论对句法、语义学和语用学的理论准备,解释这个新的"场域"和所谓作品也同样是不可能的。查理斯·K.莫里斯(Charles K.Morris)是符号学的创始人,他观察到,"修辞学可以被认为是实用主义的早期有限形式"。可以把美所属于的特征范围命名为修辞学范围,因为它们使得观众对某个内容持有某种态度。"但是,'修辞学'也为我的目的带有过多的联想。逻辑学家弗雷格使用了'色彩'这个词语来指这个术语被诗人'屈折(变化)'的方式——例如,这个词接近于美被用来使观众对显示的东西抱有某种态度的方式。也许引入'屈折语'(inflector)作为这个目的的术语比较合适。无论如何,就这一点,我刚刚提出的问题涉及它是否属于艺术的定义:如果某物被屈折以引起观众对其内容的态度,那么,某物就是艺术品。迄今为止,美是屈折语中最为重要的因素,但是,恶心是另一重要的屈折语,残暴蛮横则是第三个。现成艺术品并不单纯是工业生产的现有物品,而是被严重屈折以便产生一种审美冷漠态度的物品。我不会说屈折语的数目无限多。但迄今这些屈折语太多了,甚至对于美(因其所有的资格),也无法假设它是近期未来艺术的决定性屈折语。"②

丹托让"修辞学方法论"发展到"屈折语"这一"造词"的具体手段的时代,那么,批评对作品是什么便可以用胡塞尔的方法给予"悬置"起来了,以至于忘记了它在哪儿。

现在该是揭晓图灵测试的结果了。

"这只是一台造出句子来应付句子的装置。但其中没有一个句子同实在世界有任何联系。假如把两台这样的机器耦合起来也会一直不断地互相'愚弄'下去。我们没有理由认为蚂蚁的'绘画'指称着温斯顿·丘吉尔,同样也没有理由认为机器对苹果的谈论指称着实在世界的苹果。""图

---

① 哈罗德·布鲁姆:《影响的焦虑》,徐文博译,生活·读书·新知三联书店,1989年,第31页。
② 阿瑟·C.丹托:《美的滥用:美学与艺术的概念》,王春辰译,江苏人民出版社,2007年,第105—106页。

灵测试并不排除这样一台机器,它的程序使它只进行模拟游戏,而只做模拟游戏的机器显然不指称什么东西,就像一台电唱机那样。"①

我们假定了一个神物去膜拜,这就是杜尚的小便池告诉我们的另一个版本的"图灵测试",目的是不要堕入"钵中之脑"。可结果是,依然在这"钵中之脑"展开生意隆盛的"词语买卖"。

三、发明意义的"词语买卖"的语义修辞学

针对这一问题,有一个典型样本,即关于极少主义的雕塑到底是什么样的"艺术性"的讨论。

贾德说,他给矩形铁架等赋予一种"生命跨度",目的是为放弃绘画的平面性,让真实形体自身说话;他也反对雕塑,因为那是一部分一部分弄出来的拟人化的东西通过联想产生意义;正因此,他要避免造型的可分性,用单一形式、有力的结构、相同单元的重复,创作"一个接一个的那种秩序"。于是,这种种抽屉盒、方钢、铁架、钢板等原本没有任何区别的东西便有了"形式"的"永恒的"物性。也就是说,物即是物,不论到了什么地方还是物。此可谓初级语义学修辞。

进一步,看看批评家们是如何为这些所谓作品赋予价值的。

为极简主义写了重要论文的弗雷德说:极简主义与绘画相反,把悬置的物性找了回来并呈现它。以艺术博物馆的新型剧场展演的方式,把艺术的经验设置成为"对于一个一定情境中的对象的经验"。② 修辞的语义塑造出了一个个物体自主的物自体演出,由静的物自身成为演员。弗雷德的原意是对极少主义依据场所定性作品性质提出批评,却反而成了正向肯定。

让我们继续。一位叫作罗莎琳·克劳斯的批评家如是说:"理查德·塞拉的作品是关于雕塑的雕塑,关于重量、范围、物质的密度和不透明度,以及雕塑方案利用展现作品结构的机制打破不透明性的可行性,而这种机制不仅使作品结构本身清晰展现,而且观众也可以从外面观看该结构……塞拉的雕塑一再地让观众意识到他所领悟的整个世界的隐含意义

---

① 希拉里·普特南:《理性、真理与历史》,童世骏、李光程译,上海译文出版社,1997年,第16—17页。
② 蒂挨利·德·迪弗:《杜尚之后的康德》,沈语冰等译,江苏美术出版社,2014年,第198页。

是自己的投射,他认为的雕塑的内在真实是自己的内在表现——来源于自己的固定观点。"①这是关于雕塑的雕塑的哲学修辞了。但问题是"什么是雕塑的雕塑"?假如我直接堆一堆砖头,能不能叫"建筑的建筑"?很显然,这是对弗雷德的"物性"批评的正面肯定和阐释。

迪弗说弗雷德关于奥利茨基《地瓜 45 号》作品的评论可见以后的过分词语化的端绪:"它绝不是一种单纯将他的绘画制作或'翻译'成雕塑的尝试,也就是说,不是只想尝试着将表面——可以说将绘画的表面——确立为雕塑的媒介。人们会把每一根管子都不可思议地看作扁平的,亦即,它是扁平而轧制的;对这些管子的运用,使得《地瓜 45 号》的表面更像一幅画的表面,而不像一个物品的表面:像一幅画,却既不像日常物品,也不像其他雕塑,《地瓜 45 号》整个都成了表面。当然,宣布或确立这一表面的东西,就是色彩,是奥利茨基的喷绘色彩。"

迪弗说:"弗雷德这篇文章乞灵于色彩与微妙的彩饰法,而且'轧制的平面性'这个说法也相当牵强。"②就是说,经由弗雷德的"物性"之在"剧场化"的提法,由制造物为艺术到使用物的"物性"为艺术,经过巴特等"雅歌号"的修辞迷恋,指定"物"为艺术演变成词语逻辑的概念游戏,最终被看成"所有的艺术在本质上都是概念的"。于是,批评自然就成了一场概念游戏,谁发明了一种"意义",谁就是艺术史的大赢家。或许,专名艺术史即此之谓吧。

于贝尔曼在一篇谈极少主义的文章中说,莫里斯把物体变成一个情境中的一个变数这一原则:"一个变数,过渡性的、脆弱的变数"即"一个情境中的一个变数,也就是某段时间在某个地方的体验程式"。如他的三个L形柱体按不同方式摆放,莫里斯给出的是物的"戏剧性"演出的解释:大幕拉开,戏台中央有一根柱子,站立着,八英尺高、两英尺宽,胶合板做的,漆成灰色,再无他物;三分钟过去,无事发生,无人上场亦无人下场;突然,柱子倒了,又过三分钟,大幕落下。于贝尔曼说这对"特定性"话语有颠覆性,即"千方百计地清除一切细节、一切关系、一切组合",特别要清除"拟人性":"让人特定地去看一个长方体,让它看上去是什么就是什么。

---

① 乔治·迪迪-于贝尔曼:《看见与被看》,吴泓缈译,湖南美术出版社,2015 年,第 49—50 页。
② 同上书,第 51 页。

它不站也不睡——一个长方体,如此而已。"那么批评家干什么呢?在三种脱节,即批评家把话语与作品混为一谈、艺术家看不见他所说和所做的区别,以及批评家又"察觉话语与物体二者之间的脱节",并常常于此处揭示作品的创造力"即作品之美"之所在。于是,词语更加自由地开始了它的信马由缰的行程。①

但他不同意弗雷德关于莫里斯的解释,他先设定原则性指标,认定极少主义本质上是一个意识形态所推出的一桩"词语买卖",也就是一个说法。他也不同意罗莎琳·克劳斯的 L 形物体的身材、臂膀等"拟人化"解读。这就是既非绘画又非雕塑之间的非特定性。实质是极少主义以物精心制造的"戏剧幻象"。于是,艺术与非艺术的物与物性面临非此即彼的选择。在于贝尔曼看来,这不过是同一个东西的翻来覆去的同一物,即把视觉事实和在场事实对立起来,其原因是"因为同语反复和信仰一样,都是靠固定某些词项来生产一个让人满足的诱饵:它固定了看的对象、看的行为、看的时间和看的主体"。纯粹之眼是梦想,唯在所见之物与视我们之物之间"看着我们的东西打开洞穴的时刻"。② 这个说法还有些让人期待走出词语困境。但很遗憾,于贝尔曼还在更加隐蔽地继续着这桩词语买卖。

在《视觉的辨证或掏空的游戏》一文里,于贝尔曼用弗洛伊德的孩子玩木纱轴游戏的滚来滚去的例子去解密史密斯的黑盒子雕塑:立方体、箱子、凸起物、棺材、藏密物、死亡、消失……联系到史密斯生存的"还未被社会承认"的飘忽不定,再到他儿童的回忆,最终确定了他的作品形式。正因此,"黑色就是记忆的颜色,不过该记忆从不向人讲述自己的故事,更不传递怀旧情绪,只是简单地满足于通过体积和视觉来展示自己的秘密"。他自己却觉得其作品是"一个不受意识目标控制的程序的产品"。在这儿,他的"黑盒子变成了这样一个地方:此处的过去在时间中错位,回首往事便构成了现在"。一个"简练、庄严、持久",像记忆那样持久,像正在操劳的命运那样持久的"一个地方"。这"是一个丢失机制:它起作用首先是因为它永远不完全知道自己在积攒什么,于是它变成了欲望本

---

① 乔治·迪迪-于贝尔曼:《看见与被看》,吴泓缈译,湖南美术出版社,2015 年,第 60 页。
② 同上书,第 61 页。

身的一个操作,也就是把丢失转换成一个永久的生机勃勃(我的意思是说令人担忧)的游戏"。一如"弗一达丢失游戏可以给我们提供一个'欲望的零点'的有节奏的重复,把无法固定的东西固定下来,把被遗弃关系变成游戏"。① 这个论述方式有点齐泽克式的辩证法的味道。不过,这是不是变成了另一种"词语买卖"? 也就是说,不论什么样的黑盒子,根本没有什么新见地、新的空间意象,还是用制造一个"说法"指定意义。幸亏是被指定的,不然的话,任一人家里的黑盒子,按照于贝尔曼的赋义,那与其住在一起的人一定会精神错乱的。一个黑盒子雕塑给了于贝尔曼一个黑夜! 很有些像中国古代吓鬼的人,偶然看到镜子中的自己,以为真鬼来了,结果把自己吓死了。

再让我们看看南希关于肖像画的论述:肖像画的身份全在于肖像画中。形象的形式"自主"无异于在担保主体的自主,主体在形象中且作为形象给出自己,作为画布那没有深度的内部性,因而也作为绘画——灵魂在此仅仅由它所造就——的自主性。"在自身之中"的人是在画"之中"的。没有内面(interieur)的画是人的内在性(I' interiorite)或者说内在亲密性,总之它是它主体的主体:它的主体性和它的载体,它的主体性和它的载体性(subjectilite),它的深度和它的表面,它的自同性(memete)和它的他异性。所有这些都汇于一个独一无二的"身份"之中,它的名字就叫肖像画。

这个从哲学上定义的肖像画,很类似笛卡尔的"我画故我在"成为"画我故我在",独一无二,精神、身体、内在与外在。这不过是把一个非常简明的内容修饰得到云里雾里去了。从文本上读很有滋味,因此,这些德里达的后学们,如同老师甚至比老师还要过分迷恋这种故意弄出的滋味,让自己醉得不省人事,好一心一意嗅着这个滋味尽情游牧。"肖像画相似于(我),肖像画唤起(我),肖像画凝视(我)。"②这样三个时段相互关联。何谓相似于我? 即"是那个自—为,而不是那个自—在"。而仅仅相似而不"自为","向着自身"的同一性本身窒息了它里面。③ "唤起我"是"它让人从缺席中返回""它让人在死亡中不死"。使之"在有限的每一个之中唤起

---

① 乔治·迪迪-于贝尔曼:《看见与被看》,吴泓缈译,湖南美术出版社,2015年,第104页。
② 让-吕克·南希:《肖像画的凝视》,简燕宽译,漓江出版社,2015年,第18、26页。
③ 同上书,第43页。

了那个一(l'un)的无限的解开张力(distension)"。凝视是什么?"集中自身,发送自身",以及迷失自身、以此守护自身,以使自身为空为无达到"清零":"凝视就是那个出走着的事物,那个关于出离的事物——更确切地说:凝视完全不是现象,相反,它是自身出离的自在之物,而只有通过这个出离,一个主体才自身生成为主体;并且,出离之为自在之物或者敞开之为自在之物并不是一种对于某个对象的凝视,而是朝向世界的敞开。事实上,这甚至根本不再是一种在某物之上的或关于某物的凝视(un regard-sur),这是一个凝视,仅此而已,这并不是一种敞开在世界明证性之上的凝视,而是从(par)它敞开且被(par)它敞开的凝视。"①

这是说肖像画?岂不是海德格尔看梵高的鞋子的那幅画的出走和归乡吗!整个论证就是:肖像画就是被画者,唯在画者在画内而外、画者即画者而非他、画形而非形、画神唯神而不离形……把如此同义重复的连篇废话写成貌似深刻的"撕裂"词语的游戏。不过,揭穿谜底,也太小儿科了。

在近些年,把这套发明意义的批评发挥到新的热度的是斯洛文尼亚的哲学家和批评家齐泽克,这套技术他运用得炉火纯青,左说左圆右说右方,比如他用他的视差理论分析"蒙娜丽莎",到底是小说还是演绎的桥段已难分清楚了。"在列奥纳多·达·芬奇的名画《蒙娜·丽莎》中,人物与背景之间存在着奇怪的偏差:一方是蒙娜·丽莎这个人物,一方是由树木和石头等组成的异常复杂的、几乎是哥特式的背景,两者之间存在着非连续性。实际上,仿佛蒙娜·丽莎站在一道画出的背景面前,而不是身处现实环境之中。画出的背景代表空无,它是用画来填补的。""或许这是一个至关重要的事实——《蒙娜·丽莎》诞生于现代性之黎明。它表明,主体与其'背景'的不可化约的分离,主体永远不能完全适应环境,无法融入环境,成了对主体性的定义。"②

但这儿的画理不通的是,在达·芬奇的时代,把虚拟的风景作为背景是一种创造,不仅不是去定义什么主体,恰恰是说明自然风景与人的和谐关系的新的审美风尚的探索和思考,与齐泽克杜撰的主体不沾边。当然,

---

① 让-吕克·南希:《肖像画的凝视》,简燕宽译,漓江出版社,2015年,第46、63、65、73页。
② 斯拉沃热·齐泽克:《视差之见》,季广茂译,浙江大学出版社,2014年,第75—76页。

齐泽克如此立论,是为他的认识例外即偶然性切口找依据。这种无法融入的视差恰恰显示的是另一种可能性。"克尔凯郭尔的'无限弃绝'使我们面对的是纯粹意义(pure meaning),是意义本身,它被化约成了意义的空洞形式,即使在我放弃了由人类决定的全部有限意义后,这种意义的空洞形式依然存在:纯粹的、无条件的意义只能显现为废话(nonsense),也必须只能显现为废话。纯粹意义的内容只能是否定性的,显然为意义的空白、缺席。我们在这里面对的是马列维奇的《白底黑方块》(Black Square on White Background)的哲学-宗教对应物:意义被化约为意义的在场与缺席之间的最小差异,也就是说,与列维-斯特劳斯对'曼纳'的解读—'曼纳'是零度能指(zero-signifier)—神似,纯粹意义的唯一'内容'就是纯粹意义的形式本身,它与非意义(non-Meaning)截然相反。"①

实际上,他说了半天的意思,即他的意义论即非能指、纯粹形式自律之类的形式主义的东西。回到他的主体论,关于达·芬奇的主体是无法适应环境,而关于马列维奇是主体摆脱于环境开始操纵环境,如巴迪欧的操作真理。这种主体的区别似乎可以看成他的关于康德与萨德的类型,即康德的道德律令"消灭供内在超越存身的空间",而萨德追求这种放任欲望冲破各种限制和界限。"根据这种标准解读,萨德式变态是康德的'真理',萨德式变态比康德更'激进';它展示了康德本人没有勇气面对的后果。"就是说,"康德背叛了自己的发现这一真理,萨德笔下淫荡的追求原乐者(Jouisseur)只是见证康德的伦理妥协的一个污名而已;追求原乐者这个人物的一目了然的'激进性'——萨德笔下的主人公愿意以其享乐意志(Will-to-Enjoy)坚持到底、决不妥协——只是掩饰与其完全相反的另一极端的面具而已。"②达·芬奇与马列维奇似乎可做如是观。由此他引出"原乐"这个概念,显然是由弗洛伊德原欲而来,这个原本是永远困惑着人类的原欲稍不小心就会犯下弥天大错,到了齐泽克这儿成了生成主体动力和建构快乐的乌托邦的原点了。而康德的纯粹道德律令竟然演绎成了萨德们的听凭纯粹性欲原乐的"污名化"的实践。最低贱的词语尽管可以和最纯粹的词语等值,康德与萨德当然也可以被看成同一种道德的

---

① 斯拉沃热·齐泽克:《视差之见》,季广茂译,浙江大学出版社,2014年,第146页。
② 同上书,第161页。

两种不同实践方式。真是太有想象力的天下奇谈!

这正如一位批评家所说,词语时代把词语虚夸为一场战争,让思想的碎片漂浮在德里达的毒药的烟雾中进行洗礼。思想在偶发的生命边角和皱褶里,与古希腊的夜晚飞行的智慧的猫头鹰一同在福柯的癫狂中见证神智显灵。这种用词语革命和意义发明的价值颠倒(post-modern reversal of values)一旦失去了"锚地"的泊岸,就让这种怀疑宗教化,如同相信自己是点石成金的中世纪的炼金术士,玩耍着用眼睛否定非眼睛、用木头否定非木头……如此类推……所描述出的一个不定性所否定的美好、纯洁、统一而进入一个丑陋、肮脏邪恶相伴的世界。①

让我用下述引文结束这一节的论述:

> 我们确实生活在有趣的年代:进步观已经崩塌;后现代性则被一厢情愿地正式宣布;最好的青年艺术家似乎处在一种有意识的精神分裂症之中,学会了将他们的实践与他们的话语相分离;同时,艺术批评家和艺术史家的世界被一场语词之战滑稽地分裂,修正主义者主张传统、美学、普世性,同时,好像他们的主张具有可信性,那些语词立即又成为最后的前卫游击队的禁忌。带着对辩证法的繁难的充分警惕,最后的前卫游击队随即以反传统,反美学和反普世性加以回应,还加上反形式主义和后现代主义——反艺术和非艺术有一点过时了。修正主义者的理解能力有一点迟钝,却决心智取先锋派,现在,他们大批买进反艺术和非艺术的概念,然后十分骄傲地宣布,他们看到了皇帝的新衣。②

四、艺术批评必须回归"锚地"

反思与校正伴随着后现代传播之时便同时而行。但是,这种破坏力具有创新的新闻性和娱乐性,并且以词语考古的专业技术和修辞学的算法替换的看似严密的逻辑程序保驾护航,得以横行无忌若干年。而反对的声音和校正的方法反被当成前行的障碍踢之于路旁。早有学者指斥这

---

① Thomas McEvilley, *Sculpture in the Age of Doubt*, Allworth Press, 1999, pp.44-46.
② 蒂挨利·德·迪弗:《杜尚之后的康德》,沈语冰等译,江苏美术出版社,2014年,第370页。

种词语买卖的批评生产,把语言当成神一样信奉,以内在危机的解读方式专为思想设置障碍;论据如咒语而且是非常肤浅的解读策略,方法便是修辞学的技术演绎,是一种强烈的"释义噪音"(babel of interpretation)。艾柯更明确地说,米勒、德曼、德里达等"天马行空"的无拘无束地阅读阐释是一种拙劣的挪用,对其意义到底在何处必须保持清醒的认知。他把他们这种读解称之为"过度诠释"(overinterpretation)。诸如"有机整体""释义误读""意图谬见"等"而今都被引向反方向的发展。非个性论、互文性、'他物的渗入'等理论,把文本按力量的角逐场这一模式去构建,让作家在此铭刻他们的经历感受。这种新的模式要求对作家、对把一切固定化的自我、和对具体化的词语提出质疑"。①

这种"任意"的阐释"发明意义"的哲学逻辑是什么呢?在一篇《解构主义与人权》的文章中,伊格尔顿说:

伦理像艺术作品一样,既是绝对的,也是任意的,既有法可依,亦无迹可循,所以,让-弗朗索瓦·利奥塔后来的著作便想从康德的第三《批判》而不是第二《批判》中引申一种政治伦理学,可谓意味深长之举。康德本人当然希望把道德问题和美学问题分开,但是解构主义的另一脉——弗里德里希·尼采认为没有必要这样做。米勒和德曼"无根据的推断"纯粹是尼采的东西,解构主义伦理观完全是尼采和康德影响的奇怪混合。解构主义从康德那里继承了以自身为依据的道德法则思想,这种道德法则必须服从。但是经过尼采之后,法则不再置于具有自身目的性的主体群体或人的道德天性里,而是置于完全任意的修辞力量中。法则被改写为语言;而且由于语言对解构主义来说是绝对——所以很方便地把尼采和康德拽在一起。就尼采本人而言,这种修辞力量有时纯粹是决断论者的表现:"真正的哲学家……是指挥官和立法者,他们说:就这样吧!"这种想当然的道德判断的根源是独裁的精英意识,本身就面临着道德的判断。②

---

① 杰弗里·哈特曼:《批评艺术的状况》,载拉尔夫·科恩主编:《文学理论的未来》,中国社会科学出版社,1993年,第115页。
② 特里·伊格尔顿:《历史中的政治、哲学、爱欲》,马海良译,中国社会科学出版社,1999年,第63—64页。

伊格尔顿的断语可谓精准：伦理更换为语言，语言变成为修辞力量，然后是运用的指挥官和立法者，最后是"他们说：就这样吧！"

因此，释义的确定性和拓展的现实性必须融为一体，既扎根"锚地"又发挥、展现介入者的意义生成和拓展。这便是伽达默尔的"视界融合"的解释学理论：所有的诠释都是暂时的，但同时又是在一定的约束条件下确定的。比如说"为了要弄懂一幅画的各个部分是如何配合起来的，那么这幅画就应当作为一个图画形式的整体来看待"。① 画之作为画的"图画形式"，或者说任何意义上的作品，不论如何，对诠释都有决定性的制约作用。你说的 A，没有任何理由演绎出与 A 没有任何关系的 C。做到这一点的重要保证就是作品或者说"作品即媒介"。

对此，利斜给出的解释模型非常适合：

如果我的存在归之文本世界，文本归何处？利科说，其一，文本与日常生活隔离，此为第一等级指涉，解放了第二等级的指涉的可能性。文本是虚构的非现实的，但是以一种开启的可能性指向生活世界。所以，第一层造成"间隔"即由言语而"说出"，由文字固定文本为第二层"间隔"，并把第一间隔悬起来；但最终是回归生活世界，而不是迷恋这个"间隔"并当作目的。"因此，我们谈论的文本世界并不是日常语言的世界；在这个意义上，它构建了一种我们可以说是真实与其自身的新间隔。正是这种间隔，虚构将之引入到了我们对现实的体验中。我们说过，如果没有指涉对象，也就没有叙事、故事、诗歌。这个指涉对象与日常语言的指涉对象没有任何瓜葛了；通过虚构，通过诗歌，在世的新可能性在日常现实中被打开；虚构和诗歌针对的是存在，可是不是在给定存在(l'etre-Donne)的模式中，而是在能够存在(le pouvoir-etre)的模式中。"②

---

① D.C.霍埃：《批评的循环》，兰金仁译，辽宁人民出版社，1987 年，第 50 页。
② 保罗·利科：《从文本到行动》，夏小燕译，华东师范大学出版社，2015 年，第 121 页。利科在《隐喻的作用：语言中创造性意义的多维原则研究》(*The Rule of Metaphor — Multi-Disciplinary Studies of the Creation of Meaning in Language*, London: Routledage and Kegan Paul, 1978)一书中，关于隐喻的研究，对于我们此处讨论的问题以及作为艺术的隐喻性质的创造及回归生活世界即我说的"锚地"，有着详细的思考的示范路径。他说，隐喻有修辞学功能和诗的功能，它创造新义、悖离常规、违背逻辑；所以亚里士多德的《修辞学》有两个端点：逻辑悖离(the logical deviation)和意义产生(the production of meaning)(同上书，第 22 页)之所以用隐喻在于使之可见(make visible)进一步由这样的原则扩展到作为悲剧如何由词汇组成情节及模仿的功能作用。"一方面，模仿既是人类的描绘和原初的创造，(转下页)

作品或作品即媒介的"泊碇"。

这儿之所以用"作品即媒介"这一短语,在于作品概念的复杂性;从媒介与主题的关系说,有对应关系、强对应关系、弱对应关系、概念关联关系;媒介一旦脱离主题,就变成弱关联关系,作品就被词语化了、疏离化了,修辞语义学的发明意义的批评就会迷路。

我坚持作品对于批评来说具有绝对的决定性。艺术批评一定是以艺术作品为核心的知识生产。介入、凝视、参与等,一定是对作品的;为了陈述艺术批评极为主动的创造性,我们用"作品即媒介"突显作品的符号性能指的作用。但必须是关于作品的批评,批评方法也是基于作品的性质建构的方法。也就是说,批评"必须从它去揭示什么使批评的奇特客体如此奇特,是什么使一件人工制品成为艺术,并且具有'艺术'这一术语所赋予的一切豁免权和特许的需要,来决定它的方法。艺术家总是以某种方式使自己的中介纳入抗拒状态的,中介通常不愿遵循的既定的轨道;而这种偏离就为客体取得独一封闭性所进行的开拓活动提供了机会,而封闭则是这一美学必不可少的终极特征。批评不论服务于哪种艺术,都必须设法遵循和说明这一过程。因此,集中关注中介的批评家就会关注艺术客体中给予自己以物质存在坚实现实的那些有形因素,而这坚实现实就是博物馆(或贪求的个人)所搜集,并因此置于一旁,供我们参观和赞美的现实"①。这便是中介物的核心作用,而不是关于这个中介物的"词语的词语"的词语,艺术史于是成了一个离开中介物的词语的"词语的词语"的自指涉的修辞史。这种离中介物关涉性越来越弱的"意义发明",在远离了"锚地"之外还是什么?我在第二节已经作了回答:图灵试验的虚拟游戏。

意义检验:锚地和锚地之外。

(接上页)另一方面,模仿表现人类所希望的事情,从而把人描绘得比他们所是的既高又完美。由于这两个品质合二为一,我们再次转向隐喻。"(同上书,第 40 页)这便是他关于隐喻的指导思想。因此,他反对把隐喻说成是修饰。但对隐喻的"多义性",利科认为是语言健康的证明,一是体现经济原则,尽可能一词多义多用途,二是人类经验的丰富多样及主体的多重性所决定(同上书,第 115 页)。隐喻的"实践零度"的创造及对认识的可能性的"间隔"(同上书,第 142 页)从根本上达到:"隐喻伴随着诗人与世界的交换,沉湎于个别生活与普遍生活的逐渐融合。"(同上书,第 249 页)

① 莫瑞·克里格:《批评旅途:六十年代之后》,李自修等译,中国社会科学出版社,1998 年,第 205 页。

当然，我们可以说批评阐释在艺术作品发展、社会化、释读创作中的巨大意义，诸如一千个《哈姆雷特》的读者有一千个哈姆雷特，每个时代有每个时代释读出的哈姆雷特，但它一定是哈姆雷特，如果成了贾宝玉那就是笑话了。因此在我看来艺术的"幻象"是一种生命的"创造"而非"编造"，是来自生命经验、体验、想象的生成物，由一个文字文本和物理文本构成的社会隐喻，是一个自我指涉同时又具有生成性的敞向世界的言语空间。

对此，必须区分：首先是艺术的锚地和艺术批评的锚地，其次是艺术语言的艺术史与社会生命史的坐标，再次是艺术语言的变革和生命精神的生长；因此，艺术创作和艺术批评不是封闭的艺术史的自身词语变迁和创新的纯粹智力娱乐和视觉娱乐的文字游戏。这便是我说的"回归锚地"；只有扎根锚地的批评才会是有的放矢；它是检验"艺术代表什么""有什么意义"的根本基础。

批评是用眼睛而不是用耳朵界定批评界限，是为了作品去批评而不是为了某种观点去批评作品。同样，失去了批判意义的作品批评顶多是拍卖场的高市价奢侈品的装饰纽扣。

艺术做什么？把封闭你的墙上凿一个洞，让阳光进来！为自我寻找和重建，为你的自由的解放的自主授权的可能性提供社会预演，让未来持久的乌托邦翅膀的飞翔之梦的价值持续起航。在1845年，傅立叶的弟子拉维唐（Gabriel Desire Laverdant）说："艺术，即社会的表现，以它最高的翱翔，传达了最超前的社会趋势；它是先驱如探测器。因此，为了了解艺术是否带着尊严履行了它作为创始者的角色，艺术家实际上是不是先锋，我们必须了解人类将走向何处，以及我们的物种的命运如何。"[①]

作为国际文化风向标的威尼斯双年展和卡塞尔文献展的取向很能证明这种向"锚地"回归的强劲势头。2015年威尼斯双年展获最高奖的艺术家安德里安·派普（Adrian Piper）的作品叫"可能的信托注册台"（*The Probable Trust Registry*）。此次组委会给她的颁奖词是："通过个体的主体性——她自身，她的观念以及大众——革新了概念艺术的实践。"

且看她是如何革新"概念艺术"的。

[①] 蒂挨利·德·迪弗：《杜尚之后的康德》，沈语冰等译，江苏美术出版社，2014年，第424页。

作品要求：参观者与自身订立诚信合同，言必行，言行一致，以达到个体责任的终身表演。有三份合同供选择。且说其中之一："我们什么都买不起，但我会说到做到。"然后到"可能的信托注册台"去进行这场言行合一的自我道德自塑的游戏。

在我看来，或许是颁奖人没读过康德的《纯粹道德实践》和罗尔斯的《正义论》，误把这个关于社会与自我的公平正义主体的基础建立的论证看成是派普的首创了。在我看来，这就是一节课堂道德小实验派对，而派普使之成为一个演出的图解设计。

按此路径，当代艺术已成了哲学和思想的图解和说明，用形象示动的方法搬到美术馆或视觉艺术活动现场。视觉是有的，但意义外在于它；意义是有的，但是由视觉图解加以翻译。那我们还要这种艺术干嘛！这种做法虽然有实指意义，不那么浮在空中，但与伊格尔顿上述的修辞语义学的逻辑如此地如出一辙！是一种图像修辞术。

2017年卡塞尔文献展举办马塞尔·布达埃尔（Marcel Broodthaers）的作品回顾展和学术活动，我认为是坚持艺术创作和批评思考回到"锚地"的举措。在某种意义上，布达埃尔专门针对这种修辞伦理和当代展览及博物馆机制展开批评。他仅仅十几年的艺术活动历程四次参加卡塞尔文献展（第5、6、7、10届）。他的创作专注于两个方面：一是对博物馆等为代表的艺术体制的质疑；二是对知识生产的文本的质疑。如他的"博物馆"设了一系列功能性部门，如财务部门，以为有朝一日出售博物馆或破产做准备；此后，该财务部门还负责销售"博物馆"特许经营的金锭，上刻有"博物馆"的标志：猫头鹰。他质询了文本（词）、物（现成品）和图像（绘画、影像）这三种媒介对应的解释系统，通过虚构一个"现实"，来诘问公认的"事实"是什么？于是，虚构的"现实"和公认的"事实"两者究竟谁是真相谁又是幻象变得扑朔迷离。而社会现实是谁占到上风谁便夺取了绝对话语权，以此揭露当今艺术世界的游戏规则的资本强权和话语霸权。他的这两个挑战注定了他的穷愁潦倒的一生，但他用他的诗表达他的立场："尽管风真诚地召唤着，我，依然，是沉默的使徒。"①

值得注意的是，尽管布达埃尔是在与一个象征物挑战，但他却是追溯

---

① Thomas McEvilley, *Sculpture in the Age of Doubt*, Allworth Press, 1999, p.69.

艺术的真正使命到底在何处的质询者。这才是他的重要价值所在。2017年卡塞尔文献展举办布达埃尔的活动,我想这应是题中应有之义。

在英国批评家和策展人弗朗西斯卡·加文编选的《影响我们时代的100位新锐艺术家》的册子里,①这些来自世界各地但仍以欧美为主的艺术家,年龄在1975—1982年之间,他们的作品极少还有玩词语概念的;他们关注的问题是与我们密切相关的"生活世界",叙事个人化、私人化,即使关注公共空间也是直接生命介入的状况而非如极少主义的什么物及物性演出的玄学词语问题。哪怕是精心挑选的人物,如此百位,也是一个很有说服力的样本。不过需要说明的是,在读完了这100位艺术家作品的图像之后,非常明确地感到,不读旁边的文字,基本是不知道这些艺术家在干什么;如此等等表明,没有"锚地"的创作与批评,注定是短命的。

但这样说并不是一概否定后现代主义的艺术批评以及"发明意义"的批评方法。关键是基于什么样的基础。罗莎琳·克劳斯下述几种方法的综合运用以去解读毕加索和贾柯梅蒂的作品具有经典的示范性(虽然前文对她有不恭之处)。

由于注意到艺术的本体性和牢不可破的持续性,格林伯格才会强烈反对批评写作的着眼点在于方法而不是判断内容。也正是因为没有办法把判断与评估内容拆分开来,他的批评写作主要与价值有关,而几乎与方法没什么关系。而罗莎琳的观点是他既不完全同意格林伯格,也不完全接收后现代主义的所谓意义在"替换系统"里产生。正如罗兰·巴特的行进的"雅歌"号,行驶到哪儿不重要,重要的是在行驶过程中对所有零件的替换。但是,内容的判断离不开方法,甚至如"毕加索拼贴画就是一种对缺席的再现"的一种方法论的产物,从此引导追问和思考。她的《格子》一文对现代主义神话特征的论述,就是运用结构主义方法和价值判断的范本。"当某物把艺术品与真实世界,与周围空间以及与其他物体相分隔的时候,格子就跟阅读某物的再现建立起关系。格子就是边界融合进作品内部的一种内投形象,它是对边框里的空间自身相互衔接的描绘。它是一种重复模式,重复模式的内容就是艺术自身的常规性质。"在此,"通过

---

① 弗朗西斯卡·加文编选:《影响我们时代的100位新锐艺术家》,陈岸瑛译,北京美术摄影出版社,2014年。

平行结构探讨,我希望格子既作为美学上的物,又作为神话而存在"。她拣出"格子"这个术语,用格林伯格的平面性的内容,运用后结构主义方法,指出了现代主义神话的核心,即作为 20 世纪的纯粹视觉构造的世界独创物,把形式的肌理、材质、观看还原为观看本身——格子的世界。在《因毕加索之名》中,她对从语言结构角度研究毕加索的作品的"被语言所说"的所谓"元结构"的解读,认为是"把视觉符号降到专有名词的磨嘴皮工夫上"。① 在关于贾柯梅蒂的作品分析的《不再游戏》一文中,她从原始艺术、个人模本的非个人化、雕塑的竖与横的轴线关系的分析,原始人的祭祀和牺牲、残暴和自由的儿童涂鸦的同步化运用,表达他的梦的想象性和性、身体的时间性,最终导致他去探讨"人类解剖被更替的一根轴线";深刻的作品从来"不再游戏"。这个论题既是贾柯梅蒂的作品名称,又是论文作者要表达的主旨;但分析方法显然是充分地运用了后结构主义的"雅歌号"的行驶过程,不过目的是上述所说的意义的"锚地"。

---

① 罗莎琳・克劳斯:《前卫的原创性及其他现代主义神话》,周文颐、路珏译,江苏凤凰美术出版社,2015 年,第 2、10、12、32 页。

历史的设问：谁是卑鄙者，谁是高尚者？
——关于行为艺术《五月二十八日诞辰》的再反思

杨乃乔[*]

[内容提要] 2000年5月28日，在南京清凉山公园扫叶楼，吴高钟完成了自己的现场行为艺术作品《五月二十八日诞辰》。由于在这个行为艺术的现场出现了宰杀的死牛与男性裸体等构成元素，新闻媒体在第二天给出了危言耸听的极端性报道，一时间"暴力""血腥""淫荡""色情"与"恶心"等具有贬义性的修辞充塞于评价吴高钟的诸种报道中。随后，国内相关美术专业刊物也组织了批评家给予声讨。十几年过去了，我们重新反思这个行为艺术作品的原初命意，指出这个行为艺术作品隐喻着吴高钟从西方架上油画走下来后，在身份上转型于当代观念艺术，所以此次艺术行为是吴高钟在艺术观念转型过程中的一次神圣性宣誓。我们呼吁当代艺术创作要有自己的美学底线，同时，也呼吁应该健全当代艺术批评与当代艺术理论，使其在学理上与体制上得以尽快完善起来。

[关键词] 吴高钟 《五月二十八日诞辰》 行为艺术 观念艺术 裸体 暴力

晚近20年来，在中国当代行为艺术的策展上，我们无法忘却2000年5月28日在南京清凉山公园扫叶楼策划的那次现场行为艺术展《人·动物：唯美与暧昧》，策展人为顾振清。作为此次行为艺术展系列的第一个参展作品《五月二十八日诞辰》(图1)，现场行为主体——作者吴高钟在

---

[*] 杨乃乔(1955—)，男，博士，复旦大学中文系教授、博导，主要从事比较文学、比较诗学及中西艺术理论比较研究。

记者与公众的围观注视下,裸体进入隐喻着母体子宫的牛腹,然后奋力推开牛腹以象征着自己从母体子宫中的诞生。吴高钟的此次现场行为艺术在观念的构成上,旨在宣誓自己从西方架上油画走下,重获新生,从而转型为一位当代观念艺术家。由于行为现场有一头被宰杀的死牛,并且行为主体又是裸体进入牛腹,从庸常的价值判断来理解,吴高钟的行为艺术貌似僭越了日常生活伦理,随即遭到了闻讯而来的公园管理人员的严厉阻止。在观念艺术与日常生活伦理的激烈冲突中,这个开幕式作品在短暂的时间展开后,便悲剧般地宣告了此次行为艺术展在此时此地的终结。随后,此次策展的其他11个行为艺术作品易地于清凉山公园山顶和草场门,在没有记者及公众的围观注视下悄然且孤寂地完成。

图1 《五月二十八日诞辰》现场行为(2000)

就艺术形式的展示性与公共性来评判,尽管是观念艺术,其形式的出场与展示,如果仅仅为艺术行为主体自身所注视,这本然就宣判了后来11个现场行为艺术作品的毙命。无疑,这是令人遗憾的!但无论如何,吴高钟的现场行为艺术作品在清凉山公园扫叶楼出场的公共性中已经获得了成功。

需要强调的是,这个作品的命题为《五月二十八日诞辰》,作者吴高钟在作品的命题上,既没有张贴"裸男"的标签,也没有悬挂"死牛"的符号,以抓取大众的眼球;在知情的专业人士看来,这个作品的命题不仅高洁,并且只是隐喻着一位艺术家宣告"绘画死亡"后以选择当代观念艺术而昭示生命重生的神圣。

然而问题决然不是这么简单。事情的放大、夸饰与恶性发酵比常人的想象的要严重得多。第二天,也就是 2000 年 5 月 29 日,《扬子晚报》一大早就迫不及待地以危言耸听的新闻标题报道了吴高钟的"事情":《这是什么玩意？牛肚里钻出一裸男》。众所周知,新闻媒体对极端现象发生的期待、抓取与报道,是记者的职业性心理,当然这也更昭示着某些新闻媒体片面追求的商业精神,因此吴高钟的"事情"迅速朝着"事件"的性质发展与发酵。随后,更多的新闻媒体及网络给予敏感性追踪,其全部报道喷出的唾沫星子大有瞬间砸死吴高钟的态势:《牛肚里钻出裸男:行为艺术还是胡闹?!》《南京行为艺术展:牛肚里钻出一裸男》《裸男钻进死牛腹是艺术?》《牛肚里钻出裸男》等,一时间,"暴力""血腥""淫荡""色情""恶心"等具有贬义性的修辞充塞于评价吴高钟的诸种报道中。关于报道的贬损性与攻击性表达在此我们不再一一引录,愿意了解详情的读者可以上网查询。

当然问题还并不是如此简单。几天后,吴高钟被他所任教的大学及院系领导分别请到办公室谈话,几位领导客气地要求吴高钟"以后有什么活动务必向他们汇报通过才能去做"。再随后,《美术观察》《美术》《美术界》等相关专业性刊物,也专门组织了美术批评家就吴高钟"事件"发表了多篇专业性批评文章……

当然,事态不仅如此,在"事件"发生后的一个相当长的时段里,吴高钟及其家人时时遭遇另外一种让他们心悸的敏感,如同事、同行与朋友之间的关心、同情、可怜、讥讽、看笑话什么的,中国知识分子那般复杂的心态,此时全然呈现了出来:有雪中送炭的,有落井下石的,有温暖的,还有阴暗的……我完全可以想见在那一时期或事件发生后的几年中,吴高钟及其家人所承受的心理压力是怎样地让他们焦虑不安,至今我还没有忘却从那以后他们一家人是如何盼望着过一种安定与宁静的日子,希望再也不被公共社会的贬损性舆论所打扰……

在此,我愿意引录事后三年吴高钟在一篇回忆性文章中的私人讲述:"'爸爸,你从牛肚子里钻出来了吗?'这是回家我儿子跟我说的第一句话。我问:'你怎么知道的?''幼儿园阿姨告诉我的。'家里的气氛异常寂静,一向很支持我、活泼开朗的妻子一句话也不说。我知道她在为我默默地承受了很多。"①回忆性文章的命题是《安定的日子——关于作品〈五月二十八日诞辰〉的讲述》,写作于 2003 年 8 月 10 日。这一年也是吴高钟逃避负面舆论,隐居于北京通州果园(环铁艺术区)建立自己工作室以求内心宁静的那一年。

中国当代文学艺术的创作与批评经历了"十七年"与"文革"捆绑于政治意识形态的紧张,又经历了改革开放 20 世纪 80 年代人文精神的高涨,再经历了 90 年代从现代主义思潮向后现代主义思潮的转型,本应该不再会出现"打棍子""扣帽子"与无限上纲的话语暴力;然而无论如何,在 21 世纪的第一年,吴高钟及其行为艺术作品《五月二十八诞辰》被新闻界外行的危言耸听以及业内的粗俗批评施暴了。其实特别需要警惕的是,在当代中国美术批评界一直存有着那么一批新"左派"艺术观念的卫道士——"loyalist"②,他们虽然生存在后现代主义的多元文化时期,但依然时时制造出新保守主义(neo-conservatism)的偏激批评话语。事实证明,中国当代艺术批评尚不能够把当代艺术归置于纯粹的艺术本体论上,以守护当代艺术及其观念生成的纯粹性。我们在呼吁当代观念艺术在创作心理与品位上应该生有自己的美学底线且更干净一些时,也应该同步呼吁当代艺术批评更人性一些,多一些温和的理解(understanding)与解释(interpretation)。

十几年过去了,当历史把一个行为艺术及其所遭遇的恶性批评冷却与沉淀了多年后,我们应该有充分的理由把这个行为艺术的实施者及其批评的施暴者从历史的阴影中再度恭请出来,以便把这个"事件"置于历史良心的审判台给予再反思。十几年过去了,我们为什么不应该就这个当代艺术事件给出我们的设问:谁是卑鄙者,谁是高尚者?一切还是让历史来评判!

在这里,我特别想浓缩地谈一谈我所了解的吴高钟,谈一谈他二十余年来在艺术观念上蜕变与发展的轨迹,以见证一位严肃的当代观念艺术

---

① 吴高钟:《安定的日子——关于作品〈五月二十八日诞辰〉的讲述》,未刊发稿,撰写于 2003 年 8 月 10 日。
② 按:这里的英语源语概念"loyalist"在汉语译入语的修辞上也可以解码为"忠诚者",因此在本文的后面我们使用"惯性忠诚者"(inertial loyalist)这个概念,以求得这个源语概念在汉语译入语解码的两种修辞维度上展开的逻辑表达。"卫道士"必然是"忠诚者"。

家所秉有的基本品质,也以此向公众告知《五月二十八日诞辰》这个行为艺术作品创生的美学原则。

从20世纪80年代中期至90年代末,吴高钟坚持拟求学院派的规则以约束自己,他在这一时段画了很多的素描与油画,其终极目的是为了炼造自己手上的西画传统功底。众所周知,徐悲鸿从法国留学归来后即反复在中国画界讲唱素描及油画的功底问题。然而在十几年的学院派训练中,吴高钟总是无法遏制那种在技法与形式上面对西方素描与油画所获有的绝对遵循感与规则感。不错,在80年代以来青年画者的学院派体验中,这种绝对的遵循感与规则感最终蜕变为他们吵嚷"绘画死亡"的厌恶,也正是如此,他们怎能不纷纷逃向观念艺术,从而追寻一种视觉艺术创作的另类自由与另类冲动,以求取人性在审美本质上的满足。

为什么高校美术专业的学院派培养最终造就了一批对传统绘画的叛逆者?这本身就是值得我们反思的现象。因为他们在骨子里感受到了艺术生命及表现个性的压抑,在这批叛逆者看来,素描与油画的学院派规训充其量也就是对西画技法与形式的拷贝性抄袭,此外别无其他了。的确,就西方的架上油画而言,无论题材怎么替换,其西画的技法与形式在他们的学院派规训那里只是压抑人性的日复一日与年复一年的重复性抄袭。绘画被高校美术专业的学院派潜在地定义为体制性艺术——"institutional art",在概念的逻辑上被偷换为这个社会的稳定剂。因此,他们宣判"绘画死亡"是希望在视觉艺术的表现本体形式上重构一个崭新的观念世界。

的确,从生命主体情感的宣泄及其形式出场的选择上来判断,传统绘画的表现形式曾是如此的灿烂,然而在人类视觉艺术史程上,其所占据的年代过于久远,并且一定不是人类视觉艺术史程上唯一的审美表达方法,人类还可以择取其他更多的表现形式来宣泄且表达自己的情感。实质上,装置艺术(installation art)、行为艺术(performance art)、邮寄艺术(mail art)、粘贴艺术(sticker art)、局外人艺术(outsider art)及新媒体等后现代高科技表现手段,都是在这个意义上生成的。我们应该允许艺术家择取其他的形式观念来表现自己,为自己营构一方传统绘画之外的另类的生存境遇。这就是当代观念艺术崛起且走向拓展的后人道主义(post-humanitarianism)精神。

客观地评判,正是这种在遵循感与规则感中形成的准抄袭曾成就了中国几代优秀的西画制作者,他们中的一些人匠气十足地成为大师。我们可以想见,一位在心理基质上极富创造欲望的当代汉语青年画者,被长期放逐在西方架上油画之技法与形式的炼造中,以规训遮蔽自己艺术创造的生命力,这是一种怎样违背人性的艺术生存境遇呢?

从中西美术史发展的对等上来看,一位当代汉语青年画者在漫长的西画之遵循、规训与准抄袭中耗尽自己,平庸地了却自己的艺术生涯,跟随在西方那些油画大师的技法与形式之阴影背后爬行一辈子,这本然就是一种艺术无根的流亡——"diaspora"。其实,西方的观念艺术家也在背叛他们的油画传统而标新立异,以求取艺术生命的新生。于是,一种在中国本土寻求家园归宿的渴望诱惑着吴高钟及更多的叛逆性青年画者从西方架上油画走了下来,重新抉择自己的艺术观念与艺术生涯。他们曾经为自己放弃架上油画的转捩性抉择迟疑过,但他们命中注定要在自己的血脉流动中注入当代汉语中国的观念艺术元素,因为在文化身份上,他们从属于中国当代艺术家这个族群,而不是那些流亡在巴黎、纽约等具有波西米亚忧郁气质的西方当代艺术家。

当然,吴高钟也是拒绝抄袭西方当代艺术观念的,他把既成的西方当代艺术视为一个个"坑",认为那些在观念上抄袭西方当代艺术的追随者只是掉进了"坑"中,从而找到一种存在的温暖感,他们失落的则是汉语文化的本土性。吴高钟认为就是要跨过一个个西方当代艺术之"坑",营造一位汉语当代艺术家本土的生存境遇。

吴高钟是一位本色型的中国当代艺术家,观念艺术的生成在吴高钟那里决然不是一种对西方当代艺术的刻意追访,也更不带有生硬的人为造境之痕迹;因此无论是行为还是装置,在吴高钟那里,其就是他日常生存中的本色样态。多年来,吴高钟正是以这种本色的样态为自己营造了一方生存的境遇,并且步步为营。理解了这一点,我们也就理解了吴高钟从架上油画走下来后,在其日常生存的境遇中,他第一时间的无意识心理反应,即是把自己的血从动脉中抽取出来,类似泼墨般地临摹唐代书法家颜真卿的笔意,以创生了自己的第一个行为艺术作品《多情练字》,那年是1998年。

需要说明的是,《多情练字》的创生决然不是一次看似自虐且简单的行为艺术,其中必然驻留着吴高钟的生存逻辑:这是一种初步的宣誓,是吴高钟初步宣誓自己在艺术观念上与西方架上油画的绝交,让自己皈依自己的身体,以身体的血液来宣誓自己对汉语本土文化传统的选择。也正是在这一生存逻辑上,吴高钟初步蜕变为一位中国当代观念艺术的行动者,并且是一位观念艺术的身体表现者。

从表象上看视,当代艺术的本质就是没有本质,怎么玩都行,再递进一步说,观念艺术也是没有本质的;然而真正理解这一代观念艺术行为者的批评家与理论家,他们在审美的逻辑上应该是可以读懂他们的同志者:每一位观念艺术家在其行为、装置及后新高科技材料的表现手段上,其实都脉动着自己的生存逻辑。他们只是在观念艺术行为的表象上佯装没有本质的疯狂,以玩世不恭的假象把自己自虐给这个公众社会看;其实在骨子里,他们是以自身敏感且脆弱的心理小心翼翼地向这个社会呈现自己的存在,以叙述自己的美学观、社会伦理观与政治信仰观等。无疑,他们就是以这种姿态生存着的当代艺术家,这也是他们的生存权利,也更是国际公共人权的一种当代艺术性表达。

当然,较之于从20世纪80年代末向90年代转型期蓄势吵嚷的当代观念艺术,《多情练字》只是吴高钟在个人生存逻辑上迈向下一步的准备,其并没有在中国当代艺术界引起轩然大波的震动。

从抽血临摹颜真卿笔意的行为艺术之后,吴高钟决意要在艺术观念上以佛教涅槃的教义让自己像凤凰浴火那样获取新生,以接纳一个崭新的艺术生命的到来;因此在吴高钟常然的生存逻辑中,他必然且坦然地迈出了下一步:《五月二十八日诞辰》这个作品创生了。

我们把吴高钟的生存逻辑陈述到这里,公众与业内人士应该明白了这个作品的命意。对于一位真诚的艺术家来说,还有什么比他在艺术观念上的选择、坚守、放弃与重构更为重要的了?那是他的生命所在!理解了一点,也就理解了在《五月二十八日诞辰》这个作品中,吴高钟所宣誓自己艺术生命的新生——诞辰及凸显的艺术信仰是圣洁的,也是高尚的。

此刻,让我们准确地理解与解释《五月二十八日诞辰》在现场行为艺术中所展开的逻辑程序及其命意。

地点：南京清凉山公园扫叶楼龚贤（清初山水画家）纪念馆

时间：2000年5月28日中午1点钟

作者：吴高钟

形式：现场行为

行为的逻辑过程与命意：现场行为主体——作者从屠宰场用600元租用了一头刚被宰杀的水牛，牛腹被剖开，除去了内脏，这是一个洁净且温暖的母体。牛及其牛腹是作者的一个形式本体转喻，作者把牛腹在以物喻人的转喻中看视为自己可以借以孕育重生的母体子宫。在行为现场，作者把洁白的纸张规整地铺设在地面上，以象征着诞辰地的圣洁，然后，把牛置放在洁白与圣洁的纸面上。作者准备了丰盛的新鲜玫瑰花瓣，虔诚地用双手掬起玫瑰花瓣，一捧一捧地抛向天际，让玫瑰花瓣自由地撒落在牛腹内外及洁白圣洁的地面上。作者裸体进入牛腹，助手把牛腹用针线细细地缝合，以象征母体与孕育生命的亲和及完整。作者在牛腹中静躺、转身与抚摸近十分钟，细腻地体验一个新生命在母体子宫中孕育、成熟与出生的过程。作者小心地去除缝线，以一个新生命孕育成熟的力量奋力推开牛腹，像一个新生儿一样从母体中喷出，呱呱坠地；此刻，一个崭新的当代艺术家诞生了，他全身粘满了母体子宫的鲜血和新鲜的玫瑰花瓣。这位新生的当代艺术家裸体站在孕育自己的母体之上，双手再度虔诚地掬起放置于母体子宫中的玫瑰花瓣，朝圣般地撒向天际，一遍又一遍……象征着一个新生命以持续的哭声宣告着自己来到了这个世界，同时，也感谢母体子宫对自己新生的孕育。

历史永远地定格在2000年5月28日，那是吴高钟从西方架上油画走下来后，让自己的生命迎来走向观念艺术而新生的诞辰——《五月二十八日诞辰》就此问世。

我从来都以为艺术是一种生存信仰。从艺术信仰上看视，艺术观念的选择、坚守、放弃与重构，这对于一位真诚的艺术行动者来说，如同凤凰涅槃重获新生的抉择，一切均是以生命重生为代价的。

十几年来，我曾多次与吴高钟聊谈这个作品的命意。这个作品从一开始的创意到当下，其蕴含的命意从来都应该是如此诠释的，此外别无他意。我想，大概吴高钟在身份上是曾经的画家或是现下的当代观念艺术家,他使自己思想出场的语言主要是借助于绘画的形式或装置、行为等什么的,因此,在汉语的表述上并不擅长于逻辑的智慧与机警,所以让那些别有用心者钻了空子。这也是多年来,我为什么一直在调侃吴高钟:"别人说你钻了牛肚子,你也让别人钻了自己的空子。"

思考到这里,我特别建议美术理论界或高校美术史论专业的学者应该拓展一个崭新的研究方向,即:当代观念艺术诠释学(或称当代艺术诠释学)。我们应该把诠释学的诸种理论体系带入当代观念艺术的批评领地,让那些在有意与无意中误读或过度诠释当代观念艺术的批评者持有基本的诠释学理论素养,以便达向作者意图的还原性理解或接近性理解。正如我们上述所言,当代观念艺术的确没有本质,在不知所措的偏激、抽象与暧昧中,其出场的方式与行为具有多元形式的未确定性(unspecialization),所以其形式本体驻留的意义诠释空间过大。

同时,我认为还应该建立另外一个崭新的研究方向,即:当代观念艺术批评伦理学(或称当代艺术批评伦理学)。这个研究方向的建立在策略上可以达到这样一种效果,即拦截让那些不怀好意或持有恶意误读与过度诠释当代观念艺术的批评者,让他们于良心上知晓,可以在怎样的伦理尺度上恰如其分地善对当代观念艺术家,并检讨自己或谴责自己,以至不再伤害那些真诚且稚气的当代观念艺术家。当然,这个学科的设立还可以从批评与理论的维度对当代观念艺术的创作与行为提供社会伦理的底线原则。我不知道美术批评界及公众注意到没有,有相当一批真诚的当代观念艺术家,他们是非常感性且天真的,他们可能一生并不惬意地存活在明代哲人李贽界定的"童心说"中,他们往往是依凭自己柔软的艺术触角遭遇与探索这个社会,且迅速被这个社会生硬地拒绝,反馈在日常的生活中,他们傻得很。就我看来,当代艺术族群中的老谋深算者的确有,然而并不多。

我们不妨到北京的798艺术区、宋庄艺术区、草场地艺术区、环铁艺术区、黑桥艺术区、东风艺术区与酒厂艺术区去看看,在那里以"北漂"的神圣名义流亡着多少渴望成名却永远没有机会成名的当代艺术追随者。他们大多才气有限,决然没有脱颖而出的可能性。多年来,他们可能一个作品也卖不出去,却依然毫不吝啬地花着父母的钱,沉溺在那个绝无可能兑现的当代艺术之迷梦中。说到底,他们只是为体验一种当代艺术家貌似迷人的生存方式。他们依稀或确切地知道将为此必须付出令人心酸且苦涩的代价,然而从不退却。因此，他们多多少少可以被定义为人类艺术日历上最为高尚的圣者和殉道者。所以我从来都如此以为：这批当代艺术的追随者怀揣的是一种放肆且可爱的"愚笨"，他们时而众声喧哗，时而悲观沮丧，用形气羸弱的双肩傲慢且惶恐地高举起并不智慧的头颅，如同踏着同伴的尸体前仆后继，在他们稚嫩流溢的面颊上诗意黯然着一种童贞般的执着，虽然他们是在艺术的废墟上流亡的迷途者，却依然不知疲倦地行走在不知暮色的降临中，疼痛地思考着、灼燃着同谋者的挽歌以祭奠最后的自己。

我们为什么要去伤害他们?! 较之于伤害这个社会的那些贪官污吏们，他们其中某些人的艺术观念、艺术行为或有偏激与出轨之处，但绝不曾构成对这个社会的实质性危害。

无论如何，吴高钟与他的行为艺术作品《五月二十八日诞辰》被外行粗暴地误读了，也更是被业内的批评者过度诠释了，以此迅速制造了2000年5月28日以后在新闻媒体及网络上产生的轩然大波。并且在一个较长的时期里，吴高钟的现场行为艺术"事件"卷入了专业学术刊物的批判性讨论中，也遭遇了中国当代艺术年鉴的贬损性书写。

十几年过去了，我们现下从网络上依然可以轻松地查到关于吴高钟现场行为艺术"事件"的报道，其中批判的话语的确竭尽尖酸刻薄之能事。我们只要再度回过头去看看本文在前面著录的那些报道文章的标题，真是让人不寒而栗。关于公共社会对行为艺术所持有的偏见性姿态，一如朱青生在2004年北京大学关于行为艺术讨论的座谈会上所忧虑的那样："在中国好像所有的行为艺术都不是观念艺术，而是社会事件。你一做实验性作品，人们不去关注你到底想什么，而是把它简单地看成是与社会、与现行体制的对抗和冲突，当然实验艺术与现行体制、社会的冲突也是不可避免的。"①

让我们的思考来到德国哲学家伽达默尔（Hans-Georg Gadamer, 1900—2002）的诠释学理论那里，把其中的一个重要概念——前理解（pre-understanding）带过来重新使用。不错，每个人的审美都获有自己无法遮蔽的前理解，前理解铸就了一种阅读心态，其必然呈现为一种价值判断。比如就一部《红楼梦》的阅读而言，鲁迅在其杂文《绛洞花主》小引》中认为："《红楼梦》是中国许多人所知道，至少，是知道这名目的书。谁是作者和续者姑

---

① 朱青生等：《多元视点——在北大举办的行为艺术座谈会摘要》，《艺术评论》2004年第2期。

且勿论,单是命意,就因读者的眼光而有种种:经学家看见《易》,道学家看见淫,才子看见缠绵,革命家看见排满,流言家看见宫闱秘事……"①每个人在文学艺术作品的阅读中都必然持有自己审美期待的前理解,前理解必然构成了他们在生活中长期沉淀的价值判断,其价值判断又必然见证着阅读主体的身份及心理惯性,一如鲁迅在评述《红楼梦》的阅读中所总结的那"五种人":他们可能是道学家,可能是经学家,可能是才子佳人,可能是革命家,更可能是流言家。

当然,鲁迅把文学诠释学的问题放大到社会政治学的立场上使其更加敏锐化且深刻化了,理解了鲁迅的命意之后,我们再来遭遇吴高钟"事件"。我不知道出于怎样一种的心态才可以让那些新闻记者与批评者从象征母体子宫的牛腹看出"暴力"与"血腥"来,进而从行为主体象征初生婴儿的裸体看出"淫荡"与"色情"来?这分明是用庸人的淫色眼光看脏了当代艺术者在缪斯空间裸体的神圣性。从鲁迅所总结的那"五种人"来判断,他们一定不是道学家就是流言者,此外别无其他!

此刻,我突然想起在中国现代美术史上传唱了近一个世纪的那个众所周知的笑话。20世纪一二十年代,大师刘海粟曾在"上海美专"推动师生在教学过程中画男女裸模,据说上海城东女校的那位男校长杨白民看了"上海美专"展出的男性裸体习作之后,卫道士般地声讨"刘海粟是艺术叛徒,教育界之蟊贼!"原来这位女校的男校长之眼光淫色得很,生怕天下女人从画面的男裸身体上看出淫荡的情欲来而毁了天下女人!在此,我们就不再重复刘海粟推动"上海美专"师生画女裸所遭遇的风波了,我们都知道,当时《申报》在第一时间刊发上海市议员姜怀素的文章,要求当局对刘海粟推动师生画女裸而严惩不贷。

我们不妨来拷问一下吴高钟为此次现场行为艺术所作的前期准备及后期处理。

作为《五月二十八日诞辰》行为艺术的策划者与实施者,吴高钟花了600元从屠宰场租用了这头已被宰杀的食用水牛。按照屠宰场及其每日重复的商业程序,这头被宰杀的食用水牛应该被分割,在5月28日送往南京不同菜场的肉案上零售给大众食用。所幸的是,也正在这一天,这头宰杀的

---

① 鲁迅:《〈绛洞花主〉小引》,载《鲁迅全集》第8册,人民文学出版社,1993年,第145页。

食用水牛被吴高钟临时租用了,运至南京清凉山公园扫叶楼,成为此次现场行为艺术营造空间中的一个艺术构成元素。在行为主体的艺术观念中,水牛被转喻为孕育一位艺术家新生的神圣母体子宫,这无疑是一种高尚!

  作者在自己的行为艺术结束后,即刻把这头食用水牛退还于屠宰场。按照日常的商业程序,屠宰的水牛被分割后交还于不同菜场的肉案上,最终分别被公众买走食用了。或许其中几块牛肉还进入了《扬子晚报》的那位记者嘴中,钻入他的肚子里。我们是否可以给出这样的想象性的偏激报道:《这是什么玩意?人肚子里钻入了几块死牛肉》,或者还可以这样地危言耸听:《这是什么玩意?死牛肉钻入了人肚子里》,以极端的话语为新闻界再炒作一个极端的事件,以获取商业效益。

  20 世纪 90 年代中期我在北京大学时,常听朱青生聊谈"人人都是艺术家"的理念,当然这里的"艺术家"作为能指,其所指是"当代艺术家"。我知道朱青生是在奋力推动中国当代艺术的发酵与前行的,他本人也是一位当代艺术家,曾在 798 艺术区的中心地带码放堆高几块巨石且刷成红色,以构成自己隐喻 798 艺术区路标式的装置作品。后来我在想,当代艺术在观念上宣判"绘画死亡",让学院派绘画的繁复性技术训练变得什么也不是,当人人都是当代艺术家时,未必人人都是当代艺术的理解者与接受者,更不用说人人都是当代艺术批评家了。当代艺术在貌似怎么玩都行的形式自由中也必然执行着自己游戏规则,玩得像样还是玩得拙劣,业内人士一眼即可以见出。在公众的视界中,较之于传统绘画,相当一批当代艺术是不可以被民间或官方的短时间内所接受的,因此无法进入官方的公共艺术空间。[①] 其现下还属于少数族(minority)的圈子内艺术现象。由于当代艺术表达观念及出场形式的抽象、奇异、晦涩、暧昧等,我想说的是:不懂当代艺术就谨慎发言。否则有人可能会质问:北京大学艺术学院教授、当代艺术家朱青生堆几块破石头,那就是艺术,我家后院也有一堆破石头,那也是艺术!他把

---

① 按:实际上,在人类艺术史上,每一次新艺术思潮的崛起都几乎是以毙命于历史捍卫正统为代价。众所周知,19 世纪 60 年代至 90 年代,印象主义(impressionism)绘画在法国的崛起也遭遇了学院派新古典主义(neo-classicism)者的嘲讽,被逐于官方的"沙龙"之外。然而克劳德·莫奈(Claude Monet,1840—1926)、皮埃尔·奥古斯特·雷诺阿(Pierre Auguste Renoir,1841—1919)、卡米耶·毕沙罗(Camille Pissarro,1830—1903)、阿尔弗莱德·西斯莱(Alfred Sisley,1839—1899)、埃德加·德加(Edgar Degas,1834—1917)与保罗·塞尚(Paul Cézanne,1839—1906)等最终成为西方美术史上令人敬重的绘画大师。印象主义绘画的表现技法与色彩观念等最终也成为现下高校美术专业学院派的教学信条。

那几块破石头刷成了红色,我把这几块破石头刷成绿色!

我在这里不是较真,是想表达关于中国当代艺术的批评与理论,应该在学理上与体制上得以尽快地完善起来。从20世纪80年代中国当代艺术开始崛起到当下,中国当代艺术批评及理论显然远远地落后于中国当代艺术创作。中国美术界应该有规范的、学院派的当代艺术批评及理论体系,无论是传统美术批评家与理论家,还是当代艺术批评家与理论家都应该有责任、有良知推动、介绍与甄别中国当代艺术的创作,推动中国当代艺术贴着人性及文化伦理的地面发展,而不是像当代中国美术界的新保守主义者那样,只要一提及当代观念艺术,便咳嗽出一口腔老气横秋的暧昧。

历史有着惊人的重复,在人类艺术发展的史程上,每一次新锐艺术家及其思潮的崛起,在他们的面前总是阻挡着一批守护传统的惯性忠诚者——"inertial loyalist",他们不愿放弃依稀萦绕在自己白日梦中的旧日辉煌。当然,我也特别感佩一位美术史论家一生都应该是自己艺术信仰的惯性忠诚者。然而期待当代艺术家与体制性批评家之间能够达成审美与批评的默契,那也是在等待一种地老天荒的奢侈。不幸的是,当代艺术家永远是体制性批评家视界中的异见者,是他者之维,是非体制性艺术家。我们建议大家去看看中央美术学院美术史系邵大箴教授于2015年在《东方早报》刊发的文章:《绘画回归是大势,其实它从未走远》。①

我们必须承认,有一部分当代艺术作品在创意观念的品质上低劣,企图以哗众取宠一次性地抓取公众的眼球;然而并不是所有的当代艺术家都沉迷于玩先锋性的偏激中以追求商业性,在把观念玩到一穷二白后,以打擦边球的极端表现形式碰触法律与伦理,从而赚取轰动效应。至少我们从吴高钟的生存逻辑可以见出,他在自身的观念艺术生存境遇中是严肃的且有思考的。

让我们来见证他的生存逻辑。

《五月二十八日诞辰》这个作品完成之后,吴高钟以当代艺术家的身份开始了自己的艺术生存逻辑。

在2000年下半年,他又制作了下一个现场行为艺术,命名为《新生活》

---

① 邵大箴:《绘画回归是大势,其实它从未走远》,《东方早报》(网络版)2015年5月27日刊发(http://www.dfdaily.com/html/8759/2015/5/27/1272914.shtml,2015年7月13日)。

(*New Life*)。在这个作品的行为中,他让自己瑟缩在狭小的电冰箱中生活、学习和思考,他脆弱地感觉到只有退缩于一个封闭的私人空间中遁迹藏名,关上门保持低温,才能捕捉到一点安全感,以躲避唾沫星子都可以砸死人的批评暴力,从而缓解灵魂的疼痛。

从 2000 年到 2003 年,他制作了摄影作品《"腐烂"系列》(*Rotten Organic Compound*)(图 2)。在生存的偶然中,吴高钟打开了一扇通往陌生空间的视觉之门,食物霉烂后所呈现的另类视觉美丽让他无比惊奇。附着在腐烂食物表面的霉花及诸种色彩斑斓的绒毛,让吴高钟恐惧地意识到隐匿在现实的美丽诸象背后可能就是霉烂的恶臭与恶心。从这一系列作品,我们不难见出他的心理逻辑:往往美丽的表现世界在本质上会陌生到让人不得不如此警惕!

图 2 《梅雨季节——塔》有机物腐烂(2001)

从 2003 年到 2007 年,吴高钟制作了《"长毛"装置系列》(*The Hair Sculpture Series*)。在当代艺术观念生成的心理历程上,《"长毛"装置系列》是《"腐烂"系列》的变形化逻辑延续。吴高钟把霉烂的、毛茸茸的感觉转型为黑茸茸的猪毛形式,以此密布于他周边的日常物品上:鞋子、帽子、箱子和木楼梯等。这种视觉语言依然是来自外界的压迫在他心里沉淀的惊悚所复现的黑色记忆。

实际上,吴高钟在当代观念艺术的构想上并没有走得如此偏激,他一直摇摆于绘画与当代观念艺术之间，呈现出一种表现的游移——"in between"。

从2008年开始，吴高钟又尝试着回到纸本画面，实验于一种新绘画的创作——《悬河》(Roving)系列（图4）。他借助于绘画，对纤细的黑色流动线条与大留白空间的构型在哲学的观念上进行了重新诠释，营造出一个个似是而非的空间景观，从而表达了自己关于流畅与纠结、自由与拘谨、宁静与不安等冲突的张力情绪。他试图通过这种极简主义(minimalism)的黑色线条与大留白空间的对比，来隐喻一个被质疑的无形精神世界，并且在这个无形的精神世界中，作者寄存的物象倾斜着一种想要冲出画面而又被抑制的趋势——"in between"。

图3 《闹钟》,雕塑(2007)　　图4 《悬河Q-18》纸本,毛发(2012)

从2009年以来到2015年，吴高钟又把自己的实验性生存逻辑延伸至他的系列装置作品《家》(Home)（图5）。我们在这里引录栗宪庭就这组装置作品参展时所给出理解与解释："吴高钟的作品《家》，使用的是旧货市场淘来的旧家具，从双人床、床头柜、折叠椅、沙发、屏风，到门、窗以及画框。除了保留这些家具原来的基本形态——即旧物的时代气息外，作者的语言在于给这些旧家具一种像'千刀万剐'般密集的刀痕——既显示'砍'的力度又有控制感觉的力度——'缓慢杀伤的刀痕'，吴高钟便创造了一种新的视觉形象或物体——一种令人'担惊受怕'的家具。……由这些与人生活最紧密并被砍成'脆弱不堪'的家具,摆放成'家'的环境,让人去想象,'家'作为人最基本的社会单元,经受的'伤害'——无论是社会给予的,还是琐屑岁月给予的,都让家变成如同吴高钟手下这种脆弱和不堪一击的视觉形象。"[①]在视觉语言观念的修辞上,吴高钟在这组作品中以创伤性视觉语言叙述着他及其家所时时遭遇的生存临界点——生命不可承受之轻,再加一根稻草即可压垮全部。

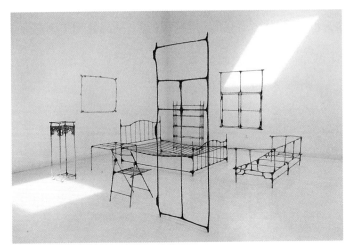

图 5 《家》,装置(2015)

无论如何,不管是传统艺术家还是当代艺术家,他们的情智都脆弱得很,一次公共话语的暴力性伤害都可以构成他们私人心理的恒久性记忆。

当代艺术家大多是边缘的绝地生存者。

在某种意义上,当代艺术家玩观念不比画画要容易,把观念玩到了极限后,于苦思冥想中再找寻一个让同行惊叹不已的观念出场形式,可以说比登天还难。当代艺术也是一种感情的表达,法国雕塑家奥古斯特·罗丹(Auguste Rodin,1840—1917)的"艺术即感情"在当代艺术家这里依然是奏效的。并且当代艺术出场的一个观念只能一次性呈现,其不同于传统绘画的技法与形式可以无尽给予代际的遵循性与重复性抄袭,只要表现的题材

[①] 栗宪庭:《吴高钟的"家"》,见《家——吴高钟个展》画册,展览地点:北京农业展览馆"艺术北京",展览时间:2015 年 4 月 30 日到 5 月 3 日。

不一样即可以。然而不要忘记,奥古斯特·罗丹也是被 19 世纪的法国社会及官方学派院在嘲谑中所拒绝的雕塑大师。

1970 年,在纽约现代艺术博物馆,德国观念艺术家汉斯·哈克(Hans Haacke,1936—　)装置了他的作品《MoMA 的投票选举》(*MoMA Poll*),这部作品以极强的个人侵犯性影射了纳尔森·洛克菲勒(Nelson Rockefeller,1908—1979)家族以其强悍的经济实力对政治权力、文化策略与艺术构成所形成的压制性干涉,他在设问:艺术是如何被利用,是为了达到怎样的目的? 相反的是,吴高钟的《五月二十八日诞辰》恰恰是被那些庸俗政治艺术学的批评者所利用了,成为那些惯性忠诚者开始总体清剿中国当代艺术的前奏。

客观地讲,我对吴高钟个人当代艺术观念的蜕变与发展轨迹是了然在目、清清楚楚:他从来不滑落于媚俗中,从来不以玩观念艺术而获取商业性暴利,在骨子里,他是一位严肃且有着思考深度的中国当代艺术家。就我看来,他可以成为当代艺术族群中因找不到观念定位从而漂泊的流亡者,但是,他绝对不会成为当代艺术族群中的流氓者。

思考到这里,我特别愿意回到中国儒家文化传统的"五经"那里,把《周礼·冬官考工记》中的一句关涉艺术创造的名言赠送给当代中国美术界:"知者创物,巧者述之,守之世,为之工。百工之事,皆圣人之作也。"①

在此句的表述中,"知"通"智",所谓"知者"就是"智者"。东汉经学家郑玄在"知者创物"下注:"谓始闿端造器物,若《世本》作者是也。"②我们再来看唐代经学家陆德明对此句表述中的"知""创"与"闿"三个汉字的诠释:"知,音智。创,初亮反,依字作剏。闿,音开。"③

什么是"智者创物"? "智者创物"是指在文化初始的开端时期依凭自身的智慧制造器物的圣人。在汉语文化的语境下,创物造器的智者被看视为具有濬哲文明之气象的圣人及高尚者,让我们来看视唐代经学家贾公彦疏对郑玄注的释义以理解与解释经义:"释曰:此知者,即下文圣人,一也。运用谓之知,通物谓之圣,凡知圣,有若六德之知仁圣义之知圣,则据贤人已

---

① 郑玄注,贾公彦疏:《周礼注疏》,见《十三经注疏》上册(影印世界书局阮元校刻本),中华书局,1980 年,第 905—906 页。
② 同上书,第 906 页。
③ 同上。

下。此言知圣,则濬哲文明之等也。"①

什么是"巧者述之"？在此句的表述中,"述"是"遵循"的意思,一如东汉古文字学家许慎在《说文解字》中的释义:"述,循也。从辵,术声。𧗵,籀文从秫。"②"巧者"是指工匠,是指作为工匠的"巧者"在制作的技术上对创物造器之"智者"的遵循、重复与抄袭而已,因此"百工之事,皆圣人之作也。"那么,在当代中国美术界,我们还可以把概念放大来设问,在当代中国视觉艺术界,谁是智者,谁又是巧者？谁是创造者,谁又是工匠者？其不言而喻了！

在《周礼·冬官考工记》"智者创物,巧者述之"的中国古典美学原则裁判下,一位匠气十足且缺少创造性的美院绘画教授,还真的比不上一位稚气且极富创造性的当代艺术实验者。在艺术家的本质上,那些美院绘画教授充其量也就是锈蚀在学院派风格及其教学日历上的一个个老旧的斑点而已。

其实,观念艺术家宣告"绘画死亡"的叫嚷,在反叛的逻辑上,决然不是简单地冲着绘画来的,他们是要宣告绘画以其形式本体统治的那段漫长的人类历史的终结,以期许颠覆传统的心理快感。因为历史的记忆给人类沉淀的传统太沉重了,让当下生存的脆弱人类真的承受不起了！新锐观念艺术家永远是风尘仆仆于历史沉积端的迟到叛逆者。

无疑,当代艺术创作是需要底线的,当代艺术批评也是需要底线的。在吴高钟的行为艺术"事件"之后,其中负责任且中肯的评价是 2004 年在《多元视点——在北大举办的行为艺术座谈会摘要》中朱青生所给出的表达:"现在的问题还是因为大家对现代艺术有一种根本性的误解,他就认为你那个什么行为啦,装置啦,根本就不是艺术,如果大家都认为这就是艺术的话,行为、装置又有什么关系呢？你看在英国泰特画廊有一个作品,也是把一头牛切成两半,里面还有蛆、苍蝇啦,好像是比这次《人与动物》展中吴高钟的作品厉害得多,血腥得多,大家也觉得没有什么。因为大家都知道这是艺术。为什么切牛这种事情作为艺术就可以存在呢？因为艺术家是为了一个观念的追问、为了问题才这样做的,实际上不仅仅是简单地切牛,这

---

① 郑玄注,贾公彦疏:《周礼注疏》,见《十三经注疏》上册(影印世界书局阮元校刻本),中华书局,1980年,第906页。按:西周时期,"六德"是指"智""仁""圣""义""忠""和"。贾公彦在正义中仅提及了其中四德而缺省"忠"与"和",以强调"智"与"圣"。
② 许慎撰,段玉裁注:《说文解字注》(影印经韵楼藏版),上海古籍出版社,1988年,第70—71页。

就是问题的关键和根本的区别。如果这样一个认识根本没有,你一做行为艺术马上就把它封掉,或者电视台说把它干掉,那就封杀了我们精神上的生存和追求……"①

令人振奋的是,这么多年来传统绘画从未阻挡住当代观念艺术求生存的欲望。2014年年底,也就是"上海浦江华侨城十年公共艺术计划"在执行的第八个年头,中央美术学院的女权主义(feminism)雕塑家姜杰在上海浦江华侨城展厅,生猛地悬吊起她的公共性装置作品《大于一吨半》:一个体量硕大且疲软的男性生殖器被钢缆铁钩撕扯住破碎的皮肤和湿润的褶皱,沉重的疲软被强绷得张力四射。2015年,中国美术批评界在舆论上接受且肯定了这个重量实际近三吨的男性生殖符号,其中包括中央美术学院的雕塑家隋建国、展望与当代艺术批评家尹吉男等,还有诗人欧阳江河。

最后我想表达的是,作为一位怀揣着青春之梦蹚过20世纪70—80年代政治与文化湍流的跋涉者,我从未忘却过北岛诗作《回答》中的那句名言:"卑鄙是卑鄙者的通行证,高尚是高尚者的墓志铭。"②

---

① 朱青生等:《多元视点——在北大举办的行为艺术座谈会摘要》,《艺术评论》2004年第2期。
② 北岛:《回答》,载阎月君、梁云、高岩、顾芳编选:《朦胧诗选》,春风文艺出版社,1985年,第1页。
按:我之所以在这里引用北岛《回答》一诗中的名句以结束此篇论文的写作,其缘由不仅在于这一诗句的真理性表达,也更在于20世纪70年代末至80年代初崛起的朦胧诗从未在我的记忆中有过瞬间的缺席。我一直没有忘却朦胧诗人以求索真理的尝试在崛起时,他们面对当时主流诗界的专制者所顽强给出的擦枪走火的抵抗与挑战,他们的诗歌永远闪烁着弱者的强悍与伟岸。我之所以使用春风文艺出版社的《朦胧诗选》,这个选本出自辽宁大学中文系四位本科生的编选,那年是1985年,也是新时期当代文学收获与转型的一年。并且这个选本的《序》是由当时北京大学中文系新诗批评的旗手谢冕教授所写:《历史将证明价值》。我愿以其中的一段表达赠送给与朦胧诗人同期及后继的中国当代艺术家:"('文革')动乱结束以后,迎来的是全面更新诗歌的新的诗潮的兴起。强大而又自信的因袭力量,对这一新诗潮进行了不容思考的拒绝和排斥。它们的谴责使诗的探索遭到严重的挫折,甚至造成了生存的困难。然而,诗歌艺术的由枯竭而滋荣,由灭绝而新生,作为一种历史的规律却非任何人为的力量所能抗拒。"(谢冕:《历史将证明价值》,载阎月君、梁云、高岩、顾芳编选:《朦胧诗选》,春风文艺出版社,1985年,第1页。)像朦胧诗人所历经的命运那样,中国当代艺术家也是如此,历史将证明他们的价值!

音　乐

◆ 导　言

跨界的理由与禁忌：
寻求不对称的动态平衡

韩锺恩

2013年年末，我在音乐学界举行的一次全国音乐学跨界问题高层论坛上，曾经给热情高涨的与会者泼了一瓢冷水，并放言：跨界要谨慎。

进一步，就跨界问题谈了我的忧虑："如果跨出去之后回不来怎么办？"在座有一位资深学者调侃说："那就别让他回来吧！"

当时，我的回应是："回不来的学科是不是就意味着它本身就不存在？就像是一个游荡在外的野孩子没有家一样。"

其真正的潜台词就是，每个学科都应该明白自己的原位在哪里？

用时下的政治话语说，就是有没有初心？记得自己从哪里出发？为什么出发？出去之后又能够做什么？

事后，我又以《通过跨界寻求方法，立足原位呈现本体》命题撰文发表意见：毫无疑问，跨界是有限定的。借用赵元任的说法，一仅限于不同者而非不及者，进一步，二限于不同者是否临界而非随意混搭。因此，当我们在讨论跨学科问题的时候，是否需要严格遵循有明确定位的学科自性与有条件产生位移的学科间性？

那么，之所以成就为学科的基本条件又是什么呢？

简而言之，就是对象和方法。

以音乐学学科为例——

依对象确定学科者，可以有：音乐哲学、音乐美学、音乐批评学、音乐史学、音乐人类学、音乐形态学、音乐心理学、音乐分析学，等等。

依方法确定学科者，可以有：历史音乐学、体系音乐学、民族音乐学、思辨音乐学、实证音乐学、分析音乐学、批评音乐学、考古音乐学、描写音乐学、修辞音乐学、诠释音乐学、实验音乐学，等等。

值得注意的是，基于此把对象与方法进行更高层级关联的情况也是常见的。比如，通过思辨音乐学的方式研究音乐哲学问题，通过实证音乐学的方式研究音乐历史问题，通过分析音乐学的方式研究音乐形态问题，通过描写音乐学的方式研究音乐美学问题，等等。

由此推衍到具体者，可以包括：音乐作品与音乐现象的结构形态（包括音乐作品的音响结构与音乐事项的音声功能），音响乐谱的书面写作与音声事件的口头传承，音乐体验以及相应的感性直觉经验，音乐认知以及相应的理性统觉概念，作品修辞通过整体结构描写与纯粹感性表述并及音乐自身存在，声音概念与感性修辞的规模作业，音乐史以及相关音乐作品的现实存在、历史存在、意向存在、本有存在，等等。

在此，我想特别强调一下本体与方法的问题，因为这是任一学科研究都无法回避的。

简单而言，方法是手段，本体是目的，这是一个不言而喻的常识。但问题是：其一，方法与本体如何协调以至于合式对应？其二，能否通过特定方法切入去有效切中本体？

就方法而言，既然通过方法更新可望改变结论，那么，这种被方法扩充了的路径就需要去特别认真地加以审视。

就本体而言，则表明这个东西本身就存在于那里，无非在遭遇不同方式的观照时才显现出别样来。

综览本次在复旦大学中文系针对与围绕文学艺术思潮展开的跨界对话，广泛涉及文学、美术、音乐、戏剧、电影等，其积极意义是毋庸置疑的。应该说，达到了跨界交流的会议初衷与目的，通过此次跨界工作坊各位学者所发表的高论，学者相互之间增进了了解，甚至于有渗入他者内部的深度观照。但毕竟学科立足点不同，在短时间内要想真正实现不同学科之间的跨界研究，也是不现实的，这需要较长时间的磨合与积累。

此次复旦大学中文系跨界工作坊论文集共收入了七篇论述音乐的论文，回望诸篇入选论文，应该说，或多或少都因循了会议的主题。

洛秦教授所论，秉承其一贯倡导并身体力行的音乐史研究与人类学田野作业的工作策略,将其论述重点置放在如何通过写作范式的改变去重写音乐史的问题,从而进一步深化了城市音乐文化的研究乃至于音乐上海学的编撰。

萧梅教授所论,是民族音乐学必须直面的一个近宗教问题,尤其对有悖于科学探测的非实证性问题而言,细致的考察乃至于不断渗入其中的个体准体验,对理解人的情感与心理状态,无疑都是有学科拓展意义的。

杨燕迪教授所论,一改以往多以音乐史为主体,在现代性语境中强调经典作品如何建构的问题,将视角偏移至形成音乐史的社会问题与文化问题,以及在音乐的声音中所承载的人生体验和价值尺度。

在入选文论中,这三篇在方法论意义上的跨界作业非常显著,可以说,其论述对象的本体意义,都必须有赖于这样一些多重学科的介入。

宋瑾教授与我本人所论,相对而言,主要集中于音乐美学问题。前文明显受到分析美学理念的影响,试图通过技术话语、认知话语和情感话语来分析不同话语面对音乐所进行的意义表述,并通过隐喻进一步关联非本质主义的后现代性。

我在应邀参加此次中西文学艺术跨界工作坊时,原本希望提交的论文是《由听感官事实引发的相关艺术学美学哲学问题讨论》,后应杨乃乔教授的要求,改由现文入编——《作为意向存在的音响经验事实》。这篇论文主要是针对与围绕音乐意义的问题而展开论述,论文通过对人的音乐感性直觉经验的理论定位,在思考的逻辑上涉及了音乐意义的形而上显现以及意向存在的问题。在这部论文集的编撰过程中,我又应约增加了一文,通过对马克思《1844年经济学哲学手稿》与赵宋光人类学本体论思想的读解,讨论音乐的耳朵与超生物性感官问题。

在这部分入选的论文中,杨乃乔教授是唯一一位非音乐界的"局外人"。杨乃乔教授的论述立场深置于宏大的思潮背景之中,他以文化学者的身份,针对当代音乐中存在着的诸多深刻问题,提出了具有批判性的见解,并为如何推进文学艺术领域的多学科跨界作业给出了自己的示范。

一个不容忽视的问题是,在不同学科之间的对话越来越密集和接近的情况下,完全无视跨界的存在是不现实的。为此,有必要先弄清楚跨界作为事实和实践活动与跨界作为理论问题这样两个不同的情况。

为了充分有效地展开跨界问题的学术讨论,我认为,必须关注其中存在的一系列结构性矛盾和两个基本关系。

这种结构性矛盾，一个是多元与主体的矛盾。由此关联学科跨界问题，即上述学科原位与其他学科之间如何相互汲取并适度复合的问题，以及不同学科之间通过跨界生成的新关系——我反对以彼此消解的学科融合来对此加以修饰。另一个是自然与文化、文化与文学艺术、文学艺术与音乐、音乐与音乐学、音乐学与其所辖学科之间的矛盾。对当下音乐学界而言，尤其在艺术音乐与文化音乐、结构发声与功能发声、传统学科与新兴学科呈现复杂局面的时候，更需要在对象以及相应方法上有预先的设定。

两个基本关系，一个是历史与历史逻辑，一个是理论与理论实践。简单而言，前者表示逻辑终端与历史始端的结构衔接；后者表示从抽象到具体的结构连贯。对此，是否可以说，理论实践最重要的问题就是理论究竟联系什么样的实际的问题？我的理解：特定理论就应该联系其自身实际，或者可以明确地说，特定理论只能联系其学科实际，因为只有这样的实际才是具体的，而不至于成为没有特定指向的一般意义上的抽象实际。也许，这就是一个学科之所以成熟所应该给出的理论诉求和学科关切。

由此关联跨界问题，如同上述跨界需要有限定的前提，我以为，跨界并非是无条件的，跨界同样要有禁忌，那就是：一不僭越；二不覆盖；三不消解；四不替换。

1972年，毛泽东在1969年中苏边界乌苏里江珍宝岛自卫反击战之后，提出"深挖洞、广积粮、不称霸"的口号（这个口号的元典，来自《明史·朱升传》：高筑墙，广积粮，缓称王）。

受此启发，我想，跨界问题同样也可以采取这样的态度：

一是深入原位，钩沉考掘；

二是广及别界，借鉴汲取；

三是和平共处，同行并进。

具体而言，就是在多学科现象蜂拥而现、跨学科策略层出不穷的情况下，坚持三种发展模式：

一是谁也吃不掉谁的共同发展；

二是谁也离不开谁的错位发展；

三是合乎自身生存的定位发展。

回到主旨命题：通过跨界寻求方法，立足原位呈现本体。

俗话说：吃着碗里的，看着锅里的；保持平衡走钢丝。

一方面立足学科原位，守住底线；一方面沿着学科边界，极目远望。

在跨界与原位、激进与保守中间，寻求不对称的动态平衡。其标准就在于：像样、得体、合式。

作为意向存在的音响经验实事

韩锺恩*

[**内容提要**]　在漫长的声音历程中,由于过度负载情感,甚至于过分厚重的思想和精神扰动,使人们逐渐丧失了对声音自身的充分体验。然而,一旦最初的呼唤得以复原,则声音自身的形而上的指向以及相应进程,就会有一个合适的彰显和开端。作为意向存在的音响经验事实,就是在作为现实存在的音响经验之后,通过具有针对性的意向及其与之相关的充实,去获得一种有别于现实存在的音响经验。

[**关键词**]　音乐意义的形而上显现　意向存在　音响经验实事

沿着逻各斯中心主义向语音中心主义转换的路径行走,一个反向逆行的踪迹[①]同时显现,而且,还是通过追问的方式:在经历了20世纪音乐作品中的音响的极度扩张之后,当音乐退到了声音底线的时候,在声音之外究竟还会有一些什么东西存在?难道这样的音乐作品果真除了声音还是声音?在漫长的声音历程中,由于过度负载情感,甚至于过分厚重的思想和精神扰动,使人们逐渐丧失了对声音自身的充分体验。然而,一旦最初的呼唤得以复原,则声音自身的形而上的指向以及相应进程,就会有一

---

* 韩锺恩(1955—),男,博士,上海音乐学院教授、博导,曾任音乐学系主任,主要从事音乐美学、音乐文化人类学、音乐哲学、当代音乐研究、音乐批评研究。

① 这里的踪迹(trace),带有特定的含义,在德里达的论域中,意味着一个不出场的出场,或者是在场的不在场,是存在的某种影子。王岳川:《后现代主义文化研究》,北京大学出版社,1992年,第95页。

个合式的彰显和开端。① 因此,在经历了音响的极度扩张,并及至声音底线的时候,可以肯定地说,这里面还会有一些东西存在;甚至于可以说,音乐作品除了声音之外还有一些不是声音的声音。

和前面讨论的现实的声音不同,这里要讨论的是现象学哲学美学意义上的声音,这种声音既不在物理层面,也不在心理层面,而是通过意向之后显现出来的一种东西。值得注意的是,这种声音离不开现实的声音,但是,又完全不同于现实的声音,因此,是一种相关审美价值的,作为现象被给定的声音,②姑且称之为"现象的声音"。可见,这样一种声音,不仅有别于自然的声音,而且也有别于没有经过意向设入的声音。为此,有必要区别作为现实声音的对象和作为现象声音的对象,或者区别在场的音响实体和不在场的意向存在。

为了与前述作为现实存在的音响事实和作为现实存在的音响经验事实有所对应,本文把这部分分别称为:作为意向存在的音响经验实事和作为意向存在的音响先验实事。

首先,对实事(Sache)这一概念进行一些说明,这是现象学哲学的一个指向性极强的专门术语概念。在前面有关音响事实和音响经验事实的论述中,曾经就现象学哲学中的另一个专门术语概念事实(Faktum)进行过讨论。应该说,和事实相比,实事这一术语概念的出现并对此有所确认,才算是真正进入了现象学的论域当中。实事概念,在胡塞尔的现象学哲学中运用十分广泛,但是,其最为主要的含义是:被给予之物,直接之物,直观之物,也就是对象在自身的显现中,在感性的具体性中被把

---

① 对此,德里达《书写与差异》中有相关引述(《血肉之躯的立场》)可以参照,认为:总有一天我的理智不得不接纳这些纠缠我的、讲不清的力量,而且它们当会进驻更高的思维层次,这些力量的外表有某种呼叫的形状。存在着知性的呼叫,它们来自骨髓之精华。正是这一切,我把它叫做大写的血肉。我不将我的生命与我的思想分隔。以我的舌头的每次振动,我在我的血肉之躯中重建思想之路……不过,我得审查的是血肉的那个意义,因为它应当给予了我某种存有形而上学及有关大写生命的决定性知识。雅克·德里达:《书写与差异》(上下册),张宁译,生活·读书·新知三联书店,2001年,第324—325页。
② 就此问题,盖格《艺术的意味》有相关的论述,认为:审美价值或者其他任何一种价值的缺乏并不属于那些作为真实客体的客体,而是属于它们作为现象被给定的范围。它属于那些构成一种和谐音的感官方面的音响——那些作为现象的音响,而不属于那些被人们认为构成空气振动的音响。莫里茨·盖格:《艺术的意味》(Moritz Geiger: *Die Bedeutung der Kunst*),艾彦译,华夏出版社,1999年,第5—6页。

握。① 很显然,这样的对象已然不是一个自在的对象,不然,也就无所谓被给予了。那么,究竟是被什么给予的呢? 进而,它的自身显现又是如何实现的呢? 应该说,答案就在感性的具体性当中。其实,就是被人的经验所给予,因而,也就是在人的经验之中被把握。而这种经验给予和经验把握不是自身内存的,而是向外投射的,也就是通过意向设入的方式,去给予对象,去把握对象。于是,这个实事就是被经验给予和把握的对象,它是人的意向设入之后对象自身的一次显现,因此,是一个属人的对象,并且和主体同一。诚然,这种同一并不是那种抹去一切差别的完全同一,而是一种差别依然却凹凸相合的同一,是在在场的表象基础上,通过意向,寻求不在场的意象。② 于是,面对实事本身(胡塞尔)的别一种表述应该就是:一种在场的经验通过意向显现一种不在场的意义。

结合音乐意义的显现,所谓在场的表象就是现实的音响经验事实,所谓不在场的意象就是通过意向设入的音响经验实事。由此可见,音响经验实事的形成,就是在作为现实存在的音响经验之后,通过意向去获得一种有别于现实存在的音响经验。与此同时,它也是音乐作品除了声音之外还有一些不是声音的声音。这种音响经验以及声音之外不是声音的声音,既不在物理范畴,也不在心理范畴,那么,它们究竟应该属于什么范畴呢? 这正是本文需要重点讨论的,一种作为意向存在的音响经验实事。

这里,结合勃拉姆斯《第一交响曲》③某些部分来展开讨论。在西方音乐史中,勃拉姆斯的音乐属于古典-浪漫风格样式,而这部音乐作品被认为是充满悲剧性的,史诗般的,并且,由于追求贝多芬式的热情与斗争以及悲怆性,有人把它称之为悲怆交响曲,汉斯·冯·彪罗甚至把它称之为继贝多芬《第九交响曲》之后的《第十交响曲》。④

第一乐章是带有引子和尾声的奏鸣曲式。引子部分除了呈现作为全

---

① 倪梁康:《胡塞尔现象学概念通释》,生活·读书·新知三联书店,1999 年,第 415—416 页。
② 案,这里的意象,无疑,是意向设入对象之后的一个结果,也可以理解为:意向存在者。
③ 案,有关勃拉姆斯这部作品的形态分析,可分别参见韩锺恩《对音乐分析的美学研究——并以"[Brahms Symphony No.1]何以给人美的感受、理解与判断"为个案》(载《中央音乐学院学报》1997 年第 2 期,中央音乐学院学报社,1997 年,第 8—16 页)和张璟《勃拉姆斯交响曲中的"主题贯串"及第一交响曲两个前奏的"资源库"意义》(载《黄钟》2002 年第 1 期)中的有关叙事。
④ 属启成:《名曲事典》,张怀惠等译,曹炳范校,人民音乐出版社,2001 年,第 83 页。

曲前奏的功能之外,不仅预示出呈示部主部主题的材料,而且,还具有贯穿全曲以求协调统一的作用。① 比如:第一,通过小提琴、大提琴奏出半音上行的三音音型;第二,通过木管组和中提琴奏出平行三度下行的音型;第三,通过定音鼓、低音大管和低音提琴在主长音上奏出三连音音型。另外,在结构方式上,这三种音响材料是以对位的方式加以呈现,并采用相仿的力度不分强弱层次地奏出。② 这部分音响,在整体趋势上,可以使人感受到音高的逐渐下行和音强的逐渐增加。显然,和线条或者色块的音响形态不同,这部分音响呈现出的是一个以音强为主的力度样式。与此同时,也产生这样的感觉,在这部分声音浑然一片生成出来的混沌音响效果中,携带有某种强烈的悲剧色彩。因此,作为前奏性质的引子,在预示出后面主体部分的音响材料形态之外,同样,也在风格样式上给出了明确的预设。仅以上述半音上行的三音音型(c-升 c-d)为例,这样一种沿着最为狭窄的音程距离③的均匀台阶持续上倚的半音级进,很容易使人产生一种紧张的感觉,甚至,在直觉上会产生一种令人窒息的感觉,④难怪处于同时代的柴可夫斯基对此进行了明确的批评,他认为:这样的音乐是黑沉沉的,冷冰冰的,而且充满虚伪,晦涩得简直不知所终。⑤ 然而,阿萨菲耶夫却认为:在勃拉姆斯的音乐作品中,很少有动机不包含发展潜力的(这种潜力通常立刻以其本身在发展中揭示自己),哪怕是最小的音调萌芽,或者是简短的节奏-音调,几乎全都是有说服力的、雄伟的、甚至,是史诗般的、叙事性的(这种叙事性甚至使人觉得像真正的古典长诗

---

① 对此,可参见属启成《名曲事典》中的有关叙事(同上);除此之外,张璟《勃拉姆斯交响曲中的"主题贯串"及第一交响曲两个前奏的"资源库"意义》也把第一乐章的前奏动机看作是具有主题贯串意义的,认为:勃拉姆斯精心挑选和千锤百炼所得的每一种材料,甚至包括那些"最小的音调萌芽,全都放射出一往直前和有扩展能力的光彩",同时,他所设计的那些像"细胞"或"遗传基因"一般的主题,不仅像繁星撒满碧天般地触目皆是,而且还像有机体那样,被编织入每个阶段、每个层次或每个声部中,因此,他的四部交响曲已被其"主题贯串"或"材料关联"结成一种有机性整体。
② 张璟:《勃拉姆斯交响曲中的"主题贯串"及第一交响曲两个前奏的"资源库"意义》,《黄钟》2002年第1期。
③ 所谓最为狭窄的音程距离,当然只是在十二平均律的调性音乐范畴,而不包括非调性音乐范畴的微分音程。
④ 关于这个三音音型,勃拉姆斯自己也曾经在创作这部交响曲的过程中提到过,始终响着一定旋律的三度音程的音乐,有点儿悲哀和沮丧[约翰纳斯·弗尔纳尔:《勃拉姆斯》(Johannes Forner:Brahms),苏德馨译,中国广播电视出版社,2000年,第99页)。
⑤ C.波汶、B.梅克编:《我的音乐生活——柴可夫斯基与梅克夫人通信集》,陈原译,生活·读书·新知三联书店,1998年,第106页。

那样从容不迫,但是从来都不是由于血气不足)。① 尽管,这两种不同意见似乎是针锋相对的,但实际上,却是出于不同的立场。应该说,柴可夫斯基的批评更多是基于他对勃拉姆斯音乐的感觉,不管是主观的评价,还是客观的指责,在他看来,这样一种音乐是和浪漫主义风格极不协调的,至少是和当时的人们对音乐有一种诗意的期待是不相合的。对此,可参见他以同样的态度批评勃拉姆斯小提琴协奏曲时所发表的看法,他认为:在这部印象并不怎么样的作品中,勃拉姆斯的技巧盖过了他的灵感,那么多的准备和迂回曲折之笔,却没有任何真感情的触动,缺乏诗意,自命为有深度的内容空空如也,因此,他的音乐只是由某些不明确的、巧妙联结在一起的片段组成的,构思缺乏明确的轮廓、色彩和生命,仅仅是一种纯粹本能的感觉。② 相反,阿萨菲耶夫则着眼于勃拉姆斯另外一面,他认为:勃拉姆斯是更加深一层的音调行家,客观、冷静、中立、无情,非常接近于论证思想的审慎精细,因此,他不是经验主义地在即兴,或者在创作的火热中寻找自己主题的发展性质,而是先在意识里抒发它们的音调,考验了它们以后认识它们的价值,由此,勃拉姆斯的情感表现总让人感觉是概括的,仔细检查过的,经过考虑的观察,而不是强烈的印象引起的。③ 显然,这样的评价和阿萨菲耶夫对音乐的总体看法相关,他认为:音乐是抒发成音调的意念的艺术。④ 对此,似乎也可以这样来理解,勃拉姆斯是通过音调来体验他所要表达的东西。也许,在勃拉姆斯音乐中存在着的某些东西,确实有比较充分的理由可以这样来确认。比如,上述《第一交响曲》第一乐章,其旋律形态,就有气息悠长、运动徐缓、平稳而不对称的特点,乐器配置密集,以混合音色为主,和声以传统的功能关系为主,并且,追求丰满紧张的音响效果。⑤ 因此,基于这样的特点,和浪漫主义音乐形成明显的反差,勃拉姆

---

① 针对对勃拉姆斯音乐冷冰冰的批评,阿萨菲耶夫还认为:所谓勃拉姆斯的音乐冷冰冰的和学院气,不过是"懒于接受的借口",因为,古罗马诗人维吉尔的《埃涅斯纪》也"冷冰冰",但那是多么热情的人创作的史诗啊! 鲍里斯·阿萨菲耶夫:《音调论》,张洪模译,人民音乐出版社,1995 年,第 148 页注⑤、第 146 页。
② 萨姆·摩根斯坦编:《作曲家论音乐》,茅于润等译,人民音乐出版社,1986 年,第 141—142 页。
③ 鲍里斯·阿萨菲耶夫:《音调论》,张洪模译,人民音乐出版社,1995 年,第 147 页。
④ 同上书,第 149 页。
⑤ 韩锺恩:《对音乐分析的美学研究——并以"[Brahms Symphony No.1]何以给人美的感受、理解与判断"为个案》,《中央音乐学院学报》1997 年第 2 期。

斯音乐中的主题旋律,往往是缺乏歌唱性的,甚至是难以识别的。也许,正是有了这样一种具有相当动力的器乐性音调,才使得全曲一气呵成,以不间断的连接和不松懈的滚动贯通到底。比如,引子运用复调性思维,几条旋律线重叠交织成厚重而紧张的音响,由它引导出的主部主题激情严峻而富于冲击力,由此,通过激情跌宕、跃动起伏、完整强烈的特征,主导整个乐章;①以及在奇特的慢引子中逐步蜕化出后面的主题,犹如拨开云雾见高山。② 由此可见,这样一种持续连接和紧张滚动的贯通方式,在某种意义上,正好和那种史诗般的叙事方式相应,于是,在难以识别的音响形态之中,反而可能有了特殊的个性辨认,也就是勃拉姆斯所独有的东西:极其抒情而气息辽阔的旋律线,就像叙事歌一样奇特。③ 看起来,这一点在勃拉姆斯的音乐中,确实是有着充分的体现,尽管在交响曲的和声语汇和管弦乐色彩以及一般的音乐语言等方面,勃拉姆斯摆脱不了浪漫主义风格的总体影响,但是,在凸显个性风格的主题创作方面,勃拉姆斯则有着执着的追求和做法,他认为:光有灵感是不够的,乐思必须严加推敲,并赋以完美的形式,不仅要避免浮夸的华丽和空洞的炫技,更要弃绝那种光靠作曲家心中没有控制的思想之流串在一起的无曲式可言的音乐,以至于产生出一种特有的安详恬静的感觉。④ 显然,这样的追求和做法,⑤不仅有悖于浪漫主义音乐的时尚,而且在一定意义上,更是一种逆潮流而动的行为,假如没有足够的勇气和智慧,以及相应的信念和技术能力,就很有可能被淘汰出局。对这样一种有悖常理的存在,音乐学家朗并不像作曲家柴可夫斯基的最终解释那样:仅仅是一种纯粹本能的感觉,在朗看来,勃拉姆斯之所以如此的原因,是一种悲观主义和舍身忍让的成熟世界观

---

① 于润洋主编:《西方音乐通史》(中国艺术教育大系·音乐卷),上海音乐出版社,2001年,第266—267页。
② 唐纳德·杰·格劳特、克劳德·帕利斯卡:《西方音乐史》,汪启璋等译,人民音乐出版社,1996年,第648页。
③ 同上书,第647页。
④ 同上。
⑤ 在勃拉姆斯的这种追求和做法中,还明显地包含有对浪漫主义音乐时尚的批判态度和对待音乐的审美态度,对此,朗《西方文明中的音乐》这样认为:在音乐抒情中得体的东西在器乐大形式中就可能变为草率的东西;勃拉姆斯想到他的想象力或他的嗜好会自由奔驰就感到害怕。把一切华丽的装饰和空洞的辞藻从他的器乐作品中无情地剔除出去;他还特别反对近代管弦乐的感官的色彩性的优美音响。保罗·亨利·朗:《西方文明中的音乐》,顾连理等译,杨燕迪校,贵州人民出版社,2001年,第555页。

使然,于是,一种忠于传统的敏感的贵族心灵的悲剧由此诞生。① 进一步,正是由于这样一种无限灵敏和复杂的心理是倾向于沉默寡言的,所以,勃拉姆斯的音乐不会给人以即时的直接的印象,而只能是由谨慎地掩盖着的记忆滋养起来的,缺少艺术抒情性和戏剧性的悲壮史诗。② 因此,如果说勃拉姆斯《第一交响曲》确实是一部悲剧性的史诗,那么,实际上这是他在确定自己的目标之后,自己给自己开道,一种言不由衷的悲怆,因为勃拉姆斯在充满阳光的浪漫情调中,内心深处始终抑郁着一种已然缺失昔日光彩的古典情怀。

在这里,似乎还可以通过勃拉姆斯的创作状态进行更加深层的诠释。如前所述,勃拉姆斯音乐的古典-浪漫风格样式,其实,这主要就是指他所处时代和创作风格之间存在的反差。无疑,勃拉姆斯处在浪漫主义时期,但是,他所创作的音乐作品,却常常被人们认为是古典主义风格,对此,朗在《西方文明中的音乐》中曾以批评的口气这样评价:勃拉姆斯的音乐世界具有其自己的生灵,自己的动植物,具有别的东西不愿也不能繁殖的另外一种气候。……同样的河流,在勃拉姆斯是向后倒流的,而在贝多芬则是向前涌进的。……因此,古典主义在他身上变成了一个美丽的姿态,而在贝多芬,古典主义是完成和综合。③ 然而,这个美丽的姿态却正是一个异化的存在,因为勃拉姆斯的古典主义自觉,始终是在贝多芬的巨人影子笼罩之下,作为一个后来者,他无时不在挣扎着,甚至于打算以绝缘交响乐来弥补他心中的交响乐问题创伤。④ 他最终还是没有因此而终结自己的理想,在绕过贝多芬战斗式的语气和交响乐段直接构成模式的情况下,终于找到了自己想要的那个阿尔卑斯圆号声音(作为《第一交响曲》第四乐章终曲的主题,同时,也可以看作是统领

---

① 保罗·亨利·朗:《西方文明中的音乐》,顾连理等译,杨燕迪校,贵州人民出版社,2001年,第554页。
② 同上。
③ 同上书,第558—559页。
④ 对此,可参见弗尔纳尔《勃拉姆斯》中的有关叙事:一个计划了14年之久的第一交响曲,每次想完成它,都因为犹豫而中断,为此,勃拉姆斯曾经这样说:我再也不写交响乐了!你不明白,作曲的时候我有什么感觉:我总是听见身后有一个庞然大物,他紧跟着我;因为贝多芬的权威与魅力实在令后生胆怯,李斯特在交响诗形式中找到了一条新路,瓦格纳在艺术作品总汇和乐剧中也找到了一条新路,可是,对于勃拉姆斯来说,他别无选择;于是,交响乐问题就成了他的一个创伤,一方面他确信自己的写作能力,而另一方面似乎又难以逾越贝多芬。约翰纳斯·弗尔纳尔:《勃拉姆斯》,苏德馨译,中国广播电视出版社,2000年,第100页。

四个乐章的全部作品的一个制高点)。① 就像贝多芬所说的：经过痛苦到达欢乐,这也是一条通过磨砺到达星辰(per aspera ad astra)的路,一条从贝多芬权威压抑之下得以解脱的路。② 就这样,勃拉姆斯在效仿文化和师法自然的矛盾当中,作出了自己的合式抉择。作为一个不断蔓延的人类个体,当自身的积累和储备达到一定程度的时候,创造意识就会自然涌现出来,尤其当这种意识愈益成熟的时候,则又会面临如何自由地出入于传统之中,并及时返回自然的问题,因为文化意义的静态化以至于可能出现传统通道的凝固停滞,都要求文化的创造者必须在拥有一种自由的同时再具备一种自觉,因为效仿文化和师法自然永远是不对称的。因此,通过自然去接续文化,勃拉姆斯才成为不同于贝多芬的勃拉姆斯自己。

综观上述对勃拉姆斯音乐作品的看法,显然,已经从音响感受和感觉(黑沉沉冷冰冰),以及相关批评(虚伪晦涩),中间经过形式描述(最小的音调动机内包含着发展潜力并展现出叙事性的史诗风格),最终到达史诗意义的底层(舍身忍让的贵族姿态和拥抱自然的平民心态的历史融合)。至此,几乎可以说,通过对音乐作品音响结构的直接面对,又通过对音乐作品形式结构的间接透视,再通过对音乐作品意义结构的逐渐显现,音乐作品的存在方式已然发生了质的变化,即：从现实存在,经由历史存在,到达意向存在;一个由形而下的音响体现,到形式表象的自身展现,再到形而上的意义显现。

毫无疑问,这种形而上的意义显现,已经不是音响经验事实,那么,作为音响经验实事,又是如何成就的呢？也许,这就是音乐意义问题的关键。一个显著的困难在于,这种不属于现实存在的音响经验,如何通过语言文字来表述。常有这样的说法：语言不及之处,则艺术诞生之际。其

---

① 约翰纳斯·弗尔纳尔：《勃拉姆斯》,苏德馨译,中国广播电视出版社,2000 年,第 101—102 页。
② 参见弗尔纳尔《勃拉姆斯》中的有关叙事：经历千辛万苦,在慢慢的十分崎岖的终曲乐段的小调引入部使勃拉姆斯终于实现了突破,这一部分没有庆祝胜利的军号声,没有强劲的击鼓声,只有圆号声,它把解放旋律一直带入辉煌的大调,同时引来一幅宏伟壮丽的大自然图画。一直处于压抑状态的弦乐器此时越过一个颤动的音乐平面,独奏长笛以其浪漫迷人的音色回答着。紧接着是长号吹出的庄严的赞美诗。大自然宏伟的图画和赞美诗融成一体,这是一个蔓延的人类个体迫切要求的音乐象征。同上书,第 103—104 页。

实,说的就是语言和艺术作为不同的表达方式,并针对特定对象进行转换的问题;或者说,当特定对象是概念或者是确定的物像时,就通过语言进行表述。换言之,如果当特定对象是情感或者是难以确定的意象时,就通过艺术来予以表现。由此引申,针对不属于现实存在的音响经验,也许,通过语言来表述的可能性又会进一步的缩小,尤其对那些具有超常音响经验的人来说,与声音的确定清晰相比,反而是语言显得更加模糊含混。这里,举出一个历史见证加以说明。1842年10月15日,德国作曲家门德尔松在给马克-安德烈·索凯的信中,就曾经表达过这样一种看法,他认为:"语言文字代替不了音乐,也说明不了音乐。……语言,在我看来,是含混的,模糊的,容易误解的;而真正的音乐却能将千百种美好的事物灌注心田,胜过语言。那些我所喜爱的音乐向我表述的思想,不是因为太含糊而不能诉诸语言,相反,是因为太明确而不能化为语言。……因为同样的词语对于不同的人来说意义是不同的。只有歌曲才能说出同样的东西,才能在这个人或另一个人心中唤起同样的情感,而这一情感,对于不同的人,是不能用同样的语言文字来表述的。"[①]由此可见,还是需要面对确定、清晰、实在、具像的声音本身,然后通过意向去显现,再用尽可能合式的语词加以表述。因为只有通过这样的路径,这一部音乐作品的这一种声音,才能够唤起不同的人相似的情感,以至于迸发出相应的语词,一种并非描述音乐的语词,但一定是足以表述情感的语词。

那么,通过意向显现意义,究竟需要具备什么样的条件呢?在现象学看来,至少有两个条件是必须具备的:一是针对特定对象选择相应的方式;二是有赖于特定主体自身的储备进行必要的充实。

关于方式问题,实际上也就是确定意向的类别,这在不同的历史时段各有不同。亚里士多德把意向分为思维和欲求两种;康德是分为三种:认识、感情、意愿;布伦塔诺也是三分:表象、情感、判断;而到了胡塞尔,则又回到表象和判断二分,但围绕这两个基本方式,又有一系列其他的方式。因此,在现象学论域中,这种方式主要就是通过主体的意向设入来体现的,其中,大致包括:表象、期待、欲望、寻求、提问、怀疑、判断、情感、意愿、回忆、想象、感受、思考、希望、陈述,等等。对与音乐相关的意向来说,

---

[①] 萨姆·摩根斯坦编:《作曲家论音乐》,茅于润等译,人民音乐出版社,1986年,第77—78页。

相对合式的选择主要是：表象、期待、情感、意愿、思考、判断。无疑，在此诸多方式当中，最基本的一个方式是表象（即作为行为去表象一个对象）。然而，面对音乐作品的音响结构这一特定对象来说，如果要实现形而上的意义显现，则所选择的相应方式显然就不能只是表象，因为这种最直接意义上的表象通过最初的感受及其相应的感觉就已经基本完成。也就是说，在经验范畴之中，对音乐作品的音响结构已经可以获得一个确定的表象，无论是声音的高低、长短、厚薄、浓淡，还是与此共生的相应感觉。关键是，在通过感受确定的音响事实和通过感觉获得的音响经验事实之后，究竟通过什么样的方式去进一步显现音响经验实事，也就是说，在经验之后的范畴之中，如何能够适应音乐作品的音响结构特点给出一个可靠的意象。根据本文前述：声音材料及其相应形式本身所给出的情感意象只能是这种情感意象的声音存在，那么，和音乐作品的音响结构这一特定对象最为合式的意向，无疑是情感。如上所述，如果没有主体意向的设入，对象及其意义的存在，则就像始终处在没有光亮的黑夜当中不可显现，由此进一步，如果这种主体的意向设入没有合式的方式，那么，对象及其意义的存在，同样也只能始终处在亮度不足的光照之下，既不透彻，也不敞开，在黑夜当中依然难以澄明地显现。试想，如果以寻求或者提问或者怀疑的意向设入其中，显然就不会在这样的声音材料及其相应形式当中显现出作为情感意象的声音存在。这里举出一个例子来加以说明。格鲁吉亚作曲家坎切利（Giya Kancheli）为两个童声、童声合唱队和乐队而写的《明亮的悲伤——为战争中死去的孩子而写》，占时大约30分钟左右，单乐章作品。和20世纪作为主流的西方音乐有很大的不同，这部创作于1985年的音乐作品，在整体音响结构方面，几乎回到了传统，甚至有明显的简单和单纯化的趋向。针对这部音乐作品，在不同语境并赋之以不同的意向，读解的结果就完全不一样，比如，从音响结构方式出发去读解：通过单一主题材料来结构音响，而当音响结构愈益趋向于单纯的时候，主体所形成的意向结构，则就逐渐地趋向于厚重，以至于出现意向覆盖音响的现象。[1] 再比如，从情感体验出发去读解：整部作品中的歌声听起来平

---

[1] 韩锺恩：《临响乐品——一份不断折叠又逐一展开的音响档案》，北京大学艺术学系硕士研究生音乐学专题选修课，2002年9月至2003年1月，北京，电脑笔记本演示文稿。

静而悠远,仿佛是从那遥远的岁月中传来的回声,又仿佛是从孩子们的坟墓中传来的圣歌,在管弦乐的重击震颤中留下他们宁静的哀伤。① 同样是从情感体验出发去读解,和以上携带有历史距离的体验不同,这里是一种几乎零距离的仅仅自我的当下体验:我的心灵始终被音乐带动着,沉重却无法逃离。歌声是蹀躞的,它来自何方,我深深感觉它已将我包围,让我不能呼吸,也不能逃离。我不知道它要我怎样,我只感觉压抑。倒是那些喧嚣,仿佛是来解救我的,但从来没有及时赶到。每每我已经顺从那歌声,仿佛可以在其中感到自己的消散,我已将我的心往那最高最远处延伸,我已不是我,而是一股气,一片雾抑或是一团能量,往下沉,往远处伸,往里面化解。② 由此可见,上述三种读解,除去第一种主要以表象方式为主之外,余下的两种,无论是携带有历史距离的体验,还是几乎零距离的仅仅自我的当下体验,都是通过情感方式来实现主体的意向设入,一个原本陌生的处在黑暗之中的对象,在不同亮度的光照下,不但可以得到显现,而且,还会进一步地透彻敞开。和寂静的悲伤不同,这不是在黄昏和落日中一个失去信仰、失去家园的无家可归者的漂泊,当歌声飘过孩子们的墓地时,当墓中的孩子一起歌唱时,即使是黑色的墓地,此刻,也已经被神圣的光焰照亮,一种光照之中的悲哀:明亮的悲伤。③ 显然,这透彻敞开的部分,对客体而言,就是对象多出来的那一部分,对主体而言,则就是意向设入的那一部分,以至于成为艺术审美过程当中的实事。由此,主体通过情感意向设入,不仅使声音对象有了经验之后和形而上的意义显现,而且,还获得了对声音这样一种感性对象的内在拥有方式。④

---

① 高为杰、杨臻:《明亮的悲伤——坎切利和他的音乐》,《爱乐》2002 年第 11 期。
② 吴啸雷:《明亮的悲伤——聆听坎切利》,北京大学艺术学系研究生音乐学专题选修课:《临响乐品——一份不断折叠又逐一展开的音响档案》(任课教师:韩锺恩)结业考试,2003 年 1 月 3 日,北京。
③ 同上。
④ 诚然,这种主体对感性对象的内在拥有方式,按现象学的说法,就是实项(reell)之物,既有别于实在之物(对感性对象的外在把握),又有别于观念之物(对感性对象的内在把握),是一种真实的意识存在的当下拥有,实际上,这种实项之物和本文所要研究的意向存在已经十分接近。区别在于:实项之物在现象学的论域中,是指意识生活的意向活动内涵的存在方式。倪梁康:《胡塞尔现象学概念通释》,生活·读书·新知三联书店,1999 年,第 400 页。而本文所谓的意向存在,除了表明主体意向的存在方式之外,并不对这种存在进行时空间意义上的限制,而是更加强调它有别于意识本身的自在性。

关于充实问题,简单而言,就是通过意向活动本身的不断充盈和扩展,使得对象的意义得到更加完满的显现。但是,这种意向充实不是无条件的,一个基本的前提是,意向充实过程必须和直观达到一致或者相合(Deckung)。① 至少,意向对象和意向充实是相合的。如此的相合,按胡塞尔的说法,就是一种纯粹直观表象,在这种纯粹直观表象中,不仅所有被展示的东西都已被意指(这是一个分析命题),而且所有被意指的东西都得到了展示。② 联系上述所言,也就是,不仅所有被充实的东西都在直观之中,而且所有直观到的东西也都得到了充实。因此,在这样一种相合的条件下,通过纯粹直观表象方式,则意义的显现就将是更加完满的。至此,原来的意向,在性质上显然又有了相当程度的提升,因此,和一般意向活动相比,似乎可以把它称之为意向感悟。虽然意向感悟和理性认识还有一定距离,但两者之间几乎已经具备了直接关联的条件,因为这个意向在直观的过程中已经得到了充实。甚至于可以说,只有当一个意向在足够的充盈中被直观所证实时,真正的认识才成为可能。③ 对此,胡塞尔认为:含义意向④以充实的方式与直观达成一致,正是因为这个状态,那个在直观中显现的、为我们所原初朝向的客体才获得了被认识之物的特征。⑤ 同样一个对象,由于通过主体的意向设入,尤其是通过有含义的主体意向设入,不仅它的意义会得到不同程度的显现,而且还会反过来改变主体意向的方式。比如,从情感意向到意愿意向的转换,从表象意向到判断意向的转换,原先相对单纯的感性识别和情感体验,也会逐渐有了愈加复杂的理性辨认,甚至,是更加远距离的概念性界定。⑥ 在这里,特别值得注意的是,针对感性对象

---

① 倪梁康:《胡塞尔现象学概念通释》,生活·读书·新知三联书店,1999年,第134—135页。
② 埃德蒙德·胡塞尔:《逻辑研究》第2卷,倪梁康译,上海译文出版社,1999年,第79页。
③ 倪梁康:《胡塞尔现象学概念通释》,生活·读书·新知三联书店,1999年,第135页。
④ 所谓含义意向(bedeutungsintention),在胡塞尔的现象学论域中,主要指:使感性的对象成为在意义上被激活的对象。同上书,第78页。
⑤ 埃德蒙德·胡塞尔:《逻辑研究》第二卷,倪梁康译,上海译文出版社,1999年,第33页。
⑥ 胡塞尔认为:思想"领悟了"实事,它是实事的"概念"。不言而喻,人们根据这个论述也可以将认识像充实一样——只是另一个语词而已——标识为一个认同的行为。同上书,第33—34页。

所形成的意向充实,在相当程度上是通过理解和解释来实现的。① 关于这一点,在现象学的方法程序中也有明确的设定,认为:对意义结构整个研究主要就在于对我们意识活动的意义进行解释性的分析和描述;不仅我们有目的的行为,而且我们的整个认识的和情感的生活都贯穿着意义和有意义的意向;它的目的是揭示并非直接显示给我们的直观、分析和描述的那种意义。因此,解释者必须超出直接给予的东西。② 就此而言,解释者超出直接给与的东西,也就是主体对自身存在的一种确证,就像海德格尔在《荷尔德林和诗的本质》中所说的:人之成为他之所是,恰恰在于他对本己此在的见证。在这里,这种见证的意思并不是一种事后追加的无关痛痒的对人之存在的表达,它本就参与构成人的此在。③ 因此,在某种意义上说,在经验之后,通过意向,音乐的形而上的意义得以显现,主要就是有赖于直觉和诠释这两个环节,即:基于声音直觉之上的意义诠释;或者说,就是把直觉和诠释加以整合的意向感悟。对于那些在认识中注定为其他意向提供充实的直观,胡塞尔特意举出一个音乐的例子来加以说明:当一段熟悉的曲调开始响起时,它会引发一定的意向,这些意向会在这个曲调的逐步展开中得到充实。即使我们不熟悉这个曲调,类似的情况也会发生。在曲调中起作用的合规律性制约着意向,这些意向虽然缺乏完整的对象规定性,却仍然得到或者能够得到充实。当然,这些意向本身作为具体的体验是完全被规定了的;在它们所意指之物方面的"不确定性"显然是一种从属于意向特征的描述特殊性,以至于我们完全可以像以前在类似情况中所做的那样,悖谬地但却是正确地说:这种"不确定性"就是这个意向的确定性。④ 由此可见,基于声音直觉之上的意义诠释或者意向感悟,其实已经包含有意向自身的

---

① 对此,导师于润洋教授在电话(2003年2月23日)中提醒我注意:所谓意向设入音乐作品当中,其实,就是通过人们对音乐作品的理解和解释来实现的,因为意义的生成离不开理解者和解释者,因此,所谓意义的历史性,主要就是体现于人们的理解和解释。于润洋:《韩锺恩攻读音乐美学博士学位期间主科导师授课笔记》(2000—2003)(韩锺恩笔记整理手稿),北京。在2003年4月23日上课时,于老师进一步谈到理解的重要性,认为:究竟是什么东西在艺术中才是形而上的,实际上,就是对人的生存处境的思考,因此,理解是不可忽视的,况且,理解自己才是最终的理解。埃德蒙德·胡塞尔:《逻辑研究》第二卷,倪梁康译,上海译文出版社,1999年,第33页。
② 赫伯特·施皮格伯格:《现象学运动》,王炳文、张金言译,商务印书馆,1995年,第959页。
③ 马丁·海德格尔:《荷尔德林诗的阐释》,孙周兴译,商务印书馆,2000年,第39页。
④ 埃德蒙德·胡塞尔:《逻辑研究》第2卷,倪梁康译,上海译文出版社,1999年,第37—38页。

能量扩张和性质转换。胡塞尔所说不确定性和确定性,是同时发生在意向过程当中的,区别在于,不确定性只是初步的意向设入之结果,并且仅仅是相对意向设入之前的感性确定,而之后的确定性则是意向充实之结果,包含有理性的成分,正好和意向设入之前的感性确定相对应。

为了和前述勃拉姆斯《第一交响曲》有一个比较,这里再举出他的《第四交响曲》。和《第一交响曲》的悲怆性、《第二交响曲》的幸福感、《第三交响曲》的英雄气概不同,《第四交响曲》被认为是内省的,浸透着成熟的苦涩感。① 无疑,在总体风格上,这也是一部悲剧性的音乐作品。以其中的第四乐章为例,勃拉姆斯采用古老的帕萨卡里亚,一个固定低音的 8 小节主题和 32 个变奏(每个变奏都是 8 小节),再加上一个短小的尾声,结构对称平衡,布局简单分明,充满着古典主义音乐的精神。虽然,作品在曲式上有非常明显的处在不同层次的段分(比如:每 8 小节一个变奏,各个变奏之间的音型和意境都不同,并且在 32 个变奏之上还叠置了一个广义的三部曲式②),但是,其整个过程自始至终是连绵不断的、有控制地进行的感觉,两相平衡。③ 由于整个过程的连绵不断,因此,处在其中的主题以及相应的音响经验不仅是通过变奏驱动自身,而且不乏经受着一次考验:用力紧紧抓住,上升到英雄的高度,在经历了痛苦的颤动之后,重又落入深深的悲剧中。④ 于是,就在这样一部最古雅的作品中,包含有最悲凉的情绪,朗甚至这样说:在勃拉姆斯的艺术创作中,悲凉的情绪几乎是到处都有;在这部作品中是主宰的情绪,渗透在整个作品的每一纤维中。⑤ 那么,这种具有悲剧性风格的苦涩和悲凉,究竟是如何得以体现的呢?同样需要回到声音直觉当中,勃拉姆斯选择巴赫第 150 号清唱剧《主啊,我祈求您》作为固定低音主题,并采用古老的帕萨卡里亚变奏

---

① 属启成:《名曲事典》,张怀惠等译,曹炳范校,人民音乐出版社,2001 年,第 86 页。
② 对此,还可参见朗《西方文明中的音乐》中的有关叙事,认为:定旋律无间断地再现三十次(案,关于变奏次数的记载各有不同,朗为 30 次,属启成为 31 次,格劳特和帕利斯卡为 32 次),这个看来似乎僵硬的骨架移植在一个奏鸣曲的结构中,产生一种令人深思的音乐。保罗·亨利·朗:《西方文明中的音乐》,顾连理等译,杨燕迪校,贵州人民出版社,2001 年,第 557 页。
③ 唐纳德·杰·格劳特、克劳德·帕利斯卡:《西方音乐史》,汪启璋等译,人民音乐出版社,1996 年,第 649 页。
④ 约翰纳斯·弗尔纳尔:《勃拉姆斯》,苏德馨译,中国广播电视出版社,2000 年,第 171 页。
⑤ 保罗·亨利·朗:《西方文明中的音乐》,顾连理等译,杨燕迪校,贵州人民出版社,2001 年,第 557 页。

手法,决不是简单的怀旧和复古,应该说,声音自身的陈述已经十分明确:e升f-g-a升a-b-b-e,一个八音序列,同样的时值。具体进程是:由主音e出发,经过升f-g-a升a,逐渐抵达属音b,接着,通过大幅度直接下行折返低八度属音b,并直接终止在主音e;首尾两个主音e处在同一个音的高度。这个主题,无论在感性识别或者理性辨认上,没有什么特别障碍,很容易就可以获得,况且主题结构十分简易,几乎没有个性可言,但是通过情感意向的设入,在声音直觉上,已然预设了一种苦涩和悲凉。这种可能性体现在音响结构上,就是第5音升a,作为本调变音(重属和弦的三音)的出现,不仅由于形成离调而增强了调内和声的功能力度,而且也使低音线条由主音到属音的进程愈益紧张了起来。于是,通过这样的音响结构引发,声音直觉上的深沉感就此确定。

至于说进一步的意向充实,则还是和勃拉姆斯在浪漫主义语境当中执着守护古典主义理想有关,对此,朗甚至在第14变奏中生成起这样一种声音直觉:阴森的长号再度响起,提醒我们切莫忘记,这是为交响乐的灵魂永远安息而奏出的安魂弥撒。[①] 于是,和他的《第一交响曲》相比,同样的悲剧性意味,在这里却成了勃拉姆斯自己为自己送行的悲壮,因为时值19世纪末,连浪漫主义强势也已经开始消退,于是情系古典主义理想的勃拉姆斯置身于这样的处境当中,不仅主体失落,甚至连他所针对的浪漫主义也正在逐渐地退让出局而处在缺位的当口。就这样,勃拉姆斯通过特有的声音陈述着:离开现实已经越来越远的他,在忙完自己的事情之后,自己为自己送行。也许,这就像他自己所说的那样,用"这里的樱桃不甜"赋予这部作品一个意味,在这里,勃拉姆斯所给出的:并不是欢呼音乐,不是自由主义的音乐,不是理想主义的音乐,也不是崇高感人的音乐,他极为严肃地把他的听众召集起来,迫使他们跟他一起经过艰难漫步走入"樱桃不甜"的思想世界之中。就这样,在充满着放弃、听天由命、告别的哀伤和悲苦的氛围中,[②]勃拉姆斯以一个蔓延的人类个体的自身体

[①] 保罗·亨利·朗:《西方文明中的音乐》,顾连理等译,杨燕迪校,贵州人民出版社,2001年,第557页。

[②] 参见弗尔纳尔《勃拉姆斯》中的有关叙事:这一年(1885),勃拉姆斯来到木尔茨促施拉克,他创作的一组新歌的歌词,大部分是按其情景顺序排列的——放弃,听天由命,告别。约翰纳斯·弗尔纳尔:《勃拉姆斯》,苏德馨译,中国广播电视出版社,2000年,第165页。

验成就了《第四交响曲》。于是,在这个极其严格的古典曲体中,通过意向的设入和诠释的充实,一种完全有别于贝多芬壮丽人生画卷的,极其个性化的浪漫情结显现了出来。

就像海德格尔通过《农鞋》展现出一个意向世界:使农鞋这个存在者进入它的存在之无蔽之中①,真理就此显现,因为通过意向设入,作为存在者的被磨损的农鞋(硬邦邦、沉甸甸的破旧农鞋里,聚积着那寒风陡峭中迈动在一望无际的永远单调的田垄上的步履坚韧和滞缓),和存在者之所以存在的黑洞洞敞口中凝聚着劳动步履的艰辛(在这农鞋里,回响着大地无声的召唤,显示着大地对成熟谷物的宁静的馈赠,表征着大地在冬闲的荒芜田野里朦胧的冬眠),同时得到了开启,于是,真理通过解蔽而显现。② 就此再度面对勃拉姆斯给出的音响,无论是《第一交响曲》还是《第四交响曲》,在这两部作品的(上述所举)这两个不同主题当中,最富有结构驱动力的种子都是半音上行的三音列:《第一交响曲》的 c-升 c-d 和《第四交响曲》的 a-升 a-b。于是,把它们置放在清澈不足而浑浊有余的整体音响当中,居然生成起一种从容不迫的紧张之感;进而再把它们和那种从容不迫的紧张感置放在浪漫情调中的古典情怀和古典-浪漫同时缺位的诠释当中,则一种肃杀萧瑟的崇敬之感油然而生;再进一步,把它们连同从容不迫的紧张感和肃杀萧瑟的崇敬感一起置放在勃拉姆斯自己给自己开道的悲怆和自己为自己送行的悲壮这样一种内心陈述当中,几乎又生成起一种无可度量的灵性释然。就这样,通过不断的置放,意义在不同的位置上和不同的光照下,有了更加丰富多样的显现,就像海德格尔《艺术作品的本源》所说的:在艺术作品中,存在者的真理已被设置于其中了。这里说的"设置"(setzen)是指被置放到显要的位置上。一个存在者,一双农鞋,在作品中走进了它的存在的光亮里。存在者之存在进入其显现的恒定中了。那么,艺术的本质就应该是:"存在者的真理自行设置入作品。"(das Sich-ins-Werk-Setzen der Wahrheit des Seienden.)③

---

① 就此存在者之无蔽问题,参见海德格尔《艺术作品的本源》中的有关叙事:希腊人称存在者之无蔽为αληθεια,而我们称之为真理。马丁·海德格尔:《林中路》,孙周兴译,上海译文出版社,1997 年,第 19 页。
② 同上书,第 17—19 页。
③ 同上书,第 19—20 页。

回到前面所问。作为意向存在的音响经验实事,就是在作为现实存在的音响经验之后,通过具有针对性的意向及其与之相关的充实,去获得一种有别于现实存在的音响经验;和归属于物理范畴和心理范畴的音响经验事实不同,作为意向存在的音响经验实事,应该在感性直觉之后继续连接感性联觉和理性统觉,甚至于进入心灵内省的范畴当中。也许,相对于不可穷尽的现实存在,这种恒定的意向存在更加稳定,为此,不妨见证一下加达默尔对古典型艺术的读解,他认为:所谓古典型,乃是某种从交替变迁时代及其变迁的趣味的差别中取回的东西——它可以以一种直接的方式被我们接触,但不是以那种仿佛触电的方式⋯⋯在此方式里,实现对某种超出一切有意识期望的意义预感是瞬间地被经验到的。其实,古典型乃是对某种持续存在东西的意识,对某种不能被丧失并独立于一切时间条件的意义的意识,正是在这种意义上我们称某物为"古典型的",即一种无时间性的当下存在,这种当下存在对于每一个当代都意味着同时性。[①] 于是,这种恒定的意向存在超越历史,并且通过特定的方式不断更新。和勃拉姆斯离开现实越来越远相反,通过这两个三音列(两个并不完整的半音链条)而不断激发出来的意义显现,不仅消解了历史界限,而且拆除了文化界桩。古典的当下拥有,也许,这就是勃拉姆斯音乐之所以不朽的充分理由。至此,声音的物理感受及其相应的心理感觉逐渐淡出,而意向感悟却借着直觉和诠释不断深入提升。

[①] 汉斯-格奥尔格·加达默尔:《诠释学Ⅰ:真理与方法——哲学诠释学的基本特征》,洪汉鼎译,时报文化出版企业有限公司,1993年,第378页。

叙事与阐释的历史，挑战性的重写音乐史的研究范式
——论音乐的历史田野工作及其历史音乐民族志书写

洛 秦*

[内容提要] 文章通过"释题与写作缘由""音乐及其历史的认识论""音乐的历史田野工作及其历史音乐民族志方法的思考"三个部分，表明"重写"音乐史的意义在于研究范式上的突破，分析了音乐属性的多重性与音乐历史的"被发现""被书写"和"被阐释"的特点，重点讨论了历史学与人类学"整合"关系中的"音乐田野"，音乐的历史田野的空间、对象及其工作方法，音乐的历史田野工作的学术定位，以及"叙事"与"阐释"的历史音乐民族志。结语强调，挑战性的重写音乐史的研究范式的核心为注重叙事而非描述，强调阐释而非证实。

[关键词] 叙事与阐释 重写音乐史 研究范式 音乐的历史田野工作 历史音乐民族志

一、释题与写作缘由

正副标题中的关键词所涉及的论题包括：

（一）重写音乐史

这是中国近现代史研究中"一个敏感而又不得不说的话题"。

---

* 洛秦（1958— ），男，博士，上海音乐学院教授、博导，音乐研究所所长、出版社社长兼总编辑、《音乐艺术》副主编，上海高校音乐人类学 E-研究院首席研究员，兼任中国艺术人类学会副会长、中国音乐史学会副会长、中国传统音乐学会副会长、中国世界民族音乐学会副会长。

2001年戴鹏海先生提出了"重写音乐史",顿时"一石激起千层浪"。两三年间,中国近现代音乐史学界重量级专家们对此展开了"争鸣"。2001年,戴鹏海首先撰文《"重写音乐史":一个敏感而又不得不说的话题——从第一本国人编、海外版的抗战歌曲集及其编者说起》,汪毓和立即回应《关于"重写音乐史"——读〈"重写音乐史":一个敏感而又不得不说的话题〉之后》。第二年,梁茂春发文《重写音乐史——一个永恒的话题》,汪毓和再度撰文《关于"重写音乐史"问题的几点感想》进行回应;同年,陈聆群也以文章《为"重写音乐史"择定正确的突破口——读冯文慈先生提交中国音乐史学会福州年会文章有感》参与了讨论。2003年,陈聆群又撰文《关于"重写音乐史"的一封信》,同时,戴嘉枋以《用宽宏的目光看待中国近现代音乐史的研究》表达了自己的观点;是年,居其宏也撰文《史观检视、范畴拓展与学科扩张——陈聆群、汪毓和两篇文章读后谈"重写音乐史"》参与了讨论。2004年,陈聆群再次撰文讨论了《从"重写文学史"到"重写音乐史"》。自此以后,"重写音乐史"的话题始终不断,它已经成为中国近现代音乐史研究的代名词。

　　回溯十余年来的争鸣和讨论,大家围绕讨论的主题基本集中于中国近现代音乐史作为一个学科其性质与研究的内容。余峰曾撰文认为,"重写"是带引号的"重写",是特定历史背景下、包有特定意识形态文化内涵的"重写",所谓"重提""重写"不过是"旧调重弹","意识形态"反"意识形态",借"重写"说上辈人的一段"往事"而已。① 余峰的话语虽然有一些调侃,但也的确指出了这些年有关"重写音乐史"讨论纠缠于"意识形态"的现象。冯长春的文章《历史的批判与批判的历史——由"重写音乐史"引发的几点思考》从另一个角度表达自己的观点,他从"如何理解'重写'的概念""史学观的反思与定位""音乐史写作的个性化"三个方面论述了历史研究的批判意识,倡导不必拘泥于历史事实本身,而需要加强历史研究的元理论的意识,从而才有利于深入音乐历史的认识和理解。②

　　历史的认识和撰写都具有时代性。时代性的特征不仅体现在对于历史材料的整理、筛选,同时也反映在对于历史的认识、理解和书写的方法

---

① 余峰:《重读"重写音乐史"文论之误释》,《中国音乐学》2006年第3期。
② 冯长春:《历史的批判与批判的历史——由"重写音乐史"引发的几点思考》,《中国音乐学》2004年第1期。

上。我也主张音乐历史研究应该超越停留于史料、史实的评价,学术研究的突破更应该注重观念、方法的转换。因此,本文的"重写音乐史"不是对于具体史料范围和内容的探讨,而是试图从学术观念和研究范式的角度来思考中国近现代音乐史的一些问题,也即不着眼于"写什么",而更关心"怎样写"。我在此提及的"重写"是在一种新的研究范式意义上的重写。

(二) 挑战……的研究范式

美国哲学家托马斯·库恩于 1962 年在其经典著作《科学革命的结构》一书中提出了"范式"的概念。库恩对科学发展持"历史阶段论",认为每一个科学发展阶段都有特殊的内在结构,而体现这种结构的模型即范式。库恩认为范式是指"特定的科学共同体从事某一类科学活动所必须遵循的公认的'模式',它包括共有的世界观、基本理论、范例、方法、手段、标准等等与科学研究有关的所有东西"。范式的特点包括:(1)范式在一定程度内具有公认性;(2)范式是一个由基本定律、理论、应用以及相关的仪器设备等构成的整体,它的存在给科学家提供了一个研究纲领;(3)范式还为科学研究提供了可模仿的先例。因此,在库恩看来,范式归根到底是一种理论体系,范式的突破导致科学革命,从而使科学获得一个全新的面貌。①

无疑,历史的认识是具有时代性的。我不止一次地表达,在历史学观念的层面上,历史,就是历史学。因为历史的研究与撰写是特定阶段和特定意识形态社会对过去的认识,诸如乾嘉学派、唯物史观、年鉴学派、历史主义、新史学等,因此,宽容、理解、接受各种治史的观念和方法,是接近历史本身的基本态度。② 也因此,库恩的"历史阶段论"及其"范式"概念得到了学界普遍认可。如果说,上述"重写音乐史"的提出及讨论是对于一段时间以来中国近现代音乐史研究状态的反思与批评,那么这种"去意识形态化"的倡导,事实上就是对于以往"研究范式"突破的呼吁。

我试图从另一角度,即受人类学和历史学新近学科理论发展的影响和启示,以及结合本人近年来进行的一些中国音乐史的研究案例,提出对

---

① 参见 MBA 智库百库的"范式"条目:http://wiki.mbalib.com/wiki/%E8%8C%83%E5%BC%8F.
② 洛秦:《"新史学"与宋代音乐研究的倡导与实践》,《中国音乐学》2013 年第 4 期。

于音乐历史研究跨界结合的学理方法和研究范式上的尝试,期待对于既有音乐历史学的研究范式上的突破。中国近现代音乐史具有自身鲜明的特征,其不仅体现为一般历史学的重实证、重史实、重作家及其作品的特点,如上所述,它更具有突出的"意识形态"的烙印。因此,借用人类学的"田野工作"及其"民族志"概念来探讨"重写音乐史"的问题,不仅是探索性的,而且更具有"挑战性"。

这种"挑战性的重写音乐史的范式"不止于中国近现代音乐史,事实上,中国古代音乐史或者其他领域的音乐历史也正在面对同样的挑战。我所倡导的"新史学"作用于宋代音乐研究就也是一种新的研究范式的尝试,从"宫廷制度""笔记史料""市井文化""编年书写""钟声音律""思想阐释"几个角度和场域建构了宋代音乐研究的"历史田野"与"文化空间"。①

(三) 田野工作及其民族志

"田野工作"及其"民族志"是人类学的典型方法,在音乐人类学(或称民族音乐学)领域,我们称之为音乐田野工作及其音乐民族志。将人类学的"田野工作"及其"民族志"概念与方法引入音乐历史研究中,并非仅仅加上了"历史"二字的前缀便如此了。

"实地考察"是"田野工作"的另一个称谓,从其字面上就能反映"田野工作"的性质是"现场作业"(也有此提法),其所面对的是对于当下发生的活动的考察。由于历史人类学的兴起(下文详述),田野工作涉及历史文献及其内容的呼声日趋高涨。同时,与之相呼应的"历史的民族志"也由此诞生。在音乐上,我们可以称它们为"历史(时)的音乐田野工作"及其"历史(时)的音乐民族志"。换言之,这是一种音乐人类学的历史学化现象,它考察的是一个特定音乐田野中的历史线索和历时过程及其音乐民族志写作。从时空概念上说,在此是传统"田野工作"在空间上的解禁,并逐渐在时间上开始延伸。这是一种对于某考察对象"点"上的"线性化"研究。

受到历史人类学的影响,音乐中有关这方面已经有了一些令人欣喜的理论关注及其研究成果。例如,李延红的《民族音乐学的历史研究》探

---

① 洛秦:《"新史学"与宋代音乐研究的倡导与实践》,《中国音乐学》2013 年第 4 期。

讨了"历史民族音乐学"影响了中国传统音乐和少数民族音乐的研究,对深化国内传统音乐的研究有重要意义。① 杨晓的《历史证据、历史建构与历时变迁——仪式音乐研究三视界》从仪式音乐与多元历史证据、仪式音乐与文化史的建构、仪式音乐与当代文化变迁三个角度,探讨了1980年以来在仪式音乐历史/历时研究这一领域的重要个案实践与理论取向。② 齐琨的文章《历史地阐释:民族音乐学之历史研究》也是该论题的很好案例。她结合自己的田野,探讨了在历史过程中阐释音乐文化现象的观点,口述历史研究方法有助于理解现今音乐文化的存在状态和延续原因,亦可将现今音乐研究中似乎已成为常识的概念放置在历史过程中重新加以反思。③ 特别要提及的是音乐历史学家同时又是音乐人类学家双重身份的学者项阳,其近年来进行了一系列的研究。十几年前,他的文章《音乐史学与民族音乐学论域的交叉》将音乐史学与民族音乐学的学科论域、学科的发展进行梳理剖析,指出两个学科的确在论域与研究方法上存在着交叉的现象。④ 之后,他在《传统音乐的个案调查与宏观把握——关于"历史的民族音乐学"》中强调需要注意"历史的民族音乐学"理念,特别是提出了多种学科"接通"和知识结构的拓展的意义。⑤ 他2011年的文章《接通的意义——传统·田野·历史》则是最为直接提出传统田野考察与历史研究"接通"的概念,他指出:"从学界对历史人类学理念指导下的田野调查、回到历史现场,从区域社会中把握历史脉络的实践展开辨析研讨,思考音乐学界音乐史学与传统音乐相结合'历史的民族音乐学'方法论的实践意义,强调音乐史学走出书斋,传统音乐接通历史,在各有侧重的视角下进行综合、立体的研究,从而真正把握传统音乐文化的内涵。"⑥另一位重要的音乐人类学家薛艺兵也同样倡导田野工作中的历史研究的意义,他在文章《通过田野走进历史——论中国音乐人类学历史研究的途径与方法》中指出:

---

① 李延红:《民族音乐学的历史研究》,《音乐艺术》2006年第3期。
② 杨晓:《历史证据、历史建构与历时变迁——仪式音乐研究三视界》,《中国音乐学》2011年第3期。
③ 齐琨:《历史地阐释:民族音乐学之历史研究》,《中央音乐学院学报》2006年第3期。
④ 项阳:《音乐史学与民族音乐学论域的交叉》,《新疆艺术学院学报》2003年第1期。
⑤ 项阳:《传统音乐的个案调查与宏观把握——关于"历史的民族音乐学"》,《中国音乐》2008年第4期。
⑥ 项阳:《接通的意义——传统·田野·历史》,《音乐艺术》2011年第1期。

由于音乐人类学的田野工作只能局限在一定的时间范围和空间范围,体现为"现时性"(即时性)和"现场性"(临场性)特点。因而在这样的田野调查中,调查者只能接触到有限空间中的个别乐人、单一乐种及其个别的相关文化背景。那么,这样的田野调查资料可供研究的过去的历史就只能局限在这一调查对象的范围之内。也就是说,即便我们可以从田野调查中通过观察和从访谈的口述资料中去追溯和重构历史,这一历史也只能是这一调查对象的历史,而不是这一调查对象以外的其他地域范围、时间范围或某一乐种体系范围中的历史。……音乐人类学主要研究的是各地民间音乐的"个别历史"。①

我们从以上综述可以看到,这些研究强调的主要是音乐人类学田野工作的历史意识,其着眼点是通过个别田野的传统音乐事象寻找或追溯历史,突破传统田野的"现时性"局限,逐渐"接通"历史。因此,我在上述的"历史(时)的音乐田野工作"及其"历史(时)的音乐民族志"的表述中,"历史"后面加上了括号"时"。严格地说,它们是"历时的音乐田野工作"及其"历时的音乐民族志"。"历史"具有事物历时延续的时间维度,同时也表示事物发生于久远时代的空间维度,以"历时的"概念来明确音乐人类学田野工作的历史学化现象,更容易区分其与音乐历史研究的"历史田野工作"的人类学化思考的不同性。

相对于上述的"个别历史",在传统上音乐历史学研究的是"一般历史"。"一般历史"是否也可以进行"田野工作"?本文主要探讨的是不同时空概念下的音乐的"田野工作"及其"民族志",即音乐历史研究的人类学化思考。我将音乐历史的内容及其研究借鉴人类学"田野工作"及其"民族志"的思路,尝试进行对于过去特定时代的音乐事像展开"非接通"的"空间性"的历史田野工作及其民族志书写,这是一种对于某考察对象"面"上的"空间化"研究,由此,将其称之为"音乐的历史田野工作"(不同于"历时的音乐田野工作")及其"历史音乐民族志"(不同于"历时的音乐民族志")。

---

① 薛艺兵:《通过田野走进历史——论中国音乐人类学历史研究的途径与方法》,《音乐艺术》2012年第1期。

（四）叙事与阐释

这是最重要的关键词，其关乎一种研究范式的世界观、基本理论和方法，它们将不仅涉及"历史音乐民族志"文本是否可以采用"文学性"书写方式，而且关系到音乐及其历史的理解与表述的"哲学性"问题的探讨。

（五）写作缘起

由于自身的学术经历的缘故（以下会谈及），我事实上一直在尝试着做"历史田野"的研究。例如，出国留学前写的一些文章，多少也有一些"人类学思维"在其中。当然，那时只是潜意识的思考。例如，《朱载堉十二平均律命运的思考》（1987）一文似乎也已经有了在历史文化语境中来解读"新法密率"的实践作用与理论意义的差异。另一文《谱式：一种文化的象征——古琴谱式命运的思考》（1991）也采用了将古琴谱式置于古琴文本、古代士大夫审美境界、中国文化"文与本"关系模式之中来探讨减字谱的不标注节奏的"得与失"。真正具有"历史田野工作"意识的案例是在美国完成的博士论文 *Kunju, Chinese Classical Theater and Its Revival in Social, Political, and Economic Contexts*，这是一篇依据了历史人类学的方法所尝试做的音乐的历史田野及其历史音乐民族志的研究。回国后，以此为案例，发表了《民族音乐学作用于历史研究的理论思考和实践尝试》（1999）。这在当时学界是较早思考历史研究与音乐人类学相结合的探讨。此后的这些年来，我也一直坚持着二者学科领域的结合，除了自己研究写作，也投入相当大的精力指导研究生的学位论文，引导他们以此作为学术导向进行努力。

然而，触发我撰写此文的原因是几年前参加的一个学术活动，当时与学者之间的交流引起较大触动。几年来，为此一直有些"耿耿于怀"，于是乎，这就成为书写本文的缘由。

2010年9月17日，我前往北京参加了中国音乐学院举办的"民族音乐学高端论坛"。会议上，我演讲题目为《历史音乐民族志写作的理论与实践——20世纪三四十年代上海俄侨"音乐飞地"的历史叙事及其文化意义阐释》。[①] 之后，孟佳辉在《多元审视，崭新对话——民族音乐学高端

---

① 洛秦：《历史音乐民族志写作的理论与实践——20世纪三四十年代上海俄侨"音乐飞地"的历史叙事及其文化意义阐释》，《音乐艺术》2009年第1期。

论坛会议综述》中综述了本人的演讲:"从历史音乐学和民族音乐学结合,城市音乐的视角,西方音乐要落地,音乐民族志书写几方面进行阐述。以俄侨'音乐飞地'为研究对象,将人类学的民族志方法用于音乐历史研究,通过对不同学科方法的交叉融合的尝试,为中国近现代音乐是和音乐人类学的城市历史研究探索一条可行的道路。通过历史研究中的民族志的'叙事'和'阐释'的方法,探讨俄侨'音乐飞地'的作用和意义。"[1]孟佳辉的综述敏锐地突出了我研究中的两个关键词,"叙事"和"阐释"。在讨论的时候,几位学者也对本人的演讲作了一些评论。记得李方元教授评价说,洛秦的研究是对"新史学"在音乐研究中较为成功的实践。当时在香港中文大学音乐系任教的蔡璨煌博士也对此研究表示积极支持,他的大意说,按照洛秦教授的方法,他的研究可以写成一部小说。对于他们二位的评价,我无疑非常感谢。因为,"写成小说"和"新史学"正是我在此研究上尝试的两个核心思路,即"叙事"和"阐释"。事实上,当时蔡璨煌紧接着还有另外一句话,"然而,像洛秦教授这样的做法,在香港学术界恐怕是会行不通的,因为不符合通常的学术范式"(大意如此)。无论是李方元教授的赞同,还是蔡璨煌博士的疑虑,他们二位提出的问题都是合理的。在此,我们所面对的是一个学术研究范式问题。什么是研究范式?简单地说,我们的学术研究中,什么是可以的,什么是不可以的,这涉及一个学科的基本概念、范畴和方法,以及研究的目的。一个学科的成熟与否,在很大程度上取决于它的研究范式在同行中得到的认可程度。也由于此,一成不变的研究范式同样也是阻碍学科新发展的关键。从这一角度来理解,研究范式的变化,或者说,新范式的尝试是学科发展的重要动力之一。

我的音乐道路始于小提琴学习和管弦乐队演奏,而学术经历起步于中国古代音乐史研究,之后又赴美国学习音乐人类学。回国后的这些年,将精力和兴趣放在了三个似乎不相关的领域:其一是音乐人类学的中国实践与经验的探索,其二是宋代音乐研究,其三是上海城市音乐研究。这似乎是一条行走于人类学的城市音乐、中国古代的宋代音乐以及中国近现代史的上海音乐研究之间的、弯弯曲曲的学术路线。如果说学术研究

---

[1] 孟佳辉:《多元审视,崭新对话——民族音乐学高端论坛会议综述》,《中国音乐》2011年第1期。

的田野无处不在,那么不管走在哪里,都应该是走在"音乐田野"里。但问题是,学科和领域的不同,规定了不尽相同的学术研究范式,是什么样的"路径"使得我有理由可以纵横于这些领域的时空中?反思自己的学术道路,有意和无意地使得我与"新史学"结上情缘。第三代"新史学"旗帜人物勒高夫(Jacques Le Goff)在其《新史学》中试图将历史学、人类学和社会学这三门最接近的社会科学合而为一,称之为"新史学",也被后人称为"历史人类学"。由此,历史学发生了一种"人类学转向",促使其更关注人类学意义上的文化事物。也正是本人所研习的音乐史学基础与音乐人类学的观念交汇,从而幸运地遇上了当下"热门"的"历史人类学"。也因此,这些年来,我依据历史人类学的方法,尝试着作了一些案例,除了上述的研究之外,其他研究包括,2009年8月在秦皇岛举办的"书写民族音乐文化高级研讨会"上演讲的《论音乐文化诗学:一种音乐人事与文化的研究模式及其分析》,①2010年11月在上海音乐学院举办的"唐-宋音乐史学研讨会"所演讲的报告《"新史学"视野下的中国古代音乐史研究的理论与实践空间——唐代长安音乐社会生活研究的刍议》,以及2013年发表的《"新史学"与宋代音乐研究的倡导与实践》,②特别是《历史音乐民族志写作的理论与实践——20世纪三四十年代上海俄侨"音乐飞地"的历史叙事及其文化意义阐释》(2009)和《音乐1927年叙事——国立音乐院诞生中的中国历史、社会及其人》(2013),③我试图在这些研究中去尝试一种新的研究范式,其核心就是"叙事"和"阐释"。虽然"阐释性"研究在人类学界已经获得越来越多的认同,"叙事性"的表达方式也逐渐得到提倡"新史学"的学者们的推崇。然而,对于音乐学界而言,这种尝试对既有研究范式具有一定的挑战性。

几乎所有新兴的学术方法或思潮都有"软肋",历史人类学也是如此。其中最关键的问题是,如果我们借鉴历史人类学的方法进行音乐研究,那么"音乐的历史田野"是什么?怎样进行"音乐的历史田野工作"?再者,

---

① 洛秦:《论音乐文化诗学:一种音乐人事与文化的研究模式及其分析》,载陈铭道主编:《书写民族音乐文化》,上海音乐学院出版社,2009年。
② 洛秦:《"新史学"与宋代音乐研究的倡导与实践》,《中国音乐学》2013年第4期。
③ 洛秦:《音乐1927年叙事——国立音乐院诞生中的中国历史、社会及其人》,《音乐艺术》2013年第1期。

"音乐的历史田野工作"如何书写？即什么是"历史音乐民族志"的核心？因此,我根据自己近些年来的思考和所进行的尝试,在此与读者进行共同探讨。

二、音乐及其历史的认识论

"音乐的历史田野"首先涉及的是我们如何理解音乐及其历史。音乐作为研究的核心对象,如果对此不进行清楚的界定,它的历史及其田野将无从谈起。

(一) 音乐的属性

音乐的属性是多重范畴的,包括物理、生理、心理、社会、习俗、宗教、经济和意识形态。因此,音乐的声音或音声并不是它的全部,于是乎就有了眼下 musics 的词语,以突出音乐的复杂性。对于音乐的理解和认识必须在考察其存在的语境,以及其产生的作用相结合的时候,才是具有意义的。例如,5111156711 一组数字并没有意义,但是它们作为乐谱(简谱)符号的时候,就产生了音高和音程关系,即 5111156711。但是,只有赋予了这些符号一定时值和节奏关系,它们才构成旋律：$\underline{05}$ | 1·$\underline{111567}$|1 1— ……如果这一旋律构成的歌曲《义勇军进行曲》,不是因为被选定为中华人民共和国国歌,"人民音乐家"的称号就不一定会赐予聂耳。其只不过是 1935 年的电影《风云儿女》中的主题歌而已。就作曲技法而言,其没有什么特别可以进行深入分析的。然而,成了国歌,其意义上升为了民族的象征,远远超出了一首电影歌曲所承载的价值,这是聂耳生前怎么也想象不到的。再例如,朱载堉在世界上最先算出以比率 $\sqrt[12]{2}=1.059\,463\,094\,359\,295\,264\,561\,825$,提出了"新法密率"。如果不将其与中国律学发展相结合,一般人只以为它是一个数学公式而已。即使将"新法密率"置于音乐的语境,其发明的确比西方十二平均律还要早。然而,正如我曾撰文指出,"新法密率"主要是理论律学的产物,是理性指导经验的意义,而欧洲十二平均律的发生,主要是实践律学的成果,它是实践的需要和可能构成了与理论的融合。[①] 因此,从另一个角度来说,"新法密率"

---

① 洛秦：《朱载堉十二平均律命运的思考》，《中国音乐学》1987 年第 1 期。

本身并不是"音乐",因为它在当时的音乐实践中完全没有功能意义。

我很喜欢一则轶事,即陶渊明将一张无弦琴挂在墙上。不管它的真实性和极端性的程度如何,人们都可以在其中深深地感受到古琴音乐在陶渊明心中的地位,更可以领略到古琴、古琴音乐独具的功能。再讲另一人物蔡元培,他是公认的中国著名的大教育家、思想家。但只有音乐界人士才知道,他还曾是国立音乐院(上海音乐学院前身)的首任院长。蔡元培既没有作过曲,也没有写过音乐论文,更不会弹琴吹笛。然而,他对中国音乐走向现代化起到的作用是巨大的。没有蔡元培,就没有国立音乐院;没有国立音乐院,如今的中国音乐现状就可能不会如此。

音乐是什么?或者说,什么样的事象才能够纳入我们所谓的音乐研究的范畴?这对于"音乐历史田野"而言,既是关键的,也是困难的。我曾这样论述,对于中国古代而言,更多了一层困难——什么样的"声音"是音乐?虽然我们都非常愿意将9 000年之前的"骨笛"所吹响的声音视为音乐,并也事实上将其写入了音乐史论著,但它究竟是什么样的"音乐"?它表达什么?无疑,宏伟的"曾侯乙墓钟磬乐队"必然奏响的是音乐,然而,它又是一种什么样的音乐?与我们现在理解的音乐或者 music 一样吗?怎么样才能论证"曾侯乙墓钟磬乐队"演奏的就是我们所希望的那种音乐?没有乐谱,没有音响,没有表演场景,甚至也没有关于它的翔实文字记载。孔子听了《韶》乐"三月不知肉味",《韶》乐是什么?什么样的声音怎么可以让孔子"迷失"得如此这般?至今没有人能够解答。[①]

音乐既是有声,也是无声的;既是有形,也是无形的。此所谓"大音希声"。因此,事实上我们探讨的"音乐"所涉及的是音乐与之相关的所有"人事"问题,即(乐)人及其事(乐)。在此,(乐)人[②]指的是与所考察的音乐对象所关联的人,包括音乐制度掌管和决策者、音乐创作者、音乐表演者、创作与表演兼备的音乐者、音乐(物品和活动)经营者、音乐受众和消费者,以及音乐思想者等。我们不仅关心(乐)人的"创造和体验",更是注

---

① 洛秦:《音乐思想:音乐文化中的文化——罗艺峰的〈中国音乐思想史五讲〉向我们提出了什么问题?》,《音乐艺术》2013年第4期。
② 鉴于"乐人"在中国古代文献中有特定的"乐工"含义,而在此所谓(乐)人是指与音乐相关的所有人,因此,以括号(乐)人区别于固有的"乐人"。

重他们的个性、能力和适时性。事①（乐）指的是（乐）人从事与所探讨的音乐对象所关联的事项，包括作品、表演及其消费和运作活动。（乐）人进行事（乐）所呈现的"活动性"，亦促使其所从事的音乐形式和内容不仅仅是音乐"作品"音响及其结构自身，更是体现为"过程化"的社会活动与事件。②

（二）什么是音乐历史

无疑，历史是一个客观存在。然而，我们又是怎样知道它的存在？历史并不主动告知其存在，它的存在是因为我们与其有了对话才得以实现的。换句话说，当我们并不知道一项事物存在的话，它就意味着"没有历史"。因此，历史是因为我们知道它的存在，它才成为历史。例如，杨荫浏于 1952 年出版的《中国音乐史纲》中没有曾侯乙墓编钟的论述，因为当时曾侯乙墓尚未被发现，人们并不知道地下还藏着这笔震惊世界的音乐财宝。一直要到 1978 年，在随县发现了曾侯乙墓随葬品中有这么大一批乐器，我们才知道曾侯乙编钟乐队的存在。在此之前，音乐历史中没有曾侯乙编钟的身影。又例如，法国语言学家伯希和于 1906—1908 年间先后来到中国敦煌石窟，拿走了藏经洞中的大量经卷文物，劫往法国，其中包括了我们今天所称的"敦煌琵琶谱"（亦称敦煌乐谱），共乐曲 25 首，现藏于法国国家图书馆。然而，由于这些乐谱是被抄写在经卷背后的，当时伯希和并不知道经卷中有乐谱，直到他回到法国之后才发现三种经卷（伯希和编号 p.3509、p.3719、p.3808）背后有类似乐谱的符号，但很久没有人能读懂它们。要到 1937 年，日本学者林谦三见到了其中一卷的乐谱（p.3808）照片之后，在平出久雄的协助下进行了研究，翌年发表了研究成果《琵琶古谱之研究》（1938），至此之后，敦煌琵琶谱的解译研究拉开了序幕。③ 这 25 首敦煌琵琶谱也是目前人们所知唯一的唐代乐谱。

因此，音乐历史是被发现的。

只有历史被发现了，我们才知道历史的存在。只有历史的存在，我们

---

① 事，在此具有动词"从事"和名词"事物"双重含义。
② 参见洛秦：《论音乐文化诗学：一种音乐人事与文化的研究模式及其分析》，载陈铭道主编：《书写民族音乐文化》，上海音乐学院出版社，2009 年。
③ 陈应时：《敦煌乐谱解译辨证》，上海音乐学院出版社，2005 年，第 1 页。

才有可能与历史进行对话,至此,历史才成为历史。然而,我们怎么样与历史对话? 中华文明五千年历史,我们如何与其对话? 历史学家书写的文本是我们与历史对话的最为重要的途径。换言之,没有历史学家的书写文本,对于读者而言,历史不成其为历史。1952年的《中国音乐史纲》中没有曾侯乙编钟,因为当时尚未发现。而杨荫浏于1981年出版的《中国古代音乐史稿》中也没有,因为1978年才刚出土,时间不久。估计当时《史稿》已经完成,进入了排版制作,来不及收录曾侯乙编钟的最新出土信息。最早在音乐史著作中论及曾侯乙编钟的是吴钊、刘东生的《中国音乐史略》,从此以后,曾侯乙编钟进入史册。

因此,音乐历史是被书写的。

如果历史被发现,我们与之有了对话,经过历史学家的书写,历史进入史册,而从此我们的音乐历史便永世长存的话,事情就容易了。然而,可能同时"历史"便也就"死亡"了。我们看到,不断有新的作者、新的版本的各类历史著作问世,它们不仅仅是史料的更新、撰写体例的不同,而更是对于历史的认识与理解的不同。最为典型的是中国音乐史上的"黎锦晖"现象。众所周知,曾经一度被批判为制造靡靡之音的"黄色音乐"作曲家的黎锦晖,如今成为中国流行音乐的鼻祖。没有黎锦晖,就没有今天"中国特色"的流行音乐。他的身价犹如乘坐过山车,从"地狱"登上了"天堂"。"重写音乐史"成为中国近现代音乐史研究中"一个敏感而又不得不说的话题"。姑且不论"重写"的学理基础是否合理,但"重写"的意义并不在于内容和范围的扩展,而更重要的是如何看待、理解和认识百年中国近现代音乐历史的性质,以及作为一个具有特殊性的音乐学科领域的定位。回到上述"敦煌琵琶谱"的问题。自林谦三1938年发表了有关"敦煌琵琶谱"的研究成果以来,陆续有一批中外学者涉足对它的研究,从目前中国知网上查询,与"敦煌琵琶谱"研究相关的成果多达300余篇(未包括著作及海外成果)。参与研究的主要学者包括林谦三、饶宗颐、叶栋、陈应时、何昌林、唐朴林、关也维、席臻贯、赵晓生、应有勤,英国学者毕铿(L. Picken)、沃尔普特(R. Wolpert),以及澳大利亚学者奈尔森(S. Nelson)等。除了围绕乐谱抄写年代的讨论,学者们主要是针对乐谱的节奏问题各抒己见,坚持不同的阐释。20世纪80年代,叶栋提出的敦煌琵琶谱的"破译"一时间轰动全国,但却未得到学界的认可;90年代舆论又以"敦煌古谱破译者席臻贯——江南洞庭席家的顶尖人物"①的报道,将席臻贯的研究称之为"破译",遗憾的是,同样也没有获得学界的共识。为了"解密"敦煌琵琶谱这部"天书",研究者们先后提出了多种"猜想"和"学说",例如具有权威解释的陈应时的"掣拍说"等。但是,眼下大家依然在通过不同的方式和依据来阐释各自对其解译的合理性。②

因此,音乐历史是被阐释的。

从音乐历史"被发现""被书写"和"被阐释"的三个层面来理解,历史就是历史学。什么样的历史学观念,将决定什么样的"历史田野",怎样进行"音乐的历史田野工作",以及如何书写"历史音乐民族志"。

三、音乐的历史田野工作与历史音乐民族志方法的思考

(一) 历史学与人类学"整合"关系中的"音乐田野"

如前所述,"音乐的历史田野工作"及其"历史音乐民族志"是音乐研究领域中倡导历史学与人类学的"整合"或"联姻"的方式。对于二者的结合关系,彭兆荣有一段清晰的论述:

> 当代学术反思的一个成果表现为自觉的学科整合,其景观之一便是历史学与人类学联袂出演,诚如萨林斯所说的那样:"历史学的概念在人类学文化研究的经验作用下,出现了一种新变革。"虽然人类学家很早就重视历史研究,比如博厄斯(Boas)、埃文斯-普里查德(Evans-Pritchard)、克拉克洪(Kluckhohn)等都非常注重不同社会的历史关联,甚至以博厄斯为代表的人类学派还被冠以"历史学派"。然而,真正使两个学科、两门学问获得整合并为学界普遍承认的历史人类学是以路易士于1968年创刊的《历史学与社会人类学》(*History and Social Anthropology*)为标志。到了20世纪60—70年代,人类学与历史学的内部关系被作为逻辑依据在学理上提出来讨论,一个较为公认的看法是两者具有共同的边界。有学者主张:"人类学应该更加'历史化',而历史则要更加人类学化,以达到二者完美结合。"虽然,学者们对两个学科内部共同品质的确认还存在

---

① 详见 http://blog.sina.com.cn/s/blog_6ac6edc40100o5ce.html。
② 参见陈应时:《敦煌乐谱研究五十五年》,《传统文化与现代化》1993年第5期;赵维平:《东亚古谱学的一次盛会——记2005东亚古谱国际学术研讨会》,《音乐艺术》2005年第4期。

差异,但是,他们总的来说还是欢迎二者走到一起来。自20世纪80年代以后,人类学和历史学更达到"两个领域成功整合"的境界。类似"历史民族志"等语用也因此变得不再陌生;还常常带出"历史现场"等方法论的讨论和实验,仿佛两个学科进行双边谈判,连名词都一边一半。[1]

人类学大师列维-斯特劳斯曾这样表达人类学与历史学的关系:"我们(人类学家)是从历史中拾破烂的人,我们在历史的垃圾箱中寻找我们的财产。"[2]这句耸人听闻之语如今已经成为拆除这两门学科之间的藩篱且正在逐渐联姻的经典语录。埃里蓬指出,人类学与历史学异曲同工。列维-斯特劳斯看到,越来越多的历史学家与人类学家"结盟",使得"新史学"从历史学的角度,接受了"人类学的渗透";与此同时,这一"结盟"也使得更多的人类学家采取了"历史人类学"的做法,接受历史学对人类学的渗透。[3]

正是由于"历史学化"的诉求出自人类学自身,而"人类学化"的意识也得到了历史学的一定认同,二者的相互呼应,历史人类学逐渐呈现出其特有的功能和价值。然而,学科自身所特有的基本品质和研究范式,使得我们在面对音乐历史田野和试图进行音乐历史田野工作时遇到困惑,即音乐人类学的初衷并不涉及"历史研究",同样,传统的音乐历史学没有"田野工作"的概念。音乐人类学不探讨历史问题,而音乐历史学通常又不涉及人类学对于事物的一般性思考。这是学科的边界,同时也是学科的弱点。如果把二者的边界作为它们的结合点,通过音乐历史田野来解决各自的弱点,也许可以成为音乐学科发展的一个突破点。也因此,"音乐的历史田野工作"作为新的研究范式就成为我们需要探讨的核心问题。

(二) 音乐的历史田野的空间、对象及其工作方法

人类学其学科的最大特点就是"田野工作"。正是由于其特殊的、不同于其他学科的获得研究材料的工作方式,呈现出特有的学术价值。一般而言,人类学的音乐田野工作方法包括观察和参与,采访与问卷,文字

---

[1] 彭兆荣:《边界的空隙:一个历史人类学的场域》,《思想战线》2004年第1期。
[2] 转引自王铭铭:《"在历史的垃圾箱中"——人类学是什么样的历史学?》,载王铭铭:《走在乡土上——历史人类学札记》,中国人民大学出版社,2006年,第306页。
[3] 同上书,第310页。

记录,记谱与译谱,语言录音,声音录音,人物、实物与活动的场景摄影和录像,既有材料的收集(含文献、声音、图像、实物等),以及对于所有材料的分析。人类学的田野工作正是用上述的方法来进行第一手资料的搜集与整理。因此,人类学的口述、文字和声音材料主要是在现场进行采集、录制的,研究者可以观看到、聆听到、参与到、经验到整个音乐田野活动的声音与人的行为产生的过程。而且,这样的过程可以多次进行,重返田野,以及对田野活动的声音及其行为进行进一步的印证、录制成为人类学田野工作的最大优势和特点。

然而,音乐历史田野的最大不同也正在于此。因为它面对的不是当今的音乐田野现场,而是早已经逝去的历史。那么我们又怎样能够回到,或者更确切地说是建构一个历史田野?

薛艺兵对"田野"的空间概念作过很有启示意义的阐述:

> 作为学术研究对象的"田野"(field),它既是一种自然存在的物理空间,也是一种人为创造的文化空间。作为物理空间的"田野"因时间的延续而存在,因此在田野上发生的音乐的文化历史也总是在时间延续的过程中不断消失。作为文化空间的"田野"虽然也在时间中存在,但在田野上发生的音乐的文化历史却可以不因时间延续的过程而消失,它或可以保留在人们的记忆中,或可以延存于人们的行为中。就物理空间的田野而言,从事学术研究的当代的田野工作者,只能走进当下时间中的田野空间,不可能穿越时间而进入过去时间的田野空间——也就是说他们不可能走进作为过去时的历史的田野。就文化空间的田野而言,从事学术研究的当代田野工作者,既可以走进当下时间中的田野空间,也可以走进过去时间中的田野空间,从田野上遗留的历史痕迹中观察历史——这里所谓"历史痕迹"通常以记忆的或行为的、有形的或无形的、物质的或非物质的等各种形式表现出来;这里所谓"走进历史"不过是一种隐喻式说法,从逻辑上则可以理解为:通过田野的空间之门,从时间观念(而非时间进程)中走向遥远的历史。①

---

① 薛艺兵:《通过田野走进历史——论中国音乐人类学历史研究的途径与方法》,《音乐艺术》2012年第1期。

同时，我们也可以进一步思考，事实上无论现场和历史的"田野"都具有"物理空间"和"文化空间"的性质。相比而言，"现场田野"是一种"感知的空间""现实的空间"，它不仅体现为"物理性"，同时更体现为"文化性"。这是因为"田野工作"的目的就是赋予"田野"具有文化意义的叙事和阐述。"历史田野"是一种保留在人们记忆中的"文化空间"，更是一种"理解的空间""建构的空间"。我们用"田野"的概念来看待历史，它同样可以具备"有形的""物理空间"。这种"物理空间"不仅是时间的，即某年、某朝代、某时期，也可以是空间的，即某宫廷（由于一般历史材料的局限性，久远的历史材料较少发现关于村落——典型"田野"场所的记载）、某城市、某地区。因此，"物理空间"与"文化空间"的重叠将建构起一种"地方性知识"，有助于"历史田野工作"的进行。

举一个例子，一位著名专家在《从原始氏族社会到殷代的几种陶埙探索我国五声音阶的形成年代》一文中，论述了山西万荣县荆村、太原郊区义井分别出土的新石器时代的两个二音孔陶埙，"这两个发音不同的二音孔陶埙的出现，时间上可能略有先后，但的确都在山西境内，相距六百公里的地方"；"我们把这两个陶埙所发的音合并在一起，正好构成五声音阶，和我们今天应用的五声音阶完全相同"。① 这是一项完全脱离历史"物理空间"所建构的一厢情愿的、历史虚无主义的"文化空间"。新石器时代（Neolithic Period）在考古学上是石器时代的最后一个阶段，以使用磨制石器为标志的人类物质文化发展阶段。年代大约从1.8万年前开始，结束时间从距今5 000多年至2 000多年不等。其中，中国的新石器时代的陶器分为早期（距今约12 000—9 000年）、中期（距今9 000—7 000年）、晚期前段（距今7 000—4 500年）、晚期后段（距今4 500—4 000年）。② 也就是说，上述两个陶埙所处的时代可能是在距今1.2万年至4 000年之间的8 000年间。同时，尽管二者都在山西，可是相距600公里的距离对于新石器时代的人来说，可谓是相隔"天涯海角"了。显而易见的是，新石器时代的陶制品经过数千甚至上万年的腐蚀，我们以此得到的测音数据可以确定当时的音高吗？陶埙可不是陶盆、陶罐等器皿，虽然随

---

① 吕骥：《从原始氏族社会到殷代的几种陶埙探索我国五声音阶的形成年代》，《文物》1978年第10期。
② 参见 http://baike.baidu.com/subview/1750/6629418.htm? fr=aladdin。

着岁月磨损,但陶盆、陶罐等器皿的功能、形状或色彩依然可见,而陶埙是"乐器",小三度与大三度仅为 100 音分的差别,闻似"100 音分",事实上,这样的差异对于很多现代普通人的听觉可能都不见得会有察觉。但是,近乎万年的岁月磨损,不用说"100 音分",地下的物理性腐蚀对于陶埙音孔会带来数百音分的损耗,这完全不足为奇。更为匪夷所思的是,将相距(对新石器人而言)"天涯海角"的两个不同地方的陶埙"合二为一",竟然得出了新石器时代的中国已经具有了"五声音阶"的荒诞结论。

以上缺乏基本"田野"概念的现象在音乐历史研究中绝非个案。由此可见,对于"历史田野"的空间概念的清晰认识具有重要意义,它包括时间、空间、物理、地理和文化的因素,基本历史常识、历史的地方性知识,以及专业的音乐知识,这些都是"音乐的历史田野工作"所必需具备的。

对于"历史田野"的时间与空间关系的认识,再举一个我曾进行过的案例,即前文提及的博士论文 *Kunju*, *Chinese Classical Theater and Its Revival in Social*, *Political*, *and Economic Contexts*,这是一篇依据了历史人类学的方法所尝试作的音乐的历史田野及其历史音乐民族志的研究。昆剧无论在国内还是国外,对它研究的重点、精力和方向都是安放在作为一个历史戏剧或戏曲现象的位置来进行的,鲜有从人类学的角度来认识它的性质、活动和经历。因此,我从前人尚未涉及的方向来讨论和研究昆剧,采用了音乐人类学的角度,也包括社会学的立足点,把昆剧的兴衰作为一种文化现象来认识它的性质、活动和经历。重点安放在讨论昆剧的文化现象是什么,分析它的发生、发展以及变化的过程是怎么样的,解释这种文化现象发生和变化的原因。讨论分为两个部分:一是对集音乐、戏剧和文学为一身的古典艺术形式在音乐及文化上进行评述;二是叙述一个艺人、一个剧团和一个事件的具体实例。第一部分,为了对昆剧在音乐形态和文化意义上进行评述,讨论其发生、发展、兴盛的动力,虽然内容是历时性的,但采用研究的思路和方式不是时间性而是空间性的"历史田野"。论述的内容包括,分析昆剧所处的历史背景、发生的社会环境的根基、戏剧属性、语言特征和文学的关系、音乐结构,以及表演形式和演唱风格。在此,将 300 年的昆剧历史以江浙地域的地方性知识为"历史田野"建构了一个"文化空间"。这里基本不涉及历史的"线态"的历时性,主要从"面状"的空间性来勾勒昆剧的音乐及其文化特征。这是"音乐的历史田野"(而非"历时的音乐田野")。第二部分是一个专题研究(结合作者数年来的"现实田野"考察和部分文献史料),从分析昆剧整体衰落的原因出发,叙述一个艺人、一个剧团、一个事件和一个结果的经历,主要探讨了20世纪上半叶至改革开放期间昆剧在社会、政治和经济下的状况。与过去"兴盛"的300年历史相比,第二部分的内容是"较为当下的""鲜有历史感的""接近现时的"。因为经历过那风风雨雨的不少艺人还在,剧团还在,人们对那些惊心动魄的事件和现象还依然记忆犹新,艰难的表演和生活还在继续。虽然这段历史具有很强的"空间感",但叙述是时间性的、历史顺序的、过程化的。在这里,将约半个世纪的昆剧历史以浙江昆剧团及其人与事的地方性知识为"历史田野"建构了一个"文化空间",论述不以"田野"的"面状"空间性,而采取"线态"的历时性来阐释昆剧在近现代语境中所遭遇的"风风雨雨"的历程。这是"历时的音乐田野"(而非"音乐的历史田野")。结论指出,昆剧的经历作为一个文化现象是与中国古代以及近现代的社会、经济和政治条件、环境分不开的,它的故事是中国文化、社会和历史的一个缩影。①

接下来要探讨的是"田野"的对象。作为"音乐的历史田野工作",其对象无疑是音乐及其相关材料。由于音乐的特殊性,其"历史田野"的对象相比于一般历史田野更为复杂。在此,我们借鉴薛艺兵对于音乐历史事实五个方面的分类进行论述。其一,由于音乐的物理特性,其声音无法以文字的形式保留,即便是乐谱记录,也由于识谱、译谱的地域和时代局限性,后世只有经过复杂的解读方能从中反映有限的音乐曲调概貌,亦无法还原历史的声音。其二,音乐形态所涉及的律调谱器既有可见的,也包含于音乐声音之中作为音乐构成规则的不可见形态。然而,这些不可见形态自古以来有不少文字记载被作为历史文本保存下来。其三,音乐创作和表演的技能由于传统上"口传心授"的特点,较少有历史文本的传世。其四,鉴于音乐行为的可见、可闻、可描述性,这类事象往往被前人用文字大量地记载下来,成为后世了解历史的重要的历史文本。其五,主要以文字表达的音乐思想活动的材料被大量记载于史料,成为后人了解前人音

---

① 根据笔者《民族音乐学作用于历史研究的理论思考和实践尝试》(《中国音乐学》1999年第3期)进行删节和编辑。

乐观念的重要历史文本。他进一步指出:"这些内容综合起来构成音乐的历史事实的全貌,但由于构成音乐历史事实的各个组成部分性质各不相同,因而能够被记载而形成历史文本的情形也各不相同。其中有些事实(如音乐声音、音乐表演)随时间流失而成为不可复现的历史,并且也很少被记载而形成历史文本;而另一些历史事实(如音乐制度、音乐观念、乐律传统等)不仅可以作为传统而在历史上不断地重复再现或持续存在,并且也易于被记载而形成历史文本。"①

因此,音乐历史文本(含文献与文物)是"历史田野"的基本对象,而且其中音乐文献是主体。王小盾曾指出,当音乐人类学进入中国以后,"它命运如何呢?它能够不改变原来的面貌吗?它能够不同中国音乐的文献基础相结合吗?这是值得思考的。这种思考有充分的必要性。因为相对于田野资料来说,历史文献有三个特殊品质:其一是它的年代性。它比较完整地保存了过去。越是古老的东西,在当代生活中消失得越厉害,或者变形得越厉害,但它们却可以在历史记录当中。其二是它的系统性。它是由专门的人——史宦或学者——系统地记录下来的。所以流传有绪。其三是它的年代性。从公元前800年以后的那些文献,都比田野资料有更明确的年代信息"。② 由此,王小盾提出了音乐文献研究的三条途径也是我们了解、掌握和解读音乐的历史田野对象的重要方法:其一是通过文献学练习来掌握"技术"(而非知识);其二是进行音乐文献学研究;其三是按跨学科的需要进行系统阅读。文献学即所谓估计研究是一种"因书究学"的工作,可以有三种不同的方式:(1)从原始资料出发;(2)从现有的学术问题出发;(3)综合以上二者。三者各有不同,但它们都必须首先面对文献这一"历史田野"对象。③

音乐历史文本的另一种形式是音乐文物。音乐文物研究也称之为音乐考古学。方建军认为"主要包括四个类别,即乐器、图像(指反映音乐生活的美术作品,如绘画、陶俑、雕刻等)、乐谱和铭刻(指涉及音乐事物的古文字,如甲骨文、金文等)。除此之外,考古发掘的相关遗迹与环境,如墓

---

① 薛艺兵:《通过田野走进历史——论中国音乐人类学历史研究的途径与方法》,《音乐艺术》2012年第1期。
② 王小盾:《中国音乐文献学初阶》,北京大学出版社,2014年,第65页。
③ 同上书,第67—89页。

葬、遗址(祭祀、战场、乐器作坊)、观演场所、人骨架和人种分析等,也需纳入研究者的视野"[1]。虽然音乐考古学的对象是文化遗物,而当时的音乐作品文本及其音响、表演场域及其相关的社会文化因素大多已经在历史岁月中流逝或残缺不全,我们只能通过"蛛丝马迹"般的古代音乐文化物质遗存来推究或估计既往的音乐文化发展面貌。尽管如此,音乐考古学的内容和方法与音乐人类学的"田野工作"在一定程度上具有相似性。

在此,我们借鉴方建军对于音乐人类学与音乐考古学的"实地考察"相互关系及作用的论述,来讨论音乐的历史田野工作方法。音乐的历史田野工作研究没有音乐人类学意义上的资料提供者。音乐历史学家所从事的活动无非就是接触音乐文献与文物。因此,音乐的历史田野工作要想获取古代活灵活现的音乐文化信息是十分困难的。音乐的历史田野工作研究是一个试图进入"局内"的过程,但以音乐人类学局内、局外的观点看,音乐的历史田野工作很难接近真正的局内。因为那个局内已经不复存在。不过,音乐人类学的局内、局外观对音乐的历史田野工作研究仍然具有启发意义。比如,在研究古代音乐事物时,不能总是以今人(局外)的眼光去看待、衡量和评价古人,即以今类古,而应把对音乐历史材料的观察尽量置于当时、当地去考量,其价值观念也应放在特定的时空框架中去评估。当然,这并非意味着不能用局外人(今人)的观点去研究古代的音乐事物。相反,研究者完全可以利用现代的技术、手段和方法去探讨古代音乐,也可以用今人把握历史发展的宏观视野去评估古代音乐文明。虽然,音乐的历史田野工作中,理想的音乐考古"实地考察",应是直接参与考古发掘,但限于各方面条件,音乐的历史田野工作者一般较难亲临考古工地从事发掘与亲眼看见古代遗存的相对整体面貌。音乐考古的所谓实地考察,主要还是对音乐考古材料的实物观测。如果说田野考古属于第一级实地考察的话,那么音乐的历史田野工作的实物观测,则应属次一级的实地考察,姑且称为第二级考察。因为音乐的历史田野工作者亲历并经手的田野考古发掘目前难以做到。诚然,音乐的历史田野工作与音乐人类学的实地考察有所区别,例如就乐器研究而言,二者在历史田野或实地考察中都能接触到。音乐人类学所考察的乐器是动态的,即可以在观

---

[1] 方建军:《民族音乐学与音乐考古学的相互关系及作用》,《中国音乐学》2006年第3期。

察乐器的同时,考察使用它的人、演奏方法和技巧、表演作品和场合以及乐器应用与社会制度、信仰活动等的诸多联系,并作民族志式的记录。虽然音乐的历史田野工作所考察的乐器处于静态之下,使用它的原主人已消逝于历史之中,但是,我们可以睹物思人及其行为,尽可能运用其所处地理环境、文化语境、器物形态及其相关的所有信息,同时结合文献记载进行关联分析。[①]

在音乐的历史田野中,研究对象的"扩容"是一项至关重要的工作内容。正如彭兆荣论述的那样,"扩大传统历史学的研究领域。人类学的学科整合,特别是'田野作业'方法的引入,使学者们在看待和确认事物的表象和意义时,有一个基本的'历史现场感'。它意味着要回过头去了解人们的饮食起居、姿态服饰、风俗习惯、技艺文化以及它们所建构的历史语境"。他还指出,有关地方的、乡土的、民间的、少数民族的、巫术的、身体的、表演的等表述和传承内容、方式都进入学术视野里。这不能不说是在传统学科的内部产生的一场知识革命。[②] 例如,我将史料研究既作为宋代音乐研究的基础,也将其视为学理观念、研究范式可以进行突破性尝试的一个领域。宋代音乐的各种形式是一种历史存在,今天我们怎样来认识和看待它?这在很大程度上取决于我们如何来看待宋代的"音乐史料"。宋代笔记近500种,其中,含有音乐文献的笔记至少181种,其所涵盖的音乐文献约20万字,无论在数量还是内容上,都堪称是历史上最有价值的音乐文献。遗憾的是,学界长期以来视笔记小说充其量为"野史",不堪正视、不值一顾。只有王灼的《碧鸡漫志》、沈括的《梦溪笔谈》已受到今人的关注和研究,前者主要叙述历代歌曲演变、考察乐曲名称由来等,是一部笔记体音乐专著;而后者为一部百科全书式的笔记体著作,其中音乐部分讨论乐器、乐曲、乐律等,实已具有专著性质。虽然宋代与音乐相关的笔记中,还有多种笔记资料被使用,诸如孟元老《东京梦华录》、耐得翁《都城纪胜》、西湖老人《西湖老人繁盛录》、吴自牧《梦粱录》、周密《武林旧事》等,以及僧居月撰写的《琴曲谱录》一卷的篇幅(今存于《说郛》,其将琴曲分为上中下古所制三个部分,琴曲的名称共222首,部分还加注了琴

[①] 以上文字根据上述注释方建军《民族音乐学与音乐考古学的相互关系及作用》中关于"研究对象与实地考察"一节编辑而成。
[②] 彭兆荣:《边界的空隙:一个历史人类学的场域》,《思想战线》2004年第1期。

曲的创作者或乐曲调式）；然而，这些笔记中的音乐史料价值和意义却很少有人进行正面评价，更不用说对所有宋代笔记中所涉及的音乐内容进行整理、分析和总结。我所指导的曾美月的博士论文《宋代笔记音乐文献史料价值研究》正是对该领域的重要挑战和富有成效的努力。也由此，宋代音乐的研究便具有人类学化的"历史田野工作"的意义。在此层面上来说，"历史田野工作"不仅需要依据官方正史，更要关注地方志书、稗官野史，以及文学性的小说、笔记，此外，民间谱牒、碑文、石刻、宗教造像等也都将作为"田野"对象。葛兆光在其《思想史的写法——中国思想史导论》曾明确提出，应该将历史材料"从传统儒家的经文和注疏扩大到民间的历书、工艺技术书籍、儿童启蒙书籍等，它们都可以纳入思想史研究的范畴"。①

音乐的历史田野工作除了主要是文献与文物文本之外，也将涉及"口述历史"。特别是近现代音乐史研究中，"口述历史"将作为学术研究重要的补充、旁证的资料。萧梅、齐琨在《音乐人类学的实地考察》一文中指出："如何在历史变迁中理解传统音乐文化现象的当前存在状态？我们认为口述历史之研究方法具有不可低估的作用。……需要指出的是，历史的主观性同时存在于口述历史与历史文献中。历史文献中亦存在有选择的记录、无意识的误记或散失等现象，因此，口述历史不会比历史文献更不真实。我们希望提出，音乐人类学之历史研究的目的并非要寻找比官修史书更真实的历史客观事实，也不在于比较口述历史相对文献的对错（此两点区别于传统的中国音乐史研究），而是在实地考察中，系统地搜集局内人相关音乐文化变迁过程的口述资料，通过梳理、整合局内人的集体记忆，构建相关音乐文化传承过程的口述历史，以理解传统音乐如何及为何在时间的流逝中有选择的延续至今。"②

（三）音乐的历史田野工作的学术定位

面对"音乐的历史田野工作"这一新的命题，我们在此的学术定位是什么呢？毋庸置疑，音乐的历史田野的材料所反映的只是音乐历史事实

---

① 详见张海超、刘永青：《论历史民族志的书写》，《云南社会科学》2007 年第 6 期。
② 萧梅、齐琨：《音乐人类学的实地考察》，载洛秦编：《音乐人类学的理论与方法导论》，上海音乐学院出版社，2010 年，第 96 页。

的部分内容,它们是历史的碎片,而非音乐历史全部。虽然现场田野的材料也只是考察者所记录的部分内容,而非音乐文化活动的全部,但是它们是考察者"在场"观察与参与到的、经验与认识到的音乐田野的"事实"材料。对于这样一个远离现实的,不能亲眼"观察"、不能亲身"参与"、不能亲历"经验"的音乐历史田野,我们进行"田野工作"的定位在于:

音乐的历史田野工作既是对于音乐历史的证实,同时也是一种经验。① 传统历史研究的主要目的是对于音乐历史的存在进行证实。证实是历史研究的前提,没有历史的存在,也就无所谓历史的研究。然而,我们将音乐历史研究视为"田野工作"更注重其"经验性",这种经验是一种以个人化的在场考察的姿态去"经验历史"的方式。也因此,音乐历史田野具有了一定的"个性化经验"的品质。

音乐的历史田野工作既是作为音乐历史的考据,同时也是一种认识。历史学的研究方法中,考据是辨析史料的重要方式。它是一种治学方法,包括对古籍加以整理、校勘、注疏、辑佚等。如梁启超所言,"无证不信"为其治学之根本方法。因此,考据的目的正是为了证实。然而,我们将音乐历史研究视为"田野工作",更强调其作为一种文化活动,通过这种活动来认识遥远的过去。如果说我们将历史看作为"他者",那么音乐历史田野工作正是认识和理解在时间上远离我们的"历史他者"音乐文化的重要方式。我们通过认识历史的"疏远感",消解传统历史学的"中心意志""我者文化"意识,从而走进历史场域中去观察和参与、体验与理解"他者"文化。

音乐的历史田野工作既要体现音乐历史的事实,同时也是一种知识。我们将对于音乐历史的认知作为田野工作来思考,目的是为了在注重理解遥远过去的"他者"文化的逻辑性,同时加强对于该田野所处的历史语境的"地方性知识"的认识。"地方性知识"的概念不只是人类学的观点和方法,它是对传统学院式或精英学术思维的批判。格尔兹在其《地方性知识》绪言中最后总结道:"用别人的眼光看我们自己可启悟出很多睽目的事实。承认他人也具有和我们一样的本性则是一种最起码的态度。但是,在别的文化中间发现我们自己,作为一种人类生活中生活形式地方化

---

① 在此借鉴了萧梅、齐琨提出的"实地考察"工作方法是一种"经验""活动""知识"和"视角"四个特点,详见其《音乐人类学的实地考察》,载洛秦编:《音乐人类学的理论与方法导论》,上海音乐学院出版社,2010年,第70—71页。

的地方性的例子,作为众多个案中的一个个案,作为众多世界中的一个世界来看待,这将会是一个十分难能可贵的成就。只有这样,宏阔的胸怀,不带自吹自擂的假冒的宽容的那种客观化的胸襟才会出现。如果阐释人类学家们在这个世界上真有其位置的话,他就应该不断申述这稍纵即逝的真理。"① 如上所述,我们将历史作为"他者"的对象来审视之际,就会发现每一桩音乐历史案例何其不具有"地方性知识"的含义。共处一个时代的音乐田野中的一个个文化空间尚且存在着巨大的"地方性知识"的文化差异性,何况时间久远的音乐历史田野中更是存在着大量的、鲜为今人所知的"地方性知识"的陌生语境,对于文化差异性的音乐历史田野,"地方性知识"具有其特别的价值和意义。

音乐的历史田野工作作为一种知识,它也包括"个人知识"。对于"他者"文化的理解,对于"地方性知识"地掌握,在很大程度上取决于"个人知识"。王小盾认为两个因素决定研究方法:第一取决于研究什么材料,第二取决于什么样的人来研究。他以黄翔鹏为例,认为黄翔鹏的曲调考证法用来研究唐代以前的音乐行不通,因为没有足够材料来支持这种研究。但同时,如果不是黄翔鹏,"而是另外一个人来使用这种方法,是否行得通呢?也行不通,因为研究主体不具备操作他的能力"。② 因此,音乐的历史田野工作需要双重甚至更多的知识和能力。

音乐的历史田野工作既要说明音乐历史的存在,同时也是一种视角。音乐历史田野工作是由于音乐历史的存在而进行的一种考察和认识方式,因此将音乐历史田野工作作为一种视角所要求的是研究者对于学术研究的不同立场、不同维度的思考有所自觉。如果我们认可前文所述音乐的属性是多样性的,音乐历史具有"被发现""被书写"和"被阐释"的特性,那么,音乐历史田野工作无疑是一种认识音乐历史的视角。

(四)"叙事"与"阐释"的历史音乐民族志

音乐的历史田野工作以历史文本为对象,但音乐学术研究所呈现的最终形式当然不是音乐的历史田野工作本身,自然也不会是历史事实或

---

① 格尔兹:《地方性知识——阐释人类学论文集》,王海龙、张家瑄译,中央编译出版社,2000年,第19页。
② 王小盾:《中国音乐文献学初阶》,北京大学出版社,2014年,第64页。

历史文本。音乐的历史田野工作只是一种研究的方法,呈现这种方法的形式是另一种文本形式,即音乐的历史田野工作的书写——历史音乐民族志。

我在别处已经有过一些关于历史音乐民族志的论述,在此进一步重申其意义。勒高夫在《新史学》中提倡历史学要"优先与人类学对话"。人类学增添了传统历史学所没有的范畴,为新史学实践"长时段"和"整体史"研究的愿景提供了方法上的新纬度。从"整体史"的角度来审视历史,将历史作为"静态化"分析手段,促使史学研究及其考察的对象更为深入和全面,这种"去历时化"的阐释理念事实上就是"人类学化"的倾向。其根本就是叙事方式的改变,也即人类学的民族志方法进入了历史研究,其改变传统史学的研究范畴和范式,将田野考察与对话的方式引入其中,从而对历史进行叙事和阐释。

历史研究是一种探索真理的途径。然而,真理永远只能被接近,而不能获得。这也就决定了人们对于真理的认识永远只能是部分,而非全部。民族志正是体现这种真理的哲学本质的方式之一。克利福德在《写文化——民族志的诗学与政治》的"导言:部分真理"中指出,民族志的真理是部分的真理,其有承诺,但不完全,它表达了文化和历史真理的不完全性。我认为,克利福德对于民族志"部分真理"的论述恰好表述了历史真理的真实性。因为历史不能全然"真理性"地再现,任何历史文本都是"部分真理",任何历史再书写者,以及历史阅读者都只是在部分地认识"真理"。因此,在以新的叙事方式来"重构"历史的过程中,文化意义的阐释成为民族志书写的核心,通过阐释的方式来建构不同历史时期、社会环境和个人心中所认识的历史"真理"。[①]

"叙事"是历史音乐民族志书写的一个关键词。关于"叙事"的探讨将涉及历史文本的表述方式问题,换言之,我们将音乐民族志的写作视为"作品"。作为"作品"的音乐民族志在一定意义上具有了"文学性"的含义。"历史音乐民族志"书写的"文学性"并非倡导"虚构"的小说写作。"文学性"是一种书写方式,文学作品既有小说、诗歌,也有非虚构性的纪

---

① 洛秦:《历史音乐民族志写作的理论与实践——20世纪三四十年代上海俄侨"音乐飞地"的历史叙事及其文化意义阐释》,《音乐艺术》2009年第1期。

实文学、纪实影视作品,它们的目的都是为反映一个事件,表达一种观点,阐明一种思想。例如,彭兆荣在其《民族志"书写":徘徊于科学与诗学间的叙事》中论述,古典人类学家弗雷泽的代表作《金枝》的原始基型仍属神话的叙事范畴,即它并不是历史事实,而是以一种神话传说式的叙事类型来解释祭祀仪式的起源。毫无疑问,《金枝》是一部伟大的人类学作品,而且在历史上,很多文化人类学的先驱们都曾热衷于将自己视为"作家",如弗雷泽、泰勒、哈里森等。一些著名的人类学家,如格尔兹、特纳、道格拉斯、列维-斯特劳斯、利奇等都对文学理论和实践感兴趣,而且像米德、本尼迪克特既是人类学家,同时他们也把自己视为文学艺术家。①

"文学化的"民族志书写的"叙事性"的另一方面是确立了书写者在"文本"中的"在场",体现为"主观性"和"个性化"表述的意义,事实上,这是一种学术研究范式的转变。理查德森认为:"人类的本质有多种表现形式,除了人的'生物存在和经济存在'之外,还有一个基本的属性,即'讲故事者'(storyteller)。它表明,'社会人'总脱离不了社会和历史的情境。从这个意义上说,人都在故事之中,同时故事又确认人的讲述时态与语境。人是故事的制造者,故事又使人变得更为丰富;人是故事的主角,故事又使得人更富有传奇色彩;人是故事的讲述者,故事又使人变得充满了想象。在这里,叙事本身具有自身的功能结构性质。格尔兹试图通过'事实之后'的命题告诉人们,获得'事实'不是最重要的,'事实'包含着阐发的多种可能性,那才是至关重要的。"②

历史本身与历史叙事不同,这就像故事和讲故事之间的关系。王安忆在《故事和讲故事》中说得好,作品意义的关键便不在于这故事是由多少人的命运传达,而在于这故事本身包含了人的命运,人的命运本身又包含了故事。于是,"多少人"便是极不重要、极不需炫耀的了。而多少人的命运有机地交织在一起,成为一体,成为一个故事。并非是故事须多少人的叙述才能完善,而是故事本来就是多少人的故事。……难说是多少人的命运为这故事准备,或者这故事为多少人的命运准备。讲故事的方式是隐在故事本体之中,看起来,就像没有讲叙者似的,这才是故事与讲故

---

① 彭兆荣:《民族志"书写":徘徊于科学与诗学间的叙事》,《世界民族》2008年第4期。
② 转引自同上。

事最本质的关系。① 因此,我们可以这样认为,故事中的人物的多少不是主要的,重要的是故事要以其自身来讲述故事,这样一来,内容和形式在这里都消失了,融为一体了。那么历史和讲历史也是如此。关键不在于我们手头上的材料有多少,多有多的讲法,少有少的讲法,重要的是要将现有的历史的人物和历史的事件"故事"起来。这些过去的故事是有背景的,有情节的。背景和情节有大有小,这取决于我们拥有的材料有多少,但是,这些材料一定是需要情节化的。这里讲的情节并不是小说中的浪漫或悲剧细节,而是事情发生、发展、变化的过程和道理。②

"阐释"是历史音乐民族志书写的另一个关键词。文化研究的终极是阐释。格尔兹有一段著名的论述。他认为人类学家撰写民族志,"正是通过理解民族志是什么,或更准确一些,通过理解什么是从事民族志,我们才能开始理解作为一种知识形式的人类学分析是什么"。③ 彭兆荣也指出,格尔兹"借用赖尔的'深层描绘'展开讨论,以日常生活中的'眨眼'为例生动地说明阐释与描述的多重性和意义的多重性,即'眨眼'的事实只有一个,意义却是多种多样的:可能是纯粹生理性的,可能是对某一个人的故意行为,可能是在特殊语境中意义结构的表述。所以'眨眼'的事实与意义有着不同的阐释"。④

基于以上的学习与思考,我尝试着进行历史音乐民族志的书写实验。前文已经提及,我的博士论文的第一部分("昆剧在历史的社会文化舞台上——一个集古典文化大成的艺术")论述了明代中叶至清代中叶约300年的"历史田野"空间,而第二部分("昆剧在近现代的政治经济舞台上——一个演员的故事、一个剧团的历史、一个剧种的复兴")则主要集中于20世纪上半叶至改革开放约半个世纪的"历史田野"之中。通过"叙事"方式,构建和讲述了这样一个"文化空间"和"历史故事",即昆剧是中国最典雅、最具文学性的戏剧,盛行于16—18世纪之间。在音乐、戏剧和文学这三方面,昆剧在当时都到达了巅峰,它可以称得上是中国历史上最

---

① 王安忆:《王安忆自选集之四》,作家出版社,1996年,第335—336页。
② 详见洛秦:《民族音乐学作用于历史研究的理论思考和实践尝试》,《中国音乐学》1999年第3期。
③ 格尔兹:《文化的解释》,纳日碧力戈等译,上海人民出版社,1999年,第5页。
④ 彭兆荣:《民族志"书写":徘徊于科学与诗学间的叙事》,《世界民族》2008年第4期。

成熟和完善的艺术表演形式。从戏剧角度说,昆剧建立了完整的舞台表演体系,角色制一直作用在今天的传统戏剧舞台上;昆剧发展了自身独特的舞台语言规范,它的唱腔道白的语音推动了中国音韵学趋于成熟;昆剧音乐创作是语言与音乐相辅相成的典范,又是音乐和词文完美结合的样板,从而形成了中国曲牌体音乐的特殊风格;昆剧的唱又怎么会例外呢?"水磨调"的演唱修养、"头腹尾"的吐字技巧、魏良辅十八节《曲律》规范对后世的传统戏曲和民族歌曲的演唱产生了巨大影响;昆剧的价值不仅在音乐,而且它的不少剧目是中国古典文学的经典。因此,在很大的程度上,昆剧包含了整个中国古典文化的内容。

昆剧的生命辉煌了将近 300 年。然而,在清朝接任继续中国历史使命后的不久,昆剧开始衰落。在 20 世纪初的时候,由于复杂的音乐、戏曲、政治、经济以及文化等内外和主客观因素的矛盾和冲突,昆剧几乎已经死亡。1950 年年初,"传"字辈艺人周传瑛一行 7 人流浪艺班无意之中为政府演出了一出《双熊梦》(即后世的《十五贯》)。这出原为多主题的谋财害命的传统戏,经作家们稍作改编后,突出批评"官僚主义""主观主义",响应了"戏曲改革"的政策和暗示了当时的一些不良作风,有益地教育了整个社会和群众。昆剧《十五贯》奇迹般地成了"风云剧目"。国家总理周恩来给予了它很高的评价:"一出戏救活了一个剧种。"《人民日报》头版头条的总理评语不仅使得濒临绝种的"绚丽花朵"起死回生,而且还将这出戏推向了高潮,形成了激动人心的"人人争说《十五贯》"的局面和现象。昆剧得救了,并且盛行了。突然而来的"史无前例的无产阶级'文化大革命'",把刚刚恢复元气的昆剧一下又打成了江青嘴中的"不出鬼的鬼戏"。漫长的"十年""鬼戏"岁月随着"四人帮"退出历史舞台而结束。1976 年之后,昆剧逐渐返回舞台,还不断作为中国古典文化精髓的形象活跃于海外。然而,问题又出现了:怎么样把比称为"国剧"的京剧还"国剧"的昆剧投放到开放性的经济市场?昆剧团和昆剧演员在这样一个难题面前,有点束手无策。昆剧再次面临困境。古"国剧"的昆剧和近"国剧"的京剧合并为新"国剧"的"京昆剧"——浙江京昆剧团,两代剧种归并为一,目的是在经济市场中寻求生存。

昆剧在历史上的第一次兴盛,基本上是在强有力的文人集团作用下发生的;它的第一次危机,主要是在严酷的政治压力和无以回避的民族矛盾中出现的;昆剧的得救和再次盛行,根本是依靠了政府的政策和党的慧眼的力量,在《十五贯》现象的带动下形成的;它的第二次危机,完全是那10年全民族政治、精神灾难中的牺牲品之一;昆剧的再度复出、名扬四海,借助的是"改革开放"历史性决策的强劲东风而来的;它目前的情形是一个特定的历史阶段和必经历史过程中求生存的结果。昆剧,一个中国古典戏剧的精华、中国古典文化的象征,就是在这样的社会、政治、经济环境中经历着它风风雨雨的历程。①

我尝试的另一个"叙事"与"阐释"的典型案例是《历史音乐民族志写作的理论与实践——20世纪三四十年代上海俄侨"音乐飞地"的历史叙事及其文化意义阐释》。这个"历史田野"时空为20世纪上半叶约20年间在上海发生的故事。

1922年斯塔尔克将军所率领的庞大俄国难民船队突然驶入长江口,俄侨难民问题骤然成为历史重大事件,由此拉开了俄侨"飞地"及其音乐的序幕。历史背景远不止于此,1840年后的近代中国,正在经历着被殖民、瓜分、侮辱、践踏的世纪黑暗时期。开埠不久的上海,租界横生,成为"万国乐园"、洋人世界的码头。俄侨虽为难民,但毕竟是居住于法租界的主人,它们是八国联军中的重要成员。

这样的历史场域之中,俄侨"音乐飞地"滋生于此。大量的俄侨社区的音乐生活,包括生存、教学、演艺和娱乐,以及宗教音乐活动建构成一个特定的音乐社会。这个音乐社会成为俄国在华联军及其难民被"十月革命"所波及下的一个精神家园。由于它的特殊作用,这块"音乐飞地"自觉和不自觉地承担起了"文化避难""文化传播"和"文化认同"的功能。

"飞地"属性的音乐社会的发生和存在取决于三个重要因素:其一,以60%俄籍音乐家构成的上海工部局乐队为主力,包括其他一系列演艺团体,支撑着这个音乐社会的经济保障、文化娱乐和信仰依托,演绎着文化避难中的基本生计、族群感情和民族精神的慰藉作用;其二,一批重要的俄侨音乐家以国立音专为平台,辅以上海俄侨专业音乐学校,以及各种音乐表演团体及其演出,无形中成为西方音乐文化传播乃至文化认同的

---

① 详见洛秦:《民族音乐学作用于历史研究的理论思考和实践尝试》,《中国音乐学》1999年第3期。

教育或教化基地；其三，"音乐飞地"构成的另一个关键性因素是"租界"。由于租界存在，上海似乎是一个化外之地，上海政府管不了租界事务，管理租界的是工部局，订有特殊的市政条例，租界奉行言论、出版自由原则，这不仅成为西方社会的政治意识形态的"飞地"，同时也在客观上形成了中国新文化发展在这个特殊区域内的"文化空间"。① 也因此，从音乐上讲，租界成为中国近现代音乐转型"萌芽"的"庇护地"和催生发展的"伊甸园"。至此，文章阐释了"音乐飞地"在"经济自救""文化自救"和"精神自救"过程中的"内向性"特征，以及其在上海及中国20世纪上半叶所形成的"文化避难""文化传播"与"文化认同"的"外向性"作用。

再举一个我比较用心以"叙事"和"阐释"方式进行的研究案例。《音乐1927年叙事——国立音乐院诞生中的中国历史、社会及其人》②一文以音乐的1927年为"历史田野"，讲述了萧友梅与国立音乐院创建的故事。

音乐1927年的叙事是以一系列的疑问而展开的，即国立音乐院为什么成立于1927年？与之相关的是，创办人萧友梅早在1920年在北京大学就提出建立音乐院的设想与提案，为什么要到1927年，特别是换址于上海才得以成功？这个特殊的人物、这个特殊的年份、这个特殊的城市以及这个特殊的中国历史时期，为国立音乐院的建成，中国音乐的现代性发展提供了什么样的条件和保障？以及国立音乐院诞生于什么样的中国近现代历史与政治的土壤？其中涉及了什么样的社会及其人物？

这些疑问与思考在我头脑中转了很长时间。有一天读到毛泽东作于1927年的《菩萨蛮·黄鹤楼》，给了我很多感悟：1927年不仅特殊、直接和重要地作用于萧友梅及其国立音乐院、黎锦晖及其中华歌舞专门学校、刘天华及其国乐改进社，以及谭抒真等进入工部局管弦乐队，大中华唱片厂改由中国人自主经营，上海"大东舞厅"正式挂牌等中国近现代音乐事项本身，而且这个特殊的音乐年代更是与中国历史和社会休戚相关的重要历史时期。将政治与音乐，特别是一个小小的音乐院联系在一起，是否

---

① 宋钻友：《百年文化激荡的前奏·租界：世所罕见的文化空间》，载《上海百年文化史》编纂委员会：《上海百年文化史》第1卷，上海科学技术文献出版社，2002年，第8页。
② 洛秦：《音乐1927年叙事——国立音乐院诞生中的中国历史、社会及其人》，《音乐艺术》2013年第1期。

会显得极为勉强？即：同是1927年，毛泽东谱写了"茫茫九派流中国，沉沉一线穿南北"诗句，而蒋介石在上海发起反共"四·一二"事件。国立音乐院正是在这样的社会及政治情势中诞生，它们之间有无必然联系？也就是说，蒋介石忙着"消灭"共产党，国民政府怎么会有心思同意花钱建立音乐院？我们可以从以下几个方面来回顾历史并理解它们之间的关系。

1927年，北洋政府教育部刘哲总长下令取消音乐传习所，迫使萧友梅离京南下。为建立新的国家秩序，是年6月国民政府教育行政委员会起草并通过了《国民政府教育方针草案》，指出党化教育方针统一在党的指挥下，特别是教育权与宗教分离。蔡元培被任命为大学院院长，其"以美育代宗教"的思想，不仅完全符合国民政府教育方针，而且为国立音乐院的建立奠定了理论基础。同时，蔡元培极其赏识萧友梅的才华，积极采纳了其建立国立音乐院的建议。萧友梅以音乐教育家和国民政府教育部行政官员的双重身份，成为国立音乐院的官方任命的"筹备员"。萧友梅将国立音乐院选址于上海，一个刚成为特别市的"国际大都市"，尤其是院址选定在陶尔斐司路——法租界，一个似乎"真空"于中国社会政治以外的校址成为音乐艺术的伊甸园。12月1日，蒋介石与宋美龄在上海结婚，证婚主持人为蔡元培，数日后，蒋介石夫妇入住贾尔业爱路（今东平路）9号，并题名为"爱庐"，即现在的上海音乐学院附中校址。这是否也与国立音乐院之间有某种暗合"缘分"？

国立音乐院就是在这样的历史和社会背景中诞生的。历史与社会状况不仅是萧友梅没法选择的，也不是哪一个人可以选择的。上海的国际化都市地位、十里洋场的租界，特别是丰富多样的音乐演绎、教育和商业社会，早在1927年之前就已经形成。国立音乐院建于1927年就是中国音乐的"时运"和"宿命"。①

结语

上述以四个不同历史空间——300年、半个世纪、二三十年、1年的"历史田野"故事，论述了本文提出的挑战性的重写音乐史的研究范式的

---

① 参见洛秦：《音乐1927年叙事——国立音乐院诞生中的中国历史、社会及其人》，《音乐艺术》2013年第1期。

核心,即:注重叙事而非描述,强调阐释而非证实。

在此复述曾论述的观点:历史是被记录下来的过去发生的事情。事情发生了,就过去了。如果不被记忆,过去的事情也就被遗忘了。历史记忆,即是历史被叙事。然而,历史本身并不会叙事。我们所知晓、认识的历史,都是历史撰写人对过去的事情的叙事。叙事就是讲故事。历史就像是一个故事。它不是小说里虚构的故事,而是实实在在存在过的真实的故事。历史中的人物和事件就如故事中的人物和事件,如若只告诉读者某人是什么、某事是什么,那便成不了故事。故事是有情节的,也就是说,故事告诉读者的是人物、事件是怎么样来、怎么样去,为什么这样、为什么那样的。历史就是过去的故事,人们对它的兴趣也是像读故事一样,想知道其中的人和事的来龙去脉,与之关联的喜怒哀乐。①

然而,同样的历史可以有不同的叙事,这就是"阐释",这正是常言所说,一百个观众心中有一百个哈姆莱特。赖斯在《音乐体验中的时间、地点和隐喻以及音乐民族志》中也表达了相似的观点。他认为时间和地点是人类存在的基础,也是音乐体验的基础,这种体验是在20世纪前半叶欧洲哲学传统中建立起来的。考虑到具体的音乐体验,我们需要第三个纬度,建议这个纬度应该是隐喻。隐喻可以把音乐与人类其他的体验相关联。由此产生的音乐基本性质以"隐语"的形式表现为,"A 是 B","音乐是 X"。隐喻,无论是显而易见的,还是令人惊奇的,它们就像我们所研究的文化,都是无止境的,每一种隐喻都在告诉着我们一些与社会相关的音乐本质方面的重要事情。不仅我们所研究的人制造隐喻,以便来承载他们的音乐体验,音乐学家同样把他们的音乐研究建立在隐喻之上,以使他们对音乐的本质和重要性作出本质的表述。②

---

① 参见洛秦:《音乐1927年叙事——国立音乐院诞生中的中国历史、社会及其人》,《音乐艺术》2013年第1期。
② Timothy Rice, "Time, Place, and Metaphor in Musical Experience and Ethnography", *Ethnomusicology*, No.47, 2003, pp.151-179.

音乐与文化的关系解读：
方法论范式再议

杨燕迪*

[内容提要] 如何观察和解读音乐与文化之间的关系，这是音乐学术中的重要课题。本文首先运用语言分析的角度，进而通过具体研究例证思考和论述了"音乐在文化中""音乐作为文化"和"音乐即是文化"这三种不同表述方式所蕴含的深层差别。作者认为，上述三种表述方式实际上形成了三种不同的方法论范式，在观察和解读音乐与文化之间的复杂关系时所采用的方法论策略有明显不同，但均具有可行性和有效性，应该在研究实践中形成相互平行、彼此支撑的局面。

[关键词] 音乐人类学　音乐社会学　梅里亚姆　内特尔　海顿　韦伯　李皖

音乐与文化的关系，历来是音乐学术思考中的重要问题，其中不仅引发诸多争辩和议论，而且一直受到众多音乐学者的持续关注。由此可见这方面的探讨确乎触及某些音乐核心问题的关键部位，且随着时代环境的变迁、学科和知识的演进，该课题始终保持着历久弥新的吸引力。笔者的思考试图通过对前人相关学说的批评性考察，对这一似已成"老生常谈"的问题提出试探性的个人己见，是为本文标题中的所谓"再议"。其中的立场和观点或许与当前通行的某些论说并不相同，如有不当和不妥，敬请各位同仁提出批评指正。

---

* 杨燕迪（1963—　），男，博士，上海音乐学院音乐学系教授、博导，上海音乐学院副院长，上海高校音乐人类学 E-研究院特聘研究员，主要研究领域为西方音乐史、音乐美学、音乐批评与歌剧研究。

一、音乐与文化之间的关系：语言分析与反思

关于音乐与文化的论题，众所周知，音乐人类学（民族音乐学）从一开始就将其作为学科发展的宗旨性纲领。该学科在方法论上有别于其他音乐学子学科的关键要义，正在于它不仅关注音乐的产品和过程本身，而且更为关心音乐在具体文化语境和社会环境中所承担的功能与作用。美国著名学者布鲁诺·内特尔对该学科的著名定义——"对音乐进行'在文化中'（in culture）或'作为文化'（as culture）的研究，或者说研究文化语境中的音乐"[①]——申明了这一音乐学子学科集中关注音乐与文化关系的本质要求。为此，在音乐人类学的学理建构中，关于音乐与文化关系的阐述层出不穷，相关的学术"范式"也根据看待音乐与文化角度的不同而形成某种"有据可查"的演化轨迹。依照洛秦教授的理解，近几十年来国内外音乐人类学的学科发展中，逐渐浮现出关于音乐与文化的三种彼此相连但又相互有别的理论"范式"：（1）music in culture（音乐在文化中）；（2）music as culture（音乐作为文化）；（3）music is culture（音乐即是文化）。[②]

在上面的表述中，英文的三个表达式就体现意义的区别而论，比中文翻译显然更直观、清晰。我想就此进一步进行推理和反思，这三种不同的表述究竟反映了怎样的音乐文化意识和观念。在英文表述中，music（音乐）与 culture（文化）两者之间的关系不同，是通过简单的介词或系词转变（in, as, is）体现出来——其间的语词转变貌似简单，但却显露了值得深思的三种不同的文化观念、学理思路和解读策略。

所谓 music in culture（音乐在文化中）这一表述，关键在于"in"一词，其意为"在……之中"。因此该表述就意味着"音乐在文化的范围之中"，其逻辑内涵是，音乐小于文化，文化大于音乐；或者说，文化包围着音乐并对音乐起支配作用。依此推演，这一表述进一步的内涵可能是，音乐是文化的一分子，音乐是文化的家族成员，但音乐并不能等同于文化。正如杨

---

① Bruno Nettl, *The Study of Ethnomusicology: Thirty-One Issues and Concepts*, 2nd Edition, Urbana: The University of Illinois Press, 2005, p.5.
② 参见洛秦：《音乐人类学的中国经验与实践的反思与发展构想》（上、下），《音乐艺术》2009年第1、2期。

某人是杨氏家族的一个成员,如果要界定这位杨某人的身份,我们可以很方便地将他置于杨氏家族的大范围中予以考察,但不能就此将杨某人和杨氏家族等同,因为毕竟杨某人和杨氏家族是两个层级的范畴,不能混淆。所以,"音乐在文化中"的观念内核就在于,音乐是文化的下属和亚种,前者是后者的一部分,两者从根本上说是不能等同的。

再看 music as culture(音乐作为文化)这一表述。从前一表述中的 in 转换为这里的 as,观察音乐与文化之间关系的视角发生了微妙的改变。这里的 as 是"作为……"的意思,因而,音乐就被"作为"文化、被"当作"文化来看待。不妨进一步深究这里的含义。既然是把音乐作为文化,那就意味着音乐与文化仍不是一个东西,但音乐已经有充分资格被当作是文化的代表和体现。显然,在这个定义中,音乐不再是文化的下属和亚种,也不是被包含在文化中,而是被当作文化的一个大约的对等物。音乐于是大约等同于文化。

最后我们来考察 music is culture 这一表述中的视角改变。通过 is(是)的对等连接,音乐与文化合二为一,变成了一体。音乐即是文化,这就是说,音乐等同于文化,而不是外在于文化的"他者"。与前面两种表述相比,在这一表述的视角中的音乐与文化的关系当然是最为紧密的。音乐既不是文化的下属和亚种,也不是文化的大约对等物,而就是文化本身——音乐等于文化。

通过如此这般的语言分析和反思,我们似乎可以看到某种音乐与文化之间的关系在不同的表述中逐渐从分离走向合一的过程。有意思的是,这也恰是音乐人类学这一学科在音乐与文化关系这一问题上的学理思想发展轨迹。以我个人的理解,梅里亚姆(Alan Merriam)这位较早的学科领袖在其理论架构中,所强调的往往是"音乐在文化中"(music in culture)的研究思路[①];而布鲁诺·内特尔这位后来的领军人物在 19 世纪 70—80 年代所提倡的方法论可能更多带有"音乐作为文化"(music as culture)的思想;而近来在学科理论前沿中有重要贡献的学者蒂莫西·赖斯所倡导的"历史构成-社会维持-个人创造"的新模式[②]中,"音乐即是文

---

① 参见梅里亚姆:《音乐人类学》,穆谦译,陈铭道校,人民音乐出版社,2010 年。
② Timothy Rice, "Toward the Remodelling of Ethnomusicology", *Ethnomusicology*, No. 31, 1986, pp.469-488.

化"(music is culture)的观念可以说是某种暗含于其中的前提。必须提请注意,我并不认为这三种表述的演进是一种学理上的"进步",它们之间也并不存在后者替代前者的情况,关于这一点我在后面的论述中仍会提及。

二、方法论范式之一：音乐在文化中

基于上一节中的语言分析和反思,我想对上述三种针对音乐与文化关系的不同视角从"写文化"的实践层面再予以具体考察。关于音乐与文化,或许还可以从理论上提出更多的思考和论辩,但我个人更感兴趣的学术问题是：如何在实践层面来对音乐与文化之间的复杂关系进行梳理、分析和写作？也即,如何针对音乐与文化这一所有关心音乐的人都感到非常重要的关联进行富有成效的解读和诠释？显然,这个关切已经不再局限于音乐人类学(民族音乐学)的学科范畴,而是具有更广泛的学科方法论意义。无论是面对艺术音乐还是流行音乐,无论是针对中国音乐还是西方音乐,如何揭示音乐与文化的关系,这永远是音乐学的根本任务和重大命题。

笔者以为,"音乐在文化中""音乐作为文化"和"音乐即是文化"不仅是针对音乐与文化观察视角的三种简单有效的语言表述,而且在更深的意义上恰恰可以作为解读和诠释音乐与文化关系的三种不同的方法论范式,其效用已经被前人的解读实践和研究成果所证实。下面,我将以具体的研究实践为例证,具体展示和分析三种不同视角的方法论启发。

首先,我们来观察"音乐在文化中"视角中的方法论策略。正如上一节的语言分析所示,"音乐在文化中"既然将音乐置于文化的包围之中,这种视角主要的解读重心便是音乐置身其中的文化语境及其对音乐的影响。在这种情况中,研究者所关注和处理的往往不是音乐的实体和文本(无论是音响文本还是乐谱文本),而是音乐的外围,也即"关于音乐"(about music)的境况和情形。这一思路的总体方向是,围绕有关音乐的社会与文化境况进行勘察,但最终并不一定进入和触及音乐本身——特别是音乐的音响构造和技术语言。应该说,如果没有对这些外围文化境况进行了解和考察,我们对音乐的理解和认识将是极不完整和全面的。诸多音乐社会学的相关研究以及音乐人类学中田野考察的很多内容便是这一视角下的产物。

我所列举的具体例证来自我个人的研究体验。2009年正值"维也纳古典乐派"代表人物约瑟夫·海顿逝世两百周年纪念,我应邀举办专题讲座并撰写文论。① 为了更深入地理解海顿的音乐创作态度,我对海顿的社会身份进行了一番考察。而在这一过程中,我发现留存至今的一份于1761年签署的海顿受雇协议具有突出的社会学意义上的文化价值。② 这一年5月1日,海顿正式受雇于奥地利的匈牙利贵族埃斯特哈齐家族,担任宫廷副乐长。当时签署的共14款雇佣协议详尽和明确地规定了他的音乐使命、业务能力、日常职责、作品归属和使用范围、薪俸标准、起居准则、穿戴要求、谈吐规范及其他相关细节事务。作为一份真实可靠的历史文献,这份协议生动地反映出当时音乐家的社会地位、身份角色以及职业生态。我仔细阅读了这份档案文献,并从当代人的立场出发对其进行了社会学角度的文化解读:

今天的人读到这份协议,不免产生一丝好玩的感觉,特别会对其中居高临下的口吻多少有些敏感——因为我们都经过了"现代"意义上的民主精神的教育和平等意识的熏陶。显然,与其说这是一份协议,还不如说这是一份规定,具有"霸王条款"的味道。雇佣方埃斯特哈齐亲王与被雇方"工匠艺人"海顿之间,在社会地位上不在一个"档次",上下距离相当明显。海顿的前途和发展全仗亲王殿下的"恩宠"和"信任"。他的艺术创作也完全受制于亲王的个人指令,对于现代艺术家而言至关紧要的"著作权"概念在这份协议中尚无丝毫表露。但另一方面也应看到,这份协议中也清晰透露出对海顿的礼貌性尊重。特别有一个细节,海顿被认为是"家族的成员之一",而不是一个"奴仆"或"下人",因而有权"在职员专用席位上进餐"。这说明,在欧洲启蒙运动到来之际,音乐家尽管仍然属于"工匠艺人",但在一些开明和有文化的贵族宫廷中,其地位身份已经在提升当

---

① 笔者分别于上海音乐学院第六届钢琴大师班和深圳音乐厅作了专题演讲。该讲演稿后来发表于《文汇报》2009年10月24日第6版,题为《海顿二百年祭》。该文也转载于《音乐爱好者》2009年第12期。
② 该协议的全文(Karl Geiringer 英译)参见 Philip G. Downs, *Classical Music: The Era of Haydn, Mozart and Beethoven*, W. W. Norton Company, 1992, pp.212-214。

中——而这正是现代意义上的"自由艺术家"出现的前奏性准备。①

从方法论角度进行反思，我在此所进行的解读和分析应该属于"音乐在文化中"的观察视角。因为我在这里并没有涉及任何具体的海顿音乐，而是将注意力集中于音乐在其中存在和发展的社会环境与文化常态。音乐在此被置于文化"之中"，文化提供了一个大的背景，必须通过这个大的背景，我们才能知晓和了解音乐的取向以及音乐家的方位——具体到海顿的社会身份，他正是一个位于"前现代工匠艺人"和"现代自由艺术家"之间的典型代表。反之，没有这种"音乐之外"的文化和社会的背景知识，我们对音乐的认识和理解无疑会陷入贫困、狭隘和肤浅。但同样显而易见的是，从"音乐在文化中"这种视角来观察音乐与文化，两者之间就不是对等与同构的关系，而是音乐由文化决定，并隶属于文化。

三、方法论范式之二：音乐作为文化

在"音乐作为文化"的视角中，音乐被当作文化的大致等同物，而不仅仅是文化的隶属现象；音乐能够体现和代表文化，而不仅仅是受到文化支配和决定。这显然是一种比"音乐在文化中"更为复杂的观察视角，解读者所关心的不再仅是音乐的文化背景和社会境况，不再仅是音乐如何被外在于自身的某种社会力量和文化惯例所影响或制约，而是要进一步观察，音乐是否以及如何映照、象征、影射乃至形塑了文化的某个方面甚或文化的核心价值。可以看出，这种视角和思路总的路线是朝向音乐之外——以音乐为媒介和通道来理解文化和社会；从音乐开始，出发点是音乐的过程和产品，但最终的指向和落脚点是在音乐之外的文化。当然，这种指向并不绝对，正如"音乐在文化中"的解读视角在很多时候也帮助我们理解音乐自身（如我后来发现，海顿那种介于"工匠艺人"和"自由艺术家"的独特社会身份极大地影响了他谦逊和质朴的创作态度，并由此促成了他在音乐幽默与喜剧上的伟大创意），"音乐作为文化"的方法论视角除

---

① 见杨燕迪：《海顿二百年祭》，《文汇报》2009年10月24日。文中所涉及的"工匠艺人"和"自由艺术家"概念，笔者参考了德国著名社会学家伊里亚斯（Norbert Elias, 1897—1990）在其精彩的音乐社会学论著《莫扎特——探求天才的奥秘》（吕爱华中译本，台北连经出版公司，2005年）中的相关阐述。

了增进我们对文化的理解之外,也会深刻地改变我们对某种音乐的感知和认识。但是,在这种视角中,即便是通过文化回过头来了解音乐,这种了解仍更多是指向音乐所发挥的文化功用和蕴藏的社会意义,而不是音乐自身的价值和意蕴。

具体而言,如在音乐人类学中,诸多研究的要旨是希望揭示音乐的行为、观念和形态中所隐含的文化信息和暗示。这方面最常见的研究路线是解读音乐所具备和履行的社会文化功能。梅利亚姆曾列出音乐可能具有的十大总体功能。这其中除了我们通常较为熟悉的"情感表达功能""审美愉悦功能""娱乐的功能"之外,他还通过大量丰富的世界各地民族音乐的例证,总结了音乐发挥的其他或许更为重要的社会文化功能(有时甚至是通过集体无意识或个人潜意识而发挥作用),如"沟通的功能""象征再现的功能""身体反应的功能""强化服从社会规范的功能""确认社会制度和宗教仪式的功能""促进文化的连续性和稳定性的功能""促进社会融合的功能"。① 显而易见的是,只有在具体文化语境中了解和研究具体音乐的用途和功能,才能切实揭示音乐作为文化的整体面貌和内在机理。

然而,就我个人的兴趣而论,这种"音乐作为文化"的研究视角除了在音乐人类学中已经成为研究惯例的文化功能解释之外,还存在一些更加大胆和具有想象力的路径,这尤其体现在一些学者试图通过音乐的声音结构和组织形式来探查社会信息和文化内涵的努力中。这方面的一个突出例证是德国著名社会学家马克斯·韦伯的重要论著《音乐的社会和理性基础》。② 韦伯终生致力于研究人类社会如何通过"理性化"进程而生成"现代性"的典型社会建构,近年来被国际学界公认是社会思想界最具原创性和影响力的大师级人物。他在这部其仅有的音乐论著中,着力探讨了西方艺术音乐的相关元素的发展如何体现和映照了西方整体社会的"理性化"进程:这些元素包括音阶、和声、调性等"音体系"材料,西方的乐队和相关乐器的发展,以及西方记谱法的演进。韦伯认为:

---

① 我个人认为,梅里亚姆对音乐功能的总结并不见得具有充足的理论概括力和说服力。至少,"情感表达的功能"与"沟通的功能"之间就很难清晰划分,而"强化服从社会规范的功能""确认社会制度和宗教仪式的功能""促进文化的连续性和稳定性的功能"与"促进社会融合的功能"这几个范畴之间更是存在交叉重叠。
② Max Weber, *The Rational and Social Foundations of Music*, Eng. translated by D. Martindale, J. Riedel, G. Neuwirth, Carbondale: Southern Illinois University Press, 1958.

朝向理性化的驱动——即，以可计算的规则来支配经验的某一领域——在西方文化中出现。这种将艺术的创造减缩为一种基于可计算的、可理解的程序形式的驱动尤其体现在音乐中。西方的乐音音程在其他地方也被人所知，被人计算。然而，理性化的和声音乐，不论是对位还是和声，以及基于和声泛音的三和弦的乐音材料组织，却是西方独有的。同样如此的还有以和声角度来解释的半音与等音现象。西方独有的还有以弦乐四重奏为核心的管弦乐队以及对与管乐器合奏的组织化。在西方，也出现了一种记谱体系，这使得近代的音乐作品的创作成为不可能以其他方式存在的现象。①

或许可以作出批判，认为韦伯的音乐认识中存在某种"西方中心论"的影子——这是处于20世纪初的西方学者所难于避免的。然而，换个角度看，韦伯的学说恰恰说明了西方音乐的艺术特性和文化特质是西方社会典型的"理性化"建构所带来的产物。尤其发人深思的是，韦伯并没有简单地对音乐表层的文化用途与社会功能描述和说明，而是深入音乐的内部结构和组织机理中来考察音乐中所蕴藏的文化意识内核——这当然与韦伯著名的新教伦理观驱动资本主义经济与社会发展的研究思路如出一辙。② 这种独特的"音乐作为文化"的解读视角，深刻地影响了后来包括德国哲学家阿多诺等在内的诸多学人的音乐文化观念。阿多诺在自己的论著中始终坚持，具有"本真性"的音乐并不是简单直接反映社会文化的现实，而是以"否定的辩证法"映射出社会文化的内在本质——例如无调性音乐正是以自己的不妥协、不协和、不协调来映照出社会现实的异化与非理性本质；③近来在英美"新音乐学"中独树一帜的女性学者萝丝·苏波特尼克则公开继承阿多诺的衣钵，对西方音乐中的隐蔽意识形态和

---

① Max Weber, *The Rational and Social Foundations of Music*, Eng. translated by D. Martindale, J. Riedel, G. Neuwirth, Carbondale: Southern Illinois University Press, 1958, Introduction, p. xxii.
② 参见马克斯·韦伯：《新教伦理与资本主义精神》，康乐、简惠美译，广西师范大学出版社，2007年。
③ 参见 Theodor W. Adorno, *The Philosophy of New Music*, Eng. translated by Robert Hullot-Kentor, Minneapolis: University of Minnesota Press, 2006；中文文献参见于润洋：《现代西方音乐哲学导论》，湖南教育出版社，2000年。

前人少有关注的深层文化建构进行了深入开掘和批判;①另一位女权主义音乐学代表人物苏姗·麦克拉蕊(Susan McClary)在其已经成为经典的《阴性终止》一书中,用文化批判的立场研究音乐中的性(sex)、社会性别(gender)与性征特质(sexuality),揭露西方调性音乐中"男权中心"的映射,并抨击音乐中的这种男权意识对女性的歪曲和贬低。② 可以看出,所有上述的研究和解读均是着力于挖掘音乐中的意识形态内核或文化价值隐喻,与上一节中"音乐在文化中"的方法论范式不同,这类"音乐作为文化"的研究不是着眼于音乐的外围和周边,而是力图深入音乐的结构内层。然而我们也会发现,在这里我们的兴趣似乎不是导向音乐自身,而是导向音乐所指涉或隐喻的文化。

四、方法论范式之三:音乐即是文化

那么,是否存在一种将音乐与文化的解读导向音乐自身的方法论范式呢?也即通过这种文化性的解读,是否有可能让我们更深入和更有兴致地聆听、鉴赏、理解音乐本身,而不是将我们的兴趣导向音乐的文化背景(音乐在文化中)或音乐的文化隐喻(音乐作为文化)?我的个人观点是,"音乐即是文化"的解读思路也许可能提供这样一种方法和途经。在"音乐即是文化"的视角中,总的行走路线是,从音乐自身开始,有时会游弋到音乐之外,但最终停留在音乐之中,因为音乐就是文化。在这种解读中,并不排斥文化外围的知识和文化隐喻的暗示,甚至这种解读本身就建筑在"音乐在文化中"和"音乐作为文化"的前提之上,但一个最根本的区别在于,"音乐即是文化"的视角最为珍视的始终是音乐——音乐的声音、声响、节奏、韵律、色彩、旋律、和声、织体、结构以及所有最广泛意义上的声音组织和形态。而且,持这一视角的解读者会充分意识到这些声音元素就是为聆听而存在的本体价值。当然,这里的声音和聆听绝不是孤立的,与文化和社会隔绝;恰恰相反,这里的声音和聆听是将文化的意涵、社

---

① 参见 Rose Rosengard Subotnik, *Developing Variations: Style and Ideology in Western Music*, Minneapolis: University of Minnesota Press, 1991; *Deconstructive Variations: Music and Reason in Western Society*, Minneapolis: University of Minnesota Press, 1996.
② 参见苏姗·麦克拉蕊:《阴性终止:音乐学的女性主义批评》,张馨涛译,台北商周出版公司,2003年。

会的信息与生命的体验统统卷入进去,从而形成某种在聆听中产生的丰满、生动而多彩的文化与生命互动。进一步而言,解读者应该通过富有感召力的文字表述将这种聆听体验表达出来。①

或许我们可以通过具体的例证来说明这种可能性。我这里想到了国内著名的流行音乐批评家李皖的音乐文字解读。虽然李皖并不是"学院派"的音乐研究者或音乐批评家,但长期以来,这位作者在《读书》《文汇报》等重要的文化思想报刊媒体上,不断通过自己优美而鲜活的中文写作,深刻地触及并揭示了音乐(特别是流行音乐以及世界各地的民族音乐)中的文化意蕴和生命内涵。我们不妨以他的一篇《浪漫漫流大地——新疆音乐如是我闻》作为例证,来观察和品评他的解读是否具备我们理想中"音乐即是文化"的观察视角的品格。在介绍了新疆音乐的多民族构成之后,李皖直接开始触及新疆音乐的特殊品质:

> 真实的新疆音乐,是一种旋律并不太明显的音乐……熟悉的旋律完全被热腾腾的节奏给淹没了,听到耳朵里就是旋转。等新疆人拿出了新疆歌曲原味,它们全变了味,就是一股子节奏,一股子节奏的圈圈,一股子节奏的旋舞,旋转旋转旋转……新疆音乐的性格绝非优美,而是火烫,是激情炙烤着饥渴。新疆人的趣味不在旋律方面,表达的重点也不是抒情,而是激情的发散。它是歌舞一体的艺术,是一种狂态。②

这是一个具有丰富聆听经验和深厚文化趣味的聆听者对音乐心理性格的用心把握。其用意在于迅速揭示和刻画这种音乐的内在特质。我个人并不具备资格来判定这段音乐描述的专业准确性,但这段音乐文字令我好似真切听到了新疆音乐的声音,并鲜活地将这种音乐的动态展现在我的耳旁。随后,李皖又以具有充沛感性的语言文字从技术元素的角度对新

---

① 这里显然涉及一些相关的其他学理问题,如音乐人类学长期以来一直争论的音乐研究和文化研究孰轻孰重的问题;又如,音乐分析和批评如何同时公正而完备地处理音乐结构分析和音乐意义诠释的问题(这一问题近来在国内集中体现为有关"音乐学分析"概念和实践的讨论);再如,最近以来有不少学者(包括我自己)开始关心如何运用文字语言来描述和表达音乐体验的问题。我们欢迎相关同道对这些问题进行思考,但为了本文的集中论述起见,在此笔者对上述问题不作进一步展开。
② 李皖:《浪漫漫流大地——新疆音乐如是我闻》,《读书》2009 年第 10 期。

疆音乐予以界定：

> 新疆音乐的最主要特征，在于一组热情、激烈、循环往复、不断回旋、不断加强的节奏套子。往往是四四拍，但二、四尤其是四拍的重音被格外地加重，还要加上一堆手鼓、一排拨弦以更碎、更狂的八拍、十六拍甚至奇数拍子予以叠加、炒动、掺和。奇数不要紧，点子乱也不要紧，关键要在紧要处重合，在一句末尾达到循环……在复节奏的弹拨与打击中，新疆歌曲线条优美的旋律，配合着脖子的错动、腰肢的扭动、身体的旋转，添出许多波折出来。歌曲的拖音很少平直，而是拐着弯着扭着花浪着点儿顿着音儿……①

请注意最后一句话的修辞，那是利用文字的最大可能对音乐效果的模拟式传达——但毕竟在生动的音乐面前，任何语言都是"辞不达意"的。或许我们可以指责这段文字存在一些技术上的错漏，如作者根本没有说明这里指的是什么音乐体裁和品种，因而此处的节拍描述恐怕很难与真正的音乐对上号，此外对于节拍节奏的描述可能也存在一些误导（什么是"八拍、十六拍甚至奇数拍子"?）。但是作者显然希望将我们的注意力引向音响本身的技术特征，并力图希望说明我们所感到的音乐情感效果背后的技术原因，无论作者是否成功，他的努力方向都值得认可。

在规定了新疆音乐的性格特征和技术特点之后，作者笔锋一转，深入探究形成这种音乐性格和形式建构背后的文化社会原因，并将新疆音乐的内涵与该地区人民的生存状态联系到了一起，从而将他对音乐的感受与解读推进到了文化诠释的高度：

> 那种饥渴往往跟痛苦有关，在爱情里是情欲，在生活里是困苦，在人生里是难舍难破的终局。但新疆人面临着困苦时，从不见低吟苦闷消沉，而是用迷狂的旋舞将之转成狂喜，用火一般的烈焰烧灼人生的苦痛……新疆音乐火烫、激情炙烤的性格，实际上是北方游牧民族的性格。居无定所、朝不保夕的种群和人生处境，孕育出游牧民族以欢乐面对苦痛的哲

---

① 李皖：《浪漫漫流大地——新疆音乐如是我闻》，《读书》2009年第10期。

学。由于人生中特别的不安定,前路的不可知,安稳生活的不可求,世代历史的动荡不居,游牧民族培养出笑对无常的豁达。①

相信所有的读者都会被作者热情而锐利的笔锋所感染——我们首先希望听到这样的音乐,同时也希望通过聆听这种音乐而体察其中所表现的人生态度和价值观念。音乐的声音中直接承载着这样的人生体验和价值尺度,或者更确切地说,如此热烈的精神追求和如此豁达的文化生活信念只能通过这样的声音(以及舞姿)才能表达和存在。毋庸置疑,在这里,音乐确乎就是文化,因为音乐与文化从根本上是不能分离的。音乐不仅是文化的下属和亚种,不仅履行和完成具体的社会功用与文化功能,也不仅仅是文化的价值隐喻符号,它还有可能凭借自己的魅力和感召直接成为文化的精神化身。

上述三种音乐与文化之间关系的解读思路和策略,实际上是某种为了理论阐述方便而人为划定的"范式",在研究实际中很有可能是你中有我、我中有你的融合态势。我想再次强调,这三种方法论范式并无好坏高低和落后先进之分,必须根据所面对的研究对象和实际情况来作出决定采用哪一种方法和策略。而且,这三种方法论范式应该形成相互平行与彼此支持的局面,而不是相互替代与彼此对立的局面。最后需要提醒的是,解读音乐与文化的复杂关系,尽管方法论意识极为重要,但决定这种解读的有效性和质量的最终准绳,是解读者自身的音乐功力、文化素养、学术视野,以及——放在最后,但绝非次要——文字语言的表述能力。

---

① 李皖:《浪漫漫流大地——新疆音乐如是我闻》,《读书》2009年第10期。

言说音乐的三种术语及隐喻
——为导师于润洋教授80寿辰而作

宋　瑾*

[内容提要]　分析美学家戴维斯在《音乐的意义与表现》中提到言说音乐常采用的几种术语，本文将其明晰化，概括为三种，即技术术语、认知术语和情感术语。本文认为技术术语主要对应音乐作品的技术分析；认知术语主要对应音乐作品的社会-历史分析，而情感术语主要对应音乐作品的审美分析和体验表达。隐喻被不同程度应用于各类分析的表述中；它是审美表达的主要方式。隐喻的语言具有非本质主义的后现代性。

[关键词]　分析美学　音乐分析　音乐学分析　音乐学写作　隐喻

今年正值我的导师于润洋教授80华诞，又临第九届全国音乐美学研讨会，再读他的著作，重温他的"音乐学分析"思想，倍感深邃和亲切。联系上届研讨会的议题之一"音乐体验与学科表达"，以及随后中央音乐学院与上海音乐学院联合举办的"于润洋《悲情肖邦》学术研讨会"，还有此前此后韩锺恩教授发表的关于"临响经验"与"审美表达"的文论，以及迄今出版发表的关于音乐文论写作的文论（很少涉及语言问题，个别探讨尚未涉及本文议题），本文拟思考分析美学提供的线索，就言说音乐的术语问题作一番梳理，特别就其中的隐喻应用问题作一些分析，力图将时下潜意识状态转化为意识状态；并借此为导师祝福，为研讨会助力，也为《交响》开辟专栏致谢。

---

* 宋瑾（1956—　），男，博士，中央音乐学院教授、博导，全国音乐美学学会副会长、秘书长、北京美学学会会长，主要研究方向为音乐学和音乐美学。

一

人们常说,"语言终止之处就是音乐的开始",意思是音乐能够表达或表现语言难以或不能表达表现的东西。通常这东西/音乐的表现对象/内容被指谓情感或音乐独有的感性结构。张前、王次炤教授则把音乐内容划分为"音乐性内容"和"非音乐性内容",①后者包括"文学性内容"和"绘画性内容",②这些内容都由非语义性非概念性的音乐语言表现出来。也就是说,音乐超越于语言之上或之外,音乐言说的是不可言说者。这就埋下了潜台词:音乐本身也是不可言说的。那么音乐学特别是音乐美学能说音乐什么呢?怎么说?一切的起点都需要对音乐的言说和不可言说性再度思考,依此延伸思路,由音乐言说的问题进到言说音乐的问题。③

确实存在着普通语言无法表达的东西,比如情感、感受。普通语言的表达能力有限。例如,"悲伤"这个词指向悲伤,但并不表现悲伤;"美"指向美,但它本身并不呈现美。所以维特根斯坦说:不能说的就不要说。(中国书法的美与字义无关。"丑"字也可以写得很美,但它与丑的字义无关。)苏珊·朗格提到另一种语言。她说,除了表义语言(推理性符号)之外,还有表现语言(非推理性符号)。④ 她指的是文学语言,特别是诗歌。人们说诗是音乐的姊妹艺术,是针对二者都是表现性和非语义性而言的。从语义的角度读诗,将发现诗句有很多病句,就像用日常眼睛看维纳斯是残疾人一样。文学用字词句/概念作材料,但采取非语义性/表现性/感性的建构,于是,诗歌透过密集的语义之墙,给心灵打开一扇窗,使人们能看到通过普通语言所不能看到的景象。(苏珊·朗格用"幻象"言之。中国古人用"意象"言之。现代诗人宋琳对我说:"一棵树",我们是把它作为意象来使用的。)决定性质的不是材料,而是结构,特别是"大于局部之和"的生命结构。(按苏珊·朗格改造贝尔的话说,音乐具有"生命的意义"的

---

① 参见张前、王次炤:《音乐美学基础》,人民音乐出版社,1996 年。
② 王次炤:《论音乐性的内容》,《中国音乐学》1990 年第 3 期。
③ 为了跟广泛的同题探讨者的语境相同或相似,本文以传统样式的"美的艺术"为探讨对象,暂不涉及不美和反美的艺术;"音乐"指谓纯器乐;在传统审美方式/音乐作品的听赏方式中探讨问题。
④ 苏珊·朗格:《情感与形式》,刘大基等译,中国社会科学出版社,1986 年,第 237、240 页。

"有意味的形式"。①任何结构都有相应的功能,任何功能都在实现中产生相应的价值或意义。如果由材料来决定性质,那么人和动物就没有差别,文学与报道也没有差别。人性不是生化材料决定的,文学性也不是概念材料决定的。文学不采用表义逻辑来组织材料,具有别样的结构、功能和意义,就像人不是简单的生化系统、具有有别于动物的物质-精神结构、功能和意义一样。欣赏文学作品,显然不同于阅读报刊消息。听诗歌,不知所云,却能感受到某种东西。这种感受到的"东西",却无法用日常语言表达和翻译。表义的词句才可翻译。诗人说,诗歌的翻译,实际上是重新创作。(这让人联想起音乐的二度创作。)非推理性语言/表现性语言,从美学角度讲,就是感性语言。文学遵循感性逻辑,就像音乐一样。不同的是,文学的感性是想象的感性,是第二感性;音乐的感性则是直观的感性,是第一感性。但是,无论如何,感性逻辑不同于理性逻辑,二者不能或难以对应。

二

戴维斯说:"我们常常感到音乐说出了比我们的详细描述还要多的东西。音乐并没有为我们留下语词,……音乐使我们挥动起双手,因为它所面对的东西外在于粗糙的语言之网。"②他所说的语言指表义性语言,"粗糙的语言之网"指语义学的语法逻辑网络。苏珊·朗格也说过:"艺术中的非推理性形式有一种异常的功能,即可明确表达那些因其关涉的经验在形式上与推理方式的抵牾而不能作如是表达的知识。"③如上所述,感性逻辑难以或不能用理性逻辑来对应,进一步,本文还要指出,音乐具有诗性,诗歌也具有音乐性,但是二者仍然不能对应。音乐给我们的感受和诗歌给我们的感受不同,二者相互不可替代。直观的感性和间接的感性不同,不能彼此替代。(绘画也提供直观的感性世界,但是,视觉的感性和听觉的感性不同。绘画作品占据实体、刚性空间,瞬间展现,可任意起点任意重复地从局部到局部观看;音乐音响弥漫在空气中,声波传播空间可

---

① 苏珊·朗格:《情感与形式》,刘大基等译,中国社会科学出版社,1986年,第42页。
② 斯蒂芬·戴维斯:《音乐的意义与表现》,宋瑾等译,湖南文艺出版社,2007年,第134页。
③ 苏珊·朗格:《情感与形式》,刘大基等译,中国社会科学出版社,1986年,第278页。

大可小,隶属于弹性空间,音乐的展现和听赏必须处于同一过程;绘画作品成型之后是确定的,音乐作品则在二度创作中不断变化。)音乐可以描述,但不具有描述性。音乐可以描绘,但不具有描绘性。《培尔·金特组曲》用音乐的方式描述故事,但不具有描述性质。《渔舟唱晚》用音乐的方式描绘景物,但不具有描绘的性质。所谓描写和描绘的"音乐的方式",指象征、隐喻之类间接手法,或用非音乐的附加方法比如标题和解说。情感论美学认为音乐并不能直接描写或描绘,而是对被描述或描绘的对象引起的情感状态的表现,以此来间接进行描述或描绘。例如《高山》《流水》并不是对高山和流水的描绘,而是对像高山或流水一样的心志的表现。(所谓"志在高山""志在流水"。)心理学将音乐这样的功能称为"异质同构"。这被卓菲亚·丽萨、苏珊·朗格引用,于润洋教授充分阐述了这个问题。[①] 那么,感性逻辑和理性逻辑是否也具有异质同构关系?答案是否定的。分析美学学者戴维斯完全否定音乐具有表义语言的逻辑,音乐美学界也普遍否定音乐的语义性。(本文则认为只要能建立能指和所指的关系,就能确定语义性。据此,音乐可以具有局部的泛化的语义性。特殊乐器/音色的使用、特殊音调的引用等,都可以造成这样的语义性。[②] 当然,语义性表现不是音乐的主要特点,不是音乐不可替代的属性和价值所在。)

"月亮代表我的心","月亮"为什么能够代表"心"? 月有阴晴圆缺,与企盼"团圆""圆满"之心有异质同构关系。(汉语"团圆""圆满"等词汇,利用了这种异质同构的关系,但它们本身并不具有对象的特征,其字词的直观形式并不能呈现对象的感性样式或情感状态——月亮和企盼之心本身。)音乐无法直接描写或描绘月亮,无法直观呈现视觉的月亮,也不能用概念来指向它(但可以通过引用《月亮代表我的心》之类曲调来引起定向理解),而只能用特殊的运动形式与企盼的情感状态异质同构,借此表现它。"音乐表现了企盼情感"这句话本身在言说音乐,却不是表现企盼情感的音乐(例如马思聪的《思乡曲》)的异质同构者。因此戴维斯在《音乐的意义与表现》(本文未注出处者均指该书)中探讨音乐的隐喻和言说音

[①] 于润洋:《音乐形式问题的美学探讨》《音乐史论问题研究》,《中央音乐学院学报》1994年第1,2期。
[②] 宋瑾:《音乐美学基础》,上海音乐出版社,2008年,第4章。

乐/描述音乐的隐喻以及二者的区别和关系。而"音乐无法……而只能……表现它"这句话本身并非描述音乐,而是音乐学的陈述,音乐美学的陈述;它陈述的是关于音乐的看法,是音乐美学思想。本文的所有字词句皆如此。因此,言说音乐仅限于对音乐的感知、理解、感受和感想的描述或表达。音乐学诸学科并非都仅限于言说音乐,而还谈论与音乐相关的各种事实、现象、思想、言论等。

三

一方面,音乐美学除了陈述作者关于音乐的美学思想或相关研究成果之外,总是难免要言说音乐(几乎所有音乐学科都难免要言说音乐),特别是关于音乐分析、音乐意义探究、音乐批评/听后感的文论。多年来,我国音乐界言说音乐,常见两种类型:一种是作曲专业所为,专事音乐作品形式结构分析("形态分析");一种是音乐学专业所为,专事音乐的社会-历史分析。于润洋教授指出二者都各司其职,但难以获得"更高层次"的认识;他希望能够将二者结合起来,因此提出"音乐学分析"的模式,并以《歌剧〈特里斯坦与伊索尔德〉前奏曲与终曲的音乐学分析》一文作为实践范例,向世人呈现。他概括道:"对音乐作品专业性的分析,有各种类型和不同的侧重点。有的侧重于作品的技术手段、风格特征方面,有的侧重于作品的社会历史内容方面;前者具有一定的技术-工艺性质,而后者则偏重于社会学的角度。分析的目的和任务不同,各有各的价值,都是无可非议的。按我的理解,音乐学分析则应该是一种更高层次上的、具有综合性质的专业性分析;它既要考虑音乐作品的艺术风格语言,审美特征,又要揭示音乐作品的社会历史内容,并作出历史的和现实的价值判断,而且应该努力使这二者融汇在一起,从而对音乐作品的整体形成一种高层次的认识。"[①]该范式影响广泛,该文迄今是各专业院校的教学范文,并不断出现学者、学子的仿效/应用成果。

另一方面,音乐界多年前就否定言说音乐的"文学方式",认为那是很不专业的言说方式。这种方式在以往音乐批评领域比较多见,在"听后

---

① 于润洋:《歌剧〈特里斯坦与伊索尔德〉前奏曲与终曲的音乐学分析》,《音乐研究》1993年第1、2期。

感"随笔中最为常见。其实,诗化哲学就是文学方式的哲学言说。如上所述,表义性语言难以表达不可言说的东西,而表现性语言则相对能够接近它们。诗化哲学基于这样的认识而选择了自己的表达方式。(这也许只是一种看法。)近来,韩锺恩教授在探讨"临响经验"之后,思考音乐的审美表达问题。这是很自然而必然的:临响经验需要表达。这就是审美表达,需要将体验到的东西说出来。于是遇到了表达方式。音乐言说了不可言说的东西,你体验到了,感受到了,现在要说出来。前文表明音乐言说的不可言说性导致了音乐本身的不可言说性或音乐体验的不可言说性。为此,文学方式作为相对表义性语言方式更能接近感性体验的表达方式被重新选择。这在中央音乐学院和上海音乐学院联合举行的"于润洋《悲情肖邦》研讨会"上,上海音乐学院众学生的发言和书写文本上得到不同程度的体现。一时又引起反思,但尚未出现轩然大波。至于第八届全国音乐美学研讨会主题之一"音乐的体验与表达",由于标题产生歧义理解,研讨会没有达到预期结果。看来,问题还延续着,需要继续探讨。

　　韩锺恩对音乐学分析模式给予了高度赞扬,认为它在方法论上所产生的积极意义"怎么强调也不过分",并预言它将产生深远影响。但是,他坦言对这一分析分法持"谨慎乐观的态度"。"乐观"不必多言。"至于谨慎,一方面担心有些教学环节不甚严谨会导致其原意的泛化甚至于会有被曲解的危险;另一方面,我还是觉得现有的研究,或多或少都有那么一点忽略人的感性经验的观照,至少到目前为止,可以充分有效地进行感性经验描写的路径还不清晰,进行相应表述的术语概念基本还不成型。"① 很显然,韩锺恩认为音乐分析、音乐社会历史分析、音乐学分析领域缺少音乐审美经验的分析和表达,而审美体验的表达缺乏成型的术语概念体系。他的"临响"是一个"原创叙辞",虽然受到一些异议,但仍然坚持使用,因为"它有明确的音乐美学指向和归属"。其定义是音乐厅环境对音乐作品的审美经验——"感性直觉经验","通过可以叙述的方式进行特定的历史叙事和意义陈述"。在他的博士学位论文《音乐意义的形而上显现并及意向性存在的可能性研究》中,他将这样的经验中的音乐审美对

---

① 韩锺恩:《如何通过语言去描写与表述语言所不能表达的东西——关于音乐学写作并及相关问题的讨论》,《音乐与表演》2010年第2期。

象称为"一个新的对象：作为意向存在的音响经验实事"。意思是在审美的聆听中，音乐是聆听者意向"设入"自身的一次显现。最后韩锺恩从自己影响和指导的学生的"叙辞"中选择了一个"音乐学写作"，认为它不同于"音乐学分析"之处在于它是一种特殊的"二度创作"，也就是对临响经验中意向性"实事"的叙事。从他的举例中，我获得的印象是，那确实是一种"写作"，一种"文学方式"的再选择，也就是他所说的"修辞"写作。后来他又提到"个性写作"，指个人掌握相关的别样（有个性的）语言技术和话语逻辑的"深度写作"。① 深者，职业性也。他希望学者和学生都掌握职业性深度写作能力。

四

到此，我们得到了这么几种音乐分析的类型：音乐作品形态分析；音乐社会-历史分析；音乐学分析；音乐学写作（审美分析与表达）。

作品分析以乐谱为对象/依据，以音响为参照，理性/客观的隶属度最大。感性体验作为音响效果的验证，在仅仅出现演奏的二度创作差异时，往往被忽略；在出现记谱/视觉效果与音响/听觉效果的差异时，有人（多见于指挥家、评论家、美学家等）倾向于音响听觉效果而批评记谱，有人（多见于作曲家等）并不很在意。有的作品在出现这种差异之处被改写，因此出现排演版本。有的作品按传统记谱法标记，而实际效果却高度复杂化（如巴比特 1947 年的《三首钢琴作品》②等，在现代作品中很常见）。没有被改写，乐谱与音响却出现完全不同的感性显现者，我称之为"不美"③类型，整体序列主义作品是典型。如布列兹的双钢琴作品《结构 I.a》④，乐谱分析高度有序，实际感受支离破碎。对此作曲家（罗忠熔）却不以为然。重要的是，作品分析/乐谱分析只提供作品结构方面的信息，告诉人们作品结构"是什么"，而不能告诉人们"为什么"。

社会学分析以作品的背景为对象，以乐谱和音响为参照，理性/客观

---

① 韩锺恩：《音乐学写作问题讨论并及相应结构范式与马勒作品个案写作》，《中国音乐学》2010 年第 3 期。
② 库斯特卡：《20 世纪音乐的素材与技法》，宋瑾译，人民音乐出版社，2002 年，第 96 页。
③ 宋瑾：《音乐美学基础》，上海音乐出版社，2008 年，第 3 章；张前编：《音乐美学教程》，上海音乐出版社，2002 年，第 3 章。
④ 库斯特卡：《20 世纪音乐的素材与技法》，宋瑾译，人民音乐出版社，2002 年，第 210—213 页。

的隶属度较大，同时难免有感性/主观因素。它重视历史资料，探究作品创作的来龙去脉，包括历史-社会影响、作曲家个人遭际和创作意图等。而所有的历史和资料都需要解释，在这里主观因素加了进来。这就是哲学释义学告诉我们的"视域融合"（或"视界融合"），于润洋教授有专文介绍和研究。① 在此类分析的文论中，乐谱偶尔被截取作为创作结果的谱例点缀在文本中，具体分析很少或被省略，更多的文论甚至不见谱例和具体形态分析。音响感受的分析或表达也只在个别段落的字里行间偶尔闪现，居非常次要的位置。但无论如何，社会学分析告诉人们音乐作品的"为什么"。

于润洋教授希望将"是什么"和"为什么"联系起来，因此开创了音乐学分析的局面。这个模式综合了作品技术分析和社会学分析，但不是二者的简单相加，而是产生"1+1大于2"的效应，他称为"更高层次认识"。该分析具有被综合的两种分析方法的特点，理性/客观隶属度较大，同时具有感性/主观因素。音乐学分析模式开创者自身拥有长期音乐体验（审美、创作、表演）的经验。尽管在音乐学分析文本中重点不在审美体验的描述，但是在于润洋教授的文本中，如《歌剧〈特里斯坦与伊索尔德〉前奏曲与终曲的音乐学分析》《现实苦难的表现与王国长存的讴歌——巴赫〈受难乐〉与亨德尔〈弥赛亚〉的社会历史内涵的比较》②等，有许多作品审美特征的描述，从中可以见出作者积累了深厚的专业性感性体验的实践经验。

"音乐学写作"的主旨是表达音乐审美感受，因此感性/主观隶属度最大。针对以上各种分析分法中审美体验表达的非主要/不充分或完全缺乏的问题，韩锺恩教授希望尝试增加一个感性体验的分析/表达的维度，于是带领学生进行这种审美分析和表达的实验，并指导他们的学位论文从理论上加以探讨，自己也撰文将这些信息发送出去，目前尚未引起足够普遍的关注，但已经在学界产生了一定影响。没成形成气候的原因主要在于言说方式尚未成型，对言说方式的性质尚无成熟的理论研究成果，尚未被学界接受。他还有一个相关的建议值得思考：如果音乐学写作和其

---

① 于润洋：《现代西方音乐哲学导论》，湖南教育出版社，2000年，第3章。
② 于润洋：《现实苦难的表现与王国长存的讴歌——巴赫〈受难乐〉与亨德尔〈弥赛亚〉的社会历史内涵的比较》，《人民音乐》1985年第11、12期。

他专业的写作一样,那么音乐学学科也就可以歇业了。那么音乐学写作应采取什么方式,文学方式吗?究竟有什么道道?此为后论。

于润洋教授和韩锺恩教授最终都认为关于音乐的分析方式应该是多元的,因各种目的而选择各种相应的方式。如果目标确定在"更高层次"(我理解即哲学层次),那么就需要更多地综合。为此,音乐学分析便综合了作品分析和社会-历史分析。现在韩锺恩提出了审美分析和写作,本文认为那是出于美学学科(感性学)的限定和目的。(于润洋教授选择的是哲学层面,他认为哲学比美学更宽一些。)从分析美学的视角看,本文认为上述各类分析方式的表达需要进一步探讨语言问题,也就是韩锺恩、周海宏等所期待的那样,在具体操作层面进行探索。

五

戴维斯《音乐的意义与表现》一书涉及这个问题。作者在题为"情感术语可排除吗?"的段落中,首先确定了"情感术语",接着提到了"感觉术语"和"技术术语":"如果'悲伤'这个词可以被排除,又不会在'音乐是悲伤的'这样一个释义中丢失什么意义,那么释义的极可能的方式将是通过具有纯粹感觉特征的术语来进行音乐描述(比如缓慢、安静、低音),或者通过更抽象的技术性术语来描述(如'小调'和'下行小六度')。"[①]他指出汉斯立克竭力排除情感术语("表现性言说")而采取感觉术语,夏普(R. A. Sharpe)等也排除情感术语而推崇技术术语。

本文将"感觉术语"改造/扩大成"认知术语",于是上述三类言说音乐的术语便为如下三种:

(1)技术术语。采用音乐既成术语,如"基本乐理"、作曲"四大件"、乐律学等中的术语,已被广泛接受和应用,并通过专业音乐教育确定和传授。目前多用的是西方古典音乐体系的相关术语,以及西方现代音乐新采用的公共术语如"音列""序列""微分音""声像"等。技术术语的特点是规定性、明确性、系统性、专业性、通用性。(其中的表情术语具有隐喻性。)

(2)认知术语。包括表达感知和认识所采用的术语。感知术语戴维斯已举例,如"明亮/暗淡""柔和/坚硬"等。本文认为,认识术语主要指对

[①] 斯蒂芬·戴维斯:《音乐的意义与表现》,宋瑾等译,湖南文艺出版社,2007年,第132页。

音乐作品相关知识的掌握及其言说,如对创作背景、作曲意图、作品意义的认识的表达,其中采用的既定术语如"巴洛克风格""悲剧""意境"等。认知术语的特点是约定性、隐喻性、公共性。

(3)情感术语。一方面针对音乐特征用情感词汇来描述;另一方面针对听者的情感反应,用这些词汇来描述或表达。戴维斯对音乐特征的描述只采用两个情感术语,即悲伤的音乐和快乐的音乐。当然,他对"悲伤"和"快乐"分别作了细致的类型划分。至于听者的情感反应,则有五花八门的情感术语被采用。如"心被刺穿""滴血""大哀莫过心死的悲怆""冰冷的恐怖""欣喜过望几近发疯""高贵得不敢触碰"等。情感术语的特点是隐喻性、模糊性、局部公共性/个人性。

大致上,言说音乐的三种术语,分别对应技术分析、社会-历史分析和审美分析的表达。即:

技术术语——技术分析。

认知术语——社会-历史分析。

情感术语——审美分析与表达。

放大一点,从"术语"放大到"语言",可以在非严格意义上将言说音乐的语言划分为"技术语言""认知语言"和"情感语言"。"非严格意义"指它们并没有形成完善的体系。技术语言相对完整是由于有一套技术术语。技术术语中包含一部分表情术语,具有隐喻性。认知语言中的感觉术语具有隐喻性。情感语言则完全是隐喻性的。遗憾的是,关于言说音乐的隐喻性语言及其表达方式在国内一直没有得到充分的重视和讨论,倒是西方分析美学对此有深入的分析,比如这位斯蒂芬·戴维斯。(国内文学界也早有充分的研究和探讨,特别是诗歌理论。)

隐喻(metaphor),笼统地说,是将一种语境中使用的术语/词汇等应用到另一种语境中,从而产生新的意义的特殊表达方式。隐喻是比喻性语言的最基本形式。从词源上看,"隐喻"一词来自希腊语的metaphora,其中 meta 意为"超越",phora 意为"传送"。"它是指一套特殊的语言学程序,通过这种程序,一个对象的诸方面被'传送'或者转换为另一个对象。"①隐喻是"一种修辞格或文字组合法,用于指某种与其字

---

① 泰伦斯·霍克斯:《隐喻》,穆南译,北岳文艺出版社,1990年,第1页。

面意思不符的表达式。……隐喻作为各种话语构成的一种方式,对人们如何感知或理解事物具有重大的影响"。① "悲伤的音乐""音乐的运动"等就是隐喻的言说,因为"悲伤""运动"都来自其他语境。这种隐喻方式的描述,反过来影响人们感知和理解音乐。比喻性语言的其他常见形式有明喻(simile)、提喻(synecdoche)和换喻(metonymy)。

明喻是直接的转换,往往采用"好像""宛如"之类的句式。"明喻有时候被看作隐喻的穷亲戚,它在那通过有限的类比和比较所进行的转换过程中,仅仅有一把'光秃秃的骨头架';同时它的'范围'也很窄,因为这是它的结构已经预先决定了的。"所谓范围狭窄,是因为跟"好像"搭配的结构的相似性总是有限的。而明喻的优点是"两极关系比隐喻更具直观性"。② 例如 T. S. 艾略特的《普鲁弗洛克的情歌》隐喻性诗句"把舌头舔进了黄昏的角落",与波德莱尔《黄昏》明喻性诗句"天空慢慢合上,象巨大的卧房"比较,可见明喻直观性的强度。人们在言说音乐时,常常采用明喻的方式。

提喻源自希腊语 synekdechesthai,意为"整体地得到"。"提喻所采取的转换形式,是转换某事物的一部分而代替该事物的整体,反之亦然。"例如用"贪婪的嘴巴"代替"没落的教士"。③ 在描述音乐时,提喻手法比较少见。

换喻源自希腊语 metonymia,意为 meto("改变")和 onoma("名称"),即改变名称。"在换喻中,一个事物的名称被加以转换,以代替与之相关的其他事物",比如用"白宫"代替美国总统。④ 在言说音乐的文本中,换喻似乎也不多见。

"隐喻就包藏着诗,真理和美。"⑤这里,"诗"和"美"即文学艺术,"真理"显然具有海德格尔和加达默尔的意蕴。重要的是,隐喻是修辞,是诗歌安身立命的基础。于是可以说,隐喻方式就是"文学方式"。

具体的隐喻在刚开始使用时是新鲜而有效的。分析美学家尼尔森·

---

① 尼古拉斯·布宁、余纪元编著:《西方哲学英汉对照辞典》,人民出版社,2001年,第611页。
② 泰伦斯·霍克斯:《隐喻》,穆南译,北岳文艺出版社,1990年,第5页。
③ 同上书,第7页。
④ 同上。
⑤ 耿占春:《隐喻》,东方出版社,1993年,第4页。

古德曼指出,只有令人惊异的隐喻才是好的。但是久而久之,它们可能退化,退化成字面的意义。"当术语的一种用法先于另一种用法并诱发着另一种用法的时候,这后一种用法也就是隐喻的用法了。随着时光的流逝,历史可能会变得黯然失色,两种用法会趋于达到同化和独立;隐喻变得淡漠了,或者更应该说是挥发殆尽了,余下的便仅是两种真正意义上的用法了,只是有些含混不清但却不再是隐喻了。"①例如,不知何时人们说音乐是"运动"的,我们相信刚开始时这个隐喻是新鲜的,但久而久之,将音乐说成是"运动"的,已经被认为理所当然了,于是"音乐的运动"便成了字面上的确定意义,不再被认为有释义的必要。同样,描述音乐的感觉术语和情感术语如今也被视为理所当然,忘记了它们的隐喻性。像音的"高/低""音色",音乐是"悲伤的"等,人们对这样的描述习以为常,它们的隐喻性便被忘却了。这些被视为理所当然的术语在音乐教育中被当作普通词汇传承,以至于不再有人注意到它们的语言学身份。敏锐的音乐学家往往感到它们的"含混不清""不科学",但却不知道它们的底细。20世纪的"语言学转向",注意到了语言自身的问题。分析美学家重新审视这些术语,指出它们的隐喻性,为我们提供了寻找言说音乐的术语的真相和走出语言困惑/困境的思路。

英国著名分析美学家斯克鲁顿(Roger Scrudon)认为音乐属于具有"第三物性"的事物。声波具有第一物性(物理属性,振动波),声音具有第二物性(感觉属性),乐音具有第三物性(审美属性)。第三物性伴随于前二属性而存在,但并不还原到前二属性。因此,音乐属于"双重意向性"(double intentionality)事物——声音的意向性与乐音的意向性的融合。从根本上说,音乐不是"物质实体"的事物,而是"关系实在"的事物——第三物性就表现在音关系上,那是音乐的"灵魂"之所在;这种音关系只能凭音乐耳朵才能把握,它是非概念性的,所以,对音乐的描述和对审美感受的描述或表达只能采用隐喻的方式。②(拙文《斯克鲁顿的音乐美学思想》已由《中央音乐学院学报》2011年第2期刊出,在此不赘述。)戴维斯也认为描述音乐须采用隐喻方式,强调这种方式"是不可避免的"。③ 但

---

① 尼尔森·古德曼:《艺术语言》,褚朔维译,光明日报出版社,1990年,第87、80页。
② 斯克鲁顿:《音乐美学》,蒲实译,将由中国社会科学出版社出版。
③ 斯蒂芬·戴维斯:《音乐的意义与表现》,宋瑾等译,湖南文艺出版社,2007年,第130页。

他对隐喻还有更细致的分析,详见后述。

六

现在我们可以清楚地看到,言说音乐并没有一套专门的术语/词汇/逻辑,而是在混用书面语言的"常规逻辑"和"特殊程序"的表达方式。不同音乐分析的言说方式包含这两种方式的比例不同。从文本分析与统计的角度看(表1),音乐形态分析、音乐社会-历史分析、音乐学分析、音乐学写作在文字表述上都应用了两种书面语言方式,既有常规方式的表述,也有隐喻方式的描述或表达,但各含不同比例。

表1 不同音乐类型与表达方式成分分析

类型\表达方式成分	常规	隐喻
音乐形态分析	最多	最少
音乐社会-历史分析	较多	较少
音乐学分析	较多	较少
音乐学写作/审美表达	较少	最多

在技术术语中,也有感觉术语和情感术语,主要体现在提示演奏的"表情术语"。前者如"快速""中弱"等,后者如"抒情地""忧郁地"等,在针对音乐时具有隐喻性。但表情术语在技术术语中只占很小的比例。在认知术语中,感觉术语具有隐喻性,如于润洋教授描述巴赫《受难乐》的文字:"低声部沉重的行进""清澈、悲凉的童声"等。[①] 音乐学分析的文字,包含了感觉术语和情感术语,它们都具有隐喻性。如于润洋教授谈论《特里斯坦与伊索尔德》前奏曲与终曲的音乐时有如是表述:"充满浓厚的阴沉、忧郁气氛的'主导主题',……一个不协和和弦的和声背景上,漂浮着一个半音进行……暗淡、郁闷和焦虑不安。"[②]在言说肖邦《b小调谐谑曲》(作品20号)的语言中,充满了感觉术语和情感术语:音乐从一个突然闯

[①] 于润洋:《现实苦难的表现与王国长存的讴歌——巴赫〈受难乐〉与亨德尔〈弥赛亚〉的社会历史内涵的比较》,《人民音乐》1985年第11、12期。
[②] 于润洋:《歌剧〈特里斯坦与伊索尔德〉前奏曲与终曲的音乐学分析》,《音乐研究》1993年第1、2期。

入的标记着 ff 的强力的、不协和的下属七和弦开始,一股狂放不拘、飞奔疾驰的音流瞬间就席卷了整个音乐空间,音乐充满了紧张、严峻的气氛,这个疾速奔驰、动荡不安的音乐主题,几次被突然的停顿打断之后,继续以势不可挡的气势向前冲击,阴郁、愤懑、激昂的情绪贯穿了乐曲整个的第一部分。① (这个案例被韩锺恩引用。)《悲情肖邦》的书名本身就有隐喻性:"肖邦"具有提喻性,既指人也指音乐;"悲情"在描述音乐时是隐喻性的。在情感术语中,普通语言逻辑起骨架的作用,而文本的血肉多数是隐喻性语言。(上句中"骨架""血肉"本身是隐喻性的。)例如,韩锺恩列举对勃拉姆斯《第一交响曲》的分析,有如下"叙事"——

第一程序:感觉→形式→意义。
相应层面:(第一层)黑沉沉冷冰冰→(第二层)最小的音调动机内包含着发展潜力并展现出叙事性的史诗风格→(第三层)舍身忍让的贵族姿态和拥抱自然的平民心态的历史融合。
第二程序:感觉→历史→内心。
相应层面:(第一层)把半音上行三音列置放在清澈不足而浑浊有余的整体音响当中,生成一种从容不迫的紧张之感→(第二层)把它们和从容不迫的紧张感置放在浪漫情调中的古典情怀和古典浪漫同时缺位的诠释当中,生成一种肃杀萧瑟的崇敬之感→(第三层)把它们连同从容不迫的紧张感和肃杀萧瑟的崇敬感再置放在勃拉姆斯自己给自己开道的悲怆和自己为自己送行的悲壮的内心陈述当中,生成一种无可度量的灵性释然。
进一步,两个程序以及相应层面同时显示存在方式的转换:现实存在(形而下的音响体现)→历史存在(形式表象的自身展现)→意向存在(形而上的意义显现)。
就此,通过感觉→形式→意义的不断表述,通过感觉→历史→内心的不断置放,意义在不同的位置上,在不同的光照下,有了更加丰

---

① 于润洋:《悲情肖邦——肖邦音乐中的悲情内涵阐释》,上海音乐学院出版社,2008 年,第 12 页。

富多样的显现。①

以上文字布满了隐喻性术语,整体呈现隐喻性语言特征,而普通语言逻辑起了整体架构的作用,即"第一程序""第一层"之类及陈述句结构。但上例还不是纯感性体验的表达,而是和意义阐释的表达混合在一起。"勃拉姆斯"是个提喻,既指作曲家又指《第一交响曲》。需要指出的是,在这个案例中,无论是感觉、形式的描述还是意义的阐释,都采用了隐喻方式,而不是分别采用感觉语言、技术语言和认知语言。对纯粹的感性特征的描述,更充满隐喻性语言。

[奥] 古斯塔夫·马勒:第八交响曲(Symphony No. 8 in E Flat Major)第二部分终曲(Alles Vergängliche):
和前面的段落相比,终曲无疑是一个缓慢移动的整体板块,是进入高潮地带以至最终呈现的一个连贯进程,具体的手法是:通过各路分支的细流进行大面积的多重合流,以推进整体力度的长时段持续高涨,此刻,整体音响透彻敞亮,最初的原材料在多重合力的驱动下达到终极轰鸣,就像是一个仪式,通过一道道程序,高浓度的缓释,大剂量的缓冲,超能量的缓动,最终及至雪崩塌泻和熔岩喷射般的极度壮观。②

这段文字采用了许多感觉术语,其隐喻性程度很高(韩锺恩指出许多介绍作品的出版物都采用这样的描述语言)。在181个字、15个句子中,扣除"和前面的段落相比""具体手法是"和"此刻"这3句,有12个句子出现感觉术语。如"缓慢移动""高潮地带""细流……大面积……合流""高涨""透彻敞亮""多重合力……终极轰鸣""就像是一个仪式""程序",最后几句完全用隐喻语言连缀描述:"高浓度的缓释,大剂量的缓冲,超能量的缓动,最终及至雪崩塌泻和熔岩喷射般的极度壮观。""此刻"这个词很有意思,从上下文关系看,它指作者听到作品的某一处的时刻,意指音乐"运

---

① 韩锺恩:《如何通过语言去描写与表述语言所不能表达的东西——关于音乐学写作并及相关问题的讨论》,《音乐与表演》2010年第2期。
② 韩锺恩:《音乐学写作问题讨论并及相应结构范式与马勒作品个案写作》,《中国音乐学》2010年第3期。

动"到某一段落,因此它本身带有隐喻成分。"此刻"肯定不是物理时间的某一刻,不是历史的某一刻,而是作品的某一个段落,同时也是听赏该作品抵达那个段落的时刻。

其他学者言说音乐也都采取隐喻性描述方式。如王次炤描述西贝柳斯《芬兰颂》的文字:"引子由半音化的动机在铜管和大鼓的背景下发展而成,仿佛祖国在危难中,民族在动荡着。木管乐安静而略带悲伤的主题,象征着芬兰人民在艰难的环境下生活,他们倾吐着内心的痛苦,渴望着光明的到来。铜管乐器急促的节奏及半音阶的音列俨然是人民爱国的浪潮汹涌澎湃……"①其中的"仿佛""象征着"是明喻,其他都是隐喻。在周海宏关于音乐的听-视觉对应研究中,描述音乐也采用隐喻性术语,包括感觉术语和情感术语,前者如"高""低""大""小""动""静"等,后者如"悲伤""欢乐""消沉"等。当然,他对二者作了区分:感觉术语主要对应音乐描述,情感术语主要对应体验表述。"贝多芬《命运交响曲》的第四乐章,采用连续的上行进行使人产生一种积极、向上、具有胜利般明朗与辉煌的体验。"②这段文字在描述音乐时采用技术术语,而在描述体验时采用比喻方式("胜利般")和情态/情绪术语("积极""明朗""辉煌"等)。在周海宏的语境中,"情态-情绪-情感"在认知的明晰程度上是递进的。同样,在描述肖斯塔科维奇《第七交响曲 ——列宁格勒》及其感性体验时,用了这样的文字:"性格坚定的主题似乎在表现一种坚定、有力、正义的力量,副题在高音区奏出了具有幻想性的旋律,其积极、明朗的特性,使人联想到和平、明朗、宁静的生活。但它也包含着一定的紧张感,使人产生一种相对复杂的情绪体验。随后便开始了长大的乐队变奏的段落,其持续不变的主题音调具有令人震惊的机械性和生冷感,……音乐在这种机械、生冷的力量发展到顶点时,推出了一个令人撕心裂肺的充满正义感的主题……"③这里,在描述音乐时采用了许多隐喻,如"性格坚定的主题""幻想性的旋律""积极、明朗的特性""机械、生冷的力量"等,而其他感觉术语或情感术语都是人的体验或感受,如"使人联想到和平、明朗、宁静的生

---

① 王次炤:《论音乐性的内容》,《中国音乐学》1990 年第 3 期。
② 周海宏:《音乐与其表现的世界——对音乐音响与其表现对象之间关系的心理学与美学研究》,中央音乐学院出版社,2004 年,第 57 页。
③ 同上书,第 169 页。

活""紧张感""生冷感""令人撕心裂肺""正义感"等。在描述瓦格纳歌剧《特里斯坦与伊索尔德》时亦如此。"旋律进行的上升、下沉、渐强、渐弱，不得缓解的紧张与不断高涨却又总是压抑着的情绪发展，就会进一步使人产生渴望、沮丧、欲望、压抑、激情与失落，明朗、阴郁等等关于'爱'与'死'的复杂的情绪体验。"①这段文字上句用隐喻方式描写音乐，下句用情感术语描述体验。（我只是就手边的材料选择事例，可以确定的是所有描述音乐和感受的文本都有许多这样的隐喻。）周海宏说"音乐何须懂"，意思是音乐提供的是独有的感性审美对象，是让人感受的，而非理性的概念语义，要人去弄明白它"说了什么"。当然，音乐学文论必需让人看懂。反之，要看懂就不得不了解其中的隐喻，否则必然有"看不懂"的情形和抱怨。

七

审美体验是所有听音乐的人都有的经验；音乐学各学科都需要听音乐、说音乐。但是我认为音乐的"听"，至少可划分出两类，即认识方式和审美方式。对应戴维斯的区分，即"音乐学的"聆听和"音乐的"聆听。② 也就是说，并非听音乐都必然是在审美。审美需要有条件；审美状态不同于认识状态。③ 因此，对理性分析的听，言说也将主要采取理性方式即常规语言方式，即技术语言和认知语言（较少感觉语言）的方式，而对感性体验的听，言说也自然多采取感性方式即文学语言方式（隐喻方式）。如果这样的划分过于机械的话，那么就需要综合地听音乐和说音乐，问题是音乐展现时间是单一矢量、单一维度的，你做不到听的同时思考或相反。综合的语言形式也许只有诗化哲学的表达方式，而没有既常规表义又隐喻表现的语言形式。米兰·昆德拉的语言方式也许可以借鉴，但在我看来那实际上是两种语言形式的交替使用，而不是一种特殊的语言形式。感性体验的同时无法理性思考，"充分的音乐欣赏需要听众完全地沉

---

① 周海宏：《音乐与其表现的世界——对音乐音响与其表现对象之间关系的心理学与美学研究》，中央音乐学院出版社，2004年，第170—171页。
② 斯蒂芬·戴维斯：《音乐的意义与表现》，宋瑾等译，湖南文艺出版社，2007年，第286页。
③ 宋瑾：《音乐美学基础》，上海音乐出版社，2008年，第8章。

浸于……作品之中"，①你不能此一刻沉浸在音乐之中，彼一刻跳跃到音乐之外，如此进进出出，必将音乐"撕成碎片"。这意味着只能将音乐听赏过程划分为三：前理解（掌握作品背景信息）—感性体验（听音乐）—后反思（听赏引发的哲理思考）。这个过程的前后都是理性活动，只有中间才是感性活动。前理解获得认识，在此基础上进行聆听，就会获得深刻的感觉感受。因此我将审美定义为"理解基础上的深刻感觉"。② 在反思中，感性体验作为经验可以回忆，但是回忆不等于体验，二者有距离，这个距离使随后的审美表达无法自我成全。真正的音乐审美是一次性/过程性/完整性的，于是人们往往重复聆听音乐片段，逐一进行再体验并与回忆相交互照，但是这种片段式的聆听、为了表达的再聆听，与完全处于审美目的的一次性整体聆听仍然有距离。所以，即便是审美的表达，实际上已经大打折扣了。联想起滕守尧的《审美心理描述》，对审美心理的描述，并非对审美体验的心理过程的语言复现。在回忆中对体验的分析和描述，将不得不采取肢解的方式，并区分出重要与次要：印象深刻者为要，印象一般者为次。肢解式的、出于表达目的的再聆听，一不小心就可能滑入分析。职业音乐工作者往往容易丧失"常规审美"能力，在听音乐时容易滑入分析。分析活动，按于润洋教授的话说，即"尸体解剖"。（一个比喻！）其表达往往采用技术语言和认知语言。审美活动，面对的是"完整生命"。（一个隐喻！）其表达或描述往往采用感觉语言和情感语言，即隐喻性语言。

　　听音乐之后写"听后感"，其感者，指感知、感受和感想。感知，即听到了什么，其描述可以采用技术语言，也可以采用感觉语言。感受，即审美体验所触动者，其表达或描述多采用感觉语言和情感语言（隐喻）。感想，即"后反思"，听音乐所联想到的东西，其表达多采用认知语言。但是韩锺恩希望音乐学写作对这三者都采取特殊表达方式，在我看来就是隐喻方式。上文已经分析了相关例子。其"现实存在-历史存在-意向存在"的表述，都充满诗意，他希望以此成就音乐学写作的特色（不借用作曲专业的技术语言，也不借用非音乐专业比如哲学和科学的认知语言）。本文认为

---

① 斯蒂芬·戴维斯：《音乐的意义与表现》，宋瑾等译，湖南文艺出版社，2007年，第361页。
② 宋瑾：《音乐美学基础》，上海音乐出版社，2008年，第9章。

于润洋教授的音乐学分析的表述,实际上也包含了隐喻,只不过比例较小,上文也有示例。音乐美学的表达或描述,是采用清一色的隐喻性语言,还是三种语言混用?如果是后者,比例尺度有何讲究?

依我看,可借鉴美国《后哲学文化》①的作者罗蒂的"公共事务"和"个人事务"的划分,以此为前提来提出语言要求。凡公共事物者,须遵守公约,那就要有相对统一的语言要求,以利于群体交流。凡个人事务者,可按言说目的/需要来选择语言,重在个人情思的表达。对于前者,公约何在、谁是仲裁者,实际上只能由学界约定俗成。对于后者,有共同经历者将自然成为"知音"。个人事务的言说,最真实的状态是自言自语。在此情状中,采用何种语言完全由个人确定,在我看来完全可以放弃各种狭义语言方式,进入"失语/无语/空语"(借韩锺恩语,亦为隐喻!)的自觉本觉领域。关键在于 to whom(与韩锺恩 to be 呼应)。需要指出的是,音乐学写作/音乐体验的表达,采取情感术语/语言,所言说的是意向性的审美"实事",而非仅作为客体的音乐本身。简言之,言说音乐对语言的要求("怎样说"),来自"说什么"和"对谁说"。就目前的情况看,凡发表者,其言论均属公共事务,作者均意在交流。因此就须设法使自己的言说得到理解、产生预期效应。据此,公约便是必要的。但没有一个个体仲裁者。罗蒂说,"真理"只是"意见",任何人都不是掌握终极真理的上帝,没有学术终结者。本文的意见是,言说音乐的文本,其价值在于传递知识、思想和情感,或取其全部,或取其局部。"情感"者,价值、态度、诗意也。联想起郭乃安先生多年前发表的文论《音乐学,请把目光投向人》,虽然它有自己的语境,但突出"人"乃是将"音乐"不作为客观事物看待。韩锺恩多年前提出人和音乐的关系实质上是"人与人相关";音乐是另一种存在方式的人。梅里亚姆说音乐即文化,韩锺恩说音乐即人,各有重点,内在相通。如此,言说音乐即言说人,是以要言说知识、思想和情感。套老话即言说"真善美"。技术语言言说的文本多提供真,认知语言言说的文本多提供真和善,情感语言言说的文本多提供审美的主观倾向和诗意呼唤。言说者的文化身份可以多样,"音乐科学家"多使用技术语言,"音乐哲学家"多使用认知语言,"音乐文学家"多使用情感语言,"音乐杂文家"自然混用各

---

① 理查德·罗蒂:《后哲学文化》,黄勇译,上海译文出版社,2009年。

种术语/语言。当然,"多使用"并非"单一使用"。

顺便谈谈音乐学文论的阅读理解问题。我认为音乐学文论的读者或批评者,除了需要了解隐喻之外,还需要把握语言学关于语境、语用和语义的三维关系的理论;不能只挑出个别词句来谈论(仅仅在语义维度谈论),否则断章取义进行批评,难免触及不到痛处。例如,蔡仲德教授的"乞灵"来自历史和当下语境的契合,借青主的用语(个人的语用)来谈吸取西方人本主义精神的意义。因此对它不应仅仅作字面的分析。至于"临响"之类,亦有学术语境和个人的语用想法和习惯。如果我们已经明白其意,就无须过于责备。既然说"字如其人""文如其人",那么"临响""并及"就是韩锺恩!就像他的长发一样,从"文革"期间一律的军人发型看,太长了,但那就是他!(许多世界体育健将留长发还扎辫子,从体育对便捷的"科学要求"看,很不合适,但那就是他们!)人文学科不能用自然科学那样的唯一性尺度来要求,不能像全世界"1+1都等于2"那样,要求音乐学文论在表述上只能如何如何,不能如何如何。其实表述上的多样性无法改变,也无须改变;多样性至少在"信、达、雅"之"雅"上有丰富的作为和表现。至于不成熟的习作,不在论域之内。当然,如果作者只表述理性分析成果,想让人仅仅明白语义(而不包含了解自己的情感和态度),自会调整自己的表述方式。有些内容比较深奥,表述便相应晦涩,理解无法一蹴而就。古今中外几乎所有伟大的著述都有这样的"问题"。例如"大音希声""纯意向性对象"等,很难快速理解。(目前我本人觉得最难读懂的是胡塞尔的现象学文论和德里达的解构主义文论。)当然,对学术违规,人人均要口诛笔伐。

我在想:有谁在描述音乐或表述音乐体验时可以一点都不用隐喻(一点都不用感觉术语和情感术语)?

八

戴维斯认为音乐的不可言说性并不比其他事物的不可言说性更具有特殊的意义。他的意思是,在其他艺术中以及在宗教和日常生活中,都大量存在着不可言说者;就"不可言说"这一点上,音乐并没有什么更为特殊的东西。[①] 本文认同这一点。但是,音乐学界关心的是音乐学如何言说

---

① 斯蒂芬·戴维斯:《音乐的意义与表现》,宋瑾等译,湖南文艺出版社,2007年,第134页。

音乐的问题。如果说音乐言说了不可言说者,言说音乐就是对音乐言说的复述,那么言说音乐便会陷入困境。事实上,言说音乐并非要重复或翻译音乐的言说。戴维斯指出描述音乐只能采取隐喻方式。他认可的隐喻主要限于"悲伤""欢乐""运动"和"生命"。本文认为前二者是情感术语,第三者是感觉术语,末者是认知术语(带有感悟意味)。

泰伦斯·霍克斯指出隐喻采取转换的形式,"从而获取更广泛、'特殊'或者更为精确的新的意义"。① 注意其中"更为精确"的说法。本文认为这里的"精确"指隐喻性语言更接近文艺作品中的"真理"。既然除了技术语言之外,言说音乐没有既成的语言系统,只能假借普通语言逻辑和其他语境中的术语,那么隐喻性术语/语言、文学方式的采用便不可避免,这是无可奈何的选择。(我曾用"无可奈何的选择"这样的表述来说明人类理性的局限性和理性切割联通世界的必须和无奈性,用在这里也可表达我的态度。)在音乐学学位论文选题和写作上,由于没有搞清描述音乐的隐喻性,曾出现过一些问题。例如曾有硕士生力图对隐喻性的音乐的"运动"进行实证性"论证",答辩委员(周海宏等)立刻提出质疑。确实,如果隐喻性的"运动"可以实证,那么同样是隐喻性的"生命"也就可以实证,但那显然会陷入更大的困境。(如果将上述事例中的"运动"改换为"运动感",那么情况将大大改观。"运动"针对的是音乐,而"运动感"针对的是音乐引起的人的感觉感受。后者是可以从心理学角度进行研究的,即所谓"似动"的心理。)

隐喻和所有语言一样,具有社会性和历史性。这无须赘言。音乐也具有社会性和历史性,这也无须辩解。因此没有一成不变的音乐理解和解释。但是就言说方式而言,隐喻是音乐描述或言说音乐所不可避免的。这一点有史以来即如此,将来会延续多久,不得而知,问题探讨尚未结束。

戴维斯提出两种隐喻:一种是可以替代或可放弃的,另一种是不得不如此的。他在谈论古德曼的"隐喻性范例"时,列举对莫扎特《小提琴与中提琴的交响协奏曲》(K.364)的描述,第一乐章开始处采用"独奏者如同归巢的鸽子"(描述"独奏部分有先后地轻盈地降低"),第二乐章采用"音乐是悲伤的"(描述慢板的特征)。这二者都是隐喻,但是,"前者的隐喻取

---

① 泰伦斯·霍克斯:《隐喻》,穆南译,北岳文艺出版社,1990年,第3页。

决于描述本身的特征,而不是被表述事物的本质。然而在后者中,隐喻并不取决于描述的本质,而取决于被表述性质的特征";"就音乐的隐喻而言,隐喻的作用是不可消除的,但就对音乐的隐喻的描述而言,情况却并非如此";"谈论归巢的鸽子是一个针对可能被文学化地描述的特征的隐喻,但是对慢板乐章的悲伤的谈论则是对属于音乐本身的某些东西的直接谈论。"① 显然戴维斯认为并非所有隐喻都是必需的,只有描述音乐特征的隐喻才是不可避免的。

戴维斯还就"音乐是悲伤的"这句话进行分析,指出可能出现的三种意思:(1) 描述音乐特征,作为作曲家或演奏家的情感表达(如同从眼泪看到悲伤者的情状);(2) 指谓音乐功能,即引发听众的情感反应(如同草地给人绿色的感觉);(3) 指谓语言对音乐的赋予,并非音乐本身固有的性质(如同把柳树描述为悲伤的)。② 可见,隐喻本身具有多样性、多种可能的释义。这给我们带来继续探究的课题。

值得深思的是,从语言哲学的层面看,隐喻具有后现代反本质主义/后哲学文化的性质。③ 因为它属于修辞范畴,具有开放性;它没有唯一的释义,具有不确定性;它用曲折方式触及音乐的感性意义,具有超越理性的功能;它提供的是进入音乐诗性的通道,而不是捕捉语义的工具;它展现音乐与人在审美关系中建立的交互主体-对象情状,而不是自为存在的可实证的纯客观的什么东东;它自身受限于社会历史文化及个人习惯不断变化着,而不是机械还原论科学观的有确定所指的不变能指硬壳;它提供个体一次性感悟的一次描述,而不是普遍性真理。如此看来,采取隐喻方式言说音乐,实际上是阐发言说者从音乐经验中获得的一次感悟,并从中打开一个通道,将一种诗意播撒出来,充盈另一个敞开的心灵。(上文"东东"借自日常用语/网络用语。与"东西"相比,"什么东东"显然带有很强的情感倾向,比"东西"更有一种情感的力度,在"客观"陈述中侵染了"主观"色彩——否定态度。这种表述方式是认知语言和情感语言的混合,既传达了语义,又表明了立场。此为一例。按古德曼的说法,"一个术

---

① 斯蒂芬·戴维斯:《音乐的意义与表现》,宋瑾等译,湖南文艺出版社,2007年,第128页。
② 同上书,第140页。
③ 理查德·罗蒂:《后哲学文化》,黄勇译,上海译文出版社,2009年,第26—27页。

语只要在某种程度上称谓不明,其运用也就会是隐喻性的",①那么"什么东东"便是隐喻性的。跳过这个事例,联想起于润洋老师居所所在的小区名字"阳光好东东",却感到有阳光在心里流淌!"去哪里?""去好东东!""好东东"便成了一种换喻,指谓一位睿智、博学、宽厚、仁爱的大学者。李应华教授曾这样表达:"一个完美的人!")

无法不说的是,我认为德里达的语言观有一定道理:即便采用隐喻的方式/文学的方式来描述音乐和审美感受,言说依然是"从能指到能指"的,"所指"依然是"不在场"的。生活中,对没有吃过榴莲的人,无论你用什么样的语言来描述,都无法使他明白,因为被描述的榴莲的滋味始终是不在场的。历史文献里,"天人合一""色空不二""恍兮惚兮,其中有象",我们无法从字面上真正明白它们究竟指谓什么,虽然已经有了很多很多的字面释义。在此语境中,出路在于向古人乞灵:中国古代哲人要人们去做,去实践,由此获得亲历的真知。待到真的做到了,也就真的知道了。(人们误以为能够先知道,再做到。其实不然,我认为只有做到了,才能知道。)那时,文献中所有晦涩的字眼便全都活了。于润洋教授再三呼吁避免"没有音乐学的音乐"和"没有音乐的音乐学",要将实践体验和学理探究结合起来。确实,对"做到了"的音乐学者来说,隐喻性的语言指谓什么,大家都能明白。在对某个音乐作品有深切的理解和感性体验的所有人之间,尽管理解和体验都有差异,但谈论到每个音乐的"此刻",无论用什么语言,甚至仅仅用"这个""那个"的,大家都能知道是"哪个",这叫作个个心知肚明,彼此心领神会。戴维斯认为,"对音乐鉴赏的描述并不需要什么技术化的术语",因为"音乐理解的关键在于对音乐效果的辨别"。"一个没有聆听经验的人,光凭大量的技术知识,是永远无法鉴赏(表现性等方面的)效果的,一个无法辨认作品表情特征的人,无论他的解释中充满了多少技术术语,在我们看来,其对作品的理解都是十分有限的。"②这里说的也是实践与理论的关系。由于职业职责所在,音乐学学者不得不尽量用更多人(甚至学术共同体之外的人)能够明白的语言来书写,但是

---

① 尼尔森·古德曼:《艺术语言》,褚朔维译,光明日报出版社,1990年,第79页。
② 斯蒂芬·戴维斯:《音乐的意义与表现》,宋瑾等译,湖南文艺出版社,2007年,第292—293页。

隐喻方式依然不得不采用(其实普通人似乎更能懂得隐喻性语言的意思,而不明白技术语言的指谓)。① 这是音乐学专业的难点之一,也是它的专业技术之一。

总之,就现有的事实看,隐喻的价值超越了语言本身。以下引用的文字旨在表明诗的价值和意义,也含海德格尔"人,诗意地栖居"之意。也许对我们采用隐喻方式言说音乐是一种鼓励。当然,隐喻不是唯一的言说音乐的方式,但却常常是不得已的方式,而且同行们也都这么做了,只是采用的多少比例不一。更有效的具体操作,还须探索。

隐喻不仅是一种诗的特性,不仅是语言的特性,它本身是人类本质特性的体现。是人类使世界符号化即文化的创造过程。隐喻不仅是诗的根基,也是人类文化活动的根基。隐喻不仅是语言的构成方式,也是我们全部文化的基本构成方式。正像隐喻总是超出自身而指向另外的东西,它使人类也超出自身而趋赴更高的存在。语言的隐喻功能在语言中创造出超乎语言的东西,隐喻思维使人类在思维中能思那超越思维的存在。隐喻思维使人类把存在的东西看作喻体去意指那不存在的或无形的喻意。一切存在的,只是一象征,一切无形者,在这里完成。它诱使个体去寻找另一个我,诱使人类去寻找神。在生命中寻找高于生命的东西,在死亡中寻找高于死亡的东西。隐喻使生命的意义成为动人的悬念而被人类精神所渴念、期待和追索着。凭借隐喻之特性,我们在对生命世界的亲近中保持着作为生命之奇异和美好奥秘的遥远感。②

---

① 参见斯蒂芬·戴维斯:《音乐的意义与表现》,宋瑾等译,湖南文艺出版社,2007 年,第 292—296 页。
② 耿占春:《隐喻》,东方出版社,1993 年,第 5—6 页。

音乐与迷幻

萧 梅*

[内容提要] 抽搐、战栗以及形体的狂乱舞动，正是巫或萨满在人-神（鬼）之间过渡与转换所显示出的形体特征。这一特征总是伴随着各类不同的声音或"音乐"，那么音乐是否能够引发"出神术"？二者之间的关系如何？比如音乐到底在多大程度上能触发、维持、辅助、主导"出神术"或"迷幻"（trance）等"意识变化状态"（altered states of consciousness）是20世纪以来该领域研究的一个重要分支。围绕这一关涉音乐效应的问题，是从生物学水平进行实验性的探讨，还是从社会文化的角度进行考察，甚或在这二者间搭建桥梁？音乐与迷幻的关系都已然超出了巫乐的研究，而具有如何理解人类情感及心理特性的意义。

[关键词] 迷幻　出神术　迷幻类型　音乐效应　陌生的机制

一、问题的提出

沅、湘之间，信鬼好祀；巫觋作乐，歌舞娱神；阴阳人鬼，亵慢淫荒……这或许是后人将辞章精炼、文采瑰丽、庄肃和雅的《九歌》视为屈原新作或旧词更定而与土歌俚谣、鄙俗芜杂相区别的重要原因。然而无论《九歌》之所从出是屈原所作、所更定，或者本就是楚俗祭歌，还是说它是祀神典礼中的祭歌唱本，又或者只是诗人对祭礼仪式的记叙和抒情，其所醮诸神的言辞传歌、舞蹈作乐却皆由巫与神之关系展开。

---

* 萧梅（1956— ），女，上海高校人文社科重点研究基地、上海音乐学院"中国仪式音乐研究中心"专职研究员，上海音乐学院音乐学系教授、博导。本文为教育部人文社科基金项目"中国民间信仰仪式中的音乐与迷幻"（09YJA768827）阶段性成果。

阴巫如何下阳神，阳主如何接阴鬼？1993年8月，台湾《云门舞集》首演了林怀民"以屈原诗作为想象力"并赋予当代诠释的舞剧《九歌》。这部剧场祭仪，面对着纷乱的世界和需要自我救赎的众生。尽管创作者无意仿古，并发出"然则，神祇从未降临"的醒世恒言，但他在音乐、舞美和舞者的肢体语言中表达出的"情欲、孤独、操控、抗争、死亡、复活"，依然借助了人-巫-神之脉络，以完成他的悲悯与控诉。在屈原的《九歌》里，迎神的典礼是"吉日兮辰良，穆将愉兮上皇。抚长剑兮玉珥，璆锵鸣兮琳琅。瑶席兮玉瑱，盍将把兮琼芳。蕙肴蒸兮兰藉，奠桂酒兮椒浆。扬枹兮拊鼓，疏缓节兮安歌，陈竽瑟兮浩倡。灵偃蹇兮姣服，芳菲菲兮满堂。五音纷兮繁会，君欣欣兮乐康"。然而，林怀民却没有让舞台呈现出钟鼓、竽瑟的纷繁交响，更没有香飘满堂的艳装灵巫。他的巫女，是一抹红衣的激昂狂乱。无论是长发还是指尖、躯体甚或面容，那颠狂战栗的跳跃抖动，正是编舞者对巫在人神交会中之身体形象的典型捕捉。而围绕巫者的白袍众人，以长鞭似的藤杖，敲打舞台，巫者的身形就在这击响的节奏里抽搐。看到这个场面，笔者不能不想到"敲击"在与另一个世界交往时的"过渡"，想到巫祭中琼芳传芭，这一巫所执以舞的迎神与降神。

正巧，在看完《九歌》录像后的课堂里，笔者的一位研究生汇报了她在甘肃宕昌对自称"bei"的木家藏族进行的仪式音乐田野调查。由于东北学者刘桂腾在他的研究中指出单面羊皮鼓与萨满的"标志"性关系，它们在自东徂西的分布中与使用者的关系如何，是我们近来田野作业特别关注的地方。而bei人中被汉语称为巫师的"hei be"，虽然亦使用单皮鼓，在采访及仪式现场却未见其出现附体或迷幻（trance）的现象（这一点与青海黄南藏族的法师颇不相同）。但这位同学带回来一段只剩下两分钟的宕昌汉人巫师"师公子"的请神录像片段，其中执仪者敲击着与"hei be"形制相同的单皮鼓，并跺脚上下颠跳。虽然在这一段短小的录像中，执仪者并未显露出附体和迷幻的典型身体征候，但其边鼓边跳、恍若战栗的行为，却可以让观者直接判断其为能够进入附体迷幻的执仪者。果然，调查的结果正是如此。

抽搐、战栗，以及形体的狂乱舞动，正是巫或萨满在人-神（鬼）过渡与转换间所显示出的形体特征。由此，也成为我们对不同的执仪者身份特质的判断标志。这一标志，亦可被视为巫及萨满仪式的一种制度性展演方式。如果说这种展演方式是外显的行为,它亦对应着迷幻(trance)或出神(ecstasy)等特殊意识状态。伊利亚德也就是在对世界各不同民族此类资料进行系统分析和比较的基础上提出了萨满教的根本特征——出神术。而萨满及巫,在他看来正是凭借此出神术,展示所谓灵魂的出离,或升入天空或降入地下,进而完成其穿越有形无形不同空间层次的旅程。当然,也正是由于出神术在人体所现的特征,萨满及巫的研究不可回避地卷入了对其相对于"常人"的意识改变的缘由讨论。俄国民族学家史禄国(S. M. Shirokogoroff)在伊利亚德之前,结合人类学理论和民族志调查,得出了萨满"具有健康的体魄,良好的神经机能和正常的心理机能"的结论。这对以往将萨满视为身心疾患者的观点提出的异议,随着研究的深入"产生更为广泛的影响"。笔者赞成郭淑云在"萨满文化研究"丛书总序中对史氏的评价:"随着学术的发展、研究的深入,其理论的广博、宏阔、深邃;其学说的创新性、开拓性、超前性,渐为学术界所认识所重识。"[①]在近年的研究中,笔者特别感受到转换萨满研究的"病理学"视角对我们深入探讨萨满"出神术"的意义。史禄国有关"与他人相比,萨满具有极强的神经反应和肉体自控能力"等论断,不仅为探究人类行为以及认知功能的共性提供了经由萨满研究的新途径,也促进了学术界经由这一共同潜能所展示出的宗教信仰现象,在民族学、宗教学和人类学方面对人与其所处世界的关系研究。

在初次接触广西靖西壮族魔婆的田野考察中,笔者亦专门就魔婆在成巫之前的"病患"或"发癫"及其执仪过程中的附体迷幻现象,拜访了当地的神经精神病防治院。笔者的两个问题之一是靖西一带的精神病发病率是否较高? 之二是魔婆的家族系谱是否与精神疾患的遗传有关? 在医院方面给予的统计数字中,第一个问题直接就被否定了。而就第二个问题,医师认为,虽然大部分魔婆可以追溯家族原因,但其病症与精神疾患者的家族遗传不同。首先,魔婆一旦开始行巫,很少复发"发癫"症状,并且在与精神病症状的比较中,其最大的差别是魔婆具清晰的有意识行为。[②] 这与前述

[①] 郭淑云、沈占春主编:《域外萨满学文集》,学苑出版社,2010年,第3页。
[②] 该院的黄姓医师对笔者说:"虽然可以说她们是幻听幻视幻嗅,但她们不吃不睡,或者浸在水里几天几夜,似乎在显示一种高深。不像精神病人的幼稚和无法进行正常的行为。魔婆思维清晰,行为符合现实,可以和人产生共鸣,做事有条理,也不会伤害到别人。"该采访见笔者《唱在巫路上——广西靖西壮族"魔仪"音声的考察与研究》,载曹本冶主编:《中国民间信仰仪式音乐研究》(华南卷·下),上海音乐学院出版社,2007年,第441页。

史禄国在区别萨满具有健康体魄和良好的神经机能,他们与所谓因生理疾病而妨碍自如地控制自我的精神病患者不同的结论相同。俄罗斯学者E. B. 列武年科娃在《马来西亚和西印度尼西亚民族(精神文化的某些方面)》一书中认为:萨满教仪式无论在外观上还是在心理学上,都和戏剧表演相似,萨满之类的"演员是这样的人,他善于控制自己的心理,通过训练能改变自己的个性"。[①] 那么萨满及巫所具有的"极强的神经反应和肉体自控能力"从何而来呢? 身-心结构问题、认知能力问题、思维模式问题、情感情绪问题以及药物致幻问题都为该领域的研究增添了讨论"出神术"机制的维度。而在这一相关"机制"的讨论中,根据萨满及巫的"出神术"总是发生在仪式过程中,而此执仪过程又总是伴随着各类不同的声音或"音乐",那么音乐是否能够引发"出神术"? 两者之间的关系如何? 比如音乐到底在多大程度上能触发、维持、辅助、主导"出神术",或执仪者身体上所呈现的"迷幻"(trance)等"意识变化状态"(altered states of consciousness),便成为 20 世纪以来该领域研究的一个分支。

　　围绕这一研究,国外学界也可以分为两种倾向。一方面为生物学水平的研究,比如,将音乐与迷幻的关系考察纳入音乐对于人的情绪变化作用的研究范畴。这方面研究的主要手段为实验室研究,涉及神经生理学、病理学、心理学和音乐治疗学、音乐美学等领域。另一方面则是从社会文化入手,并集中在民族音乐学领域(包括音乐民族志个案描写和综合性分析)。总的说来,就是从生物学水平和社会文化两个方面探讨音乐的效应。然而,正如澳大利亚的民族音乐学家玛格丽特·卡托米(Margaret Kartomi)在其有关中部爪哇地区音乐与迷幻的研究中所着力的,她一方面力图探究对伴随迷幻发生的音乐与当地的其他传统音乐是否存在声音形态上的异同,比如在特定音域范围内类似无极终止的音调的循环反复,可能具有的催眠作用;另一方面,又强调了要理解音乐对于迷幻的作用或效用,必须将其放置于文化当事人即中爪哇地区传统音乐的文化和社会内涵中,基于个体对整体社会的认知、感受和反应方式,并强调了附体音乐不能作为一个单独的美学范畴,而应与仪式等同视之。[②] 卡托米的研

[①] 郭淑云、沈占春主编:《域外萨满学文集》,学苑出版社,2010 年,第 4 页。
[②] Margaret J. Kartomi, "Music and Trance in Central Java", *Ethnomusicology*, Vol.17, No.2, 1973, pp.163-208.

究体现出民族音乐学面对这一问题的典型作业方式,即面对音乐的声音,生物学视角与社会文化视角只有交叉包绕,才能提供解释的框架。显然,如此作业方式正是对某些单纯探讨迷幻的生理机制,以及单纯依靠实验方法讨论音乐品种或音乐类型的效用研究的反思。

二、音乐的效用

在莫扎特的歌剧《女人心》第一幕第十六场中,两位化了妆并以他人面目出现来追求自己的未婚妻,并测试她们是否忠贞的年轻军官费兰多和古列莫,按照一向认为女人不忠并与他们打赌的老光棍唐·阿方索的指示,带着药品来到花园,并在毫不知情的未婚妻面前假装服毒自杀。这时,被老奸巨猾的阿方索收买了的女仆黛丝碧娜乔装为医生来到花园,装模作样地在自己的斗篷下面拿出一根磁棒,先碰了一下两个男人的头部,又在他们全身划过一遍,并唱道:"这是一块磁铁,一块催眠的魔石,是伟大的梅斯莫尔医生在德国发现的,并流行于法国。"与此同时,阿方索以及两位被蒙在鼓里的未婚妻费娥迪莉娅、多拉贝拉一起唱道:"看呀!他们能动了,他们全身仿佛很疼,不停地用脑袋撞击着地。"而此时的歌剧配乐中,木管和小提琴突发出强烈的颤音,讽刺性地象征了所谓"动物磁性"之流,通过了病人的身体。

在这个场景中,黛丝碧娜所提到的梅斯莫尔(F. A. Mesmer)医生正是莫扎特的老朋友,也是 18 世纪维也纳的著名医生。身处启蒙时代,他追随牛顿的思想,认为所有的疾病都能在自然和科学中找到解释。他认为渗透于宇宙以及人体的磁场,是一种无形的神秘力量,并可以作为治疗一切疾病的秘诀。1775 年,受巴伐利亚王子马克斯·约瑟夫的邀请,他向能够驱魔的神父加斯那(Gassner)挑战,在治疗的竞赛中,他成功地证明自己能够以梅斯莫尔式(mesmeric,催眠)的迷幻以及他的磁场像神父驱邪那样治好病人的病。这个事件在当时被视为"科学战胜了迷信时代,理性战胜了宗教时代"。他们之间的相同处在于都是运用迷幻来治疗,[①]而

---

① 梅斯莫尔通过使用栎木大盆装蓄"磁化"的水,磁杆以及磁棒来治疗精神不安的疾患。那些病人落入迷幻,经常体验震颤。他的这些技术后来被他的学生界定为"催眠术"(hypnotism)而非他自己称谓的"动物磁性说"。本文有关梅斯莫尔的资料,主要来源于 Judith Becker, *Deep Listeners: Music*, *Emoton*, *and Trancing*, Bloomington: Indiana University Press, 2004, pp.15 – 25。

治疗的对象又大部分是妇女。然而,梅斯莫尔尽管坚信自己是科学唯物主义者,并实行了科学的方法,但他在自己的治疗沙龙中却创造了完全的仪式氛围。在这个"治疗仪式"中,他特别注意背景设置和音乐伴奏。他喜欢穿着一袭紫色的塔夫绸长袍,并手执磁棒。沙龙的房间很大,天花板很高,地板和墙面都是镶嵌的,此外还有落地镜子、典雅家具以及厚重皱褶的窗帘,以阻挡城市的环绕声响。除了他和助手的耳语以及角落的钢琴声,一切都非常安静。对梅斯莫尔来说,在诊所中置放乐器对他的医疗实践、影响、扰乱或平复疾病是不可缺少的。热烈的音乐有助于催眠危机的呈现,柔和的音乐有助于减轻这种危机。音乐在他和助手的暗示下改变,而每次音乐的变化亦带来了病人情绪上的变化。当然,由于梅斯莫尔在他的著作中讨论的都是磁场,并从来都不使用音乐治疗一词,所以我们不知道他是否意识到音乐氛围在他治疗中的贡献,或将这"情绪性的音乐"作为场景系列的一个部分。遗憾的是,当时的巴黎科学界并不承认他的治疗。科学院和皇家医疗协会专门对他的主张进行了调查,尽管他们没有取消他的行医,但却认为这种行医方法是冒牌的。因为科学界并未发现他的磁场疗法能够带来健康的理论证据。相反,皇家委员会却给出了他使用音乐以诱发迷幻的观察报告:"极细微的快速的声音能够引起一种受惊的战栗;并且钢琴演奏上的音调与节拍变化影响着疾病,以至于快速的作品扰动了病人并将他们扔回到抽搐的状态。"①

梅斯莫尔的治疗沙龙一方面让我们看到人在被催眠状态中产生的身体和意识变化,另一方面是音乐的使用与这些变化的关系。后者与音乐的效应相关。或许也正是因为这种音乐的作用更多地关联于情感情绪,其看不见摸不着的非实证性令其治疗无法提供科学的证据。类似的知名讨论在欧洲历史上还有塔兰泰拉毒蜘蛛舞蹈症(tarantism)的治疗仪式。所谓的毒蜘蛛舞蹈症,是在意大利南部西西里岛被称为大希腊(magna graecia)的古代希腊殖民地区,有关当地农妇被一种体形巨大的多毛黑色蜘蛛(又称为狼蛛)叮咬后产生怪异举止的病症。而治疗这种病症的方法,是请来由铃鼓、手风琴、小提琴等乐器组合的乐队,让病人在奏乐中歇斯底里地抽搐、扭动、尖叫、跳跃,甚至背朝地,身体弯成弓形,或四脚着地

---

① Vensent Buraneli, *The Wizard from Vienna*, London: Peter Owen, 1975, p.110.

像蜘蛛般移动。在由人类学家埃内斯托·德·马蒂诺(Ernesto De Martino)的工作团队自1959年拍摄的相关影像资料中可以看到乐队始终围绕着病妇,并有意识地在她们跳至昏倒后还不断靠近她们,在以4分音符为一拍,每秒约2拍,并多由8分音符结构的急促节奏里,旋律不断升高再逐级下行,乐句短小反复循环,并一次次再度激发那些病妇颤抖爬行。①

塔兰泰拉的舞蹈症是否真的是蜘蛛叮咬后产生的器质性病症?17世纪的生理学家费迪南德兹(E. Ferdinandusz)基于他在该舞蹈症流行地阿普里亚(Apilia)行医20年的观察,指出如果它不是一种疾病,为何这么多贫困的妇女要花那么多钱请这些音乐家为自己治病呢?这种疾病所显示出来的迷幻和抽搐,是否是毒蜘蛛导致的强烈舞蹈欲望?相关塔兰泰拉病症起源与特性的讨论很多,既有世俗的医疗救助行为,也有宗教性神秘意义;既有归结其为早期巨石文明的一部分,从自然和人,元素、形象符号、季节以及声音之间的神秘联系来阐释其病症者,也有从基于忏悔的宗教和神话原型的心理分析逻辑框架中讨论其驱邪的功能(比如农妇在日常生活所忍受的负重生活中,需要一种为解决痛苦和表达情感而产生的需求,这种需求如同中了邪的欲望,这种欲望又可以追溯至女性和男性之间的社会斗争过程)。

无论何种解释,音乐在其中的作用都是显而易见的。只是它们的作用究竟是相应着蜘蛛本身具有的舞蹈性还是导引宗教忏悔的"驱邪",甚或是促使情感的宣泄?17世纪的意大利科学家乔治奥·巴利维(Giorgio Baglivi)在他撰写的专著中披露了自己的实验。他将一只阿普里亚的狼蛛送到拿波里,让它叮咬兔子,同时请来音乐家们狂热地为这只被叮过的兔子演奏。然而实验失败了,兔子不但没有舞动,而且在5天后死亡。尽管如此,巴利维仍然坚持音乐的行为在身心方面具有机械的、无意识的和生理的性质。他相信健康源自血液(心脏)、黏液(大脑)、胆汁(肝)和黑胆汁(脾)的平衡,而狼蛛的毒液导致"体液的凝结",而音乐能够"通过乐器的气流非常迅速地传导至皮肤,并刺激精神和血液,在某种条件下,溶解

---

① *La Taranta* — documentario di Gianfranco Mingozzi (1962) (versione integrale:18 minuti),见 https://www.youtube.com/watch?v=fhqTr2ggpds,2013年4月3日登录。

或驱散其中增长着的凝结物;在声音自身增长的效应发散下,最终通过反复摇动的力量和振动,使基本体液重新回到自己原初的流动性;病人们逐渐恢复,起来动弹她们的手臂和脚踝,呻吟并狂暴地跳动,直到精疲力竭,逼出毒液"。①

巴利维的观点实际上是对亚里士多德观念的重申,即音乐聆听的效果是纯粹生理的现象,由固有的内在本质和旋律自身的声学属性所构成。比如我们都熟悉亚里士多德在《政治学》中以模仿论例证了音乐对性格和灵魂的影响。除了节奏和旋律,调式也具有对于性格的模仿,比如"乐调的本性各异,听乐者聆受不同乐调被激发不同的感应。有些曲调使人情惨志郁,例如所谓的吕第亚混合调式。另些,流于柔靡的曲调,听者往往因此心舒意缓。另一种曲调能令人神凝气和,这就是杜里调所特有的魅力;至于莩里季调则不同,听者未及终阕,就感到热忱奋发、鼓舞兴起了"。② 而莩里季调与乐器中的笛(ailos 管)有着同样的功用,两者都凄楚激越、动人情感,并最适于表达酒神的狂热心境。如此,旋律、音色,或某种乐器的声音属性本身能够引发迷幻,就成为自亚里士多德时代到我们这个时代的持续的流行理论。

1935 年,罗德里格斯(Nina Rodrigues)坚持了音乐对神经系统的催眠作用,赫斯考维斯(Herskovits)和巴斯泰德(R. Bastide)在 1943 年和 1945 年也分别提出各自的理论,视音乐为利用条件反射机制对迷幻状态所进行的刺激手段。

20 世纪 60 年代初,有关击鼓效应的神经生理学理论研究与笔者在《响器制度下的"巫乐"研究》中提到的尼达姆有关"敲打与过渡"的理论假说在学界引起了激荡。安德鲁·尼赫(Andrew Neher)在《脑电图和临床神经生物学》上发表了《常态实验对象脑皮层电极观察下的听觉驱动》一文,指出击鼓的间歇性刺激具有特殊性质,它能够"驱动"大脑阿尔法波的律动,从而触发震颤和中枢神经系统的异常变化。这个特殊性对于个体来说,其低音频率或多或少适应于阿尔法波的频带,呈现每秒 8—13 次的

---

① Giorgio Baglivi, *The Practice of Physick*, 2nd English ed. Lodon, 1723〔1695〕, pp.366-373. 本文相关塔兰泰拉的资料主要来源于 Judith Becker: *Deep Listeners: Music, Emoton, and Trancing*, Bloomington: Indiana University Press, 2004, pp.15-25.
② 亚里士多德:《政治学》,吴寿彭译,商务印书馆,1983 年,第 422 页。

循环周期;其声谱中的低频优势较之高频能够更多地传递能量给大脑,并且不会像高频那样对耳朵造成伤害。尼赫的研究极大鼓舞了学者对人类心理共性的探讨,如人类学家尼达姆基于"敲打"为何普遍联系着与另一世界的交往问题所提出的"产生情绪的听觉基础"的研究。

1967年赫胥黎(Francis Huxley)在他对海地伏都教黑人巫师的研究中写到:鼓手大大地诱发了精神分裂;他们善于理解征兆,并且借助加快、改变节奏,将危机施加于对此已有准备的舞蹈者。有时候舞蹈者还未被降临的神灵占有就先倒下了;观众将他们扶起来,重新登场,直到声音的冲击波产生充分的效果。而这一效果据说是通过"敲击、舞蹈和歌唱的整套活动"对内耳的干扰产生的。1982年法依弗(John E. Pfeiffer)亦主张:"鼓产生'steep-fronted'的声音,这种突然发作和具有爆发力的声音,最适用于刺激大脑外层连接着听觉的听觉皮层部分。并且鼓声发出广泛的频率,包括高频和低频泛音,有效地保证听觉皮层和交互中心的大范围刺激。"①

尼赫等人的实验虽然提供了大量的数据,但是"在实验室中的听觉刺激,完全是形式上的常数,它与附体降神中鼓手击鼓所提供的强烈、持续以及多样的刺激并不相同"。尤其是如果真的像尼赫所说:"易于引发迷幻的鼓点频率在每秒4—12拍,也就是在MM240-720之间,这个速度实际上覆盖了从中速到极快速的节奏谱系。只要不是太慢,任何种类的击鼓都可能触发'驱动'。换句话说,几乎鼓每击打一下,都可能有人进入震颤痉挛。如果尼赫是对的,半个非洲岂非一年到头都在迷幻中。"②此外,特定的声音形式能够对仪式或日常生活中出现的迷幻产生普遍性的作用吗?正如前文提及的民族音乐学家卡托米,她在研究中之所以强调伴随迷幻的音乐首先呈现出鲜明的地方和族性特色,其声音的规律是包含在当事人的文化逻辑之中,就是站在人及其文化以及文化中音乐的立场上来讨论问题的。而这种将音乐对于精神和身体效用的关系放置在文化的联系中来探讨的立场,早在启蒙时代,法国思想家卢梭就曾一针见血地指

---

① John E. Pfeiffer, The Creative Explosion: An Inquiry into the Origins of Art and Religion, New York: Harper and Row, 1983, p.212.
② Gilbert Rouget, Music and Trance: A Theory of Relations between Music and Possession, Chicago: The university of Chicago Press, 1985[1980], p.175. 本文有关击鼓与神经关系的资料,大部分来源于Rouget的著述。

出:"只要我们仅仅将声音视为刺激神经的喧闹,我们将永远不能把握真正的音乐法则以及它那超越我们心灵的力量。"卢梭此言正是对18世纪流行观念的批评,提出了音乐不仅有"他者"问题,也是自然和文化的关系问题。因此,针对前述塔兰泰拉的治疗仪式,卢梭反对将其归因于音乐制造的空气振动,归因于物理学的音响刺激了皮肤以使得基本体液(homors)回到流动状态,从而恢复健康的机械生理学说法。那些罹病的意大利妇女在乡村乐队演奏塔兰泰拉的旋律之时,听到的是旋律之中用当地的通俗方言唱出的歌词。作为声音的物理力量的反证,"这个案例不是以绝对的声音或相同的音调来治疗每个被昆虫叮咬的人,而是每个被叮咬的人都希望听到他所熟悉的旋律和他能明白的歌词。意大利人要求意大利的音调,土耳其人要求土耳其的音调,人们仅仅因为熟悉的口音被影响;这种对他们的神经回应仅仅倾向于他们的精神范围;假如一个人要通过他所得知的内容而感动,他必须理解他所听到的语言"。①

1980年,法国民族音乐学家鲁热(G. Rouget)出版了《音乐与迷幻——关于音乐与附体的理论》,这本巨著于1985年被翻译为英文出版。作者通过数十年在非洲的田野工作以及对大量来自世界各地信仰体系的民族志资料的验证,从精神生理以及文化两个方面探讨了音乐和迷幻之间的复杂关系。在鲁热看来,音乐与迷幻关系的探究需要寻找新的着眼点。与那些只注重寻找音乐的音响形式诸如引发迷幻的特殊节奏体系和音调系统的学者不同,他着力于民族志资料去发现作乐者或迷幻当事人与音乐的关系,发现音乐与迷幻的类型以及迷幻过程中不同瞬间的各种关系。他认为迷幻一类的身心状态虽然具有它相应于人类生物机理(心理生理)的天然倾向,但它们显示的多样性则是受特定文化制约的。同样,任何相同风格的音乐(相同的旋律或节奏)在不同的社会文化中亦具有不同的功能。在不同的文化及其界定音乐与迷幻的逻辑系统观照下,不存在能够引发或不能引发迷幻的固定音乐类型。进而,如果迷幻和附体是一种文化期待,那么任何种类(不论是人声还是器乐)的音乐,都具有可能性。这也是民族音乐学讨论音乐效应的基础和前提。

---

① J. J. Rousseau, 1985 [1781]: *Essay on the Origin of Languages*. 转引自 Gilbert Rouget, *Music and Trance: A Theory of Relations between Music and Possession*, Chicago: The University of Chicago Press, 1985[1980], pp.167-168。

三、仪式中的迷幻类型与音乐

鲁热在《音乐与迷幻》一书旁征博引了历史上以及民族志中古希腊、文艺复兴和歌剧,以及阿拉伯人对于音乐与迷幻的各种认知,围绕卢梭使用的词汇,即音乐的道德(精神的)行为和音乐的生理(物理的)行为,展开多样性的理论在不同的方式上对这两个方面的联系,也让我们看到音乐化的情感是迷幻发生的要素之探讨亦伴随着人类的历史。根据笔者自己的田野经验,对是否存在关联迷幻的制度性音声以及制度性行为的探究持肯定态度。问题的核心在于:(1)这种探究有其地域、族群、阶层的文化限制;(2)它们之间的关联必须基于对迷幻类型的区分;(3)不同的制度性音声与不同迷幻类型之关联依赖于事件、仪式语境及其认同。因此,相关各类"意识变化状态"在不同文化以及不同仪式(如降乩、洁净、驱魔、通灵、萨满、治病等)中的现象与学理对比非常重要。而鲁热的《音乐与迷幻》一书无论在资料的掌握还是针对资料的分析方法,都为这个领域的深入提供了重要的参照。

笔者曾经在 2009 年以"《音乐与迷幻》的主要章节概要""厘清术语与建立类型""自然·生理与文化·心理""从方法论和观念看罗杰(鲁热)的局限"四个方面对该著进行过述评,[1]也组织学生翻译了该著第一部分的相关章节。[2] 本文将在此基础上围绕鲁热对于迷幻类型与音乐的介入方式的梳理,及其着眼点和方法再做介绍,以飨同好。

其实,只要踏足于音乐与迷幻的讨论,或者在我们进入存有迷幻现象的信仰仪式田野考察时,我们都会发现如何选择和使用描述所见的术语问题。郭淑云亦曾在《萨满出神术及其相关术语界定》一文中指出该领域研究使用术语的纷繁复杂,以及已有的术语与田野考察面对的现象之间存在差异等问题。[3] 笔者曾在靖西壮族巫乐的研究中感到不同的术语使用实际上涉及不同的对象类型以及研究领域的范畴化。比如汉语词汇中

---

[1] 萧梅:《通过罗杰的观看:〈音乐与迷幻——论音乐与附体的关系〉》,《中国音乐学》2009 年第 3 期。
[2] 吉伯特·罗杰著,魏育鲲、高贺杰、徐欣、吴珀元译:《音乐与迷幻——论音乐与附体的关系》,载曹本冶主编:《大音》第五卷,文化艺术出版社,2011 年,第 277—311 页。
[3] 郭淑云:《萨满出神术及相关术语界定》,《世界宗教研究》2009 年第 1 期。

的"上身""伏仙""走阴"等，基本上直接指向宗教和信仰活动中的行为属性，而西文术语则多为描写这些行为属性所表现出来的身心状态，如迷幻（trance）、出神（ecstasy）、冥想（meditation）、催眠（hypnosis）、多重病态人格（multiple personality disorders）、意识变换（altered states of conscioussness）等。① 从后者使用术语看，显然透露出一种病理学和生物-心理-精神整体（bio-psycho-spiritual unity）的视角。而要真正从社会文化领域来讨论，则罗贝尔特·N. 哈玛荣要"终结以'trance'和'ecstasy'为基础的萨满教研究方法"②的呼吁是极具意义的。

基于音乐与迷幻关系的讨论范畴，鲁热提出要首先统一术语，才能知道我们在说些什么。因此他对 trance 和 ecstasy 这两个在该领域运用最多的术语进行了界定。首先，在语源上，鲁热就两个术语分别在英语和法语的词典及其口语的界定和使用进行考察；其次，他还大量引证了这两个词汇在学者研究中的使用。比如刘易斯（I. M. Lewis）在《出神的宗教》（*Ecstatic Religions*）一书中并未界定"出神"（ecstasy），反而是援引了《企鹅生理学词典》对"迷幻"（trance）进行了界定，并且在刘易斯的书中频繁地使用迷幻一词。鉴于这些术语的原始含义很难厘清，鲁热便根据它们在大部分学者使用的语境进行区分：

出神/ecstasy	迷幻/trance
静止的	运动的
沉默的	喧闹的
孤独的	在伴随中
无转换的（危机）	转换的
感官剥夺	感官特别兴奋
可回想的	健忘症的
幻觉的	无幻觉的

在此，"出神"更多是通过内部来实现的一种状态，比如教堂密室中的

---

① 廖明君、萧梅：《"巫乐"研究的新探索》，《民族艺术》2008 年第 3 期。
② 转引自郭淑云：《萨满出神术及其相关术语界定》，《世界宗教研究》2009 年第 1 期。

神父,西藏僧人在面壁的孤独中寻觅,还有一些隐士的修行和那些为了忏悔而哭泣的人。对他们来说,出神是一种难忘的经验。相关出神经验的回忆,在基督教神秘主义者那里也有着丰富的注释。而迷幻常由痉挛的阶段组成,在喧闹的情境中,伴随着哭泣、战栗、丧失知觉和崩溃。当然,鲁热对术语的辨析并不是为了单纯的信仰行为的研究目的,他关注的是它们与音乐的关系不同。在他引述的民族志资料中,迷幻与音乐有着密切的关系;而从外部观察上看,出神与音乐则有着与生俱来的不相容性。比如,出现在瑜伽冥想中的"神秘的声音",它是在静默中,以精神的方式在冥想中聆听,并幻觉般地传递的,①如同佛教修行人在坐禅时听见的"迦陵频伽"。因此,可以说出神与音乐的关系,更多是体现于内观境界的。

为了更清楚地理解音乐与迷幻的关系,鲁热分别对迷幻的显现(manifestation)、迷幻的表征(representation)、迷幻的识别(identification)以及迷幻的其他类型进行了梳理。比如,歇斯底里(hysteria)和疯狂(madness)是我们看到的迷幻征兆。比如发抖、战栗、鸡皮疙瘩、神魂颠倒、下跌于地、打哈欠、沮丧嗜睡、痉挛、口吐白沫、双目突出、舌头伸长、双肢瘫痪、热量失调(心是火热的而手是冰凉的,在冷的环境中却感到热)、对痛苦感觉迟钝、抽筋、气喘吁吁、固定凝视等。在这种状态中,主体失去了反思的意识。而在身体动作上,迷幻者会以一种超越平常自我的状态来显示自己。能在烧红的炭火上行走而不被点燃,可刺穿自己的肉而不流血,可以弯曲他平时不能弯曲的剑,可以面对危险而不退缩,可以抓住毒蛇而不被啮咬,能治病,能看见未来,能化身为神(使神肉身化),能说一种他从来没有学习过的语言,能因情绪陶醉或死亡,能与亡者相联系,在神的家园旅行,与诸神相遇,在睡眠中作诗,不用休息地从早唱到晚,即使是跛足也能跳舞,如此等等。而在就迷幻的表征问题上,鲁热的重点在于对萨满式(shamanism)迷幻与附体式(possession)迷幻的讨论。他认为虽然两种迷幻有着太多的共同之处,而学界对是否要区别这两种迷幻的观点亦不一致。对中亚和北亚的萨满来说,其迷幻现象常常被视为一种

---

① Gilbert Rouget, *Music and Trance: A Theory of Relations between Music and Possession*, Chicago: The University of Chicago Press, 1985[1980], pp.4-12.

灵魂之于身体的旅程。萨满的灵魂离开了他的身体,为了可以见到那些故去的人或者穿越所谓的无形世界,或者在深深的海洋中旅行,或者飞翔环行。而附体则不发生上述情况。在有形和无形世界的交往中,附体者并非去访问那些无形世界的居民。相反,是那些居住在无形世界中的居民访问他。于是,在特定的宗教系统中,用于与死者、灵魂的神秘沟通,就具有两种不同的交流手段,即"访问灵魂,或灵魂来访"。萨满式迷幻的重点在于旅程,而附体则在于接受访问。如此区别意在考察它们与音乐的关系,比如附体中附体者与音乐的关系更多是被动的,特别是在"巫者"行巫的初期。相反,在萨满教中,萨满作为奏乐者的主动性从初始的瞬间就开始了。对萨满来说,萨满行为(shamanizing)与音乐行为(musicating)是一个事物的两个方面,是同样的活动。而附体者却从来都不是自己进入迷幻的乐者。以笔者的田野考察来看,陕北求雨仪式中用喧闹的锣鼓敲出被选择的"马脚"属于附体式迷幻一类,而萨满在执仪过程中则自己击鼓旋跃。进而,在萨满型与附体型的比较中,鲁热总结其为:

萨满型	附体型
通往神灵的旅途	神灵来访
控制神灵	服从神灵
自发迷幻	非自发迷幻
表演的(acting)	承受的(undergoing)
协奏乐者(musicants)	受乐者(musicated)

通过对迷幻类型的梳理,鲁热又总结出不同类型的主体与音乐的关系,如他将仪式中参与音乐者分成自己不进入迷幻状态,但为迷幻者提供音乐的"主奏乐者"(musicians)与在仪式中自身进入迷幻,同时亦介入仪式中音乐的其他部分(如吟诵、呼喊或鼓点呼应等)的"协奏乐者",还有不参与奏乐仅被音乐诱发进入迷幻的"受乐者"等类型。在层层梳理的基础上,他再将音乐与迷幻的关系总结为:

- emotional trance　　情感化的

- communial trance　　传导性的 ⎧诱发式/induced 如 *samā*
　　　　　　　　　　　　　　⎩指导式/conducted 如 *dhikr*
- shamanic trance　　　萨满式的
- possession trance　　附体式的

鲁热认为"情感化"式的迷幻更多地依赖音乐（尤其是颂赞性歌乐）促发，其持续时间短，易受感动而有幻觉，但当仪式参与者进入迷幻后，音乐却不能起到维持迷幻的作用。

"传导性"式的迷幻与舞蹈的关系非常紧密，仪式参与者无论有无音乐都能进入迷幻。音乐的角色是"间接的而非直接的"，并可以起着维持和延续迷幻状态的功用。这种迷幻类型还可分为"诱发型"和"指导型"两种。前者以古典的阿拉伯"萨玛"（*samā*）仪式为例，参与者往往作为受乐者，沉浸于宗教情绪而被诱发。在这一类型中，音乐能起到触发并维持的作用。指导型的参与者多为协奏乐者，比如在伊斯兰教苏菲派赞颂安拉的功修仪式"迪克尔"（*dhikr*）中通过特别的呼吸控制技巧同时吟诵神的名字，进而引发迷幻。换句话说，诱发型和指导型的最大区别是：前者为通过自外的行为受到诱发，其被诱发的迷幻样式难以预料；而后者则可以经由自身的控制和追求得到迷幻，且自身往往就是协奏乐者。①

在"萨满式"中则其主体既是主奏乐者又是协奏乐者，还包括间断性的受乐（所以萨满在仪式中需要助手，以便在短暂的迷失中发挥作用）。萨满既是仪式的主持者又是歌者、舞者和乐器演奏者，由于萨满叙述其旅程的戏剧性，较之其他迷幻类型使用了更为复杂的音乐种类。而在"附体式"迷幻中，分为不用向他人传达信息的神灵附体和强调向他人传达信息的灵媒型。在音乐与灵媒型附体的迷幻关系中，由于灵媒的任务是传达神谕，因此，在灵媒进入迷幻时，可能伴随着音乐，但他一旦达到与神灵接通的高潮时，音乐就将戛然而止，以让人们清楚地聆听神谕或预言。当神灵离去，音乐才又再度响起，

---

① Gilbert Rouget, *Music and Trance: A Theory of Relations between Music and Possession*, Chicago：The University of Chicago Press, 1985 [1980], pp.286-288, 316-317.

从而呈现出一种动态的过程。① 鲁热认为在所有迷幻的类型中，附体迷幻与音乐的关系最为吊诡。它包括主体是否发生了危机（crisis）、附体发生在公共的庆典中还是隐居的阶段、主体是否行家（adept）等情形，并且也取决于附体发生的不同身份认同阶段，取决于主体与其族群（观者）之间的关系（在此音乐是他们之间的交流工具）等。②

鲁热的类型学是复杂的，上述四个主要的迷幻类型抑或都存在着它们的亚型。重要的是它们都对应着不同的音乐类型，比如情感化中的音乐及歌词；在共融的传导和萨满型中，音乐伴随舞蹈；而在附体式中，认同神性（或与神交流）、维持迷幻是重要的。当然，鲁热给我们提供的类型学是基于他自己的有限田野和对大量二手资料的梳理，有时会出现矛盾。对田野中丰富的个案，我们还是要依据实践借鉴参考。对这部著作的学习，关键在于思考其视角和方法。比如他认为不同类型的迷幻现象都有其动态的过程，也都会因为这些过程的不同要求而与音乐发生不同关系的看法就是非常重要的提示。笔者常常听到一些学生反映在仪式田野中见到的"巫者"并不么处于"迷幻"，而如果我们将仪式看作一个过程，仔细观察巫者执仪的不同阶段，甚至将巫者的一生看作一个过程，也许我们将发现更多的问题。

确实，田野中的辨析是非常重要的。任何现成的迷幻与音乐的类型学说都不是教条，也都要在研究对象的文化场景中得以检验。在这个方面，鲁热对《圣经·撒母耳记》中大卫弹奏的里拉琴是否驱除了扫罗内心邪灵的故事之辨析，正可为我们提供参照。

就《圣经》中的这则故事，萨克斯曾经在《乐器的历史》一书中说："当大卫对他演奏里拉时，音乐驱走了扫罗灵魂中的魔鬼。"萨氏的话依据的是《圣经·撒母耳记》（上）16：14—23 的一段：耶和华的灵离开扫罗，有恶魔从耶和华那里来扰乱他。扫罗的臣仆对他说："现在有个邪灵从上帝那里来折磨你，我们的主可以吩咐面前的臣仆，找一个善于弹琴的来，等上帝那里来的恶魔临到你身上的时候，使他用手弹琴，你就好了。"扫罗对

---

① Gilbert Rouget, *Music and Trance: A Theory of Relations between Music and Possession*, Chicago: The University of Chicago Press, 1985 [1980], pp. 133-134.
② Ibid., pp.321-325.

臣仆说:"你们可以为我找一个善于弹琴的人,带到我这里来。"其中有一个少年人说:"我曾见伯利恒人耶西的一个儿子善于弹琴,是大有勇敢的战士,说话合宜,容貌俊美,耶和华也与他同在。"于是扫罗差遣使者去见耶西,说:"请你打发你放羊的儿子大卫到我这里来。"耶西就把几个饼和一皮袋酒,并一只山羊羔驮,都驮在驴上,交给他儿子大卫,送与扫罗。大卫到了扫罗那里,就侍立在扫罗面前。扫罗甚喜爱他,他就做了扫罗拿兵器的人。扫罗差遣人去见耶西说:"求你容大卫侍立在我面前,因为他在我眼前蒙了恩。"从上帝那里来的恶魔临到扫罗身上的时候,大卫就拿琴用手而弹,扫罗便舒畅爽快,恶魔离了他。[①] 但事情却不那么简单,因为扫罗被邪灵附体的根本原因是"圣灵的离开"。而扫罗之所以成为以色列王,也是因为耶和华的膏立。在《撒母耳记》(上)第 10 篇的记载中,撒母耳曾告诉扫罗,他会在"里拉琴、手鼓、吹笛和竖琴"演奏的情境中遇到先知。而他亦将进入迷幻并和这些先知一样"受感说话",说出先知的预言。事实验证了撒母耳的话。由此我们看到,扫罗第一次进入迷幻听到的音乐,是让他受到耶和华的圣灵感动,变成有了一颗新心的新人。这段故事显示了音乐的双重性,既可以启发迷幻使扫罗成为先知又可以驱邪。鲁热在仔细阅读《圣经》后,发现了另外一个矛盾之处,那就是《撒母耳记》(上)第 18 中,扫罗在恶魔的影响下狂暴地要杀死"正在弹琴"的大卫,并在未果的情况下惧怕大卫。"因为耶和华离开了自己,与大卫同在。"因此,鲁热认为,与其说大卫在扫罗面前弹琴是驱赶恶魔,不如说是音乐把离开了扫罗的圣灵重新带了回来。上帝的离开是恶魔来袭的前提,如同一种灵魂的交换。但鲁热的辨析并不到此为止,他继续从近东的古代文化传统中寻找解释。他从巴比伦人用于驱邪的声音是咒语而非弦乐器,而超越世俗的音乐力量在古代美索不达米亚又被视为复杂的与宇宙关联的象征与数字着眼,认为这是一种人与自然相关的整体系统,它与希伯来人中音乐与先知受神启而感动之关系的普遍系统是一致的。由于扫罗是因上帝缺席而导致"着魔"的,所谓大卫弹奏里拉琴平息了扫罗的狂暴一事,并非音乐作用于驱邪,而是用音乐为扫罗重建了神的在场,进而使之得以复原。

[①] 中国基督教三自爱国运动委员会:《圣经》,中国基督教协会,2009 年,第 274 页。

在鲁热有关里拉琴声、咒语与驱邪与否的辨析中,我们实际上已经触碰到了音声制度与迷幻类型之间的关系,只不过这些关系的诠释基础只能建立在文化的脉络之中。这也正是鲁热遵从的民族音乐学观点,即音乐形态与风格的功能在不同的文化中是不同的,因此不存在能否引发迷幻的归纳性、统一性音乐标准。

四、再论"陌生的机制"

鲁热通过对大量资料的研究最终认为音乐的重要作用在于使迷幻社会化(socialize)及其充分发挥。这提示我们在考察音乐效用的问题上必须注意两个层面的问题。一个是基于个体化层面,我们要关注到个体天生的意识结构对于情感化的事件有不同的反应。有人易感,有人迟滞。第二是集体表征层面。后者正是仪式音乐研究探讨音声属性的重要基础。因为音声对于执仪或参与者的迷幻来说,或者体现了神灵的意愿,或者是神灵在场的符号。它们一方面建立了一种与"另一个世界交流"的模式;另一方面通过特定声音的类型让信仰中的当事人(包括信众)认同这个与神性相关的迷幻主体,认同仪式行为的戏剧性。而恰恰是在这种戏剧性中,以迷幻表征的萨满或附体仪式蕴含了丰富的习俗化的细节,并构成大量音乐技巧得以使用和发展的机制。因此,我们与其说鲁热得出了音乐是在通过"社会化"而非通过触发迷幻才最终成为操纵迷幻的主要手段的结论是重要的,不如说透过鲁热的结论我们还看到了仪式音乐研究更为丰富的意义。

当然,鲁热的种种努力都在为"音乐扮演了诱发迷幻的角色"的通行观念除魅,他所依据的立场显而易见是人文主义的。然而,面对遍布于世界各地的以"迷幻"表征的仪式,其音乐和迷幻的关系在生物科学和神经科学的解释系统中只能是"陌生的机制"吗?2009年,笔者专程到巴黎探望了已经93岁高龄的鲁热。老人一方面坚持其文化第一性的选择,但同时又说,终其一生的研究体会,音乐的问题,说到底离不开身体行为(behavior)的探讨,并憧憬当代科学的新发展,能为文化中身体及其音乐的研究提供更为有力的手段。无独有偶,美国的民族音乐学家朱迪丝·白克(Judith Becker)亦在其长期对印度尼西亚等地迷幻仪式的田野考察以及对当代脑神经和意识研究的关注下撰写了《深度聆听者——音乐、情绪和迷幻》一书，①希望搭建人文与科学之间的桥梁，再次探入此"陌生的机制"。

与鲁热一样，白克亦企图将"迷幻"现象去魅。她的方法与鲁热在民族志资料中辨析迷幻类型的旁征博引不同，而与布莱金（J. Blacking）从人类学的视角讨论人的情感品质以及身体的感性、经验和实践更相似（尽管她自己并没有这么说），并开宗明义提出了"缘身性体验"（embodiment of experience）之取向。她以（1）身体是情绪和认知发生的生理性结构；（2）身体作为第一人称的、唯一的、内在的生命居所；（3）在现象世界中，身体作为"在世存有"（being-in-the-world）与他者关联的三重意义界定了这一取向。第一重意义重在将缘身性体验与包括语言形式论、心理学和神经科学的主流认知科学相结合；第二重意义重在艺术和人文的传统领域所强调的内在生活（思想和感受）及其现象学诠释；第三重意义针对以往将人的精神生活视为"脑中小人"（Homunculus）的指挥，以及思维和肉体的二元分立、针对单纯将大脑视为可以被生理切片的客体化研究，强调了精神是一种过程，而非某种成分，强调精神和物质处于能量交换的动态过程。由此，白克的除魅以任何一位普通人在聆听音乐时都曾经体验到的情绪变化开始，将以往仅在特殊的宗教或信仰仪式理解框架中的迷幻体验转化到普通人的体验中，即所谓"深度聆听者"。

除了借由音乐聆听中蕴含着的深度听觉以及迷幻共同具有的自主神经激发问题，白克关注深度聆听者自身有关音乐与情感体验的报告，以展示他/她们体验自主神经系统激发的生理征候，诸如心跳的改变、皮肤传导、呼吸和众所周知的"战栗"现象，并从古代印度等文化所记载的有关审美的情感理论以及情感与超越方面的研究探讨人的生理学系统并非被动控制，而是能够通过学习来控制并修正其激发的。白克亦根据民族音乐学的田野考察资料，借用布尔迪厄的术语，讨论了"听觉惯习"（habitus of listening）与不同文化的聆听及其与情感情绪的激发问题。她在著作的第四章以"自我迷幻"（trancing selves）反思西方后启蒙时代发展起来的笛卡尔理性主义界定下的标准的"自我"模式，这种模式将自我从身体分

---

① Judith Becker, *Deep Listeners: Music, Emotion, and Trancing*, Bloomington: Indiana University Press, 2004.

离,并强调其边界和唯一性,因此阻碍了将迷幻作为一种可以接受的自然的意识现象。她强调自我并非独立于社会,人格的观念也并非抽象地存在于缺乏脉络的心理意向,而是能够穿越文化的边界来变化,并具体于文化的叙事中发展。因此,当我们听音乐或者我们处于迷幻时,我们是谁?又是谁在聆听?这不正是民族音乐学应该探讨的文化叙事吗?

白克以"'在世存有':文化的生物学"为该著作第五章的标题。在此章中,她探讨了欧洲现象学和生物学、神经科学家们提出的音乐及其参与者交互行为影响的生物学方法。该方法认为我们在持续地与世界交互的行为中被改变,同时也改变了世界。而这个过程的生成,可以用"结构耦合"(structural coupling)和"节奏共频"(rhythmic entrainment)来描述,并运用于音乐的表演、聆听和迷幻的情绪效应研究。比如,初入法的迷幻者通过重复参与宗教仪式,逐渐熟悉仪式的文本,进而能够扮演它,当信仰通过行为被强化,这个初入法的迷幻者听任大脑和身体的内在生理改变,亦即听任自己的迷幻。于是,迷幻者的精神和身体,结构性地成为与此仪式戏剧的耦合。他/她的信仰、想象、自我感觉和听觉惯习与其他的参与者相关,亦与这个宇宙戏剧中的所有扮演和神圣的投影相关。在该著的最后一章,白克介绍了达马西奥(Antonio R. Damasio)关于人的"核心意识"(core consciousness)和"扩展意识"(extended consciousness)的双重理论,以期进一步探讨迷幻发生中的自我改变和意识机制。

如同罗兰·巴特"音乐状态中的身体",以及艾略特有关"你成为音乐"的诗句,当我们听音乐或当我们迷幻的时候,我们是谁?白克指出"听觉惯习"是我们在聆听时的一种特别的自我完型。我们在音乐中的情绪感动或迷幻,存在着自我的转换,思考自我在迷幻中或迷幻之外的地位,对音乐和迷幻关系的研究是重要的,而达马西奥的理论对如何理解多个自我及其变化提供了解释的框架。达马西奥认为,意识和情绪不可分离。当意识受到损伤时,情绪也会受到损伤。因此他关注情绪和意识以及这两者与身体的关系。

意识在达马西奥的眼里并非"独块巨石",而是可以分出层次的。比如核心意识是最简单的,"它给有机体提供了关于某一时刻——此时——和关于某一地方——此地——的自我感"。扩展意识则具有多种层次和等级,"它为有机体提供复杂的自我感——一种同一性

(identity)和一个人,你或我——并且把那个人放在个人历史时期的某一个点上,丰富地觉知到活生生的过去,觉知到可预见的未来,以及敏锐地认识到其中的世界"。进而,核心意识产生出来的自我感是核心自我(core self),"它转瞬即逝,不停地被脑与之相互作用的每一个客体所重新创造"。它与我们传统意义上的自我不同。后者是与"同一性"观念相联系的,并对应于一个人独特的存在方式。这个自我,达马西奥称其为"自传式自我"(auto-biographical),它依赖于对情境的系统化的记忆,这种记忆可以对一个有机体人生经历的主要方面进行有组织的记录,即自传式记忆(autobiographical memory)。[1] 核心意识和自传式自我通过与记忆的结合,便产生学习能力并因而保持对大量经验的记录。此外,这种结合还能复活那些记录,并使之得以被认识,这就是扩展意识。达马西奥认为,一些神经疾患的产生,多半与扩展意识的受损相关。而白克正是在这个基础上指出这种核心意识与自传体意识之间的区别,可以提供给我们思考迷幻期间迷幻人格的替代问题。

白克以她在巴厘岛郎达(Rangda)仪式的考察为例,她发现迷幻者的核心意识对其周围的变化是清楚的。她曾看到在仪式中进入迷幻的郎达扮演者突然停止舞动,站在那里修复自己松掉的头饰,然后再继续投入仪式。在祭仪中,迷幻的发生很可能就是迷幻者的自传式自我被临时取代了的结果。迷幻者在此时此地的现场,其核心意识呈现综合的身体感觉,并与情绪的发生有直接的联系。这意味着在迷幻者自我感觉的中心地带,情绪依然发生着,而伴随迷幻的音乐,促进了情绪的唤起,而这种情绪唤起,恰恰是自我和意识改变的前提。音乐为迷幻的身体提供了节奏的模板,在情绪的增长中促进不同的自我体验。此核心意识如同梅洛庞蒂笔下未经对象化的、前客观(pre-objective)的体验情绪。这种体验不是"语言"的,也不是反思的,而是身体的;不是孤独的,而是与周围发生着交互关系的。因此环绕音乐的情绪,转变为迷幻的情绪,从而,音乐扮演了迷幻意识得以产生的中心角色(图1)。

此外,迷幻者的扩展记忆保持了重复的仪式行为带来的长期记忆。

---

[1] 安东尼奥·R.达马西奥:《感受发生的一切:意识产生中的身体和情绪》,杨韶刚译,教育科学出版社,2007年,第14—15页。

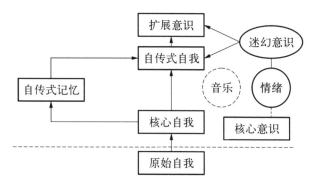

图 1　核心意识和扩展意识与音乐-迷幻的交互

生理、情绪、认知行为都可能被规定和类型化,并在惯习的层面上指导行动。那些在郎达仪式中用长剑扎刺自己的迷幻者往往说:我只记得拿剑扎自己胸膛的事,但我并不记得自我。因此,情绪的唤起与迷幻者以及迷幻者在文化期待的模式中建构的、关于自我人格的观念与迷幻在一个文化共同体中被社会化,以及被联系为与神圣交互的手段是相关的。考察它们成为白克重新以身体作为中心、回到生物学水平、理解神经中枢系统的潜在机制的途径。这也正是白克将音乐、情绪和迷幻三者结合来讨论音乐效应的"陌生的机制"之原因。

在音乐与迷幻的探讨上,问题似乎都由所谓联系着信仰仪式中迷幻的"巫乐"开始。但这一开始虽然伴随着"病理"的纠缠,却在研究的深入中,将探索的触角伸向了"音乐为何""意识为何"等人类为探索自身而共同关注的问题。笔者不禁再次想到尼达姆的批评:"社会人类学家所受到的训练虽然能够很好地用于解释社会制度或者集体表演的组织结构,但却提不出理解经验的基本形式的方法。"笔者也不断地回味着鲁热在他如此客观地进行资料分析后仍然萦绕的思考:在关于音乐及灵魂附体的无数研究当中,迷幻状态中的情感成分几乎未曾得到重视。这种情绪-心理学的尺度类似于卢梭提出的音乐的"精神行为",它在阐明音乐于"陌生机制"中所处地位的问题上起着基础性的作用。

那么,巫乐的研究乃至仪式音乐的研究,又仅仅是它们的前缀定语所规定的范畴吗?

从现代音乐拓向哲学的思考

——论新音乐崛起的繁盛与当代音乐评论的贫困

杨乃乔

[内容提要] 20世纪后半叶,"伤痕文学""八五新潮"与"新潮音乐"曾掀动起中国第二次启蒙的忧患意识,文学、美术与音乐共谋担当起那个时代知识分子的历史使命感,以一种深度的国族焦虑参与了在那个时代崛起的诸种文化思潮。新时期共和国文学艺术发展史的振兴与悲怆就是在那个时段铸就的。"三十年河东,三十年河西",往往正是民俗谚语在坊间的口传,恰如其分地隐喻着历史盛衰兴替的转型规律。时值21世纪的前半叶,在后现代高科技工业文明打造的网络媒体时代,以视听信息及其意义提取的快捷方式,让文学书写与文学批评彻底失去了轰动效应,美术与音乐成为这个时代的主流艺术表现形式,文学及其朗读终于失落为一种追忆的怀旧风情。当下是一个在商业文化中过度消费且娱乐至死的时代,当代艺术(美术)与通俗音乐正是以合拍于这个时代的节律,通透于商业化与媚俗化中,使大众日常生活审美化。这俨然已成为全球化时代一种不可逆反的主潮。然而令人深思的是,当代音乐却以其高贵的专业品质,成为小众新音乐人在严肃音乐中诉求的审美境界。从2008年以来,上海音乐学院连续举办了九届上海当代音乐周,主办方邀请了国内与国际众多一线的优秀当代音乐家汇聚于上海这座国际大都市,以新音乐的表现形式奏响对民族、历史、文化、民俗与当代的思考。他们的尊严恰恰在于他们是学院派音乐家,而严肃音乐是最为接近于哲学的一种艺术表达形式,新音乐家是以他们的作品及其演奏在呈献自己的哲理性思考,且在国际乐坛及人文思想界产生了深远的影响。无疑,当代音乐是反潮流的,关于当代音乐的讨论已经超出了音乐界关于音乐本体的技术性分析,成为

国际人文思想界所关注的美学与哲学思潮。当代音乐作为一脉文化思潮,其未来命运究竟如何？历史将证明一切！

[**关键词**]　现代音乐　新音乐　当代音乐　本质主义　通俗音乐　当代艺术

一、概念的系谱诠释：现代音乐、新音乐与当代音乐

从21世纪元年至2016年,以学院体制为代表的中国新音乐在观念与思潮的先锋性求取上崛起得相当前卫,且迅速取得了前所未有的发展。这种前卫的新音乐姿态以三个国际性音乐活动的连续性盛大举办为标志,让当代中国学院派音乐人投以无尽的瞩目和热情的参与：2004年,中央音乐学院率先发起了北京现代音乐节（Beijing Modern Festival）；2007年,武汉音乐学院随后配合举办了武汉国际新音乐节（Wuhan International New Music Festival）；2008年,上海音乐学院再度跟进推出了上海当代音乐周（Shanghai New Music Week）。在12年短暂的时间线性逻辑上,这三个盛大的国际性音乐活动在北京、武汉与上海隆重推出,特别是中央音乐学院与上海音乐学院以每年一届的节奏连续举办,[①]再加之国内与国际一流的新音乐人及其作品在此三方平台上的密集性出场（presence）,如此繁盛的气象宣告了当代中国新音乐时代的彻底到来。

在准确的学理上,我们从一个概念的操用即可以透视出其外延与内涵所涵盖的形上逻辑与形下现象。我们注意到,中央音乐学院、武汉音乐学院与上海音乐学院各自操用了三个不同的概念,先后命名自己所举办的国际性音乐活动：现代音乐（节）、新音乐（节）与当代音乐（周）。这三个操用不同汉字书写的概念,无疑,是应该引起音乐批评与音乐理论界思考的。其实,我们只要聚焦与反思上述三个国际性音乐活动的音乐美学本质,对其在12年内所邀约的音乐家及其曲目作一个归总性的分析,不难发现,上述三个不同的汉字译入语概念所指称的是在同一种音乐观念下所出场的音乐现象,从理论上界定,其在共通的音乐观念本质上所指称

---

① 按：除了武汉国际新年音乐节的举办有间断性之外,北京现代音乐节与上海当代音乐周是以每年一届的节奏连续举办的。

的就是"新音乐"——"New Music"。在艺术评论的场域中,我们必须要注意对书写为不同文字符号的概念进行同义替换,以便在复杂的书写概念(concept)中求取一个统一的学理逻辑,否则,会让自己淹没在复杂的术语(term)表述中不知所措。

需要提及的是,这三个国际性音乐活动是在学院体制下发起与创办的,决然不是源起于民间大众的商业性通俗音乐活动,所以它们都有着自己的理论宣言。在此,我不再就其理论宣言给予一一概述,然而,圈子内的音乐家、音乐批评家与音乐理论家,无论是自觉还是不自觉,对这三个国际性音乐活动有组织、有纲领秉持的新音乐观念在美学的本质上应该获有毋庸置疑的共识。

但是在这里,我还是要给出一个必要与简要的概念系谱诠释。乐界皆知,新维也纳乐派的三位主将是勋伯格(Arnold Schönberg,1874—1951)、韦勃恩(Anton von Webern,1883—1945)与贝尔格(Alban Berg,1885—1935),他们主要生活在现代主义哲学思潮的推进时期。我注意到,在《新音乐哲学》(*Philosophie der neuen Musik*)一书中,阿多诺(Theodor Wiesengrund Adorno)是启用新音乐这个概念以指称上述三位反传统的无调性音乐家之身份,因此,在阿多诺那里,现代音乐指涉的就是新音乐,这也是中央音乐学院为什么把其举办的国际性音乐活动冠名为"北京现代音乐节"的学理缘由。

我们也特别注意到,上海音乐学院把汉语书写的"当代音乐周"翻译为英语书写的"New Music Week",在学理上,其已经表达了主办方举办的当代音乐周在音乐观念的本质上隶属"new music"的立场。客观地评判,这个翻译是非常专业且智慧的,其既宣示了上海音乐学院举办这一国际性新音乐活动所持有的音乐观念之美学立场,同时,也在汉字概念的修辞表达上回避了与武汉国际新音乐节的撞车。当然,我不知道最初在创办上海当代音乐周时,杨立青及其同仁在策划上启用"当代音乐周"与"New Music Week"的择取中,在思考的先后逻辑上,哪一个是源语概念,哪一个是译入语概念?这一点很重要!因此,我们一再强调,在此三方特定的国际性音乐活动语境下,我们操用"现代音乐"与"当代音乐"这两个概念时,其外延与内涵所指涉的就是"新音乐"。

在这12年特定的新音乐时代景观下,这里的现代音乐与当代音乐已经不再是指称音乐史教科书上所厘定的那种断代音乐史的概念,而是言指曾经历过现代主义哲学思潮与后现代主义工业文明洗礼,所发生与延展的先锋性音乐观念——新音乐。当然,这种先锋性的音乐观念必然是通过具体的乐者所呈现的一部部作品,如果我们究其音乐美学的本质特征,那就是多元性(multiplicity)、实验性(experimentality)、前卫性(avant-garde)及其不确定性(nondeterminacy)。所以这里的"现代音乐"与"当代音乐"作为特定的合法性能指(signifier),其所指(signified)就是"新音乐"这个概念所负载的全部音乐美学意义。因此,我特别提醒读者注意这三个概念在此次笔谈中的交集性使用。

其实,关于新音乐及其观念先锋性的创作技术与表现风格,我们从这三个国际性音乐活动繁盛的曲目及反传统音乐的音响效果中瞬间就可以捕捉完毕。在音乐观念的美学本质上厘定这三个概念是非常重要的,因为,我们是在音乐批评与音乐理论上为这三个盛大的国际性音乐活动进行定位,其目的是为了整一性地讨论与界定他们所属的新音乐美学本质。

北京现代音乐节、武汉新音乐节与上海当代音乐周三足鼎立,在深度上推动了国际新音乐及其美学观念在中国汉语本土的发展,一批优秀的汉语乐者先后受邀,以极大的热情成功地参与其中。我们来看视一下强大的参与者阵容:罗忠镕、谭盾、杨立青、叶小纲、陈其钢、赵季平、关峡、郭文景、秦文琛、瞿小松、周文中、陈怡、周龙、温德青、许舒亚、何训田、贾达群与叶国辉等。除此之外,我不再一一列举受邀而来的那些优秀的国外当代音乐家。的确,由于在中国举办以及中外当代音乐家的推动性参与,这项活动已经成为被全球当代音乐家所瞩目的国际性新音乐事件了。当然,这与当下中国强大的经济实力以及大国崛起的世界性地位有着密不可分的逻辑关系。但令人遗憾的是,较之于新音乐及其观念在中国当代音乐界崛起的显赫气象,中国本土的新音乐评论却尴尬地处在极为贫困的态势下,呈现出与新音乐活动繁盛气象的严重脱节。

在这里,让我操用"当代音乐"这个概念给出一个替换的表达:中国当代音乐批评与当代音乐理论是极为贫困的,基本上还处在学术真空的状态。需要提醒学界的是,我在这里言指的是学院派当代音乐创作、当代音乐批评与当代音乐理论。最近,我翻阅了多篇关于"描述"汉语本土当代音乐活动的文章,其作者都是生存在学院体制下的音乐学研究者,的确,较之于当代音乐活动的繁盛气象,这些文章在学理上给我留下的印象是苍白的,匮乏批评的敏锐性与研究的理论深度,令人失望。这些为数不多的文章完全是滞留在表象上,对驻节音乐家及其作品给出平面性的"描述",书写者全然无法据守音乐哲学、音乐美学与音乐理论等高度,对出场于汉语本土的新音乐活动及其作家作品进行深度且前沿的学理性分析与研究。准确地讲,这种平面性"描述"的文章在任何名义上都不应该被认定为是有效的当代音乐研究,因为学界无法从中提取多少启示性的理论元素,所以这些当代音乐批评的文章也无法对更加贫困的当代音乐理论体系构建给予补缺。

毋庸置疑,当代音乐——新音乐以其敞开的国际性姿态在当代中国乐坛的崛起是繁盛且显赫的,递进一步陈述,我之所以给出这样一个价值判断,也更是把崛起的新音乐——当代音乐投射在当代中国整体的艺术门类创作景观下给予首肯的。我在这里言指的整体艺术门类,其包括音乐、美术、舞蹈、戏剧与电影等多种艺术表现形式。在这里,我们不妨引入另外一种艺术门类作为参照系——中国当代美术,就中国当代音乐与中国当代美术给出一个比较研究。其目的是在空前崛起的中国当代美术创作及其批评、理论的参照背景下,我们可以清晰地看视到新音乐——当代音乐处在一个怎样前卫的当代中国艺术地图的位置上。

我在这里之所以引入中国当代美术作为评价中国当代音乐的参照系,在宏观意识上,从事艺术批评与艺术理论的学者皆知,中国当代美术在创作观念与评论思潮的先锋性上是走在国际美术界最前沿的。在这里,还是让我首先从清理概念的逻辑谱系以展开以下的比较性思考。

二、当代艺术与当代音乐对学院体制的差异性态度

需要申明的是,我在这里所言指的中国当代美术,一定不是美术史教科书上的断代史概念,而是言指当下在国际美术界普遍称谓的"当代艺术"——"contemporary art"。我有必要在此强调这一点。

在对古典主义、浪漫主义等以来的传统艺术观念进行抵抗与解构的激进上,新音乐与当代艺术这两个术语,是在激进的艺术观念上对传统艺术观念进行反动的共谋概念(concept of collusion)。注意:在这里,我决然不是就一组术语或概念的逻辑推导在玩弄能指游戏(game of signifier),因

为如果不为这些术语或概念在理论系谱上作一个明晰的逻辑清理,一定会导致缺憾理论功底的艺术现象描述者跌入无尽的困惑中,且无以自解。

也就是说,在音乐与美术两种姊妹艺术的交集场域中,新音乐与当代艺术是一对在激进的艺术观念上共谋的先锋性概念,或我们也可以如此对应地组合这两个概念:当代音乐与当代艺术。我再三强调,这里的"当代艺术"是一个专用术语,作为一个能指,其所指是当代国际美术界在观念上对传统架上绘画(easel painting)进行激进反动的诸种视觉艺术现象,如行为艺术、装置艺术、新媒体艺术等。

当下是一个后现代高科技工业文明与后数码高科技编程打造的融媒体(convergence media)时代,所有的信息都网络化与全球化了。在这个时代,任何学者已经没有理由仅仅把自己的知识结构囿于一个孤独且狭隘的单一学科向度上,相关学科之间的多元知识性汇通已成为当代学者在全球化时代学界行走的通行证。

倘若,一位乐者与音乐研究者了解同期国际美术界正在行动的前卫知识信息,一位画者与美术研究者也了解同期国际音乐界正在行动的先锋知识信息,我们告诉他们:在当代崛起的激进艺术美学观念中,新音乐相当于当代艺术,当代艺术就相当于当代音乐;那么,无论是音乐研究者还是美术研究者,他们可以澄明且通透地看视一个时代在共通的哲学思潮或美学思潮影响下同频共振的那些艺术行动。的确,当西方现代主义哲学思潮崛起后,在其崛起与后续发展的历史踪迹中,音乐、美术、舞蹈、戏剧与电影等诸种门类艺术表现形式均受其影响,在现代派哲学思潮的浸润下,他们以各自不同的审美形式本体呈现为多元的现代派艺术的先锋现象,更不要说文学了。

我们认定:当代音乐界的新音乐就相当于当代美术界的当代艺术。在艺术观念的共谋性本质及其学理上,我们已经把话说到底了。然而关于两者之间的差异性,我在这里还是要谈一些的,因为,我的目的是为了澄明新音乐——当代音乐的新贵族品质。

毋庸讳言,当代艺术现下正在当代中国美术界持续性地发酵,并且波及国际美术界,已经形成一股势不可挡的先锋性潮流。然而,其中鱼龙混杂,当代艺术在品质上所积累的负面影响也是众所周知的,在某种程度上,当代艺术以其极具争议的商业性与伦理性而名声扫地。当然,我们也应该承认,在乱象杂生的当代艺术中,也存在着于艺术观念上极具突破性、创意性且不可复制的优秀作品。当代音乐全然不是如此,其同样持有激进的反传统艺术观念,而新音乐却表现出自身的新贵族品质。

以下让我从几个维度来简约地透析当代音乐与当代艺术两者之间的共谋性与差异性。

如上述我所提及的,面对传统艺术观念的守成,当代音乐与当代艺术在骨子里均释放出一种激进主义(radicalism)的反叛情绪。

就西方美术史而言,如一揽子统摄在现代主义思潮下的印象主义(impressionism)、表现主义(expressionism)、野兽画派(fauvism)与立体主义(cubism)等,无论他们是怎样地对古典主义画派进行反动,其还是在架上绘画的较量;而崛起的当代艺术在对传统美术观念的颠覆上,则端起一种极为嚣张的激进姿态,他们甚至把现代派的架上绘画也打入了地狱。

在此,我不再涉及当代艺术在欧美崛起之际所释放的那些偏激观念的表达,仅在北京的798艺术区、宋庄画家村、环铁艺术区等,我与那些汉语本土一线的当代艺术家交谈时,他们挂在嘴上的口头禅就是:"这个年头谁还画画!"其实,究其学历与学缘,他们本科几乎都毕业于美术学院油画系、国画系、版画系与雕塑系等,而当下他们都背叛了架上绘画,玩的都是行为、装置与新媒体艺术什么的。当然,其中他们也有画画的,我操用另外一个相关的术语来指称他们作品,即类似美国当代艺术策展人玛西娅·塔克(Marcia Tucker)所指称的"坏"画——"Bad" Painting。他们显然没有人愿意模仿与重复逝去的徐悲鸿等与当下的靳尚宜等老一辈画家的传统绘画观念,他们不愿意瑟缩在传统美术观念的巨大阴影下苟活。

因此,当代艺术与现下美术学院的教学体制及其所守护的传统美术观念充满了不可协调的冲突,以激进的反潮流姿态抵抗学院体制及其守成的艺术观念是当代艺术行动者为自身张贴的时代标签。所以只要提及当代艺术,靳尚宜、邵大箴等老一辈画家与美术史论家就忧心忡忡,且充满了无尽的焦虑与莫名的紧张。需要提及的是,我这里无意详述当代中国美术界的那些人与那些事,我仅仅是把当代艺术作为一个不可或缺的参照系和透镜,跨界地透视当代音乐的美学品质。

非常值得学界深思的是,而当代音乐——新音乐恰恰是生发在学院体制下的一脉激进主义的艺术思潮。2017年1月4日,我在汉堡拜访了勃拉姆斯（Johannes Brahms）的故居，在故居的二楼，我怀着崇敬的心情弹奏了勃拉姆斯的那架古旧的三角钢琴，那位守护故居的音乐老人告诉我，勃拉姆斯的浪漫主义音乐在结构上承继与发展了贝多芬，因此才有了勃拉姆斯。当代音乐对巴赫、海顿、莫扎特与贝多芬的古典主义及其之后的浪漫主义、印象主义与表现主义音乐观念进行反动，在反传统艺术观念的激进上，当代音乐与当代艺术如出一辙，而在一定的程度上，新音乐人在音乐的观念、结构与音色等元素方面，他们不希望对任何前辈音乐大师有什么承继，只求另类与全新的自我发展，否则永远没有他们自己。因此，我反复提及在颠覆传统艺术观念的激进上，当代音乐与当代艺术是一对共谋的概念。

但是我特别注意到，北京现代音乐节、武汉新音乐节与上海音乐周是在三所音乐学院的体制支持下举办的，并且中央音乐学院举办的北京现代音乐节还得到了教育部与文化部的支持。那么，为什么学院体制对当代音乐与当代艺术表现出两种截然差异性的接受与拒绝的态度？提出与回答这个问题都是令人深思的。

有一点必须引起我们注意的：不少介入当代艺术的行为者不屑一顾地扬言"这个年头谁还画画！"的确，在相当任性的程度上，他们以激进的艺术观念以抛弃架上绘画为己任，因此，行为艺术、装置艺术与新媒体艺术等必然成为当代艺术人的主打表现形式；而非常有意思的是，新音乐人玩的还是音乐，当代音乐人以激进的艺术观念在反传统中追求另类的音响出场形式时，他们并没有把音乐彻底抛弃。我们只需归总三所音乐学院举办的新音乐活动之全部曲目，且对其作一个总体性的分析，在现场听一下，或者网络视听一下现场录像，即可以显而易见地视听到这一点。遗憾的是，由于字数的限制，我在这里无法对近20年来在当代音乐与当代艺术之名义下创作的诸类作品，进行全面的概述与比较性分析，以此展开讨论这两类现象。

当代音乐与当代艺术是在一种不期而遇的共谋中张扬激进的艺术观念，那么，为什么当代音乐可以获得音乐学院的体制性支持，而当代艺术却遭遇了美术学院的体制性拒绝？其隐匿在背后的学术政治及其审美意识形态又是怎样的呢？这是值得学界讨论的。

三、音乐的本质主义立场与对绘画本质的颠覆

我个人认为,作为后来者的艺术家永远是不幸的,尤其是对音乐与美术而言。因为,在人类业已逝去的历史上,那些最为辉煌且完美的艺术表现形式,已经被过去的历代艺术大师发现完毕与占用完毕,使后来的从艺者全然遮蔽在前辈大师的阴影下而黯然失色。前辈艺术大师的辉煌必然是遮蔽后来从艺者的高大阴影,几乎全部后来的从艺者在创作风格与美学观念上的唯一选择,只能是无尽且无能地模仿与重复前者。艺术不同于科学,先行艺术大师行走且留下的足迹永远是后来从艺者阅读的墓志铭,这种残酷导源于人类艺术最为本质的一个特性:艺术家其作品的尊严即在于——他个人的美学风格及其不可模仿且不可重复的内容与形式。的确,艺术的模仿与重复标志着从艺者的彻底失败。

艺术是唯一性的!

理解了这一点,我们也就理解了当代音乐与当代艺术为什么持有一种激进的另类艺术观念,且不可遏制地彰显出企图颠覆与解构传统艺术观念的野心。他们从不甘心情愿地遮蔽在传统艺术观念的辉煌阴影下,无尽且无能地模仿与重复前人,他们向死而生,伺机奋起,在压抑与绝望中为自己寻找崭新的艺术观念之出场的内容与形式,以追寻自己另类的表现风格,力图让自己出类拔萃于庸常艺术家生存的境遇。说高了,这是他们的一种生存方式;说低了,这也是他们无法逾越经典而另辟蹊径的不得已而为之。在某种意义上讲,他们是非常功利性的。因此,无论是当代音乐还是当代艺术,为了达向这样一种功利性目的,其作品人为"做"的痕迹是非常严重的,相当一部分作品其艺术本然的自然审美全然消失了。当然,这是另一个可以接续讨论下去的话题。

问题在于,同样嚣张于反传统艺术观念的激进中,当代音乐在形式本体论上不是反音乐本质的,这一点是我肯定的。约翰·米尔顿·凯奇(John Milton Cage Jr)于 1952 年推出了他的偶然音乐(aleatoric music)作品《4 分 33 秒》(4′33″),即便如此,他也是在追求一种蓄意的声音缺席——"the absence of deliberate sound",也是在静默中让现场观众依凭自己的审美诠释,以获取自身内心与内视的音乐想象。中国学界习惯操用东方道家哲学家的美学范畴"大音希声"去理解与解释《4 分 33

秒》，从这部作品创意观念的美学本质上来看，无论怎样"希声"，还是在静默的审美心态中求取一个内在想象的"大音"，因此音乐没有被消解，而是拓展出一方由参与者多元想象音乐出场的自由空间。其实，我们把《4分33秒》定义为行为艺术也未尝不可。

韦伯恩（Anton von Webern）是新维也纳乐派的代表人物，在颠覆传统音乐的结构与音色等趋向上，他的点描主义（pointillism）音乐把短暂休止的无声视为音响，但是此处的无声也必须组合在音乐整体构成中。另外，无论是约翰·米尔顿·凯奇在钢琴的弦之间夹上诸种异物以求取另类的音色，还是噪音音乐及击打日常生活中的诸种器用，这些激进的音乐人没有彻底放弃音乐本身。并且此类作品在当代音乐中也是极少数的，决然没有像当代艺术大规模地抵抗架上绘画那样，在当代美术界形成一个巨大的市场。诸如约翰·米尔顿·凯奇在1962年推出的另外一个作品《0分00秒》（0′00″），其完全可以被定义为行为艺术作品，与音乐全无逻辑关系。中国学界都忽视了这样一个关键点，约翰·米尔顿·凯奇最初是对绘画及当代艺术充满了兴趣，当然还有诗歌，而在1933年他才从绘画转向音乐。可以说，没有约翰·米尔顿·凯奇早期的当代艺术家身份，也就没有他转型后两部冠名为偶然音乐的行为艺术作品。

因此我认为，新音乐依然持有音乐的本质主义（essentialism）立场，而在相当的程度上，当代艺术则是反绘画本质的，在形式本体论上是持守绘画的反本质主义（anti-essentialism）立场，他们求取的不是"大象无形"，而是"大象无画"。他们就是要消解架上绘画的本质，因此，当代艺术最终无法不沦陷于怎么玩都可以的泥沼中，甚至其中的低俗者依凭自己的无知无畏违背了人文道德伦理。关于音乐与美术的这两种现象，学界是大可以展开讨论的。于润洋非常欣赏罗曼·英伽顿（Roman Ingarden）的美学思想，罗曼·英伽顿恰恰是把绘画与音乐整合在一起给予讨论的。

客观地讲，在曲式、对位、和声与配器等技术性结构方面，加之十二音序列音乐（twelve-tone series music）、微分音乐（microtonal music）与频谱音乐（spectral music）等出现，音乐创作在复杂性与技术难度上远远超越了绘画，并且乐器演奏的技术性难度也是如此。我们不说写实主义的古典绘画没有技术难度，而当代艺术恰恰是在绘画的技术难度上做减法，甚至是在形式本体的观念上完全颠覆绘画；新音乐人在对传统音乐观念进行颠覆时，在一定的程度上，是在调性音乐之外使他们的另类音乐观念之表现方法更加繁复化与工具理性化，[①]新音乐的构成（composition）在表现技术上则是做加法。贝尔格的歌剧《沃采克》(Woyzeck)是一部无调性的表现主义作品，其在音响表现的技术手法上就极为复杂。更多的新音乐作品甚至加入了现代工业文明与后现代工业文明的高科技元素，如频谱音乐及其构成（composition）在繁复性上被工具理性（instrumental reason）所操控（manipulate）等。注意：这里在指称音乐创作的表述中，我把"composition"这个源语概念翻译为汉语译入语概念出场时，使用的是"构成"，而不再使用"创作"指称新音乐的完型，因为一部分新音乐的作曲观念及其技法的操用已经远离了艺术的审美"创作"，仅仅是技术的"构成"而已。从一个术语的翻译与使用，就可以见出一种美学价值评判的立场。

我想指出的是，同样是对传统艺术观念的颠覆与解构，进入当代音乐的门槛相当高，而进入当代艺术的门槛非常低。在当代艺术圈子内，其中相当一部分作品全无美术专业的技术性，一些当代艺术行为者可以不择手段，仅仅是玩弄一个毫无深度的看似隐喻的观念，以浅陋地表达行为者对社会、文化与历史什么的暧昧且无聊的评价。从国内这三个新音乐活动的全部参与乐者来评判，我们注意到，其参与者都是当下国内与国际学院派的优秀音乐家，且无一例水平低下与媚俗的乐者可以介入其中，从目前来看，即便是玩流行音乐的通俗音乐人也应该没有资质跻身于这个圈子。

在当代中国音乐的宏观背景下，还有一个不可调和的差异性现象是必须要指出的，即：新音乐与大众音乐是绝对不可兼容的；在音乐观念与审美的价值取向上，新音乐与大众音乐既是势不两立的，也是誓不两立的。因此，新音乐是少数的学院派当代音乐人玩赏于体制下的小众化音乐（music of anti-popularization）。请注意我在这里所使用的英语源语概

[①] 按：在这一句表达中，我们使用的是"另类音乐观念"这一术语，而没有仅仅使用"无调性音乐观念"这一术语，因为当下的新音乐在反动调性音乐的尝试行为中，其实验性技术已经超越了"无调性音乐观念"所限定的边界，在另类的音乐观念上趋向了更为多元的可能性及未确定性。

念是"anti-popularization",而不是"minority"。我认为较之于当代艺术的媚俗性与低俗性,新音乐的小众审美风格恰恰秉持着这个时代严肃音乐的高贵品质。

四、孤岛和大众：当代音乐的高贵与通俗音乐的媚俗

让我们暂且退出当代中国美术空间,来检视在当代中国音乐宏观空间中所存立的两种不调和的审美差异性。也就是说,我们在观念上必须把新音乐——当代音乐与大众流行音乐界分开来。注意：在这里,大众音乐、流行音乐与通俗音乐是三个共通且可以同义替换的概念。较之于把传统的严肃经典音乐尊称之为贵族音乐,①我愿意把新音乐人称为当代音乐圈子里的新贵族,他们制作的音乐盛宴仅仅是生存于学院体制圈子里少数专业爱乐者的菜,而大众绝对不吃这口菜。充其量,在新音乐持有的小众受众者中,也仅仅存有极少数的业余附庸风雅者,事实上,他们并不能够真正地理解新音乐。

2014 年,北京音乐节在国家大剧院音乐厅开幕,艺术总监叶小纲接受《北京青年报》记者伦兵的采访时说："音乐就是理想,我们音乐家的理想不能离大众太远。"②"音乐就是理想",这句表达是不错的,作为口号适用于任何一个时代的音乐家,而显然叶小纲在这里所陈述的第二句无疑是官方音乐节的体制性表达,并且叶小纲在这里言称的"音乐家"无疑是指学院派的当代音乐家。平心而论,叶小纲在后面的表达才直白且专业地透露出一位真正的当代音乐家内心的隐秘："我的音乐是孤岛,我只讲一种语言,就是自己的语言,别人很难模仿。"③不错,我们把叶小纲的作品一路地听下来,叶小纲就是纯粹的叶小纲,在更多的意义上,他的作品是写给自己听的,或也是写给学院派圈子里小众同行把玩的。在当代音乐创作的纲领性表达上,叶小纲是非常清醒的："从历史上看,那些过于挑战自身以及观众的艺术品,一般欣赏者不多。如果不是艺术史需要,那些作品也没有生存空间。北京现代音乐节的曲目挑选不是唯学术论,而是

---

① 按：这里的"贵族"仅是一个隐喻性的修辞,而不是实指传统历史上具有世袭爵位的那类人物。
② 伦兵撰：《叶小纲：给观众更缤纷的音乐世界》,《北京青年报》2014 年 5 月 16 日。
③ 同上。

考虑在思想、观念甚至表现形式上是否有所启示和价值,这就是北京现代音乐节的特色。"①这是一种纲领式的宣言,叶小纲已经宣示了现代音乐——新音乐——当代音乐是小众音乐,其仅仅是学院体制下当代音乐家个人诗意栖居的孤岛。所以记者伦兵也把叶小纲称之为"中国音乐界的异数"。② 在音乐表现观念的风格上,几乎每一位新音乐家都渴望成功地打造自身的"异数"形象,以让自己突围于传统音乐观念的庸常而出类拔萃。

当代音乐总不能只是小众新音乐家之间相互抚摸的诗意表达,然而不幸的是,于创作之始,他们就在音乐观念的追求上告别了大众,成为在一意孤行中无视大众的孤芳自赏者。当然,在批评价值的反向表达上,我们也可以这样说:他们成为被大众抛弃的孤芳自赏者。这种现象的确是值得学界深思与讨论的。在表现的观念与风格上,甚至某些新音乐作品另类到就连圈子里的小众同行也无法接受。

我认为,新音乐是高贵的,有着自身不可多得的新贵族品质,雅俗共赏不一定是新音乐追寻的审美价值取向。新音乐就是小众音乐,这又为何不可?在音响构成的审美观念本质上,新音乐从来就是小众的,叶小纲声称音乐家的理想不能离大众太远,这也是新音乐家的一种无奈的策略性表达。

我认同现代音乐——新音乐——当代音乐秉有一种不可多得的新贵族品质。这是一个恰如其分的隐喻性评价,也是一个值得音乐评论界深度讨论的现象。让我们再度返回当代美术界,来考察一下当代艺术及商业炒作的恶性介入,以给予参照式的比较反思。还是让我们从艺术的形式本体论来展开思考。

美术作品的存在本体就是其审美的造型与表现形式,用形式主义美学与存在论美学的理论给予概述:形式即本体。我还是长话短说,一言以蔽之,美术作品,其诉诸视觉的形式本体具有形下的物理性,其作为一种负载时代及作者个人审美意象的物理形式存在(existence),具有商业收藏的可能性,因此美术作品的本体形式决定了美术作品的收藏价值。

---

① 伦兵撰:《叶小纲:给观众更缤纷的音乐世界》,《北京青年报》2014 年 5 月 16 日。
② 同上。

音乐作品的在场形式本体是形上的音响，是音响在一定限度的时空中展开且诉诸听觉的抽象审美表达式，音乐这种抽象且非物理性存在（being）的审美表达式，激发了受众内视的审美想象。在《音乐作品及其身份问题》(The Work of Music and The Problem of Its Identity)一书中，波兰现象学美学家罗曼·英伽顿专门撰写了"音乐作品是怎样存在的？"(How Does a Musical Work Exist?)一章，在这里，罗曼·英伽顿讨论了音乐作品的身份问题(a problem of the identity of a musical work)，他认为音乐作品就是一个抽象的意向性客体："一部音乐作品不是一个现实(a real)而是一个纯粹意向性的客体(purely intentional object)，严格地讲，是一个高层次的意向性客体。"①音乐从创作、演奏到以抽象的形式本体出场，及对受众内视审美想象的激发，其抽象的动态展开过程要比具象的静态美术复杂得多，并且其中一个最为关键的问题所在，就是出场展开的形上音乐不具备商业收藏的可能性，因此，音乐作品的本体形式决定音乐作品没有收藏价值。

援举一个通俗的例子，当下的富商或土豪无法像他们收藏美术作品给予商业性增值的炒卖那样，去收藏一部出场展开的抽象性音乐作品，以给予囤积后的商业性增值炒卖。无疑，这是音乐与美术的形式本体之差异性所导致的本质分野。这也是当代新音乐家比当代艺术家在物质的生存上要贫困得多的根本原因。非常有意思，原来音乐与美术在形式本体上本然的差异性，铸就了音乐家与美术家各自的经济身份与商业地位。

当代音乐家充其量是靠私下教学生挣钱，而不是靠卖作品挣钱。的确，较之于一幅美术作品开价到几万、十几万、几十万、上百万甚至上千万，音乐作品怎样拍卖？一部没有出场展开且静止在书桌上的交响乐总谱是音乐吗？什么是音乐？在《阿多诺的新音乐哲学》(Zur Philosophie der neuen Musik Th. Adornos)一文中，德国学者斯茨勃尔斯基(L. Sziborsky)也触及这个问题："音乐放弃了它的存在，即作为暗号它只是潜在的音乐，它在演奏中发出音响并同时被感知时，才真正地存在。"②总谱只是潜在的音乐，是音乐

---

① Roman Ingarden, *The Work of Music and The Problem of Its Identity*, Translated from the original Polish by Adam Czerniawski, Basingstoke: the Macmilan Press Ltp, 1986, p.119.
② 斯茨勃尔斯基：《阿多诺的新音乐哲学》，王才勇译，《南京艺术学院学报（音乐与表演版）》1989年第3期。

密码化的文本,而不是音乐本体的存在。其实,我们应该重新讨论音乐本体论的哲学问题。

让我们的思考回到流行音乐那里去。

需要强调的是,我在这里所讨论的是指艺术作品的商业性收藏与增值。大众音乐有买卖交易纸本乐谱的那些事,这种纸本乐谱的商业交易最终还是要在现场演出变现为商业效应,而不能被解释为演出商是投资收藏在现场展开的音乐本体形式。这个问题也还有待于音乐批评界与音乐理论界给予展开性的讨论。我想声称的是,不同于当代艺术,也不同于大众音乐——通俗音乐——流行音乐,在相当的程度上,现代音乐——新音乐——当代音乐没有被当下经济大潮的功利性所全面裹挟,没有像当代艺术那样被商业污染到那种不堪入目的地步。

这,是当代音乐的新贵族品质。

我在这里所言指的新贵族不是以物质上的占有与富有为衡量的,而是指涉精神上的占有与富有。也就是说,在或多或少的程度上,新音乐人是纯然的精神贵族。这也是当代新音乐人在品质上的高贵之处!我们必须指出,新音乐人秉有自身的高贵,然而在学院体制营造的当代音乐圈子里,小众新音乐人之间的拼才华、争高低与背地里的相互攻击也是存在着的。毕竟,他们首先是人,其次才是新音乐人。

其实,关于当代音乐不向商业妥协的社会伦理问题是值得展开讨论的,温德青及有良知的当代音乐家自律地拒绝当代音乐的商业化,这是一种高贵的品质,而当代美术与大众音乐已经在相当的程度上沦落于商业资本获取的功利性中,跌向了媚俗化与低俗化。在资本全球化的商业性策动下,媚俗文化和低俗文化是随之而来的必然附庸性产物。同样是创作观念上的激进与前卫,然而,新音乐既不商业化,也不媚俗化,更不低俗化!我们只需在现场或网上视听当代音乐——新音乐的展开,则一目了然。

音乐形式本体具有非收藏性,这让流行音乐在商演的大众现场频频展开,且出尽了风头。在商业资本的运作与获取上,流行音乐以绝对的优势压倒了新音乐,大众娱乐至死的疯狂及其在场的呐喊,成为支持通俗音乐人瞬间走红且获取巨额利润的商业杠杆。我们不妨设问:叶小纲与周杰伦,在当下中国的宏观音乐平台上,究竟谁拥有的受众多?谁的商业价值高？谁拥有社会话语权？或许我们本身就不应该把这两类音乐人置于同一平台，给予比较性的设问。但不幸的是，他们毕竟生存于同一片蓝天下。

放大了评判，叶小纲们完全可以指责在商演平台玩通俗音乐的周杰伦们：你们不懂音乐！周杰伦们也可以嘲讽在学院体制下玩新音乐的叶小纲们：你们的音乐没人听，真正懂音乐的人是大众，面对着大众的审美需求，叶小纲们不懂音乐！我想，或许这句表达也可以这样书写：你们的音乐没人需求，真正需求音乐的人是大众！在这个年头，"需求"是一个逼使人们脑洞大开且求取商业机遇的字眼，所以还有一种心酸的情愫是让人无法释怀的：周杰伦们几场商演的收入，可以让叶小纲们辛劳半辈子；何止如此，当代艺术家几幅"坏"画作品商业拍卖的收入，可以让高贵的当代音乐家低头操劳一辈子。这无疑是一个令人烧脑的问题！其实，当下已经到了在法律与伦理上限制漫天要价的商业性艺人的时候了。

此刻，我实然想起了纽约大学的那位教授——尼尔·波兹曼（Neil Postman），也更想起了他在 20 世纪 80 年代书写的那部读本：《娱乐至死》(*Amusing Ourselves to Death*)，我真的不希望娱乐文化成为把商业资本隐指为上帝，而形成一种亚宗教形态，其中聚众着太多的拜金主义者。我们不妨操用尼尔·波兹曼的话语设问当代音乐与通俗音乐：谁操控着"演艺时代的公共话语"？新音乐人是学院体制下的公共知识分子，他们或许拥有本科、硕士与博士学位，甚至还有博士后，然而，在娱乐至死的商业文化时代，他们的确没有向社会大众释放音乐的公共话语权。

那么，究竟谁懂音乐呢？究竟谁又需求音乐呢？历史在此设问！的确，不少新音乐作品在一次实验性演出之后，也就束之高阁了。在相当的程度上，不少作曲家也就是拿着国家的课题经费，完成一个科研课题而已，音乐创作的社会性本质也被改变了。我们还可以递进一步设问：这个时代怎么了？艺术究竟为何？

话又不得不说回来，残酷的是在资本全球化的时代，我们又不得不承认商业资本的运作与支持是推动艺术行为持久性发展的内在动力。谈到这里，一种焦虑不可遏制地蒸发出来，较之于在大众群体中商业性流行的通俗音乐，现代音乐——新音乐——当代音乐的未来真是命运多舛！上海音乐学院在第一届当代音乐周提出了"没有当代，就没有未来"的口号，在第二届当代音乐周又调整了自己的口号："有了当代,就有未来。"从形式逻辑学上判断,这两个口号在语义上仅是同义反复的不同修辞性表达而已。流行音乐恰恰更属于当代,看着通俗音乐在大众消费文化层面各领风骚三五天的流行及获取巨额商业利润的发展态势,这两个口号究竟是指向新音乐还是送给了大众音乐?小众的喝彩与大众的掌声,究竟哪一种在未来的生存境遇中能够持续得更为久远?谁的掌声又为谁喝彩?这还要走着瞧!

如上述我们所指出的,当代艺术的进入门槛低,也正是如此,在商业资本的诱惑下,什么样的人、什么样的行为、什么样的事与什么样的作品都可能生发在当代艺术空间,所以在审美意识形态与艺术批评领域,当代艺术的争议性特别大。再加上当代艺术作品的可收藏性及其商业性炒作,来自批评的反正两个方面合力推动了当代艺术评论的异常繁盛,当然,这里的繁盛也浮泛着泡沫与假象,我们必须承认,除去一批有水分的文章之外,其中不乏优秀且持有真知灼见的当代艺术评论文章。

五、阿多诺的新音乐哲学家身份与中国当代音乐评论的贫困

而较之于当代音乐的进入门槛高及其难能可贵的新贵族品质,当代音乐批评与当代音乐理论却处在极为贫困的状态。"中国当代音乐评论比赛"或"乐评高峰论坛"曾是伴随七届上海当代音乐周开创的一个乐评板块,其旨在推动当代音乐评论的发展,然而因参与者所提交的音乐评论文章质量较低,或还存有一味"唱赞歌"的现象,最后,不得不被中止。这无疑是让人警惕的! 2016 年上海当代音乐周邀请杨燕迪、周海宏、韩锺恩三位音乐学教授,以坐而论道的方式取代这个乐评板块,这只能是进一步证明了当代音乐评论人才的匮乏。

我认为,邀请音乐学专家出场以补缺当代音乐评论的贫困与人才的匮乏,这必然是无奈之举。关键在于,杨燕迪、周海宏、韩锺恩、洛秦、肖梅与宋瑾等一批优秀的音乐学教授应该身体力行,站在一线,写出扎实且具有良知的当代音乐评论来,以切实地带动更多的青年音乐评论者积极加入,从而推动中国当代音乐批评与当代音乐理论的繁盛和发展。

客观地讲,在汉语中国本土崛起的现代音乐——新音乐——当代音乐是非常繁盛的,其中可引起乐评界思考的问题也是非常丰富且多元的,

这个时代新音乐气象在呼唤着当代音乐评论的崛起与发展。以下我再简约地列举三点。

第一，在概念的使用上，"北京现代音乐节"可能会引起不必要的误读与争议。从西方艺术史教科书划段的一般概念上来理解，20世纪早期发生的现代派艺术或现代派音乐已经把"现代"这个时间概念占有完毕，如果中央音乐学院坚持使用"现代音乐"指称在中国当代乐坛正在发生的新音乐，而拒绝使用"当代音乐"或"新音乐"给予指称，这样可能会导致对"现代音乐"产生理解与解释的误读意义。并且无论是作为历史时间意义上的"现代"，还是作为哲学思潮意义上的"现代"，两者均已有定性的诠释，并且当下已经进入后现代主义（postmodernism）文化时代。"北京现代音乐节"这个术语在逻辑上有破缺，其争议性是显而易见的，因此需要重新界定，或者中央音乐学院可以给出一个更为恰如其分的解释。

第二，总体地评析，从三个国际当代音乐活动所邀请的乐者及曲目来看，其所集纳的音乐观念、作曲技法、表现风格、审美原则与演奏形式等相当"杂混"（hybridity）。我坚持认为"杂混"不等于"多元"。主办方所邀请参加的音乐家及曲目，不应该是无原则敞开的什么都行，从而不恰当地把后现代主义文化的拼贴观念作为繁荣新音乐舞台的简单方法论。现代音乐——新音乐——当代音乐的边界越是开放，主办方越是要持有自觉的音乐观念与美学立场给予限定。严格地讲，这三个国际性当代音乐活动对任何一位乐者及其曲目的邀请，均标志着主办方对现代音乐——新音乐——当代音乐之本质的理解与回答。所以邀请任何一位乐者及其曲目的参加，主办方必须投以谨慎的选择姿态，并一定要把庸俗的人际关系排除在外。否则，这三个国际性当代音乐活动，必然因其什么都行的"杂混"式拼贴，让现代音乐——新音乐——当代音乐失去了本质，最终成为什么都是而什么也不是的"杂混"平台。

第三，人在原始自然生态中的审美需求本质化出音乐、绘画与舞蹈等感性的原初表现形式，因此音乐、绘画与舞蹈是人的本质自然审美的对象化，而现代与后现代工业文明的高科技元素对音乐构成的渗透，让音乐源起于自然的审美表现形态最终疏离于人的本质。频谱音乐是新音乐发展的风向标之一，当代音乐评论界对其正面介绍的多，而批评的少。让我担心的是，音乐构成中的科技崇拜及过多后现代工业技术元素的带入，使得审美的音乐在创作-构成的目的论上直接对象化为工具理性的异化物,从而逼使音乐疏离了生命——人在本质上对音乐无目的而合目的之感性需求,音乐在构成的目的上被工具理性异化了,从而音乐的美学本质在此也被改写了。法兰克福学派在20世纪对工具理性的批判,应该引起当代乐评者的关注,毕竟人是音乐的本质。

写到这里,有一个场景是难以让我忘却的!

创建于1923年的法兰克福学派及所属的多位哲学家对国际学界产生了不可低估的影响,在法兰克福大学新校园的中心草坪,校方专门为纪念阿多诺而设置了一方公共广场,把阿多诺生前使用的几件物品置放在一个全封闭的玻璃空间中,以向周遭的公众展开,从而表达对阿多诺的敬重:阿多诺曾经使用过的一张硕大的褐紫红办公桌,还有一把同样颜色的带扶手的靠背椅,桌子中间镶嵌着墨绿色的台面,台面上摆放着一盏老旧的乳白玻璃罩台灯与阿多诺的一部代表著。我怀揣着崇敬的心绪靠近,特别想细看一下,究竟阿多诺的哪一部读本可以作为代表著陈列在这里?我注视着这部代表著白灰交织的封面,其赫然书写着"*Philosophie der neuen Musik*"——《新音乐哲学》,并且还有几页阿多诺撰写《新音乐哲学》的德文手稿散落在旁边,更有一座体量较大且老旧的栗色节拍器,以其一角斜压在《新音乐哲学》的书侧上。无疑,这是德国学界对阿多诺作为哲学家之另一种身份的敬重:一位杰出的新音乐哲学家。

一位西方马克思主义哲学家在一次偶然的跨界思考中,对新音乐的书写却成为专业音乐学研究者的必读之书,新音乐哲学家也成为他被尊重的首席身份。而我想表达的是,新音乐在中国当代乐坛崛起得如此繁盛,当代中国的专业音乐学研究者又有什么理由容忍当代音乐评论依然处在不对等的贫困状态?当然,音乐评论需要哲学的深度性思考,这也对当下的专业音乐评论者提出了更高的要求。

音乐的耳朵与超生物性感官

——重读马克思《1844 年经济学哲学手稿》相关内容并及赵宋光人类学本体论思想讨论

韩锺恩

[内容提要] 本文系笔者的经典读书笔记之一,即以马克思《1844 年经济学哲学手稿》中的术语"音乐的耳朵"为主题,通过讨论与此相关的哲学与美学问题,结合赵宋光的"人类学本体论"思想,释解潜藏并隐义于其中的专属于"音乐的耳朵"的意义指向。本文将从主体与对象之间互为依存的相属关系、人的听感官属性与"音乐的耳朵"的存在问题为切入点,关联超生物的肢体、超生物的经验、超生物的目的等术语的概念,就音乐的耳朵所牵涉的经验性想象与先验性想象关系以及由此关系成就的超结构性与听本体的问题,作出进一步的讨论。本文将进而认定:只有在作为音乐的声音这样一种仅有的感性对象的前提条件下,通过属艺术的听动作与具审美的临响行为,才可能成就之所以是的音乐的耳朵。

[关键词] 音乐的耳朵 超生物性感官 马克思《1844 年经济学哲学手稿》 赵宋光人类学本体论思想

卡尔·马克思在其早年著述《1844 年经济学哲学手稿》中,给出一个后来常常被相关学界同仁随意引述并误读释解的词语:音乐的耳朵。引述释解者的研究领域主要集中在哲学、艺术学、美学、音乐学、音乐美学与音乐哲学等。马克思的《1844 年经济学哲学手稿》因写于法国巴黎,遂又称《巴黎手稿》。据《马克思恩格斯全集》第四十二卷称,《巴黎手稿》"写于 1844 年 4—8 月,原文德文,第一次全文发表在《马克思恩格斯全集》1932 年国际版第 1 部分第 3 卷"。①

目前,据我所知的对这部文献的汉译版本主要有以下四种(按出版先后为序):

§ 马克思:《1844 年经济学-哲学手稿》,刘丕坤译,根据《马克思恩格斯早期著作选》1956 年俄文版译出,校订时参考其他文本,人民出版社 1979 年 6 月第 1 版,北京。

§ 马克思:《1844 年经济学哲学手稿》,载于《马克思恩格斯全集》第四十二卷,中共中央马克思、恩格斯、列宁、斯大林著作编译局译,根据刘丕坤译文校订,并承朱光潜、熊伟提意见,人民出版社 1979 年 9 月第 1 版,北京,第 43—181 页。

§ 马克思:《经济学-哲学手稿》(节译),朱光潜据 1956 年柏林出版的马克思、恩格斯《经济短著》本(Marx, Engels: *Kleine ökonomische Schriften*)译注,载于《美学》第二期,中国社会科学院哲学研究所美学研究室、上海文艺出版社文艺理论编辑室合编,上海文艺出版社 1980 年 7 月第 1 版,上海,第 1—14 页;后收入程代熙编:《马克思〈手稿〉中的美学思想讨论集》,陕西人民出版社 1983 年 2 月第 1 版,西安,第 1—29 页。

§ 卡尔·马克思:《1844 年经济学哲学手稿》(Karl Marx: *Economic and Philosophical Manuscripts*),伊海宇译,时报文化出版企业股份有限公司 1990 年 9 月 1 日初版,台北。

实际上,在马克思《1844 年经济学哲学手稿》中,从语言表述层面来说,并没有"音乐的耳朵"这样一个术语,马克思在书中所呈现的与"音乐"及"耳朵"有关的表述,都是以否定的方式进行修辞的陈述,比如"不辨音律的耳朵""没有音乐感的耳朵"与"不懂音乐的耳朵"。然而,从理论论述的层面来说,假如我们把其置放在整个上下文的完整语境之中,即使"音乐"与"耳朵"转向了以肯定方式进行修辞的陈述,实际上这一陈述也只是马克思在论述哲学问题的过程中所使用的一个术语而已。因此,从严格意义上说,"音乐的耳朵"在马克思的《1844 年经济学哲学手稿》中,并非

---

① 卡尔·马克思:《1844 年经济学哲学手稿》,载《马克思恩格斯全集》第四十二卷,人民出版社,1979 年,第 43 页。

是一个有着专属意义指向的概念,①但是它却切切实实地构成了一个问题:究竟有没有这样一个有别于自然属性的音乐的耳朵?假如有的话,这个"耳朵"又是否可以扩至所有有别于自然属性的感官?顺着这一思路,我们可以继续设问:这样一种有别于自然属性的艺术的感官,究竟是什么?

"超生物性概念"出自赵宋光先生写于1975年的一篇文章。在这篇文章中,赵先生署其名为方耀,并以《论从猿到人的过渡期》为文章命题。② 我们在这里把此概念与"感官"一词相连缀,组成"超生物性感官",并再次把"超生物性感官"与马克思"音乐的耳朵"予以对应且形成关联。

为了充分地理解"音乐的耳朵"这一术语并对此有着相应的有效释解,我们接下来将会先辑录上述的相关文本对这一术语的译释,以此作为本文进一步诠释与讨论"音乐的耳朵"的基本依托。

马克思的《1844年经济学哲学手稿》包括以下部分:序言;[第一手稿]:工资,资本的利润(一、资本,二、资本的利润,三、资本对劳动的统治和资本家的动机,四、资本的积累和资本家之间的竞争),地租,[异化劳动];[第二手稿]:[私有财产的关系];[第三手稿]:[国民经济学中反映的私有财产的本质],[共产主义],[需要、生产和分工],[货币],[对黑格尔的辩证法和整个哲学的批判]。③ "音乐的耳朵"出自[第三手稿]中的[共产主义]部分,我们仅辑录四个译本中对这一术语的相关

---

① 按:在这里,我们有必要把"术语"和"概念"的含义加以区分:术语是各门学科中具有约定俗成意义的专门用语;概念是一定事物与现象之特有属性的逻辑形式。参见王振复主编的《中国美学范畴史》(History of Chinese Aesthetic Category)第一卷中的有关叙事。王振复编:《中国美学范畴史》,山西教育出版社,2006年,第3页。
② 赵宋光(署名:方耀):《论从猿到人的过渡期》,《古脊椎动物与古人类》(Vertebrata Palasiataca),中国科学院古脊椎动物与古人类研究所主办,1976年第2期。按:关于此文,李泽厚在写于1964年的《试论人类起源(提纲)》中提到,他曾与赵宋光先生多次讨论这一提纲,最终由赵宋光先生执笔成文,并署名方耀发表。载《李泽厚哲学美学文选》,湖南人民出版社,1985年,第179页脚注。再按:据赵宋光先生自己回忆:"马克思并没有说人以外的物质是唯一的东西,他强调的核心还是人的活动。"于是,在"生产力的核心是人的创新活动,是人的使用工具的活动"这一思想的指导下,赵宋光完成了《论从猿到人的过渡期》这篇文章。参见刘红庆《耀世孤火——赵宋光中华音乐思想立美之旅》中的有关叙事。刘红庆:《耀世孤火——赵宋光中华音乐思想立美之旅》,齐鲁书社,2011年,第75页。
③ 参见马克思《1844年经济学哲学手稿》目录。马克思:《1844年经济学哲学手稿》,载《马克思恩格斯全集》第四十二卷,人民出版社,1979年,第Ⅰ—Ⅱ页。

陈述：

只有音乐才能激起人的音乐感；对于不辨音律的耳朵说来，最美的音乐也毫无意义。①

只有音乐才能激起人的音乐感；对于没有音乐感的耳朵说来，最美的音乐也毫无意义。②

正如只有音乐才唤醒人的音乐感觉，对于不懂音乐的耳朵，最美的音乐也没有意义（感觉）。③

只有音乐才能激起人的音乐感；对于没有音乐感的耳朵来说，最美的音乐也毫无意义。④

就翻译而言，这一相关陈述的四个译本基本上没有太大差异，然而，如果我们基于上述的译本提出"究竟有没有这样一个有别于自然属性的音乐的耳朵"这一问题，就必须进行文本的还原，即把与问题相关的陈述置放在其原本的上下文中间加以审视，以钩沉与考掘可能潜藏并隐义于文本中的专属意义指向。限于篇幅原因，笔者将不再进行不必要的简单重复，以下引述的文献皆以《马克思恩格斯全集》第四十二卷本作为主体文本，在不需要对重大歧义予以甄别的情况下，笔者将不再赘录其他的译本。

从马克思《1844 年经济学哲学手稿》原本的上下文来看，这一陈述是在讨论对象与人的对象之关系，进而在牵涉人的本质力量的对象化的问题时，从对象与主体两个方面对这一问题作出的判断。

因此，随着对象性的现实在社会中对人说来到处成为人的本质力量的现实，也即成为人的现实，因而成为人自己的本质力量的现实，一切对象对他说来也就成为他自身的对象化，成为确证和实现他的个性的对象，成为他的对象，也就是说，对象成了他自身。对象如何成为他的对象，这

---

① 马克思：《1844 年经济学-哲学手稿》，刘丕坤译，人民出版社，1979 年，第 79 页。
② 马克思：《1844 年经济学哲学手稿》，载《马克思恩格斯全集》第四十二卷，人民出版社，1979 年，第 125—126 页。
③ 马克思：《经济学-哲学手稿》（节译），朱光潜译注，上海文艺出版社，1980 年，第 11 页。
④ 卡尔·马克思：《1844 年经济学哲学手稿》，伊海宇译，时报文化出版企业股份有限公司，1990 年，第 84—85 页。

取决于对象的性质以及与之相适应的本质力量的性质,因为正是这种关系的规定性形成一种特殊的、现实的肯定方式。眼睛对对象的感觉不同于耳朵,这是由于眼睛的对象不同于耳朵的对象。每一种本质力量的独特性,恰好就是这种本质力量的独特的本质,因而独特性也是本质力量的对象化的独特方式,它的对象性的、现实的、活生生的存在的独特方式。因此,一方面,人不但通过思维,而且以全部感觉在对象的世界中肯定自己;另一方面,即从主体方面来看,只有音乐才能激起人的音乐感,对于没有音乐感的耳朵说来,最美的音乐也是毫无意义的。音乐不是对象,因为"我"的对象只能是"我"的一种本质力量的确证,也就是说,它只能像"我"的本质力量作为一种主体能力自为地存在着的那样而对"我"存在,因为任何一个对象对"我"的意义(它只是对那个与它相适应的感觉说来才有意义)都以"我"的感觉所及的程度为限。①

由此论述我们进一步可以看到,这里的中心议题,就是关于人的创造物的属性问题,以及这样的创造物对象与创造者人(主体)之间的关系议题。因此,音乐的耳朵,从表面上看,似乎仅仅是上述哲学问题论述过程中的一个术语,而并非是有专属意义指向的概念;但如果我们深入一步看,是否可以通过对相关哲学与美学问题的理解,去释解有可能潜藏并隐义于其中的专属于音乐的耳朵的意义指向呢?思路至此,笔者有着如下的三点思考:

第一,主体与对象之间互为依存的相属关系。基于人的本质力量对象化这一理论前提,我们可以充分强调一切对象对人说来也就成为人自身的对象化,成为确证和实现人的个性的对象,成为人的对象,甚至于对象成为人自身。这一互为依存的相属关系,仅在马克思《1844年经济学哲学手稿》的其他译本中就有着进一步的强调,比如刘丕坤译本,将"成为人的现实"译为"成为属人的现实",将"成为人自己的本质力量的现实"译为"成为人固有的本质力量的现实";②再比如朱光潜译本,将"对象成了他自身"译为"人自己变成了对象"。③ 核心的问题是,之所以主体创造者

---

① 马克思:《1844年经济学哲学手稿》,载《马克思恩格斯全集》第四十二卷,人民出版社,1979年,第125—126页。
② 马克思:《1844年经济学-哲学手稿》,刘丕坤译,人民出版社,1979年,第78页。
③ 马克思:《经济学-哲学手稿》(节译),朱光潜译注,上海文艺出版社,1980年,第10页。

"人"与对象创造物和合一体的规定性就在于只有当对象对人说来成为人的对象或者说成为对象性的人的时候,人才不至于在自己的对象里面丧失自身。① 与此相应,只有当物按照人的方式同人发生关系时,"我"才能在实践上按照人的方式同物发生关系。② 与此相反,人的对象化的本质力量以感性的、异己的、有用的对象的形式,以异化的形式呈现在我们面前。③

第二,从人的感官的自然属性来说,它们的差异性是十分明显且不容混淆的。例如,眼睛的自然属性对应形状,耳朵则对应声音等,这是毋庸置疑的。需要讨论的是,眼睛与形状所必须通过的视,耳朵与声音所必须通过的听,也就是由既定感官所发出的特定动作的行为,以及在属生物的感官与动作行为之后,有没有特殊的感官和异常的动作行为。马克思在《1844年经济学哲学手稿》中认为:"不言而喻,人的眼睛和原始的、非人的眼睛得到的享受不同,人的耳朵和原始的耳朵得到的享受不同。"④并由此进一步引发了对于相关感觉的结论:"人的感觉、感觉的人性,都只是由于它的对象的存在,由于人化的自然界,才产生出来。五官感觉的形成是以往全部世界历史的产物。"⑤由此可见,在属人的范畴之中,属文化的与属艺术的,乃至具审美的,所有一切,都可能在其各自的活动过程中构成特殊的感官与异常的动作行为。折返回去,这一由既定感官所发出的特定动作行为,就是一种超生物性感官,以及由此产生出的相应经验与目的。就像马克思上述所提到的那样,人以自己的全部感觉在自己创造进而属于自己的对象世界中肯定自己。由此在面对音乐时,我们去听这样一种属文化的与属艺术的,甚至于具审美的声音创造物所遭遇的问题,究竟是生长着一只仅仅能够听到一些声音的原始耳朵,还是生成一只能够听出什么样以及之所以是声音的音乐耳朵?

第三,在人造世界愈益成为人所面对的世界,进而成为人的世界,甚至于成为人自身的现实的情势下,音乐的耳朵究竟是一个事实存在,还是

---

① 马克思:《1844年经济学哲学手稿》,载《马克思恩格斯全集》第四十二卷,人民出版社,1979年,第125页。
② 同上书,第124页注②。
③ 同上书,第127页。
④ 同上书,第125页。
⑤ 同上书,第126页。

一个概念存在？眼睛不可能经由看而接收乃至接受声音，①耳朵也不可能经由听而接收乃至接受形状，这是自然固有的，是属生物的感官本身的规定。依照波普尔对于三个世界的看法，②假如物质是世界1，精神是世界2，那么，包括艺术作品在内的人的创造物就是世界3。毫无疑问，我们在这里所讨论的音乐与音乐的耳朵，同属于世界3。然而更为复杂的问题是，音乐的耳朵究竟是一个无须事实依据的概念，还是一个无须概念证明的事实？③进一步来说，本有的之所以能够通过精神创造去部分改变物质形态的那个原样的世界0，④又将会被置于何处？退一步来讲，作为人的创造物的音乐与作为属人的超生物性感官的音乐耳朵，以及由此超生物性感官的音乐的耳朵所产生的感性经验与存在目的，又将如何构成更加高端的互为依存的相属关系？

由上述问题我们可以聚焦以下思路：假设音乐的耳朵是有专属意义指向的一个特定概念，我们似乎有必要对此先进行一个去蔽，即音乐的耳朵并非仅仅是具有音乐感的耳朵。所谓对牛弹琴的喻示，即对一个没有音乐感的耳朵来说，再美的音乐也是没有意义的。其实，这一释解本身就

---

① 按：为了对相关的美学问题进行深度讨论，笔者有必要在事实乃至概念上，对接收与接受作一个辨析：接收是一个纯粹的动作，是被动的，可以没有主体姿态，是中性的；而接受则包含一种行为方式上的意味，是主动的，不能没有主体姿态，是偏性的。因此，当二者置放在一起合用时，我们除了需要对此给出必要的区别与说明之外，还应该有进一步的意义规定，比如对于接收官与接受理念的思考。
② 按：波普尔在1972年出版的《客观知识》一书中，系统地提出了三个世界的理论，即：把物理世界称作世界1，包括物理的对象和状态；把精神世界称作世界2，包括心理素质、意识状态、主观经验等；把人类精神活动的产物用来指称世界3，即思想内容的世界或客观意义上的观念的世界，或可能的思想客体的世界，包括客观的知识和客观的艺术作品。参见百度中的有关叙事，http：//www.360doc.com/content/12/0604/18/1720781_215886230.shtml。
③ 按：最近，我在跟学生上课讨论问题时，涉及了事实与概念之间的关系问题。以往人们常常以客观与主观的相对方式去观照这对关系，我现在考虑，是不是可以以互存互动的方式去对其加以观照？也就是说，概念即意识认定之事实，事实即感官确定之概念。
④ 按：世界0是我依据波普尔三个世界理论的一个新的提法，参见韩锺恩：《2015第10届交叉音乐学大会（Conference on Interdisciplinary Musicology）闭幕主持》中的有关叙事：声音本体→想象本体：无须上下文的本文，没有方位的原位，自有永有的绝对存在，之所以是的是——本体论承诺？在世界1（物质世界）、世界2（精神世界）、世界3（创造物世界）之前，是否还存在一个本有的世界0（之所以能够通过精神创造以部分改变物质形态的原样世界）？2015年11月27日，上海。再按：该会议的议题为"音乐中的想象"，会议于2015年11月27—29日在上海音乐学院学术厅举行，并由交叉音乐学学会（Society for Interdisciplinary Musicology）与上海音乐学院（Shanghai Conservatory of Music）主办，上海音乐学院音乐学系承办，上海评弹团、上海数蕤文化传播有限公司与上海卓佑文化传播有限公司协办，并得到了大会网站、《音乐艺术》（上海音乐学院学报）与中国音乐学网媒体的支持。此次会议纳入了2015上海音乐学院重大活动项目与第六届上海音乐学院音乐学术季系列活动。

是对属人的感官的一种遮蔽,因为对牛也好,对没有音乐感的耳朵也好,它们终究不会把这种特殊的听当作一个专职,也不会把这个特殊的听感官当作一个专职器官,更不用说把这种通过特殊的听感官进行的特殊的听当作一个有着专属意义指向的目的。这里,类似视而不见(look but see not,在看,没看到)与听而不闻(listen but hear not,在听,没听到)的悖论式表述中所隐藏着的深刻含义是值得充分关注的。

对此,上文已论述到,赵宋光先生早在 20 世纪 70 年代就提出了一系列有关超生物性的问题。他既是出于对人类学本体论问题的关注,[①]也是出于对人类发生发展进程中由使用制造更新工具所焕发出来的智力、智能与智慧的关切。[②] 先生择取了一个有别于劳动在从猿到人转变过程中所起到的质变作用的视角,深度审视并逐步描述了处于从猿到人过渡期中间的多层级质变,这些质变与音乐的耳朵密切相关。尤其值得一提的是,赵宋光先生论述了在此过渡期之间,这个逐渐从猿到人演化衍变的族类,是如何通过使用创造更新的工具以形成超生物的肢体、积累超生物的经验进而实现超生物的目的的。

关于超生物的肢体,赵宋光先生从人种学和人文学的角度,把马克思关于工具作为人类肢体的延长、作为人的非有机的躯体与作为人的活动器官的哲学论述,作了进一步的阐发:

> 经常化的使用工具的活动把大量天然物件用作工具,这些物件就成为他的天生肢体之外的肢体,它们突破了原有肢体为遗传所决定的生物局限性,例如,锋利的石椎能赛过利齿,挥舞粗硬的木棒能赛过强爪硬角迎击敌手,扔出去的石块能赛过飞奔的腿追逐猎物……它们客观上已成为这族类的"超生物的肢体"。形成中的人走出生物界,并不是开始于他的意识方面,而是开始于他的存在方面:在过渡期之初,尽管这个族类的

[①] 按:人类学本体论是 20 世纪 60 年代赵宋光先生与李泽厚先生所共同关注并经常讨论的问题,与此相关的命名还有历史本体论与人类学历史本体论。再按:赵宋光先生将人类学本体论视为马克思主义的显义,他认为:"马克思主义的显义是阶级斗争和无产阶级专政学说,马克思主义的隐义则是人类学本体论、关于人类历史的质料主义观点、工艺学的视角和方法。"参见罗小平、冯长春编著:《乐之道——中国当代音乐美学名家访谈》(第五章"学坛奇才——赵宋光中的有关叙事"),上海音乐学院出版社,2011 年,第 242 页。
[②] 赵宋光语:"人类历史依托生产力发展的根本质料的隐秘内核,就是人类使用、制造、更新工具的持续能动创新活动。"参见同上书,第 213 页。

脑量并没有超过猿,但由于他已具有一双以使用工具为专门职能的手,将大量不同质料、不同形状的自然物件,以多种多样的使用方式,化为他的"超生物肢体",因而,这个族类的肢体存在已经是超生物的了。①

这里,如果我们把音乐的耳朵作为超生物的肢体,②除了可能突破生物性遗传的局限之外,是否在相当的程度上表明了人文进化的结果,即在一般生存活动的一个普通器官之后,又成为文化生存活动的一个特定器官。这一个有别于自然属性的音乐的耳朵及其所发出的听动作乃至临响行为,在属人的范畴中间,已然成就为一个属文化的与属艺术的,乃至具审美的特殊感官与异常的动作行为。

关于超生物的经验,赵宋光先生认为,随着工具的频繁运用,以及与此相应的材料、形状与工具运用样态的愈益多样化,并以此作为原因,使各种各样的形状与材料的工具以各种可能的样态活动起来(作为中介),从而使周围的事物发生了愈益广阔而深刻的变化(作为结果)。这样的因果链只有在具有超生物的肢体的人的活动中才能形成,形成后的因果链进而反映在了人的主观方面,也即形成了超生物的经验。这种经验既包括对使用工具器官的技能,对工具性能的感知与对工具活动所引起的种种事物变化的感知,也包括对动作样式和活动样态因果联系的感知与对活动样态和引起相应变化因果联系的感知。③ 由此关联的同为超生物的

---

① 赵宋光(署名:方耀):《论从猿到人的过渡期》,《古脊椎动物与古人类》1976年第2期。
② 按:对于把音乐的耳朵作为超生物的肢体,赵宋光先生也有着相关的论述,参见赵宋光《数在音乐表现手段中的意义》中的有关叙事:"以数理关系的形成逐渐暗示出音乐耳朵的人文意义;声音的三种基始侧度(强弱、长短、高低和音色作为音高和音量共同参与的复合侧度)→其量受到人的加工→量的规定与变化常常处在特定的比例关系之中→比例数量呈现为单纯的自然数→一方面作为人类理性在听觉审美对象中的淀积,另一方面也是人类审美听觉这种本质力量(音乐耳朵)成长发达的必经途径。"赵宋光:《数在音乐表现手段中的意义》,《美学》第5期,中国社会科学院哲学研究所美学研究室、上海文艺出版社文艺理论读物编辑室合编,上海文艺出版社,1984年,第179—199页。再按:对于赵先生的上述观点,我曾于《阅读赵宋光有关文论并由此引申》一文中,作了这样的提问:这种淀积仅仅是理性的吗? 如果是的话,那么经验的积累又在哪一个环节? 尤其是音乐的耳朵作为超生物性肢体的成型有没有反数学(单纯的自然数展现出复杂的质量关系)的历程? 见韩锺恩:《守望并诗意作业——韩锺恩音乐文集》,上海音乐学院出版社,2007年,第222—223页。
③ 参见赵宋光(署名:方耀)《论从猿到人的过渡期》中的有关叙事(《古脊椎动物与古人类》1976年第2期)。按:就此问题,李泽厚在《试论人类起源(提纲)》中也有着相应的表述:"通过这种以工具为中介的劳动活动,日益被揭示出来,成为其他生物族类所不可能获有的超生物的经验。"见李泽厚:《试论人类起源(提纲)》,载《李泽厚哲学美学文选》,湖南人民出版社,1985年,第181页。

经验的音乐审美经验,作为一种具有观照性的人文活动结果,就是通过这种活动结果来反观自身。这一审美经验除了有特定的感受对象音乐之外,也把自身作为一个特殊的感知对象,包括对音乐的耳朵的认知。很显然,这些活动以及与此相关的问题在一定的意义上,已然跨越了从体质人类学到文化人类学、从古人类学到哲学人本学的界限。

关于超生物的目的,赵宋光先生如是描写:

形成中的人本有生物性的本能需要(例如食物,适宜的温度,免除危险等),起初,在他使用工具以满足生存需要的斗争中,本能需要的对象是他的"目的物",使用工具仅仅是为了达到这个目的的"手段(中介)";但当这样的活动在他生存斗争中占优势以后,事情就变成了不通过某种"中介",他就无从获得那些"目的物",他的本能需要就无法得到满足,为了满足本能需要,他首先需要有"中介"……对于一个双手已有一定技能的族类,所需要的就是工具,于是,工具成了"目的物",这是"超生物的目的物"。①

从一定意义上来说,音乐的耳朵就是这样一个超生物的目的物。起初,声音作为一种载体,以人的情感表达与交流作为其存在的目的,人们通过接收去理解与诠释这样一种情感表达与交流,进而接受这样一种表达与交流,并以此为音乐进行最初的命名。之后,随着声音功能的愈益进化和强化,声音本身似乎也有了结构上的意义,于是就出现了一种纯粹的生产和消费性声音:人们需要一种只供感性愉悦的声音。② 因此,不仅音乐成为这样一种只供人的感性愉悦的声音的最后方式,而且音乐的耳朵自然

---

① 赵宋光(署名:方耀):《论从猿到人的过渡期》,《古脊椎动物与古人类》1976年第2期。
② 按:针对这样一种只供人的感性愉悦的声音,我曾经作出了一个类比。2001年10月22日,在与大家讨论艺术问题的纯粹性时,我突然进出了一个有点奇特的概念:时装音乐。我思索到,模特的衣服是穿在人身上的,但不是给人穿的,因为它只是给人看的,具有完全的去功能性、彻底的无实用性与绝对的划时代性特点。那么,我们是不是可以这样认为,与仅仅给人看的衣服相同,仅仅给人听的声音才是满足人的纯粹听觉感官及其感性愉悦的音乐。但这究竟是标示出一种时尚的文明,还是给出一个艺术的承诺? 或者这种音乐就是先验的存在? 对此,我们似乎可以有这样一种肯定:艺术本身是一个东西,唯有通过直观的感性体验才可以通达艺术。那么,通过这样一种纯粹声音与纯粹聆听的对接,是否有可能呈现出艺术的部分意义来呢?

也就成为接收乃至接受这样一种音乐并与之形成最合式关系的超生物的目的物。

至此,专属于这样一种超生物的目的物——音乐的耳朵的意义指向便逐渐彰显了。

笔者就上述针对马克思在《1844年经济学哲学手稿》中相关哲学美学问题的理解,并如何与音乐的耳朵相关联的问题回应如下:

其一,关于互为依存的相属关系:就像音乐中有什么样的声音就能够造就什么样的耳朵一样,反过来,有什么样的耳朵同样也就能够听出音乐中该有什么样的声音。

其二,关于人的听感官属性:正因为有这样一个超生物的感官,人们才可能听出音乐中该有什么样的声音。也许,没有音乐的耳朵,人可以听到所有的声音,却听不出作为音乐的声音。

其三,关于音乐的耳朵的存在问题:对于这个非生物又超生物的存在,我们应该在哲学的高度上对此予以确认,以使其作为一个理论的前提,进入艺术学乃至美学的论域中,发挥托底的作用。

由此,当我们再次关联前文论及的赵宋光先生有关超生物的肢体、超生物的经验与超生物的目的论述。笔者以为,就现实意义层面的音乐的耳朵而言,我们不能忽视想像与想象在其听动作乃至临响的行为中,[①]同

---

① 按:临响(living soundscope)是我的一个原创叙辞,这一叙辞有着明确的音乐美学指向与归属,对此我给出如下定义:置身于音乐厅这样的特定场合,面对音乐作品这样的特定对象,通过临响这样的特定方式,再把在这样的特定条件下获得的(仅仅属于艺术的和审美的)感性直觉经验,通过可以叙述的方式进行特定的历史叙事和意义陈述。其简约表述:置身于音乐厅当中,把人通过音乐作品而获得的感性直觉经验,作为历史叙事与意义陈述的对象。参见本人的论文《临响,并音乐厅诞生——一份关于音乐美学叙辞档案的今典》中的有关叙事。韩锺恩:《临响,并音乐厅诞生——一份关于音乐美学叙辞档案的今典》,载中国艺术研究院音乐研究所、香港中文大学音乐系编:音乐学年度丛书《音乐文化》2001年总第2卷,文化艺术出版社,2002年,第392—393页。再按:依据相关理论研究,我认为想像与想象有着不同所指,想像是指依托经验的再生性想像,想象指不由自主的原生性想象。参见周凌霄两篇文章中的有关叙事:"想像力(Eikasia):仅仅把表象的形式呈现给直观,主要作用在于再现所看到的事物的具体形象;想象力(Phantasia):在没有对象在场的情况下,从感觉材料中或者通过虚构或者通过抽象而形成形象。"第一篇为《从康德的"想象力"到汉斯立克的"幻想力"》,系周凌霄的上海音乐学院音乐学系2008级/2013届本科毕业暨学士学位论文,指导导师为韩锺恩,2013年5月15日在上海音乐学院音乐学系通过答辩;第二篇为《维柯艺术想象理论并及音乐想象相关问题研究》,系周凌霄的上海音乐学院2013级/2016届艺术学理论学科艺术哲学与批评专业音乐美学方向硕士学位论文,指导导师为韩锺恩,2016年5月12日在上海音乐学院通过答辩。

样存在着由中介物到目的物的结构转换,并以此成就一种超结构性结构的历史进程。

对此,笔者仅就音乐的耳朵所牵涉的经验性想像与先验性想象的关系,以及由此关系成就的超结构性结构与听本体的问题,作出以下讨论:

第一,听感官有没有可能在属艺术与具审美的范畴内由连接性中介结构变成超结构性结构呢?① 如果以生物性目的→超生物性目的→超生物性目的作为目的,听感官的工艺学结构层次为自然躯体以及天生感官动作行为(始渡线)→使用工具并延长自然躯体再转换天生感官(中线)→制造工具并从中获得感性愉悦再生成价值环链(终渡线),②那么,在超生物性目的作为目的的合目的性牵引下,通过艺术的方式发出声音的合规律性的音乐(音乐之所以是艺术底线和审美边界),以及以此本体论作为依据的临响(想象的声音在无目的的合目的性进程中)是否具有存在的合理性。③

第二,一方面是再生的经验性的声音想像,另一方面则是原生的先验性的声音想象,那么在确认艺术中具有大量经验性想像的前提下,我们设问:有没有先验性的艺术想象? 由此我们可以进一步设问:当想象中介在艺术中果然成为超结构性存在(类超生物的目的作为目的)的时候,这样一种先验性的艺术想象即艺术想象本体是否可以就此确证?④ 反过

---

① 按:为了使这里的讨论更加充分有效,我们不再将属文化的问题纳入其中。笔者认为,所谓的"文化属性"仅仅表明"这样一种音乐是人创造的";所谓的"艺术属性"则表明"这是一种具人文性工艺结构的音乐作品";所谓的"美学属性"则进一步表明"这样一种音乐仅仅满足人的纯粹感性愉悦"。因此,这里的讨论便不再牵涉什么是作为文化产物的音乐,而主要针对与围绕作为艺术作品的音乐与作为审美对象的音乐以及作为纯粹形式的音乐具有什么样的特性。
② 按:这里的工艺学结构层次,是根据赵宋光先生有关从猿到人的过渡期的历史描述范式所设定的,参见罗小平、冯长春编著的《乐之道——中国当代音乐美学名家访谈》(第五章"学坛奇才——赵宋光中的有关叙事"):"始渡线"是前肢演变为使用工具的专职器官——手(这时期的"工具"是天然物件因人对它的使用而成立的),"中线"是族类群体间互相交流的有声信号因具有使用工具活动的心理内涵而演变为语言的萌芽,"终渡线"是把自然界的物件加工成为生产工具(制造工具从旧石器时代到新石器时代的推进)。参见罗小平、冯长春:《乐之道——中国当代音乐美学名家访谈》,上海音乐学院出版社,2011年,第216—217页。
③ 参见本人在《天马行空再求教——庆贺赵宋光先生80华诞特别写作》中的有关叙事。见韩锺恩:《天马行空再求教——庆贺赵宋光先生80华诞特别写作》,《星海音乐学院学报》2011年第4期。
④ 按:之所以称其为想象本体,是因为这种先验性的艺术想象至少有3个不可述说者,即凭什么这样想象,人们难以预料会想象出一个什么样东西与之所以这样想象的理由。于是,只有通过想象之后,本体才可能呈现这样的结果:想怎么想就怎么想,想什么像什么,想出来的就是一个东西。

来,在先验性想象果然存在并为艺术想象提供可能性的基础上,在作为审美对象的各类艺术作品已然自足的情况下,我们再次设问:经验性的艺术想像对于审美主体的审美活动来说是否还有存在的价值?

第三,当人们面对完全陌生的属艺术的感性直觉对象,甚至于对所面对的感性直觉对象完全处于无经验状态之时,是不是会有一种处于先验层面的艺术想象首先为人们提供一种对这些无经验的感性直觉对象进行想象的可能性?这种逼近先验层面的艺术想象,除了在理论上可能确证其存在的条件之外,是否还可能在事实上确认其存在?当音乐想象作为中介置于听感官与思意识之间时,实现了在不同结构间的功能衔接,当缺其不可时,想象中介是否就因此转变成了一个超结构性的存在?进一步来说,当此超结构性结构成为一个不可或缺的结构时,我们是否就此可以确证想象本体的存在?

第四,如果声音果然由传递或者传达他者表达与示意的中介物,逐渐变成仅供感性愉悦的纯粹目的物,那么听感官有没有可能在属艺术与具审美的范畴内,也由一个仅仅作为听动作的中介物变成一个足以成就临响行为的目的物呢?假如没有这个有艺术属性的听对象与具审美性质的听感官及其行为动作,假如通过临响依然形不成这样一种有艺术属性与具审美性质的听感官事实,[①]那么,这是不是就意味着艺术的声音与非艺术的声音没有任何的差别?如果说,处于生存低端时段的人们依赖的是"操作领先-言语镶嵌"的范式,[②]那么在进入生存高端的时段之后,人们是否能够在想象的介入下并因此成就为超结构性结构之后,形成并依托一种"操作-语言"的即时完形的范式?

第五,如果说面对音乐的听是人的属自然的听本能通过听感官生成的超结构性结构,尤其当人们面对艺术音乐的听作为超结构性结构成为

---

① 按:听感官事实是我近年来创用的一个仅限于艺术与审美范畴的具有专属意义指向的术语概念,仅从字面看,不难理解,就是通过听这个感官以及相应的听动作与临响行为所呈现的一个事实,或者说,就是通过听这个感官去接收且接受一个声音并由此获得一种感觉。然而,一旦将此置于特定的艺术学与美学论域中间,我们仅从字面理解这一概念就远远不够了。就艺术学而言,我们需要明确其听对象前提,即听什么样的声音;就美学而言,我们又需要明确其听感官及其听动作与临响行为前提,即依托什么去听这样一种声音。
② 按:这是赵宋光先生在推进幼儿数学教学过程中所发现的一条类规律的规则,参见罗小平、冯长春编著的《乐之道——中国当代音乐美学名家访谈》第五章"学坛奇才——赵宋光中的有关叙事"。

结构之时，音乐作为艺术作品才得以起源，音乐作为审美对象才得以发生，那么听本体作为无目的的合目的的存在，能不能通过意向去把握声音在听经验与听意识中的显现？这是不是一种有别于现实存在的意向存在？也就是说，依托这一只立美在先的音乐的耳朵，①以临响的方式去听那种属艺术的声音，并在临响的过程中通过意向去显现具审美的意义是否自洽？

让我们回到马克思的《1844年经济学哲学手稿》。依照经典马克思主义理论，任何人的创造物包括音乐，都只是人的本质力量的对象化：

[IX]在通常的、物质的工业中，人的对象化的本质力量以感性的、异己的、有用的对象的形式，以异化的形式呈现在我们面前。②

工业的历史和工业的已经产生的对象性的存在，是一本打开了的关于人的本质力量的书，是感性地摆在我们面前的人的心理学。③

动物只生产自身，而人再生产整个自然界；动物的产品直接同它的肉体相联系，而人则自由地对待自己的产品。动物只是按照它所属的那个种的尺度和需要来建造，而人却懂得按照任何一个种的尺度来进行生产，并且懂得怎样处处都把内在的尺度运用到对象上去；因此，人也按照美的规律来建造。④

关于人的本质力量的对象化问题，黑格尔在其哲学中就有着与上述相似的表述，本人在这里特意举出《美学》中的一个形象的喻示："一个小男孩把石头抛在河水里，以惊奇的神色去看水中所现的圆圈，觉得这是一个作

---

① 按：立美是赵宋光先生在音乐美学与教育学领域长期从事教学与研究后创用的一个特定概念，即"立美在先"，参见罗小平、冯长春编著的《乐之道——中国当代音乐美学名家访谈》（第五章"学坛奇才——赵宋光中的有关叙事"）："把自然界的物件加工成为生产工具的活动，是以目标意识领先的，这目标已不是生物性的欲望对象，而是超生物的合目的形式；凭着先前使用工具活动所积累的经验，已经知道什么样的形式具有什么样的性能，为了使加工对象具有某种性能，应当使其具有某种形式。这就是'赋予形式'的历史实例。主体在赋予对象合目的形式的过程中，建立自身活动的另一些合目的形式，以保证加工劳动获得成功。至此，就形成了'对象立美'与'主体立美'互相依存的'立美'概念。"
② 马克思：《1844年经济学哲学手稿》，《马克思恩格斯全集》第四十二卷，人民出版社，1979年，第127页。
③ 同上。
④ 同上书，第97页。

品，在这作品中他看出他自己活动的结果。"①与此相仿的表述，在马克思的《1844年经济学哲学手稿》中也有着如下体现，且这一表述几乎可以看作对黑格尔上述形象喻示的哲学注解或者人类学诠释：

> 正是在改造对象世界中，人才真正地证明自己是类存在物。这种生产是人的能动的类生活。通过这种生产，自然界才表现为他的作品和他的现实。因此，劳动的对象是人的类生活的对象化：人不仅像在意识中那样理智地复现自己，而且能动地、现实地复现自己，从而在他所创造的世界中直观自身。②

也许出于纯粹逻辑意义上的考量，一个双向乃至互向的关系便可以如是地呈现出来：

> 音乐不仅是人的本质力量的对象性存在，与此同时，音乐也通过人实现自己，并显示出音乐自身的本质力量。③

其中，需要引起我们特别关注并进一步研究的问题是：既然音乐通过人实现了自己，那么音乐的本质力量是否并非像人们原先所认定的那样仅仅由人给予？还是应该说，至少有相当一部分音乐是先在的，或者是对一种自在之物的逻辑还原？④

由此，笔者通过重读马克思《1844年经济学哲学手稿》并关联赵宋光

---

① 黑格尔：《美学》第一卷，朱光潜译，商务印书馆，1979年，第39页。
② 马克思：《1844年经济学哲学手稿》，《马克思恩格斯全集》第四十二卷，人民出版社，1979年，第97页。
③ 按：关于"音乐通过人实现自己并显示其本质力量"的观点，参见本人论文《对音乐分析的美学研究——并以"[Brahms Symphony No.1]何以给人美的感受、理解与判断"为个案》中的有关叙事。见韩锺恩：《对音乐分析的美学研究——并以"[Brahms Symphony No.1]何以给人美的感受、理解与判断"为个案》，《中央音乐学院学报》1997年第2期。
④ 按："先在与自在之物"的问题显然牵涉到哲学意义上的形而上本体与先验存在的问题。对此，我曾经以这样的一些叙辞加以表述：与生俱有的存在，唯其不可的存在，独一无二的存在，仅其自有的存在，自然而然的存在，无缘无故的存在，无须解释的存在，不由自主的存在，始终如一的存在，无中生有的存在；之所以是的是，一种以存在自身名义存在着的存在；自有，原有，本是；一种不由自主的自有存在，一种与生俱有的总有存在，一种始终如一的永有存在，一种独一无二的仅有存在，一种之所以是的本有存在。与音乐相关的论述则为：物自体、情本体、声常体、听元体、TMI (the music itself)。

人类学本体论的思想，在明晰了其中蕴含的哲学问题的前提下，重新折返，回到艺术学乃至美学论域中间。我们似乎可以如是认定：

音乐的耳朵，从一个单纯接收普通声音并仅仅产生一般感觉的生物器官，到一个专门接受特殊声音并产生异常感觉的超生物性感官，离不开属艺术的听动作的发生与具审美的临响行为的介入。于是，一个不可或缺的前提条件，也即听感官事实的呈现浮出水面——听与对音乐的听同一。就像胡塞尔所言，听不能与对声音的听相分离，这种"一个为我的内容的此在"是一个可以并且需要进一步使用现象学予以分析的实事。[①] 也就是说，作为感性动作行为的听与临响，和作为感性对象的声音，不但不可分离，[②] 而且它们的根本限定是如此的紧密，即能够与艺术的听与审美的临响这样一个感性动作行为同一的感性对象，只能是作为音乐的声音。

因此，从一定意义上来说，比上述的主体与对象之间互为依存的相属关系更进一步的，即作为音乐的声音与属艺术的听动作以及具审美的临响行为之间，还有一种更加高端且互为依存的相属关系，即一种互为依存的相生关系。正如马克思在论述劳动在人和自然关系中间所发挥的作用时所指出的那样：

> 劳动首先是人和自然之间的过程，是人以自身的活动来引起、调整和控制人和自然之间的物质变换的过程。人自身作为一种自然力与自然物质相对立。为了在对自身生活有用的形式上占有自然物质，人就使他身上的自然力——臂和腿、头和手运动起来。当他通过这种运动作用于他身外的自然并改变自然时，也就同时改变他自身的自然。他使自身的自然中沉睡着的潜力发挥出来，并且使这种力的活动受他自己控制。[③]

[①] 埃德蒙德·胡塞尔：《逻辑研究》（第二卷：现象学和认识论研究，第一部分），倪梁康译，上海译文出版社，1998年，第420页。
[②] 按：依据胡塞尔的说法，此处的不可分离就是一个无须再区分的双重的东西。参见胡塞尔：《逻辑研究》第二卷第一部分中的有关叙事。同上书，第420页。
[③] 卡尔·马克思《资本论》第一卷（上册），根据《马克思恩格斯全集》德文版第二十三卷并参照俄文版译出，在翻译过程中参考了《资本论》第一卷郭大力、王亚南中译本，人民出版社，1975年，第201—202页。

音乐的耳朵既是一个无须事实依据的概念，同时也是一个无须概念证明的事实。只有在专属于艺术设定与专属于审美设入的声音，也就是作为音乐的声音这样一种仅有的感性对象的前提条件下，我们才可以进一步论述，通过属艺术的听动作的发生与具审美的临响行为的介入，人的耳朵才可能成就之所以是的这一只音乐的耳朵。

戏 剧

◆ 导 言

追问这个时代戏剧创作与戏剧批评的纯粹性
——一次学术争鸣的学术史记忆

杨乃乔

2017年11月25日至26日,复旦大学中文系举办了"中西文学艺术思潮及跨界思考:文学与音乐、美术、戏剧、电影的对话"学术工作坊,此次"跨界工作坊"是为了配合复旦大学中文学科百年庆典的学术活动。关于此次"跨界工作坊"论文集戏剧板块的导言,我本来是请南京大学文学院戏剧影视艺术系主任吕效平教授撰写的,众所周知,吕效平是当下中国话剧界的一线编剧、导演与学者,而我所最为欣赏的恰恰是他这种出自学院派的综合学养,他的主要身份是教授与博导。关于导言撰写的问题,我与吕效平多次联系,他的确非常忙,一时拿不出时间来撰写;当然,我也可以请上海戏剧学院的王云教授来写,无奈他也很忙,我想那还是我自己来写,因为只有我是闲云野鹤。

最后之所以还是我自己动笔,其中还有一个更为重要的原因即在于这部"跨界工作坊"论文集在戏剧板块收入了吕效平、宫宝荣、麻文琦三位教授与朱光女士四篇关于话剧《蒋公的面子》对话与商榷的文章,由于这四篇文章在对话与商榷的张力上均指向吕效平的话剧《蒋公的面子》,公允地想来,请吕效平来写这个板块的导言,他反而不方便了。

关键在于,这四篇商榷的文章曾作为一组对话刊发于2016年第1期《上海艺术评论》的"上海论坛",而那一期"上海论坛"的主持人正是我本人,所以我想还是由我自己来写。因为,关于《蒋公的面子》的讨论作为一个曾在2016年中国戏剧批评界引起震动并且波及当下的学术事件,其一直驻留在我的记忆中,鲜活至今,我觉得有必要在细节上谈一谈离我们并不久远的那些人与那些事,以此作为这个板块的"导言",那也是最为恰如其分的了。

我在策划与举办此次"跨界工作坊"时,在国内文学与音乐、美术、戏剧、电影五个领域所遴选的与会学者,他们不仅是来自上述各自领域的一线专家,更多的也是学术圈子里的学者朋友。大家在过去的30多年,因为学术等诸种缘由曾陆续产生过交集,也可以说是或多或少地产生过跨界性交集,并且大家在学术与友谊两个维度上也有着不同程度的相互认同。说到底,大家在各自一方领地生存,却又有着千丝万缕的关系,来的都是朋友,当然也是精神上的对话者!

在"跨界工作坊"论文集的戏剧板块下,我们共集结了四位参加工作坊学者的八篇论文,另外加上朱光女士的论文《戏剧应如何表现特殊历史时期》,总计九篇论文。事实上,朱光女士应该是掀动《蒋公的面子》大讨论的造势者。

诚实地讲,在此次"跨界工作坊"的戏剧板块下,我把吕效平、宫宝荣与麻文琦三位教授邀约于复旦中文系,是"蓄谋已久"的策划。多年来,王云在上海戏剧学院从事中西戏剧及艺术批评的研究,作为一位资深的学者,他是必须要来的。而邀请上述三位教授的一个重要原因即在于,他们是2016年第1期《上海艺术评论》之"上海论坛"关于《蒋公的面子》的对话者与争鸣者。三位教授基于朱光所发表的对《蒋公的面子》进行批评的文章《戏剧应如何表现特殊历史时期》,给出了来自北京、上海、南京三方的激烈讨论。可以说,他们的四篇文章就《蒋公的面子》所形成的对话与商榷是相当坦诚且具有批评性的,四位学者的观点在批评的直率性与修辞的张力性两个维度上,纠结在一起相互指涉,他们据守京沪宁三方各自不同的文化空间所激荡出的思想闪光点真的是嬉笑怒骂皆成文章。特别是吕效平教授撰写的回应朱光的文章《是历史的真实性还是当代的真实性——话剧〈蒋公的面子〉与上海》,既有很到位的专业意识,又有深度的批评介入性。学界同行只要把这四篇文章还原与统合在一个整体的事件语境下,给予一次性的细读,我相信他们所获取的感受应该是非常耐人寻味的,因为整个事件的历史学、社会学、戏剧批评与艺术伦理学之意义的互涉含量是相当宏大且深刻的。毫无疑问,继20世纪"85新潮"以来,这四篇文章的对话与争鸣在当代中国戏剧批评界所产生的影响及张力应该是里程碑式的,因为当代中国戏剧批评在20世纪90年代以来商业化的资本操控时代沉寂得太久了。

在这里,我不再分析四位学者所提交的关于中西戏剧史及其理论研究的另外那四篇文章,也不想分析这四篇文章关于《蒋公的面子》在对话与争鸣中所形成的张力性逻辑观点,大家可以自己阅读。我只想简约地叙述一下这四篇文章是怎样在《上海艺术评论》出场的那些人与那些事。

这四篇文章在2016年第1期《上海艺术评论》刊发时,是在"上海论坛"这个板块组稿推出的。作为"上海论坛"的主持人,我撰写了一个较短的"主持人语":《崛起的戏剧创作呼唤崛起的戏剧批评》,以陈述对《蒋公的面子》进行对话与争鸣的学术背景,从我所拟定的"主持人语"之标题,学界朋友可以见出我们自觉推动此次大讨论的学术目的。从现下看来,这篇"主持人语"记忆了此次学术事件从策划到发生的一些重要细节,所以我认为有必要把"主持人语"全文载录以下,以作为当代戏剧批评史一次争鸣事件的备案文献。

崛起的戏剧创作呼唤崛起的戏剧批评

从本质上来讲,话剧《蒋公的面子》是南京大学文学院戏剧文学专业本科三年级学生温方伊在2011年下半年所写作的一部"学年论文",然而无论怎样,说到底《蒋公的面子》还是当代学院派的话剧创作。2012年5月15日,这部"学年论文"出身的话剧在第五次修订稿的基础上公演后,即刻产生了意想不到的剧场效果,并于2013年成功地进入商演空间。也正是在这一年,《人民文学》第6期全文刊发了《蒋公的面子》的剧本,对于一位大学本科出身的小人物温方伊来说,此种殊荣无疑象征着国家级刊物所给予她的认同与肯定。

然而,关于《蒋公的面子》公演之事态的发展并不只是在鲜花与掌声中激情地持续。2013年10月3日,《新民晚报》文艺版记者朱光女士撰文《戏剧应如何表现特殊历史时期》(附后)对《蒋公的面子》及另外两部话剧进行了批评,她所持有的批评立场主要是定位在如此一个命题上:戏剧应如何表现特殊的历史时期。客观地讲,朱光女士的批评话语出场后,其与《蒋公的面子》公演所收获的轰动效应两者之间构成了必要的张力。我们坚定地认为：崛起的戏剧创作呼唤崛起的戏剧批评。然而问题恰恰不是如此简单，朱光女士的批评在刊出之后，《蒋公的面子》在上海遭遇了禁演。从学理上讲，戏剧创作与戏剧批评的确应该时时处在张力的逻辑关系中，以此相互推动及相互受益，但是如此之结果让当事人均在意料之外。无论如何，也正是在戏剧创作与戏剧批评本然的互动逻辑上，朱光女士的批评话语也在相当程度上激发该剧导演吕效平教授的思考与回应。

2015年10月，我在韩国全南大学东亚研究所邂逅南京大学文学院戏剧影视艺术系的吕效平教授，学者朋友见面所聊谈的话题依然是学术问题。在与吕效平教授聊谈的话语间际中，学术的职业性让我深切地感觉到，《蒋公的面子》这部话剧的创作、公演及其批评已经越出了这部作品的本体，指向了与其紧密维系的历史、社会、政治、体制、知识分子人格、商业伦理及人文道德等诸种元素。准确地讲，较之于"文革"的八部"样板戏"，改革开放之后的中国当代戏剧创作也无奈地呈现出一定的繁荣，无论这种繁荣是受动于当代中国戏剧发展的时代自律逻辑，还是出于体制评奖的需求或商业演出的获利。总之，戏剧批评则微弱到全然遮蔽于戏剧创作的阴影之下，基本上丧失了批评的有效话语权。这是一个有戏剧创作而没有戏剧批评的时代。从知识分子的良知评判，我们也特别不愿意目睹这样一种现象的存在，即：那些生活在视像时代的话剧爱好之大众，他们是为数不多的愿意放弃视像走进剧场空间的现场体验者，我们不希望他们在当代话剧的现场疯狂、玩闹、拼贴与无序的反讽中莫名其妙地过把瘾就死，其结果是对一部具有后现代主义表现元素的当代话剧所隐喻的历史、社会与美学内涵一无所知。一部优秀的话剧一定需要优秀的话剧批评给予启蒙式的鉴赏，当然话剧创作本身则更需要话剧批评的推动。需要提醒的是，当代话剧在舞台表演形式中杂混了歌舞、音乐等其他艺术门类的表现元素，以综合的视觉审美抓取观众的眼球，而《蒋公的面子》则是一部在舞台表演形式上相当纯粹的话剧，这一点很难得。无论怎样，我们在这里把"戏剧"与"话剧"作为两个交集的概念在同一逻辑上使用。

事实上，我们从《蒋公的面子》公演后所遭遇的批评与反批评中，已经倾听到了戏剧批评崛起的声音，既然如此，我们又为什么不把这一崛起的批评声音给予放大,推动戏剧创作与戏剧批评,以构成两者之间有效的人文互动,使之成为这个时代的文化主潮之一?也正是在这意义上,我邀请南京大学文学院戏剧影视艺术系的吕效平教授、上海戏剧学院戏剧文学系的宫宝荣教授与中央戏剧学院戏剧文学系的麻文琦教授,就《蒋公的面子》及其批评与反批评进行三方对话,当然,在北京、上海与南京的三方对话中,朱光女士是缺席的在场者。此次对话的终极目的就是为了进一步推动当代中国戏剧创作与戏剧批评走向繁盛。当然,我们也殷切地希望能够把这个"上海论坛"持续性地举办下去,期待着其他艺术表现门类的创作者与批评者能够积极且切实地参与到这个论坛中来,以推动当代中国艺术创作与批评的发展与繁盛。

以上就是我所撰写的"主持人语"之全文,然而在这里我想还是有必要补充一些不可或缺的细节。

写到这里,我应该陈述一下《蒋公的面子》从公演到批评以形成一次当代中国戏剧批评事件的主要时间及事态的发展逻辑。2011年5月15日,《蒋公的面子》由南京大学艺术硕士剧团在本校老校区礼堂首演;2013年4月3日,《蒋公的面子》首入上海,在上海戏剧学院剧院演出了4场;2013年6月,《人民文学》刊载《蒋公的面子》的剧本,编剧温方伊获"人民文学之星"奖;2013年10月3日,《新民晚报》发表朱光的戏剧评论《戏剧应如何表现特殊历史时期》,批评了《蒋公的面子》和另外两部戏;2014年8月15日,还是在上海戏剧学院剧院,剧团受邀为某金融企业内部演出,邀请方受到约束,演出受限。上述信息是我从吕效平的文章中提取出来的。其实,2015年10月,我在韩国全南大学东亚研究所邂逅吕效平教授,也听他讲谈了上述情况,当然还包括其他更多的细节。事实上,我在上海时已然听说了关于《蒋公的面子》公演后所产生的影响及其遭遇,没想到在韩国开会碰到了这部话剧的导演。

吕效平是一位性情学者,在与我谈及《蒋公的面子》的遭遇时,在情绪上流露出愤愤不平。我从来都认为真正的学者为自己并不富裕的职业所生存的唯一理由,就是为自己所认定的真理而坚持,除此别无其他!当然,假学者也有假学者生存的理由及圆滑。学者之间往往容易在一种共识的价值判断上激起同频共振,我当时就问吕效平,你为什么不写文章就朱光的批评及在上海所发生的事情给予回应？并且我当时就向吕效平约稿，请他撰写一篇回应文章在《上海评论》刊发。而下面我想讲述的就是关于《上海评论》的那些事。

让我们的思路转向另外一个时空中去。

2015年开春，时任上海艺术研究所所长的周兵教授召集在沪的相关学者专家开会，其议题是讨论上海艺术研究所主办的刊物《上海艺术家》改刊的方案。周兵是《上海艺术家》主编，我是从北京调到上海复旦大学的学者，当时并不熟悉周兵，是华东师范大学美术学系的谭根雄教授把我介绍给周兵，并且参加了此次会议。

在会议的开始，周兵首先介绍了《上海艺术家》因时代发展而改刊的必然趋势及筹划背景等。2014年，周兵遵照上海市委宣传部分管领导的建议，拟定了对《上海艺术家》全面改刊的方案。周兵认为此次改刊不仅是刊名更替的问题，而是要在刊物性质的前卫性上推出一本适应当下上海文化艺术生态的新刊物。周兵拟定的改刊方案主要涉及了以下四个方面的讨论：新刊物应该如何给出自身的品质性定位？新刊物应该以何种姿态形成自身的艺术与学术特色？新刊物在上海文化艺术生态中应该担当怎样的责任？在面对戏剧、影视、音乐、舞蹈、建筑、美术及当代艺术等多种艺术门类时，新刊物对当下这个时代所呼唤的艺术评论又应该怎样有重点且有介入性地给予推进？

我们可以从此次讨论会所涉及的议题见出周兵对《上海艺术家》进行釜底抽薪式改刊的决心。事实证明，最后改刊的效果达到了周兵及与会学者的总体期待。

关于《上海艺术家》刊名更改的问题，当时在会议上，多位专家学者指出：法国巴黎有一本英文版的文学研究刊物——《巴黎评论》(The Paris Review)，并且这本刊物在国际学界有着重要的影响，那么，我们上海也应该有一本自己的面对艺术进行批评的《上海评论》。这一提议得到了与会学者的认可。据我所知，这本英文版刊物是1953年在巴黎创刊的，后来刊物迁到了美国。

《上海艺术家》改刊后的一期试刊号就是启用了《上海评论》这个刊名。当时我向周兵建议我们应该在《上海评论》开设一个板块，其命名为"上海论坛"，在这一板块上，我们每一期都可以集结几位专家以深度笔谈的方式就一种前沿的艺术现象给予介入性的讨论,当然,集结于"上海论坛"的学者必然会在相互的对话中形成思想碰撞的张力,他们的观点代表了集约于上海所发出的声音。并且我还提出集结于这个板块的笔谈专家在学术身份上绝不仅仅是局限于沪上的学者,他们应该是来自全国各个省市的学者,也应该是来自全球各个民族、国家与区域的学者。

学者之间的交流往往会在立场的一致性上引起心绪的趋同,一切都那么令人激动,周兵当时就建议由我来负责打造"上海论坛"这个板块,并从现在开始策划选题及集结学者与约稿。我有些调侃地向周兵宣称:"我写的文章其批评的张力特别大,包括选题的策划也是如此。"周兵马上接着说:"只要你敢写,我就敢发!"我记得我当时毫不迟疑地接问道:"周兵,你是上海人吗?"他下意识地回答说:"我是上海人!"我又接着说:"你不像上海人!"的确,周兵是上海人,而我是北京人,我到了上海后才知道上海人特别愿意听的那句对自己赞扬的经典性表达就是:"你不像上海人!"

我在这里不讨论"上海人为什么愿意自己不像上海人"的那些社会伦理学的问题,我想说的是,"只要你敢写,我就敢发"这句表述,大概是当下任何一本人文刊物的主编及编辑所讳言的禁忌,有趣的是,周兵居然也就如此不经意地脱口而出。当然,这里也有学者朋友之间调侃的成分在其中,但是把刊物办好的气象已经在我们的对话中营造了起来。历史的发展往往就是在一个并不经意的逻辑点上起步,最终铸成了一种宏大的格局。

需要提及的是,上海艺术研究所把《上海艺术家》改刊为《上海评论》的计划上报后,当时国家期刊行政管理部门在审核的过程中,考虑到这个刊物主要涉及的领域是艺术现象及其评论,因此建议定名为《上海艺术评论》。无论怎样,《上海艺术评论》刊名的更定,在学术观念上界定了这个刊物的性质,从此这个刊物在讨论艺术现象及展开艺术批评的前沿性与介入性上开始与国际接轨。

后来的事实也证明,《上海艺术评论》及其"上海论坛"在前沿性与深度性两个维度上得到了学界的认同。整个刊物真是旧貌换新颜,开始成为一本与上海及全国的文化艺术生态接轨且逐渐具有国际性的刊物。上海本身就是一座国际性的大都市,应该拥有一本与这座城市的开放格局相吻合的综合性艺术评论刊物。周兵作为艺术研究部门的行政管理者,他有着很好的专业知识与管理能力，他能够在秉性的率真中坚持自己的立场，不苟且附会于那些无聊的人与无聊的事，所以也容易受伤。

然后就是我在韩国碰到了吕效平，我当时请他就《蒋公的面子》发声就是以《上海艺术评论》的名义约稿的，这就是当时的背景。

我记得我向吕效平介绍了《上海艺术评论》改刊的情况及"上海论坛"的原则，希望他能够撰写一篇在回应的批评性上具有张力的文章，且不怕文章充满着火药味。当然，文章应该是从学理讨论的角度呈现出批评的张力。他当时有些怀疑：这样的文章真的可以刊发吗？我告诉他没有任何问题，并且非常期待他的文章，请他尽快交稿。

回到上海后，2015年10月14日，我给吕效平和周兵各写了一封电邮，向双方阐明了约稿与策划的意向，同时，也使得他们二人取得了联系。随后我一直在催吕效平，请他把文章尽快完成后电邮过来。一段时间后，我收到了吕效平发过来的文章《话剧〈蒋公的面子〉与上海》。

说实在话，我很期待拜读吕效平的这篇回应性批评文章，读完后我果然感受到一股思想的冲击力从文章的论点与修辞中不可遏制地透露出来。我在编辑这篇文章时，进行了反复的阅读，建议吕效平把"话剧《蒋公的面子》与上海"作为副标题，再加一个主标题，这样可以让读者在主标题上直接提取此篇论文的主旨，并且双标题也可以大大增加这篇大作的分量。我从吕效平的文章中提取了一个主标题与他原来的标题呼应：《是历史的真实性还是当代的真实性——话剧〈蒋公的面子〉与上海》。我征求了吕效平的意见，他也认同了这个主标题。

我陈述到这里，目的在于想要带出事态接续发展下来的另外一个逻辑环节，那是很有意思的！

因为在打造第一期《上海艺术评论》的第一次"上海论坛"时，我对三位笔谈学者的邀约是非常刻意的：吕效平是南京大学戏剧影视艺术系的教授，宫宝荣是上海戏剧学院的教授，麻文琦是中央戏剧学院的教授。圈子里的学者都可以感受到此次笔谈学者及其所在城市与院校的分量。其实，我就是想以《蒋公的面子》的笔谈而构成一个三角地的张力性对话，为当下沉寂已久的戏剧批评界制造一次唤醒式的喧哗。

我在电话里与宫宝荣教授详谈了《上海艺术评论》借"上海论坛"掀动关于《蒋公的面子》之大讨论的学术意图，并请他接续朱光与吕效平的对话，以他站在上海戏剧批评界的立场谈一些自己的看法，宫宝荣欣然应允！宫宝荣也是中西戏剧史论与戏剧批评界的一线学者，他对《蒋公的面子》这部话剧出台的前因后果非常了解，他也认为京沪宁三方学者就《蒋公的面子》的对话，对推动当下的戏剧批评是有一定的学术意义的。我随后把吕效平的文章从电邮给了宫宝荣，同时，也把朱光的文章也作为附件发了过去。后来我才知道关于《蒋公的面子》在上海的遭遇，他比我清楚得多！究其原因，这不仅因为他是戏剧界圈子内的一线学者，更在于他实质上已经介入了朱光与吕效平之间的争鸣。

当时宫宝荣是上海戏剧学院的副院长，也是上海戏剧学院学报《戏剧艺术》的主编。原来在较早的时间，吕效平已经把这篇回应朱光的文章撰写完毕，并且投给了上海戏剧学院学报《戏剧艺术》。吕效平把他的文章投给上海的《戏剧艺术》，这是学界的常态选择，因为在上海遭遇的事，就应该在上海解决。当时宫宝荣作为《戏剧艺术》的主编认真地阅审了这篇文章，这篇文章初审通过了，并已排版准备付样；然而不幸的是，文章在终审时，因多方面的意见不统一而最终撤稿了。

其实，当时我心里一直有一个不解之惑。还是让我们的思路回到前面那张时间表去：2013年4月3日，《蒋公的面子》首入上海演出；2013年10月3日，《新民晚报》发表朱光的戏剧评论；2014年8月15日，《蒋公的面子》在上海的演出受限；2015年10月，我在韩国邂逅吕效平向他约稿。只要略略仔细地分析一下这张时间表，我们不难发现，从2013年10月3日到2015年10月如此长的两年时间里，如此有个性的吕效平导演面对这部话剧所遭遇的批评及禁戏难道会保持一种沉默的姿态？这岂不是匪夷所思?！

《蒋公的面子》作为南京大学110周年校庆话剧，其在骨髓里所诉求的就是大学知识分子的自由精神与独立人格，从历史的不同时段上来看，南京大学知识分子群体中总是有那么几根硬骨头。北京大学中文系某教授性侵案沉寂20多年后（此人于2011年以长江学者特聘教授身份调入南京大学文学院），于2018年再度被正义者挖了出来，推到历史舆论的前台以寻求公正。南京大学文学院院长徐兴无教授就此在微信上所给出的回答，其措辞坚硬得很，关键是徐兴无提到了《蒋公的面子》作为南京大学文学院正义判断的尺标。

《蒋公的面子》不就是一部"学生戏"吗？但这部"学生戏"在舞台空间所调侃的那些人与那些事恰然反讽的就是人文风骨的本质性问题。说到底，《蒋公的面子》就是一部疗救知识分子软骨症的当代话剧，也正是因为中国历史上的知识分子往往患有软骨症，且形成了一个族群的综合症候，所以这部话剧才特别受到那些骨气尚存或愿意自省的知识分子的欢迎。我认为还真的不能把《蒋公的面子》一厢情愿地识读为一部南京大学的校史剧，那就可惜了这部戏！其应该是对中国历史上现当代知识分子内心世界阴暗处及他们应该持有怎样独立人格的整体写照。说得爽快些，我非常佩服南京大学的那几根硬骨头。

在当下艺术全面遭遇资本运作的商业时代，尤其是话剧，一般是没有人愿意看的。而《蒋公的面子》作为一部"学生戏"，仅上演 5 年就演出了 300 多场，其竟然还能推动当代知识分子重新反思独立之精神与自由之人格，且给予往往自以为是的学者们一种唤醒式的再度启蒙，究竟是这部"学生戏"太深刻了，还是这个时代的知识分子群体出了问题？

然而从我后来所得到的信息告诉我：吕效平没有沉默，只是他的发声最终以撤稿的方式被终结了。艺术创作与艺术批评往往就是如此，一部作品的创作与一部作品的批评就是如此那般跌宕在历史的搅拌中，应顺着偶然性的因素朝着必然性的结局无奈地沉落，这就是历史的选择性与失落性！

无论如何，吕效平及温方伊的《蒋公的面子》在上海遭遇了从批评、禁戏到撤稿，可谓是一路命运多舛！

其实我把吕效平的文章电邮给宫宝荣，这已然是他第二次收到这篇文稿了，他当然非常熟悉。我清楚地记得，宫宝荣对我邀请他在《上海艺术评论》加入这场争鸣是非常爽快的，毫无顾忌，他非常愿意以这场笔谈的争鸣尝试着推动当下戏剧批评走出沉寂的状态。当然，此次造成三方四人笔谈的其中一个目的还是为了把《蒋公的面子》置放在一个公平且开放的争鸣场域中，导演、作者与批评者都应该持有公平发声的话语权，而不是把作品关闭在噤声中，仅以一方的批评给予定性。关于学术史的书写有些重要的行为心理细节是应该给予还原性的剖析与记录的，很有意思！

平心而论，宫宝荣教授是《戏剧艺术》的主编，而吕效平教授回应朱光女士批评的文章又曾在《戏剧艺术》的终审遭遇撤稿,宫宝荣实际上是《蒋公的面子》在上海前后遭遇批评、禁戏到撤稿的深度知情者。当我邀请他参加《上海艺术评论》的关于《蒋公的面子》的笔谈争鸣时,他不仅没有回避,反而爽快地应允参与,这恰然呈现出一种坦然与公平的学术心理,这是知识分子应该持有的一种格局。尽管他并没有再多说什么细节,但是他的行为心理已经告诉我,他不仅支持于《戏剧艺术》撤稿的文章在《上海艺术评论》发表,并且还以笔谈者的身份参与了争鸣。

作为现象的学术史与作为本体的学术史,其两者之间往往存有着不可弥合的差异性。一种学术思潮的生成、一次学术争鸣的展开,学者从现象上直观的信息运动一定是受动于历史本体的推动的,然而历史的本体并非一定全部可以从现象上得以直观。我想说的是,现象不仅是本质的直观,现象也往往是对本质的遮蔽。因此书写当代学术史还真的要触摸历史的本体与参与者的心理本体,以求取那些具有真值性的历史信息。我在本部分导言的书写中回忆关于《蒋公的面子》争鸣的那些人与那些事,就是想从事件的现象转向对事件本质的反思。就我看来,有良知的书写应该是一种对沉寂的历史或历史的陈迹给予唤醒式的表达。《蒋公的面子》不也是如此吗?!

在随后的编稿事宜中,我与吕效平通了电话,告诉他我已邀请宫宝荣与麻文琦两位教授介入,他们会立足于各自的立场上撰写对话的批评文章,以就《蒋公的面子》形成一次京沪宁的三方对话;同时,我也提及了我已知道他的这篇文章在《戏剧艺术》撤稿的事情,并直言不讳地告诉他:"我听说了这件事后心里相当振奋,因为我特别希望看到一篇文章在一个刊物撤稿后,可以在另外一个刊物发出,尤其是在同城同地,这说明学术的自由也恰然还是存在着的。"

接下来的一个逻辑环节就是走向北京了。

我把朱光的两篇文章与吕效平、宫宝荣所给予回应的文章转发给了中央戏剧学院戏剧文学系的麻文琦教授,请他站在自己的立场上给出一个介入性的评判。麻文琦是业内的一线专家,他对《蒋公的面子》及其在当下话剧界所引发的热点话题已然有所了解,他也特别有兴趣就《蒋公的面子》谈谈自己的想法,在他看来,这就是一场在京沪宁宏大的三角地所发生的接力式话语游戏。

这场接力式话语游戏的最后一棒就是我的统稿及撰写"主持人语",我以"崛起的戏剧创作呼唤崛起的戏剧批评"作为命题,对第一期《上海艺术评论》的"上海论坛"所刊发的笔谈争鸣给予了实质性的定位。编稿完毕后,我把吕效平、宫宝荣与麻文琦的三篇文章及我的"主持人语"一并发给了主编周兵,当然我也顺便附上了朱光的文章作为审稿语境阅读的文本。最后需要说明的是,是周兵在最后审稿、编辑与排版时,他把朱光的那篇文章也附在了三位学者对话文章的后面一起刊出,以示公平,使这场关于《蒋公的面子》的笔谈对话在批评相互指涉的语境中更加完整。

在资本全球化的时代,商业运作及经费的获取对文学艺术创作与学术研究伤害得太深了,文学艺术创作与文学艺术批评之间往往暧昧地纠缠于商业利益,正是因为"钱",其性质都改变了,一点经费的获取就可以让知识分子沾沾自喜。无论是作家还是学者,作为圈子里的知识分子,其往往缺少一种以恒定的价值判断作为自己追求真理的人格证明,刚才还在一起相互抚摸的知识分子,瞬间可以翻脸互怼,这都是在定义于"钱"的诸种利益下惹的祸。无论是相互抚摸还是互怼,知识分子翻脸比翻书还要快!较之于20世纪70年代末至80年代初那场波及全国的大讨论——"实践是检验真理的唯一标准",这个年头的知识分子再谈真理连自己都感到可笑!我依然清晰地记得,关于讨论"实践是检验真理的唯一标准"那篇文章的主笔者胡福明也是南京大学的教授。最后我想说的是,关于《蒋公的面子》这场涉及京沪宁的笔谈对话,我们没有预设什么更多的想法,只是期望创作与批评不再失去纯粹性,放大了说,也就是期待着文学艺术界更纯粹一些而已。

补记:我撰写以上"戏剧"板块的"导言"《追问这个时代戏剧创作与戏剧批评的纯粹性——一次学术争鸣的学术史记忆》,时间大约是在2019年炎热的夏季,即7月中旬。随后,我即把这部跨界工作坊论文集《中西文学艺术思潮及跨界思考——文学与美术、音乐、戏剧、电影的对话》的电子稿交给复旦大学出版社,进入出版流程,下面就是审读、编稿、发排、一校、二校、三校、设计封面等。时间过得真快,现下已是2019年11月9日了,最后出版社还是决定把吕效平教授的文章《是历史的真实性还是当代的真实性——话剧〈蒋公的面子〉与上海》撤下。这篇文章曾刊发于2016年第1期《上海艺术评论》的"上海论坛"板块，是一篇具有记录当代中国话剧创作与批评史意义的学术文章，请有兴趣阅读的学者直接查阅此期《上海艺术评论》（主管：上海市文化和旅游局；主办：上海艺术研究所）。关于"导言"，我还是保留7月中旬所撰写的原初样态。

为朱光女士一辩

宫宝荣[*]

[内容提要] 《蒋公的面子》虽然在思想性和艺术性上都无过人之处,但还是取得了巨大的商业成功和广泛的社会影响。与此同时,该剧也引发了许多争论,其中又以《新民晚报》记者朱光女士与南大著名教授吕效平的交锋为代表。本文针对吕效平在《话剧〈蒋公的面子〉与上海》中反驳朱光的一些观点,既为朱光女士一辩,也与吕效平教授商榷。首先,吕文在驳斥朱光以偏概全地将戏剧定义为"予人希望的'良药'"时,自己也犯了同样的毛病。其次,他没有看到朱光谈论"戏剧与特殊的历史时期"的真实指向,她不是完全冲着《蒋公的面子》,而是想强调戏剧如何处理好不同的特殊历史时期这一问题的重要性。最后,朱光的文章确有过度引申的不妥之处,但对于她严谨的文风,我们还是应当予以理解。《蒋公的面子》在上海引起的风波虽已过去,但透过这场争论,我们不难发现,名副其实的戏剧批评在中国依然稀缺,这才是值得我们认真反思的问题。

[关键词] 《蒋公的面子》 朱光 吕效平

由南京大学文学院大三学生温方伊创作、吕效平教授导演的《蒋公的面子》自2012年5月问世以来,几乎巡演了大江南北,不仅经济效益了得,每一场演出总能收到盆满钵满,而且社会影响也是与日俱增,十分博人眼球。据载,该剧已经累计上演了逾百场,创下了近年来中国校园戏剧的纪录。只不过,从戏剧艺术自身的角度来看,这部戏并没有太多的过人

---

[*] 宫宝荣(1959—),男,博士,上海戏剧学院教授、博导,戏剧学博士,主要研究方向法国当代戏剧。

之处,无论是思想性还是艺术性上都没有任何惊人之举。正如吕效平教授自己所言,"它没有给中国当代的剧场艺术带来任何新东西,甚至在导演和舞台设计艺术上还处于准专业的水准"。① 可是,当这么一部戏来到上海之后,由于先后遭遇到中国剧协举办的"中国校园戏剧节"的拒绝和上海戏剧学院剧院的毁约,吕效平教授心中难免愤懑。于是,在《新民晚报》记者朱光女士于 2013 年 10 月 3 日发表题为《戏剧应如何表现特殊历史时期》一文,对其进行了含蓄的批评之后,便引发出南大著名教授与上海资深女记者之间展开的一场笔战。

笔者向来不介入任何争论,先前虽然听说过,但并没有读过朱光女士的文章。然而,在读了吕效平教授的大作《话剧〈蒋公的面子〉与上海》之后,还是感到介入进去并为朱女士说几句公道话的必要。由于没有认真读过剧本,所以本文并不涉及《蒋公的面子》的思想或艺术价值,针对的更多是吕效平教授反驳朱文的一些观点。不当之处,也欢迎吕效平教授予以指正。

吕效平教授的文章共分三个部分,前两个部分分别论述了《蒋公的面子》创作经过和所产生的影响,虽然第二部分已有部分内容针对朱光女士的说法,但更多的反驳则集中在第三部分。该部分劈头便是一句"朱光的文章不值一驳"且独立成段,可谓铿锵有力,掷地有声。尽管"不值一驳",可他紧接着还是花费了大量笔墨对朱光女士的文章进行了逐一批驳。尽管没有"文革体"文章常见的那种火药味,但字里行间依然透露出某种咄咄逼人之气。

在吕效平教授眼里,朱光女士文章的开篇首句便存在着三个错误。朱文的这句原话为:"戏剧,应是一味予人希望的'良药'——哪怕一时找不到治愈心灵痼疾的方法,但总该带给观众光明和温暖。"② 所谓三错,一错在认为戏剧应该是给人以希望的"良药",二错在要求戏剧要为人找到"治愈心灵痼疾的方法",三错在主张戏剧应该"带给观众光明与温暖"。那么,这句话究竟是否如吕效平教授认为的那样不仅有错,而且错误多达三处呢? 对于第一个错,吕效平教授列举了《俄狄浦斯王》《奥瑟罗》《群

---

① 吕效平:《话剧〈蒋公的面子〉与上海》,《上海艺术评论》2016 年第 2 期。
② 朱光:《戏剧应如何表现特殊历史时期》,《新民晚报》2013 年 10 月 3 日。

鬼》《海鸥》《雷雨》与《等待戈多》等 10 多部剧名，几乎囊括了中外戏剧史上的一流名剧，以此证明优秀剧作都不是"予人希望"的。然而，吕效平教授列举的其实大多属于戏剧史上被称为"悲剧"的一类，而事实上在戏剧艺术的范畴里还存在着另外一类，即与之相对的"喜剧"，以及将两种情感混合在一起的"正剧"。无论是阿里斯托芬、莎士比亚、莫里哀还是博马舍、哥尔多尼、雨果、梅特林克、契诃夫，这些戏剧史上的巨匠都曾留给后世"予人希望"的一流剧作，如《鸟》《第十二夜》《费加罗的婚礼》与《樱桃园》等。这些经典剧作，既然能够"予人希望"，当然也就能够带给观众"光明和温暖"。至于希望戏剧能够"治愈心灵痼疾"，其实也是这一逻辑的顺延而已。戏剧史诚然有不少剧作尤其是悲剧作品将矛头对准了社会的黑暗、人性的罪恶，令观众对世界失去信心、对人性产生怀疑，然而同样也存在着为数可观的颂扬社会进步、赞美人性美好并令观众对未来充满信心的剧作。换句话说，吕效平教授所谓"世界戏剧史上的一流经典，都是给人以对于我们生活的这个世界的怀疑，而不是巩固人们对这个世界的信心，'予人希望'的"，其实只说对了一半，因为还有那些一流经典恰恰是与之相反，或者不如说与之互补。因此，吕效平教授在批评朱光女士的时候，其实自己也是犯了以偏概全的毛病。如果说朱光女士有错，错就错在没有把这句话说完整，或者说没有加上诸如"原则上"或"大体上"之类的限定词，而吕效平教授在驳斥时所犯的错则如出一辙。至于说朱光女士在"公然地号召早已被鲁迅先生痛斥过的'瞒'与'骗'"，无疑过了。吕效平教授毫无道理地上纲上线，认为朱光女士的说法比姚文元的还恶劣，反而让人觉得这种做派难免摆脱不了"文革"时期大批判的遗风。

朱光女士文章的标题为《戏剧应如何表现特殊历史时期》，由于没有直接点明"特殊历史时期"所指主要是与《蒋公的面子》一剧所涉及的"'文革'十年"，因而引起了吕效平教授的不满，以为她在躲闪什么，尤其是"文革"这一特殊时期。在这一点上，我想朱光女士应该不至于这么犯傻，既然剧本所指如此清楚，她又何必还要花费许多笔墨，兜那么大的一个圈子呢？笔者揣想，她之所以将整个 20 世纪的中国历史都牵扯进来，无疑是想强调戏剧如何处理好不同的特殊历史时期这一问题的重要性。换句话说，不管是针对民国时期还是中华人民共和国成立之后的各种特殊时期，戏剧都不应该"消费"本民族的苦难，不应该"忽悠"观众。朱光女士固然不应该如此地含蓄或煞费苦心,但读者只要认真通读全文,都会委实感到她多少被吕效平教授过于"厚爱",理由是全文并非完全冲着《蒋公的面子》而来,其中提到的剧本还有不少,如《活着》《驴得水》与《宝岛一村》等。也就是说,吕效平教授多少有点自作多情,以为朱文只是冲着《蒋公的面子》而来,却没有注意到朱光女士其实胸怀更宽广、眼界更远大。笔者虽然身在戏剧类高校,平时因为业务需要也看了不少戏,甚至朱光女士文中所提及的剧目也大多了解,但仍然错过了一些。朱光女士身为报社文艺专栏记者,自然看到的更多,至少接触到了来上海跑码头的大多数剧目,因而其视野之宽阔、思维之活跃应该远远超出了吾辈,这既是自然的规律,更是社会的规律。因此,仅仅将朱文理解为针对一部剧目而作未免有些狭隘。

至于《蒋公的面子》是否在"忽悠"观众来"消费"民族的苦难,那就得好好读读原剧了。为了集中话题,本文不予展开。但笔者以为,朱光女士其实还是十分含蓄的,其所谓的"消费"苦难的戏剧,主要是指那些"把主人公安置在各个特殊历史时期,貌似具有反思人生苦难的深刻沉重感"、骨子里却是在追求票房的搞笑戏剧。紧接着,朱光女士又进一步明确指出,这些剧目"以'调侃'甚至'改写'的轻浮态度,利用中老年观众对如何展现这些历史时段的'好奇'抑或青少年对此段历史的陌生,行'绑架'观众视听、心灵和荷包之实"。毫无疑问,尽管《蒋公的面子》票房出奇得好,但无论是吕效平教授还是她的学生绝对不是冲着观众的荷包而来,更何况创作者们也没有采取"轻浮"态度在调侃历史。平心而论,《蒋公的面子》也许多少存在着些"负面要素",但并没有"硬生生地揭开社会伤疤",更没有将这些伤疤"血淋淋地展示给观众为'卖点'",从而产生"两种危害性极强的精神误导——或顿感人生无望,活着无聊;或引发莫名激愤、价值偏差、族群对立"。究竟朱光女士意指何剧,我们不得而知。但是,如果吕效平老师认真思索这些文字的含义的话,也许不会主动地对号入座,更不至于愤然而起,将矛头指向这么一个弱女子。

吕效平教授后面还写道,朱光女士在短短的3 000字文章中"引用了9名知名或非知名学者与戏剧家的话",以至于"读起来,像一个讨论会纪要,不像一篇正常的文章"。不过,笔者读后并没有这样的感觉,因为会议纪要总是在开篇将时间、地点、人物以及议题的基本要素交代清楚之后,然后是内容的记述。而让吕效平教授产生文章像纪要的感觉,其原因主要在于引用了大量别人的句子。当然,吕效平教授作为学者,也是能够理解写文章时为何需要引用的。一般而言,当我们在论述某个观点时,为了得到证实,往往会引用名人名言,这样可以省却烦琐的论证过程。朱光女士之所以会在一篇短文中有多达 9 人次的引用,一方面说明了她的态度严谨,另一方面也显示了她的专业能力。试问,当今的媒体人又有几个像她这样为了阐述自己的观点会不辞辛劳地查阅专家的观点并援引呢?更多的不是一些媒体人直接把别人写好的稿子连着车马费一起装起兜里了事吗?与此类行径相比较,朱光女士的文风难道不更值得我们尊敬吗?话说回来,在这样的短文里,确实也不必引上这么多人的观点,以至于让吕效平教授读来不爽。实际上,笔者本人也不喜欢动辄引经据典,给人产生掉书袋的冬烘先生的感觉,但对朱光女士的做法还是能够理解,毕竟她只是一位媒体人,而她面对的却是一群令人仰止的高山,如果没有些名人金句的撑腰,恐怕更没有多少人能够听见她那微弱的声音了。

其实,真正令吕效平教授恼火的原因是,"这些引用,有多处断章取义,歪曲引申",其中明确与《蒋公的面子》相关的则是对上海戏剧学院原院长、现代戏剧谷艺术总监荣广润所说的那句话。荣广润先生的原话为:"虽然当下深入思考的戏较少,但是不能局限地以个人思考替代民众思考。"然而,这句话引在前面那段有关孟京辉改编《活着》的文字里,十分明显地与《蒋公的面子》一剧并无关系,也不会让人产生荣广润在批评该剧的联想。更何况在紧接着的那段文字中,作者点明了荣广润先生的这句话"也适用于《蒋公的面子》",可以说是借题发挥而已,并不会让人产生"不知底细的读者会以为她的批评得到了荣广润教授的支持"的错觉,至少笔者就没有。至于朱光女士的引申是否属于"歪曲",则是见仁见智的问题。朱光女士在下文中主要列举了两个例证:一是作者将此剧列为"校史剧";二是该剧在重大校长被任命为浙大校长所产生的风波中起到了"参照系"的作用,造成了"历史与当下,两个层面的视听都被重度混淆"的后果。朱光女士的这两点都被吕效平教授否定,因为该剧从一开始就没有将自己定位为"校史剧",而浙大新校长的任命让人联想到剧中有关蒋介石的任命一事,这确实与剧本本身没有丝毫干系,这种联想更多的出于偶然。从这两点来看,不得不说朱光女士的文章确有不妥之处,没有从剧本自身的内容出发,反而引申到剧本之外的事件,难免让吕效平教授产生不满。

然而,通读全文,其实吕效平教授大可不必如此,因为朱光女士的文章其实并不仅仅针对《蒋公的面子》的批评,更多是对这一时期中国剧坛上的一些戏剧创作所作的思考。文章除了引用了 9 位名人或戏剧家的言论之外,还提到了包括《活着》《驴得水》《十四堂星期二的课》《抢钱的世界》《暗恋桃花源》《宝岛一村》与《短波》等在内的这些中国大陆和台湾地区的剧作。《蒋公的面子》虽然和《驴得水》一样也占据了一个段落,但毕竟只有全文的十分之一,且文章对两者批评的力度也不相等。笔者以为,《驴得水》的创作人员其实更有理由起身为自己辩护,吕效平教授完全不必对朱光女士感到"愤怒与嘲笑",更没有理由认为该文将成为其职务生涯中的一个"污点"。当然,朱光女士的短文并非没有短处,诸如过分地傍名人、掉书袋,把一篇普通的戏剧评论变成"名人名言录";又如在评论《蒋公的面子》时缺乏深入的研究,不仅没有紧扣剧作本身,反而扩展至与之无关的外部事件,从而不能言及要义,更不能让人心悦诚服。

《蒋公的面子》在上海所引起的风波虽然已经过去,但它留给我们思考的地方很多。透过朱光女士和吕效平教授的文章,我们不难发现,名副其实的戏剧批评在中国依然稀缺,对戏剧作品的认识多数依然停留在表面的感觉和表层的剧情之上,许多评论依然脱离不了肤浅的社会学倾向,功利性、实用性依然是一些批评家的首要目标。正因为如此,我们非常赞同吕效平教授所言:"《蒋公的面子》是好是坏其实并不那么重要,重要的是戏剧的评价与引导要交给戏剧批评去做",然而我们的戏剧批评真的承担得起这样的重任吗?这倒是一个值得我们认真反思的问题。

重提《蒋公的面子》
——一场批评接力的"游戏"

麻文琦*

[内容提要] 作为一出"现象级"的作品,《蒋公的面子》一经上演就引起了诸多争论,其中的焦点在于中国当代戏剧及其社会政治批判性议题。通过借鉴《哥本哈根》的时空结构,《蒋公的面子》"民国/文革"的双重时空构成了一种对比关系,由此生成内含政治批判性乃至对抗性的批评导向。然而,这种批评思路模糊了这部作品的喜剧本质,我们真正应当追问的是,在以知识分子形象为主角的中国舞台喜剧创作序列中,《蒋公的面子》创造出了一种怎样的喜剧性?戏剧批评者对该剧社会政治批判性主题的刻意渲染阐发,将原本让人玩味的喜剧生生扭转成劲爆轰动的正剧,这绝非妥当的戏剧批评思路。

[关键词] 《蒋公的面子》 喜剧 正剧

友人杨乃乔教授邮发给我四篇文章,打开来看,发现是一场有关《蒋公的面子》的批评"接力",起始于朱光女士的一篇小文,对《蒋公的面子》发表了些微词,可那是两年多以前的事了,吕效平教授在去年年底写了篇反批评,之后是宫宝荣教授挺身为朱光女士作了番辩护。事情的确有趣,《蒋公的面子》的热度大概是在2014年渐渐开始退温的,现在回首,与之相隔恐怕一年有多,在信息发送如浩瀚星空的时代,一年的时间会让人对很多事情恍若隔世。如此,重提《蒋公的面子》又为哪般呢?杨乃乔教授

---

* 麻文琦(1967—),男,文学博士,中央戏剧学院戏剧文学系副主任,教授、博导,主要研究方向为戏剧学、当代戏剧批评与实践。

却非常想让我把这场接力赛跑下去,我答应了,不为别的,只是想就《蒋公的面子》及其他说些自己的想法,如果结果是无聊,那就权当是种话语的游戏吧。当然,鉴于我是后来者,在这场"话语游戏"中可能会要占些论述上的便宜啦。

一

不妨先从朱光女士的剧评说起。将朱光女士的两篇评论对比着看:在 2013 年 4 月发表的剧评中,她对《蒋公的面子》颇为肯定:"虽然该剧只有两个时段,但是所体现的人物、故事、妙语在眼下也相当触动观众。话剧的奇妙,就在于向观众直接展现'灵魂在火上的炙烤',由此激发的联想使得剧目更加深刻、更有能量。"[①]不过在该年 10 月发表的名为《戏剧应如何表现特殊历史时期》的文章中,朱光女士又对该剧提出了批评。尽管半年的时间里,观点发生变化是完全可能的,但让人产生困惑的是,其批评的理据非常奇怪。她敲打《活着》《驴得水》时,板子是打在这块肉上的:"以集中负面要素,硬生生地揭开社会伤疤,血淋淋地展示给观众为'卖点',让剧场体验尚不丰富的大量普通观众掏了钱、'着了道',产生了两种危害性极强的精神误导——或顿感人生无望,活着无聊;或引发莫名激愤、价值偏差、族群对立。"[②]暂且不论敲打得对与否,就逻辑讲,以上论断是与其批评标尺——表现特殊历史时期的艺术作品不应"消费苦难"而应"包扎伤口"——相协调的,但对《蒋公的面子》的批评,朱光女士却生生地把自己甩在了上述逻辑之外,她斥责的不再是作品的内容表现问题,而是演出的宣传推广问题。针对朱女士的责难,吕效平教授进行了澄清,于是朱女士的批评变成了"莫须有",为朱光申辩的宫宝荣教授对此也只好说"确有不妥"。可在我看来,有意思的现象并非其莫须有,而是朱女士为什么在行文中偏离了跑道,而且仅仅是就《蒋公的面子》发言时跑了题。她的不满显然是与作品以外的事情相关——我对此有另外一种理解,在后文中会加以说明——而对作品本身,她的观点恐怕倒不会有什么变化。这是因为《蒋公的面子》的确是一部难得的作品,而吕效平教授则称之为

---

① 朱光:《借蒋公"面子"刻画知识分子"里子"》,《新民晚报》2013 年 4 月 6 日。
② 朱光:《戏剧应如何表现特殊历史时期》,《新民晚报》2013 年 10 月 3 日。

"当今中国一流的作品"。

同样是肯定，不过在褒奖的程度与理由方面，我与吕先生有些不同。吕先生认为，"60多年来，中国大陆描写现代知识分子的戏剧，无一例外地都以他们与不同政治势力的关系为主要内容，并据此给出对于他们的道德价值评判"，而《蒋公的面子》却因其"60年来第一次在中国大陆戏剧舞台上解除了'皮之不存，毛将焉附'的'中世纪'魔咒"，从而成为一种"连'思想解放'的20世纪80年代的剧坛也没有出现过的新东西"。表述的绝对性往往内嵌着脆弱，如果说新时期以来，《丹心谱》这样的知识分子题材的作品仍然还禁锢在那个所谓的"魔咒"中，等到《地质师》的出现，"无一例外"就的确出现了例外。而更关键的并不是有或没有这个例外。我真正想说的是：即便是《地质师》坐上了这解咒的头把交椅，它也并不见得就会因此披上新美学的华衣。在"细数伤痕"的时期，知识分子会以"眉攒万国愁"的形象做策应；在"向科学进军"的时期，知识分子形象就会变成"头悬梁锥刺股"；等到20世纪90年代姥姥不疼舅舅不爱的时候，实际处境中被边缘化的知识分子，其形象在舞台上也将失去"政治功用"，而因为你的一无用处也就终于能够在审美上自由地关注且自怜一下自己了，这说到底算不得美学上的突破，大概只能叫作"被甩后的解放"吧。也因此，《蒋公的面子》，一部21世纪的作品，还要争着去扮演这虚假的美学开拓者实无必要。

我倾向于从如下角度去估量这部作品的价值，即：以知识分子形象为主角的中国舞台喜剧创作序列中，《蒋公的面子》创造出了一种怎样的喜剧性？由于1949年以来这个序列中的创作的确几近荒芜，如此便成全了《蒋公的面子》能够与1927年王文显的《委曲求全》隔空对望。前辈王文显在作品中辛辣地呈现了热衷于扮演独立自由斗士的知识分子也同样热衷且精算于权力的争斗，后进温方伊相比前辈就温柔多了，她鬼笑且又不乏体贴地暴露着时任道们是如何在他们意欲坚守的莲花般的清名与自己冒着人间烟气的欲求以及本质上的无能为力之间犯着难、想着辙儿的。之所以肯定该剧，原因就在于作者能够把知识分子身上的种种不堪里的这一点儿尴尬给喜剧性地呈现出来，不至于让中国舞台喜剧里有关知识分子的"耐人寻味的滑稽"形象始终停留在《委曲求全》的年代里。更何况，温方伊处理的对象是一种叫作面子的东西，一种被鲁迅称之为"不想还好,一想可就觉得糊涂"的东西,面子的微妙性对作者的创作功力提出了相当的要求。

作品的最终呈现自然不算完满,主要还是因为人物缺乏了立场、态度、欲求之外的一些更具有个性的色彩。现在的人物给我一种"僵直"感,因为他们很容易让人熟悉他们的说话方式和目的,这对人物来说是不利的。不过平心而论,在批评中指出这一点是容易的,而在创作中如何让人物个性的因素,在他们不同立场、态度和欲求所结构出来的行动中激发出料想之外的一些波折、一些味道、一些可堪玩味的"戏",的确是一件很难的事情。但我倒是相信作者完全有能力为作品增加更丰富的色彩,这种信任来源于作者在作品中显露出的一些巧思。

譬如,作者借教授们的闲谈勾勒出的一个人物——娄之初。夏小山欣赏娄之初牌技很精,棋艺一绝,且对美食颇有研究,在爱情上还成功地追到了自己的女学生;时任道则称赞娄之初绝不与看不上的人结交,尤其是政界人物,所谓"天子呼来不上船";卞从周则掌握了娄之初更多的秘密,诸如他曾经暗地里让学生劝说同学复课,因此断定他是"皮相上的'自由主义者',骨子里的'集权主义者'",并对其在处理和政权的关系时的游刃有余感佩得紧。在作者的设定下,娄之初以母亲病危为由避开了蒋介石的邀请,且在乱世的处境中为自己找好了后路。娄之初从未出过场,可就凭借作者这寥寥几笔,反而意趣丰富得很。有洞见者将他比作鲁迅笔下的二丑:"他没有义仆的愚笨,也没有恶仆的简单,他是智识阶级。他明知道自己所靠的是冰山,一定不能长久,他将来还要到别家帮闲,所以当受着豢养,分着余炎的时候,也得装着和这贵公子并非一伙。"[①]而偏偏是这个精明至极的娄之初却是教授们都共同崇尚的人物。温方伊以这种看似不经意的闲淡笔触,巧借被谈论的娄之初,反向描画了谈论着他的三个教授,娄之初成为他们内心的镜像,而在这面镜子中隐约浮现的东西,是要比人物的立场、态度和欲求更加耐人寻味的。应该说,这种写法是非常高妙的,它给原本相对"干硬"的人物带去了些微的"丰润",只可惜在作品里这样的笔触少了些。

---

① 鲁迅:《鲁迅全集》第五卷,人民文学出版社,1981年,第197页。

二

我很清楚,我对该剧欣赏和遗憾的地方,在另外一种批评趣味看来都是无关紧要的,人物是"枯"还是"润",笔法是"巧"还是"拙"都非关键,甚至作品中所呈现的知识分子形象的可笑又可叹的"装×"都非华彩之所在,他们更留意的是《蒋公的面子》里的"民国""蒋公"和"文革"。这就不得不提及该剧从《哥本哈根》那里借用来的但比原作"别有意味"的结构啦。

1943年教授们的如烟往昔是在"文革"时期"牛鬼蛇神"们的追忆和否认中浮现而出的,表面上看,这种结构与《哥本哈根》没什么不同,但所产生的功能完全不一样,《蒋公的面子》的两重时空构成了一种对比关系,而不是《哥本哈根》的解构性关系。剧本中人物们纠葛而成的全部行动,起步于夏小山的担忧:"这事关系到我的政治生命,可不能瞎说。"他到最后也没有承认接到赴宴请柬一事,就别提更加凶险的赴宴了。时任道有着相同的担忧:"交代?你交代你自己跟蒋该死吃饭就行了,为什么捏造事实,说我也去了?"所以他只承认接到请柬,而在赴宴一事上与卞从周撕架。由于观众完全能够理解人物的恐惧心理,因此,1943年到底有几个人接到请柬、到底是谁与老蒋吃饭,这种虚实真假的不确定性已经不再重要了,而且观众也绝不会从老年失忆的原因去解释这种不确定性。在作者有意识的点染下,譬如舞台一侧,墙上贴着"横扫一切牛鬼蛇神";又譬如时任道的变化,民国时期是口无遮拦,红色专政时期是战战兢兢……这些笔触的叠加,当然只会造就一种结果——前后对比下凸显出来的"沉沦",如此他们在1943年赴宴与否一事上所表现出的喜剧性的滑稽反转成了某种"潇洒",喜剧在这种对比中大有变成悲剧的趋势。

不过值得注意的是,从文本现在的处理来看,似乎又没有刻意去强化这种对比效果,这种印象来自这样一些处理:譬如夏小山,他本是为了撇清麻烦而非为了弄清事实才追问往事的,可是在前有时任道确认请柬、后有卞从周确认赴宴之时,他的反应不是断然否定并且截然脱身而去,却是黏黏糊糊将自己置身于时任道所忧心的说不清楚的"攻守同盟"的嫌疑之中;而卞从周就更加奇怪了,他没有任何顾虑地坦陈赴宴一事,如此分明却也并非是想拉大家一起下水陪绑于他,他表现出来的是一种不在乎的态度;只有时任道的状态表达的是"蒋公宴请此事危险大家绕行"。按照时任道的逻辑来写,三个牛鬼蛇神之间将会是一场乱战;可目前的情形是,夏小山和卞从周将这个时空的氛围带入一种不无安宁的境地,他们似乎真的只是在追问和澄清那件往事。不知道温方伊的这种处理是不是一种策略,她结构了一种对比又消解着这种对比,抑或她本不想对比却又在后来的修改中添加了这并不彻底的对比。

总之,作者在处理"文革"时空的戏剧行动时是有些矛盾的。吕效平教授在导演上想通过舞台语汇尽力抹平这种矛盾,他让舞台灯光在"文革"时空下变得更加昏暗,"横扫一切牛鬼蛇神"的报贴被他挥舞上四个鲜红如血的大叉,扮演老年时任道、卞从周、夏小山的青年演员在佝偻的同时刻意被强化出过度的恐慌……其目的当然是要对比出人物们民国时期的小尴尬和"文革"时期的大惶恐。实际上,这种舞台处理体现的是一种对一度创作的批评态度,这种态度也表现在某些剧评人的修改建议里:"'文革'的情景为这三位教授提供了一层绝境,如果能在这绝境中更深层地挖掘人性本身,不管是抱怨、顿悟还是痛苦,都可以使人物在此得到一种延伸。"[1]曹路生教授则直接替编剧构思出了"文革"部分的新情境,他的方案是这样的:最高领袖对虽被打倒但仍可改造的学术权威发出宴请,但名额有限,三个教授要争一个名额。在如此的情况下,三人就可"用各种手段互相揭发、告密、讽喻、指责、批判而层层推进引出40年代的情节"。[2] 结局为1943年三人扭捏着不去但都去了,"文革"时期三人都想去但都没去成,最后都被压送到了批斗会。他认为这样处理的好处是:两个时代可以形成强烈的对比,民国时三个教授还能扭捏,而"文革"时他们则是你死我活。

在此,我想顺带提及《蒋公的面子》首演后评论界所出现的一股高分贝的声浪,核心意思体现在下面这段评议里:"这三位尽管性格迥异、立场不同,却认同一个基本前提:作为知识分子的独立人格。面对蒋公请柬这一来自中华民国最高权威的示好,完全没有表现出任何孟子得见梁惠

---

[1] 北小京:《一位戏剧老师和他的学生们——看南京大学文学院戏剧影视艺术系话剧〈蒋公的面子〉》,《广东艺术》2013年第3期。
[2] 转引自李伟:《关于〈蒋公的面子〉再次回应吕老师》,作者新浪微博,2012-11-06。

王般的欢喜,反而将之视为对自身'独立'或'自由'的严重威胁。"①毫无疑问,类似这种阐释是与前述那些修改意见处于同一声道的,它们都是从对比的角度将作品的主旨导向了对中国当代政治的批判。由是,我对朱光女士的那篇标题为《戏剧应如何表现特殊历史时期》的文章产生了理解。我的看法是这样的,朱光女士那段离题的批评针对的恐怕就是这种围绕《蒋公的面子》所产生的戏外的舆论。至于朱女士所谓的"特殊历史时期"到底何指应该是清楚的,应该绝不是吕效平教授所理解的:所谓"特殊历史时期",就是"'苦难'时期"。除了"文革",还有什么"苦难"? 吕先生之所以将"特殊历史时期"局限在"文革"时期,不过是想表达,即便《蒋公的面子》是在否定"文革"那又有什么错,可朱女士极其委婉的、带有劝诫性的批评,所指向的其实非常清楚:艺术家不应该以虚无化的基调来表现中国革命、社会主义建设、改革开放的历史和时代,创作者应该高度珍惜、谨慎地对待自己在艺术空间的掌控权。如果说朱光的表述还太过隐晦的话,那么,《蒋公的面子》在入选江苏省"舞台艺术精品工程资助项目"时,有专家所给予的修改建议则应该是打开天窗的说法了:"力求作品更好地弘扬主旋律,以艺术的形式揭露国民党和蒋介石迫害进步知识分子的假民主、真独裁的历史事实";"要正确对待我们党的历史错误,以艺术形式歌颂共产党的'伟大、光荣、正确'的本质属性,希望作品正面引导和教育青年学生充分认识'共产党好''进步知识分子跟共产党走是对的'"。很显然,《蒋公的面子》被强化的对比性结构,以及围绕它申发出来的具有"民国/共和国"对照性的批评路径,已经让该剧卷入中国当前复杂而喧嚣的政治思潮的交锋中了。当然,《蒋公的面子》也因此成为"现象级"的作品,可这是对它的一种艺术性的褒奖吗?

三

我的确觉得上述批评路径是值得商榷的。这种批评路径似乎是从董健老先生的一篇观后感蜿蜒而来的。老先生看完《蒋公的面子》的演出后很激动,在观后感中他特别提到说:"更为可贵的是,戏剧作者对于一种真实存在的知识分子精神的把握。无论这三位教授有着怎样的差别,是拥

---

① 吴海云:《〈蒋公的面子〉:一出知识分子的悲喜剧》,《文学报》2013 年 5 月 2 日。

护蒋还是反对蒋,总体上看,他们都有着一个共同的价值,那就是知识分子人格的独立。他们并不把蒋介石请吃饭当做是皇帝的赐宴。即使是官方化的教授卞从周也没有这种倾向。"①老先生是在历史的对比中感叹这种精神(抑或是知识分子一种本应有的潇洒)的失落,因而也是在历史的变迁中分外追念往日的"青葱"。我相信这是他真实的感叹,由此生成的对作品的批评导向我也完全可以理解。不过即便如此,我还是不认同这种批评的思路。原因并非在于它内含了一种政治批判性(抑或对抗性?),这非常危险,因而最好谨守"国事莫谈",刻意加以回避;当然也不是处于政治立场的反感,因为我同样不认同朱光女士的批评思路——"把作品化作敷在伤疤上的良药,抚慰最广大观众并给予他们力量、勇气以及尽可能充沛的正能量。"不认同不是因为我在政治光谱中的某种颜色,而是出于我对当前戏剧批评功能的一种理解。

前些时,张晴滟教授曾发文《试析国内戏剧演出与批评的隔阂》,这篇文章哀悼性地梳理了中华人民共和国成立以来戏剧批评人渐无声息的轨迹,文中引述了林兆华的一段话:"书写戏剧史不在理论家的身上,真正的戏剧记忆在群众当中,在于真正的戏剧观赏者……排戏就是我的戏剧观。他们搞理论的自己拿着东西往上靠,他们为我服务。"林兆华对批评的不屑,让我的同事张晴滟从戏剧批评春风得意的历史中取来真经,她认为20世纪的30年代、50—60年代、80年代、90年代末新左派思潮亮相登台之后,这些时段是批评能够引领、当道的时期,而这其中的奥妙就是:"理论与政治结合时,理论发挥的作用最大,比如'文革'时期和法国古典主义时期。理论与政治脱节,就成了学院内部话语,变成了研究范式的游戏,只能在象牙塔内部起效,与批评的对象隔着一层,对其无关痛痒。"与之相应和的还有我的另一个同事。赵志勇教授痛感中国当代话剧丧失了应对社会重大公共性话题的能力,发文疾呼要重建戏剧艺术的公共性。回首昨日,他希望重续"社会问题剧"的传统;面向当下,他高赞以政论剧、文献剧、民众戏剧、应用戏剧等剧场形式来呼应现实。主题要更加鲜明,意涵要更加直接,人物不要再继续包裹在"人性"的锦袍里踱步了,社会性要成

---

① 董健口述,高子文整理:《献给校庆的精神美餐——看话剧〈蒋公的面子〉有感》,《南京大学学报(哲学·人文科学·社会科学版)》2012年第1期。

为人物关系建构的基础。① 如果我理解没错的话,他们为戏剧批评和创作的迷津所作出的指点即"再政治化",由此可以避免戏剧批评的"空转"以及戏剧创作的无病呻吟。而围绕《蒋公的面子》的某种批评的热闹倒是验证了"再政治化"是获取关注的不二法门。

我相信这是大家的一种共识,即:让戏剧批评内涵更多的社会政治公共性意识,并且让戏剧创作在它的强有力的引导下进入当下社会生活与社会思想的前沿地带,去发出声音,去表达倾向,尽管在这种共识下大家实际上存在着巨大的立场和观点分野,不同的是有"左中右",相同的是各自都要对现实表态。而透视这种"共识",其背后是时代在操盘,中国社会现实的问题正在迫使艺术和社会政治的关系进入新的调整期,一度被理论者洁癖性地局囿在所谓"艺术"中的艺术,再度迈出闺房游园惊梦,这是任何人都无法阻挡的改变,但也是需要从美学上谨慎加以对待的改变。我的意思是,如此"共识"说到底是一种"正剧"美学,借用吕效平教授的概念,"正剧"美学是让戏剧深度介入"人间实践事务"的美学,它的历史几经沉浮:狄德罗、莱辛伸张了它,黑格尔贬低了它,易卜生、萧伯纳发展了它,社会主义现实主义借用了它,它所主导下的戏剧创作功能多样,既可进行特定历史时期的意识形态的建构,也可进行特定历史时期的意识形态的批判。我对"正剧"美学没有敌意,只是保留着一种审慎,原因在于正剧写作很容易落入"时间"的陷阱,或因题材,或因观点,或因态度等所造就的某一时期的轰动性,随着时过境迁,结果就是《终身大事》成小事、《于无声处》真无声。作者如果对他所处时代的社会问题缺乏"超乎其上"的深思,只是不无仓促的"入乎其内"的一瞥,譬如哥尔多尼的《女店主》,那其价值后人也只能从社会意义上去加以肯定而已,与之相比,他的《一仆二主》倒是穿过了历史的风风雨雨。那些属于"正剧"范畴而步入经典的作品,如莱辛的《智者纳旦》、易卜生的《玩偶之家》、萧伯纳的《匹克梅梁》、布莱希特的《伽利略传》,恰恰表明的是仅仅靠高喊介入社会公共性是不够的,介入的是什么和怎样介入才是关键,而这一点戏剧批评是要随时提醒的。

说回《蒋公的面子》,戏剧批评者对其社会政治批判性的主题刻意渲

---

① 赵志勇:《当下戏剧:社会公共性的危机与重建》,《读书》2015 年第 11 期。

染阐发，将原本让人玩味的喜剧生生扭转成劲爆轰动的正剧，这绝非妥当的戏剧批评思路。我非常认同吕效平教授的这段话："伟大的戏剧作品总是跨过道德的边界，描写人类既卑微又崇高的尴尬存在，当它忧伤地表现这尴尬时，便是悲剧，当它诙谐地表现这尴尬时，便是喜剧。"的确如此。不过，人类既卑微又崇高的尴尬存在不是抽象的存在，而是在历史社会生活中复杂而丰富的存在。强调这一点是想指出：描写中国知识分子的生存状态，仅仅只是将对象局限在"民国/文革"的时间框架里去观察，由此得出一种明暗对照性的结论，这是一种极度缺乏历史意识的眼光，是一种把复杂高度简单化的眼光。当温方伊在作品中设定了两重时空的结构之后，批评者应该尽到的责任是，引导作者走出这种结构所内含的对比性，让具有更加延展性的历史眼光去突破这种结构的壁垒，因为知识分子的难堪抑或难看并不是终止在了"文革"时期，看看新时期以来知识分子群体中的一些行为表现，滑稽简直层出不穷。中国在追求工业化、现代化的道路上，各个历史时期的知识分子都存在着自己特定的滑稽表现，温方伊既然在作品结构中引入了时间性，那就应该让自己在一个更加广阔的历史时空里去观察和思考。我想，只要是一个善思的人最后都不至于得出一个太过简单的、黑白分明的结论。

布莱希特写作《伽利略传》，前后写了三稿。他原本想写一个科学家的科学研究是出于研究的快感，但社会（商业利益、陈腐教条、神权政治、劳动者的欲求）却让他的这种快感无从实现；等到美国将原子弹投放到日本，黑色蘑菇云的恐怖让他重新调整他的思路，他要表达的是个人的科学研究终将社会化，因此科学家不得不肩负起社会责任；而作品最终呈现的则是：伽利略在学生安德烈面前对自己进行了彻底的批判，可这并非是故事的结束。伽利略的思想能够行进到文明的最前沿，但他的肉身却在思想的后面蹒跚，这是一个有关知识分子思想和肉身分裂的绝佳形象，因此伽利略在对疼痛的恐惧下背叛真理的故事恐怕还会重演。布莱希特的创作构思告诉我们：思考，再多一些思考，是多么的必要。

吕效平先生的评价是对的：放在世界上看，《蒋公的面子》还是一篇地道的学生习作，而我们实际上也都是学生。

戏剧应如何表现特殊历史时期

朱 光*

[内容提要] 近几年来,中国戏剧市场空前繁荣,出现了一批表现特殊历史时期的作品。包括话剧《活着》《蒋公的面子》和《驴得水》在内,它们把主人公安置在各个特殊历史时期,貌似具有反思人生苦难的深刻沉重感,但因为混淆了"历史与当下"两个层面的视听,产生了两种危害性极强的精神误导——或顿感人生无望,活着无聊;或引发莫名激愤、价值偏差、族群对立,终于使悲剧变成笑料。戏剧市场的繁荣离不开文化多元化,离不开"理性的宽容",但这是对具备正确价值取向的作品的宽容,艺术家不能把自身应肩负的责任推给"特殊历史时期",结果让百姓绝望,让精神走向反面,我们呈献给观众的现实题材作品,应该突出活着要有意义,做于国于民于己都有价值的事,成为有价值的人。

[关键词] 戏剧 特殊历史时期 《活着》《蒋公的面子》《驴得水》

　　戏剧,应是一味予人希望的"良药"——哪怕一时找不到治愈心灵痼疾的方法,但总该带给观众光明和温暖。戏剧,当然要挖掘人性的多样丰富——哪怕不惜把主人公投身魔幻的刀山火海。不过,在创作现实主义题材作品时,是否应该为了"激发"主人公的"潜在性格层面"而不惜"调侃"甚至"改写"特殊历史时期呢?任何特殊历史时期,都是人民的共同经历,跌宕起伏、忧喜参半、血泪交融、可能有"疤"……成熟的艺术家,应是一名心灵良医,应以尊重的态度、诚挚的情感、高超的技法、慈悲的心境,把作品化作敷在伤疤上的良药,抚慰最广大观众并给予他们力量、勇气以

---

* 朱光(1976—),女,上海《新民晚报》记者、文体中心主任,上海戏剧学院戏剧戏曲学硕士。

及尽可能充沛的正能量。华语戏剧著名导演赖声川、戏曲理论家蒋星煜以及著名编剧邹静之、万方等都不约而同地认同这一观点。赖声川说："戏剧是展现病的，但是导演要怀着慈悲心，在里面放入予人希望的药。"蒋星煜认为，戏剧能治心病。邹静之曾表示："真正的戏剧，要带给观众正面的思考，才能成为良药……"

一、貌似沉重的"消费"

特殊历史时期，并非特指"文革"十年，而是指国家、社会、人民都同时处于重大变革和转型的过渡时期。从 1907 年话剧（Drama，亦即更为专业的名称"戏剧"，在港台译为"舞台剧"）在中国诞生起，我们一起经历了民国时期（1912—1949）、探索建设社会主义时期（1949—1956）、探索建设社会主义新时期，包括"大跃进"和人民公社化等（1956—1966）、"文革"十年（1966—1976）以及 1978 年起的改革开放新时期……这其中都有一些时段属于此列。与此同时，作为中国不可分割的台湾岛，从蒋介石携国民党部队于 1949 年撤退至今，由于其独特的地理位置和非一般的历史进程，也属于这一范畴。

近来，在上海这一全国戏剧市场最繁荣的码头，上演了一批各地制作的戏剧，把主人公安置在各个特殊历史时期，貌似具有反思人生苦难的深刻沉重感，也好像部部都票房飘红。而其实，这些剧目追求票房的手段，与以嬉闹方式"讨好"观众的喜闹剧并无本质区别——是在忽悠观众"消费"本民族的苦难。

这些来自各地的剧目，以"调侃"甚至"改写"的轻浮态度，利用中老年观众对如何展现这些历史时段的"好奇"抑或青少年对此段历史的陌生，行"绑架"观众视听、心灵和荷包之实。它们以集中负面要素，硬生生地揭开社会伤疤，血淋淋地展示给观众为"卖点"，让剧场体验尚不丰富的大量普通观众掏了钱，"着了道"，产生了两种危害性极强的精神误导——或顿感人生无望，活着无聊；或引发莫名激愤、价值偏差、族群对立。

二、悲剧变成了笑料

戏剧人、评论家认为，艺术创作者要有观照历史和时代的大局观，从人类进步和国家发展的角度出发去考虑"为什么要制造精神产品"。因为让观众误读历史、掏钱买绝望,而不给"解药",要比让观众只掏钱看"三俗",更有害于身心健康、社会健康。

文学评论家杨扬对话剧《活着》的导演孟京辉为何要在当下改编余华同名小说的动机持有疑问:"评论家当然支持艺术家反思社会,但是要看在什么层面上反思。"他认为,该剧改编从内容到形式上都不成功。作为十分熟悉原著的评论家,他觉得该剧毫无悬念,"谁都能想象到接下来谁死了,那干脆让福贵也死了算了!最后,导演只能自己跑到台上,对观众说出主题——要昂扬地活";"只要是从上世纪 80 年代过来的人,都觉得所谓荒诞、夸张、扭曲、变形,并没什么太大创新"。最令人反感的是在表现"大跃进""文革"等场面时,竟让一群穿着时尚、打扮妖异的青年男女一起跳迪斯科。台上一片"群魔乱舞",台下一片嘻哈笑声。对此,文艺评论家毛时安明确表达了不满:"与其把民族的悲剧当成调料和笑料,不如让在思想和艺术上更成熟的戏剧家来挑大梁。"现代戏剧谷艺术总监、戏剧教育家荣广润则认为:"虽然当下深入思考的戏较少,但是不能局限地以个人思考替代民众思考。"

荣广润的这句话也适用于《蒋公的面子》。这出由南京大学女大学生创作的剧目,围绕当年中央大学三位中文系教授是否要赴"校长"蒋介石的年夜饭展开——事实上,这从来都是一个传说。据为此熟读了 30 多本民国时期的著作、在图书馆查阅了几十万字资料的编剧透露,蒋介石到中央大学就任校长之职,是春节后的事,所以不存在"年夜饭"之说。如此情景设定,属于艺术加工。不过,该剧诞生之初,定位却是为南大(前身即中央大学)校庆所作的"校史剧"。该剧火爆之时,则被市场推手"助推"成当下争议事件的"参照系"。例如,原重大校长被任命为浙大校长,引发浙大校友会等质疑的一串风波。风波里,《蒋》剧中,蒋介石成为中央大学校长遭学界质疑的境遇,就被网民"平移"到浙大校长身上……此点,反过来刺激了该剧的票房。于是,历史与当下,两个层面的视听都被重度混淆。剧组为求高度关注而蓄意制造了被曲解的空间,且丝毫无意从争议中抽身。

艺术家最可怕的谎言,就是以挖掘人性之名,制造一台毫无人性之戏——还把它安置入特殊历史时期。由一批北京青年戏剧人编导演的《驴得水》,就是这样一出戏。中国话剧史专家丁罗男教授分析到,该剧里只有校长的女儿,这个 20 岁不到的女孩子是有人性的,其他角色都没有人性。民国时期，一群城里的教师到农村办学，为了多一人份的工资，把一头驴谎报成英语老师。不学无术的教育部长为谋求美方资助，前来面见名为"驴得水"的英语老师。美国捐助人也随后抵达。为了掩盖一个又一个谎言，这些人物的举动都像是缺乏性格和动因的小丑。为了让衣衫褴褛的农村木匠冒充洋气的英语教师，城里来的女教师甚至不惜"睡服"他——"她简直就是花痴！"丁罗男评价道，全剧看下来，唯一的好人就是捐助农村办学的美国人——他最有人性，最有爱心。但是，"对比起来，只有美国人有人性的话，那我太反感这样的设计了！"诸如"睡服"这样的小聪明充斥该剧，使得剧场里特别欢腾。但当一场群殴后，美国人面对舞台上追光照耀的一把镰刀与一把锤子相交的场面，惊呼"Incredible China！"（不可思议的中国！）时，这种把网络上的负面情绪活化于剧场的取悦方式达到了顶峰，并成为口口相传的"卖点"。

三、值得深思的问题

上海拥有全国最活跃、最繁荣的戏剧市场已得到公认，连年来，仅在沪上演的话剧剧目每年就有 200 多出，其中上海话剧中心以及本地民营剧团的剧目约占总数的四成，六成来自北京、南京、山东、广州、深圳等地以及中国台湾和香港等地区。与此同时，话剧市场迎来了 1907 年在中国诞生以来的"第二个春天"。有意思的是，港台地区的戏，倒多数是一味"良药"，如台湾果陀剧社的《十四堂星期二的课》《抢钱的世界》，台湾表演工作坊的《暗恋桃花源》《宝岛一村》等，都在挖掘五味人生，展现人心终究向善的一面。当然，也有一些剧目值得注意——台湾电视综艺"大哥大"王伟忠制作、参演的《短波》，用其本人的话来说就是："讲述小时候偷听对岸敌台的故事……"

毛时安、荣广润等专家都认为，市场要繁荣，就要允许文化多元化，要有"理性的宽容"，但这是对具备正确价值取向的作品的宽容，艺术家不能把自身应肩负的责任推给"特殊历史时期"，结果让百姓绝望，让精神走向反面，让中国革命、社会主义建设、改革开放的历史和时代以虚无化的基调博取观众的眼球。丁罗男还认为，剧场的艺术独特性在于，在一个封闭空间内，通过几小时内激发观演情感的集体共融，来传递戏剧理念。那么就会产生马太效应，"正面的更加明亮，负面的更加灰暗"。因此，掌握了这一硬件优势和艺术话语权的戏剧家更应该高度珍惜、谨慎对待对这一艺术空间的掌控权，考虑到观众的接受力——事实上，中国教育普遍缺失戏剧欣赏这一板块，使得不少观众并不熟悉剧场表达体系。而不少编导并不是不知道这一点。

戏剧评论家戴平说得更为恳切，"人民的艺术家应帮助观众寻找光明和希望，给予人信心和前进的力量。如果要把丑恶展示给观众，就要怀着治病救人的初衷，用精湛的艺术手法剖析到位，并包扎好伤口"，否则就应和了西方荒诞派戏剧的理念——只有死才能解决问题，或者空留一片灰黑的无解。"而我们呈献给观众的现实题材作品，应该突出活着要有意义，做于国于民于己都有价值的事，成为有价值的人。"

后　记
朱　光

苦难的民族拥有伟大的戏剧。

近几年来，频繁在京广沪巡演的俄罗斯、以色列、立陶宛、波兰、希腊乃至亚美尼亚等国的剧团，都展现了其绵延千年的传统文化、民族精神和蓬勃向上的生命力。"一带一路"国家战略一定程度上也助力于沿线国家与我们的文化交流。

同理，我们也不应该不拥有伟大的戏剧。

本文，是以以上期望为底色的评论。本文主旨，是反对当下一些貌似"深刻"，其实是"消费"苦难以追求商业利益，且不给观众"解药"的作品。

近6年来，本文也被"消费"，成为"宣传素材"，效果仿似"儿童不宜"。因而，起先，对于收录此篇我颇为犹疑，是否会被再"消费"一次？但是，出于学术精神和研究目的，作为中国戏剧发展过程中曾激起千层浪的"一石"，不应该在文艺评论、戏剧界"缺席"。故此，加一后记，表明对世事澄明的信心。

英雄与超人,以崇高的名义
——对一种与亚氏悲剧观相抗衡的悲剧理论的分析*

麻文琦

[内容提要] 亚里士多德的悲剧观在17世纪受到挑战,一种有别于亚氏的新的"悲剧性"开始得到建构。人们关于悲剧价值的看法出现了历史性的变化,承受苦难命运的悲剧人物要比悲剧人物深陷苦难的命运更为重要,"悲剧性"的建构因此产生了一次历史性的转型,与"怜悯/恐惧"正相关的"命运感"退居幕后,而与"感动/鼓舞"正相关的悲剧人物的"英雄性"走向台前。本文聚焦崇高与这一悲剧性之间的关系,梳理"悲剧崇高性"建构的思想脉络,并在对席勒和尼采悲剧思想分析的基础上得出最后的结论,建构在"崇高"基础上的悲剧性已然走完它的全部历程,失去了任何继续阐发的理论空间。

[关键词] 悲剧 崇高 席勒 尼采

回顾17世纪法国的悲剧理论,有一种现象值得注意,譬如圣·埃弗蒙有关悲剧的见解所标示出的某种动向。埃弗蒙在《论古代和现代悲剧》一文中,批评《俄狄浦斯王》残忍,指责它违反了人类所应具有的真正感情,理由是:"由于引起人们恐惧和怜悯心理的过火的表演是古代悲剧的要素,这样岂不是将剧院直接变成了一所恐惧和怜悯的学校了吗?在那儿,人们只学会畏惧一切危险,对于任何灾祸束手待毙。"① 实际上,这种

---

* 本文系国家教育部基金项目"新世纪人才支持计划"《戏剧类型与戏剧性》的部分成果,项目编号:NCET-06-0192。
① 埃弗蒙:《论古代和现代悲剧》,载伍蠡甫主编:《西方文论选》上卷,上海译文出版社,1979年,第272页。

批评的调调并不新鲜,我们完全能从柏拉图那里找到原声,但我们之所以把埃弗蒙视为一种现象,是因为他耐人寻味的应对策略:他主张打造一种现代新悲剧,打造的方向是加入爱情的成分。"没有一种激情比善良的爱情更能激发我们向往高尚和慷慨事物的心情了","一句话,通过我们公开在舞台上表演的良好范例,通过爱情和倾慕等令人愉悦的感情(这种感情跟适度的恐惧和怜悯谨慎地交织在一起),我们完全有可能达到……完善的境界"。① 埃弗蒙的建议当然属于石子入海,用爱情重塑悲剧?似乎没有人在创作上真的去照方抓药,但埃弗蒙的心思还是值得关注,我们不妨看看他的这段表白:"完善地表现人类灵魂的伟大,这种伟大在我们内心激起一种温情的赞赏,通过这种赞赏……我们的勇气得到鼓舞,我们的灵魂受到了深深的感动。"② 埃弗蒙的心思是:他想改变亚里士多德所确定的悲剧审美的情感反应,他想用一种新的情感——"感动"来挤占"恐惧和怜悯"的专座。

如果把埃弗蒙的呼声放置于当时的语境——"古今之争"的背景,他同布瓦洛的古典范儿是针锋相对的,那么,他向悲剧索取"鼓舞和感动"所隐含的意味非常值得分析。布瓦洛所代表的古典主义悲剧理论,尽管对亚氏的"卡塔西斯"存在着误解——认为悲剧的功能在于净化,认为悲剧人物的厄运能够以反面教训的方式给观众带来生存的教益,不过误解归误解,亚氏的悲剧观并没有因此误解受到撼动,怜悯和恐惧依然端居高座。就像我们曾经分析的,怜悯和恐惧这种情感在强化人们有关生活的一种不确定性的看法,一种命运的感受。只要怜悯和恐惧仍然霸占着悲剧审美的舞台,那么,不管古典主义者们如何理解"卡塔西斯",结果也都只能是在"命运"的惊涛骇浪里眺望大地的安全,也就是说,在古典主义者们看来,如果悲剧还存在着某种正能量的话,那么这种正能量的源泉只能是悲剧人物的悲惨命运所带来的一种教训。在这个意义上,古典主义悲剧理论并没有开掘出一种新的"悲剧性"。相形之下,埃弗蒙关于悲剧的审美便具有新意:他希望悲剧能够给观众带来感动和鼓舞,这意味着,"悲剧性"的建构产生了一次历史性的转型,与"怜悯/恐惧"正相关的"命

---

① 埃弗蒙:《论古代和现代悲剧》,载伍蠡甫主编:《西方文论选》上卷,上海译文出版社,1979年,第273页。
② 同上。

运感"退居幕后,而与"感动/鼓舞"正相关的悲剧人物的"英雄性"走向台前。埃弗蒙的主张标示出的是悲剧审美的这样一种动向:人们关于悲剧价值的看法出现了历史性的变化,承受苦难命运的悲剧人物要比悲剧人物深陷苦难的命运更为重要,而这个悲剧人物的形象也不再像亚氏《诗学》中那般模糊,他越来越以方下巴的大男人形象出现,以其勇气和耐力将苦难转变成天边的彩虹。

埃弗蒙的理论主张很容易让人联想到高乃依的悲剧创作。高乃依早在埃弗蒙几十年前就在悲剧舞台上书写感动了,而且他比埃弗蒙显然有着更大的气魄,他说:"悲剧的庄严,要求诗人描写一些重要的国家利益,一些比爱情更崇高更有男儿气概的激情……在悲剧中使用一点爱情是可以的……可以作为我所说的国家利益和重大激情的基础,但是爱情必须居于次要地位。"①他的《熙德》《贺拉斯》《西拿》《波里耶克特》等都是在这种理念支配下的产物。高乃依沉迷于悲剧人物身上的英雄气,譬如在塑造《罗多古娜》中的克莉奥佩特拉时,他给这个女人安装了一颗强大的心脏,让她在激烈的嫉妒和强烈的荣誉的驱使下极其残忍地行动着,这种处理曾让莱辛连续用四篇剧评的篇幅加以批评,莱辛讥嘲地说:"在他的作品里,所有的人物都喘着英雄主义的粗气,甚至连不应该有英雄主义气质或者确实没有英雄主义气质的人物——作恶者——都是如此。应该称他为庞大的、巨大的,但不是伟大的。"②但高乃依想必不会在乎这种尖酸,因为他在为笔下的克莉奥佩特拉激动着,以下是他的表白:"克莉奥佩特拉是个残忍的人物,她有着强烈的统治欲望,把王位看得高于一切,只要能保持王位,就是犯杀父之罪也不怕。可是,她所有的罪行又都伴随着一种心灵的伟大,其中包含着十分崇高的东西,因而我们在厌恨她的行动的同时,对这些行动的根源又表示钦佩。"③实际上,远比克莉奥佩特拉更加崇高的悲剧人物形象,譬如英国剧作家马洛笔下的《帖木儿大帝》和《浮士德博士》、莎士比亚的《麦克白》早在文艺复兴时期就诞生了,不过鉴于高乃依的悲剧是在与亚氏的悲剧理论相对抗的情形下创作的,也就是说,高乃依有一种明确的理论意识,他想改变亚氏关于悲剧的某些论断,正因

---

① 高乃依:《论剧诗》,转引自程孟辉:《西方悲剧学说史》,商务印书馆,2009年,第133页。
② 莱辛:《汉堡剧评》,张黎译,上海译文出版社,2002年,第157页。
③ 高乃依:《论剧诗》,转引自朱光潜:《悲剧心理学》,人民文学出版社,1983年,第96—97页。

此,我们不妨将他视为建构一种新的悲剧性的开拓者。

但高乃依还做不到在理论上对这种有别于亚氏的"悲剧性"进行系统的阐释,埃弗蒙同样也没有做到。这套新的关于悲剧审美的言说方式是逐渐成形的,它的关键词是崇高,这个美学概念让在亚氏悲剧理论中隐含的"命运/悲剧人物"的位置颠倒互换,让"怜悯/恐惧"的情感反应变得相对次要,并且最终让悲剧功能从"卡塔西斯"的束缚中解脱出来。

一

别林斯基对希腊艺术的精神有一段评价:

> 希腊艺术的内容是什么?对于缺乏基督教启示的希腊人说来,生活有其暧昧的、阴沉的一面,他们称之为命运,它像一种不可抗拒的力量似的,甚至要威胁诸神。可是高贵的自由的希腊人没有低头屈服,没有跌倒在这可怕的幻影前面,却通过对命运进行英勇而骄傲的斗争而找到了出路,用这悲壮的壮伟照亮了生活的阴沉的一面;命运可以剥夺他的幸福和生命,却不能贬低他的精神,可以把他打倒,却不能把他征服。这个概念在《伊利亚特》里还是若隐若现,而在一些悲剧中,却已经发出全部壮伟的光辉。①

别林斯基对古希腊悲剧精神的理解显然有别于亚氏,问题恰恰就在这里,为何别林斯基言之凿凿的"全部壮伟的光辉",亚氏偏偏在《诗学》中没有提及,在别林斯基眼里英勇而骄傲的悲剧英雄们,在亚氏的笔下却仅仅表现为比一般人要好一些的人,而且他们身上还有"过失"?两相对照显现出的是两种截然不同的"悲剧性":一种聚焦的是悲剧人物的命运,它带给人们的是"怜悯/恐惧"的情感体验,借此强化的是幸福、是脆弱的观点,悲剧的价值在于为观众提供了对自身存在进行哲思的可能性;另一种聚焦的则是命运中的悲剧人物,他的不屈服带给人们的是"壮伟的光辉"的情感体验,借此提升的是人们对生活的一种进取的态度,而悲剧的价值恰恰就在于体现了这种悲剧精神。别林斯基是在用后一种"悲剧性"

---

① 别林斯基:《别林斯基选集》第二卷,满涛,辛未艾译,上海译文出版社,1980年,第87页。

重构古希腊悲剧。

这种闪烁亮眼的"悲剧性"在理论上也同样有其严谨的逻辑，在这方面并不逊色于亚氏关于悲剧的言说。我们可以朱光潜的理论为例进行示范。朱光潜的《悲剧心理学》一书对各种悲剧理论进行了批判性的研究，目的是在批驳的基础上确立他自己认同的一种悲剧性，其最后的结论集中表述在著作的第五章和第十一章。

第五章"怜悯和恐惧：悲剧与崇高感"的写作脉络是这样的：他首先承认悲剧审美情感中的确存在着怜悯的反应，为此他批驳了尼柯尔的说法。尼柯尔认为："对于我们觉得比自己伟大、更崇高的事物，我们很难表现怜悯。我们可以怜悯一个人，但却不可能怜悯一个神。普罗米修斯不会唤出我们同情的眼泪……我们同情奥赛罗不会到怜悯他的程度……我们不会为考狄丽雅之死而哭泣，因为她的天性中有一股硬气不许我们流泪。"朱光潜对此的评价是"这在我们听来无疑是一种奇谈"，他接下来写道："在这里并不存在这些人物是否超出于我们的怜悯之上的问题……我们绝不会有片刻把自己与普罗米修斯或考狄丽雅相比较，他们的痛苦已经成为了我们的痛苦，可以说我们和他们联合起来面对共同的敌人，那就是恶。"因此，观赏悲剧不可能没有怜悯。①

之后，他又承认恐惧是悲剧审美情感中一个必不可少的成分。他解释了悲剧审美的恐惧"都是面对命运女神那冷酷而变化多端的面容时感到的恐惧"，"它们都是突然见出命运的玄妙莫测和不可改变以及人的无力和渺小所产生的结果"。② 直到这里，我们都还未看出朱光潜对亚氏悲剧分析明显的偏离，他真正的越界是从这句话开始的："在悲剧观赏之中，随着感到人的渺小之后，会突然有一种自我扩张感，在一阵恐惧之后，会有惊奇和赞叹的感情。"在朱光潜看来，悲剧的审美情感反应不仅存在怜悯和恐惧，而且还有振奋鼓舞。这种判断意味着，亚氏的总结是错误的，错误在于恐惧反应无法容纳鼓舞，而能够将这两种对立的情感兼容的概念只能是崇高。崇高的奥妙在于："悲剧尽管激起恐惧，恰恰因为它激起恐惧，便使我们感到振奋。它唤起不同寻常的生命力来应付不同寻常的

---

① 参见朱光潜：《悲剧心理学》，人民文学出版社，1987年，第74—79页。
② 同上书，第90页。

情境。"①

一旦朱光潜将亚氏的"怜悯/恐惧"置换成"怜悯/崇高",一种新的悲剧性就自然而然地产生了。在第十一章"悲剧与生命力感"中,朱光潜得出了关于悲剧的如下结论:对悲剧说来紧要的不仅是巨大的痛苦,而且是悲剧人物对待痛苦的方式。没有对灾难的反抗,也就没有悲剧。引起我们快感的不是灾难,而是反抗。我们可以说,悲剧在哀悼肉体失败的同时,也在庆祝精神的胜利。悲剧的价值在于,悲剧向观众展示出的是"命运可以摧毁伟大崇高的人,但却无法摧毁人的伟大崇高"。

朱光潜的整个论证是建立在他的一个审美感受上的,即:在悲剧观赏之中,随着感到人的渺小之后,会突然有一种自我扩张感,在一阵恐惧之后,会有惊奇和赞叹的感情,而他用来证明自己这种感受的例证是莎士比亚的几部悲剧作品。这里的问题是,朱光潜从其审美主观经验出发最后所确定的悲剧精神之核又有多少客观的普遍性?朱光潜并没有向我们展示他是如何从莎士比亚的悲剧作品中体验到人物所带给他的振奋的,即便他提供了最细腻的阅读分享,也无法改变人们有可能从最阴沉的角度来理解莎士比亚描写的那个悲剧世界。这样讲并非在否定朱光潜的论证,而仅仅是想去揭示朱光潜论证的实质:朱光潜的理论推论过程是存在着一种可以理解的策略的,以主观感受达成客观结论,不过是想为他所伸张的一种悲剧性披上普遍性的外衣罢了。朱光潜并非在分析一种既存的悲剧性,而是在建构一种新的悲剧性,崇高并非悲剧的既有特质,而只是他力图输入给自己心目中真正伟大悲剧的一种精神。朱光潜深深认同斯马特的见解,而这段表述的确可以作为新的悲剧性的铭文:

如果苦难落在一个生性懦弱的人的头上,他逆来顺受地接受了苦难,那就不是真正的悲剧。只有当他表现出坚毅和斗争的时候,才有真正的悲剧,哪怕表现出的仅仅是片刻的活力、激情和灵感,使他能超越平时的自己。悲剧全在于对灾难的反抗。陷入命运罗网中的悲剧人物奋力挣扎,即使他的努力不能成功,但在心中却总有一种反抗。②

---

① 朱光潜:《悲剧心理学》,人民文学出版社,1987年,第91页。
② 同上书,第205—209页。

显而易见的是,这种悲剧性植根于一种对悲剧人物的设定上,就像朱光潜所言,它要求悲剧人物无论善恶都超出一般水平,他的激情和意志都具有一种可怕的力量,即便是在邪恶中都要表现出一种超乎我们之上的强烈的生命力。① 对悲剧人物如此设定,背后涌动的是理论者内心的一种"英雄瘾",像斯马特所言,人物"哪怕表现出的仅仅是片刻的活力、激情和灵感,使他能超越平时的自己",实际上都是一种万分无奈退而求其次的表达,这种新的悲剧性真正要求的是悲剧人物的非凡性。那么,这种要求逻辑地会导向这样一种结果,朱光潜说:"随着英雄崇拜的消失,一切都被摧垮而落到千千万万人手里,崇高感于是就因之而缩小,而悲剧也就消亡了。"② 而在这份消亡的名单上,恐怕会出现易卜生的《群鬼》、奥尼尔的《进入黑夜的漫长旅程》、田纳西的《欲望号街车》、阿瑟米勒的《推销员之死》等。这些是所谓的"市民悲剧",而"市民悲剧"曾被邓南哲轻蔑地称之为"民主的灰色浊流"中冒出来的气泡。这里,我们看到的情形是,以崇高为精神的悲剧性是远比亚氏的悲剧观更具有排斥性的,它具有一种急峻、不无偏执的性格。问题是,将悲剧审美标准定位在崇高性上,并非传统如此,向悲剧索要崇高只是在特定历史时期出现的一种精神现象,那么,这种现象展开的历史过程又是怎样的呢?

二

朱光潜在建构他的悲剧崇高性时绝少提及席勒的悲剧理论,这的确有些奇怪,还有谁比席勒更能成为这种新悲剧性的铸造师呢?从理论发展史的角度看,席勒的悲剧理论的确构成了我们所要讨论的这个历史展开过程中的一个关键环节。

席勒对悲剧艺术有一个界定,其界定思路依据的是这样一种见解:"每一种文学创作种类都遵循一个自己特有的目的,正因为如此,所以它才通过一种自己特有的形式,与其他的文学创作种类区别开来,因为形式是一个文学创作种类借以达到它的目的的手段。"显然,这个界定的思路与亚氏相似,采取的是"结构-功能"的分析方法,但与亚氏不同,席勒并非

---

① 朱光潜:《悲剧心理学》,人民文学出版社,1987年,第89页。
② 同上。

像亚氏那样从结构设定出发来确定悲剧的功能,而是相反,他首先预设了悲剧的目的,再反向来推导悲剧的结构。他得出的关于悲剧艺术的结论是这样的:"悲剧的目的是感动,它的形式是对一个导致痛苦的行动的模仿";"如果悲剧的目的是激起同情的情感激动,而它的形式是它借以达到这个目的的手段,那么,对一个感动人的行动的模仿就必定是,最强烈地激起同情的情感激动的一切条件的总和。因此,悲剧的形式就是最有利于激起同情的情感激动的形式。"①

席勒何以将感动确定为悲剧的目的?对此的追问会将我们引向席勒对崇高的分析,我们继而又会在席勒的背后看见康德的身影,并进而发现一个欧洲文艺复兴以来的更大的思想背景。现在,我们还是暂且回到席勒关于悲剧形式的分析上来。席勒在这个方面表现得像个药剂师,他在按配方搭配各种成分,以便成就悲剧的最高药效——"感动"。

席勒的分析是从一个心理常识出发的——如果对于一种不幸的原因的不快之感过于强烈,那么我们对于遭受不幸的人的同情就会减弱。依据这个常识,席勒觉得悲剧构思应该懂得绕道而行,有三种情况是要分外警惕的:人物由于胆小怕事而招致灾难,人物由于不可饶恕的过失而自遭毁灭,人物是个恶棍因其穷凶极恶而引发大灾大难,以上所有这些情况都会减少我们对人物的同情,因为他们容易激发我们的蔑视直至仇恨,这些情感一旦占据支配地位,其他情感譬如感动就必定会在它们面前退却。但是当上述人物以如此情形——"后悔、自责,甚至达到最高的程度,陷入绝望之中"——出现时就另当别论了,席勒的理由是:

> 因为,如果在心灵深处没有清醒着一种辨别正确和谬误的感情,并且要求反对自己的自爱利益,就绝不可能感受到后悔。对一个行为的后悔产生于,把这种行为与道德法则进行比较,而且因为这种行为与道德法则相冲突而被否认。所以,在后悔的一瞬间,道德法则必定是一个人的心灵的最高裁判……把道德法则视为最高裁判的心灵状态是道德上的合目的性,因此就是一种道德快感的源泉。……后悔和绝望,只是

---

① 席勒:《论悲剧艺术》,载席勒:《席勒美学文集》,张玉能译,人民出版社,2011年,第47页。

较晚地,而不是软弱地给我们显示出道德法则的威力……一个由于违反道德职责而绝望的人,正好通过这种绝望又回到了对这种道德职责的顺从,而且,他的自责越是表现得可怕,我们就看到道德法则对他的威力越是巨大。①

不过,这种"悔恨式"的构思虽然可以成为悲剧的一种形式,它固然可以抵消我们对人物的蔑视甚至愤恨,但它在激发感动方面仍然功能有限。因此,一种更理想的悲剧形式并不应该是这样的,可又该是怎样的呢?席勒以莎士比亚的《科里奥兰》为例进行了示范:

当科里奥兰被丈夫、儿子、公民的职责所战胜,离开几乎被他占领的罗马,压抑他的报仇心思,带回他的军队,牺牲于一个妒火中烧的敌人的仇恨之中时,那么他显然做了一个反目的的行为:他由于这一步不仅丧失了一切已经得到的胜利果实,而且还是故意地奔向他的毁灭——但是,另一方面,他果断地宁愿违反兴趣爱好,也不违反道德感,而这样的行为违反了感性的最高利益,违反了聪明的规律,为的仅仅是与更高的道德职责协调一致,他的所作所为,不就是卓越超群的、无比伟大的吗?②

但类似这种构思的悲剧形式也还不是席勒心目中的最佳,在席勒眼中,悲剧杰作的范本是高乃依的《熙德》(由此,我们便能理解高乃依为何能成为一个新悲剧性的开拓者了)。席勒是这样分析《熙德》的:

荣誉感和孝顺心武装了罗德里格,让他战胜了仇人;荣誉感和孝顺心又在被害者的女儿施梅娜心中,给罗德里格制造了一个可怕的控诉者。两个人都在违背他们的兴趣爱好行动,他们在彼此的不幸面前心惊胆战,就在这同时,道德的职责义务又促使他们努力地引来这种不幸。因此,两个人都赢得了我们最高的尊敬,两个人都激发了我们最高的同情,因为他

---

① 席勒:《论悲剧对象产生快感的原因》,载席勒:《席勒美学文集》,张玉能译,人民出版社,2011年,第55页。
② 同上书,第57页。

们都是心甘情愿地受苦受难,又是出于一种令人高度尊敬的动机受苦受难。①

席勒向我们展示的是他对悲剧形式的审美分级,级层的高低取决于某种悲剧构思形式与审美感动的正相关效能,效能越大,悲剧层级越高,而效能的关键就是席勒所确信的一种原则——绝没有什么东西超过我们从这种道德合目的性中所感到的快乐。根据这种认识,席勒为人们提供了一份悲剧创作指南,他几乎把创作问题变成了一种算术:

悲剧的领域包含了下列一切可能的情况:某一个自然的合目的性屈从于某一个道德的合目的性,或者某一个道德的合目的性屈从于另一个更高的道德合目的性。根据认识到的这种道德合目的性与另一种道德合目的性的矛盾关系,把各种快感从低到高排列出来,先验地确定感动的程度。甚至也许还可以从这同一合目的性原则出发推演出悲剧的一定顺序,并且先验地把悲剧所有的可能种类画成一张完整的表格。那么,人们就能够一目了然地把任何给定的悲剧指派在它的位置上,并且能够预先料到感动的程度和方式。②

我们能从这份创作指南中体会到席勒对道德法则的一片痴情,同时也能够非常清晰地意识到这是一种在新的悲剧性的基础上产生的悲剧编剧法,它无疑会对亚氏的悲剧性产生排斥。席勒骄傲地宣示:"希腊艺术从来没有达到过悲剧感动的这种纯粹的高度,因为无论是希腊人的民族宗教,还是他们的哲学本身,都没有那么遥远地给他们向前照亮道路。新近的艺术享有这样的优势,它从经过提炼的哲学之中获得一种更加纯粹的质料,也就能够实现这种最高的要求,所以能够发展艺术的全部道德尊严。"③这段话在提示我们,席勒所伸张的悲剧性连同其延展出来的全新的悲剧编剧法,是从他所处的时代精神里提炼出来的,而要找到它们之间

---

① 席勒:《论悲剧对象产生快感的原因》,载席勒:《席勒美学文集》,张玉能译,人民出版社,2011年,第38—39页。
② 同上书,第53页。
③ 同上书,第39页。

的关联,不妨从"悲剧的目的是感动"说起。

三

席勒何以能将悲剧的目的设定为感动?他的思路是这样的:他首先举例证明了一种快感经验的存在。譬如相互对立的职责义务的痛苦斗争,对于当事人来说是痛苦的根源,但在观照之中却让人们愉快,由此经验可以确证,令人悲伤痛苦的东西本身带有不可抗拒的魔力。那么,这是为什么呢?为什么人们能够从不愉快的事物中体验到愉快呢?席勒解决这个问题的方法很简单。他归纳了快感的两种来源:一者源于感性冲动的满足,一者源于道德规律的实现,任何快感都与这两种来源相关。而能够从痛苦的对象中最后体验到快乐,原因肯定不在于感性冲动得到了满足,原因只能从人的道德意识角度去分析,也就是说,从不快中产生快感,最终不可能不是源于一种道德的合目的性。席勒认为这是一种特别的快感经验,特别之处在于它是以反目的性为基础的合目的性,而能够对这种快感经验加以准确概括的概念是崇高感。既然存在着这种快感经验,那么艺术就绝不能忽视这种包含了痛苦的感动的崇高快感,而且还应该优先地把它视为艺术的目的。于是,席勒的结论水到渠成:"那些把感动的快乐特别地作为自身目的的艺术,在普通的认知中就叫做悲剧艺术。"①

席勒推证过程中最有意味的一点就是,他破天荒地将崇高概念与悲剧艺术焊接到一起,他当然是建构了一种新的悲剧性,而一旦我们对崇高概念的发展史有所理解,这种悲剧性的意味就能在时代精神的脉动层面得到更透彻的显现。

古罗马时期的朗吉弩斯讨论过崇高,在鲍桑葵看来这是他心灵敏感的一个证明,但价值也仅在于"给经验在美的范围内所揭示出的范畴,又增添了一个新的范畴",②朗吉弩斯更多是把崇高固定在了文体风格层面。等到博克论述崇高,他挖掘出了这个美学范畴中的精神价值,将一种自豪感和胜利感带入崇高,但他如下的见解却有些让人"泄气":"在面临恐怖的对象而没有真正的危险时,这种自豪感就可以被最清楚地看到,而

---

① 席勒:《论悲剧艺术》,载席勒:《席勒美学文集》,张玉能译,人民出版社,2011年,第37页。
② 鲍桑葵:《美学史》,张今译,广西师范大学出版社,2001年,第87页。

且发挥最强烈的作用,因为人心经常要求把所观照的对象的尊严和价值或多或少地移到自己身上来。"①也就是说,崇高内涵的精神属于客体,品质本是人家的,连赠予都没有,主体只是从客体那里私自拿来的罢了。可当崇高落在康德的手里,崇高便成了人类自我崇敬的塑像,崇高是一面镜子,主体在其中观看到自我精神的伟岸。在康德看来,崇高只是我们在面对无穷大(数的崇高)和无限力(力的崇高)的对象时,由于想象力的瘫痪而不得不借助自身的理性和精神的尊严来应对的一种纯属于意识的活动,因此,崇高的不是磅礴的山岳或者狂野的海洋,崇高的是我们主体的心灵。

很显然,崇高概念的发展史是一个阐释的角度和立场从客体向主体转变的过程。问题并不在于崇高到底是怎样,关键在于人们为何将崇高解释成这样。康德说得很对:"如果没有道德观念的发展,对于有修养准备的人是崇高的东西对于无教养的人却只是可怕的。"②也就是说,对崇高内涵如何解释取决于人们对自己如何解释,这正是崇高作为一个概念却能折射出时代精神变化的原因。康德是欧洲启蒙时代一位极具代表性的哲人,他的确在相当的程度上标记了自文艺复兴以来人文主义发展的一种方向。在他之前,还有谁能够像他那般以如此严苛的方式对人的能力进行审视?通过他的著名的批判所得出的关于人的结论尽管充满矛盾——譬如他借助纯粹理性批判,用"物自体"的不可知将人的认识能力圈定在有限的范围之内;但他又借助实践理性批判,用"自由意志"来宣示人的绝对能动性——矛盾归矛盾,不过"头上灿烂的星空"所映衬出的人的相对渺小,终究敌不过"心中的道德律"所成就的人的伟大,"人是世界的最后目的",是在用充满神意的"目的论"来确保人成为这个世界的主人,恰恰是这种对人的命运的极其自信而乐观的哲思,构成了席勒建构"崇高悲剧性"的思想背景。

席勒的崇高论取自康德,不管他在论述崇高方面有着如何细致的展开,从理论动机角度看,两个人对崇高之所以青睐有加,目的也不过都是

---

① 博克:《关于崇高和美》,转引自劳承万等:《康德美学论》,中国社会科学出版社,2001年,第211页。
② 康德:《判断力批判》第29节,转引自朱光潜:《西方美学史》下卷,人民文学出版社,1987年,第381页。

想借助崇高来张扬的人的主体性。一旦席勒将崇高的力量给予了悲剧艺术,那结果就势必是与盘旋在悲剧领空之上的命运挥手道别。因此,亚氏所建构的那种躲在"怜悯/恐惧"背后的半遮半掩的命运悲剧性,席勒是无法接受的。不把恐惧从悲剧的审美情感反应中驱逐出去,不用崇高去占领腾挪出来的空间,那么,如同不散的阴魂般的命运就会永远对人的生命构成压制性的力量。席勒对异己的、可怕的、破坏性的力量并非没有体会,看看他写的这段话:"被视为伟大的自然,嘲笑我们通过理智给它规定的一切法则,它在自己专断自由的行程中以同样的漫不经心把智慧的产物和偶然的东西都踩成尘埃,它把举足轻重的东西和微不足道的东西,把高尚的东西和庸俗的东西同样都归于毁灭,它在这里保护蚂蚁的世界,在那里却把自己最美妙的创造物——人钳制并毁灭在它巨大的怀抱里,它在轻举妄动的时刻往往浪费掉它最艰难获得的财宝。"①但在悲剧世界里展现这种灾难,并非是为了给观众提供哲思的机会,而是为了成就人的精神;可怕的破坏性的自然的存在,是为了引导我们能够走得更远。因此,席勒说,面对这种自然,人的精神将无法遏制地力求从现象世界出来进入理念世界,从受限制的东西转化为不受限制的东西。

而能够让上述转化完成的唯一法器就是"道德法则"——

道德法则,只有在它与一切其他的自然力量进行斗争,而这些自然力量对人们的心灵失去力量的时候,才显示出全部的威力。在这些自然力量之中包括着:一切不是道德的东西,一切不属于理性的最高法则控制之下的东西;因此,感觉、冲动、情绪、激情以及生理必需性和命运都恰如其分地包括在内。敌人越是可怕,胜利就越是光荣;只有遭到反抗,才能显示出力量。由此得出结论:只有在一种暴力的状态中,在斗争中,我们道德本性的最高意识才能被保持住……②

席勒的悲剧性把悲剧打造成了一种展示人物在灾难中自我成就的艺术,我们看得非常清楚,它拥有两个空前的特质:一是它空前地渴望人在

---

① 席勒:《论崇高》,载席勒:《席勒美学文集》,张玉能译,人民出版社,2011年,第191页。
② 席勒:《论悲剧对象产生快感的原因》,载席勒:《席勒美学文集》,张玉能译,人民出版社,2011年,第53页。

灾难的火焰中升华;二是它也同样空前地在呼唤一种战斗性。我们不得不说,这是一种"英雄纪念碑"式的悲剧性,不过席勒只允许道德英雄的名字铭刻在上。但是现在,尼采带着他的"超人"来了。

四

因为尼采对英雄的别样理解,于是在他那里,与英雄相关紧密的"崇高"就成为一个虽与席勒共享但内涵已然改变的概念,这意味着,席勒所建构的"崇高悲剧性"被颠覆了,我们也因此进入"崇高悲剧性"历史生成过程中的另一个关键环节。

尼采青年时代受过古典语文学的专业训练,他凭借其扎实的专业知识成为巴塞尔大学最年轻的副教授,28岁时出版了《悲剧诞生于音乐精神》一书(14年后再版时更名为《悲剧的诞生,或希腊精神与悲观主义》)。从古典语文学的专业角度看,该书可谓千疮百孔,最重要的论断都是于史无证的,这一点让尼采的恩师李切尔大感怪异,尼采为何背离了他的专业精神? 他抱怨说:"在我眼里,他高得令人眩晕;在他眼里,我是蠕虫般在地上爬行。最使我气愤的是他对哺育他的亲生母亲的不敬,这个母亲就是古典语文学。"[1]

的确,尼采背离了语文学专业,他把自己变成了一个不羁的思想者。因此,《悲剧的诞生》并非一部有关悲剧艺术史的著述,而是尼采抒发自己对悲剧精神理解的一部思想之作,是他穷其一生重估一切价值工作的起步之作。不过,即便如此,即便《悲剧的诞生》只能从思想价值的层面来评价,我们也依然能够发现年轻的尼采在阐发自己思想过程中的不成熟。对此,尼采自己也是承认的,他说这本书写得很糟,印象纷乱,好动感情,无意于逻辑的清晰性。[2] 这种缺点使得该书在一些关键的论述部分让人异常费解。我想,我们对尼采悲剧理论的理解,恰恰应该从分析这种令人费解背后的原因开始。

尼采建构自己悲剧性的两个重要概念是"酒神因素"(die Dionysische,有时被表述为酒神精神或文化、酒神本能或冲动)和"日神因素"(die

---

[1] 尼采:《悲剧的诞生》,周国平译,译林出版社,2011年,第3页。
[2] 同上书,第147页。

Apolinische，有时被表述为日神精神或文化、日神本能或冲动），它们的关系是二元对立又能彼此结合的，尼采视它们为古希腊悲剧得以产生的精神基础。用此二元因素观察艺术，其灵感来自叔本华分析世界的二元框架"意志/表象"。证据是显而易见的：尼采对酒神冲动的描述很容易让人们联想到叔本华对意志的界定——种种原始本能的欲念和冲动；而尼采对日神精神的说辞，我们从中也能识别出叔本华的表象的痕迹。

譬如，尼采说日神的美的冲动"就像玫瑰花从有刺的灌木丛里生长开放一样。这个民族如此敏感，其欲望如此浓烈，如此特别容易痛苦，如果人生不是被一种更高的光辉所普照……他们能有什么旁的办法忍受这人生呢？"①因此，日神冲动就创造出一种让人沉湎梦境之中、有着美丽外观的艺术。尼采描述日神艺术特征的三个关键词——美丽外观、梦境、免除痛苦——应该说完全取自叔本华对表象的论述。

首先，表象是意志的客观化，它是本能冲动欲念的外在形式，是世界在我的意识镜面上投射的影像。这里，叔本华表象的外在形式转化成了尼采日神艺术的外观造型。

其次，由于意志在叔本华的哲学里是世界的本质，它是邪恶的，它是不断冲动的无休无止的欲念，它让人生像钟摆一样在欲望满足的无聊和无法满足的痛苦之间摇摆，因此，为了人生的幸福就必须否定意志。但是，我作为意志所决定的具体存在，又如何能在活着的时候消除掉这决定性的意志呢？意志类似地球的引力，我怎么可能在这种引力下拔着自己的头发脱离地球呢？在叔本华看来，审美恰恰就是拯救人生的方式之一。在审美时刻，主体能够暂时地摆脱意志的束缚，不再是那个遵循"个体化原则"表达意志的具体的我，主体现在成为一个纯粹的无意志的我，而环绕这个我的世界也因此成为不再表达意志的纯粹表象，纯粹的主体与纯粹的客体的邂逅，就此带来了忘却痛苦的美，现在"人生和它的种种形象在他面前不过像是一阵过眼云烟，像在半醒的人眼前的一场淡淡的梦境"。这里，叔本华表象的审美性转化成了尼采日神艺术的基本特征——一种梦的艺术。

问题就出现了。叔本华的意志/表象之间的关系是本质/现象的表里

---

① 尼采：《悲剧的诞生》，周国平译，译林出版社，2011年，第15页。

合一关系,但在尼采这里,由意志转化来的酒神与由表象转化来的日神却无法完全构成上述这种关系,我们不能简单地说日神是酒神的客观化,酒神是本质,日神是外在形式,这样讲并不符合尼采的论述,因为在尼采那里,绝大多数情况下,它们彼此只是一种并存的二元关系。这样一来,如果严格按照叔本华的意志/现象的概念逻辑,酒神艺术和日神艺术便都属于纯粹表象层面,它们的区别仅仅在于艺术精神的不同:日神精神造梦,尊重规则,讲求适度;酒神精神酿醉,冲破规则,天马行空。

如此,从逻辑上讲,日神精神会寻求一切艺术表现形式来表达自己,因此由它创造出的日神艺术如果仅仅止步于造型艺术和史诗艺术,就成了一件不可思议的事情;同样的道理,由酒神精神创造出来的酒神艺术仅仅只表现为音乐和抒情诗,这也是完全无法理解的。可偏偏这种不可思议、无法理解的事情出现在了尼采的论述中。在尼采的眼睛里,酒神精神在向日神的形象世界不断地进军,相对抽象的音乐艺术在与具象的造型艺术不断地发生触碰和结合,而悲剧就是在这次出征中、在这种结合中诞生的。他如此表达,实际上又把酒神/日神的关系按照叔本华的意志/表象的关系去理解了——叔本华说,世界是意志的表象化;尼采说,悲剧是酒神的日神外化。

论述存在着逻辑上的矛盾,尼采的费解就是这样来的。酒神与日神,如果从艺术层面来看,它们本应该属于平行的关系,它们的区别并不应该体现在艺术形式上(所谓造型艺术和音乐艺术的区隔),而只应该体现为艺术精神的不同方向(醉境与梦境);但尼采的矛盾在于,他自己并不满足让它们处在一种平行关系中,他内心深处希望酒神精神有类似叔本华意志的本体性,如此酒神就需要外化成表象,而日神在尼采这种想法的支配下也就只能停留在造型艺术上了,其目的是为了把酒神精神赋形。

是的,一切论述的矛盾都出于尼采既把酒神/日神理解成不同的艺术,又把酒神/日神解释成类似叔本华意志/表象的关系;之所以有前者的理解,尼采是基于对确实存在的两种不同艺术精神(创造醉境与梦境)的体验;之所以有后者的解释,尼采是出于将酒神精神本体化的意图(日神由此便被表象化了)。而正是他这种造成了论述混乱的意图,却恰好成为我们深入尼采悲剧理论的一扇大门。

五

尼采把叔本华的意志转化成酒神冲动（或酒神精神），目的是想将在叔本华那里被否定的东西改变成值得而且必须去肯定的东西，从而在本体层面夯实生命的价值和意义。

酒神曾在古希腊人那里获得祭礼和颂歌，现在尼采要把久违的酒神重新请回到世人的精神生活中来。酒神归位，醉境生成，一种原始但却本真的状态出现了，它将粉碎一切禁忌和樊篱，"在酒神的魔力之下……疏远、敌对、被奴役的自然重新庆贺她同她的浪子人类和解的节日"。① 酒神为世人带来醉，只是人类重归感性生命本能的一种象征性的表达。本能，曾是叔本华所厌憎的，他哀叹：假如我不曾存在，假如世界不曾存在，该有多好啊！现在，尼采说：我爱且愿意一切已经发生；只有通过肯定生命及其全部苦难，才能获得力量和伟大！

尼采认为酒神精神的真谛就是：遵从本能，无惧由此带来的灾难。这种精神，在尼采看来，曾在古希腊的悲剧舞台上那么热烈地展现过。埃斯库罗斯、索福克勒斯笔下的普罗米修斯和俄狄浦斯，这些酒神在悲剧舞台上的化身，他们苦难的命运在向人们传达着怎样的深意呢？尼采对有关他们传说的解读是那般的奇特，他认为：普罗米修斯神话的前提是天真的人类对于火的过高估价，人要自由地支配火，而不再依靠天空的赠礼（借助闪电和日照），这在原始人类看来不啻是一种亵渎，是对神圣自然的掠夺。普罗米修斯的故事告诉我们，凡是人类所要享有，就必须通过一种亵渎方能到手；至于那个悲惨的俄狄浦斯，他的厄运在向我们显示，谁要获得破解自然的智慧（解答斯芬克斯之谜），谁就必须首先去挑战最神圣的秩序（杀父娶母），俄狄浦斯是智者，但前提是他还必须作为凶手和奸夫。智慧的基础是一种"恶德"，②但酒神精神恰恰就存在于其中。

它以亵渎为尊严，把积极的罪行当作真正的德行；亵渎、冒犯和挑战固然会带来毁灭，但毁灭的痛苦，尼采曾用"产妇的阵痛"这个意象来肯定其价值，"产妇的阵痛圣化了痛苦——一切生成和生长、一切未来的担保，

---

① 尼采：《悲剧的诞生》，周国平译，译林出版社，2011年，第8页。
② 参见同上书第九节。

都以痛苦为条件……以此而有永恒的创造喜悦,生命意志以此而永远肯定自己,也必须永远有产妇的阵痛,这一切都蕴含在酒神这个词里"。① 要理解这段话的含义,就不妨将产妇疼痛的生产理解成宇宙自然不断毁灭、不断产生的永恒流转,在这个宇宙法则面前,个体生命的毁灭就不过是滔滔洪流间那消失掉的渺小浪花而已。毁灭的背后是再生,而酒神的死而复生恰好在象征层面喻指了这种生生不息。

尼采本人认为《悲剧的诞生》有两项革新:一是首次对酒神现象进行了心理学分析,一是首次认为苏格拉底是悲剧消亡的罪魁。② 从尼采后续思想的发展来看,酒神精神可谓其"强力意志"的青春版,而在他后来越来越清晰的欧洲思想谱系的梳理过程中,悲剧的敌人苏格拉底被逐渐定位在了一条连续的思想脉络的起点,对苏格拉底的批判被后来更加有力的对教士文化的清算所代替。因此,尼采评价该书是他"价值重估"工作的开始是有着充分的理由的。

尼采"价值重估"的精髓就在于,他在苏格拉底-柏拉图-基督教之间建立起了联系,他把它们视为一个连续传承的思想发展过程,其间,人的感性生命越来越被排斥,人的本能越来越被处理成罪恶,这种散发着毒气的思想被尼采命名为教士文化。"在教士们所组织的任何社会中,'罪恶'是不可或缺的,教士靠'罪恶'而活,人们'犯罪'这件事对他们是非常重要的。最高的原则:'上帝宽恕悔改者'——用平常的话说:上帝宽恕那些服从教士的人。"③教士成为"罪恶"的守护者,是因为"罪恶"能够维持他们的特权。但教士文化的恐怖并不仅仅表现在权力的归属问题,它更致命的后果是:"所有不允许发泄的本能转而向内,我称其为人的内向化,由于有了这样的内向化,在人的身上才长出了后来被称之为人的灵魂的那种东西。……仇恨、残暴、迫害欲等等所有这一切都反过来对准这些本能的拥有者自己,这就是'良心谴责'的起源。"④教士文化教会人厌憎自己,不止于此,它还教会人仇恨生命意志强悍的人,这个有着最深沉的教士化

---

① 尼采:《偶像的黄昏》,周国平译,光明日报出版社,1996 年,第 100 页。
② 参见尼采:《看哪,这人!——尼采自述》,张念东、凌素心译,中央编译出版社,2000 年,第 51 页。
③ 尼采:《上帝之死——反基督》,刘崎译,台北志文出版社,1983 年,第 79 页。
④ 尼采:《论道德的谱系》,周红译,海南国际新闻出版中心,1996 年,第 218 页。

报复心理的人,"咬紧了充满深不可测的仇恨(无能的仇恨)的牙关声称:'只有苦难者才是好人,只有贫穷者、无能者、卑贱者才是好人……只有他们才能享受天国的幸福——相反,你们这些永久凶恶的、残酷的、贪婪的、不知足的、不信神的人,你们将遭受永久的不幸、诅咒,并且被判入地狱。'"①

尼采对教士文化产生的心理动因是持有理解的,认为它是出于对人的有限性的一种解决动机,苏格拉底想用理性来弥补人的天然欠缺,柏拉图则用理念来确保理性的牢靠,至于基督教只是用上帝代替了过于书斋气的理念,而成为一种大众的柏拉图主义。在尼采看来,动机固然可以理解,但教士文化采取的解决问题的方式则完全是错误的,它导致的结果就是反人性。不过,这种反人性的思想极其容易迎合人心,这是因为世人需要世界是有目的的,是有着一种被计划好的秩序的,他们需要被一种在他们力量之外的本体性的力量所确保,以此给予他们所想要的幸福。

要告别这种教士文化,就必须彻底否定目的论,宇宙自然的生成、毁灭、无尽的流转是没有目的的,因此也就是没有善恶的,它应该被看作是万古岁月自娱的游戏,每个有限的生命个体都不过是这场游戏中的一个微量单位,没有任何力量能够对他们进行虚妄的承诺;生存如果还有目的,那就只能是首先承认自己的有限性,然后遵循自己的本性、欲望去行动。"要求强者不表现为强者,要求他不表现为征服欲、战胜欲、统治欲,要求他不树敌、不寻求对抗、不渴望凯旋,这就像要求弱者表现为强者一样荒唐。一定量的力相当于同等量的欲念、意志、作为,更确切些说,力不是别的,正是这些欲念、意志、作为本身。"②在尼采看来,人按照自己的"力"去生活,这就是唯一的目的,这就是最高贵的道德。如此道德观让尼采成为敌对基督者,也让他站在了启蒙时代的代表性人物康德的对立面,他从康德的哲学里同样嗅出了一丝教士文化的气息,他说:"就连老康德也不例外,他那'绝对命令'就散发着残酷的气味。"③如此,席勒建立在康德"崇高"概念上的悲剧性也无法避免被尼采解构的命运,席勒是道德太道德,而尼采则是人性太人性。

---

① 尼采:《论道德的谱系》,周红译,海南国际新闻出版中心,1996年,第161页。
② 同上书,第173页。
③ 同上书,第194页。

当"酒神精神"(后来的"强力意志"概念)构成了悲剧观的核心,尼采也就对席勒的悲剧理论进行了根本性的改造。尼采所建构的悲剧性,是从席勒那里夺走了关于英雄的解释权。尼采心目中的英雄是超人,历经骆驼、狮子、婴孩的精神三变,具备耐性、雄心,更关键的是拥有孩子般纯净的精神世界,没有丝毫的教士气,全部的渴望都来自身体内部的呼唤。这意味着,尼采把英雄伟力的源泉从道德意志移至本能冲动,将崇高建立在了个体原始生命力的澎湃以及宇宙大化的无尽绵延之上。可以说,尼采是用非理性创造出了另一种崇高,这种崇高表现为一种巨大的原始景观,它是将人的感性与自然相贯通后的成果,这与席勒借助人的理性与自然相抗衡所产生出的人格壮观截然不同。

我们越是深入地理解这种不同,就越能把握"崇高悲剧性"从席勒到尼采的变化到底意味着什么。罗素是毫不掩饰对尼采思想的厌恶的,他讥嘲地说:尼采"最钦佩的人是一些征服者,这些人的光荣就在于有叫人死掉的聪明"。[①] 在他看来,尼采的思想只是一种疾病的征候。那这是一种怎样的征候呢?从精神现象的演变来看,从席勒到尼采,意味着启蒙时代的终结,理性爬至巅峰后的衰竭;意味着文艺复兴以来欧洲思想家们所打造的"巨无霸"式的主体性身体倒立,下半身逆转了上半身;当然也意味着,建构在"崇高"基础上的悲剧性走完了它的全部历程——崇高的光辉来自人的力量的投影,现在光源从人的理性延展到人的感性,因此没有了任何继续阐发的理论空间。悲剧理论如果要再写新篇,就必须在"命运/英雄"的框架之外建立新的理论角度。那又会是一种怎样的角度呢?又能从那个角度出发建构出一种怎样新鲜的悲剧性呢?

[①] 罗素:《西方哲学史》下卷,马元德译,商务印书馆,1976年,第326页。

正义与义在《赵氏孤儿》中的隐性冲突

王 云[*]

[内容提要] 以中国古代的"义"和西方现代的"正义"这两种似而不同的观念来审视纪君祥的《赵氏孤儿》,不难发现,它们在这部元杂剧中形成了强烈冲突。不过,这种冲突不是内置的、固有的,而是我们将《赵氏孤儿》置于正义与义所建构的语境中而形成的。如此冲突集中地体现于程婴之子的生命权问题。面对"存孤弃子老程婴",我们似乎应该用"义薄云天"四个字来由衷地称赞他。然而,如果以现代正义观念的角度来看,这样的情节极其可疑。中国要真正地成为一个正义的社会,恐怕要从理智地看待《赵氏孤儿》中最令我们感动的那一幕开始。

[关键词] 纪君祥《赵氏孤儿》 詹姆斯·芬顿《赵氏孤儿》 正义 义 生命权

简要地说,西方现代所谓的正义,也就是受到善和一视同仁(平等)双重规范的"得所当得",而中国古代所谓的义,也就是受到仁(近乎善)和礼(差等)双重规范的"宜"。以中西这两种似而不同的观念来审视纪君祥的《赵氏孤儿》,[①]不难发现,它们在这部元杂剧中是形成了强烈冲突的。

---

[*] 王云(1956—),男,博士,上海戏剧学院戏剧文学系教授、博导,主要从事艺术理论、美学和比较文学研究。

① 究其实质,义的观念和正义观念无非都是关乎权利和义务的观念,说得周全一些,也就是确立合理分配权利和义务(或由权利而及义务,或由义务而及权利)标准的观念。儒家义的观念自先秦发源以来,基本上没有发生过质的变化。我们比较任何两个中西观念体系,最多也只能拿出它们最完善的状态来进行比较。无奈义的观念最完善的阶段也就在先秦、西汉和宋代,我们也只能拿中国古代义的观念与西方现代正义观念进行比较。一如中国古代义的观念,西方古典正义观念同样受到了差等观念的规范,只要知道柏拉图和亚里士多德是奴隶制度的坚定维护者,你便能了然这一点。从17世纪末至法国大革命,尤其在18世纪下半叶,(转下页)

不过，这种冲突不是内置的、固有的，而是我们将《赵氏孤儿》置于正义与义所建构的语境中而形成的。正是在这样的意义上，笔者称其为隐性冲突。

在《赵氏孤儿》中，最令我们感动的是程婴牺牲了自己"未经满月"的儿子来保全赵氏孤儿。难道程婴一点都不心疼自己的儿子？当然不是。只是"义"字当头，不能不牺牲自己的儿子。面对"存孤弃子老程婴"，我们似乎应该用"义薄云天"四个字来由衷地称赞他。然而，如果以现代正义观念的角度来看，这样的情节极其可疑。赵氏孤儿的生命是生命，难道程婴之子的生命就不是生命吗？既然一视同仁，那么赵氏孤儿的生命和程婴之子的生命应该是同样宝贵的。既然同样宝贵，那么为何要厚此而薄彼？也许有人说赵氏孤儿是孤儿，是赵家仅有的一点血脉，难道程婴的儿子不也是程家仅有的一点血脉吗？也许有人说要留着赵氏孤儿为赵家报仇雪恨，难道只有"血亲复仇"才算是报仇雪恨吗？你赵家要报仇雪恨，碍着程婴的儿子什么事？在笔者看来，这些理由都是一些精致的借口，都是不能成立的。退一万步来说，即使这些理由都能成立，都与高尚的目标相联系，我们也应该明白，再高尚的目标之实现也不能在一个无辜之人不知情的情况下以牺牲他的生命为代价。

如果我说，程婴献出自己的儿子，差不多就像献出自己的一份财产，你也许会跟我急。千万别跟我急，有台词为证。在《赵氏孤儿》第四折中，程婴利用他所制作的画卷为赵氏孤儿痛说家史。说到"程婴"时，赵氏孤儿问："这壁厢爹爹，你敢就是他么？"程婴说："天下有多少同名同姓的人，他另是一个程婴。"……赵氏孤儿问："他那个程婴肯舍他那孩儿么？"程婴说："他的性命也要舍哩，量他那孩儿，打甚么不紧？""打甚么不紧"意即

（接上页）西方正义观念发生了质的变化。在此期间，分别起源于欧洲和美洲的两种思想资源都在大力宣传平等观念。一种是欧洲政治哲学著作，它偏重于对社会变革要求的呼应。在这些著作中最具代表性的莫过于洛克的《政府论》下篇（1690）、卢梭的《论人与人之间不平等的起因和基础》（1753）和《社会契约论》（1762）；另一种是美洲政治宣言，它既有呼应社会变革要求的一面，又有发扬基督教人文主义传统的一面。在这些宣言中最具代表性的莫过于美国弗吉尼亚《权利宣言》（1776）和美国《独立宣言》（1776）。这两种思想资源都对法国大革命的爆发和作为法国大革命之重要组成部分的《人权与公民权利宣言》的问世产生了不可估量的影响。经过法国大革命，平等观念深入人心。于是"一视同仁"才真正地成为正义的一个要素，这标志着西方现代正义观念的成熟。自此而往，中国古代义的观念和西方现代正义观念成了两个有着天渊之别的观念。

"有什么要紧"。

在程婴看来,人的命价是有等级差的。因为是主人与门客的关系,因此赵氏孤儿的命价自然比程婴贵重,为了赵氏孤儿的存活,程婴自然应该献出自己的生命。因为是父亲与儿子的关系,因此程婴的命价自然比他儿子贵重,连程婴都应该作出牺牲,难道他儿子就不应该被牺牲?这是程婴的逻辑,这也就是"义"的逻辑。按照现代正义观念,人来到这个世界,就有着天赋人权,其中最重要的人权便是生命权,这是神圣而不可侵犯的权利,这是"不可剥夺的权利"。既然生命权神圣不可侵犯,也就意味着任何人在没有正当而又充分理由的情况下都不可以剥夺它,这其中也包括被剥夺生命权者的父母。① 然而,在《赵氏孤儿》中,程婴为了挽救赵氏孤儿免遭杀害,却煞费苦心地将自己的儿子送入虎口。程婴的理由是正当而又充分的吗?程婴的行为是正义的吗?

程婴的儿子如果在知情的情况下甘愿作出这样的牺牲,我们自然无话可说。但实际情况是,程婴的儿子不是牺牲,而是被牺牲。程婴有什么权利为他儿子的生命作主?王国维先生在评论《窦娥冤》和《赵氏孤儿》时说过一句话,那便是"而其蹈汤赴火者,仍出于其主人翁之意志"。必须指出的是,程婴之子代赵氏孤儿而死,这并非出自他自身的意志。

程婴有什么权利为他儿子的生命作主?这样的事情在古代中国人看来是顺理成章的,这样的疑问在古代中国人看来不是疑问。既然"义"受到"礼"的规范,那么,它一定要为维护等级制度出力的。既然"义"意在维护等级制度,那么,人的生命一定是不等价的。赵盾是丞相,赵朔既是驸马又是都尉,作为他们的孙子或儿子,赵氏孤儿的生命自然贵重,因为有门第附加值,有身份附加值。程婴不过是一个门客或者郎中,其儿子的命价自然贱多了。既然"义"意在维护等级制度,那么,人的生命权一定不是神圣不可侵犯的。屠岸贾要灭赵盾一门(实质上是晋灵公要灭赵盾一门),赵盾一门三百余口也只能尽赴黄泉。同样,程婴要牺牲其儿子,其儿子也只能被牺牲。正所谓君要臣死,臣不得不死;父要子亡,子不得不亡。既然"义"意在维护等级制度,那么,人一定是没有独立而自由的人格的,

---

① 美国《独立宣言》第二段中的 unalienable rights 在不同的译本中分别被译为"不可让与的权利"和"不可剥夺的权利"。借助 unalienable 这个词强烈的决绝意味,《独立宣言》告诉我们,如果没有正当而又充分的理由,人包括生命权在内的重要的基本权利是绝对不可剥夺的。

一定是依附于社会体制或家族体制的,一定是另外一些人的附庸。于是臣子一定是君王的附庸,臣子的家眷和家仆一定是臣子的附庸,儿子一定是父亲的附庸。晋灵公要灭赵盾,赵盾也只能赴死,因为他只不过是晋灵公的附庸;赵盾赴死,赵盾一家300多口人也只能陪着,因为他们只不过是赵盾的附庸;程婴要让其儿子去送死,程婴之子也只能去送死,因为他只不过是程婴的附庸。

程婴有什么权利为他儿子的生命作主?现代正义观念给出的答案是,程婴没有权利为他儿子的生命作主。这里不避词费,摘录两段卢梭的言论。卢梭在《社会契约论》中强调——

> 即使每个人可以转让他自己,但他不能转让他的孩子。孩子们生来也是人,并且是自由的;他们的自由属于他们,除他们本人以外,谁也无权处置。在他们达到有理智的年龄以前,他们的父亲为了他们的生存和增进他们的幸福,是可以代表他们订一些条约的,但绝对不可以不可挽回地和无条件地把他们奉送给别人。因为这样一种奉送是同大自然的意愿相违背的,而且超出了做父亲的权利。①

而卢梭的《论人与人之间不平等的起因和基础》则说:"即使一个人可以像转让他的财产那样转让他的自由,但就孩子们来说,其间的差别就太大了……而自由是孩子们作为人而得自上天的礼物,所以他们的父母无权剥夺。可见奴隶制的建立是有伤天性的;只有改变了人的天性,才能使奴隶制长久存在。法学家们口口声声说什么奴隶的孩子生下来就是奴隶,其实,他们的真正的意思是说人生下来就不是人。"②深受卢梭思想影响的皮埃尔·勒鲁也说过:"父亲所以无权杀害他的孩子,因为人类的特征也体现在小孩的脸上。"③作为一个人,程婴之子有着与生俱来的或者"得自上天"的生命权和自由权,容不得包括程婴在内的任何人任意处置甚至剥夺。程婴"无权处置"或"无权剥夺"他儿子的生命权和自由权。这

---

① 卢梭:《社会契约论》,李平沤译,商务印书馆,2011年,第11—12页。
② 卢梭:《论人与人之间不平等的起因和基础》,李平沤译,商务印书馆,2007年,第108—109页。
③ 皮埃尔·勒鲁:《论平等》,王允道译,商务印书馆,1988年,第23页。

是现代意义上的"正义"的逻辑。可惜程婴只是一个门客,门客与奴仆庶几相同,门客只不过是特殊类型的奴仆或者高级的奴仆。① 奴仆的儿子还是奴仆,"生下来就不是人";况且程婴之子只不过是程婴的附庸,是程婴的一宗财产,程婴自然有权"处置"或"剥夺"他儿子的生命权和自由权。这是"义"的逻辑。由于我们引入了西方现代正义观念,这两种逻辑开始形成了隐性然而却也是强烈的冲突。

在信奉"不孝有三,无后为大"的中国古代社会,为了实现某些所谓高尚的目标去戕害自己后代的生命,这样的事例毕竟不会多。不多并不意味着绝无,最现成的例子大概莫过于汉代的一个真实故事(不过结尾显然出自虚构)了。元郭居敬编录的《二十四孝》中有汉郭巨"为母埋儿":"汉郭巨,家贫。有子三岁,母尝减食与之。巨谓妻曰:贫乏不能供母,子又分母之食,盍埋此子?巨遂掘坑三尺余,忽见黄金一釜,上云:官不得取,民不得夺。有诗为颂,诗曰:郭巨思供亲,埋儿为母存。黄金天所赐,光彩照寒门。"②在这"二十四孝"中,鲁迅先生似乎最反感老莱子"戏彩娱亲"和郭巨"为母埋儿"。关于后者他在《〈二十四孝图〉》一文中调侃道:

至于玩着"摇咕咚"的郭巨的儿子,却实在值得同情,他被抱在他母亲的臂膊上,高高兴兴地笑着;他的父亲却正在掘窟窿,要将他埋掉了……
我最初实在替这孩子捏一把汗,待到掘出黄金一釜,这才觉得轻松。然而我已经不但自己不敢再想做孝子,并且怕我父亲去做孝子了。家景正在坏下去,常听到父母愁柴米;祖母又老了,倘使我的父亲竟学了郭巨,那么,该埋的不正是我么?如果一丝不走样,也掘出一釜黄金来,那自然是如天之福,但是,那时我虽然年纪小,似乎也明白天下未必有这样的巧事。
……可以抵抗被埋的理由多得很。不过彼一时,此一时,彼时我委实

---

① 李珺平说:"对等,好象是主、客平等,实际不是,因为养与被养的事实,即依附关系,是无法改变的。""门客文化,在本质上,体现的是门与客之间的一种以'知己'为呈现形式的不等量的价值交换关系。门,即为主;客,即为奴(又可分为奴隶、奴才……)。"见李珺平:《春秋战国门客文化与秦汉致用文艺观》,中国社会科学出版社,2001年,第22、64页。
② 郭居敬原著:《二十四孝图文解读》,赵遵礼注,陈少梅绘,陕西人民出版社,2007年,第17页。这个故事最初出自汉刘向《孝子传》,后又为晋干宝《搜神记》卷十一所记载。

有点害怕:掘好深坑,不见黄金,连"摇咕咚"一同埋下去,盖上土,踏得实实的,又有什么法子可想呢。我想,事情虽然未必实现,但我从此总怕听到我的父母愁穷,怕看见我的白发的祖母,总觉得她是和我不两立,至少,也是一个和我的生命有些妨碍的人。后来这印象日见其淡,但总有一些留遗,一直到她去世——这大概是送给《二十四孝图》的儒者所万料不到的罢。①

在食物短缺的情况下,郭巨固然不应该"为儿埋母",郭巨就应该"为母埋儿"了吗?根据"义"的逻辑,答案是肯定的。曾子不是说过:"义者,宜此(指孝)者也"吗?② 说到底,还是那句话,郭巨之子只不过是郭巨的附庸,是郭巨的一宗财产,为了这近乎至高无上的孝道,③郭巨自然有权"处置"或"剥夺"其儿子的生命权。

郭巨有权如是"处置"其儿子的生命权,比他早生了约八百年的邵公(亦作"召公")同样有权如是"处置"其儿子的生命权。然而不同的是,郭巨之子最终为"天"所搭救,邵公之子就没那样幸运了。粗通古籍的人大多知晓《国语》中的《邵公谏厉王弭谤》,大多知晓其中的"防民之口,甚于防川"一语,但未必知晓邵公为了周厉王之子(即后来的周宣王)免受杀害还贡献了他自己儿子的生命。周厉王暴虐无道,又不听他人的劝谏,因而以后国人起义,周厉王只好逃亡至彘。周厉王出逃之后,周厉王之子躲藏在大臣邵公的家中。《国语》卷一中的《邵公以其子代宣王死》如是记载:"彘之乱,宣王在邵公之宫。国人围之。邵公曰:'昔吾骤谏王,王不从,是以及此难。今杀王子,王其以我为怼而怒乎!夫事君者险而不怼,怨而不怒,况事王乎?'乃以其子代宣王。宣王长而立之。"邵公之子生命的价值自然不如周厉王之子生命的价值,甚至都不如邵公名声的价值,况且邵公对其儿子又有着生杀予夺的权力,于是邵公之子也只有死路一条了。

比邵公献儿救王子恶劣一百倍的事在中国历史上也不乏其例。据《管子·小称》,管仲病笃,齐桓公前往探视,问仲父是否有政治遗嘱,管仲

---

① 鲁迅:《〈二十四孝图〉》,载《朝花夕拾》,人民文学出版社,1973年,第25—26页。
② 此语出自《礼记·祭义》。
③ 东晋元帝《孝经传》:"天经地义,圣人不加;原始要终,莫踰孝道。"

对曰:"臣愿君之远易牙、竖刁、堂巫、公子开方。夫易牙以调和事公,公曰惟烝婴儿之未尝,于是烝其首子而献之公,人情非不爱其子也,于子之不爱,将何有于公?"《韩非子》和《史记》等亦记载了齐桓公就管仲之接班人问及易牙一事。据《韩非子·十过》,管仲对曰:"不可。夫易牙为君主味,君之所未尝食唯人肉耳,易牙蒸其子首而进之,君所知也。人之情莫不爱其子,今蒸其子以为膳于君,其子弗爱,又安能爱君乎?"据《史记·齐太公世家》,管仲对曰:"杀子以适君,非人情,不可。"为了满足齐桓公基于奇癖怪好的口腹享受,易牙不仅把儿子给杀了,而且还把儿子给蒸了。委实天良丧尽!郭巨埋儿和邵公献儿固然不能与易牙杀儿同日而语,然他们在对待自己儿子生命权上的态度却如出一辙。这种态度——若套用很多年前曾经时髦过的句式——那便是害你没商量,因为你不过就是我的"东西","只有工具所有的相对价值"。①

邵公献儿救王子和易牙蒸儿适国君分别发生于公元前842年和公元前645年或更早时候,那时没有儒家,没有儒家伦理学说,也没有"贵贵,尊尊,义之大者也"或者"贵贵、尊尊、贤贤、老老、长长,义之伦也"之类的说法。② 不过,反过来看,儒家伦理学说后来成为显学,也一定是有着广泛的社会实践基础和社会思想基础的,儒家伦理学说不过是对这种社会实践和社会思想的理性化总结而已。问题的关键是儒家伦理学说后来又被抬升为国家意识形态,于是它反过来有力地规范了社会实践和社会思想,致使为贵者、尊者、老者、长者贡献自己生命的行为层出不穷,致使为贵者、尊者、老者、长者贡献自己后代生命的行为不绝其缕。在社会生活中有郭巨埋儿奉老母、邵公献儿救王子、易牙蒸儿事国君,在艺术作品中自然就会有程婴弃子救孤儿。

程婴弃子救孤20年后,赵氏孤儿终于有了复仇的机会,他唱道:"他、他、他把俺一姓戮,我、我、我,也还他九族屠。"晋灵公和屠岸贾"将赵盾满门良贱,都一朝无罪遭殃"固然是不正义的,然赵氏孤儿奉晋悼公之命"将他(屠岸贾)阖门良贱,龆龀不留"又何尝是正义的。难道屠岸贾一门皆为有罪之身?难道屠岸贾一门就没有无辜之人?难道屠岸贾家中的那些孩

---

① 康德:《道德形上学探本》,唐钺译,商务印书馆,2012年,第45—46页。
② 此二语分别出自《礼记·丧服四制》和《荀子·大略》。

童们也都罪在不赦吗?在复仇之前,赵氏孤儿唱道:"我只问他(屠岸贾):人心安在?天理何如?"我们也应该以同样的问题问一下赵氏孤儿:"人心安在?天理何如?"可怕就可怕在赵氏孤儿有着与屠岸贾相同的株连思维。在赵氏孤儿看来,光杀一个屠岸贾,还远远不能解气,只有"把奸贼全家尽灭亡",只有毁了所有依附于屠岸贾的人,方解心头大恨。至于那些人有罪还是无辜,则无须深究。只要屠岸贾一人有罪,那就有了杀他们的充分理由。

鲁迅先生在《狂人日记》中说,他从"仁义道德"这几个字的字缝里看出"吃人"这两个字来。在《狂人日记》的末尾处,鲁迅先生还说:"没有吃过人的孩子。或者还有?""救救孩子……"鲁迅先生是何等敏锐、犀利和深刻!《赵氏孤儿》的大部分篇幅都在写拯救赵氏孤儿。赵氏孤儿最应该被拯救的还不是他的物质生命,而是他的精神生命。如果他的精神生命不得救,保不准他要成为另一个屠岸贾。实际上,他已经成了屠岸贾。在《赵氏孤儿》的结尾,他不就是一个滥杀无辜的刽子手吗?

2003年国庆节期间,国家话剧院以四台话剧在上海举办"上海话剧周",其中有田沁鑫导演的《赵氏孤儿》。在演出活动结束后国家话剧院召开的座谈会上,剧作家赵耀民如是批评田沁鑫版的《赵氏孤儿》:"……整台戏在观众面前张扬的还是在所谓'忠'的名义下的暴行、在大不义的前提下的'义'的灭绝人性。杀气腾腾的舞台上,只有'孤儿'的生命成了'绝对正义',而其他的生命价值都成了零。要知道,以往统治者的愚民政策就一直在灌输这样一种信念:在所谓'正义'的旗号下可以无视个人生命存在的价值。我们有什么理由要为此喝彩?"①这番话着实点中了《赵氏孤儿》的要害。

如前所述,西方现代所谓的正义,也就是受到善和一视同仁(平等)双重规范的"得所当得";中国古代所谓的义,也就是受到仁(近乎善)和礼(差等)双重规范的"宜"。正义和义的这种差异必然会导致我们对中国古代戏曲某些情节的不同看法,这种不同看法有时甚至会形成强烈冲突:被中国人视为顺理成章的事情,在受过现代正义观念熏染的西方人和某

---

① 赵耀民:《国家话剧的文化态度》,载《赵耀民戏剧杂谈》,上海社会科学院出版社,2007年,第174页。

些当代中国人看来却有可能是悖逆情理的。

2013年3月,英国利兹大学举办了题为"寰球舞台上演中国:人、社会与文化"(Performing China on the Global Stage: People, Society and Culture)的国际研讨会,笔者躬逢其盛。这个研讨会有两个议题,其中之一是"中国形象:'赵氏孤儿'的跨文化研究"(Chinese Image: An intercultural Study of *The Orphan of Zhao*)。由于英国皇家莎士比亚剧团(the Royal Shakespeare Company)在2012—2013冬季演出季首次演出了英语版话剧《赵氏孤儿》,因而这出戏的导演,也即英国皇家莎士比亚剧团的艺术总监格雷戈里·多兰(Gregory Doran)也应邀在研讨会上发言,他在发言中两次强调说,对于程婴牺牲自己的儿子以拯救赵氏孤儿这件事,他很不理解。这番话在很大程度上能够代表西方观众对程婴弃子救孤这一情节的看法和态度。多兰还在研讨会上介绍说,他导演的《赵氏孤儿》的结尾是,已经死去的程婴之子问程婴:父亲,你为什么要放弃我?该剧编剧詹姆斯·芬顿(James Fenton)与多兰的心意是相通的。正因为芬顿不理解程婴弃子救孤这一行为,所以他才设计了如是结局——

鬼魂　…………
程婴　…………
鬼魂　他们恨你。你恨你的儿子。
程婴　没有父亲会恨一个还在襁褓中的儿子。为什么我要恨我的儿子?
鬼魂　这是十八年来我一直在问自己的问题。
〔程婴思考了一会儿。〕
程婴　你认识我儿子?你看起来太年轻,不可能认识他。
鬼魂　我是你的儿子。你背叛了我。你让我被杀。你爱赵氏孤儿。你把他藏起来,爱护他,像亲生儿子一样把他养大,让他享受宫廷的保护。想到这些,总会让我流泪。
〔鬼魂哇的一声哭了。〕
为什么你要恨我?为什么你爱赵氏孤儿?
程婴　这是树。这是石阶。也许坟墓还在前面。现在我已经老了,可能开始忘事了。但我不记得曾经恨过我的儿子。如果恨过我的儿子,我应该会记得。我应该会问自己,我是什么怪物,竟然恨自己的儿子?

鬼魂　你爱赵氏孤儿。你给了他一切。许多个夜晚,我回到家里,看着他玩耍。我看着他在你的关爱中慢慢长大。你给他玩具。给他画故事书。每个人都喜欢他——当然了,他是一个漂亮的孩子。可是你难道不明白,这对我来说是多大的伤害?为了赵氏孤儿,你忘了我。你忘了山间霜林里的一抔白骨。

程婴　这是树。重新从树开始找。这是石阶。可是我老了,我需要你的帮助。给我指出坟墓的位置。你必须帮我死在你的墓前。

鬼魂　你没有资格找到我的坟墓。

程婴　是的——我没有资格得到任何东西。这是非分之想。我知道很久以前亏待了你,事实上,我已经记不得为了什么。我感到一定有个理由。我感到当时别无选择。但是我再也不能告诉你为什么。我老了,请你帮我。

鬼魂　你就站在我的坟墓上。石头上三条短短的刮痕,是人们掘墓时留下的。除此之外,什么都没有了。

程婴　可怜的孩子,我的宝贝,把你冰凉的手放到我怀里,教我该怎么握刀。我不是没有勇气,但我怀疑我的力气。帮我。

鬼魂　霜刃映着月光。把刀放在这儿,这根肋骨下面。如果你真的爱我,从你心头流出的鲜血,我能尝到你的爱。

程婴　握着我的手。帮我对准。

鬼魂　去吧。

[鬼魂尝了尝程婴心头的鲜血。]

你爱我,你一直都爱我。从现在起,你永远都属于我了。

[完。]①

老故事,新结局,一个令人无法释怀的新结局,一个令人无法不深思遐想的新结局。

程婴恨过他的儿子吗?确实没有。"没有父亲会恨一个还在襁褓中的儿子。为什么我要恨我的儿子?"这是大白话,也是真话。那么,程婴爱

---

① 詹姆斯·芬顿:《赵氏孤儿》,陈恬译,《戏剧与影视评论》2014年第1期。

他的儿子吗？程婴无疑是爱他儿子的，①这一点最终也获得了已沦为鬼魂的儿子的认同："你爱我，你一直都爱我。"令程婴无奈的是，他还有人要爱，那便是他的主人：赵朔、公主和赵氏孤儿。赵朔和公主不在了，他就要加倍地爱赵氏孤儿。因为爱这些大大小小的主人，是他义不容辞的责任，这是礼法所规定的。多少年来它几乎已经成了先秦门客们的集体无意识。

爱主人与爱儿子可以兼顾吗？在正常情况下确实可以，在某些特殊的情况下它也许不可以。于是，程婴必须作出选择。在爱主人与爱儿子之间，程婴选择了爱主人。从根本上说，这不是他的选择，而是文化的选择，是礼法替他作出的选择，是儒家伦理替他作出的选择。从这点来看，程婴还真是恩格斯所谓的"典型环境中的典型人物"。② 在他的身上凝聚着恩格斯所谓的"意识到的历史内容"，在他的身上凝聚着马克思所谓的"用艺术方式加工过的……社会形式"。

爱主人与爱儿子这两种行为之间的选择也就是义薄云天的门客与慈父这两种身份之间的选择。程婴选择了爱主人，也就是说他选择了义薄云天的门客而非慈父。选择了义薄云天的门客也就意味着他放弃了做一个父亲应该承担的义务，连一个普通父亲都做不了，更遑论慈父；反过来说，假如他选择慈父，他仍不失为一个门客，甚至不失为一个出色的门客。做一个出色的门客并非都要以自己儿子的生命为代价。在《赵氏孤儿》第一折中，程婴已经抱着暗藏赵氏孤儿的药箱闯过了韩厥将军把守的公主府门，用戏本中的话来说，那"便是脱却天罗地网灾"。在极无把握的情况下冒着生命危险带着赵氏孤儿闯关，按理说，程婴已经是一个出色的门客了。问题的关键是，程婴要确保赵氏孤儿万无一失，于是他在不经意间成了一个义薄云天的门客。

在纪君祥为程婴设置的道德困境中，做慈父可以兼顾做出色的门客，做义薄云天的门客却连一个普通父亲都做不了。显然，后者比前者更不易。然而程婴偏偏挑选了后者。当然，纪君祥为程婴设置道德困境，也为他设置摆脱如是道德困境的行为。他这样做的初衷无非为了彰显程婴的

---

① 程婴："自从我的孩子死后，死亡对我来说只是解脱。"参见詹姆斯·芬顿：《赵氏孤儿》第十七场，陈恬译，《戏剧与影视评论》2014年第1期。
② 恩格斯：《致玛·哈克奈斯》，载《马克思恩格斯选集》第四卷，人民出版社，1995年，第683页。

义薄云天,进而彰显儒家核心价值观的千古光芒。然而,如是设置在不经意间暴露了儒家核心价值观的致命伤。如前所引,鲁迅先生从"仁义道德"这几个字的字缝里看出"吃人"这两个字来。实际上,"仁义道德"不仅吃了程婴的儿子,而且还吃了程婴本人。

一个人固然可以没有先进的道德意识(在元代要拥有今人认同的先进道德意识恐怕也是强人所难),然而,一个父亲却很难没有做父亲的道德直觉。程婴何尝不知道自己"背叛"了自己的儿子,"伤害"了自己的儿子,他只是一开始不愿意承认罢了。在不愿意承认的背后,是先秦门客们集体无意识的强大力量,这种集体无意识强大到足以把一个门客的意识逼入其精神世界更深的底层。无意识逼迫意识进入它预定的层面是通过选择性失忆这一心理机制来实现的。① "现在我已经老了,可能开始忘事了。但我不记得曾经恨过我的儿子。如果恨过我的儿子,我应该会记得。我应该会问自己,我是什么怪物,竟然恨自己的儿子?"程婴 45 岁的时候,送自己儿子走上断头路的时候就记事了吗? 程婴想死在他儿子墓前这一举动表明,他已经"恢复"了记忆,但他依然选择了不承认,这实在是习惯使然。在其子鬼魂的反复纠缠下,他开始忏悔:"我没有资格得到任何东西。这是非分之想。我知道很久以前亏待了你……"但接着他又说:"事实上,我已经记不得为了什么。我感到一定有个理由。我感到当时别无选择。但是我再也不能告诉你为什么。"耐人寻味,于此为甚。明明当时有选择,却"感到当时别无选择",这是集体无意识的力量;明明"感到一定有个理由",却"记不得为了什么",却"再也不能告诉你为什么",这同样是集体无意识的力量。程婴就是这样被"仁义道德"吃掉的!

根据笔者的阅读或观赏经验,在所有与纪君祥《赵氏孤儿》有关的艺术作品的结局中,詹姆斯·芬顿版《赵氏孤儿》的结局最为出色,它以具有细节美感的生动对白喊出了正义的声音。这声音音量很小,却有着穿透人心的魅力。如果没有经过包括权利观念在内的现代正义观念的熏染,任何人都不可能呈现出如此奇妙的结局。

《庄子·田子方》记有温伯雪子的一句话:"……中国之君子,明乎礼义而

---

① 布鲁姆:"据弗洛伊德之见,逃避隐含着压抑,是无意识的却是有目的遗忘。"(参见哈罗德·布鲁姆:《西方正典》,江宁康译,译林出版社,2005 年,第 12 页)旨哉斯言! 用来解说詹姆斯·芬顿版《赵氏孤儿》的结局也很贴切。

陋于知人心。"鲁迅先生的《魏晋风度及文章与药及酒之关系》不仅引了这句话,而且还说:"这是确的,大凡明乎礼义,就一定要陋于知人心的……"[①]程婴就是这样一个深明礼义却不善解人心的君子。在他献出其儿子生命的时候,他不愿甚至不屑设身处地地替他儿子想一想。詹姆斯·芬顿版《赵氏孤儿》结局的表层结构就是程婴之子的鬼魂逼着程婴进入其儿子的内心世界,然而我们却在不期然中了解了当代西方人对程婴弃子救孤的真实想法。

然而,就在"寰球舞台上演中国:人、社会与文化"国际研讨会的主会场上,中国大陆的一个地方戏导演针对多兰的发言两次诘问道:程婴牺牲自己的利益以挽救赵氏孤儿的生命,你难道不感动吗?在这位导演的一再追问下,多兰表情尴尬。这位导演把话说错了,程婴主要不是牺牲了他自己的利益而是牺牲了他儿子的利益,程婴主要不是牺牲了他自己的权利而是牺牲了他儿子的权利。我们还是要问:程婴有牺牲他儿子利益的权利吗?程婴有牺牲他儿子权利的权利吗?某一个人自己的利益和某一个人的儿子的利益,某一个人自己的权利和某一个人的儿子的权利,这样的差异恐怕是不少中国人永远也搞不清楚的。

如果程婴自己愿意,程婴尽可以牺牲他自己的利益、他自己的权利,但是,他没有权利牺牲他儿子的利益、他儿子的权利,尤其是他儿子的基本权利,更尤其是他儿子最重要的权利即生命权。尽管程婴之子还在襁褓之中,但他已经是一个享有人权的人了。不得到他的同意,谁都无权牺牲他的人权。程婴牺牲了他儿子的生命——说得严重一点——实质上也就是侵犯他儿子的生命权。对于《赵氏孤儿》中那些好人们的不正义行为,我们固然应该从历史的眼光来看,我们固然应该有"同情之理解"。然而,对其进行深刻反思无疑是十分必要的。

以西方现代的正义和中国古代的义来审视《赵氏孤儿》,我们所能看到的远远不止上述这些。譬如有人说,程婴如果不献出自己的儿子,如果不牺牲自己儿子的生命,那么,当时晋国所有的婴孩就要遭殃,都要被屠岸贾杀掉。因此,程婴牺牲自己儿子的生命是合理的,是有价值的,是值得我们肯定的。我们又该如何看待这样的观点呢?限于篇幅,笔者只能将这些还没有机会开展的讨论付诸另文。

[①] 鲁迅:《而已集》,人民文学出版社,1973年,第93页。

"剧场"不可取代"戏剧"刍议[*]

宫宝荣

[**内容提要**]　近年来,随着引进欧美当代戏剧演出的增加,各种媒体上的评论一派热闹。然而,面对打破了传统的"后现代戏剧",不少国人概念不清,轻率地为这些演出贴上"剧场艺术"的标签,而且愈演愈烈,几欲让人以为"剧场"已经取代"戏剧"成为一门新的艺术。本文首先分析了该现象产生的表层和深层原因,进而从词源上对drama、theatre和"戏剧"一词进行了辨析,最后则从戏剧艺术的本质角度论述了空间元素不足以支撑"剧场"成为一门艺术的观点,指出必须以谨慎的态度来对待这一新名词。
[**关键词**]　戏剧　剧场艺术　drama　theatre

　　随着当代戏剧在中国的进一步发展,西方当代戏剧演出近几年来在中国被大量引进,尤其是随着许多概念模糊的评论的问世,"戏剧艺术"一词似乎越来越多地被"剧场艺术"所取代。如今,几乎任何与剧场直接相关的表演艺术都会被一些媒体称为"剧场艺术",如"舞蹈剧场""教育剧场"等,即使那些原本一直被认为是"戏剧"的演出,也竟然会被改头换面,如已经存在了近百年"实验戏剧"就被不少人改称"实验剧场",不少戏剧家如彼得·布鲁克等人也成了"剧场艺术家"。如此等等,给人的印象是"戏剧"大有已死或将死之势。在不少人的眼里,"戏剧"至少已经是一个被冠上了"后"字的艺术,几乎是落伍、陈旧、保守的同义词;相反,"剧场"

---

[*] 本文为上海市高峰学科"戏剧与影视学"项目(SH1510GFXK)和文化部"新中国舞台上的外国戏剧演出研究"项目(16DB05)研究成果之一。

则是一个生机勃勃、充满阳光与未来的新艺术。更多人则是对戏剧这一门艺术的本质认识含混,再加上缺乏深入思辨的习惯,于是便随波逐流,以至于谈"剧场艺术"者成为时髦达人,谈"戏剧艺术"者则变成腐朽木人。

必须看到,"剧场艺术"概念的崛起,尤其是它的滥用,对国人有关戏剧艺术本质的认识造成的混乱是巨大的,这种概念的混淆不清除了造成许多普通人的表述混乱之外,还在很大程度上误导了部分专业人士。这种混乱不仅表现在天天都能接触到的自媒体上的大量即兴的观剧评论,而且还出现在一些专家学者撰写的论著之中,其严重程度远远超过了人们的想象。事实上,这一概念的最大问题在于其内涵模糊不清:何谓"后戏剧剧场"?它与"戏剧"又是什么关系?是戏剧发展过程中的一环、类似于20世纪50年代在法国出现的"新戏剧"呢,还是指一门已经完全取代了"戏剧"的新艺术?是一个艺术种类的抽象概念,还是一场发生在具体的物理空间亦即"剧场"里面的演出?而这种演出与原来的"戏剧演出"又有何本质的区别?如果再延伸开来的话,"剧场表演艺术"与"戏剧表演艺术"又是一种什么样的关系,它是否像那令人莫名的"低碳表演"一样只是皇帝的新衣,还是一门全新的表演艺术?再有,"数字剧场"到底是指虚拟的或抽象的空间,还是具体的或物理的演出场所,抑或是一种崭新的艺术呢?

由此可见,"剧场艺术"这一概念带给人们的疑问实在不少,绝大多数人采取的是不假思索的随大流态度,而对笔者这样喜欢钻牛角尖的人来说则觉得兹事体大,认为有必要予以认真梳理一番。本文将在早些时候发表的论文[①]基础上,在揭示这一名词所造成的概念混乱的同时,进一步分析出现这一现象的历史根源、辨析相关外文名词的本义,从而揭示出这一名词的狭隘性,指出作为空间元素的剧场难以承受"戏剧"艺术之重,人们对此必须采取谨慎和负责的态度。

一、"剧场艺术"概念造成的混乱

"剧场艺术"一词大行其道,所带来的最直接也最明显的后果便是概念的混乱。究竟"戏剧"与"剧场"两者之间有何区别?何时该用"戏剧",

---

① 参见宫宝荣:《正本清源话"theatre"》,《戏剧艺术》2017年第1期。

何时又该用"剧场"?许多人似乎并不怎么清晰,不仅没有根据地对不同时代和不同剧作家与作品乱贴"剧场""剧场艺术家"或"剧场作品"等标签,而且即使是同一戏剧家或同一部作品,在一些人的笔下是"戏剧",在另一些人的笔下却是"剧场"。更有甚者,有时同一作者在同一篇文章中竟然也会出现这种混用倾向。

由于工作的关系,笔者近来在审阅来稿的过程中发现,这一现象已然愈演愈烈。不仅那些初出茅庐的年轻作者会将"戏剧"与"剧场"两词随意使用,往往在论述同一话题时率性切换,即便是一些资深学者或专家教授,或许由于非戏剧专业出身,或许因为偶尔涉猎或跟踪前沿不够,当他们在介绍国外戏剧家的作品或理论时,也会将"剧场艺术"与"戏剧艺术"混用一气,结果令人丈二和尚摸不着头脑。不过,这种现象除了出现在以中国当代戏剧为主要对象的文章中之外,更多则出现在那些研究西方当代戏剧的论文中,有些文章时而称"后戏剧剧场""当代实验剧场",时而又称"后现代戏剧""当代实验戏剧"。当然,这种前后不一的现象如果只是在文章的不同章节或段落当中还问题不大,要是同时出现在同一页甚至同一行里,就难免让人匪夷所思了。如有一位年轻的学者,其文章主题本身十分明确,讨论的是"×××的形体戏剧",通篇也都是围绕该戏剧家的"形体戏剧"展开,但偏偏要在行文中冷不防地蹦出一句"身体成了'剧场'的中心"之类的话,令人如坠云中。又如一位研究西方当代戏剧的资深教授,曾经投来一篇讨论某位西方当代戏剧导演的文章,题目为"×××:当代西方实验剧场中的×××"。其导论的最后一句也切合主题:"本文将以×××的实验剧场为研究对象,就×××问题进行探讨。"然而,就在同一页的第二小节,其标题却成了"×××实验戏剧:探索剧场艺术的本质"。这一表述与前言部分的表述矛盾不说,更造成了读者对两个概念的混淆,两者究竟是什么关系呢?"实验戏剧"与"实验剧场"是一回事吗?如否,又有什么本质的不同?"戏剧"究竟是一个独立的艺术种概念,还是从属于"剧场"的类概念?作者的这种混乱表述几乎贯穿了全文,使得原本内容不错的论文读起来疑窦丛生。

笔者以为,之所以出现这种现象,是因为它不仅给人以"入流"的感觉,更在于它还迎合了一些人"创新"的需要。为了本文的写作,笔者难免要查阅一些相关资料,竟然发现了一篇题为《三十年代中国现代剧场艺术理论概观及其特征》①的论文，如获至宝。那是一篇发表于20世纪90年代的论文，我国竟然这么早就有人在谈论"剧场艺术"，与当下人的观念如此接近，岂不是一件重大发现？然而，细读之后，不免有些失望。根据作者的观点，到了20世纪30年代中期，"中国现代剧场理论"已经"开始呈现一派花木扶疏、生机勃发的景象"。② 然而，文章通读之后，才发现作者所谓的"剧场艺术理论"无非是指当时一些专家学者或从业人员对表导演理论以及舞台艺术的探讨，其中还包括克雷、阿庇亚以及斯坦尼斯拉夫斯基等人在这些领域所作的革新，所举的例子包括张庚、洪深对斯氏体验派表演的论述、向培良受克雷影响为建立"表现派"理论所作的努力，以及朱光潜有关将"体验"与"表现"结合在一起的主张等。除了表演理论之外，作者还介绍了其时欧阳予倩、程砚秋、张庚等人的导演艺术理论，宋春舫、许幸之对克雷、阿庇亚舞美理论的研究以及马彦祥、欧阳予倩、曹禺、张庚等人对剧场本身以及观众所作的论述等。然而，在所有这些戏剧理论家与实践家中，其实没有哪一位有使用"剧场艺术"这一概念的，他们的论著中无一例外出现的都是"戏剧"两个字，如《戏剧概论》(张庚)、《戏剧之基本原理》(向培良)、《演剧改革的几个根本问题》(毛文麟)等。总之，有人讨论表演，有人讨论导演，也有人讨论舞美，有人讨论话剧或戏剧，甚至还有人讨论剧场(但只是从设施设备角度)，就是没有人在讨论"剧场艺术"！平心而论，戏剧作为一门综合艺术原本就包含了这些元素，讨论表导演与舞台可谓天经地义。从后人的角度来看，与其说是"剧场艺术"理论，更不如说是"戏剧理论"，因为这些话题在任何一部《中国戏剧史》之类的著作中都早有涉及。

从以上几个例子中不难见出，在目前中国的戏剧批评或研究领域，由于人们对"戏剧"与"剧场"概念的区分模糊不清，或者以为"剧场"艺术更为进步，甚至可以或已经取代了"戏剧"，因而造成了随意混用，而且已经到了极其严重的地步，亟待人们的拨乱反正。

二、"剧场艺术"崛起的表层和深层原因

对于"剧场艺术"这一新词大行其道的原因，笔者在另一篇论文里已

---

① 焦尚志：《三十年代中国现代剧场艺术理论概观及其特征》，《戏剧(中央戏剧学院学报)》1996年第2期。
② 同上。

经有所涉及。不妨在此重新梳理一番。大体看来，不外乎下列几个表层与深层方面的原因。

就表层原因而言，主要是来自中国港台学者尤其是台湾学者的影响。20世纪90年代中期以来，港台学者的戏剧论著尤其是有关西方戏剧论著开始引入，如阿尔托的"残酷戏剧"理论（台湾学者译为"残酷剧场"）、格洛托夫斯基（台湾学者译为"葛罗托斯基"）的贫困戏剧理论（被译为《迈向贫穷剧场》）、谢克纳的"环境戏剧"理论（被译为"环境剧场"）、博奥的"被压迫者戏剧"（被译为"被压迫者剧场"）等。其实，这些当代西方戏剧家及其理论与实践在中国大陆地区早在20世纪80年代就被翻译介绍进来，但不少大陆学者、评论家或因为半路出家或因为年轻，他们通过新媒体接触到的更多是后来居上的台湾学者的译著，因而随声附和便在所难免。殊不知，台湾学者的这种译法与20世纪七八十年代在台湾兴起的"小剧场戏剧"运动有着密切的联系，而由于这场运动又在一定程度上与西方当代戏剧的革新之间有着不少共性，因而许多曾经在国外学习过戏剧的学者或艺术家便将上述阿尔托等人的主张或著作译成了"××剧场"。譬如，打开台湾表演艺术网站，便会发现台湾学者钟明德的文章《亚陶与残酷剧场：现代剧场的一道分水岭》赫然在列。①

事实上，不仅钟明德，甚至整个台湾的学术界都是以"剧场艺术"来指称西方现代和后现代戏剧的，甚至可以说"戏剧艺术"在台湾已经被"剧场艺术"一词所取代。而在对大陆戏剧界影响最大的艺术家中，无疑要数曾经留学美国、深受当代西方戏剧理论与实践影响的赖声川博士，他不仅在台湾小剧场戏剧运动中充当了旗帜性人物，而且也是连接大陆与台湾两地戏剧界的重要"摆渡人"。21世纪以来，赖声川积极游走于大陆地区，其《宝岛一村》几乎红遍了京沪等戏剧重镇，近几年来更是随着由他担任艺术总监的乌镇戏剧节的崛起而饮誉整个大陆乃至世界。一个不容忽视的事实是，正是由于赖声川等台湾艺术家或学者在大陆地区不断鼓吹"剧场艺术"，以及大陆学者和评论家对赖声川及其戏剧创作的介绍与研究与日俱增，"剧场艺术"这一名词才呈现出日渐走红的趋势。

---

① 钟明德：《亚陶与残酷剧场：现代剧场的一道分水岭》，参见 http://par.ntch.org.tw/article/show/1346406718662755。

除港台因素之外，在"剧场"一词的走红过程中，德国戏剧理论家汉斯-蒂耶·雷曼教授的著作 Post-Dramatishes Theatre 的中译本、①大量引进的当代西方戏剧演出以及国内媒体频繁地使用该词等，都起到了推波助澜的作用。进入21世纪第二个10年之后，乌镇戏剧节、曹禺国际艺术节等新型戏剧节相继诞生，舞台上出现的国外戏剧演出令人目不暇接。为了吸引大量的观众，主办方往往会引进一些以肢体动作为主，或以舞美技术如灯光或装置艺术取胜的作品。面对这些或听不懂的语言或只能看到图像动作的作品时，专业的或业余的评论家们往往束手无策，既无法借助于传统的戏剧理论工具，又不可能下工夫弄清楚当代西方戏剧的来龙去脉，因而在港台戏剧理论以及雷曼著作中译本的影响下，便简单地采取拿来主义，一言以蔽之地冠之以"剧场艺术"了事。于是，不仅大量的当代戏剧演出都成了"剧场"作品，而且像彼得·布鲁克、克里斯坚·陆帕等这样的戏剧导演也都成了"剧场"导演，原先的戏剧家称号更是于无形之中被替换成了"剧场艺术家"……

当然，除了这些表层原因之外，"剧场艺术"名词的走红还有着更为深层的因素，那就是20世纪尤其是其下半叶以来欧美戏剧本身发生的深刻变化。这种变化应该始于西方戏剧进入现代之后，亦即19世纪下半叶以来，以易卜生、斯特林堡、左拉、安托万为代表的写实主义戏剧进入全盛时期后不久，以吕涅-波、梅特林克、契诃夫等人为代表的象征主义戏剧迅速登场，之后随着达达主义、超现实主义和表现主义等美学思潮的不断涌现，布莱希特的叙事戏剧理论与实践开始引领西方戏剧，至"二战"结束后以贝克特、尤涅斯库、阿达莫夫等人为代表的荒诞戏剧逐渐占据舞台，自20世纪60年代起欧美剧坛上先后又出现了以集体创作为原则的"太阳剧社"、以阿尔托戏剧理论为遵循的波兰的格洛托夫斯基的贫困戏剧、美国的以贝克为首的生活剧团、谢克纳领导的"表演剧团"等打破传统戏剧观念与创作方法的种种实践。至此，西方戏剧经历了一次次的剧烈变革，彻底从现代转向了"后现代"。而这种反传统的"后现代"倾向自20世纪90年代以来更是变本加厉，又相继出现了罗密欧·卡斯特鲁奇、让·法布尔、托马斯·奥斯特迈耶等一大批颇为离经叛道的艺术家。用一些不

---

① 该著作中文译作《后戏剧剧场》，李亦男译，北京大学出版社，2010年。

太时髦的词语来概括,就是20世纪的西方戏剧从现代走向了后现代;而用一些更为时尚的文字来表述,那就是西方当代戏剧从戏剧艺术转化成了"后戏剧剧场"。

纵观这一历史发展过程,人们不难发现的是,所谓西方戏剧从现代转向后现代,或所谓的从戏剧转向"剧场艺术",其根本原因在于戏剧家的理念与实践发生了巨大的变化。而引发这些巨变的众多人物当中,最值得重视的无疑是里程碑人物——法国戏剧家安托南·阿尔托,其《戏剧及其重影》对当代西方戏剧界的影响可以说无人能出其右,甚至可以毫不夸大地说,西方戏剧从现当代发展到后现代实际上就是在其思想的引导下完成的。不过,关于阿尔托及其残酷戏剧理论,无论在中国还是在全世界,其研究都已硕果累累,由于不是本文讨论的范围,所以笔者将不予展开。如果要作一个简单概括的话,无疑可以总结出这么几点:一是重视戏剧的"瘟疫"作用,即以"残酷"的主题甚至手段来体现改造传统社会和人的必要性;二是改变对文学及其剧本的高度依赖,语言文字不再至高无上,更不再对经典作品敬若神明;三是号召创造戏剧自身的"象形文字",即演员的举手投足以及包括灯光、舞美、服装等在内的舞台艺术符号,以取代传统的文学语言;四是呼吁重视导演的创作,并将其视为整个作品的灵魂人物;五是打破传统的剧场束缚,可以在庙宇等非特定场所演出等。就最后这一点,阿尔托的观点无疑十分激进,他甚至这样表示:"我们抛弃目前现有的剧场,找一间库棚或者谷仓,模仿某些教堂或圣殿的建筑,还有上西藏某些庙宇的建筑加以改建。"①而从20世纪下半叶西方戏剧的变化历程来看,几乎阿尔托的所有预言都已实现,有些戏剧家的创作甚至有过之而无不及。然而,问题的关键是,这种从现代向后现代的转变是否导致了作为一门艺术的"戏剧"消亡,并被另一门名之为"剧场"的艺术所取代了呢?或者说,进入20世纪下半叶之后,西方戏剧究竟是像以往那样只是外延的扩大成为"后现代戏剧",还是内涵的质变脱胎换骨成为"后戏剧剧场"呢?如果从上述阿尔托的观点来看,一切都只是表现什么以及如何表现的问题。在他眼里,重要的是要找到符合戏剧主题的演出场所,而任何现存的"剧场"本身都是可有可无的。由此不难看出,"剧场艺术"一词

---

① 阿尔托:《残酷戏剧:戏剧及其重影》,桂裕芳译,中国戏剧出版社,1993年,第93页。

实际上并不符合阿尔托的理论。

三、drama、theatre 与"戏剧"

笔者认为,20世纪西方戏剧诚然发生了令人瞠目结舌的变化,但这些变化并不足以将已经存在了两千多年的戏剧消灭,或因为空间元素的崛起而变成为一门崭新的"剧场"艺术。换句话说,当代戏剧无论其形式如何越来越多样、越来越复杂,其作为一门艺术的名称应该依然是"戏剧"。众所周知,在其漫长的发展史上,西方戏剧无论是内涵还是形式在不同的历史时期都出现过程度不一的变革,如莎士比亚戏剧之于古希腊戏剧、古典主义戏剧之于巴洛克戏剧、象征主义戏剧之于写实主义戏剧等,但这些戏剧观念及其创作实践的变化依然是在戏剧艺术的范畴之内。同样,尽管20世纪下半叶以来西方戏剧发生了翻天覆地的变化,但是这些变化并不意味着"戏剧"艺术的消亡,相反,在不断怀疑与否定之中它仍然一如既往地在发展、在前行,一以贯之地为人类带来愉悦、带来思考。

不无启发的是,西方戏剧尽管在不断变化,但从文字的角度来考察,它本身却是亘古不变的。在几乎所有的西方语种里,"戏剧"这门艺术的指称始终如一,尽管其分支种类不少,但作为总类的名称,其2 500多年来一直都是"theatre"。反观中国,一些人在随意使用"剧场艺术"时,很少从学理的角度来思考这一概念,只是泛泛而谈什么"西方戏剧活动已经进入后戏剧剧场"或"某某人提出了'剧场'这一具有划时代意义的概念"等。不难设想,在"某某人"的名单中,始作俑者阿尔托肯定不可或缺,然而他在鼓吹与传统戏剧决裂、提倡残酷戏剧时使用的还是 theatre 一词。此外,几乎所有现当代重要人物,从雅里、布莱希特、贝克特一直到格洛托夫斯基、姆努什金、布鲁克,他们在阐述自己的艺术主张与实践时个个用的也都是"theatre"。即使那本被认为是西方戏剧理论史上的一部重要著作(即 *Post-dramatishes Theatre*)的作者汉斯-蒂耶·雷曼,他也并没有发明什么新词。唯一发明了新词的人恐怕要算谢克纳,但其 performance 的所指更宽泛,其实已经超越了纯粹的艺术范畴,或许甚至可以将"戏剧"涵盖其中,但并不可能取而代之。

应该说,"戏剧"作为一门古老艺术,虽然其形式与古希腊时期早已迥然相异,但其作为由观众与演员共同在空间完成的表演艺术这一根本特质并没有变化,这也许正是西方人至今依然保留 theater 这一名称不变的重要原因。不过,在国内的一些人看来,主张"剧场艺术"的理由同样十分充足。不是吗? theatre 在古希腊文中指的就是"看的地方",难道看的地方不正是"剧场"吗? 那么将"戏剧艺术"改为"剧场艺术"不仅顺理成章,而且还解决了它与 drama 同时出现时的一个翻译难题。众所周知, drama 与 theatre 虽是两个词形相去甚远的西文词,在中文里却均被翻译为"戏剧",而后者却又恰好兼具"剧场"之义,恰好符合西方当代戏剧中出现的"去文学""去语言""去文本",更加重视舞台、灯光乃至剧场整体等空间元素的"后现代"现象,于是将 theatre 译成"剧场"再顺理成章不过了。只不过,翻译的难题是解决了,但概念混乱的烦恼却随之而生。

确实,中文里 theatre 和 drama 一直都被译成"戏剧",但中文里的"戏剧"所涵盖的内容显然要大于西文里这两个词中的任何一个,因为它既包括了行动及其文本又包括表演以及剧场等两大方面,而西文里的 theatre (以表演为根本的演出艺术) 又要大于 drama (以文本为根本的表演艺术)。因而在西方的大学里,以往的戏剧学科 (drama) 都归属于文学院,直到 20 世纪 70 年代左右随着认识的改变才开始纷纷独立,[①]名称也从 drama department 改成了 theatre department。有意思的是,改革开放之初,上海戏剧学院和中央戏剧学院的英文译名使用的对应词都是 drama,但至 20 世纪 80 年代初,上海戏剧学院将之改成了 theatre,顺应的正是这股世界潮流,即不再将戏剧视为文学或文本的附属品,而是一门独立的艺术。至于谁是第一个将 drama 和 theatre 译成"戏剧"或"剧场"的中国人,恐怕已经很难考证,但它应该是在开埠之后或随着话剧的兴起才被引入,而且前人对这两个词的理解也都是正确的。仅以余上沅这位早年参加过爱美戏剧运动、20 世纪 20 年代曾经前往美国哥伦比亚大学专攻戏剧的留学生为例,他就曾在《戏剧的基本特性》讲义中开宗明义地写道:

"戏剧"是个新词,词源是 drama,原义就是"行动",行、为、做、实行,因而也是 to act;演出,表演。

……

[①] 德国洪堡大学是个例外,早在 20 世纪初期的 1923 年就设立了独立的戏剧学科。

与戏剧有密切联系的词是"剧场",其词源是 theatre,原意是观览场所。①

可见余上沅对 drama 和 theatre 的本义与区分认识都很到位。他的总结性文字更是滴水不漏:"戏剧就是在观览场所中演给人看的行动。"②这应该说是相当全面而又准确的一种表述了。虽然这篇讲义发表在解放之后,但余上沅早在 1935 年就担任过国立戏剧专科学校的首任校长,且 1928 年已经兼任北京大学艺术学院戏剧系教授,因此上述思想应该早已形成并且成为中国戏剧界的主流观点。当然,随着时代的发展,国人的观点也逐渐发生变化,尤其是在改革开放之后。随着对外交流的不断深化,越来越多的人接触到了西方新观点,认识到了戏剧的演出艺术本质,因而才有上海戏剧学院将 drama 改成 theatre 之举。然而,如果说这次英文改译是必要的话,那么现在的中文"改译"则大可商榷。它不仅造成了国人概念上的混乱,而且也在中西方戏剧界与学术界之间引起交流上的障碍。中文的"戏剧"本意多元,相当于 theatre,也很少被人视为只是"剧本"(drama)。因此,theatre 被译成"剧场"虽然本身没错,但是当它用来指称一门艺术时更应该译成"戏剧",理由是它不仅是一个约定俗成且已深入人心的名词,而且它本身已经将剧场元素包含在内,完全没有必要改成"剧场"并徒增烦恼。更何况,任何一门艺术的名称都是针对本质的概括,而不是针对某一具体特征,正如我们会称"音乐艺术",但不会称"厅堂艺术",会称"书法艺术",而不会称"毛笔艺术"一样。即使有例外,也只是偶然为之而已。

此外,从西方当代戏剧在中国的译介角度来看,保持这种名称的一致性也是十分必要的。其实,无论是阿尔托、布鲁克还是格洛托夫斯基、谢克纳,他们的理论与作品也早在 20 世纪 80 年代就被介绍进来,且也都是以戏剧家的面目出现在国人面前。仅以阿尔托及其残酷戏剧为例,无论是 1982 年上海戏剧学院院报上发表的《"残酷戏剧"理论选译》③还是

---

① 余上沅:《戏剧的基本特性》,载《余上沅戏剧论文集》,长江文艺出版社,1986 年,第 269 页。
② 同上。
③ 安托南·阿尔托:《"残酷戏剧"理论选译》,李浤、吴保和译,《戏剧艺术》1982 年第 4 期。

1993年中国戏剧出版社出版的译本《残酷戏剧：戏剧及其重影》，①使用的也一直都是"戏剧"一词，即使是最近的重版，题目依然不变。然而，由于近来一些人的盲目跟风，流传已久的"残酷戏剧"竟然成了"残酷剧场"，阿尔托在有些人的文章里则也变成了"亚陶"。甚至连百度百科的"安托南·阿尔托"条目里也是通篇充斥了"残酷剧场"和"剧场艺术"。② 虽然百度百科本身在学术界不足为道，但它对一般读者或戏剧爱好者的影响却不可小觑。

四、"空间"为戏剧的固有元素，并不足以支撑起"剧场艺术"

除了 theatre 一词在西文里本身指"剧场"的原因之外，那些主张以"剧场艺术"来取代"戏剧艺术"的人有着更为重要的依据，那便是 20 世纪下半叶以来的西方戏剧尤其是那些具有先锋、实验性质的戏剧活动，它们在打破了以语言或文本为中心的传统之后，重视的是表演、导演以及相关空间元素即剧场本身。即便如此，空间元素是否足以令"戏剧"转变成"剧场艺术"呢？

历史这面镜子往往能够给人许多启迪。有趣的是，如果稍稍回顾一下中国戏剧观念史的话，人们会发现"剧场艺术"这个名词的发明权其实并不归于台湾地区学者。在中国大陆，略往前推有 1986 年的李醒，他在翻译英国戏剧家戈登·克雷的 *On the Art of Theatre*（1911）一书时，便译为《论剧场艺术》。更远则可以追溯到解放之前的一些学者的论述，同样与克雷等人相关。正如今人在论述"剧场艺术"时会提及空间元素一样，前人在与西方戏剧接触过程中也同样注意到了"剧场"。早在 20 世纪前半期，当余上沅、张骏祥等人在关注其时如火如荼的西方现代实验戏剧时，不可避免地接触到了阿庇亚、克雷等人的理论与实践，在了解到空间元素在这些戏剧改革家们主张中的重要性时，使用的竟然也是"剧场艺术"这一名词。此外，余上沅在其上述《戏剧艺术的特性》一文中也将"剧场性"列为四大特性之一。尽管如此，"剧场艺术"这一新词却没有像今天这样广为流传，更多的是昙花一现。为了更好地了解"剧场艺术"这一名

---

① 桂裕芳译，分别有 1993 年中国戏剧出版社版和 2015 年商务印书馆版。
② 参见 https://baike.baidu.com/item/安托南·阿尔托。

词的来龙去脉及其未来趋向,不妨简单了解一下阿庇亚和戈雷的戏剧主张。

戈登·克雷出身于戏剧世家,自幼就有登台表演的经历,因为学习美术和木刻而成为舞台美术设计师,后又尝试导演,可谓戏剧方面的一个全才。事实上,他在戏剧领域更多以舞美设计正式起家,并在莱因哈特等人的影响下尝试戏剧革新。而他所追求的理想戏剧,乃是一种将表演、台词、灯光、线条、色彩等融合在一起的"整体艺术"。而在这门整体艺术中,起着关键作用的灵魂人物为导演,并将之视为"真正的演员"。为此,这位有着身为演员的母亲的戏剧革新家甚至不惜鼓吹将演员视为"超级傀儡",这种十分超前与激进的理论自然引起了极大的争议。不过,笔者认为,克雷之所以会持这种极端观点,其真实意图与其说是为了取消演员,倒不如说为了能够让导演成为舞台的霸主。

与克雷相比,阿道夫·阿庇亚同样也是一位舞台美术设计方面的专家。作为瓦格纳的崇拜者,他一生为瓦格纳的歌剧设计了许多舞台布景。与瓦格纳和莱因哈特等一样,阿庇亚主张的同样也是一种作为"整体艺术"的戏剧。与克雷不同的是,在阿庇亚主张的整体艺术里,占据中心地位的是表演。为此,他主张一切都应该服从演员表演的需要,甚至必须为此废除以往平面的绘景,代之以台阶、平台、斜坡等组成的立体空间。同样,灯光也不再只是简单的照明工具,而是通过光影的对比塑造出充满情感与寓意的空间,制造和烘托出强烈的舞台气氛,从而突出演员的表演。

由此可见,无论是阿庇亚还是克雷的戏剧实验,都在很大程度上颠覆了传统以文学剧本为中心的旧戏剧,而代之或以导演为中心,或以演员为中心、一切为表演服务的新戏剧。不可否认,站在阿庇亚和克雷的立场来看,戏剧艺术在很大程度上就是"剧场艺术"。从表演到导演,从舞美到灯光,一切都必须发生在舞台之上,剧场空间成为他们施展才能的主要场所。正因为剧场这一空间元素在他们的理论与实践中举足轻重,也更加贴近戏剧艺术的实际,所以余上沉等人才称其为"剧场艺术"。这在文化交流并不是那么便捷的过去,确实难能可贵。然而,耐人寻味的是,当中国创建第一家戏剧专业学校时,用的并非"剧场"一词,仍然起的是"戏剧学校"的名称,而其首任校长不是别人,正是余上沉。

其实,要理解这一点并不难。戏剧自其诞生以来,空间一直都是其重要的元素,演员的表演从来都离不开剧场。哪怕是自文艺复兴以来文本越来越成为中心,空间依然是不可或缺的重要元素。而在表演与剧场两者之间,表演又是第一位的。谁都知道,人们去剧场看的是演员的表演,而不是去看剧场本身。今天的中国或欧洲,都还留存了不少的古剧场,但我们去这些古剧场参观的行为绝对称不上是看戏。剧场布置得再现代,也称不上"剧场艺术"。"空的空间"之所以成为"戏剧",是因为其中有了演员以及观看他们表演的观众。正如布鲁克所说的那样:"我可以选取任何一个空间,称它为空荡的舞台。一个人在别人的注视下走过这个空间,这就足以构成一幕戏剧了。"①反之,剧场再如何古老、如何奢华,它都不可能支撑起以表演艺术为核心的戏剧艺术。它或许会成为一门艺术作为观赏的对象,但可能更多是作为建筑艺术的一个分支。这既是前人留下的经验,也是未来可能的走向。

五、结语

综上所述,剧场和行动、文本一样,其实质都是"戏剧"这门艺术的载体。如果极端地说,当代实验戏剧(或"剧场")与近现代戏剧的区别最大在于前者舍弃了"行动"或"文学剧本"(drama)的话,那么在对剧场的空间元素的利用上只存在量的区别,而没有本质上的不同。事实上,"戏剧"依然是个包罗万象的概念,"剧场"(theatre)只不过是其中的一项元素。究其实质,所谓"后戏剧剧场"其实是"后行动"或"后文本"的戏剧,或者是"后现代戏剧"。戏剧过去是,今后仍然是一门由观众与演员共同完成的活生生的演出艺术,而不是由观众凝视遐想的"空的空间",不管它是一座精妙绝伦的"空的建筑",还是一个景色优美的"空旷的场地"。可以说,"剧场艺术"之所以走红,更多是盲目跟风的结果,而不是戏剧艺术的质变。因此,无论如何,"戏剧"都不应该被边缘化,更不应该被抛弃。事实上,作为一门传承了几千年的古老艺术的名称,"戏剧艺术"依然有着极其顽强的生命力。

---

① 彼得·布鲁克:《空的空间》,刑历译,中国戏剧出版社,1998年,第3页。

对 drama 的再认识

——兼论戏曲传奇

吕效平

[内容提要] 关于 drama 与 theatre 的区别,戏剧学界或者认为前者指向戏剧的文学性而后者指向戏剧的剧场性,或者认为前者指向西方戏剧而后者则包含了世界各民族的戏剧。本文提出第三种观点:drama 是文艺复兴所开创的现代世纪的戏剧文体,它最重要的文体原则"情节整一性"是由现代世纪的个人主义价值观和理性主义精神所决定的。本文还以中国戏曲为例,描述中世纪戏剧文体的"传奇"原则,分析中世纪集体信仰的价值观对其戏剧文体的决定作用。本文指出了 drama 的三个特征:与中世纪戏剧的"大团圆"结局不同,drama 的"默认"形态是悲剧与喜剧;与中世纪戏剧行为的教会、宫廷、政府、行会、宗社、家庭等集体主体不同,drama 是建立在"票房"基础上的个人行为;与中世纪戏剧的道德教化不同,drama 是演出者与观众的平等交流。

[关键词] drama 传奇 现代世纪 中世纪 集体信仰 个人主义

一、drama 与 theatre

西语词 drama 在汉语中译为"戏剧",theatre 也译为"戏剧",同时译为"剧院(剧场)"。细辨之,drama 和 theatre 这两个"戏剧"的差异有二:其一,drama 偏于指向剧本,也即戏剧文学,theatre 则指向剧场艺术。在亚里士多德和黑格尔看来,戏剧本质上就是"诗",即文学,表演不过是其次要的、从属的特性。直到 20 世纪初,尤其是自安托南·阿尔托和布莱希特以来,以表演为核心的剧场艺术迅速地自觉和崛起,开始与剧本平起平坐,甚至把剧本降低到与表演、舞美、灯光声效等剧场部门艺术并列的地位,或者干脆可有可无,这时,drama 与 theatre 的分野才清晰起来,drama 的统领地位似乎也让给了 theatre。20 世纪 70 年代,日本戏剧理论家河竹登志夫在他的《戏剧概论》中说:

戏剧一词,英语是 theatre……始源于希腊剧的剧场(theatron)即"观看的场所"一语……通常是指剧场艺术。再者,戏剧也有剧本(drama)或戏剧艺术(dramatic art)之称,在这种场合则带有浓厚的戏剧文学色彩。[①]

其二,theatre 可以涵盖世界各民族的戏剧,而 drama 有时偏于指向西方戏剧。1989 年出版的《中国大百科全书·戏剧》概论起首便说:

在现代中国,"戏剧"一词有两种含义:狭义专指以古希腊悲剧和喜剧为开端,在欧洲各国发展起来继而在世界广泛流行的舞台演出形式,英文为 drama,中国又称之为"话剧";广义还包括东方一些国家、民族的传统舞台演出样式,诸如中国的戏曲、日本的歌舞伎、印度的古典戏剧、朝鲜的唱剧等等。[②]

现在,汉语词汇关于"戏剧"的这个小小系统遇到了难题:德国戏剧学教授雷曼那本理论名作 *Postdramatic Theatre*,书名被中央戏剧学院的李亦男教授译作《后戏剧剧场》,然而雷曼教授书中讨论的肯定是一种戏剧样式,而不单单是剧场。上海戏剧学院宫宝荣教授认为,这本书名应该译作《后文学戏剧》,但是,虽然在雷曼教授所讨论的 *Postdramatic Theatre* 中,戏剧的文学属性经常被降到可有可无的地位,然而海纳·穆勒、萨拉·凯恩等后现代文学家却仍然是它重要的代表人物。比起李亦男的翻译,宫宝荣建议的这个翻译似乎更难以接受。翻译家们遭遇的这一困境实际上是汉语词汇体系的一个困境;而这一语汇的困境,实际上又反映了戏剧理论研究的一个盲区。本文试图涉及这一盲区,讨论 drama 在其文

[①] 河竹登志夫:《戏剧概论》,陈秋峰、杨国华译,中国戏剧出版社,1983 年,第 1 页。
[②] 谭霈生:《戏剧》,载《中国大百科全书·戏剧》,中国大百科全书出版社,1989 年,第 1 页。

学属性指向和西方戏剧属性指向之外,有别于 theatre 的第三个属性。在我看来,这一属性比它的文学属性指向和西方戏剧属性指向更精确、更本质,甚至可以说,前两个属性指向不过是我将讨论的这一属性的派生物。

二、drama 的陨落

drama 不是西方唯一的戏剧样式。文艺复兴以前的 1 000 年里,欧洲的戏剧演出,肯定不可以称作 drama。欧洲中世纪的戏剧,至少从存留的剧本来看,无法与出现过关汉卿、马致远、王实甫、高明、汤显祖、洪昇、孔尚任的中国封建时代戏剧相比,也无法与拥有莎士比亚、拉辛、莫里哀、易卜生、契诃夫的 drama 相比较。相对于伊丽莎白时代戏剧和伪古典主义戏剧来说,断断续续的欧洲中世纪戏剧演出,可以说是幼稚和蒙昧的。因此,当接续了古希腊戏剧文体原则与精神的文艺复兴戏剧喷薄而出的时候,它没有被欧洲当作一种戏剧新文体的出现,而是被看作戏剧的再生,欧洲中世纪戏剧在很长时间里被"归零"了。20 世纪初,当莎士比亚、易卜生们被介绍到中国来的时候,这种被称作 drama 的戏剧不仅被当作西方的戏剧,而且被当作戏剧应该有的样子与中国本土戏剧相比较,中国本土戏剧因它而被看作野蛮的、未及进化的。那个时候,谁也没有想到 drama 在今天衰落的样子。斯丛狄、雷曼师徒,深刻地分析和描述了它的衰落。

斯丛狄描述了 19 世纪末以来,drama 作为一种戏剧文体所面临的危机以及 drama 作家们为维持这一文体所采取的挽救策略与行动。他指出,drama"是以当下(1)人际(2)事件(3)为对象的"。① 所谓"当下",是指 drama 舞台上演出的事件与人物是"此时此刻"的,与舞台以外的现实世界切断时间与空间的一切联系,完满自足的;所谓"人际",是指人物对白的重要性,主要是通过对白,drama 才构建了人物关系,推动了事件的发展;所谓"事件",即情节,亚里士多德所说的悲剧六要素的第一个要素。但是,在易卜生笔下,过去取代当下占据统治地位。主题不是某一过去的事件,而是过去本身……在契诃夫的剧作中,当下的积极生活让位于沉溺于过去和乌托邦的梦幻生活。事件成为附带的,对白这一人际交谈

---

① 彼得·斯丛狄:《现代戏剧理论(1880—1950)》,王建译,北京大学出版社,2006 年,第 66 页。

形式成为独白式思考的容器。在斯特林堡的作品中,人际关系或者是消解,或者通过某个中心自我的主观透镜来观察……梅特林克的"静态剧"解除了情节。面对唯一关注的死亡,人际之间的差别也消失了,随之消失的是人与人之间的冲突。……最终是霍普特曼的社会剧艺术,它描述的人际生活是由人之外的因素所决定,即政治经济状况。由这些状况所决定的一致性消解了当下者的唯一性,使当下者同时还是过去者和未来者……①

虽然上述戏剧家仍然采用 drama 文体的形式创作,但是在他们的内容和形式之间出现了严重的裂隙,"戏剧形式三个基本概念的绝对性遭到破坏,戏剧形式也因此遭到破坏"。② 斯丛狄描述了戏剧家们针对这一危机,挽救 drama 文体的诸多方式。所有这些方式概括起来,就是以叙事体(epic)取代戏剧体(dramatic)。drama 文体的灵魂就这样被抽空了,仅仅留下了这种文体的尸骸。

"戏剧体"戏剧是"角色(character)"的戏剧,演员把自己深藏在角色之中;"叙事体"戏剧是演员(剧场)的戏剧,演员(剧场)公然表明自己叙事主体的身份。因此,剧场艺术的觉醒和发育就是不可避免的了。斯丛狄的《现代戏剧理论》写到 1950 年,他的学生雷曼接下来分析和描述了剧场艺术的觉醒,及其在"仪式"的概念下与行为艺术、非艺术行为的互相跨越,导致戏剧走出 drama 的尸骸,创造出新的文体,他命名这个戏剧的新文体为"postdramatic theatre"。关于 drama 之后这个戏剧新文体的形态,雷曼教授在他的《后戏剧剧场》中已经作了充分的描述,而且这种戏剧新文体在中国大陆出现得还非常稀少,很不成熟,因此本文将不予讨论。本文拟同时分析迄今尚未被讨论过的,甚至其存在尚未被充分意识到的 drama 之前的那个戏剧文体,通过它与 drama 两种戏剧文体的比较,描述它们各自的属性。

三、从"体系范畴"到"历史范畴"

如果不是 20 世纪下半叶以来欧美剧场对 drama 文体原则及其形态

---

① 彼得·斯丛狄:《现代戏剧理论(1880—1950)》,王建译,北京大学出版社,2006 年,第 66 页。
② 同上。

的全面扬弃,如果不是新的戏剧文体的诞生,我们可能迄今还会把 drama 当作戏剧本来应有的样子,把 drama 这个内涵有着严格定义的概念看得和 theatre 一样"大",以为它们有着共同的外延。在这种情况下,民族主义的戏剧家便会说,drama 的所有价值,中国戏曲里都有,而且中国戏曲还比它多出了时空转换的自由、舞台表现的写意性和更高程度的综合性(载歌载舞)。而另一些民族主义的戏剧家想要拒绝它,也只有地域性和文化差异的理由,说 drama 是西方的戏剧,而我们东方另有自己的文化,包括戏剧。

斯丛狄和雷曼追随黑格尔,把亚里士多德,甚至歌德和席勒形而上学的戏剧形态学研究发展为辩证的历史主义研究,他们的著作启发我们认识到,drama 不过是戏剧(theatre)的一种文体,是戏剧历史长河中的一个阶段,既然它的内涵规定那样明晰而严格,它的外延就不可能与 theatre 一样"大",它是可以被新的戏剧文体扬弃和超越的。

在《现代戏剧理论》中,斯丛狄首先指出自亚里士多德以来,戏剧理论在方法论上两条相关联的错误:"既不了解历史,也不了解形式和内容的辩证法"[①];他相信,drama 的形式法则是绝对的,一成不变的,戏剧家所应该做的,就是为这个形式法则寻找恰当的内容,即戏剧性的素材。他说:"按照历史主义之前所有理论的共同模式,戏剧被看作是某个永恒形式在历史中的实现。"[②]但是,如果我们能够在戏剧学研究中论证黑格尔所谓"形式与内容的相互转化",即"内容非他,即形式之转化为内容;形式非他,即内容之转化为形式",[③]证实一个时代的戏剧形式,归根到底,是由这个时代的世界观所决定的,我们便必然地将戏剧学"从体系范畴变成了历史范畴"。[④]

黑格尔认为,drama 是与人类文明发展的一定阶段相联系的,"真正的悲剧动作情节的前提需要人物已意识到个人自由独立的原则,或是至少需要已意识到个人有自由自决的权利去对自己的动作及其后果负责。至于喜剧的出现还更需要主体的自由权和驾驭世界的自觉性",而"这两

---

① 彼得·斯丛狄:《现代戏剧理论(1880—1950)》,王建译,北京大学出版社,2006年,第1页。
② 同上书,第2页。
③ 黑格尔:《小逻辑》,贺麟译,商务印书馆,1980年,第278页。
④ 彼得·斯丛狄:《现代戏剧理论(1880—1950)》,王建译,北京大学出版社,2006年,第2页。

个条件在东方都不存在"。① 延续黑格尔,斯丛狄说:

> 近代戏剧产生于文艺复兴时期。在中世纪的世界图景破碎之后,重新回归自我的人借此进行了一次精神的冒险,他想完全靠再现人际互动关系来建立起他的作品现实,在这个现实中他得到自我确认和自我反映⋯⋯他做出选择周围世界的决定,他的内心由此呈现出来,成为戏剧的现实。通过他的采取行动的决定,周围世界与他产生关系,从而成功地得到戏剧的实现。②

drama 是人类理性的产物。亚里士多德认为,悲剧比生活更真实,对悲剧来说"不可能发生的但却可信的事(probable impossibilities),比可能发生但却不可信的事(improbable possibilities)更为可取"。③ 而雷曼所描述的"后戏剧剧场"并不介意区别"不可能发生但却可信的事"与"可能发生但却不可信的事",它更相信这个世界的偶然性和怀疑它的必然性,或者说它根本不相信人类的理性能够辨认这个世界的真相,而且它还刻意地混淆自身作为艺术与社会生活的界线。由此,雷曼就不仅会由于师承的方法把 drama 之后的这个戏剧样式看作一个历史的范畴,而且会由于其研究对象的本性,不得不接受它是一种正在进行的很难与人的社会生活相剥离的历史现象。对"后戏剧剧场"进行纯体裁学的描述至少在目前还是十分困难的。

四、情节整一性

"情节整一性"是 drama 最核心、最本质的文体原则。

它的含义首先是,在诸多文体要素中,情节是第一位的。这是一个戏剧理论史的入门级问题:亚里士多德认为,在情节、性格、言语、思想、戏景和唱段这六个悲剧要素中,情节是最重要的,"情节是悲剧的根本,用形象的话来说,是悲剧的灵魂"。④ 那个时候,演员的表演艺术不过被看

---

① 黑格尔:《美学》(三)下,朱光潜译,商务印书馆,1981 年,第 298 页。
② 彼得·斯丛狄:《现代戏剧理论(1880—1950)》,王建译,北京大学出版社,2006 年,第 7 页。
③ 亚里士多德:《诗学》,陈中梅译,商务印书馆,2003 年,第 180 页。
④ 同上书,第 65 页。

作戏剧情节的影子,亚里士多德认为,悲剧效果"恐惧"和"怜悯"应该出自"情节本身的构合",而不是"出自戏景";"组织情节要注重技巧,使人即使不看演出而仅听人叙述,也会对事情的结局感到悚然和产生怜悯之情——这些便是在听人讲述《俄狄浦斯》的情节时可能会体验到的感受"。① 唯一可以提出来与情节比较的,是性格,为什么不是性格更重要呢? 亚里士多德说:"悲剧摹仿的不是人,而是行动和生活……人物不是为了表现性格才行动,而是为了行动才需要性格的配合。"②

其次,情节应该是完整的,不可以过大,一望无边,看不到尽头,也不可以太小,缺乏时间展示过程。"一个完整的事物由起始、中段和结尾组成。起始不必承继它者,但要接受其他存在或后来者的出于自然之承继的部分。与之相反,结尾指本身自然地承继它者,但不再接受承继的部分,它的承继或是因为出于必须,或是因为符合多数情况。中段指自然地承上启下的部分。"③正是因为情节各部分承继的因果性、逻辑性,戏剧才会比充满偶然存在的实践世界更真实:"诗人的职责不在描述已经发生的事,而在于描述可能发生的事,即根据可然或必然的原则可能发生的事。"④

而且,一个完整的情节应该是一部戏的全部,"如果一个事物在整体中出现与否都不会引起显著的差异,那么,它就不是这个整体的一部分";"那种场与场之间的承继不是按可然或必然的原则连接起来的情节"是多余的。⑤

后来被文艺复兴时期的学究们反复讨论和被法国伪古典主义戏剧奉为金科玉律的时间与地点的"整一律",实际上是由这个情节的"整一律"派生的。无论它们作为艺术创作的教条显得多么愚蠢,但它们与"情节整一"的血脉联系是割不断的:莎士比亚被认为是最天马行空、最无视drama文体形式的剧作家,而他情节最整一的两部悲剧《罗密欧与朱丽叶》和《奥瑟罗》,故事发生的时间与地点也最集中。

---

① 亚里士多德:《诗学》,陈中梅译,商务印书馆,2003年,第106页。
② 同上书,第64页。
③ 同上书,第74页。
④ 同上书,第81页。
⑤ 同上书,第78、82页。

斯丛狄所把握 drama 本性的两对概念,"原生/当下""人际/对白",都来自 drama 的"情节整一性"原则。情节的"整一"保证了它的自我满足,不依赖于现实世界的联系而生存。故事依赖于历史上真实发生过的事物,这是根植于实践世界、非"原生"的;故事依赖于"可然或必然的原则",则是自满自足的、原生的。亚里士多德不赞成写一个真人所经历的许多事,因为"真人真事"的"真实性"对于戏剧来说没有多大的意义,放弃情节的整一性,而追求实践世界的"真实性"是不可取的。所以斯丛狄把莎士比亚的历史剧排斥在 drama 文体之外,他还举例说,"如果试图将'宗教改革者路德'搬上舞台,那么这个尝试隐含着戏剧是历史的关系物",[①]因此它与 drama 也是不相容的。因为不采用现实世界的时间,"每部戏剧都是原生的,因而每部戏剧的时间都是当下……戏剧的时间发展是一个绝对的当下系列。戏剧作为绝对物为此作出担保,它创造了它的时间"。[②] 整一的情节是发生、发展,奔向结局的情节,而推动情节发展的动力越是剧中人物之间的关系,戏剧的情节便越优秀。这也就是亚里士多德为什么反对情节内部关系之外的"'机械'的作用",[③]例如在欧里庇得斯悲剧里美狄亚杀子后的脱身。"对白"既是人际关系的展现,也推动人际关系的变化与发展。不关注剧中人际关系的内心独白和议论都是非 drama 的。正是从"原生/当下""人际/对白"这两对概念出发,斯丛狄揭露了易卜生、契诃夫、斯特林堡、梅特林克、霍普特曼这些世纪之交的大剧作家对"情节整一性"这个 drama 核心文体原则自觉或不自觉的背弃。

drama 在汉语里译作"戏剧",中国戏剧学界一向把它当作一个"体系范畴",而不曾察觉到它可能首先是一个"历史范畴",或者认为 drama 的文体原则,是古往今来一切发育完全的戏剧所共有的,或者从民族主义的立场出发限定它的区域,认为它仅属于不同于东方的西方文化。民族主义是中国大陆学界大半个世纪以来最重要的基石,因此,把 drama 的文体原则当作人类戏剧普遍原则的大陆戏剧学者往往热衷于论证:drama 的

---

① 彼得·斯丛狄:《现代戏剧理论(1880—1950)》,王建译,北京大学出版社,2006 年,第 10 页。
② 同上。
③ 亚里士多德:《诗学》,陈中梅译,商务印书馆,2003 年,第 112 页。

情节艺术原则,也是中国戏曲的固有的叙事原则。老一辈现代戏剧理论家陈瘦竹教授写过一篇长文,以《异曲同工》为题,比较汤显祖的《牡丹亭》和莎士比亚的《罗密欧与朱丽叶》。陈先生说:

> 《牡丹亭》的戏剧冲突,以杜宝和女儿女婿之间的矛盾作为基础……直到杜丽娘死后还魂和柳梦梅结婚以及杜丽娘教柳梦梅到淮扬军中看望杜宝时,杜宝叫人将他"拿下",这才发生冲突,全剧五十五出,冲突迅速由高潮而趋向解决。
> 《牡丹亭》中的对立双方,在第五段《应考》中,发生冲突,至《圆驾》而达到高潮,接着,就是结局。这和欧洲近代剧颇为相似……
> 莎士比亚的剧作,素以情节的丰富性和生动性著称,汤显祖的传奇同样有这特色,不过场面稍显繁琐。①

《牡丹亭》的精华,当然在从《游园》到《回生》的前半部,以倒数第三出的《应考》为"高潮",显然是削戏曲传奇之足,适 drama 之履了。莎士比亚剧作的"丰富性",是相对于 drama 文体而言;根据中国传奇的文体理想,《牡丹亭》实际上非但不是"繁琐"的,而且是属于相当简洁的。

五、叙述的与行动的

中国元杂剧本质上是抒情诗,作者整体上于情节艺术漫不经心,孜孜以求的是诗歌构建的意境,"玩"的是语言艺术。唯其如此,大家在情节写作上倒获得了自由,偶尔也有像王国维指出的"武汉臣之《救风尘》,关汉卿之《老生儿》,其布置结构,亦极意匠惨淡之致",②偶合了 drama 的"情节整一性"。特别神奇的是王实甫《西厢记》竟然同时实现了戏曲语言艺术和 drama 情节艺术的最高美学理想,甚至故事发生时间与《罗密欧与朱丽叶》一样长,而故事发生地点比它更集中,这在戏曲长篇作品中是绝无

---

① 陈瘦竹:《异曲同工——关于〈牡丹亭〉和〈罗密欧与朱丽叶〉》,载《陈瘦竹戏剧论集》(中),江苏教育出版社,1999 年,第 1069、1111、1105—1106 页。
② 王国维:《宋元戏曲考》,载《王国维戏曲论文集》,中国戏剧出版社,1984 年,第 85 页。

仅有的。① 问题是，杂剧《西厢记》，以及《救风尘》《老生儿》，偶尔达到的这种戏剧情节艺术高峰，在其后数百年的时间里，从来没有被杂剧或传奇的作者与学者察觉和意识到，它是一直被埋没的。南戏在经高明的《琵琶记》整合、示范后，进入文人创作的明清传奇阶段，情节艺术虽然觉醒，但无出《琵琶记》规范者，无非一生一旦，悲欢离合，反而失去了创新的自由。

明清传奇在情节艺术上遵循与 drama 完全不同的原则。

也以《牡丹亭》与《罗密欧与朱丽叶》的比较为例。重要的不是传奇的篇幅漫长，情节"繁琐"，重要的是它情节中的一切，主要是根据"神"的旨意安排好的，而不是根据剧中的"人际"关系，或者说根据我们理性所理解的"可然或必然的原则"当场发生的。罗密欧与朱丽叶的故事在舞台上是"当下"的，自满自足，在事件发生之前一切都是不确定的，不由舞台以外的任何力量控制，"上帝"所做的唯一的事情是让两个年轻人偶然相遇。然后，因为他们相爱了，所以他们结婚；因为他们结婚了，所以罗密欧对挑衅的提伯尔特说"你想不到我是怎样爱你，除非你知道了我所以爱你的理由"；因为提伯尔特把这句话当成了讽刺，所以有了斗殴与死亡；因为斗殴杀人，所以有了流放；因为流放，才有了朱丽叶被逼再嫁时的假死，以及悲剧的结局。而在《牡丹亭》里，杜丽娘与柳梦梅的梦中相会，不是"偶然"的相遇，而是"神"的刻意安排。此后，杜丽娘虽有一次"寻梦"，然而什么也做不了，至于柳梦梅，则完全没有知觉。接着丽娘之死，柳生借宿、拾画，人鬼再遇，无一出自"人际""可然或必然的原则"，无一不出自"神"的刻意安排。剧中生旦相亲，因为在梦中和人鬼两界，事实上并无任何阻碍，决定生旦团圆的关键情节是丽娘"回生"，而使丽娘"回生"的原因，并不是"人际"关系的抗争与变化，而是判官根据他的善恶原则和姻缘簿早已安排下的一切作出的决定。

上海戏剧学院的曹路生教授在他改编的现代戏曲《牡丹亭》里，根据我的这个意见，采用了 drama "当下"与"人际"的原则：判官押丽娘走过阎罗十殿，第一殿，"罪多善少者"所在，丽娘唱道"一生清白/何处惹尘埃"；第二殿，"奸盗杀生者"所在，丽娘唱道"从幼胆怯/蝼蚁不敢踩"；第三

---

① 参见吕效平：《中国古典戏剧情节艺术的孤独高峰——从欧洲传统戏剧情节理论看〈西厢记〉》，《文学遗产》2002 年第 6 期。

殿,"忤逆尊长者"所在,丽娘唱道"命运多乖/父母前啊/未能尽孝侍爱"……如此走过十殿,根据丽娘的自辩,没有一殿放得下她,判官十分为难,最后说道:"小女子,你把判爷俺也感动了呢!"于是放生。这就是"当下",一切根据"可然或必然的原则"发生在观众眼前;这就是"人际",丽娘自己说服了判官。这个现代戏曲所普遍采用的 drama 原则,极偶然地和不自觉地也会出现在古典戏曲之中,例如《牡丹亭》"冥誓"一出。杜丽娘不满足于暂时的人鬼之交,她渴望重回人间,与柳梦梅做永久的夫妻,恳求柳梦梅掘坟开棺。事出怪诞,且触刑律,柳梦梅支吾说"话长哩"。丽娘立刻以爱情来打动他:"畅好是一夜夫妻,有的是三生话说。"柳生仍然犹豫,推说"独力难成"。丽娘步步紧逼,说:"可与姑姑计议而行。"柳生仍不敢贸然应允,丽娘急了,唱道:"咨嗟,你为人为彻!""休残慢,须急节!"鸡叫了,丽娘不得不匆匆离去。柳生惊悸之间,丽娘却又返回,再三叮咛:"你既以俺为妻,可急视之,不宜自误……妾若不得复生,必痛恨君于九泉之下矣。"说完向柳生跪下,无限祈望地唱道:"柳衙内你便是俺再生爷!"柳梦梅终于被打动……用斯丛狄所理解的 drama 文体的原则"原生/当下"和"人际/对白"来衡量,"冥誓"一出,丝毫不爽。但一部《牡丹亭》55 出戏,这样"人际"和"当下"之"出",不过"冥誓""密议""闹宴""硬拷"几出,且都不是它的精髓所在。"游园惊梦"才是明清传奇普遍和自觉的文体,最能体现它的美学理想。

亚里士多德以形式逻辑的方法总结了 drama 的"情节整一性"原则,黑格尔以辩证逻辑的方法更深刻地描述了它。黑格尔对戏剧的定义是:"史诗的原则和抒情诗的原则经过调解(互相转化)的统一。"① 他在这里说的,肯定仅仅是特殊的 drama,而不是一般的戏剧 theatre。亚里士多德要求根据客观的"可然或必然的原则"开展的情节艺术原则,在黑格尔这里,成了剧中人的主观内心动机。在黑格尔看来,戏剧舞台上展开的情节不应直接源自广阔的现实与历史,不应来自"神"的意旨,而应产生于戏剧人物的内心,来自他的激情,同时他的这个激情必须转化为意志与行动;不同人物的有差异的激情、意志和行动的互相冲突,构成了戏剧情节。

戏剧舞台上,一切人物的行动都应该是有动机的,源自人物内心的;

---

① 黑格尔:《美学》(三)下,朱光潜译,商务印书馆,1981 年,第 242 页。

一切人物的内心情感都必须外化为可见的作用于"人际"关系的行动。激情与行动，好比一枚硬币的正反两面，不可剥离，构成戏剧。这就是"史诗的原则和抒情诗的原则经过调解（互相转化）的统一"。在人的客观存在中，那些"自在"的，不被主体意识到的，缺乏自觉动机的部分，可以被"诗"叙述出来，但它不是 drama；在人的情感中，也有一些"寂然不动地欣赏，观照和感受"，①不进入"人际"关系，未转化为行动，可以被"诗"吟诵出来，但它也不是 drama。在《牡丹亭·惊梦》的"游园"里，杜丽娘的情怀是朦胧的，不自觉的，她自己也不清楚渴望什么，即使她意识到了，渴望此时还并没有一个具体的对象，"惊梦"不过是"神"的安排。"游园惊梦"的伤春情怀就是"寂然不动地"内在的，不进入"人际"关系的，未转化为行动的，即使"梦欢"也不是出于意志的自觉行为。作为杜丽娘的情怀，"游园惊梦"是纯粹的抒情诗，未经史诗原则的调解和转化；作为"以歌舞演故事"②的戏曲，杜丽娘的情怀是被剧场叙述出来的，是未经抒情诗原则调解和转化的叙事诗。

在这里，史诗的原则和抒情诗的原则仍然是分离的、对立的。不单一部《牡丹亭》中，"冥誓"类的出少之又少，"惊梦"类的出占到绝大多数，而且整部《牡丹亭》故事都是出自"神"的安排，都是叙述出来的，而非像黑格尔要求戏剧的那样出自剧中人的内心激情。全部明清传奇的文体原则，就像"游园惊梦"所代表的这样，是叙事体（史诗）原则与抒情体原则相分离、相对立的原则。

六、集体信仰和个人主义

《牡丹亭》主题，在一个"情"字，所谓"情不知所起，一往而深。生者可以死，死可以生"。③ 我国学者往往据此认为，这是一部反对封建礼教的作品。殊不知，汤显祖所反对的，是把礼教极端化的宋明理学，他所主张

---

① 黑格尔："所以不管个别人物在多大程度上凭他的内心因素成为戏剧的中心，戏剧却不能满足于只描绘心情处在抒情诗的那种情境，把主体写成只在以冷淡的同情对待既已完成的行动，或是寂然不动地欣赏，观照和感受，戏剧必须揭示出情境及其情调取决于个别人物性格，这个个别人物抉择了某些具体目的作为他的起意志的自我所要付诸实践的内容。"黑格尔：《美学》（三）下，朱光潜译，商务印书馆，1981年，第244页。
② 王国维：《戏曲考原》，载《王国维戏曲论文集》，中国戏剧出版社，1984年，第163页。
③ 汤显祖：《牡丹亭记题词》，载《汤显祖全集》（二），北京古籍出版社，1998年，第1153页。

的，是重建礼教的理性精神，恢复"情"在礼教中的合法地位。"冥判"中，丽娘向判官问姻缘，判官查看姻缘簿得知："有个柳梦梅，乃新科状元也。妻杜丽娘，前系幽欢，后成明配。"尽管有了"神"授的合法性，在现实的礼教社会中他们仍然没有自由选择实现婚姻的可能和途径，所以才前有梦欢，后有幽媾，用梦境和阴阳之隔屏蔽了礼教的规范。

无独有偶，《西厢记》中张生与崔莺莺恋爱的空间，是由孙飞虎兵变闹出来的：老妇人允婚在前，悔婚在后，使两个年轻人的私订终身获得了片面的合法性，他们才有了逃避道德审判、选择恋或不恋的自由。礼教社会，个人的一举一动都被赋予伦理的意义，人们的一切行为都必须在忠奸、贤愚、贞淫、善恶之间作出选择，而道德审判下的选择不是自由的选择、真正的选择，因此，人是没有自由行动的觉醒和空间的。例如戏曲旧戏《大劈棺》里的田氏，在女子性欲得不到起码尊重的时代，她完全没有选择的自由，是被当作淫荡的化身展示出来的，只有到了礼教被个体权利压倒的个人主义时代，她才能获得在礼法和个人幸福之间选择的自由：无论她怎样做都有给自己辩护的理由，无论她怎样做也都有错。只有在这时，她才是作为主体的个人，而不是伦理的附属品。徐棻、胡成德的《田姐与庄周》和曹路生的《庄周戏妻》作为现代戏曲作品，就根据个人主义的原则，把选择与行动的自由赋予田氏，把她描写成一个令人同情的悲剧人物。礼教时代戏剧的主体不是个人，而是伦理，个人无论怎样鲜活和生动，他存在的冠冕堂皇的理由都是作为礼教主体的道德光辉或黑暗陪衬。戏曲传奇的这一本质并不是礼教社会的戏剧所独有的，事实上，它与欧洲中世纪戏剧是同本质的。欧洲中世纪的戏剧，不论仪典剧、圣经剧、神迹剧、圣徒剧、受难剧，还是道德剧，其主体都是上帝，个人在剧中也没有行动的自由与可能，他们所能作的选择，也是在上帝与撒旦、天堂与地狱之间选边，因此不是真正的自由选择，人物在戏剧中的价值同样是增添上帝的光辉或反衬他的光辉。

无论在东方还是西方，中世纪戏剧的本质都是一样的：个人被集体的信仰禁锢着。至于这个集体的信仰是礼教，还是上帝、真主，都不能改变个人被禁锢的本质；相对于这个本质来说，东西方的文化差异不过是修辞性的，非本质的。

在中世纪的戏剧里，个人被集体的信仰禁锢着，没有选择与行动的自由,亚里士多德以人物行动为主线的"情节整一性"就是不可能的,黑格尔所谓个人内心的觉醒与外化也是不可能的。黑格尔这样描述集体信仰的中世纪世界观与 drama 的关系:

> 东方人相信实体性的力量只有一种,它在统治着世间被制造出来的一切人物,而且以毫不留情的幻变无常的方式决定着一切人物的命运;因此,戏剧所需要的个人动作的辩护理由和返躬内省的主体性在东方都不存在。①

在黑格尔的时代,整个东方世界正如他所描写的这样,在这里,他没有说到文艺复兴之前的欧洲,毫无疑问,他的这些话用来描述上帝统治的欧洲中世纪也是完全正确的。他并不认为 drama 是西方文明一向所有的东西,相反,他认为,drama 与人类文明的具体发展阶段相联系,它是以个人主义的现代世界观为前提的。他说:"在东方,只有在中国人和印度人中间才有一种戏剧的萌芽。"如果他说的"戏剧"是指"theatre",他就是错的,但黑格尔没有错,他说的是"drama"。他说:"根据我们所知道的少数范例来看,就连在中国人和印度人中间,戏剧也不是写自由的个人的动作的实现,而只是把生动的事迹和情感结合到某一具体情境,把这个过程摆在眼前展现出来。"②黑格尔对东方戏剧的这个理解,竟与王国维给中国戏曲下的定义高度吻合。王国维的定义是:"戏曲者,谓以歌舞演故事也。"在王国维之前,全部中国古典戏曲理论,主要是讨论怎样歌,也有讨论怎样舞,以演故事,但几乎完全不讨论演什么故事,这从来就不是个问题,"只是把生动的事迹和情感结合到某一具体情境",没有什么不能演的。那时候的人沉睡在"自在"的状态里,"自为"的人还不存在,因此个人及其自由还不能够被辨识出来。与此相反,drama 理论的源头,即是讨论什么故事是合适它的,什么故事是不适合的,一部《诗学》的核心论题,便是这个,歌德和席勒也在讨论这个,斯丛狄和雷曼还在讨论这个。亚里士多德说,人的行动才是 drama 的内容;黑格尔说,被外化的内心激情才是

---

① 黑格尔:《美学》(三)下,朱光潜译,商务印书馆,1981年,第 297—298 页。
② 同上书,第 298 页。

drama 的内容;斯丛狄发现,人失去了行动,即把内心激情外化的兴趣、能力与意义,drama 的危机到来了。

欧洲经过文艺复兴,人从上帝的禁锢下觉醒起来,解放出来,进入了新世纪。drama 是这个现代世纪借助古希腊戏剧资源的新创造,它的世界观的两块基石,一是个人主义,一是理性主义:相信人才是这个世界的主宰,相信这个世界是可以被人的理性认识和掌握的。它不欲描写世界,只要描写人;它所描写的世界因人而获得意义。一个人类理性根据"可然或必然的原则"能够解释的世界;一个源于人类内心激情,一切行动可以动机予以解释的世界,必然是单纯整一的。狄德罗说:"我更重视在剧中逐渐发展,最后展示全部力量的激情和性格,而不大重视使剧中人物和观众都受折腾的那些剧本中交织着的错综复杂的情节……一个简单的处理,为使一切处于高度紧张状态而采用的一个面临最后结局的情节,一个即将发生,却一直因简单而真实的情势而往后推迟的悲惨结局,有力的台词,强烈的激情,几个画面,一两个有力地刻画出的人物……索福克勒斯并不需要更多的东西来激动观众。"[①]

与此相反,中世纪戏剧,不论东方西方,其主旨或者上帝或者礼教,都是集体信仰,它越是表现这个信仰所掌控的世界的千奇百态,越能显示这个信仰的无所不在与无所不能。世界的意义和秩序是先于人而存在的,戏剧人物在自己的情境中通常什么也做不了,只有消极地等待世界根据他们的道德状态判给他们奖励或惩罚。因此,中世纪戏剧情节艺术的美学理想,是一面极尽想象,描写这个世界的丰富多彩,变幻莫测,出人意料,无奇不有,一面在这个令人眼花缭乱的世界建立起伦理秩序。"传奇"之名,李渔说"因其事甚奇特,未经人见而传之,是以得名";[②]孔尚任也说"传其事之奇焉者也,事不奇则不传",[③]名副其实。一部《牡丹亭》,不但生旦爱情悲欢离合,多少曲折波澜,多少匪夷所思;还有杜丽娘和柳梦梅两个家庭,幸而柳梦梅父母双亡,家道中落,只剩下一个郭驼,而杜家父母

[①] 狄德罗:《论戏剧诗》,载《狄德罗美学论文选》,张冠尧、桂裕芳译,人民文学出版社,1984 年,第 141—142 页。
[②] 李渔:《闲情偶寄·词曲部》,载《中国古典戏曲论著集成》(七),中国戏剧出版社,1959 年,第 15 页。
[③] 孔尚任:《桃花扇小识》,载《中国历代文论选》(三),上海古籍出版社,1980 年,第 377 页。

之外，又有陈最良石道姑，甚至道姑之外，还有小道姑，多少是是非非；家庭之外，又有社会，杜宝的从政领军，"急难""折寇"，多少世故人情。同理，印度的古剧也是这样的。

个人主义和理性主义首先在西方带来了极大的科学技术的进步和生产力的提高，也带来了社会生活的极大变化，但是，人之根本困境仍然没有得到解决，西方人开始怀疑，自从脱离上帝之后，人是否真的找到了存在的意义与价值？人的理性，是否真的不像上帝那样虚妄？于是，在drama 大师的作品中，出现了斯丛狄所描述的内容与形式的裂隙，随后，如雷曼所描述，新的世界观创造出新的戏剧文体。

而在中国，随着现代化进程的开始，drama 被引入进来，落地生根，后来被称为话剧；戏曲也因学习和采用了 drama 的文体原则，而形成了现代戏曲的新文体。100 年来的中国现代戏剧史告诉我们，当整个国家现代化步伐坚定的时候，中国现代戏剧就会杰作频出，生机勃勃；而当中国现代化的进程遭受质疑、阻遏，徘徊不前的时候，现代戏剧就会受到质疑，戏剧的"现代性"就会遭遇消解，创作也随之衰落和萧条。

七、悲剧与喜剧、票房、平等交流

结论是：drama 是现代世纪的戏剧（theatre）文体；传奇是中世纪的戏剧（theatre）文体。drama 所以会被当作戏剧的文学侧面，因为它首先是情节的艺术，在本质上属于"诗"（文学），而表演不过是它的影子；drama 所以会被看作西方的，是因为它发生于最早进入现代世纪的西方。实际上决定了 drama 与传奇不同文体原则的根本力量，是现代世纪的个人主义世界观和中世纪的集体信仰世界观。此外，它们还有以下三点重要的差异。

中世纪以一个信仰的人造穹顶把人与宇宙苍穹隔绝开来，教士们指着头顶说，这就是我们生活的宇宙。在这个宇宙里，他们规定了人生的价值和意义，规定了人的等级和位置，规定了人思考与行为的准则；在这里，世界自身是有理性、有秩序的，一切善行最终都会得到补偿，一切恶行最终都会受到惩罚。因此，在这个世界里，不会出现悲剧。它在本质上也是严肃的，秩序本身和遵守秩序的人都不具有喜剧性，滑稽的仅仅是那些不守秩序的坏人。有一个非常普遍的误解认为，"大团圆"是中国人民喜闻乐见的传统，然而实际上，这是中世纪的传统，我们在欧洲中世纪戏剧里，找不到一部不以"大团圆"结局的戏剧。文艺复兴的思想解放运动掀开了上帝罩在人类头上的穹顶，人不再透过信仰的棱镜看待世界，而是以他自己理性的裸眼观察苍穹大地，也审视自己，思考自己与这个世界的关系。任何时候，只要我们的精神强大到敢于以我们个人的身份，读解宇宙和我们自己，我们立刻会看到宇宙的宏伟与无序，看到了自身的卑微，同时也体会到了匍匐于偶像脚下时从未获得过的尊严感。

歌德在他用一生的岁月所写下的《浮士德》的悲剧里，描写了人类对于自身有限性的恐惧和追寻绝对价值的种种不懈而必然失败的努力。他把人称为"小神"，因为我们一旦有幸而察觉到自己在天地间的卑微，便开始了要把自己提升为"神"的努力，不幸的是，无论我们怎样努力，都不可能获得被命名为"神"的绝对价值，但是无论失败多少次，我们也不会放弃对于绝对价值的追求。人，归根到底，是永远处于要把自己提升为"神"的失败的努力之中的动物。这便是我们的悲剧性，也是我们的喜剧性。如果我们严肃而抒情地表现人性与人之存在的这种尴尬，我们便写作了悲剧；如果我们诙谐而冷峻地表现这种尴尬，我们便写作了喜剧。这种尴尬，是一种道德上的无力感，实际上也就是道德困境的尴尬。drama 的默认状态，是跨过道德的边界，通过创作悲剧或者喜剧，达到"诗"的高度。

法国伪古典主义时期，个人权利已经得到承认，个人幸福与家族荣誉之间的冲突成为伪古典主义戏剧的主题，由于路易王朝足够强大到指引当时的精神生活与艺术创作，朝廷和贵族把他们自己当作新的信仰强加给时代，因此，真正的悲剧是不允许产生的：永远是个人因其献身于家族或国家的荣誉而获得幸福的报偿。伪古典主义悲剧的奠基人高乃依最初把自己的剧作称为"悲喜剧"，就因其以悲剧的严肃文体讲述结局幸福的故事。法国伪古典主义悲剧，继承了古希腊悲剧的"严肃"文体，却放弃了戏剧主人公"从顺境转入逆境"的古希腊悲剧本质。拉辛无视伪古典主义的这个规则，坚持古希腊悲剧的本质，他的剧作却因此在当时饱受批评和争议。法国伪古典主义之后，启蒙主义戏剧家把资产阶级的情感与道德看作绝对的东西，在他们的作品中予以鼓吹，由此创造了"正剧"（也叫 drama）文体，即所谓"严肃的喜剧"或"流泪的喜剧"，这种文体和伪古典主义悲剧一样，为了信仰而拒绝戏剧主人公"从顺境转入逆境"的悲剧原则。黑格尔所以认为，正剧"这个剧种没有多大的根本的重要性"，[①]就因为一切正剧作品都淡化了现代戏剧所必需的个人身份和理性品格，是代表教会、礼教、国王、革命党或保守党的信仰，站在道德领域内，用以教化信徒的戏剧应用文。

戏曲传奇的演出方式有两种：一是官僚贵族和富商巨贾豢养的家班或邀请的戏班举办在家庭内的演出；二是乡村宗祠庙社与庆典、祭祀活动相联系的公共演出。传奇主要还是一种未经剧场熔冶的文学形式，上述两类演出都很少有全本演出传奇作品的例子。当戏曲地方戏在现代都市进入商业演出的时候，它的艺术形态就发生了很大的变化。京剧的都市演出场所，从酒馆到茶园，再从茶园到镜框式舞台的现代剧院，其旧剧的选目与表演，新剧的创作，无不受到票房的影响。梅兰芳时代的京剧就是中国戏曲票房化的成果。进入现代剧场的古典艺术如果不是像日本能剧那样，自觉地保持古典形态，坦然地把自己当作古典艺术品供现代人消费，而是试图以当代作品的身份销售，其受到现代世界观、现代生活节奏、现代艺术文体形式的影响就是必然的。

欧洲中世纪戏剧，也是或者由教会组织的演出，或者由市议会与行业协会，例如木匠行会、剃头匠行会、面包师行会等操办的演出，这些演出都不是由个人购买的娱乐或艺术商品。与现代世纪的个人主义价值观相一致，drama 在本质上是由剧团或剧院生产以供个人消费的商品，它的主要演出方式是个人购买的票房演出。莎士比亚是由他那个时代伦敦的戏剧票房造就的。法国伪古典主义戏剧受到国王和贵族大公的保护，因此也被他们打上了深深的烙印，所以除了莫里哀、拉辛当年颇受争议的几部作品，便很少再有堪与莎士比亚相提并论的了。中国戏剧，进入 21 世纪以来依附各级政府的节展与评奖，自诩清高，藐视和恐惧票房，它的远离现代化是必然的。

现代社会，人与人之间是平等的，个人的表达是自由的；现代剧场是人与人之间平等交流的场所，现代戏剧是个人的自由表达。越是一流的现代戏剧家越不会以人民导师的面貌出现在剧场，莎士比亚和契诃夫的

[①] 黑格尔：《美学》（三）下，朱光潜译，商务印书馆，1981 年，第 294 页。

剧作是他们对人性和人之存在价值的怀疑与调侃,易卜生虽然曾经相信个人主义能够拯救世界,在他的创作中扮演"个人主义教"的牧师,但他终于怀疑他的教义,当今时代,人们接受他《野鸭》的程度远远高于他的《玩偶之家》。在现代剧场里教训观众通常是一件非常虚伪的事。这方面最恶劣的例子是戏曲旧戏《大劈棺》,它一面以"贞操"的观念规训女子,一面却靠女子的性欲表现,尤其是男旦所表演的女子性欲赚取票房。江苏的地方戏淮剧改编了马克·吐温的小说《败坏了赫德莱堡的人》:马克·吐温描写了一个号称道德模范的美国小镇的市民,为一小布袋黄金,纷纷撕下了道德的假脸;淮剧《小镇》却描写同样有道德模范美名的一个中国小镇的民众,面对500万人民币的诱惑,经受了一场考验,道德弥坚,而实际上这是置礼教道德体系已然无存、个人主义道德体系尚未完全建立的中国当代现状于不顾的一个公然的谎言,创作者以此博取奖励的行为,延续了马克·吐温笔下赫德莱堡人的虚伪与贪婪。这类戏剧极大地消解了中国戏剧的现代性。

《清风亭》中雷殛之文化阐释

王 云[*]

[内容提要] 清代经学家焦循竟然可以从观赏《清风亭》的经验中导出花部不必不如昆腔之结论,由此可见这一花部戏之魅力。若单从情节编撰的角度看,它的魅力在于令人"无不切齿"的情节与令人"无不大快"的情节之完美结合。令人"无不切齿"的是一对最善良的养父母张元秀夫妇在暮年遭受遗弃;令人"无不大快"的是一个最卑劣的养子张继保(或张继宝)在返回故乡后遭受雷殛。雷殛无疑是《清风亭》最重要的情节之一,故《清风亭》有《天雷报》或《雷殛张继保》之别名。多年来,笔者对《清风亭》等中国古代戏曲和小说中的雷殛这一情节始终抱有浓厚兴趣,故时常自问自答。本文书写的便是笔者在这自问自答过程中的若干心得。

[关键词] 《清风亭》 雷殛 古代戏曲和小说 明清法律 艺术正义

说《清风亭》为清花部之代表性作品殆无疑义。清代经学家焦循(1763—1820)在其《花部农谭》(1819)中说:"余忆幼时随先子观村剧,前一日演《双珠》《天打》,观者视之漠然。明日演《清风亭》,其始无不切齿,既而无不大快。铙鼓既歇,相视肃然,罔有戏色;归而称说,浃旬未已。彼谓花部不及昆腔者,鄙夫之见也。"[①]焦循竟然可以从观赏一出花部戏的经验中导出花部不必不如昆腔之结论,由此可见《清风亭》之魅力。《清风亭》魅力何在?笔者以为,若单从情节编撰的角度看,它的魅力在于令人"无不切齿"的情节与令人"无不大快"的情节之完美结合。这实际上也是

---

[*] 王云(1956—),男,博士,上海戏剧学院戏剧文学系教授、博导,主要从事艺术理论、美学和比较文学研究。
① 郭绍虞主编:《中国历代文论选》第3册,上海古籍出版社,1980年,第573页。

包括《赵氏孤儿》和《窦娥冤》在内的大多数中国式经典悲剧的共同魅力。

在《清风亭》中,令人"无不切齿"的是一对最善良的养父母张元秀夫妇遭受最无情的打击;令人"无不大快"的是一个最卑劣的养子张继保(或张继宝)遭受最严厉的惩罚。张继保究竟遭受了什么样的惩罚?雷殛!雷殛无疑是《清风亭》最重要的情节之一,故《清风亭》有《天雷报》或《雷殛张继保》之别名。多年来,笔者对《清风亭》等中国古代戏曲和小说的雷殛这一情节始终抱有浓厚兴趣,故时常自问自答。本文书写的便是笔者在这自问自答过程中的若干心得。

一、遭雷殛之人何以双膝跪地

《清风亭》中有一个细节非常值得玩味:张继保遭雷殛之时是双膝跪在地上的。《花部农谭》复述《清风亭》剧情云:

> 乃作天雷雨状,而此坊甲者冒雨至亭下,见有披发跪者,乃雷殛死人也。视之,则前之贵官,右手持钱二百,左手持血书。坊甲乃大声数其罪而责之。①

马连良藏本《天雷报》写道:

> 四云童、雷、电先上。张继保拿二百钱及血书上,跪介。起鼓,殛张。张托钱及血书跪僵死介。②

这两则材料表明,从清嘉庆至民国这 100 年左右的时间里,《清风亭》的演出中始终有着张继保遭雷殛时双膝跪地这一细节。

同样的细节一而再、再而三地出现于有着恶人遭雷殛之情节的中国戏曲和小说中。如清俞蛟《梦厂杂著》中的《雷击逆妇记》,该小说讲述了两个故事,在其中之一的结尾处作者写道:"……而女诟詈声犹与雷声相间杂也。忽然趋跪阶下,一声而毙,珠翠罗绮淋漓雨中。"再如清纪昀《阅

---

① 郭绍虞主编:《中国历代文论选》第 3 册,上海古籍出版社,1980 年,第 573 页。
② 北京市戏曲编导委员会编辑:《京剧汇编》第 9 集,北京出版社,1957 年,第 123 页。

微草堂笔记》中的《雷击毒母者》，在该小说的开始处作者写道："……河间西门外桥上雷震一人死，端跪不仆……"又如清许奉恩《里乘》中的《雷击邵伯民》，该小说结局为："忽霹雳一声，天顿晴霁。……有二人跪墓侧，……至是，仲与妪被击……"这里的"跪"即"双膝着地，上身挺直"。明陆人龙《型世言》第三十三回《八两银杀二命　一声雷诛七凶》也是以雷殛作结的："……一会子天崩地裂，一方儿雾起天昏，却是一个霹雳过处，只见有死在田中的，有死在路上的，跪的，伏的，有的焦头黑脸，有的遍体乌黑。"

何止遭雷殛之人，受其他阴遣冥罚之人偶尔亦如此。长白浩歌之《萤窗异草》中有《庞眉叟》，该小说结尾处写二冤魂获准于阎王，尔后向当年导致他们自尽的卢某索命。"已而询其死状，则长跪中庭，宛如向人乞命者，且口鼻有血痕，及殁而膝犹未伸，筋骸拘挛，遂拳曲而纳于椟。"这最后一笔尤其令人发噱：连睡在棺材里腿都伸不直，仍要保持跪的姿态。是鬼魂怨之毒，还是卢某悔之深？双膝跪地遭雷殛而亡很容易让人联想起古代法场上最经典的一幕：待决犯跪于前，刽子手立于后。难道遭雷殛之人犯的都是死罪？除了表明遭雷殛之人是否该死之外，双膝跪地还有什么别的寓意？

二、遭雷殛之人所犯何罪

在中国古代戏曲和小说中，遭雷殛之人犯的大多为命案，他们都直接或间接地导致了受害人的死亡。上文提及的《八两银杀二命　一声雷诛七凶》讲述了七个恶人为泄愤和谋财，不仅杀死两个无辜之人，而且还嫁祸于另两个无辜之人。如前所引，这七个恶人最终皆为一个霹雳击死。清袁枚《子不语》中有《雷诛营卒》。它说的是乾隆三年二月"雷震死一营卒"。20年前浙江余杭皋亭山下，此人逼奸一尼姑未遂，继而引发一系列连锁反应，最终导致三口之家两人自缢，一人被杖毙。清宋永岳《志异续编》有《雷击》，它说的是乾隆五十六年五月发生于江苏无锡的事。一贫苦人家已断炊两天，好不容易借到一点钱，于是年逾六旬的祖母和约十岁的孙儿在塘口镇买了一斗米。不料在返家途中竟为一盗贼抢走。在追赶盗贼的过程中，孙儿溺死于一小港中。祖母"见孙不起，呼天大哭。倏阴云四合，霹雳一声，将负米者提至水侧击死……"上文提及的《雷击邵伯民》

亦如是。江苏邵伯有兄弟两家分炊而同居。兄病重濒死时,恳请弟照顾有娠的嫂子和将出生的孩子。为谋家产,弟以一百金贿赂接生妪,曰:"女也则已,男也则为计戕之。"后嫂产一男儿,接生妪以针纳此小儿脐中,致使其夭亡。

小说然,戏曲亦然。明沈嵊传奇《绾春园》有两条线索:主线为元末杨珏与崔倩云、阮茜筠之间的错合姻缘,次线为元末威远伯阮翀与丞相伯颜之间的不和。伯颜在元帝前诬告阮翀与苗寇勾结,谋为内应,致使阮氏满门被戮,唯阮翀远贬广东香山,阮茜筠侥幸逃脱灭门之灾。后朝中情势大变,一些忠直朝臣为阮翀力辨冤屈,元帝命将伯颜流放河南。行至中途,伯颜以及助其为恶的纳速剌为雷所殛而死。

在《清风亭》中,张继保同样也间接地导致了其养父母张元秀夫妇自尽。其间经过我们仍以《花部农谭》中的复述表之:

> 张自此子出逃,其妇日诟,以思儿得疾,不复能磨豆。张日扶其病妇至清风亭望此儿归。盖年皆七十许矣。久之,愈衰老,困苦行乞,而食暇则仍延颈于清风亭。一日,传有贵官至,将憩于亭。坊甲洒扫见二老人,因曰:"吾昨见此官,殊与翁媪之逃子面相似,明日官憩此,翁媪其潜于近处,吾验视诚然,来为翁媪告也。"二老人喜甚。明日,坊甲验视不错,乃欣然招二老人,二老人欣然至,入亭视之,良是。往呼儿,其子怒曰:"是何乞儿,妄谬至此。"翁媪乃历述十余年养育事,仍不动。惟曰:持据来! 据则已窃去,固无有也。于是二老人乃蒲伏叩头曰:"公贵人,我小民岂敢以抚育微劳冒认父子;但十数年相依,姑作一家仆乳婢,携我两人,生食之,死棺之,免饿毙于路,他无敢望矣。"其侍从奴仆感动,跪代为乞。此子曰:"此两乞丐,得二百钱足矣。"乃以钱二百给之,执于亭外。媪让翁曰:"儿恨尔,尔素督责其读书过切,我则保持之,虽长,未尝一日离诸怀也。尔姑退,我独求之,伊当怜念我。"媪复入,此子怒詈益甚,媪大哭,以钱击其面,触亭而死。翁见媪久不返,往视,见媪死,亦大恸,以首触地死。此子转诃斥坊甲勾引,坊甲亦强项不服,此子竟携驺从去。①

---

① 郭绍虞主编:《中国历代文论选》第 3 册,上海古籍出版社,1980 年,第 572—573 页。

《太平经》："人命最重。"《世界人权宣言》："人人有权享有生命、自由和人身安全。"美国《独立宣言》："人人生而平等,造物主赋予他们若干不可让与的权利,其中包括生存权、自由权和追求幸福的权利。"这些中外经典文献告诉我们,生命的权利是人最基本和最重要的权利。既然如此,那么非法(或合乎恶法)地剥夺他人生命也即人世间最大的恶。以此观之,在一个法制不健全却动辄使用重典的年代里,直接或间接导致他人死亡(即使未遂)被戏曲和小说创作者视为死罪应该是不难理解的。

三、雷殛前张继保养父母何以自尽

要回答节标题所示的问题,我们首先应该知道,张元秀夫妇为何要收养张继保。《孟子·公孙丑章句上》记孟子语曰:"所以谓人皆有不忍人之心者,今人乍见孺子将入于井,皆有怵惕恻隐之心——非所以内交于孺子之父母也,非所以要誉于乡党朋友也,非恶其声而然也。"在自元宵花灯大会返家途中,张元秀夫妇捡到了一个弃婴(张继保),于是便收留了他。我们完全可以推测说,张元秀夫妇收养张继保是因为动了恻隐之心。其实,这至少不是张元秀夫妇收养张继保的主要动机。遇上弃婴之前,张元秀唱道:"年老无儿苦难忍,奔波自顾口和身。"①遇上弃婴之时,张元秀对妻子贺氏说道:"恭喜妈妈,贺喜妈妈!……想这婴孩,定是家贫无力抚养,抛在此处。你我将他抱回,抚养成人,日后你我二老,暮年有靠。"②13年后,张元秀夫妇依然为当年的收养之举而庆幸。张元秀唱道:"我二老年古稀无后实惨,周梁桥拾一子接传香烟。"③贺氏唱道:"有子无钱也高兴。"张元秀接唱道:"无钱有子不为贫。"④由此可见,皆已年届六旬的张元秀夫妇收养张继保的主要动机是希望"暮年有靠",是希望将来有人为他们养老送终。

然而,这样的愿景最终化为了泡影。张继保13岁那年,被其亲生母亲周桂英领走,赴京投奔他做官的父亲去了。周桂英认领张继保时,张元

---

① 马连良藏本《青风亭》,载北京市戏曲编导委员会编辑:《京剧汇编》第9集,北京出版社,1957年,第85页。马连良藏本《青风亭》和马连良藏本《天雷报》为两个前后承接的京剧剧本,也即今天的京剧《清风亭》或《天雷报》剧本的前半部分和后半部分。
② 同上书,第87页。
③ 同上书,第89页。
④ 周信芳演出本《清风亭》,载中国戏剧家协会编:《周信芳演出本选集》,中国戏剧出版社,1960年,第189页。

秀唱道："你今一家同欢庆,辜负我恩养一片心。你今成人归她去,(哎呀,儿呀!)哭得为父血泪淋。"①在张继保走后的3年左右时间里,张元秀夫妇朝夕盼望,始终不见归来,他们渐为老病所缠,沦为乞丐。张元秀唱道:"老来无后有谁怜,……举目无亲无所靠。"贺氏唱道:"恩养一子去不还,……只落得乞讨宿庙庵。"②16岁时,张继保状元及第,随即奉旨归乡祭祖,张继保亲生父母特意叮嘱张继保接回二老以报抚养之恩,然而,当张继保与张元秀夫妇在清风亭相遇时,非但不肯相认,而且还斥责养父母冒认朝官。于是张元秀说道:"我二老纵然沾你一点余光,也是夕阳西下,瞬息而已。就是打你几下,为你成人长大,使我二老终身有靠。谁想你今日荣归,一概不认……"③最后,张元秀夫妇只得哀求张继保把他们"当作老家人收留在身旁",然张继保却只打算以二百钱打发二老了事。三年间数次打击,一次比一次严酷。这最后一次打击彻底地扑灭了张元秀夫妇心中的希望之火。

张元秀夫妇为何要自尽呢?张元秀自尽前痛斥张继保:

张继保,小畜生!你母为你撞死亭上,你还坐在上面佯佯不睬,我与你永诀了罢。哎呀列位呀!有子不怕手无钱,有钱无子苦难言。我今无钱又有子,恩养一子接香烟。身荣不把爹娘报,双双逼死在亭前。奉劝世人莫继子,哎呀列位呀,这报恩只得二百钱。我今遇此不孝子。呀呀呸!不孝名儿万古传。张继保!为父多谢了你。哎呀妻呀!你的阴魂休散,我赶你来也!苍天呀,苍天!这是我无儿子的下场哇……(磕头介)气死我也!④

"气死我也"或"气煞我也"不止一次地出现在自尽前张元秀的台词中。难道是张元秀夫妇一时气愤不过或者被气糊涂了才寻此短见,难道张元秀夫妇的自尽是即兴式的情绪冲动式的举动?笔者以为,他们的自尽是平时深思熟虑的必然结果。对于丧失了谋生能力而只能以行乞苟存的

---

① 马连良藏本《青风亭》,载北京市戏曲编导委员会编辑:《京剧汇编》第9集,北京出版社,1957年,第99页。
② 马连良藏本《天雷报》,载北京市戏曲编导委员会编辑:《京剧汇编》第9集,北京出版社,1957年,第113页。
③ 同上书,第118页。
④ 同上书,第121—122页。

76 岁的老人来说,可谓天天命悬一线。唯一能够支撑他们活下去的是对张继保归来的期望,然而,恰恰是张继保归来后的无情无义让这二老看到了自己的"下场",借用荀子的话来说,那便是"不免于冻饿,操瓢囊为沟壑中瘠者也"。为沟壑中瘠者的"下场"与自杀的"下场"又有何异?正是情绪冲动背后的这种理性权衡彻底轰垮了他们活下去的仅存的理由和心理支撑,从而给了他们以致命的一击。

四、忤逆然不犯命案何以也遭雷殛

如果张元秀夫妇没有自尽,张继保还该不该遭雷殛?答案是肯定的。上文提及的《雷击逆妇记》写了两个故事。一个是"郭姓者"之妻的故事,另一个是"李氏妇"的故事。郭"妻颇悍,不孝于姑"。有一次,郭为经商离家三日,郭妻竟然"戏以粪为糟,置肉其中,每餐蒸以食姑"。郭回家后,因此事而"詈其妻,妻反肆诟谇,且语侵其姑"。最终,"霹雳一声","越日而毙"。李氏妇嫁了一个家道极殷的丈夫。她 40 岁生日那天,亲邻毕集,馈遗丰隆。其孤寡之母"白头龙钟,鹑衣百结",右手拄杖,左手提着从村外池塘中捕捞上来的一篮虾,也前来祝女儿寿。面对贫穷老母的一番好意,李氏妇却大怒曰:"何物老妪!吾父墓木拱矣,偏汝为阎王所弃,长留世上作乞丐。吾面皮如甲,被汝刮去几十层。"夺其篮掷堂下,虾跳跃满地。母俯首而泣,客人或劝,或叹,或去。女益怒,诟詈不绝声。最终,"轰然震激","一声而毙"。不犯命案竟也遭雷殛,这是为的哪一般?①

---

① 明代公案小说集《新刊诸司廉明奇判公案》中有《谢知府旌奖孝子》。该小说写三十八岁的寡妇房瑞鸾,眼看儿子周可立已十八岁,然惜乎家贫,不能为之娶妇。于是不再"苦节寡守",毅然嫁给年五十岁的富民卫思贤,从而换得三十两银子。周可立以这三十两银子娶吕月娥进门。然婚后周可立却不与吕月娥行房事,近一年后的某晚,吕月娥力邀周可立"云雨欢合",周可立只得道出原委:"我岂不知少年夫妇乐意情浓?奈娶你的银是嫁母的,我不忍以卖母身之银,娶妻奉衾枕也。今要积得三十两银还母,我方与你交合。"一贫苦人家要积三十两银谈何容易,恐怕一辈子都不可得。吕月娥伯父吕进寿为周可立孝母之志所感,遂典当田地,凑足三十两银借与吕月娥。不料此三十两银入家门不久,周可立还未知此事,却已被周可立右邻焦黑窃去。为此周可立与吕月娥之间发生误会,吕月娥不胜愤恨,便去自缢,所幸索断跌下。"邻居都闻得吕氏夫妇为银角口,又闻吕氏自缢,焦黑心亏,将银揭于腰间,才走出大门,被雷打死。众人聚看,见焦黑烧似楷槠,衣服都尽,只裙头揭一青油帕,全未烧坏。有胆大者解下看何物,则是银……"该小说中的焦黑并非不孝之人,而只是妨碍他人行孝之人。在中国古人看来,此等人与不孝之人同样可恶。诚如小说中知州谢达在申报上司的公文中所言:"焦黑窃银远走,自取震于雷。非纯孝之格天,胡殛诛凶人以显示。"笔者录此小说梗概以备考。类似的故事在中国古代颇多,《远东漫游——中国事务系列》就记载过一个大同小异的故事。F. H. 巴尔福:《远东漫游——中国事务系列》,王玉括等译,南京出版社,2006 年,第 146 页。

在物质生活普遍贫乏、社会保障机制付之阙如的社会中,唯一能确保老年人得到赡养的机制是家庭保障机制,也即成年的子女供给老年父母甚至祖父母生活所需。在这样的社会中,遗弃一个丧失了谋生能力的老人无异于杀害他们,而忤逆不孝者就是潜在的遗弃老人者。为了维护最基本的社会秩序,忤逆不孝者为其他社会成员深恶痛绝是理所当然的。以此观之,即使张元秀夫妇没有自尽,张继保还是该"受"惩罚的。然而,与其他民族的戏剧和小说相比,汉民族的戏曲和小说中的忤逆不孝者往往"遭受"了最严厉的惩罚。这就不是物质生活普遍贫乏而社会保障机制付之阙如这一点所能完全解释的,因为几乎所有的民族都经历过这样的历史阶段。

何炳棣先生在《读史阅世六十年》中指出:"只有在累世生于兹,死于兹,葬于兹的最肥沃的黄土地带,才有可能产生人类史上最高度发展的家族制度和祖先崇拜。"[①]一个民族的文化之根源往往是地缘文化。众所周知,黄河流域是汉民族的摇篮。何炳棣认为,黄河流域尤其是华北的黄土有着"特殊物理和化学性能",即"自我加肥的性能",因而汉民族先民早在新石器时代就已经废弃了游耕制(砍烧法),并进而"奠定村落定居的农业",村落定居农业又使"累世生于兹,死于兹,葬于兹"成为可能,使三世同堂、四世同堂甚至五世同堂成为可能。正是在这样的基础上,中国逐渐形成了"人类史上最高度发展的家族制度"。[②] 冯友兰先生在《中国哲学简史》中强调:"中国的社会制度便是家族制度。传统中国把社会关系归纳成五种,即君臣、父子、兄弟、夫妇、朋友。在这五种社会关系中,三种是家庭关系,另两种不是家庭关系,却也可以看作是家庭关系的延伸。譬如君臣关系,被看成是父子关系,朋友则被看作是兄弟关系。"[③]为了维护这种家国同构的社会制度,一种意识形态应运而生,那便是儒家学说。诚如冯友兰在同一著作中所说:"由此发展起中国的家族制度,它的复杂性和组织性是世界少有的。儒家思想在很大程度上便是这种家族制度的理性化。"[④]

---

① 何炳棣:《读史阅世六十年》,广西师范大学出版社,2005年,第411页。
② 同上书,第409—411、422页。
③ 冯友兰:《中国哲学简史》,赵复三译,天津社会科学院出版社,2007年,第20—21页。
④ 同上书,第20页。

孝道是儒家伦理道德的核心所在,对于维护中国古代家国同构的社会制度,它所发挥的作用最基本、最直接,也最具辐射性。《孝经》记孔子语云:

夫孝,德之本也,教之所由生也。
夫孝,天之经也,地之义也,民之行也。
天地之性,人为贵。人之行,莫大于孝。①

孝道被孔子强调到了无以复加的地步。这是因为"孝"字的后面往往还藏着一个"忠"字,儒家提倡孝道,在很大程度上旨在以孝劝忠。"夫孝,始于事亲,中于事君,终于立身。""资于事父以事君,而敬同。……故以孝事君则忠。""子曰:'君子之事亲孝,故忠可移于君。'"②由此可见,孝敬父母以及其他长辈事小义不小。移家为国,移孝为忠,这正是儒家高度重视孝道,《孝经》先后被列入儒家"七经""十经""十三经"的重要原因。

中国古代的"主流宗教不仅借鉴了儒家伦理中最具策略性的价值精华,而且不断与之相妥协"。③ 在儒家的带动下,道教和中国佛教也前后有了专门阐发孝道的经典。道教在南北朝末至宋之间编撰了《元始洞真慈善孝子报恩成道经》《太上老君说报父母恩重经》《太上真一报父母恩重经》《玄天上帝说报父母恩重经》和《文帝孝经》。中国佛教早在汉末魏晋就翻译引进了《佛说父母恩难报经》和《于兰盆经》,并编撰了《佛说父母恩重难报经》。④ 这些经典在不同程度上尊崇孝道,如《文帝孝经》记文昌帝君语云:"奉行诸善,不孝吾亲,终为小善;奉行诸善,能孝吾亲,是为至善。"⑤又如《佛说父母恩重难报经》记佛陀语云:"父母恩情重,恩深报

---

① 今文《孝经》开宗明义章第一,三才章第七,圣治章第九,载胡平生译注:《孝经译注》,中华书局,1996年。
② 今文《孝经》开宗明义章第一,士章第五,广扬名章第十四,载胡平生译注:《孝经译注》,中华书局,1996年。
③ 杨庆堃:《中国社会中的宗教:宗教的现代社会功能与其历史因素之研究》,上海人民出版社,2007年,第256页。
④ 《佛说父母恩重难报经》未收录于《大藏经》,故被怀疑是有人托鸠摩罗什之名编撰的佛典,也即中国化的佛典。笔者姑从其说。
⑤ 《文帝孝经》辨孝章第三,载唐大潮等注释:《劝善书今译》,中国社会科学出版社,1996年。

实难。"①

既然孝被提升到如此高度，那么，不孝之人也即世间最大的罪人了。《孝经》记孔子语云：

> 五刑之属三千，罪莫大于不孝。②

此语意即，应当处以墨、劓、剕、宫、大辟这五种刑法的罪行有三千条，③而不孝是其中最严重的罪行。两汉以降，儒家的德主刑辅思想在中国古代法制发展过程中居于主导地位，因此引礼入法就成了一种普遍倾向。隋代的《开皇律》把"恶逆"和"不孝"列为"十恶"之二，④以后历朝的刑律都因袭沿用了"十恶"这一说法及具体的罪行名目。对于"恶逆"，历朝的刑律规定要处以死刑中最重的刑罚。⑤ 历朝的刑律对于"不孝"的处罚要复杂得多，原因有二：一是被视作"不孝"的罪行名目很多，不同的罪行自有不同的刑罚相配伍；二是不同的朝代对同一种罪行会处以不同的刑罚。然从总体上说，对"不孝"的处罚还是很严厉的。如《唐律》斗讼篇规定："骂祖父母、父母者，绞。"

在现实世界中，不孝要被处以严厉的刑罚。在虚拟的宗教世界中，不孝同样也难逃冥诛阴罚。《文帝孝经》记文昌帝君语云：

> 抑知冥狱，首重子逆，开罪本慈，人自罪犯，多致不孝，自罹冥法。⑥

而《佛说父母恩重难报经》记佛陀语云：

---

① 蒲正信注：《佛教道德经典》，巴蜀书社，2005年，第54页。
② 今文《孝经》五刑章第十一，载胡平生译注：《孝经译注》，中华书局，1996年。
③ 五刑之说源于《尚书·吕刑》。墨即在额上刺字后涂上墨色的刑法；劓即割掉鼻子的刑法；剕即砍断脚的刑法；宫即割掉男子睾丸或破坏女子生殖器官的刑法；大辟即死刑。
④ "十恶"即十种最严重的罪行名目，指谋反、谋大逆、谋叛、恶逆、不道、大不敬、不孝、不睦、不义、内乱。"恶逆"指殴打及谋杀祖父母、父母，杀死伯叔父母、姑、兄、姊、外祖父母、夫、夫之祖父母、夫之父母。由此可见，"恶逆"虽大多为谋杀亲属尤其是谋杀长辈亲属罪，但其中殴打祖父母或父母亦为极严重的"不孝"罪。
⑤ 在中国古代，死刑中最重的刑罚在理论上为斩刑，但五代及以后，在实际执行中为凌迟刑。唯有元代刑律对"恶逆"中犯罪情节最轻的殴打父母之行为有可能从轻发落。《元史·刑法志》载："诸醉汉殴其父母，父母无他子，告乞免死养老者，杖一百七，居役百日。"要免除殴打父母者死刑，酒醉、独生子和父母乞请这三个条件缺一不可。
⑥ 《文帝孝经》孝感章第六，载唐大潮等注释：《劝善书今译》，中国社会科学出版社，1996年。

不孝之人，身坏命终，堕于阿鼻无间地狱。此大地狱，纵广八万由旬，四面铁城，周围罗网。其地亦铁，盛火洞然，猛烈火烧，雷奔电烁。烊铜铁汁，浇灌罪人，铜狗铁蛇，恒吐烟火，焚烧煮炙，脂膏焦燃，苦痛哀哉，难堪难忍。钩竿枪槊，铁锹铁串，铁槌铁戟，剑树刀轮，如雨如云，空中而下，或斩或刺，苦罚罪人，历劫受殃，无时暂歇。又令更入余诸地狱，头戴火盆，铁车碾身，纵横驶过，肠肚分裂，骨肉焦烂，一日之中，千生万死。受如是苦，皆因前身五逆不孝，故获斯罪。①

从上面的论述中，我们可以清晰地看到，忤逆不孝者之所以在汉民族的戏曲和小说中"遭受"最严厉的惩罚，既有着普遍性的原因，又有着特殊性的原因；既有着由生产力水平所制约的社会发展水平方面的原因，又有着汉民族文化方面的原因。

五、张继保若不遭雷殛按律该当何罪

在《清风亭》中，张继保遭雷殛而亡。若不遭雷殛，按明清法律张继保又该当何罪？说张继保犯了忤逆不孝之罪固然没错，但从中国古代法律的角度看，这一说法过于笼统。细读《清风亭》结尾处，可以发现，张继保犯了三宗罪。第一，谩骂养父母。张继保骂张元秀："你这老乞丐，冒认朝官，该当何罪？""哎，大胆老乞丐，在此冒认朝官。若不看你年老，一定要重办。轰下去！"张继保骂贺氏（唱）："老乞丐心太偏，万般无耻造虚言。休贪我荣华你安享，休想猫鼠两同眠。我本是堂堂蟾宫折桂客，怎认你这乞丐是我椿萱！"②第二，不供养养父母。如前所述，张元秀夫妇要张继保认亲的主要目的是为了使自己得到供养，但张继保就是不愿相认。万般无奈之下，张元秀夫妇只得哀求他说："从今以后，不要当作恩父恩母……，只当作没用的老家人。吃不了的残茶剩饭，与我二老充充饥，穿不了的旧衣旧衫，与我二老遮遮寒。我二老死在九泉之下，也是感你的大恩。请上受我二老一拜！"③即使两位老人如此低声下气，张继保依然没

---

① 蒲正信注：《佛教道德经典》，巴蜀书社，2005年，第58页。
② 马连良藏本《天雷报》，载北京市戏曲编导委员会编辑：《京剧汇编》第9集，北京出版社，1957年，第117—118、120页。
③ 同上书，第120—121页。

有回心转意。第三，逼死养父母。如前所述，张元秀夫妇最终被迫双双撞死在清风亭上。

针对骂父母、不供养父母、逼死父母这三宗罪，历朝的刑律都有着相应的刑罚条款。然《清风亭》诞生于清代，剧中时代背景为明代，因而我们似乎更应注意考察明律和清律。按明律和清律，这三宗罪应该受到何种刑罚呢？

首先，骂父母该受何种刑罚？《大明律》卷第二十一（刑律四骂詈）"骂祖父母、父母"条规定："凡骂祖父、父母，及妻、妾骂夫之祖父母、父母者，并绞。（须亲告乃坐。）"①《大清律例》卷第二十一（骂詈）"骂祖父母父母"条规定："凡骂祖父母、父母，及妻妾骂夫之祖父母、父母者，并绞。须亲告乃坐。""律后注"云，上述人等有这种行为"皆悖逆之甚者"。②

其次，不供养父母该受何种刑罚？《唐律》斗讼篇规定："诸子孙违反教令及供养有缺者，徒二年。"《大明律》卷第二十二（刑律五诉讼）"子孙违犯教令"条规定："凡子孙违犯祖父母、父母教令及供养有缺者，杖一百。（谓教令可从而故违，家道堪奉而故缺者，须祖父母、父母亲告乃坐。）"③《大清律例》卷第二十二（诉讼）"子孙违犯教令"规定："凡子孙违犯祖父母、父母教令及奉养有缺者，杖一百。（谓教令可从而故违，家道堪奉而故缺者，须祖父母、父母亲告乃坐。）""律后注"云："服劳奉养，必尽其力。""律上注"云："贫难者容有不获尽之力，断无不能尽之心。""条例"云："子贫不能营生养赡其父，因致自缢死，子依过失杀父律，杖一百，流三千里。"④供养有缺并非不供养而是供养不到位，它或者指有条件让祖父母、父母吃穿得好一些，但却只向他们提供较次的衣食，或者指有条件让祖父母、父母吃饱穿暖，却使他们缺衣少食。⑤《大明律》卷第一（名例律）"断罪无正条"规定："若断罪而无正条者，引律比附。应加应减，定拟罪名，转达刑部，议定奏闻。"⑥《大清律例》卷第一（名例律）"断罪无正条"规定：

---

① 怀效锋点校：《大明律》，法律出版社，1999年，第173页。
② 清沈之奇撰：《大清律辑注》，法律出版社，2000年，第792页。
③ 怀效锋点校：《大明律》，法律出版社，1999年，第179页。
④ 清沈之奇撰：《大清律辑注》，法律出版社，2000年，第838—839页。
⑤ 史凤仪：《中国古代婚姻与家庭》，湖北人民出版社，1987年，第189页。
⑥ 怀效锋点校：《大明律》，法律出版社，1999年，第23页。

"若断罪无正条者,引律比附。应加应减,定拟罪名,转达刑部,议定奏闻。"①根据这两条的精神,我们完全可以来做一次"引律比附"。比杖一百流三千里重一等的刑罚就是死刑之一的绞刑。儿子因贫穷不能赡养其父从而"致自缢死"要处以杖一百流三千里的刑罚,那么儿子有钱却不肯赡养其父从而"致自缢死"应处以怎样的刑罚呢?答案不言自明。

再次,逼死父母该受何种刑罚?《大明律》卷第十九(刑律二人命)"威逼人致死"条规定:"若威逼期亲尊长致死者,绞;大功以下,递减一等。"②明朝《真犯死罪充军为民例》规定:"子孙威逼祖父母、父母,妻妾威逼夫之祖夫母、父母,致死者,俱比依殴者律,斩,奏请定夺。"③明朝《问刑条例》刑律二人命"威逼人致死条例"规定:"凡子孙威逼祖父母、父母,妻、妾威逼夫之祖夫母、父母致死者,俱比依殴者律,斩。……俱奏请定夺。"④在明朝,"即使子孙并未加害,父母因对子孙不满意而气忿自杀的,也认定为逼死父母罪。明律规定这种情况比照殴打祖父母、父母的条文处理,判处斩刑,奏请批准"。⑤清律对此罪的轻重程度略有所区分:"凡子孙不孝致祖父母、父母自尽之案,如审有触忤干犯情节,以致忿激轻生窘迫自尽者,即拟斩决;若无触忤情节,但行为违反教令,以致抱忿轻生自尽者,但拟绞候。"⑥

也许有人会说,张元秀夫妇毕竟不是张继保的亲生父母而是养父母。在中国古代,就孝敬父母而言,与儿女有血缘关系的父母和没有血缘关系的父母是没有多大差异的。《文帝孝经》记文昌帝君语云:"生我之母,我固当孝,后母庶母,我亦当孝。母或过黜,母或转嫁,生我劳苦,亦不可负。生而孤苦,恩育父母,且不可忘,何况生我。"⑦这里的"恩育父母"也就是养父母。在明清律中,"母"既指亲母,也指嫡母、继母、慈母和养母;不履行对嫡母、继母、慈母和养母应尽的义务或者侵犯嫡母、继母、慈母和养母

---

① 清沈之奇撰:《大清律辑注》,法律出版社,2000年,第116页。
② 怀效锋点校:《大明律》,法律出版社,1999年,第157页。
③ 同上书,第297页。
④ 同上书,第418页。
⑤ 史凤仪:《中国古代婚姻与家庭》,湖北人民出版社,1987年,第192页。
⑥ 《清律例》二十六。转引自同上书,第192页。
⑦ 《文帝孝经》辨孝章第三,载唐大潮等注释:《劝善书今译》,中国社会科学出版社,1996年。

的权利完全等同于不履行对亲母应尽的义务或者侵犯亲母的权利。《大明律》卷第一(名例律)"称期亲祖父母"条规定:"其嫡母、继母、慈母、养母与亲母同。"①《大清律例》卷第一(名例律)"称期亲祖父母"条规定:"其嫡母、继母、慈母、养母与亲母同。"②况且张继保原为弃婴,张元秀夫妇倾全力抚养他了十三年,这其中还包括供养他上学。救命之恩和抚育之恩相叠加,真可谓恩同再造。《清风亭》中的"九天应元雷音普化天尊"和"地方"皆称张元秀夫妇为张继保的"恩父恩母",且张元秀夫妇在张继保面前也自称"恩父恩母"。③ 这称谓是相当准确的。清沈之奇在注清律时曾经说过:"在遗弃子,身受抚养之恩,无异所生。"④"无异所生"意即无异于养父母所亲生。

六、艺术家为何要编造雷殛这一情节

既然这三宗罪皆该当死刑,为何《清风亭》不在结尾处表现明嘉靖官府依律判处张继保绞刑、斩刑甚至凌迟刑,而非要奉玉帝敕旨巡查人间善恶的九天应元雷音普化天尊带领着雷公、电母、风伯、雨师等来施法?⑤ 换言之,艺术家为何要编造雷殛这一情节?

如果《清风亭》真成了清官戏,如果《清风亭》真在结尾处表现了官府依律判处张继保死刑,观众会有怎样的感受?一言以蔽之,不过瘾。张继保犯这三宗罪的情节极其严重。说张继保骂养父母当然没错,然更准确的说法应该是谩骂养父母。所谓谩骂,也就是以轻慢和嘲笑的态度骂。当张元秀夫妇乞求张继保把他们当作"家仆乳婢",为他们提供最起码的衣食时,张继保依然冷眼相待。贺氏自杀身亡,张继保丝毫不为所动,听任张元秀自杀,二老气绝身亡后,张继保的内心独白是:"可叹二老心太

---

① 怀效锋点校:《大明律》,法律出版社,1999年,第21页。
② 清沈之奇撰:《大清律辑注》,法律出版社,2000年,第107页。关于养母,明清法律有两种不同的解释:一种强调她是收养"同宗之子"的女性;另一种认为她是收养任何"自幼过房"的孩子的女性。
③ 马连良藏本《天雷报》,载北京市戏曲编导委员会编辑:《京剧汇编》第9集,北京出版社,1957年,第120、123页。
④ 清沈之奇撰:《大清律辑注》,法律出版社,2000年,第28页。
⑤ 马连良藏本《天雷报》,载北京市戏曲编导委员会编辑:《京剧汇编》第9集,北京出版社,1957年,第88、122—123页。光绪二十六年《昇平署旨意档》,转引自王政尧:《清代戏剧文化史论》,北京大学出版社,2005年,第195页。

偏,(妄想)张家无子薛家传。二百文钱无福受,反把残生赴九泉。"①张继保之忘恩负义简直令人发指! 当代中国社会有一句耳熟能详的话,那便是"不杀不足以平民愤"。如果套用这句话,那么我们可以说,不用雷劈死张继保不足以平人神之共愤。《清风亭》的创作者们之所以要编造雷殛这一情节,这恐怕是原因之一。然笔者以为,更重要的原因还不在于此。

明陆人龙话本小说集《型世言》第三十三回《八两银杀二命　一声雷诛七凶》入话和结语云:"暗室每知惧,雷霆恒不惊。人心中抱愧的,未有不闻雷自失。只因官法虽严,有钱可以钱买免,有势可以势请求。独这个雷,那里管你富户,那里管你势家。""谁知天理昭昭,不可欺昧,故人道是问官的眼也可瞒,国家的法也可脱,不知天的眼极明,威极严,竟不可躲。"②说到底还是"公正"二字,说到底还是不相信人世间有公正的审判。这倒可以让人联想起鲁迅先生在《无常》(1926)一文中所说的一段话:

他们——敝同乡"下等人"——的许多,活着,苦着,被流言,被反噬,因了积久的经验,知道阳间维持"公理"的只有一个会,而且这会的本身就是"遥遥茫茫",于是乎势不得不发生对于阴间的神往。……若问愚民,他就可以不假思索地回答你:公正的裁判是在阴间!③

中国古代的成文法诞生于春秋时期,春秋以降哪朝哪代没有法律,哪朝哪代没有法制(rule in law),然而哪朝哪代又有过真正意义上的法治(rule by law)? 究其原因,中国古代社会的法律皆为法律工具主义意义上的法律。"法律工具主义的特点是,只看到或仅承认法律的工具性价值,而看不到或不尊重法律的伦理性价值。……既然法律只是手段和工具,那便是可以用也可以不用的。……同时,否认法律的伦理价值,不将其视为人类社会文明的一大标志,就势必视其为可有可无的东西,而且将法律所体现的公平正义与人权保障等价值追求在立法、司法、执法活动中

---

① 马连良藏本《天雷报》,载北京市戏曲编导委员会编辑:《京剧汇编》第9集,北京出版社,1957年,第122页。
② 陆人龙:《型世言》,中华书局,2002年,第342、350—351页。
③ 鲁迅:《朝花夕拾》,人民文学出版社,1973年,第33—36页。

置于不顾。"①法律工具主义上述两端最终必然在司法环节导致广泛的自由裁量权。在中国古代社会,司法的自由裁量权的执掌者是统治阶层,这决定了它的受惠者也同样是统治阶层。在官官相护这种官场潜规则的支配下,统治阶层的成员就可能享有法外特权。试想明朝嘉靖年间真有一个张继保,他会不会受到法律的制裁呢?也许会,也许不会。后者的可能性要远远大于前者的可能性。张继保是何等人物,当朝状元;张继保的生身父亲薛荣又是何等人物,当朝进士和翰林官。张元秀夫妇这两个以行乞为生的老人能够告倒张继保吗(注意明清律中的"须亲告乃坐")?我们只能说这种可能性微乎其微。

既然张元秀夫妇在现实生活中告倒张继保的可能性微乎其微,那么,把《清风亭》写成清官戏,在其结尾处表现官府依律判处张继保死刑,观众会有怎样的感受?这感受应该是复杂的。郑振铎先生在《元代"公案剧"产生的原因及其特质》(1934)一文中说:

> 法律不是为他们而设的。不得已,百姓们只好在包拯(甚至降格以求之,在张鼎)那些人的身上去,求得法律上的公平;然而不知包拯却只是属于宋的那一代的!更空虚些的,却找到了鬼与神。那自然益发可悲!
>
> 把鬼魂报冤的事,当作了全剧的最要紧的关头,明显的可见当时对于这一类作奸犯科的令史们,用人力是无法加以制裁的。故不得不用了人力以外的力量。②

这两段话首先告诉我们:"艺术正义在某种程度上充当了社会正义的代偿品。""社会正义越是不可得,人们越是需要得到一种心理补偿。社会正义不能在现实世界中实现,那么,某些艺术家就会通过想象让它在艺术世界中实现,以满足某些艺术受众的心理需求。"③为了补偿社会正义之不足,艺术家当然可以让不义的权贵们在艺术作品中受到官府的严厉惩罚,从

---

① 李步云:《"五个主义"的摒弃与中国法学的未来》,《现代法学》2009 年第 5 期。
② 《郑振铎全集》第 4 卷,花山文艺出版社,1998 年,第 506、510 页。
③ 王云:《论艺术正义——以社会正义、宗教正义和艺术正义为语境的研究》,《复旦学报(社会科学版)》2008 年第 5 期。

而彰显艺术正义,但是,要让对实际生活中"刑不上大夫"有着深切感受的受众认可这种结局的真实性却是相当不容易的。如果《清风亭》在结尾处表现了官府依律判处张继保死刑,受众看了当然也会高兴。但这样的高兴是缺乏真实认同这一理性支持的,因而必定也是有限的。

　　中国古代戏曲总体上是雅俗共赏的演故事艺术。从某种意义上说雅俗共赏的艺术也就是通俗艺术,只不过是一种精致化了的通俗艺术。不管如何精致化,它们的通俗艺术之本性不可或缺。通俗艺术在其生产和消费过程中最不容易从市场之外的渠道获得财政支持,因而它也更需要听从市场的指令。听从市场的指令也就是听从受众的指令,听从受众的指令实质上也就是满足受众的心理需要。为了满足受众的心理需要,艺术家完全应该让不太可能在现实生活中受到官府严厉惩罚的张继保们在艺术作品中受到官府的严厉惩罚。然而,艺术作品毕竟有一个真实性的问题,哪怕它需要的仅仅是虚构的真实,假定的真实。当补偿性和真实性产生矛盾的时候,艺术家应该也必须寻找到两全其美的方法:既让张继保们在艺术作品中受到官府的严厉惩罚,又让受众面对这样的艺术图景宁肯信其有不肯信其无;既要满足受众心理需要中的情感需要,又要满足受众心理需要中的理智需要;既要呈现"人同此心"的艺术图景,又要呈现"心同此理"的艺术图景。否则就不能在争取受众方面做到最大化。

　　惩罚不义的权贵们的戏曲和小说如何才能在补偿性和真实性之间寻找到最佳平衡点?有两种手法司空见惯:一是对清官进行神圣化,譬如赋予包公"日断阳,夜理阴"之特异才能,从而暗示包公不仅是皇帝的下属和"王法"的执行者,而且还是玉帝的下属和"神法"或"阴司法令"的执行者。[①] 中国古代戏曲和小说中的清官大多在不同程度上有着超凡通神的禀赋。超凡通神的官员自然只能做清官,自然也有底气面对不义的权贵们秉公执法。二是以超自然的"官府"取世俗的官府而代之。世俗的官府也许奈何不得不义的权贵们,也许奈何得了却又要徇私枉法。超自然的神祇尤其是天神不仅权力超乎世俗的官员甚至皇帝之上,而且几乎个个公正廉明。面对神祇,不义的权贵们也只能受刑伏法。这两种手法可以用上引郑振铎的话概括之:"用人力是无法加以制裁的。故不得不用了人

―――――
① 《百家公案》第五十八回中还真出现了包公灵魂直达天门,上奏玉帝的情节。

力以外的力量。"《清风亭》采用的正是后一种手法,采用这种手法无非为了在补偿性和真实性之间占据最佳平衡点。

七、雷殛与忤逆的关系是偶然的吗

张继保犯了忤逆之罪,遭受神罚理所当然。然神罚的形式是多种多样的,为何偏偏选择了雷殛这一项? 难道雷殛与忤逆之间存在着一定的必然性? 明陆人龙话本小说集《型世言》第三十三回《八两银杀二命　一声雷诛七凶》入话云:"故我所闻有一个牛为雷打死,上有朱字,道他是唐朝李林甫,三世为娼七世牛,这是诛奸之雷。延平有雷击三个忤逆恶妇,一个化牛,一个化猪,一个化犬,这是剿逆之雷。一蜈蚣被打,背有'秦白起'三字,他曾坑赵卒二十万,是翦暴之雷。一人侵寡嫂之地,忽震雷缚其人于地上,屋移原界,是惩贪之雷。一妇因娶媳无力,自佣工他人处,得银完姻。其媳妇来,不见其姑,问夫得知缘故,当衣饰赎姑,遭邻人盗去,其媳愤激自缢。忽雷打死邻人,银还在他手里,缢死妇人反因雷声而活,这是殄贼之雷。不可说天不近。"①原来还有一种专门用来劈杀忤逆之子的"剿逆之雷"。

清俞蛟在《雷击逆妇记》的结语中说,"噫! 孰谓天公梦梦哉? 虽然,世之逆子悍妇,宜撄雷殛者不鲜,而彼苍曾不施一震之威,且俾终身富贵逸乐,抑又何也? 余终不可解也。"②俞蛟在这里既赞赏天公不糊涂,又表达了对某些宜遭雷殛的逆子悍妇天公不施一震之威,且使其终身富贵逸乐的极度不解。这段话反过来看,我们看到的何尝不是雷殛与忤逆有着对应关系之观念在中国民间是何等的根深蒂固。清光绪帝的"师傅"翁同龢被慈禧罢黜后记于光绪二十五年六月初九日(1899 年 7 月 16 日)的一则日记同样证明了这一点:"雷震一农夫,名钱小五,年四十七,苏家弄人,距大市桥三里,雷先焚其妻之眉,其人牵牛在田,随毙之,云逆子也。"③

其实雷殛与忤逆的必然关系之更有力的证明可见于中国古代的各类宗教典籍和童蒙读物。《文帝孝经》假托文昌帝君之口劝人尽孝,其中《孝感章第六》有这样一段话:

---

① 陆人龙:《型世言》,中华书局,2002 年,第 342 页。
② 陆林主编:《清代笔记小说类编》(劝惩卷),黄山书社,1994 年,第 224 页。
③ 《翁同龢日记》第 6 册,中华书局,1998 年,第 3213 页。

> 不孝之子,百行莫赎;至孝之家,万劫可消。不孝之子,天地不容,雷霆怒殁,魔煞祸侵;孝子之门,鬼神护之,福禄畀之。①

《醒世要言》是一部由清代名儒宫南庄编撰的童蒙读物,它如是说:

> 生身父母比青天,敢向青天骄慢。逆子雷霆一击,佳儿富贵双全。②

综上所引,雷殛与忤逆这两者的关系在很大程度上有着必然性。

八、雷殛有着怎样的宗教背景

马克思在《〈政治经济学批判〉导言》中说:

> ……在避雷针面前,丘必特又在哪里?③ 在动产信用公司面前,海尔梅斯又在哪里?任何神话都是用想象和借助想象以征服自然力,支配自然力,把自然力加以形象化;因而,随着这些自然力之实际上被支配,神话也就消失了。④

各民族的神话时代也就是各民族的原始宗教或古代宗教时代。⑤ 马克思的这段话暗示我们,把雷电现象视作雷神施法所导致的,甚至进而把雷电现象视作雷神惩恶所引发的观念大多萌生于各民族的原始宗教或古代宗教时代。这完全可以从各民族原始宗教和古代宗教中得到印证。

---

① 唐大潮等注释:《劝善书今译》,中国社会科学出版社,1996年,第110页。
② 齐蒙编译:《白话蒙学十三篇》,三秦出版社,1991年,第116页。
③ 丘必特是罗马神话中的主神兼雷神,相当于希腊神话中的宙斯。
④ 《马克思恩格斯选集》第2卷,人民出版社,1972年,第113页。
⑤ 原始宗教(primitive religion)指"处于初始状态的宗教。存在于尚不具有成文历史的原始社会中。就此意义来说,与史前宗教同"。古代宗教(archaic religion)指"古代文明社会的宗教。专指存在于古代而今已不再流传,但有文字可考的宗教;不包括虽始于古代但今仍继续存在的各教,如印度教、佛教、犹太教等"。原始宗教和古代宗教有时很难截然分开。神话是原始宗教和古代宗教的重要组成部分,是这两种宗教的"经书""哲学"和"文学",是这两种宗教信仰的解释和演义。有些神话在原始宗教时期口耳相授,到了古代宗教时期才被记录下来。因而我们所能看到的神话往往是原始宗教的原生性和古代宗教的后起性交渗叠加的产物。也正因为如此,有些学者往往把原始宗教和古代宗教视为一体,或者只认可古代宗教而不认可原始宗教。譬如,杨庆堃先生的《中国社会中的宗教:宗教的现代社会功能与其历史因素之研究》把中国古代宗教称为"传统宗教"或"原始宗教"。

在中国的原始宗教中有雷神（雷公、雷师）。《山海经·海内东经》说："雷泽中有雷神，龙身而人头，鼓其腹。"雷神开始是雷兽（动物神），后来演变为雷公（人格神）。① 从殷墟甲骨卜辞中可以看到，在夏商形成的中国古代宗教中已经出现了一个法力无穷、威力无比的至上神，他便是上帝（或称帝）。上帝统帅着两大神祇系统，一为天神（天上诸神）系统，另一为地示（地上诸神）系统。雷神就是天神系统中的一员。②《楚辞·远游》："左雨师使径侍兮，右雷公而为卫。"《楚辞·离骚》："鸾皇为余先戒兮，雷师告余以未具。""吾令丰隆乘云兮，求宓妃之所在。"③这里的"雷公""雷师"和"丰隆"皆为雷神的不同称谓。

雷神在先秦时本为唯一主管雷霆之神，但随着它的人格化进程，人们逐渐认为雷神不止一个，因而想象在天神系统中有雷部这样一个子系统，进而雷神也就成了雷部诸天将（天君）的泛称。如此变化突出地表现在诞生于汉末的道教之神谱中。南宋白玉蟾《修真十书·武夷集》第47卷载雷部各级天将竟然达80多位，《西游记》第4回载雷部有八员天君，《封神演义》第99回载雷部有二十四员天君，明代常熟致道观雷部前殿供奉着十二员天君。然道教中更具权威的说法是五雷神之说和三十六雷神之说。不管雷部有多少位天将，总有一个人性特征更显著的大神主宰着雷部，他便是九天应元雷声普化天尊。"九天应元雷声普化天尊"的说法最早出自南宋洪迈的《夷坚志》中《丙志》第6卷，至明清，他被普遍认为是总领雷部诸神之神。④

在雷神系统衍化的过程中，雷神也被赋予了惩恶的功能。《朝天谢雷真经》谓天、地、人各有十二雷公，在这三十六个雷公中，有执掌"食祟""吞鬼""伏魔""纠善""罚恶""巡天""察地""除害""打鬼"和"荡怪"等的雷公。南宋白玉蟾《修真十书》第47卷云：皇天所以建雷城，设雷狱，立雷官，分雷治，布雷化，示雷刑，役雷神，统雷兵，施雷威，动雷器，"是皆斡赏罚之柄，宰生杀之权，以之于阴界可以封山破洞，斩妖馘毒，以之于阳道可以除凶诛逆，伐奸戮虐，宜乎发道用也，彰天威也"。道教关于雷的典籍极多。

---

① 牟钟鉴、张践：《中国宗教通史》（修订版），中国社会科学出版社，2007年，第49页。
② 同上书，第65、67、69页。
③ 王逸注：丰隆，云师，一曰雷师。后世的学者认为，"丰隆"为雷声"隆隆"的谐音。
④ 《明史·礼志四》，清徐道：《历代神仙通鉴》。

除上文提及的《朝天谢雷真经》和《修真十书》之外，还有《太上说青玄雷令法行因地妙经》《无上九霄玉清大梵紫微玄都雷霆玉经》《九天应元雷声普化天尊玉枢宝经》《九天应元雷声普化天尊玉枢宝忏》《雷霆玉枢宥罪法忏》《神霄五雷玉书》《雷律》《雷法议玄篇》《太乙月孛雷君秘法》《诸品灵章雷君秘旨》《诸阶火雷大法》和《天罡玄秘都雷法》等。

"道教最与民间信仰接近，有许多崇拜对象是共同的互渗的……"①与道教一样，中国各地的民间信仰也继承了原始宗教和古代宗教的雷神信仰。"其他如日神、月神、星辰之神、山神、河神、风神、雷神、户神、灶神等诸神，皆起源甚古而绵延不绝，形成了普遍的民间信仰。"②各地民间信仰中的雷神（雷公）基本上只有一个，不过这一雷神有着很强的惩罚不义行为之功能。故民间起誓时往往把雷殛预设为背誓的结果。清宣鼎笔记小说《金虾蟆》中的虾蟆发誓道："虾蟆活一日送一日，若间断，霹雳击我顶。"类似的誓词在过去的年代中比比皆是，只是近几十年来由于唯物主义深入人心，这样的设誓方式才日趋式微。葛剑雄在接受《南方周末》记者采访时感叹道："民间信仰本身在变化，大家不相信干了坏事会被雷劈。原来农业社会时人是真信，现在心里不信了。"③道教中的雷神与民间信仰中的雷神在普通民众的心目中往往混杂夹缠在一起，"天打雷劈"与"天打五雷轰"这两种说法在普通民众听来庶几相同，其实后者才真正具有道教特征。那么《清风亭》中的雷殛有着哪一种宗教背景呢？在《清风亭》的结局处我们可以看到，正是在九天应元雷音（声）普化天尊的指使下，张继保才遭雷殛而亡。④ 因此，准确地说，《清风亭》中的雷殛有着鲜明的道教背景。

九、雷殛是何种等级的刑罚

在几乎所有的文化中，有着惩恶功能的雷殛都是最高等级的刑罚。在希腊宗教中，宙斯既是主神，也是"主宰雷电之神"。罗马宗教中丘比特

---

① 牟钟鉴、张践：《中国宗教通史》（修订版），中国社会科学出版社，2007年，第198页。
② 同上。
③ 朱又可：《不是迷信，而是不信：中国传统节日的尴尬》，《南方周末》2010年6月17日。
④ 马连良藏本《天雷报》，载北京市戏曲编导委员会编辑：《京剧汇编》第9集，北京出版社，1957年，第122—123页。

（朱庇特）的地位和职能与宙斯基本相同。古希腊诗人赫西俄德在其《工作与时日》和《神谱》这两首长诗中称宙斯为"雷电之神""雷神宙斯""奥林波斯的闪电之神""高处打雷的宙斯""在高空发出雷电的宙斯"，说宙斯"拥有闪电和霹雳"，说"雷霆、闪电和惊人的霹雳"是宙斯的"武器"，说"电闪雷鸣和可怕的霹雳"是"伟大宙斯的箭镞"。①《神谱》描述了宙斯手下的一个工作团队，它主要是"库克洛佩斯——赠给宙斯雷电、为宙斯制造霹雳的布戎忒斯、斯忒罗佩斯和无比勇敢的阿耳戈斯"。② 实际上，这三个神依次分管了雷霆、闪电和雷电隆隆之声。库克洛佩斯之外的另一个成员是神马佩伽索斯，"他住在宙斯的宫殿里，把霹雳和闪电传送到英明的宙斯手里"。③《工作与时日》把宙斯"发出雷电"与"伸张正义"联系在一起，这首长诗说：

　　这就是那位住在高山，从高处发出雷电的宙斯。宙斯啊，请你往下界看看，侧耳听听，了解真情，伸张正义，使判断公正。④

《神谱》记载了宙斯用雷电轰击过提坦神（提坦族）、墨诺提俄斯和提丰。不过，以今人的眼光来看，这些都谈不上是正义之举。倒是《变形记》等古希腊、古罗马一些文献记载的宙斯用雷电劈死阿波罗的两个儿子即自己的两个孙子法厄同和阿斯克勒比斯还真有大义灭亲的味道。⑤

雷霆也是希伯来人的上帝耶和华的武器。《旧约全书·撒母耳记上》："与耶和华争竞的，必被打碎，耶和华必从天上以雷攻击他。"《旧约全书·以赛亚书》："万军之耶和华必用雷轰、地震、大声、旋风、暴风，并吞灭的火焰，向她讨罪。"《旧约全书·约伯记》："他以电光遮手，命闪电击中敌

---

① 赫西俄德：《工作与时日·神谱》，张竹明、蒋平译，商务印书馆，1991年，第1—3、28、38、40、42—44、46—47、50—51页。正因为宙斯或丘比特为雷神，故英语国家的人有时也用the Thunderer（本义是"施放雷电的神"）来指称宙斯或丘比特。赫西俄德说电闪雷鸣是宙斯的"箭镞"。中国民间亦有类似想象，如《剪灯余话·胡媚娘传》中有"押赴市曹，毙于雷斧"一语。
② 同上书，第30页。这三个神"都仅有一只圆眼长在额头上，故又都号称库克洛佩斯"。"库克洛佩斯"意即"圆目者"。
③ 同上书，第35页。
④ 同上书，第1页。
⑤ 奥维德：《变形记》，杨周翰译，人民文学出版社，1958年，第30页；柏拉图：《理想国》，郭斌和、张竹明译，商务印书馆，1986年，第118页。

人。所发的雷声显明他的作为……"据《旧约全书·出埃及记》,为了拯救希伯来人,使他们摆脱埃及人的奴役和迫害,耶和华曾十次降灾于埃及人,其中一次是雹灾。"耶和华就打雷下雹。……雹与火掺杂,甚是厉害。"《旧约全书·撒母耳记上》:"撒母耳正献燔祭的时候,非利士人前来要与以色列人争战。当日,耶和华大发雷声,惊乱非利士人,他们就败在以色列人面前。"在新约时代,雷电似乎不是由耶和华直接发出的。《新约全书·启示录》:"天使拿着香炉,盛满了坛上的火,倒在地上;随有雷轰、大声、闪电、地震。""第七位天使把碗倒在空中,就有大声音从殿中的宝座上出来,说'成了'。又有闪电、声音、雷轰、大地震,自从地上有人以来,没有这样大、这样厉害的地震。"虽然雷电不是由耶和华直接释放的。但释放雷电的指令显然来自耶和华。①

在马连良藏本《青风亭》第十场"雷公、闪电、风婆、雨师、四云童、雷祖上",雷祖说:"人间私语,天闻若雷,暗室亏心,神目如电。我乃九天应元雷音普化天尊是也。奉玉帝敕旨,巡查人间善恶。众云童,驾云前往!"②在马连良藏本《天雷报》第五场"四云童、风、雨、雷、电'急急风'引普化天尊上",普化天尊说:"吾乃九天应元雷音普化天尊是也。今有汉中府紫阳县薛萼③,不认恩父恩母,反逼死亭前。今遣雷、电二将,将薛萼文星摘去,剥去衣巾,抓来见我!"张继保"让雷给霹"后,普化天尊说:"来!将他的灵魂押在阴山背后,永不超生。众云童!回复上帝去者!"④如前所述,"九天应元雷声普化天尊"的说法最早出现于南宋,明清时他被普遍认为是总领雷部诸神之神。天尊在这里自称他直接听命于玉皇大帝(玉皇上帝)。这是有案可稽的。按照某些道教流派的说法,九天应元雷声普化天尊和太乙寻声救苦天尊为玉皇大帝二胁侍,常侍立其左右。⑤

那么,玉皇大帝在道教神谱和民间信仰神谱中又有着怎样的地位呢?如前所述,中国在殷商时就有了至上神(最高神)即上帝的观念。在中国

---

① 上引诸条皆出自和合本《旧约全书》和《新约全书》。
② 马连良藏本《青风亭》,载北京市戏曲编导委员会编辑:《京剧汇编》第9集,北京出版社,1957年,第88页。
③ 薛萼即张继保回到其亲生父母身边后的姓名。
④ 马连良藏本《天雷报》,载北京市戏曲编导委员会编辑:《京剧汇编》第9集,北京出版社,1957年,第122—123页。
⑤ 仇德哉:《台湾之寺庙与神明》,转引自栾保群:《中国神怪大辞典》,人民出版社,2009年,第483页。

宗教史上有很多神充任过上帝的角色,如先秦至清的昊天上帝(皇天上帝)、西汉的五方帝(东方苍帝、南方赤帝、中央黄帝、西方白帝、北方黑帝)和太一、东汉末的天皇大帝、唐至清的三清(元始天尊、太上道君、太上老君)等。玉皇或玉帝最初是道教的神。玉皇或玉帝之称最早见于南朝梁陶弘景的《真灵位业图》,在南北朝、唐朝和宋朝初期的道教神谱中,他不是道教的最高神而仅仅是最高神属下的诸神之一。唐朝文人骚客常称天帝为玉皇或玉帝,久而久之,民间信仰中的最高神天帝与道教诸神的玉皇或玉帝合而为一。自唐至20世纪中叶,玉皇或玉帝一直是民间信仰神谱中至高无上的天神,然玉皇或玉帝在某些道教流派的神谱中成为最高神却一波三折。宋真宗把民间信仰中的玉皇正式列为国家的奉祀对象,宋徽宗则干脆把玉皇与国家奉祀的最高神昊天上帝合为一体,上尊号曰昊天玉皇上帝。至此国家信仰、民间信仰和道教在此问题上正式合流。然这样的局面未能保持多久,又一分为三:国家信仰依然把昊天上帝视作至上神;民间信仰依然把玉皇大帝视作至上神;道教依然把三清视作至上神。大约在明代,某些道教流派为了维护天界最高统治者孤家寡人式的尊严,也为了与佛教相抗衡,才像佛教尊如来佛一样尊玉皇大帝为至高无上的大神。

  从以上的论述中我们可以清晰地看到,《清风亭》中的雷殛是神界所施行的最高等级的刑罚。这与不孝之人即世间最大的罪人这一传统理念是相吻合的。这也可以用来回答笔者最初提出的问题:遭雷殛之人何以双膝跪地?遭雷殛之人双膝跪地除了表明他犯了死罪之外,还暗示我们雷殛是在神界最高统治者的旨意下所施行的刑罚,赫赫威严之下,不容遭雷殛之人不跪。在某些有着雷殛情节的中国古代戏曲中,也许没有九天应元雷声普化天尊,但施行雷殛的权力几乎都由玉皇大帝授予。如在清尤侗传奇《钧天乐》中,沈白、杨云和李贺被授予巡按地府监察御史等职,并奉玉帝之旨巡视凡尘。他们至人间京城查实了科考之弊,进而让雷公电母击杀了考官何图。

  围绕着《清风亭》中的雷殛,笔者还自问自答了另一个重要问题,即焦循、慈禧太后、钱穆和毛泽东何以对《清风亭》中的雷殛如此感兴趣。因阐明这一问题需较大的篇幅,故已付诸另文。

电影

导　言

基于跨界的思考与电影研究的几种路径

裴亚莉

2017年11月25日至26日，复旦大学中文系举办了"中西文学艺术思潮及跨界思考：文学与音乐、美术、戏剧、电影的对话"学术工作坊，此次工作坊聚集了来自上述五个领域的学者，与会学者就这五个领域的学术话题和研究方法进行了思想的对话与碰撞。毫无疑问，这是一次成功的跨界工作坊，我在这里就电影学领域的几位学者在此次工作坊所提交的论文来谈我的看法，以借此考察进入电影研究的几种路径，当然同时也在此基础上涉及电影研究方法论的相关问题。

路径之一：历史研究。

作为当代中国电影史研究的重要代表，李道新认为，当下的中国电影史的研究应该构建一种主体性。这种主体性的构建，是由长期以来电影史研究中过度充斥的西方历史和西方电影史的话语而激发的，也是由中国电影发展史所具有的历史独特性所要求的。因为在"以好莱坞为主线的世界电影史里，中国电影史往往成为'世界电影史'的后缀或附注"，甚至成为一种相对于美国电影的"被动""边缘"和"他者"的存在。电影发展的历史会影响并带动对电影史的研究。这就是为什么新时期以来在中国电影史的研究中，美国学者或者在美国受教育的学者所给出的观点往往具有重要话语权的原因。在这个意义上，李道新提出，中国电影史的研究，应该在具有"整体性"的前提下，同时具备"具体性"，并在这样的基础上获得"主体性"。李道新指出："具体化的中国电影史研究，需要正视19世纪末期以来至今海峡两岸与香港、澳门等在帝国主义、殖民主义和后殖民主义、后现代主义历史背景下,因战争、冷战和全球化(或后冷战)而导致的主权更易、主体转换与认同困扰,认真反思此前中国电影史研究中大而化之的民族情绪和较难克服的意气用事,在冷静的历史观点和适当的历史框架中,深入研讨日占时期的台湾电影(1895—1945)、英皇治下的香港电影(1895—1997)以及东北沦陷的'满映'(1937—1945)、北平沦陷的'华北电影'(1937—1945)与上海沦陷的'中联'和'华影'(1941—1945)等,并将其纳入中国电影史叙述的整体脉络之中。"

在李道新所列举的电影史应当研究的几项具体内容中,近年来海内外中国电影研究者已经取得了丰硕的成果,但依然存在着相当大的拓展空间。李道新在此次工作坊当中所提交的论文《"有害"甚或"有罪":1920年前后清华学校的"电影问题"》就是以《清华周刊》这一份校园报纸所呈现的电影信息为中心,研究了电影的放映是如何引发了关于"电影的本质及与其相关的艺术、娱乐、教育等属性和道德、审查、存废等问题展开辨析",并将电影问题上升到"公共言论、社会责任、人权保护和学生自治等层面"的。也就是说,通过对一次与电影相关的事件及其探讨的探讨,这个事件得以进入电影史研究的视野。这就是一次具有"具体性、整体性和主体性"的电影研究实践的范例。

电影史的研究,事实上在某种意义上承载着银幕形式的思想史,所以它对于电影研究来说,无疑是一种至关重要的路径。

路径二:比较艺术学的研究方法。

作为一种综合了多种艺术门类之元素的新的艺术载体,电影和诸种艺术间的关系都非常密切。在长期的电影研究中,在电影当中发现其他艺术所带来的影响,是一种经常会用到的思路和方法。但是在这些研究中,研究者往往关注的是具有本体论特征的"纯艺术"问题,却并不关注电影何以成为一种大众文化的载体。

从20世纪90年代中期以来,丁亚平对中国电影的研究可以说成就卓著,并且他一直在开拓着新的领域。从最早期的对战后中国电影的社会介入和语言自觉的研究,到对中国电影理论史的全面梳理,在这些研究成果中,都体现着作者开阔的学术视野和对电影发展史当中最具体的史料得以详尽掌握的冲动和严谨。然而,电影为什么是一种大众文化的载体,而并不仅仅是一种纯粹的艺术载体?在丁亚平为此次工作坊提交的论文中,他探讨的就是这样的一个问题:电影研究的学者在用力甚勤地去叙述并探析中国电影如何受外国电影影响的种种表征与关系时,却很少关注中国电影与中国现代通俗文化/文学的渊源,这是很有问题的。但事实到底怎样?

在题为《论中国电影与通俗文化传统》的论文中,丁亚平将中国电影与中国现代通俗文化的关系发展史,划分成由错位杂和到互渗融合的四个螺旋式的发展阶段。他认为:第一个阶段从20世纪初至20世纪30年代初,可称为"初创和实验"期,在这一阶段,通俗文化和文学蔚为风潮,直接影响了中国电影的开拓者们的思想与实践;第二个阶段从30年代初至40年代末,是"协调和重构"期,他认为,40年代的中国尽管经历了战争,民族主义的爱国情绪为电影的多元化进程带来了更为丰富复杂的文化内涵,但通俗文化还是使得电影家在创作中注入了大量的都市场景和民间信息,以旧上海的底层生活内容为中国电影注入了现代通俗文艺的明显特征;第三个阶段从50年代到70年代,是"更新和杂错"期,电影艺术家在面对新的意识形态体系时,也借助了民间文艺的传统为新中国电影带来了强大的生命力;第四个阶段从80年代至90年代,丁亚平将其描述为"确立和完善"期,认为到了这一时期,现代都市通俗文学与电影创作达成了艺术风格上的真正融合,中国电影开始进入商业性的文化市场,成为都市里的流行媒介和时尚。

通过一种宏观的电影史的勾勒,借助每一个阶段的中国电影的发展与通俗文学间关系的详细梳理,该论文为我们呈现了比较艺术学研究视域下有关中国电影的另一个维度和面向,并认为这是中国电影与民族通俗文化、文学的"知识共同",这样的研究思路,可以为我们提供一个追踪省察历史、推动电影文化建构发展的宽阔空间,同时能够让我们捕捉到中国电影民族化状况的真实道路。

再递进一步来谈,我们愿意借助丁亚平对中国电影和通俗文学之间关系的探讨,来认识并开拓在电影研究中的"比较艺术学"的方法。如果说,我们以往在注意到电影和其他艺术门类间的关系时,关注的是文学对电影的影响,那么,电影对文学的影响,表现在何处?两种艺术载体之间的关系,是否在逆向的向度上,已经得到了足够的重视?同样的,电影与音乐的关系,电影与美术的关系,是否都已经在承认并重视相互的本体特性同时,做到了从两个向度的关心:音乐对电影/电影对音乐;美术对电影/电影对美术。电影是否已经对音乐产生了影响?电影是否对美术也产生了影响?这些问题,看似突兀,但实则很有追问的必要。而这个必要性,正是此次复旦大学中文系的"跨界工作坊"所试图触及并回答的问题。

路径三:本体研究。

20世纪80年代以来,从电影语言角度对电影进行本体研究是一种相当普遍的方法。在某种程度上说,语言学转向一度成为文学与各种艺术研究所使用的主流方法。笔者为本次"跨界工作坊"所提交的论文《从经验到象征》,就是从电影本体的角度考察了导演吴天明艺术观念的转变。

在语言学转向的主流中,类型学研究是属于电影这一特殊艺术载体的特殊向度。于忠民的论文《中国史诗类型电影创作现状批评》,可以说是在类型学的意义上构成了对此前丁亚平论文所涉及的电影和通俗文学之关系探讨的一个呼应,因为与通俗文学之于文学这个大概念之间的关系一样,类型电影在电影这个大概念当中,正是关注电影的通俗性和商业性的那一类。在中国电影努力发展类型电影并以此为入口确保市场繁荣的当下语境中,类型研究可以说是尤其贴近中国电影的现实的一个路径。于忠民的论文,通过对20世纪以来中国史诗电影的研究给出以下的论述:"'当代中国史诗类型大片'应当是'诗电影'和'历史叙事'以及具有鲜明时代感的'大片制式美学'的深度融合,即,最终实现史诗叙事的故事性、人文性与奇观美学的有机统一。创作主体应当以诗人的情怀,诗性的思维来感受、表现历史;并且,在处理历史题材时应秉有强烈的历史意识,总是把人物命运、历史事件和故事情节置于历史巨变的过程中加以展现,无不给人以波澜壮阔的历史画卷感;作者应特别关注人与历史的关系,并在这种关系的纠葛中表现出对人性复杂的洞察和对历史谜团的洞见。因此,气魄宏大、荡气回肠、诗意盎然、洞悉人性、穿透历史且又对话当代是它应有的品质,而这些又是经由最新电影技术创生而成的大片美学制式来呈现的,所以,它又是深入浅出的、雅俗共赏的且具有现代感的。"于忠民对史诗类型电影的特征的期待和描述,可以说是切中肯綮。

事实上,在今天这样的电影技术极度繁荣的时代,电影艺术家对电影新技术的探索,也一直是电影研究者热切关注的话题。但比起创作者所做出的探索,关于电影技术及其所蕴含的意义的理论研究,明显处在某种缺乏的状态。卡梅隆导演2010年的《阿凡达》、李安导演2016年的《比利·林恩的中场战事》,对电影新技术的运用,都是具有历史性意义的。电影研究如何在历史研究、艺术研究、思想史研究的同时,更加关注技术革新及其所携带的理论意义,像于忠民在论文中所提出的那样,重视电影中人性、历史、艺术和技术的深度结合,无疑是需要特别关注的。

中国电影史研究的主体性、整体观与具体化

李道新*

[内容提要] 主体性、整体观与具体化既是迄今为止中国电影史研究必然提出的三项议程,也是其在研究主体、研究观念与研究方法领域寻求突破的重要途径。本文以为,需要检视和反思中国电影、华语电影与跨国电影研究中的难题和问题,通过跟西方文化观念和欧美电影理论所构筑的话语权力进行对话与商讨,在全球化语境里重建中国电影历史研究的主体性;与此同时,也有必要在理性消退、价值冲突、知识碎片的互联网时代,正视因历史和现实所造成的中国电影的独特境遇及其两岸格局和国族意识,搭建一个跨代际、跨地域的时空分析框架,在后现代主义与后殖民主义、文化认同与国族认同的张力之间确立中国电影史研究的整体观。在此过程中,极力主张一种具体化的中国电影史研究,亦即:尽可能回到历史现场并充分关注中国电影本身的丰富性、复杂性甚至矛盾性,以在历史之中和跨文化交流的姿态,依循战争(1895—1949)、冷战(1949—1979)与全球化或后冷战(1979—2015)的历史分期,将一个多世纪以来中国电影的反殖民化运动、后殖民化体验和全球化拓展整合在一种差异竞合、多元一体的叙述脉络之中。

[关键词] 中国电影史 主体性 整体观 具体化

迄今为止,海内外的中国电影史研究已经取得令人瞩目的成果,特别

---

* 李道新(1966—),男,博士,北京大学艺术学院教授、博导,主要从事中国电影史研究与影视文化批评。

是在研究的理论和方法层面,也呈现出较为丰富和多样化的局面。总的来看,以美国、日本或旅居美国、日本的华人学者为中心,在跨国电影研究的框架下,海外中国电影研究已经形成"华语电影""白话现代主义与中国早期电影""帝国史视野里的中日电影关系"三种主要论域并在中国电影学术界引起反响;而在中国内地,随着一种整合海峡两岸与香港电影在内的中国电影通史的出现,一种以断代、专题或口述、考证等为标志的中国电影微观史写作也在持续不断地展开;有关"民国电影""沦陷电影""中国电影发展史"以及"重写中国电影史"的各种论说,无疑已经成为当下中国电影不可忽视的"显学"之一。

正是在对目前的海内外中国电影史研究进行反思和批评的基础上,有必要通过对"中国""电影""历史"等关键词的辨析,提出中国电影史研究的主体性、整体观与具体化等议程。事实上,这也是中国电影史研究在研究主体、研究观念与研究方法等领域进一步深入讨论,并努力寻求突破的重要途径。

一、中国电影史研究的主体性

跟中国电影早就是一种跨国电影一样,中国电影研究也是一种跨国的国别电影研究。作为跨国电影的中国电影,其"中国"的属性并非不言而喻;而作为跨国国别电影研究的中国电影研究,其"中国"的属性及其研究主体的特性同样值得关注。特别是在当下,中国电影研究已经成为海内外人文学科的重要对象之一,更是需要检视和反思中国电影、华语电影与跨国电影研究中的难题和问题,通过跟西方文化观念和欧美电影理论所构筑的话语权力进行对话与商讨,在全球化语境里重建中国电影历史研究的主体性。

诚然,在欧美(电影)学术界,与后现代主义和后殖民主义相伴而生的,是在解构西方自我主体、权力主体和身份主体之时,对以好莱坞为代表的西方文化霸权进行深入反思和批判。从解构主体性的角度解构文化霸权,当是后现代与后殖民主义的题中之义。这也必然导致二元论的、本质主义的主体性哲学的式微。[①] 但问题的吊诡之处正在这里:当把电影

---

① 张其学、姜海龙:《主体性式微与文化霸权的解构》,《学术研究》2010年第3期。

研究和电影史研究置放于全球化与民族国家及其文化问题的交互平台进行学术考量之时,弗雷德里克·詹姆逊(Fredric Jameson)所言那种看起来"没完没了"的"悖论"就会出现。根据詹姆逊的分析,美国在与欧洲、日本尤其第三世界或其他任何一个国家的关系中,总是存在着一种"根本的不对称性",亦即,总有一种把"全球性的"与"民族文化性的"事物混杂起来的倾向;美国文化与其他文化之间,同样存在着一种"根本的不平衡";在新的全球文化里,也根本没有"势均力敌"的情况;好莱坞所代表的"文化生产力"与"大众文化生产模式",在民族国家及其文化里,有时甚至可以用来"反抗"国内霸权和最终形成的外部霸权。① 霸权本身成为霸权的反抗,民族国家及其电影的历史,也就被顺利地编织在美国或以好莱坞为主线的世界电影史里。在这种情况下,中国电影史往往成为"世界电影史"的后缀或附注,甚至成为一种相对于美国电影的"被动""边缘"和"他者"的存在。

这也就意味着,跟大多数人文学科和社会学科一样,在电影研究和电影历史研究领域,西方文化观念和欧美电影理论所构筑的话语权力仍然如影随形;仅就电影历史研究而言,西方中心主义尤其美国中心主义更是或隐或现、无所不在。跟"非西方"相比,西方电影学术界或许更能体会到这一点。正如斯皮瓦克(Gayatri C. Spivak)、霍米·巴巴(Homi K. Bhabha)以及爱德华·W. 萨义德(Edward Wadie Said)等人所揭示的,在对"弱者""边缘"或"他者""属下"的民族国家电影的关注之中,民族国家电影史只有以其显著的差异性被征引、被框定、被曝光和被打包才能获得被动言说的机会;对于电影和电影史来说,随着二元论的、本质主义的"主体性"的被解构,主动表达或向中心挑战的民族国家论述,也面临着一同解构或流散无着的命运。当然,"非西方"以至"非美国"的电影研究和电影史写作,也在不断寻求独特的话语方式并努力构建自身的主体性。②

在这方面,周蕾(Rey Chow)的《原初的激情——视觉、性欲、民族志与中国当代电影》(*Primitive Passions: Visuality, Sexuality, Ethnography*

---

① 弗雷德里克·杰姆逊:《对作为哲学命题的全球化的思考》,载弗雷德里克·杰姆逊、三好将夫编:《全球化的文化》,马丁译,南京大学出版社,2001年,第54—80页。
② 相关论述参见李道新:《跨国构型、国族想像与跨国民族电影史》,《当代文坛》2016年第3期。

and Contemporary Chinese Cinema,1995)与张真(Zhang Zhen)的《银幕艳史：都市文化与上海电影 1896—1937》(An Amorous History of the Silver Screen Shanghai Cinema,1896—1937,2005)都是值得讨论的重要案例。

在《原初的激情——视觉、性欲、民族志与中国当代电影》一书中，周蕾超越单一学科界限，对中国文化和文化间"翻译"进行民族志探索，并对《老井》《黄土地》《孩子王》《红高粱》与《大红灯笼高高挂》等当代中国电影予以批判性考察。① 对出生于中国香港，求学并任教于美国的华裔学者而言，电影为周蕾提供了"赖以传述纯粹属于主观感受的话语构架"以及最初接触《黄土地》时所感受到的"强烈情感震撼"；正是基于这一"震撼"体验，以及基于当代中国电影作为一种后现代的自我书写或"自我"民族志，并在多重意义上也是后殖民时代文化间"翻译"这一基本认知，周蕾发现：当代中国电影"原文"的虚构故事，即"我们世界的暴力"，其实并不是通往东方或西方的"原文"，而是通往在后殖民世界得以生存的途径；文化间"翻译"也是一种世俗而非纯粹和神圣的光亮，非西方文化如果想要在当代世界占有一席之地必须服从于它。当代中国电影有意识地通过对中国的"异国情调化"和将中国的"肮脏秘密"暴露给外面的世界，中国导演是暴力的翻译者，而中国文化正是经由这种暴力被"最初"装配在一起的。在其银幕令人目眩的色彩中，女性的原初者既揭露了腐朽的中国传统，又滑稽模仿了西方的东方主义。她们是天真的符号以及耀眼的"连拱廊"，通过她们，"中国"得以跨越文化，旅行到不熟悉的观众之中。② 显然，在周蕾的观念中，"中国""民族""当代中国电影"等"非西方文化"概念，都是在"服从"于西方、外国(或世界)及其(电影)媒体的过程中才获得"暴露""跨越"和"名声"的；而以《老井》《黄土地》《孩子王》《红高粱》与《大红灯笼高高挂》等为代表的"当代中国电影"，作为一种"非忠实性"的"忠实性"自身，不仅是使"中国"得以"生存""存活""繁盛"的关键，而且在给"民族文化"带来"名声"的过程中"偿付了债务"。在这里，只有以西方文化及其话语权力为中心，对"当代中国电影"的阐释才能获得一种学理上的合法性。

---

① 周蕾：《原初的激情——视觉、性欲、民族志与中国当代电影》，孙绍谊译，台北远流出版事业股份有限公司，2001年。
② 同上书，第13—16、261—293页。

反之亦然。①

不同于周蕾对作为"边缘"的中国电影历史与现状的"无视"及对西方人文理论的权力认同,张真的《银幕艳史：都市文化与上海电影1896—1937》不仅拥有更加明确的电影理论构架和相对清晰的电影历史脉络,而且试图在对西方理论的反思中寻求一种沟通中西方不同价值的批评空间,并由此形塑一个独特的电影历史文化研究的跨国主体。这部同样以英文发表的著作,曾获得美国现代语言协会(MLA)的高度评价："《银幕艳史》一书将立刻成为经典。这部活泼、严肃、且充满原创性的学术著作对中国默片领域进行了重新构建。它是出现在华语电影研究的跨国领域兴起之际的一部振奋人心的新作。"②确实,作为一个出生于上海,求学于中国(上海)、瑞典、日本和美国并在美国和中国任教的华裔学者,张真在处理中国电影、华语电影和跨国电影及其认同机制时更加自主、开放和灵活。在对基本概念的讨论中,便意识到"早期电影"在欧美和中国语境下有着不同的指涉,在历史断代上也存在着差异,从而提醒默片时代在世界电影景观中的"异质化"和发展的"不均衡性";与此同时,把电影看作文化生产的重要成果和一个更为广大的媒介生态之中流通和消费的文化产品,试图在更为广阔的文本和互文系统中进行美学分析和符号释义;而在理论资源上,更是广泛关注米莲姆·汉森(Miriam Hansen)的"白话现代主义"、汤姆·甘宁(Tom Gunning)的"吸引力电影"以及李少白、郦苏元、胡菊彬、王德威、叶月瑜、彭丽君等海内外各家学者的观点,最终聚焦于"白话性"电影文化和中国现代性的重要命题。③可以说,理论与方法的中外融合和自觉自省,使张真的著述获得了某种被确认为"经典"的可能性。

但站在历史文化与国族电影的立场上,张真的研究仍然值得商榷。这不仅是因为在张真的讨论中,所谓"'正统中国影史著述'对'早期电影'

---

① 周蕾的著作影响较大,在中国学术界也经常面临争议。其中,有学者指出："周蕾以民俗电影为对象的后殖民主义研究,既无视边缘的历史与现状,又以边缘的立场偏激地批判国族政治意识,呈现出典型的'理论殖民'特征。"参见陈林侠：《海外华人学者的中国电影研究形态、功能及其反思》,《文艺理论研究》2009年第6期。
② 见中译本腰封。张真：《银幕艳史：都市文化与上海电影1896—1937》,沙丹、赵晓兰、高丹译,上海书店出版社,2012年。
③ 同上书,"导论",第1—26页。

的评价'大致是负面的'"这一判断还有待进一步认真地辨析；而且是因为，张真对20世纪90年代初中外学者"开始重新评价早期中国电影"的努力，给予了"仍然暴露出他们历史意识的片面性和方法论上的贫瘠"的不同寻常的严厉指责；其在评价郦苏元、胡菊彬的《中国无声电影史》时，态度也是明确的："中国电影资料馆为纪念中国电影百年的到来而策划的《中国无声电影史》是内地学者综观早期中国电影的第一本重要的专门著述，但是，该书仍然桎梏于同样的进化论史观，尽管它重新发掘了许多以往被贬低和遗忘的电影人、制片人、演员和他们的代表作。"而在探析晚近两本相关的英文著作即胡菊彬的《投射国族影像——1949年之前的中国电影》(2003)与彭丽君的《在电影中建立新中国：左翼电影运动1932—1937》(2002)时，也得出"均没有作出重要的理论突破"和"过于狭隘地纠缠于电影的民族性及政治性"的结论。对"重新发掘"电影历史的方式和成果的不够重视，对所谓"进化论史观"的强烈摈弃，特别是对中国早期电影史学的核心问题亦即"电影的民族性及政治性"的超越愿望，使张真旗帜鲜明地走向了一条唯有将中国早期电影放置到"电影现代性"的大环境中才能得到有效阐释的理论和方法之途。在张真的著述里，电影在白话现代主义及推进新的人类感官机制的形成方面居功至伟并令人怀想，而以《劳工之爱情》《银幕艳史》《夜半歌声》以及武侠电影潮流、软硬电影之争等为重要标志的中国早期电影，其"现代性"论述也终于成功替代此前一以贯之的"民族性"和"政治性"议题。

问题在于，被纳入"白话性"电影文化与中国现代性分析框架里的中国早期电影，其研究者的主体性也发生了巨大的位移甚至根本的转换。这种状况，同样经常发生在海内外的中国电影、华语电影与跨国电影研究之中，笔者曾在相关文章里予以讨论。① 当然，不同的研究主体，其主要观点和阐释路径也会有所不同，但普遍选择放弃中国电影的"民族性"和"政治性"，在文化多元主义和跨国电影的分析框架中将作为"民族电影"的中国电影纳入世界电影（其实主要是美国电影）的一般议程，这样的跨国主体性也并非主体间性所期待的主体之间的平等、交流和共生，更没有

---

① 主要参见李道新：《重建主体性与重写电影史——以鲁晓鹏的跨国电影研究与华语电影论述为中心的反思和批评》，《当代电影》2014年第8期；李道新（受访）/车琳（访问）：《"华语电影"讨论背后——中国电影史研究思考、方法及现状》，《当代电影》2015年第2期。

在整体的、具体的中国电影历史书写中生成或定位新的主体性。

可以看出，在海内外的中国电影史研究中，主体性问题从未消失，而是以不同的形态存在于不同的中国电影历史写作实践。事实上，中国电影史研究的"民族性"和"政治性"，跟其内蕴的"跨国性"和"现代性"一样，始终是中国电影研究者无法回避也不可缺失的重要议题，正是在持续不断地"挖掘"、探讨和争鸣之中，中国电影里的"中国"属性才能得到明示，中国电影史研究的中国主体性才能得到彰显。厚此薄彼是权宜的策略，扬此抑彼也并非明智之举。

在这里，中国电影史研究的"主体性"和"主体间性"，并非直接出自海德格尔、胡塞尔、雅克·拉康以及哈贝马斯、伽达默尔等西方思想家从本体论、认识论和社会学层面所展开的思考；但倾向于在当前的全球化语境里，在"主体间性"或"后主体性"的框架中讨论"主体性"，强调主体之间的交互、对话和沟通，摆脱简单的二元对立、强大的单方认定、静止的本质主义甚或意义耗散的话语游戏，希望真正进入中国电影的学术语境，认真面对中国电影史的具体问题，并根据电影历史本身的丰富性、复杂性甚至矛盾性及其各自不同的呈现，在反复重审"主体"的过程中创建新的"主体性"或"主体间性"。

这就意味着一种有关中国电影史研究的"中国主体性"的重建。鉴于电影自身的媒介文化特质及其欧美霸权历史，电影一开始就是跨国的、"现代性"的，但在某种意义上，自始至终也是国家的、"民族性"的。国族电影有自身的历史，国族电影研究也在不断建构之中。在海峡两岸与香港地区，国族电影更是在"中国主体""台湾主体"与"香港主体"认同方面显现出欧美电影无法遭遇的流动性和多样性。这也是中国主体性重建的特殊背景。也许需要类似"跨国民族电影"这样的概念，才能打破"国族电影"或"民族电影"给予人们"单一""线性""进化论"的刻板印象。这也同时意味着，并不存在着二元对立的、本质主义的"中国主体性"。

跟华语电影论述和跨国电影研究相比，跨国民族电影史更能体现中国电影史研究的中国主体性。通过对美欧的电影史学理论及其相关的世界电影史、美国电影史和各个国别电影史写作实践进行学术史考察，便会发现一种以欧美电影尤其美国电影为中心的价值导向和叙述脉络；这当然跟美欧知识界总是试图在美国电影史与（世界、国别）电影史之间建立根本性联系的一般倾向颇有渊源,但也往往因为,美欧国家的电影史研究主体经常把电影史仅仅理解为电影制作的历史,也有不少电影史学家无意也无力观照亚洲、非洲和拉丁美洲等第三世界电影的生产和消费。然而,对以美国及好莱坞为中心的"全球文化"的警惕,与对民族国家文化传统及电影历史的热爱,以及由此引发的精神诉求和身份认同,也使包括法国、意大利、英国、波兰等在内的欧美电影史尤其日本、印度、韩国、巴西、西班牙等各民族国家电影史里的国族想象,逐渐演变成当下电影史构建的重要趋势。一种在民族国家框架里对跨国电影和民族电影予以经济和文化双重整合的跨国民族电影史,正在成为电影史话语的主导性力量。

而迄今为止的中国电影史研究,在海内外相关理论与许多学者的共同促动下,已经取得了令人瞩目的新进展。一种新的中国电影史研究,正可以在跨国民族电影史的框架里呈现出一种令人期待的中国主体性。

二、中国电影史研究的整体观

作为一种理解宇宙和认识世界的哲学观念与思维方式,整体观在中西语境里具有不同的阐释路径。跟古希腊哲学重视物质与时空的具体分析不同,中国传统哲学倾向于连续性的无限的有机整体观,其基本特征可主要归纳为天人合一的整体结构、生生不息的整体功能与和谐稳定的整体目标。[①] 黑格尔和马克思关于历史与逻辑一致的思想原则,也通过纵向性与横向性的理论考察,试图抵达对整体性的全面把握。[②] 整体观在哲学史领域的重要意义当然是不言而喻的。在历史学领域,整体观也有其源远流长的学术传统,并成为学科发展不可替代的理论资源。历史研究中的宏大叙事如汤因比(Amold Joseph Toynbee)的文明形态史、斯塔夫里阿诺斯(Leften Stavros Stavrianos)的全球史等,也是历史整体观的直接体现。即便海登·怀特(Hayden White)的后现代历史叙事学,也在对19世纪历史哲学的整体观照中,讨论重建历史意识与伟大诗歌、科学与哲学关怀之间的联系。[③]

---

① 高晨阳:《论中国传统哲学整体观》,《山东大学学报(哲学社会科学版)》1987年第1期。
② 陈修斋、徐瑞康:《试论哲学史研究中的整体观》,《现代哲学》1991年第4期。
③ 海登·怀特:《后现代历史叙事学》,陈永国、张万娟译,中国社会科学出版社,2003年,第369—427页。

仅就20世纪以来中国人文学科的一般状况而言,整体观之于世界通史/中国通史、20世纪中国文学/中国新文学等,也已付诸实践并在一定程度上引发研究范式的变革。在历史学界,从章太炎开始,到吕思勉、钱穆和周谷城等,便以勤奋耕耘和富有创建的通史写作推动了近代中国的史学革新。其中,周谷城一直强调,世界通史并非国别史之总和,需要注重全局,注重世界各地之间的相互关系;研究历史而不能把握历史的完整性或完整的统一体,则部分的史实真相也最不易明白。在1939年编纂的《中国通史》导论中,周谷城提出了"历史完形论";1949年出版的《世界通史》三卷本,则以整体视野编纂世界通史,最早对"欧洲中心论"提出公开挑战。他明确指出,要编纂世界通史,"首先考虑到的一个大问题,是怎样得出一个客观存在的统一整体"。① 经过几代历史学家的努力探索,尤其是20世纪80年代中期以后,中国史学界终于形成一种独具特色的"整体史观"。跟西方学者的"全球史观"一样,"整体史观"通过全球视角和宏观史学的研究方法,从总体上考察世界历史;也都具有"世界为一全局"的观念,反对"西方中心论"或"欧洲中心论",并试图站在人类发展的高度,超越国家和地域的界限,在重视文明的多元性和多样化的同时,凸显人类历史发展的整体性。②

20世纪80年代中后期以来,在中国文学史、戏剧史、电影史等研究领域,整体观和整体史观也得到凸显。这是一个与同时期欧美的文学史研究尤其欧美的中国文学史写作同中有异的学术潮流。正是在"重写文学史"及对中国现当代文学研究进行反思和批评的基础上,陈平原、钱理群、黄子平提出了"20世纪中国文学"概念,开始将"现代文学"与"当代文学"视为一个整体,亦即一个中国文学走向并汇入世界文学总体格局的过程,以及一个在东西方文化的大撞击、大交流中从文学方面(与政治、道德等诸多方面一道)形成现代民族意识(包括审美意识)的进程。③ 与此同时,陈思和更是明确地将"整体观"当作一种研究方法,将新文学当作一个开放型的整体,在新文学与世界文学的整体框架中拓展中国文学的研究

---

① 周谷城:《我是怎样研究世界史的》,《历史教学问题》1982年第3期。
② 赵文亮:《整体史观与中国的世界通史编纂》,《世界历史》2011年第6期。
③ 参见陈平原、钱理群、黄子平:《论"二十世纪中国文学"》,人民文学出版社,1988年。

视野。① 在戏剧史研究领域,丁罗男也倾向于采用 20 世纪中国戏剧的"整体观"视角,试图通过整体性的历史考察,把 20 世纪以来的中国戏剧置放在更大的时空范围里加以系统分析。② 这些努力,确实促使人们重新认识了丰富复杂的文学戏剧现象及其内在联系和演变过程,并由此省视既往的研究惯性,从而深刻地改变了中国的文学史研究格局。③

诚然,作为一种历史编纂方法论,无论整体史观,还是通史观或全球史观,从一开始就面临着来自研究者自身及各个方面的挑战,存在着许多没有解决或很难解决的问题。以后结构主义、后现代主义为标志的当代史学,也发现历史总是一系列断裂的碎片而非连续的整体。尤其在欧美学术界,文化史、文学史等领域的"整体性"经常被当作一种不可能、因而不受欢迎的研究对象,后现代主义思潮下的新文学史更是被理解为片段、异质和非一致性的文学史。20 世纪中国文学/中国新文学整体观研究,作为 20 世纪 80 年代的理论产物,自然带有特定时期的思想背景和文学观念,在理论与实践上存在着较为严重的脱节现象,甚至"无法真正弥合中国现当代文学史的种种裂隙、分化和纠缠",也"无法完成重建一种'整体性'的文学史的重任";④即便如此,还是需要继续从"整体观"的角度反思历史写作和文学史编撰。在这方面,张英进便以中、英学界文学史甚至电影史的"整体观"为专门对象进行讨论,提出以比较文学史的视野重新反思的可能性。⑤ 而从改革开放以来至今,中国学术界数量众多的各种文学史的出现,仍然是文学史整体观的一种直接体现,例如,杨义提出了"重绘中国文学地图"的主张。⑥

在一个分工日益细化、学科严重分割、认同充满裂隙的时代,"整体观"这种试图发现多方联系、努力寻求物我(主客体)之间深刻统一性的思

---

① 参见陈思和:《中国新文学整体观》,上海文艺出版社,1987 年。
② 参见丁罗男:《二十世纪中国戏剧整体观》,文汇出版社,1999 年。
③ 刘勇、姬学友:《20 世纪中国文学整体观的实践难题——以"跨代"作家个案研究为例》,《文学评论》2007 年第 3 期。
④ 杨庆祥:《"整体观"建构与反思》,《当代作家评论》2010 年第 4 期。
⑤ 张英进:《历史整体性的消失与重构——中西方文学史的编撰与现当代中国文学》,《文艺争鸣》2010 年第 1 期。在这篇文章里,张英进还明确指出:"文学史作者的主体性意识对重新审视文学史学的问题起着至关重要的作用:我们必须重新评价在文化、意识形态和学术生产等不同领域中得到承认或得以继续、抑或遭到否认或遗弃的主体位置。"
⑥ 参见杨义:《重绘中国文学地图》,中国社会科学出版社,2003 年。

想观念和研究方法，确实仍然需要有意张扬，其"有效性"也是值得期待的。特别是在当今的全球化、网络化语境里，随着理性主义的消退，面对碎片化的知识状况和经常冲突的价值观念，更加需要从宇宙、世界和历史、文化的整体观上进行深广而又统一的解释，需要从更大的叙述框架出发，整合文化、文学、戏剧和电影的历史。

对于中国电影史研究来说，整体观的提出也是学科发展的必然。如前所述，中国电影史研究虽然在微观史述与通史写作等方面取得了令人欣慰的成果，但仍然需要正视因历史和现实所造成的中国电影的独特境遇及其两岸格局和国族意识，搭建一个跨代际、跨地域的时空分析框架，并在后现代主义与后殖民主义、文化认同与国族认同的张力之间确立中国电影史研究的整体观。

迄今为止，中国电影史研究的理论和实践，已经为这种整体观的提出和确立奠定了初步的基础。近些年来，电影研究中的"电影"观念已经发生了很大转变。一般来说，主要从此前针对影片的文本、作者和类型，逐渐转向了针对电影作为文化产品从生产到消费的整体面向。不仅如此，"重写电影史"的呼声没有消弱，反而极大地促动了中国电影史研究在各个层面予以更加具体和深入的探索。据不完全统计，仅从 2010 年以来，由内地机构和部分学者公开出版的、跟中国电影史研究相关的著述有近 100 种，数量之多、内容之广与开掘之深，都能令人联想起 20 世纪 80 年代以来的 20 世纪中国文学/中国新文学/中国现当代文学研究，但也呈现出与其不同的学术格局。

其中，在中国传媒大学出版社出版的"西南大学电影学书系"里，余纪主编"民国电影专史丛书"收入杨燕/徐成兵著《民国时期官营电影发展史》(2008)、彭娇雪著《民国时期教育电影发展简史》(2008)和严彦/熊学莉等著《陪都电影专史研究》(2008)等著述，分别填补了民国时期官营电影、教育电影和陪都电影研究的空白；南京艺术学院研究院民国电影研究所主办"南京电影论坛"(2013、2014)并主编《民国电影与民国范儿》(中国电影出版社，2015 年)，也对民国电影概念、民国电影研究以及各种具体的民国电影现象进行了集中的分析和探讨；除此之外，在"国民政府"与"民国电影"范畴里进行中国早期电影研究的学术成果，还有顾倩著《国民政府电影管理体制(1927—1937)》(中国广播电视出版社，2010 年)、闫凯蕾著《明星和他的时代：民国电影史新探》（北京大学出版社，2010年）、臧杰著《民国影坛的激进阵营：电通影片公司明星群像》（中央编译出版社，2011年）、钟瑾著《民国电影检查研究》（中国电影出版社，2012年）、汪朝光著《影艺的政治：民国电影检查制度研究》（中国人民大学出版社，2013年）、陈洁编著《民国电影艺术编年》（江苏美术出版社，2014年）与史兴庆著《民国教育电影研究：以孙明经为个案》（中国传媒大学出版社，2014年）等。显然，作为一种具有特殊意义的断代史和地域史，"民国电影"势必为重写中国电影史带来新的可能性。正如郦苏元所言，它在"突破"传统研究建构和框架基础上，从"新的角度"，以"新的思维"，"开辟中国电影史学新生面"[①]。

事实上，对1949年以前中国电影即中国早期电影的关注，仍然是中国电影史研究最为重要的学术增长点。可以说，中国电影史研究的各种观念、方法以至问题和禁忌，都在早期电影研究中得到过较有意义的尝试。由中国电影出版社出版、陈犀禾主编的"上海电影研究文丛"，收入黄望莉著《海上浮世绘：文华影片公司初探》（2010）、徐红著《西文东渐与中国早期电影的跨文化改编（1913—1931）》（2011）、王艳云著《海上光影：中国早期电影中的上海影像研究》（2013）、褚亚男著《历史变迁与文化转型：昆仑影业公司发展研究》（2013）等上海早期电影研究著述，试图把对早期电影历史的考察跟对上海城市文化的分析联系在一起。傅红星主编《中国早期电影研究（上下）》（中国电影出版社，2013年），收入中国电影资料馆2012年10月在北京举办的第一次大规模的中国早期电影论坛论文近100篇，不仅为中国电影史研究注入新鲜的源源不断的活力和动力，而且大大地"拓展了中国电影史研究的领域和视野"[②]。另外，秦喜清著《欧美电影与中国早期电影（1920—1930）》（中国电影出版社，2008年）、刘小磊著《中国早期沪外地区电影业的形成（1896—1949）》（中国电影出版社，2009年）、胡霁荣著《中国早期电影史（1896—1937）》（上海人民出版社，2009年）、王艳华著《"满映"与东北沦陷时期的日本殖民化电影研

---

① 郦苏元：《民国电影史研究随想》，载南京艺术学院研究院民国电影研究所主编：《民国电影与民国范儿》，中国电影出版社，2015年，第3—8页。
② 饶曙光：《后记》，载傅红星主编：《中国早期电影研究》（下），中国广播电视出版社，2013年，第509—517页。

究：以导演和作品为中心》(吉林大学出版社,2010年)、陈刚著《上海南京路电影文化消费史(1896—1937)》(中国电影出版社,2011年)、黄德泉著《中国早期电影史事考证》(中国电影出版社,2012年)、金海娜著《中国无声电影翻译研究(1905—1949)》(北京大学出版社,2013年)、张育仁著《抗战电影文化论》(中国社会科学出版社,2013年)、张华著《姚苏凤和1930年代中国影坛》(北京大学出版社,2014年)、吴海勇著《"电影小组"与左翼电影运动》(上海人民出版社,2014年)、贺昱著《文学与电影的上海时代(1905—1949)》(陕西人民出版社,2014年)、中国电影资料馆编《盘丝洞1927》(世界图书出版公司,2014年)、虞吉著《大后方电影史》(重庆出版社,2015年)、万传法著《想象与建构——"现代性"视野下的早期中国电影叙事结构研究》(中国电影出版社,2015年)、逄增玉著《满映：殖民主义电影政治与美学的魅影》(2015),以及钟大丰/刘小磊主编《"重"写与重"写"：中国早期电影再认识(上下)》(2015)等著述,均以相对开阔的学术视野、丰富多样的知识背景和不可多得的历史意识,进一步推动了中国早期电影史的研究进程。

值得注意的是,随着中国电影史研究的不断拓展,中国内地的台港电影史以及海峡两岸电影关系史研究,也在最近几年呈现出新的局面。周承人/李以庄著《早期香港电影史 1897—1945》(上海人民出版社,2009年)、许乐著《香港电影的文化历程(1958—2007)》(中国电影出版社,2009年)、张燕著《在夹缝中求生存：香港左派电影研究》(北京大学出版社,2010年)、谢建华著《台湾电影与大陆电影关系史》(人民文学出版社,2014年)、钱春莲/邱宝林著《恋影年华：全球视野中的话语景观——大陆、香港、台湾青年电影导演创作与传播》(复旦大学出版社,2014年)、孙慰川著《后"解严"时代的台湾电影》(商务印书馆,2014年)与苏涛著《浮城北望：重绘战后香港电影》(北京大学出版社,2014年)等,均是大陆(内地)学者研究台港电影的重要成果,不仅从一个侧面丰富或补充了台港电影史的研究面向,而且在中国电影史各重要地域、各族群认同之间建立了更为重要的关联性。

除此之外,由中国电影资料馆与电影频道节目中心合作立项,陈墨/启之主编、民族出版社2011年出版的"中国电影人口述历史丛书",收入周夏主编《海上影踪：上海卷》、张锦主编《长春影事：东北卷》、边静主编

《影业春秋：事业卷》与李镇主编《银海浮槎：学人卷》；中国电影出版社2014、2015年出版的"中国电影人口述历史丛书"，继续收入陈墨主编《花季放映：陕西女子放映人》、檀秋文主编《银海沉浮录：罗艺军口述历史》、边静主编《三秦影事：陕西电影人口述历史》、张锦主编《长春大业：东北电影人口述历史》等。生活·读书·新知三联书店2014年出版启之主编《倾听心灵：中国电影人口述研究论文集》。中国电影人口述历史的引入和展开，打破了主流电影史的框架，拓展了话题领域，扩充了资料文献，还在口述历史的理论与实践上作出了有益的探索，其学术价值已经超出了中国电影史研究本身。

同样，最近几年来，在中国电影出版社出版，丁亚平主编《电影史学的建构与现代化：李少白与影视所的中国电影史研究》（2012）以及陈犀禾/丁亚平/张建勇主编《重写电影史向前辈致敬：纪念〈中国电影史发展史〉出版50周年学术研讨会论文集》（2013）等著述中，通过对程季华、李少白、邢祖文及其撰述的《中国电影发展史》的纪念、致敬以及反思、批评，进一步对中国电影史研究的理论与方法，以及"重写中国电影史"等问题，进行了颇有针对性的探讨和争鸣。饶曙光著《中国电影市场发展史》（中国电影出版社，2009年）、丁亚平著《中国当代电影史》（中国电影出版社，2011年）与金丹元等著《新中国电影美学史（1949—2009）》（上海三联书店，2013年）等，也是中国电影专题史、断代史继2005年左右"百年影史"出版热潮之后的重要收获。

然而，为了在此基础上进一步推动当下的中国电影史研究，研究主体仍有必要搭建一个跨代际、跨地域的时空分析框架，在后现代主义与后殖民主义、文化认同与国族认同的张力之间确立中国电影史研究的整体观。

也就是说，需要在已有的"中国无声电影""沦陷时期电影""民国电影""中国早期电影""十七年电影""新中国电影""新时期电影""中国当代电影"等领域进行更加深入细致的考察，并在这些不同的断代史及其历史分期之间寻找并建立某种深切的关联性；同样，需要在"上海电影""大后方电影""台湾电影""香港电影"等领域进行更加丰富多样的观照，并在这些不同的地域及其空间格局之中比较并生发中国电影的多重景观。除此之外，需要在"华语电影""粤语电影""台语电影"与各少数族群语种电影如赛德克语电影、蒙古语电影、维吾尔语电影、藏语电影等领域展开更多具体而微的分析,并在多语现实及其国族意识和文化认同的基础上将海内外中国电影整合在一起。

这样的中国电影,将在历史的语境里不断重返、确证和选择,并在各种对象与动因之间反复比较、对话和交流,也将会超越一般意义上的"资料汇编"或"大事编年"的电影史模式,改变单一、线性的"纪念碑式"电影史框架,在历史的碎片和观念的噪音中重新确立电影史的信念,重构一种整体性的中国电影历史叙事。

三、中国电影史研究的具体化

当然,为了避免主体性与整体观在中国电影史研究过程中可能带来的简单化、抽象化和观念先行、以论代史等弊端,还应极力主张一种具体化的中国电影史研究,亦即:尽可能回到历史现场并充分关注中国电影本身的丰富性、复杂性甚至矛盾性,以在历史之中和跨文化交流的姿态,依循战争(1895—1949)、冷战(1949—1979)与全球化或后冷战(1979—2015)的历史分期,将一个多世纪以来中国电影的反殖民化运动、后殖民化体验和全球化拓展整合在一种差异竞合、多元一体的叙述脉络之中。这就需要站在现代主义与后现代主义历史观的中间地带,在与法国年鉴学派以及中国史学优良传统进行对话交流的过程中,寻求一种更加全面的历史理解。

具体而言,如果把历史理解为人类为了理解其现在、预见其未来而用以诠释其过去的文化实践的方式、内容和功能的整体,那么,历史研究就既是一种时间经验的意义形成,又是一种建立认同的文化实践。按德国历史学家约恩·吕森(Jörn Rüsen)的历史思考,只有孜孜不倦地寻求平等运用、互认差异与理解分歧的原则,才能在20世纪人类危机的回忆与复杂主体的实践中拯救历史被迫中断的意义。① 为了在历史学的"知识"与"理性"以及"想象"与"叙事"之间极力融通、寻求跨越,也有必要认真看待历史叙述必须真实的合理要求,倡导一种实证的、具体的、从微观出发得以把握宏观大局的研究方法;并在广泛的跨学科研究和跨文化交流中,为后来者高擎一把"照亮未知道路的火炬"。

---

① 参见约翰·吕森:《历史思考的新途径》,綦甲福、来炯译,上海人民出版社,2005年。

秉持这样的历史观念,在中国电影史研究领域,就需要在坚持中国主体性与历史整体观的前提下,直接面对并尝试讨论许多悬而未决的具体问题。

首先,具体化的中国电影史研究,需要尽可能回到历史的现场,在史料、考证、辨析以及微观电影史、断代电影史和地域电影史领域不断垦拓,但更需要站在20世纪全球历史与世界电影跨国运动的视野,超越相对细碎的或单纯由政治意识形态主导的历史分期与地域分割,寻求一个较长时段的、跨越地域的电影史分期方案。为此,倾向于在尊重电影作为文化与产业交互作用的媒介属性,以及海峡两岸与香港、澳门及其电影历史的总体状况的基础上,以1949年和1979年两个特别的时间节点为界线,将中国电影史划分为战争(1895—1949)、冷战(1949—1979)与全球化或后冷战(1979—2015)三个历史时期;从内忧外患与民族电影的筚路蓝缕、冷战格局与四地电影的文化政治、全球语境与两岸电影的交流合作三大段落,将一个多世纪以来中国电影的反殖民化运动、后殖民化体验和全球化拓展整合在一起。显然,这也是一种差异竞合、多元一体的中国电影史叙述脉络。

具体化的中国电影史研究,需要正视19世纪末期以来至今海峡两岸与香港、澳门等在帝国主义、殖民主义和后殖民主义、后现代主义历史背景下,因战争、冷战和全球化(或后冷战)而导致的主权更易、主体转换与认同困扰,认真反思此前中国电影史研究中大而化之的民族情绪和较难克服的意气用事,在冷静的历史观点和适当的历史框架中,深入研讨日占时期的台湾电影(1895—1945)、英皇治下的香港电影(1895—1997)以及东北沦陷的"满映"(1937—1945)、北平沦陷的"华北电影"(1937—1945)与上海沦陷的"中联"和"华影"(1941—1945)等,并将其纳入中国电影史叙述的整体脉络之中。值得参考的是,在面对殖民地宗主国亦即日本主导下成长的韩国早期电影时,韩国电影史大都没有刻意遮蔽这一段历史,而是采用了电影制作者"居住地归属说",把居住生活在韩国的日本人在韩国制作、依据韩国文化和社会风俗习惯并主要放映给韩国观众的电影当成韩国电影。① 而针对日本、英国、葡萄牙等国占领时期特定地域里的中国电影,海内外学术界尤其日本以及中国台湾和香港地区电影研

---

① 例如,韩国电影振兴委员会编著《韩国电影史:从开化期到开花期》(周健蔚、徐鸢译,上海译文出版社,2010年,第29—30页)与金钟元、郑重宪著《韩国电影100年》(田英淑译,中国电影出版社,2013年,第53页)等著作,都是如此处理。

究者,均进行了较为深广的研究,更是值得予以充分的关注。① 殖民主义时期沦陷区电影的历史,是中国电影史上的"黑洞",必须在具体化的研究中一步一步地澄清事实,辨析正误,疗愈创痛。

　　与此相关,帝国主义、殖民主义和后殖民主义、后现代主义在中国的后果,特别是冷战和全球化(或后冷战)时期海峡两岸与香港、澳门的政治分立和制度差异,造成了中国电影在地域认同、国家认同、民族认同和文化认同及其相互关系等方面显现出前所未有的多样性和复杂性,有的时候还充满了难以调和的矛盾与冲突;但通过追根溯源、条分缕析与愿景描绘,也总是能够获得身份的归属和历史的共识。在台湾地区文学史领域,王德威也曾经指出,从一个广义观照现代文学的动机来看,1949 年所造成的国家分裂是一个"历史的共业",大家都在这个情境之下成长、阅读、写作、思考;即使从一个大历史的角度,台湾地区代表了 20 世纪中国历史经验中"被抛掷出去的那一块"的一个所在,它的文学表现其实应该是和中国大陆的表现"息息相关"的;台湾地区当时的作家包括了 1949 年以后从大陆移民到台湾的新移民作家,还有台湾出生成长的第二代外省或是本省作家,这 20 年的台湾文学,完全"弥补"了 20 世纪中国文学史的不足;台湾文学对中国传统及"五四"文学文化的传承有它的积极意义,它可以刺激我们"重新思考 20 世纪中国文学变动的整体历程"。② 可以说,跟文学相比,台湾电影更是与大陆"息息相关",台湾电影史当然是我们重写中国电影史不可缺失的重要环节。诚然,台湾的"离散"和"认同"问题,及其在电影中所呈现的"心结"和"冲突",③同样是需

---

① 例如:日本学者佐藤忠男著《炮声中的电影:中日电影前史》(リブロポート,1985 年)、三泽真美惠著《在"帝国"与"祖国"的夹缝间——日治时期台湾电影人的交涉与跨境》(台北台大出版中心,2012 年)、崛润之/菅原庆乃编著《越境的映画史》(大阪:关西大学出版部,2014 年)、台湾学者叶龙彦著《日治时期台湾电影史》(台北玉山社,1998 年)、香港学者邱淑婷著《港日电影关系——寻找亚洲电影网络之源》(香港天地图书有限公司,2006 年)与《化敌为友——港日影人口述历史》(香港大学出版社,2012 年)等。
② 李凤亮:《二十世纪中国文学研究的整体观及其批评实践——王德威教授访谈录》,《文艺研究》2009 年第 2 期。
③ 在宋惠中、刘万青主编《国族·想像·离散·认同:从电影文本再现移民社会》(第Ⅰ—Ⅱ页,台北巨流图书股份有限公司,2010 年)"推荐序"里,洪泉湖指出:"在台湾,不同移民群体的离散和认同所造成的问题,向来是多数人心中的'结'。从最早的原住民和汉人之间的土地争夺、文化渗透,到闽南人和客家人间的语言隔阂、社会地位差异,再到第二次世界大战结束,台湾光复以后的外省人与本省人(主要是闽南人和客家人)间的权力失衡,最后到当代主流社会(主要是本省人与外省人)对新移民的疑忌和偏见,都一次又一次地造成彼此间的心结,甚至产生冲突。所有的台湾人,都必须面对这些心结与冲突,去思考台湾未来的出路。"

要具体分析和认真考量的。

　　港、澳地区电影也是如此。香港回归前后迄今,港人的国家认同和身份认同都已发生变化,正在逐渐国产化的香港电影,也面临着来自文化、产业等多方面的挑战。香港学者列孚便通过香港人"自认中国人"的比例不断下降,但却在关键时刻"挺身而出""强调中国人身份"的现象,认为香港人是中国人里面"特殊的一群",香港电影也是广义中国电影中"特殊的电影"。在他看来,中国元素从来没有在香港电影里消失过;在中国文化层面上,香港电影也可以视为"地域文化"的一种表现。① 中国电影史里的香港电影,确实需要在对香港地域文化和历史经验进行具体而微的分析中予以更加全面深入的阐释。

　　在处理中国电影与外国电影之间的关系时,也需要调整此前简单化的刺激-反应模式,尽量从双向互动与对话交流的角度,理解外国电影在中国和中国电影在外国及其独特的意义生成过程,并将现场解说、配音译制和字幕翻译等沟通方式,与电影周、电影展、电影节等节庆活动,以及合拍片等深度合作当成中外电影交汇的平台,在更加丰富多样的跨国语境里拓展中国电影史的研究视域。与此相应,中国电影史里的少数民族(或原住民)母语电影(如蒙古语电影、藏语电影、维吾尔语电影、赛德克语电影等),甚至包括一部分特定区域方言电影(如香港粤语片、台湾台语片等),由于各种原因,大多仍未走出产业委顿和市场困境,也没有或很难在以普通话(或国语)为中心的中国电影史写作中占据应有的地位。这就需要在"重写"中国电影史之时,充分估量少数民族(或原住民)母语电影与特定区域方言电影之于中国电影的文化价值和历史意义,为作为跨国民族电影的中国电影寻求更加开放、广博的表意空间。

---

① 列孚:《香港电影的中国元素——八十年代中港合拍片漫谈》,载家明主编:《溜走的激情:八十年代香港电影》,香港电影评论学会,2009年,第58—76页。

中国史诗类型电影创作现状批评

——以产业化改革为界标

于忠民*

[内容提要] "中国史诗类型电影"作为一项美学议程而出场于当下,一方面,昭示着"问题者"领命于时代的主体性自觉;另一方面,又隐喻着"提问者"对此知之甚少、迟悟后觉的一种焦虑。虽然我们的电影产业化改革已经进行了20余年,"商业类型电影"也恰逢其时地成了市场主流,包括"史诗叙事"业已进入了商业类型大片的实践阶段;然而,作为"商业类型电影"之一种的"史诗类型片"的创作依然存在着对商业化与艺术性、大众化与作者性、类型化与创新性等诸多关系把握失衡的问题。鉴于此,我们有必要对它作一番全面的检讨。

[关键词] 中国史诗电影 类型创作 现状批评 产业化改革

一、产业化驱动下的史诗类型叙事

"史诗"(epic),如果从狭义的西方古典学概念来界定,它专指古希腊的《荷马史诗》《伊里亚特》和《奥德赛》。与此相类似的,许多民族都有自己的史诗,如中国藏族的《格萨尔王传》、犹太人的《旧约》、古巴比伦的《吉尔伽美什》、印度的《摩诃婆罗多》等。这些古典史诗都带有文化的源头性、历史的久远性、地理的特域性、文史的一体性、诗体的声韵性、口传的文学性和英雄的传奇性。

---

* 于忠民(1960—),男,江苏师范大学传媒与影视学院副教授,主要从事影视文化、电影批评与电影音乐研究。

而我们现在所说的广义的"史诗"概念,既包括了古典史诗以及后来人们对它们的"重述";也可以扩展为人们对各个社会历史时期中重大事件及其重要人物的"宏大叙事",它是元典史诗的寓言性和神话性在社会现实生活中的让渡,即,由"神话"到"神化"的过程,或者说是神性的世俗化过程。在这些史诗化的叙事中,其中主要人物往往都具有领袖的才能和人格力量,并在带来众生从事伟大事业的斗争中表现出强烈的使命感和牺牲精神,所以,他们的事迹常给人以崇高、神圣和静穆的美感;因而,这样的史诗也就成了一个集体、一个民族和一个国家的精神象征。总之,叙事的宏大性、深邃的历史性、广阔的时空性、人物的命运性、诗意的抒情性和集这些特性而成的文化厚重性应是史诗具备的品质。

而当这些认识论的和审美论的特征一旦在向电影转码的过程中被保留了下来,"史诗电影"也就诞生了。世界上许多国家都有自己的史诗电影实践,特别是经过"好莱坞美学"的定范将其确立成为一种"类型",而当我们进入全球化的消费主义娱乐时代,伴随着现代高科技的运用(数字影像技术包括影像拟真、合成、3D、4D、每秒 120 帧成像、杜比环绕立体声等),"史诗电影"又迎来了属于自己"魔幻奇观"的"商业大片"时期。

那么就"中国史诗电影"的发展历史而言,我们大致经历了以道德劝谕的"民国时期",如《一江春水向东流向东流》(1947);以革命叙事的"十七年时期",如《红旗谱》(1960)和《青春之歌》(1959);以战争叙事的主旋律和以借小人物命运反思历史这两种史诗叙事并存的"新时期",前者如《大决战》系列(1991——　　)后者如《霸王别姬》(1993)、《活着》(1994);此后一直到当下,就是朝向市场化、产业化和商业化为主的史诗"类型大片"的"后新时期"。而这个时兴"大投入、大制作、大场面、大明星、大营销"的"后新时期"正是我们今天所要重点讨论的问题语境,即,"产业化以来的中国史诗类型叙事"是如何在此背景下开展的。

应当说,我们的"史诗类型大片"产生于 20 世纪 90 年代大陆兴起的电影产业化改革浪潮。[①] 笔者之所以坚持这样的看法是基于对"类型电

[①] 国务院颁布《关于促进电影产业繁荣发展的指导意见》是 2010 年年初,但是,中国电影的产业化改革要早于这个文件,此"意见"可以看作政府对业已兴起的产业化的一个顺应、总结和对此发展方向的规划引导。关于中国电影产业化始于 1993 的观点,另参见李道新:《中国电影批评史 1897—2000》,中国电影出版社,2005 年,第 626 页。

影本质"的理解,以及对基于这种"本质"诉求所外显的审美感性特征的体认。

从文化本质上讲,产生于美国好莱坞的"类型电影",包括"史诗类型电影",无论是作为一种"生产模式",还是作为一种"意识形态",抑或是作为一种电影美学,都是资本主义商品经济,或曰市场经济的"本性"(资本竞争的经济)在其文化生产领域"逞能"的产物。所谓"类型电影"正是一种通过确立以观众为中心的"观影关系",以集约型的工业化生产为手段,以满足大众娱乐需求为首要,以有效吸引观众的叙事套路为诱导,来刺激大众消费,最终实现高额投资回报为目的的文化模式。所以,从这个意义上来判断,作为大众文化的"商业类型电影"之一种的"中国史诗类型大片"只能产生于20世纪90年代中国电影市场化、产业化和商业化的改革之中。

那么,为什么要以产业化为界标呢?因为,此前的"史诗叙事",要么专注于政治宣喻的教育功能,例如,中华人民共和国成立后的17年间;要么执念于作者电影的艺术探索和思想启蒙,或强推主导意识形态在场性的主旋律,如,新时期前期。也就是说,我们以前对史诗电影的认知还主要停留在"题材类别""教育功能"和"审美功能"的层面上,那时的史诗叙事还不是以为观众提供消费、娱乐为创作目的的,它根本不具有以"资本"为"主义"的市场化、商业化的追求;显然,彼"类型"非同于此"类型"。我们今天之所以对"类型"那么感兴趣,譬如《当代电影》现在所开设的"类型研究"专栏,并以此推出"史诗类型电影研究"的专题,其实这正是受到当下电影产业化语境的感召,即,我们是在"商业类型大片美学"的项下,来研讨"史诗叙事"。也就是说,虽然我们现在还使用"类型"这一"能指"称谓,但其所涉及的技术层面、艺术层面和文化层面的含义"所指"已经发生了深刻的变化。

这种基于现代消费经济、现代科学技术和现代审美趣味的"商业大片"在其美学的显现方式上究竟有着怎样的感性特征呢?笔者以为,这就是它不同于以往的"奇观性"。

对于电影"奇观"(spectacle)的理解,周宪在其《论奇观电影与视觉文化》一文中有过这样的界定:"所谓的奇观在我看来就是非同一般的具有强烈视觉吸引力的影像和画面,或是借助各种高科技电影手段创造出来的奇幻影像和画面。"①这种以满足人们的猎奇和快感的"奇观美学"包含了诸如动作的、身体的、场景的、装置的以及速度的多种奇观的汇集。在这种"奇观美学"中,电影最为关切的不再是叙述的故事性(文学性的话语叙事),或是精英的个人趣味和反思批判性(艺术形式和思想主题的非主流化),而是以满足大众消费和娱乐为主的"快感文化"的生产,而"奇观"就是最为直接有效的手段。奇观不仅仅是一种表现手段,还是一种传播策略和新型的文化,更是"力比多经济"的凯旋,是我们长久以来被体制压抑的欲望在与其谈判后取得合法化的释放。而不断升级的奇观就是为了最大限度地满足观众的"力比多"投射。② 电影作为一种意识形态机器,早已不再是传统电影理论津津乐道的"自足性"所能解释得了的。电影除了艺术创作以外,甚至包括创作问题本身,我们都必须把它放在与社会化的生产和消费等诸多联系的整体框架中来谋划。

这种伴随着商业类型大片兴起的"奇观美学"不仅仅改变的是电影的业态,它更宣誓着一种新的"文化范式"的诞生,表明我们的文化已经从传统转向了现代的和后现代。电影在从"艺术作品"向"文化商品"的身份变更中,文本的编码方式和解码方式已经由过去那种以作者为轴心的深度阅读范式屈从于以大众为中心的浅层阅读模式。对于这种文化范式的转型,周宪有过及时的提醒:"从叙事电影向奇观电影的转变,表征了电影文化从话语中心模式向图像中心模式、从时间模式向空间模式、从理性文化向快感文化的转变。"③

如此看来,以产业化为界标,该时期出品的有着上述文化诉求和奇观美学特征的"史诗类型大片"主要有:张艺谋的《英雄》(2002),陈凯歌的《荆轲刺秦》(1999)、《无极》(2005)、《赵氏孤儿》(2010),胡玫的《孔子》(2009),吴宇森的《赤壁》(2008),韩三平和黄建新的《建国大业》(2009),徐克的《狄仁杰之通天帝国》(2010),冯小刚的《一九四二》(2012),王全安的《白鹿原》(2012)等。

---

① 周宪:《论奇观电影与视觉文化》,《文艺研究》2005年第3期。
② 所谓"力比多经济",指欲望能量以投注的方式在主体的自我、欲望对象以及社会建制之间达成相对一致的一种协调机制。在精神分析学的理解中,"力比多"指一种欲望性的能量,主体的欲望在力比多的驱使下寻求各种社会化的途径以满足自身。参见吴琼:《电影院:一种拉康式的阅读》,《中国人民大学学报》2011年第6期。
③ 周宪:《论奇观电影与视觉文化》,《文艺研究》2005年第3期。

这些电影,在应对外部市场环境的策略上都采用了商业化的运作方式:投资主体的多元化,生产制作的工业化,发行宣传的广告化,营销策略的公关化,利润分成的股份化。另外,在处理文本内部的编制上,如题材遴选、风格样式、演员配置、视听修辞、观影关系等多方面,也都作了朝向类型大片叙事的调整和奇观化的处理。应当说,这些电影都或多或少地表现出了创制者们"商业大片意识"的觉醒。

中国的商业类型大片肇始于张艺谋的《英雄》(2002)。他是内地电影人中开创"商业大片"的先行者。在立项之初,导演就明确了要按市场规则运作一部能参与国际竞争的"武侠史诗商业大片"。

该片投资高达 3 000 多万美元,融资来自银都机构有限公司、北京新画面影业公司和精英娱乐有限公司。① 以"英雄"命名,取材"荆轲刺秦"的历史传奇,显现了导演对功夫史诗类型叙事的敏感:一是武侠的动作性;二是英雄的传奇性;三是历史的旷远性。另外,在这个题材中还包含了战国想象、戏剧性情节、动作功夫、阴谋阳谋、战争讨伐、兵器奇技、地理风貌、宫殿建筑等各种可资奇观化的类型元素。

不负众望,张艺谋携其影像造型之特长,运用现代数字特技特效,为观众炮制出了前所未有的视听奇观。其中,棋艺馆里"无名"(李连杰饰)与"长空"(甄子丹饰)的"意念武打";胡杨林里"飞雪"(张曼玉饰)与"如月"(章子怡饰)的"写意武打";九寨沟水上"无名"与"残剑"(梁朝伟饰)的"踏波武打"等段落让人印象深刻。导演将武技功夫、地理景观、色彩渲染融为一体,让"武舞功夫"巡展于北国的敦煌古城、南方的九寨沟仙境、西部的雅丹地貌。还有"秦军弩阵""天降箭雨"这些影像奇技都令人炫目。此片一上映就改变了本土电影的颓势,创造了国内 2.5 亿元人民币和海外 1.7 亿美元的票房神话。

《英雄》对中国传统武侠功夫片的创新改造,开启了中国武侠史诗大片的新时代。其商业上的成功印证了类型大片巨大的市场潜力,启发了中国产业化改革的方向,但这并不意味着它已经获得了商业类型诗学的真谛。

---

① 此处列举了多家民营公司,旨在说明,此间许多影片的运作都采取了市场化的投资方式,这与 1990 以前计划经济时期由单一国营制片厂出品电影的情况有了本质区别;仅以此片为证,其他影片不再详叙。

首先，作为类型电影，其主题表达的策略就值得商榷。影片称颂秦始皇的霸业代表了历史的必然，因此认定他才是天下真正的"英雄"，而侠肝义胆的"荆轲"（影片中化身为"无名"）只有甘心臣服于皇权之下，才有可能是识时务者的俊杰；也就是说，只有当他背叛了自己的初衷，迷途知返，成为献祭王政霸业的羔羊时，他才配得上分享"英雄"的荣光。这样的改写完全颠覆了千百年来民间对荆轲仗义行侠、抗击暴政的形象定义。如此一来，一部以"英雄"命名的电影竟酿成了"英雄"属名于谁的困惑。作为面向大众的商业类型电影，通常不需要激进与颠覆，而是要巩固与强化已有的观念，所以《英雄》这样去"冒犯众怒"是极不明智的。

其次，导演以"多视点复式文本"来结构影片，如此指向深度文本的阅读显然阻碍了类型电影作为大众读本观影的流畅性。影片以无名讲述刺秦故事的视点开始，接着是秦王揣度刺秦的视点，再回到以无名的转述中回忆残剑当年对他讲述刺秦的残剑的视点，而"刺秦"故事的结局则又是靠摄影机作为一个旁观者的视点来完成的。再有，《英雄》以武打展演为板块来进行叙事的安排，让连绵不断的历史时空离散成各自孤立的碎片，时间维度屡屡遭到展示型空间的切割，从而削弱了史诗叙事应有的时间感，导致了史诗叙事的故事性与呈现它的奇观性的对立，即导演不是为叙事借用奇观，而是为奇观去牺牲叙事。

其实，"荆轲传奇"这一题材最先进入编导视野的是先于张艺谋《英雄》的《荆轲刺秦》，其导演正是第五代的旗手陈凯歌，而他在中国电影产业化进程中，所表现出的"转型姿态"的乖张也是很值得研读的。作为一个有强烈历史意识的和讲究艺术诗性的导演，他的很多作品，包括《荆轲刺秦》，以及后来的《无极》《梅兰芳》《赵氏孤儿》在选材上都有史诗类型大片的倾向，且表现出了对票房的觊觎和朝向商业化大片的冲动，但同时，他又非常自恋于个人的趣味，从而酿成了其作品"自言自语"的晦涩，以及内部诸多话语之间的自相矛盾。

《荆轲刺秦》采用了五个乐章的形制，分别为"秦王""刺客""孩子们""赵夫人""秦王与刺客"。在谋篇布局上，一方面，我们能从形制上感受到导演立志史诗叙事的抱负；另一方面，又看到导演以五个乐章语用轻佻的起名对其宏大风格的消解。在主题表达上，一方面，导演摒弃了庸俗的唯成功论，表达了对失败英雄舍生取义的赞叹；另一方面，又将刺秦的动机降格为为了漂亮女人去行刺的个人私情。在影像修辞上,影片中不乏雄伟宫殿、战争场面的宏大镜语,但又常常陷入鸡零狗碎的琐屑。在风格样式上,一方面,是题材使然的史诗正剧的壮怀激烈;另一方面,是对商业化肤浅的理解而硬性加入的闹剧式的插科打诨。

无论是陈凯歌的《荆轲刺秦》,还是张艺谋的《英雄》所给人以"史诗的错觉"均来自题材的历史背景和由于大投入、大制作带来的富丽堂皇;而在徒有其表的外观下,恰恰缺乏的是对史诗叙事当中最重要的特性,"英雄性"的书写。我们看不到"荆轲"身上坚定的信念、非凡的勇气、过人的胆识、超群的智慧和立志创造历史功绩的气概。所以,严格地说,《英雄》只能算作一部历史题材的武打大片,而《荆轲刺秦》则是历史题材的剧情大片而已。必须说明的是一部影片具有史诗的某些特点和其本身就是史诗存在质的不同。

《无极》以一个女人和三个男人的关系为故事框架,导演将魔幻、言情、动作、科幻混编成册,以图创建中国神话魔幻史诗大片的新类型。但《无极》形而上的命名一开始便瓦解了类型片通俗的冠名法。"无极"即为"无端",其玄而又玄的意向和精英姿态依旧延续着作者一贯的自命不凡。"他不遗余力地把自由、爱情、命运、义务;忠诚与背叛、欲望与权力这些繁复的话语统统植入通俗的类型叙事中",[1] 以作居高临下的布道。而正是作者思维混乱的"无极"状态和缺乏反省的自以为是,几乎使他其后的每一部作品都陷入了这种文本样式不伦不类的失范之中。

《梅兰芳》将个人历史置于社会历史之中,意在说明促成人物性格形成的历史原因是如此的强大。导演虽然注重了人与历史的关系,但在诗学上仍缺乏风格的统一。前半部分沿袭了《霸王别姬》的性情美学,后半部分则成了爱国主义的主旋律变奏,最终使文本倒向了艺术片与主导意识形态的妥协。

《赵氏孤儿》也是一部历史传奇片,本是可以打造成史诗类型大片的绝佳题材,但在创作过程中,导演却鬼使神差地把它拍成了一部多种风格的拼贴。影片的前半段是强烈的动作片,中间则换成了心理文戏,而高潮与结局部分又变成了舞台剧,最后的尾声陡然间又化作了抒情的"小清

---

[1] 参见陈旭光:《影像当代中国:艺术批评与文化研究》,北京大学出版社,2011年,第297页。

新",而影片与百变之中徒不见的是史诗巨制的始终如一。

此外,存在同样征候的还有胡玫导演的《孔子》。该片的出场,一方面,呼应的是国内国学热的兴起,主导意识形态想借助重读古典的机遇来弥合传统与现代的断裂,为当代核心价值观的建构寻找古为今用的内在联系;另一方面,策应的是孔子学院在国外的设立,显示的是一种和平崛起的大国在全球化背景下,为建立国际新秩序,提供文化方案的能力。毫无疑问,如此宏大的政治话语必定要选择宏大的叙事形式,也就是说,导演作为国家意志的代言者必须把《孔子》拍成一部具有史诗性的鸿篇巨制,显然这是一个主旋律的命题。但导演毕竟已处在市场经济的环境中,同时,还背负着第五代的艺术身份,他们都是在这三重律令的征调下进行言说的。而从成片来看,最具控制力的还是"市场那双看不见的手"。

影片尽管出于史诗叙事的考量写了孔子一生曾经为官、周游列国、丧家之犬、恸哭颜回、返鲁授业、编修古籍等重要经历,但编导还是把着力点放在了如何赋予《孔子》"可看性"的商业化类型改造上。为此导演苦心孤诣地加入了许多商用戏码:如"子见南子",描写孔子如何抵御情色诱惑,表面上是对"发乎情,止乎礼"的喻说,实际上是借孔子的视点迎合观众的观淫;再如,影片中"平叛谋反"攻城略地的大场面绘制,孔子"百步穿杨"的秀技、"舌战季恒"的逗场,以及对他在"加谷会盟"桥段中呼风唤雨的巫师化处理,这些都是为了增强其影片的通俗性、动作性和奇观性。

导演本想用这些神化、戏说和奇观的类型演绎,来改善人们对孔子"万世师表"的刻板印象,但这种轻喜剧的变奏,却篡改了题材本身原有的基调,如此肤浅的"类型化"显然是草率的。由于这样的戏份过多,反而那些作为史诗叙事必要的宏大历史背景叙述被忽略了。加上太过拘谨、小气的桥段式构型(空间对时间的割裂)都冲淡了《孔子》作为伟人史诗传记片应有的文化质地和巨制感,而使它沦为一部普通的情节剧。

其实,"孔子"书写的精髓正在于他克己复礼,为理想社会呼号奔走的那种"知其不可而为之"的悲剧性格,以及在这种经年累月、亲力亲为的坚持中所表现出来的隐忍、悲悯和仁义大爱;恰恰是这种"悲剧性"才显现出他作为"圣人"的独到。孔子并不是一开始就是圣人,而是在历经磨难中才成为圣人。如果导演没能写出这种悲剧性格形成的历史和人物思想转变的过程,他也就没有把握人物传记如何获得史诗性审美的要领。

尽管以上这些电影在资本运作和媒介营销上已经完全实现了市场化，而且这些第五代导演也在努力进行商业类型化的尝试，但他们的转型总显得犹豫不决，总是在主旋律、作者与类型之间纠结、徘徊，并在这三种美学的牵扯下顾此失彼。其实，在他们尚对体制话语心怀提防，对放弃作者立场心有不甘，对类型美学理解不透的情况下，所谓的汇通，一定是不得要领的浅尝辄止与生硬的缝合，而反映在他们文本上的必定是类型的失范与风格的暧昧。

在此期间还有一部由"事件"升级为"现象级"的新类型历史叙事影片，这就是韩三平和黄建新联合执导的"政治史诗商业大片"《建国大业》，仅从命名上就能读解出它的特殊性。

按照题材划分，本片应属于主旋律的范畴，即，它是一部为我国现行政治体制合法性辩护的政治电影。如何避免过去人们对主旋律电影刻板、说教的印象，让更多的人走进影院，接受其政治话语，创编者与时俱进地选择了类型化的策略，为此加入了许多商业元素，将一部主旋律电影打造成了"明星奇观与视听杂耍的盛宴"，产生出了令人愉悦的视觉快感。此片有国内170多位明星出演，出品方利用观众对偶像的崇拜和大明星出演小角色的"事件"来开展营销宣传；再就是"通过现代电影影像机制杂耍蒙太奇，创造出一种富有感染力的新视觉影像形式"，[①]如此来展现新中国如何诞生的历史过程，让人们在奇观影像的制导下接受这样的政治理念：中国共产党的执政地位和中华人民共和国的国体以及人民政治协商制度的产生，是不以人们意志为转移的历史选择。

作为一种"视觉政体"[②]编码的文本，可以说，这部影片创造了当代政治与商业、艺术共谋的神话，使得其政治、商业、美学各得其所。本片既赢

[①] 刘永宁把"现代电影影像机制杂耍蒙太奇"看作现代电影获得形式感染力的主要途径。他把作为一种电影表现手段的蒙太奇在现代类型电影所呈现出的性状、功能和作用进行了总结、提炼，并加以阐释，进而把它提升为一种关于现代电影的"本体论"。笔者以为，此论对于我们理解现代商业类型电影奇观性的生成是有启发的。参见刘永宁、于忠民：《明星奇观与视听杂耍的盛宴》，《电影文学》2010年第13期。

[②] "视觉政体"（scopicregime）是马丁·杰（Martin Jay）提出的概念，它指的是经由传统视觉中心主义所形成的一整套视觉认知制度及其价值导向，它是社会主导意识形态为规训主体认知和实行社会控制的一系列视觉镜像装置，以便用它形成一种主导文化的视觉实践与生产的询唤系统。此范畴被用于20世纪90年代后兴起的视觉文化研究，笔者在此借用这一观念是想用来解释主旋律电影当下"类型化"嬗变的传播策略。

得了观众,创造了高票房,又实现了政治话语的有效传播,同时,也为主旋律电影找到了娱乐的契机和时尚的可能。这一新美学改变了过去《开国大典》(1989)、《大决战》(1991)、《重庆谈判》(1993)这些传统政治叙事"单色系"的叙事模式,开创了具有本土原创性的政治史诗商业大片的类型。但是,这种以体制召唤众多明星义务参演的制片方式显然违反市场规则,不具有可复制性;所以,后续拍摄的《建党伟业》(2011)其影响力就大不如前。《建国大业》的问世表征着资本已经开始向政治话语领域的渗透,或者说,体制也向资本还以了投桃报李式的拥抱;而更具有象征意味是,此时,第五代已完成了向体制的集体融入。

作为第六代导演,在历史叙事上,虽然还没有像第五代那样的集体亮相,但王全安导演的《白鹿原》因其对中国最具史诗性小说的改编而引人注目。这部诞生于寻根文学之后的新历史小说,摒弃了以往革命历史小说二元对立的叙事模式,力图从人与土地、人与社会的复杂历史关系中揭示令人惊骇的人性和我们民族心灵的秘史。

与原著相比,影片的改编虽然基本保持"白家"与"鹿家"在白鹿原上争斗的主线,对其历史背景和风土人情也有所顾及,但导演在处理文学叙事、史诗叙事与电影叙事的关系时,更多还是朝向了商业类型的改编上。编导兴趣盎然于"性事"的展示,电影中频频出现的色情戏码占据了大量篇幅,特别是对性爱过程中女性裸露身体的展示成为这部影片的主要看点,而把原著对社会的人的复杂性书写降格为对人的动物本能的书写,将人与人、人与社会的关系简化为了性爱关系。① 特别是原著那种波澜壮阔的社会变迁图景不得不被压缩在了狭窄的戏剧化时空中,结果,小说原有的那种深邃的历史感、广袤性、辐射力,即构成乡村秘史的方方面面,被一并减除。由此,小说《白鹿原》最终被改编成了一部充满着男权意识的,即一部让男性观众获得视觉快感的观淫,看《白鹿原》变成了看"田小娥"。而原著作者那种在重述历史的过程中,对民族历史文化进行再反思和再认识,以此来揭示我们民族深层心理结构的史诗书写被改编者商业化的"观淫"彻底瓦解了。

---

① 马克思认为:"人的本质不是单个人所固有的抽象物,在其现实性上,它是一切社会关系的总和",其中最重要、最根本的关系是生产关系,是其所处的所有制,即生产关系决定了人的本质。《马克思恩格斯选集》第1卷,人民出版社,1995年,第60页。

正如英国女性主义批评家劳拉·穆尔维对男权社会体制下所形成的观影机制的分析那样：好莱坞电影是生产快感的机器，而快感的主要来源在于它能为男性提供貌似合理合法的观淫，而在这种由观淫获得的视觉快感中无不隐藏着一种不平等的"看与被看"的性别关系。即，女性总是被作为男性欲望的样子而出现在银幕上，她总是处于被动被人看的位置，而男性则是主动看的操纵者。① 因此，女性身体在好莱坞电影中就成了最受欢迎的消费而成为永恒的视觉中心，而现代奇观电影又放大了这种身体奇观所带来的"力比多经济"效应。

应该说，能够完全按照商业类型大片制式来进行电影生产的，当属来自香港导演的类型示范。他们不仅用叙事来带动奇观，而更喜欢以奇观来筹划叙事。

这就是吴宇森的《赤壁》和徐克的《狄仁杰之通天帝国》。由于他们长期浸润于国际化的商业环境，他们很少受到国家意识形态和作者话语的影响，不像内地的导演要背负那么多的"主义"，而顾虑重重。相比之下，他们心态放松、身姿轻盈，富有游戏精神。

他们的改编不太受"尊重原著""尊重历史真实"等观念的束缚，从而拘泥于"原著"，而是按照能否最多限度的给观众提供可资娱乐消费的卖点来"定范"。他们认为"这些故事"本身就是"演义"，而作为商业片的导演，其职责就是要升级这种"演义"，尽可能地彰显类型电影的"可看性"，为投资方赢得利润。他们善于在"大话"和"戏说"中极尽奇观之能事。

两部古装史诗大片，《赤壁》是根据古典名著《三国演义》部分章节的戏说，而《狄仁杰之通天帝国》则是来自相关野史的发挥。影片借"历史大戏"将明星秀场、功夫武打、观淫窥私、奇技装置等商业元素集于一身使其类型特征更加感性、更加奇观。

他们处理这类历史题材，自有他们演绎其诗性历史的独特方法，这就是充分发挥类型电影的"假定性"，把空间想象和影像复魅做到极致。他们像魔术师一样善于从题材蕴含的可能性中专门研制出各种奇观巧技来魅惑观众。他们尤其在制景、装置、特技、特效的美工方面表现出惊人的

---

① 参见劳拉·穆尔维：《视觉快感与叙事电影》，周传基译，载张红军编：《电影与新方法》，中国广播电视出版社，1992年，第212页。

创意能力,凭借着这些奇门妙术炮制出各种噱头,让观众目不暇接、惊奇连连,并以此成全他们的剧情结构。

如《赤壁》各个兵种、各种器械、各种战法的奇观展现,"草船借箭""借东风""火烧赤壁"等桥段的处理;再如《狄仁杰》中的"通天浮屠""无极观"和"鬼市"等魔幻场景的营造,都让人大开眼界。当然,还有普世主题的表达。前者,最后尾声话锋一转向,将先前所有的暴力、阴谋、化解于冠冕堂皇的反战话语之下;后者,则在拍案惊奇中诠释了导演对政治"理想国"的理解,"狄仁杰"实际上就是导演在电影中"维护秩序"的想象化身。这些都表现出了导演对类型范式"主题"的把握能力(维护体制的合法性)。他们的作品都带有强烈的"港式绘本"印记,为内地类型电影的发展带来了国际化的信息与经验,也推动了香港与内地电影文化的进一步交流融合。的确,他们的电影商业当量极为充沛,达到了各种奇观的融会贯通。但他们在人文叙事、历史意蕴和诗性审美上尚显不足,这与世界经典史诗大片的品质还存有一定的差距。

二、游离于商业类型化的史诗叙事

当然,时间之窗不是"定性商业类型"的绝对尺度。如前所述,尽管20世纪90年代以来,中国电影已经开始了市场化、产业化的改革,但并不意味着这个时期所有的电影创作,包括史诗叙事,都朝向了"商业类型化",特别是受国内当时电影制作技术的制约,我们尚未掌握"奇观化"的技术和观念,对大片美学的认识还处在朦胧阶段;相当一部分电影人还没有及时融进电影的商业化中,有的是由于对类型美学的陌生和无知,有的是出于对传统叙事的习惯或坚守,还有的则是处于对商业化的警惕与抵抗。

在此期间,中国第三代导演的谢晋和第四代导演的黄健中分别拍摄了《鸦片战争》(1997)和《我的1919》(1999)。他们的史诗叙事相较于以前在立意上都有着对传统历史文化反思的意味,在制式上也有了朦胧的大片意识,但在思想深处与美学观念上仍未突破传统的话语模式。作者基本继承了救亡图存、反帝爱国的政治主题和注重人物塑造和典型化的现实主义表现方法。他们诚如其作品主角的悲剧性格一样都有着一种孤身坚守的悲壮。前者,导演通过对进入中国近代史标志性的历史事件的重温来表达他们这一代知识分子殷殷的忧患意识;后者,导演则在孤身捍卫国家主权的民国外交官顾维钧(陈道明饰)身上找到了延续第四代导演理想主义的人格范型;而这些文本主旨都与商业类型意趣甚远。

陈凯歌的《霸王别姬》(1993)和张艺谋的《活着》(1994)虽然疏离了早先的实验先锋性,开始了回归电影的"故事性",但从本质上来说,他们的叙事还是指向艺术的,是以作者为中心的。这些浸润着伤痕、反思、寻根和新历史主义的思潮的历史叙事,其"非英雄化"和"历史无常"的书写仍是对"十七年""记忆治理"①(mnémo-gouvernement)压迫的反抗,即,对过去革命的乌托邦叙事的修正。作者通过小人物,如"程蝶衣"(张国荣饰)和"福贵"(葛优饰)的个人历史遭际,来揭示"革命历史"对个体生命"运命"之力的强悍,以及人在革命历史潮流裹挟下的盲目冲动和无助无奈。应当说,这些话语都带有一种思想启蒙者的担当与自命不凡,此时,他们的美学取向主要还是精英贵族式的,对商业化还是漠视的。

作为一个体制外的代属第五代的导演,冯小刚一直在自己自创的草根类型"贺岁片"里纵横驰骋。然而,他却在 2012 年放下他轻车熟路的京腔调侃和现实热讽,转而以宏大叙事的正剧代替他小品合成的版式,投资 4 亿人民币拍摄了一部庄重的苦难史诗大片《温故 1942》。

导演借重现实主义典型化的方法以老东家范殿元(张国立饰)及其佃户瞎鹿(冯远征饰)两个家庭为代表,通过他们在逃荒路上的悲惨遭遇来隐喻我们整个民族饱经苦难、命运多舛的历史。导演在较为冷静的叙述中,抓住了逃荒流民从对生存的渴望,到对生命的贱卖,直至对死亡的麻木的心灵蜕变过程。正是因为作者看到了我们民族那时曾经的内忧外患、天灾人祸和草菅人命,了解到了我们民族的命运是如此的不堪,才激发了作者对苍生生存的关切,对个体生命的敬畏,对家与国关系的反思。此片可谓咯血之作,情感真挚、内容厚重,确有一种史诗般的震撼力,这是作者排除一切杂念,虔诚而又端静地面对自己内心的时候才会有的力量。

虽然影片有许多明星的参演和一些特效特技的奇观镜语,例如,模拟

---

① "记忆治理"(mnémo-gouvernement)这一概念由福柯提出,它揭示了主导意识形态通过自己掌控的电影机器赋予大众以记忆的内容与形式,从而将他们纳入体制。我们有关历史的记忆大多都是经由这种精心编码的"历史叙事"治理过的。参见李洋:《福柯与电影的记忆治理》,《文艺理论研究》2015 年第 6 期。

日本飞机的投弹轰炸的鸟人视角等,但这些都还是为了叙事的需要而非有强行的奇观秀。导演虽有对票房的期待,但并没有采用商业化的叙事套路,反而以"影以载道"的公知姿态,来借助历史叙事参与社会政治的讨论,以此警示政府的职责。但该片由于过于苦难的基调和对传统叙事模式的深度回归,而缺乏现代应有的视觉愉悦和快感,显得有些沉闷和压抑。

而当第五代导演几乎被资本市场集体招安的时候,仍与商业化保持距离、逆向而行并抱有清醒抵抗意识的导演则是贾樟柯。他拍摄的情感史诗叙事《山河故人》依然是特立独行的个人化表达。

贾樟柯善于在时间的流逝中表达他对各种"丢失"的关切与忧虑,借此表达出对现代化与现代性的质疑。即使是现在进行时态的现实题材的拍摄,也必须是以诗人看待历史的眼光来审视。他用长镜头的"时间形式"在连绵不断的时空中呈现出曾经的拥有;而这一切的细心都是为了让将来的忆者留有"立此存照"的依据,即,对现实叙事的历史化态度。

作为史诗电影而言,"历史感"不仅仅是指过去时态作为背景的意义,更在于它历时性的持续久长所给予人、事、物带的影响与变化。正是这种"时间形式"赋予了人物成长、性格形成、生活斑驳得以充分展现的依托。这也是为什么贾樟柯的电影不称史诗而却极富史诗性的魅力所在。贾樟柯的史诗叙事可以看作中国大陆20世纪80年代思想启蒙运动思潮下所产生的艺术电影的余脉和变奏。因为他保持了对历史和现实应有的警觉、反思与批判;而不同的是,他把这些警觉、反思与批判直接地朝向了现实,而不是借助历史来迂回。

中华民族是一个多民族的国家,少数民族的史诗叙事是中华文化的有机组成部分,也是中国史诗电影题材的重要来源。这一时期创作的少数民族史诗电影有《东归英雄传》(1993)、《嘎达梅林》(2002),它们都是具有史诗大片潜质的题材,其中蕴含着丰富的类型元素,例如,历史旷远、英雄传奇、地域景观、风土习俗、矛盾冲突、战争动作等。但是,编导却没有充分利用这些题材优势,赋予其史诗类型大片的美学实践,而是习惯性地把它们简单地处理成传统制式的爱国主义和民族大团结的主旋律电影。不难看出,编导对现代史诗类型大片美学仍缺乏时代的审美敏感,其在思想立意与艺术处理上甚至还未能超越汤晓丹导演的同类题材《奥雷一兰》

(1979，上下集)。

三、达向史诗类型叙事的理想之境

纵观中国电影产业化以来的史诗叙事，我们可以得出这样的基本判断，虽然还有部分影人固守着过去的电影传统，或对商业类型抱有迟疑，甚至是抵抗的态度，但在全球化的趋势下，中国电影的产业化已经成为主流，包括史诗叙事也进入了商业类型大片的实践阶段。然而，我们的史诗类型大片无论是在数量规模上，还是在质量规格上，仍差强人意，而能享誉世界的精品更是乏善可陈。

我们现在已经意识到了"史诗类型电影"无论是作为国家形象塑造、历史文化传承、人文价值传播，还是作为丰富类型样式，完善电影文化生态，抑或满足大众文化消费，实现资本商业运作，它都是一个载荷极高的品类；作为一个坚持文化自信的大国，我们应该有属于自己的现代史诗大片，以便参与国际间的对话与竞争。

如何突破当前我国类型电影的发展瓶颈，如何繁荣中国的史诗类型创作；诚如贾磊磊所思考的："怎样建立一个在商业类型上具有兼容性、在文化取向上具有通约性、在审美趣味上具有当代性的主流电影，从而唤起对中国电影的观赏热情与对中国电影民族品牌的认同，以适应全球化带来的挑战？"①

对此，我们是否可以采取这样的应对策略：一是"洋为中用"的向外借鉴；二是"古为今用"的向内吸收；三是提高大片制作的技术；四是加强批评理论的建构。

如果从1949年算起，我们的商业类型电影竟有长达40多年的缺席期。因此，我们有必要向经验丰富的好莱坞学习。他们毕竟经历了上百年的发展，他们的类型美学完全是在激烈的市场竞争中练就的。好莱坞善于把外在于电影的资本图谋转变成一种符合电影叙事规律的内在需要。他们已经找到了如何把自己的"美国精神"隐叙其中而又能风靡全球的一套话语修辞模式。

那么，我们怎样找到适合于自己"中国精神"的诗学表达，即，在进行

---

① 贾磊磊：《中国电影产业化的类型重组与价值整合》，《当代电影》2016年第4期。

借鉴的本土化汇通的基础上,实现自我内生性的创新,开发出具有中国气派的史诗类型?

首先,我们要从自己的历史文化中寻求支撑,以保证我们的现代史诗大片叙事是有坚实文化根基和国族身份的。我们有5 000年的历史,我们是一个重视修史的民族,我们还是一个富有文学艺术传统、热爱诗歌的国度。世界上没有哪个民族的历史文化像中华民族这样博大精深,源远流长。可以想见,这当中蕴藏了多么丰富的哲学智慧、历史学说、文学遗产和故事题材。我们还有以意境、风骨、心性、含蓄等独到审美体验的东方诗学,只要我们用心钻研,确有心得,就终能找到与当代类型叙事的结合点,其大作必然可期。李安《卧虎藏龙》的灵感与神韵,不正是来自这种传统文化的滋养和启示吗?

其次,我们可以通过对自身电影传统的反刍来借力,以获得现代史诗类型叙事的再生资源。一方面,我们已在产业化的进程中积累不少经验和教训;另一方面,共和国电影的发展道路虽然曲折,但我们也取得了丰硕的成果,创立一些具有本土特色的史诗叙事品类,例如,戏曲的、武侠的、战争的、政治的、领袖的、英雄的,还有少数民族题材的等。我们都能从对这些史诗叙事的诗学总结与反思中得到启示,并以史诗大片的思维予以这些题材重拍的可能,从而实现史诗资源的再生利用。

还有,就是我们要及时跟进和掌握最先进的电影科技、制作工艺和产业运作方式。当代最具世界影响力的商业大片,包括史诗大片的创制无不是运用最新技术最新工艺的结果。如当年卡梅隆的《泰坦尼克号》《阿凡达》对全球票房的垄断就是依靠其对当时电影最新科技的垄断所制造的"视听奇观"来实现的。正是技术创新带来了艺术创新,最终促进了文化创新。大师们正是在将新技术转化为新的艺术表现手段、新的视听语言来不断推进电影艺术的发展的,并在适应新的文化需求中创造出新的文化范式。再有,我们还可以利用全球化的背景,面向全球进行电影优质资源的配置和跨国合作,以实现我国整个电影产业在较短时间内对西方发达国家的弯道超越。

最后,我们还要加强史诗大片的创作、批评与诗学构建之间的积极互动。我们必须看到制约中国电影产业化以来史诗类型创作的一个重要原因,就是缺乏这"三者"之间的有效互动。创作的乏力,导致了作品数量的稀少，继而又酿成了可资批评范本的匮乏，最终造成了此域诗学的缺席失地；反过来，由于缺乏有针对性的批评和对应性诗学的引导又影响了我们的创作质量，从而造成了恶性循环。我们不仅需要对类型电影概论式的研究，更需要对类型电影细分的探索。而现在，我们的史诗类型大片，无论在创作、批评，抑或在它的诗学建构方面都还处于开题阶段。

电影作为一种大众媒介传播，包括史诗类型大片，具有很强的社会建构性。这种建构性是经由其文本所输出的技术、美学和文化对人的影响来实现的，也就是说，电影是通过对人的主体性培育来实现它对社会的建构的，而这种建构的质量又决定了我们社会所达到的文明程度。

所以，我们必须关注我们的主体是如何被电影建构的，是被什么样的电影来建构的。我们认识类型大片与其奇观美学不是为了被动地描述它，而是为了主动地完善它。我们既要认识它积极的一面，又要指证它消极的一面，而不是一味地屈从。

类型大片与其奇观美学，作为一种现代性的文化，是我们寄寓其中展开反思批判、领悟此在和筹划未来的前提。毫无疑问，类型大片及其奇观美学确实改变了我们传统电影的形制和传统文化的形态，为我们展示一种新的文化可能性，它所给予我们的观影快感体验，包括它的叙事旨趣和视觉传达效果，都是前所未有的。这种快感文化满足了当下消费社会人们的娱乐需求，为人们"力比多"的投放提供了合法通道，而长久以来被我们压抑和剥夺的电影娱乐性重新得到了恢复。

但是，一味地强调电影的娱乐化，又是另一种过犹不及。当前大行其道的商业大片和奇观美学明显带有去经典化、去历史化、去人文化的倾向；当电影轻视自己的艺术身份和审美功能，而仅以娱乐功能逞强时，它是无法实现对其社会文化的全面建构的。文以载道、尽善尽美、人文关怀不应该只是我们诠释电影艺术的点缀和口头承诺，而应当成为我们电影人全面履行电影职能的使命担当。

笔者理想中的"当代中国史诗类型大片"应当是"诗电影"和"历史叙事"以及与具有鲜明时代感的"大片制式美学"的深度融合，即，最终实现史诗叙事的故事性、人文性与奇观美学的有机统一。创作主体应当以诗人的情怀，诗性的思维来感受、表现历史；并且，他在处理历史题材时应秉有强烈的历史意识，总是把人物命运、历史事件和故事情节置于历史巨变的过程中加以展现,无不给人以波澜壮阔的历史画卷感;作者应特别关注人与历史的关系,并在这种关系的纠葛中表现出对人性复杂的洞察和对历史谜团的洞见。因此,气魄宏大、荡气回肠、诗意盎然、洞悉人性、穿透历史且又对话当代是它应有的品质,而这些又是经由最新电影技术创生而成的大片美学制式来呈现的,所以,它又是深入浅出的、雅俗共赏的且具有现代感的。

从经验到象征

——论吴天明电影艺术观念的转变

裴亚莉*

[内容提要] 在吴天明导演的电影中,尤其是在《人生》和《老井》中,我们可以看出吴天明在艺术观念上发生某种演变的轨迹。这个轨迹就是从经验性写作到象征性写作的转变,是从社会主义现实主义到某种具有现代性的艺术观念的迁移。这一艺术观念的迁移,隐含着吴天明的艺术观在"为人民"和"为艺术"之间的矛盾和抉择。《老井》在国际和国内的成功,预示着走向市场、走向形式奇观和精英话语特征的中国电影,已经具备了成熟的生存环境,这可以说是20世纪80年代中期以后中国电影发展方向的一个富有意味的启示。

[关键词] 吴天明 经验 象征

从电影《人生》看吴天明的艺术观念,可以确定它是社会主义现实主义的艺术观念在新时期中国电影领域中的典范实践,这种艺术观念决定了导演在影片的创作过程中,总是以描摹和刻画劳动者为主要艺术目标;总是将深沉的情感和崇高的敬意投射在那些与土地相关的银幕形象上面。而到了创作影片《老井》时,由于20世纪80年代中后期中国文艺思潮的多元并存,价值观念也可以说日新月异,吴天明将新的文艺思想和价值观念都当作社会主义改革所带来的新事物,怀抱着积极尝试和热烈欢迎的态度予以探索和实践。所以,尽管从价值选择上看,吴天明并没有变

---

* 裴亚莉(1971—),女,博士,陕西师范大学文学院教授、博导,主要从事文学理论、电影美学、比较文学方面的研究。

更自身所秉持的"社会主义"理想,但由于《老井》拍摄完成和上映的时期(1987),中国电影正面临着市场化的转型,电影理论界也正经受长镜头和蒙太奇之间的语言之争,艺术观念也在经历着现实主义与现代主义之间的激烈冲突,尽管批评家和观众对该影片的评价和研究已经倾注了巨大的热情,给予了很高评价,但对于该影片在艺术观念的革新上所表现出的在思想世界的迁移,评论界并没有深入展开;对于《老井》在艺术趣味和价值取向上的未来启示性,国际和国内学术界的研究也未能及时展开。所有这些未完成的评价,在客观上影响了对吴天明电影进行理论评价的地位。本文试图从上述问题入手,寻找隐藏在吴天明作品中的复杂性,使其成为了解当代中国电影和社会发展过程的重要标本。

一、电影《人生》与感性的经验书写

电影《人生》可以被看成是20世纪80年代中国北方农村青年的城市梦和爱情梦,这是没有疑问的。问题在于,尽管导演和编剧都不认为这一部影片是在鞭挞农村知识青年高加林在爱情上的背信弃义,但观众在情感上还是将自己的"喜爱"留给了"非知识"的农村青年刘巧珍,认为她才是值得赞美的人。原因在什么地方?新中国电影的传统之一,就是努力剖析知识分子这一群体在"无私"这一社会主义美德中的虚弱性,同时对体力劳动者的诚朴、牺牲和可靠进行了大力的张扬,这固然是社会革命的成果,但显然也构成了一般群众以及艺术家的人生观、价值观和艺术观。应该说,尽管路遥和吴天明在理智上都认为高加林在精神世界里的挣扎也是他们的创作要表现的核心主题,但他们在情感选择上习惯于与体力劳动者站在一起的立场,早已将刘巧珍推向了故事的唯一核心。如果不探讨异化问题,单纯就"劳动生产了美",这一有关劳动和美之间的生成性关系的事实来看,马克思的这一经典论断,可以说是我们进入《人生》电影批评的最基本的通道。

刘巧珍的一切生活都是在生产劳动中获得展现的。劳动这一表现对象几乎已经被今天的农村题材的影视剧遗忘了。这正说明了20世纪80年代初的美学观念和今天的不同。刘巧珍的最初出场,是在玉米地里和一群姑娘媳妇锄地,而后她到自留地里摘"自己种的"甜瓜,或者就是在麦秸堆里和高加林谈恋爱,说的也是"满年劳动的人"的感受,后来高加林进城后,她前去探望,又匆匆离开,理由是"锄头还在地里放着"。可以说,除去劳动,刘巧珍没有属于自己的生活领地。这尽管是导致她追求高加林失败的本质原因,但她与劳动和土地的关系,却奠定了她作为新中国银幕上最丰满可感的乡村女性人物形象的基础。这一形象的成功,并不仅仅在于形象塑造本身,而更在于她代表的是一种只有在社会主义的价值观当中才会得到弘扬的对劳作在大地上的人们的讴歌。刘巧珍的形象,代表的也是新的历史时期中国农民和土地之间因彼此拥有、深度爱恋而产生的无可比拟的情感性共存关系。这正如路遥在《人生》小说中所写的那样,他对这"单纯而又丰富的故乡田地,心中涌起了一种深厚的情感",也正如肖云儒在对路遥进行评论的时候,总是突出强调路遥的"恋土情结",[①]认为高加林离开刘巧珍和高加林离开农村的乡土大地是同样的逻辑。所以,尽管路遥和吴天明都在理智上为探讨高加林的精神世界和人生轨迹作出了充分努力,但就艺术形象的可感性这一评价维度而言,刘巧珍才是有魅力的。这无疑是因为:刘巧珍这一形象与土地的关系,决定了她与富有诗意的生活之间的联系,是可感而不可分析的;高加林恰恰相反,他代表了值得分析但难以感受的那一种艺术形象。

刘巧珍形象的可感性表现出吴天明作为电影导演对路遥小说人物形象的电影化"再造"。或者更可以说:比起高加林的书本式的人生,刘巧珍的大地式的人生,更适合在银幕上予以表现。而当在导演还处在经验性的创作过程中的时候,情形尤其如此。在路遥的小说中,刘巧珍是被动的,是处在高加林的"忽视""注视"和"冷遇"中的。但在电影《人生》中,刘巧珍获得了自己的生存领地,她在大地上劳作,她是自由的,是完满的,其人格是独立的,是勇敢于主动追求的。尽管吴天明和路遥从个人身份和精神世界上与高加林更接近,但是作为艺术家,他们无疑都十分肯定地在刘巧珍身上倾注了最大的热情和最令人惊叹的才华,因为巧珍的感性特点和艺术的抒情性特征是吻合的,这一特点与两位艺术家在这一阶段的经验性写作的艺术观是吻合的。这正如周蕾在她的《原初的激情》中所写到的那样,因为"阅读和写作被电影媒体的来临去中心化",所以在电影

[①] 肖云儒:《路遥的意识世界(论纲)》,载畅广元主编:《神秘黑箱的窥视》,陕西人民出版社,1993年,第177页。

中,"文学符号也同样被民主化地动摇与驱除了,亦即从精英阶级生活记录代言者演变为民众生活记录的代言者"。也就是说,是电影这一媒介为刘巧珍这样的"不识字"的人提供了呈现自身精神世界的时间和空间。她的一切并不是由艺术家从理性的书本知识上通过思考获得的,而是从感性的生活经验中通过"看"(农业生产和乡村家庭生活的景观)和"听"(动人的情话和信天游)获得的。而导演获得刘巧珍的人生经验的方式,正是电影展示她的艺术形象的方式,也是观众体认刘巧珍的全部内在精神世界和外在活动的方式,这种方式就是感性。

刘巧珍形象的感性特征,在影片的情节和细节设置上处处可见:

影片开始后不久,高加林和德顺爷在黄土梁子上刨地,而巧珍,她本来是和一群青年妇女在玉米地里锄地,现在她来到地头喝水。她所喝的水,装在一个瓷罐子里。① 也许在那时候的陕北农村,人们用这样的瓷罐子装水是很普遍的,但是,微妙之处在于,即便是使用同样的瓷罐子喝水,高加林大口地喝在镜头中是侧面的角度,他青春而英俊的面部轮廓、边喝边洒落的水滴,似乎在表明着:尽管愤懑,但高加林有信心、有能力对自己的命运有所改变。然而刘巧珍不同,镜头从她的正面拍过去,深褐色的瓷罐子将她的脸庞完全遮盖,只剩下眼睛露在观众的视野里。完全看不到她是否喝到了水。然而,而当她将罐子放下,目光向着远处的高加林望过去的时候,我们看到的是一双因为不可说出的爱而极端忧伤的眼睛。德顺爷喊:"加林,你这个犟小子,你不要命啦!""加林"的名字被喊出的一瞬间,镜头给出了刘巧珍的反应,这个名字像是喊在她的心上。而当德顺爷将高加林拉到树下,打开他的手掌,露出被橛把磨破的手掌的时候,镜头由远景迅速切换成流血的手掌的特写,刘巧珍的因无法说出的爱而"心疼"的心情,"跃然纸上",打动我们。将高加林和德顺爷刨地犁地的段落完整地安置在刘巧珍喝水的两次动作之间,这使得这一普通的劳动场面、德顺爷喊"加林"、巧珍所苦恋着的心上人的手受伤的画面,变成了一个令

---

① 在路遥所撰写的电影《人生》剧本中,刘巧珍她们劳动时,放在田间地头的,是"茶缸子",而非瓷罐子。这在某种程度上说明,在电影中,导演决定使用瓷罐子作为巧珍的饮水器具,可能有陕北地区民俗民风方面考虑,不过从客观上来说,这个瓷罐子能够将巧珍的脸部遮挡;巧珍能够将自己的脸庞深埋在瓷罐子里,这是因爱而忧伤的人特有的行为和器具。演员行为和器具的选择,表现出导演在经验书写中呈现感性特征的超凡能力。

人(巧珍和观众)惊心动魄的过程。——尚未考证吴天明和《人生》的摄影师陈万才到底有没有留心过费穆的《小城之春》中章志忱听到老黄说兰花是"少奶奶让送来的"这一句话时突然给出兰花之特写的那一组镜头。这两个特写镜头间逻辑极端相似,因为它们说明,在重视情感表达的艺术家那里,在标明视点的前提下,果断地甚至突兀地使用特写镜头,是这些写经验的艺术家不假思索所选定的方式。

刘巧珍继续寻找向高加林表达爱情的机会。高加林在路边开垦小块地,刘巧珍唱着信天游(上河里的鸭子下河里的鹅)从山坡下走过来。她本来是在自由自在地唱,可是一拐弯发现高加林在那里挖地。歌声稍有停顿,然后她更加深情地唱起来。这个停顿,是她由意外到欣喜的思想过程的转变,她继续唱她的信天游(清水水的玻璃隔着窗子照),是她鼓起勇气要把这个偶遇当作表白的机会。刚好唱到"叫一声哥哥哟你快回来"的时候,她和高加林之间的距离,还可以安静地走一段。在整个过程中,高加林都一直在挖地。快走到高加林身边的时候,她喊"加林!"然后蹲下来,从框子里捧出三个甜瓜:"这是我们家自留地的,我种的!"说话的时候她抬起头,眼睛里满是对自己所拥有的劳动能力的自豪,也是将自己种出来的劳动果实与心上人分享时所感受到的"奉献"的幸福。可以说,在所有写农村青年之爱情的银幕形象中,没有哪一个镜头能够像刘巧珍手捧甜瓜对爱人说"我种的"这一句台词时更有魅力的了:一个劳动者,一个因劳动而美丽的青年女性,一个因为内心充满了未被说出的爱而愈加纯洁的女性,全都集合在这一个动作、眼神和台词当中了。——而吴天明作为一个在传达感性经验方面能力超凡的艺术家,他并没有让这一个段落到此为止,仅仅停留在故事情节的交代上。当刘巧珍使用了自己所有的勇气说出了表示爱情的话,将甜瓜放在高加林身旁小路边以后,高加林居然没有说任何话,他又开始挖他的地!这时候,观众的情绪还在随着巧珍的方向继续升温,但高加林的反应却让这个升温过程意外地戛然而止:镜头固定在甜瓜所在位置,"目送"着刘巧珍,走出去很远。这个延宕,何其动人!因为这里面充满着爱的怅惘。刘巧珍早就爱着高加林,而高加林却是第一次被提示,他没有作好任何心理准备,他的反应虽然正常,但完全令巧珍和喜欢巧珍的观众失望,所以这个让巧珍在其中渐行渐远的长镜头,承担的是观众的全部的同情和不满。观众的心已经不由自主跟着这个内心里交织着痛苦与甜蜜的姑娘愈行愈远了,但观众的脚却与那一台摄影机一起,被固定在小路的某一个点上,因怜惜和惆怅,难以动弹。而且,这个延宕,也暗示了两人的爱情最终的悲剧结局。——信天游的歌词与场景的奇妙结合,歌唱家冯健雪对陕北民歌《叫一声哥哥你快回来的》的完美演绎,还有长镜头的使用,它不仅展示了人物劳动的广阔地貌,也赋予了人物情感以具体可感的附着物,无一不在显示创作者对土地、对劳动、对地域文化和爱情体验在经验层面上的痴迷。

当然,我们在说刘巧珍形象的时候,其最终的目的是在说,影片将那些与土地和农业及其所连带的乡村文化的价值,看成是最高的价值。与刘巧珍一样,拥有这些价值观的人们,他们表达自身的语言,是简单的,但是他们的劳动经验,是复杂的,而其情感世界,又是极端内敛含蓄而丰富的,这一情感通常通过民歌或者幽默语言的方式表现出来(德顺爷的恋爱和情歌,刘巧珍的恋爱和情歌,马栓的性格和语言)。当然,还有一种方式,就是沉默。

沉默是西方人对中国百姓的直观认识,沉默也是20世纪80年代以来中国第五代电影导演对中国乡村百姓的"呈现"。但是,到底将沉默当作是对普通大众及其"麻木"的概括和判断,还是认为在这"沉默的大多数"当中蕴藏着能动性、智慧和情感,这代表的是不同历史时期、不同艺术观念的艺术家的不同认识。张艺谋和陈凯歌在《黄土地》里面对于陕北农民群像的展示,代表性的就是"符号化"的概括,而作为社会主义现实主义艺术理念的生动实践,《人生》所呈现的乡村人际关系中的沉默,则充满了经验上的主动性,是一种深厚的乡村情感的表达方式。

在高加林的二爸回乡探亲的段落中,高加林家和村支书高明楼家分别为二爸设宴。在这两次家宴的间隙里,是高玉德和弟弟高玉智(二爸)坐在院子里剥玉米的段落。在这个段落里,兄弟两个人话着家常:

高玉德:我们老两口都是要入土的人了,也没什么要牵累你的,这两年政策好了,家里日子也没啥大熬煎的。要说熬煎,就是你这个侄子……高中都毕了业,还在家里劳动。

(加林捧了一些玉米放到父亲和二爸前面)
高玉智:(看加林)你不是在村里教书吗?

(加林看着二爸,又看看父亲,没想好怎么说)

高玉德:现在学生娃少了,用不了那么多教师,就回来了。

高玉智:哥,这件事,你可是让我作难呢。我刚上任,怎么能……哥,你要理解我的心情么。①

高玉智是一个从军队转业的地方干部,他脸上的皱纹纵横沟壑,充满忧患感;高玉德明知道儿子高加林不再当教师的原因是村支书滥用职权谋私利所导致,但是当手中握有更大权力的弟弟问起的时候,出于一种发自内心的宽容,他另外说出一套理由。在这一个段落结束的时候,镜头短暂停留在高玉智的脸上,他紧皱眉头。继而镜头拉远,俯视的中远镜头中,高玉德和高玉智在安静地剥玉米,而满院子堆放着的,也是金黄的玉米,还有在院子里缓慢行走啄食的母鸡、在玉米堆上蹦蹦跳跳的山羊,金色的阳光,包裹着这整幅画面。画面上的时间在流动,但是人物之间的对话已然停止。阳光像是一种价值和道德评价的标尺:作为地方领导,高玉智是克己无私的;作为农民,高玉德是顾大局识大体的。静谧而温暖的光照,是典型的新中国知识分子才会情不自禁地对于乡村生活和劳动者所唱出的赞歌,也是对正派共产党干部的一种信任和期望。

总而言之,电影《人生》从生活到银幕的过程,是感性的,生活似乎获得了一种自由进入银幕的许可,以其感性特征确立了影片的感性风格。而这个过程显然也是由社会主义现实主义的艺术观念作为基础的,这一点决定吴天明和路遥等人对于土地和乡村人生的肯定性价值评判。尽管在有些理论家如韦勒克那里,他们对社会主义现实主义作为一种艺术手法大为质疑,②但如果讨论艺术生产中的政治立场,吴天明们的选择,正是中国人的历史性选择,不仅是无可置疑的,而且是具有理想性特质的。

二、影片《老井》中的象征

力图将《老井》拍成对《人生》在思想和艺术上的双重超越,这是吴天

---

① 电影《人生》公映版台词及描述。
② 韦勒克在讨论"文学研究中的现实主义概念"时,认为"现实主义的理论从根本上讲是一种坏的美学",并且在论证过程中列举了苏联和中国的社会主义现实主义文学理论研讨和实践。雷内·韦勒克:《批评的概念》,张今言译,中国美术学院出版社,1999年,第245页。

明的自觉追求。

吴天明认为《人生》的创作过多地表现了对巧珍的真挚、纯洁的爱情的赞美,因为对她的"偏爱"而缺乏"对她身上愚昧落后的东西的冷静分析",所以他决心在"创作《老井》的时候,力图超越过去,在思想深度上有一个飞跃"①。为了这一个飞跃,吴天明和他的剧组在诸多方面进行了自觉且艰苦的探索。比如通过"展现悲苦人生,歌颂民族伟力",这是大的立意上的努力;而"从历史文化的高度把握人物",极力挖掘存在于孙旺泉、赵巧英、段喜凤、万水爷等人身上传统文化和生存困境对人的现代性和开放性的束缚,这是人物塑造上的突破和努力。因为尽管在《人生》中,对高加林的形象塑造也是基于生活贫困和环境闭塞的逻辑,但因为在整个《人生》电影的人物序列中,高加林只是其中的特例,他被所有恋土的人包围着,是唯一一个想要"脱离疆域"的人。而导演所赋予给那些恋土的人们的情感、光照和色彩,远多于对高加林精神世界的探索。要对高加林的精神世界进行探索,需要的正是"分析"的能力。吴天明就是要用这种最新的领悟,来塑造孙旺泉和赵巧英的角色,又利用对这两位有知识的农村青年的分析,统领对其他人物和事物的描绘、叙述和象征。也就是说,如果说,《人生》的视点是不识字的刘巧珍的视点的话,那么,《老井》的视点则是有文化的孙旺泉的视点。

由于我们的任务是探讨吴天明艺术观念的变迁和突破,因此我们在选定了《人生》乃为"恋土者"而拍,而《老井》却因"离土者"而拍的认知基础之后,就应该继续探求:在不同的"代言"目的背后,吴天明的创作理念到底发生了何种变化。

与《人生》所体现的社会主义现实主义艺术理想、对抒情艺术传统的继承和对地区民间艺术的大力借鉴不同,影片《老井》首先体现出了对社会主义现实主义艺术观念的突破。这种突破虽然是有限度的,但却足以改变一部影片的艺术风格,进而改变其显在的价值立场,提供一种新的潜在的价值立场。

有关对社会主义现实主义的艺术理想的突破,事实上首先表现在对

---

① 吴天明、罗雪莹:《〈老井〉边的对话》,载王人殷主编:《梦的脚印:吴天明研究文集》,中国电影出版社,2005年,第95页。

"人民群众"这一群体形象的塑造上。在《人生》中,存在着一个完整的"人民群众"的人物序列。这个序列以德顺老汉为精神代表,以刘巧珍为主要的现实代表,接之以高加林的父母、马栓、巧玲,甚至还有三星等人。这些人,无论他们在影片中出现的次数有多少,无论影片给予他们的戏份有多少,影片都赋予了这些人物以鲜明的性格特征和行为的自足性、主动性,并且,在这些人物中间,存在着一种不言自明的价值一致性,那就是"恋土"的价值观。再者,这些人物的银幕形象,无一例外也都具有鲜明的可辨识性。这种可辨识性也给予了像马占胜、黄亚萍、李克南甚至克南的母亲这些被明显贬抑的人物。然而在《老井》中,除去万水爷、孙旺泉、赵巧英、段喜凤和村支书这些具有明确戏剧任务的人物形象,并不存在以孙旺泉或者赵巧英为代表的人物序列。这一方面表现为这几个重要的人物形象之间,他们的价值选择是有差异的,甚至是有矛盾的,是分裂和多元的,人物与人物之间构不成一个价值一致的序列。

另一方面,《老井》中大量出现的无个性的围观群众的画面,也是在《人生》中从未出现过的。《人生》中唯一出现的大量的人民群众,是在赶集路上和集市场面,而即使是在这两个几乎完全脱离了剧情发展的场面中,镜头一旦停留到某一个人物身上时,都在力图抓取这个人物的个性,也就是说突出了人物的"典型性"。通过镜头的停留,影片在短暂的时间里赋予了人物以"独特性"。但是在《老井》中,大量出现的村民看戏(两次)、械斗、村民捐款,辅之以多次的打井场面中的人民群众的群像,最后归结为片尾黑色石碑上的密密麻麻的没有血肉、仅仅被简化为符号的人名,很明显,"人民群众"在《老井》中成了一个"无个性"的存在。这显然是一个不小的改变。如果说,将"人民群众"这一主体"去个性化"就是在增强作品的"思想深度"的话,那么这一思想深度,则明显是脱离了对土地和农民本身的信赖,而走向了精英知识分子的立场。这种立场的转化,其实在第五代电影导演那里是一开始就有的,像《一个和八个》《黄土地》,其中的人物群像,都是符号化的,是无个性的。第五代电影导演拥有该种立场并不奇怪,但吴天明通过吸纳第五代电影人才而实现这种转化,则超越了银幕形象塑造这一具体的形式选择,而变成了价值观念从"人民"中的迁移。这种迁移是在无意识当中发生的,但却是深刻的,不可逆转的。时隔多年吴天明拍摄《变脸》,虽然不再使用无个性的群体形象,但也绝没有将变脸王的人生塑造成"人民"的人生。

影片《老井》社会主义现实主义艺术理想的改造，还表现在对"土地"这一艺术表现对象的展示方式上。土地作为一种银幕呈现的空间载体，作为电影中故事人物活动的场所，也作为艺术的抒情传统所指涉的重要对象，其被艺术家予以银幕呈现的方式，在新中国电影史上经历了几个阶段和过程：首先是作为阶级斗争的"争夺物"存在，这在1949—1966年的不少电影里均有展现，比如《白毛女》《农奴》《红旗谱》等影片；其次是作为社会主义优越性的天然"展陈物"存在，比如《五朵金花》《葡萄熟了的时候》；再次就是将土地作为生产劳动的场所，并详细展示农业生产的现实过程，这样的影片包括《人生》《喜盈门》等；而最后，中国农村和土地经过第五代电影导演的"形式革新"，成为一种沉滞落后的传统文化的表征，而其银幕形象，则成为一种以贫瘠、广袤、干旱为主要特征的文化符号。这样的影片数量很多，影响范围很广，如果跨越国界，那么这一种乡村形象就在一定程度上代表了国际观影者对中国的想象。在第五代电影的代表作中，凡涉及农村素材的，农民基本上不事生产，而土地也以无植被为其主要面貌，比如《黄土地》《二嫫》《五魁》《黄河谣》等影片。吴天明启用张艺谋做《老井》的摄影师，另外也邀请了李岚华、杨凤良作为摄制组的骨干，其目的非常明显。他认为自己在"艺术锐意创新的探索和开拓精神上"不如年轻一代的艺术家，所以"必须要借助张艺谋他们的冲击力，才能向前跨越一步"。①

在《老井》的摄影风格上，我们可以看到不少后来张艺谋电影的代表性元素，比如大量使用红色，喜欢大堆的玉米堆在一起的金黄色。但联系到影片《老井》中土地与农民的生活问题，其中除了打井，影片对老井村村民在土地上的生产劳动几乎可以说是没有任何展现，这不能不说也代表了吴天明本人对于土地的"生产性"特质的认识发生了深刻的转变。《人生》中的土地，是生产性的，所以刘巧珍尽管爱情破灭，但依然能够接受马栓所说的"金瓜配银瓜，西葫芦配南瓜"的说法，开始一如既往地以农业劳动为主要内容的婚姻生活；也正是因此，观众在听到刘巧珍和高加林关于

---

① 吴天明、罗雪莹：《〈老井〉边的对话》，载王人殷主编：《梦的脚印：吴天明研究文集》，中国电影出版社，2005年，第122页。

"你家老母猪生了十三个猪娃"这样的对话时,感觉到刘巧珍的价值观,是完全与土地的生产性特质联系在一起的价值观。但在《老井》中,段喜凤一家固然可以在院子里剥玉米、轧草,可是这些作物是从什么地方生长起来的?影片中不仅几乎没有对庄稼地的展现,而且似乎在暗示这个老井村是不适合长庄稼的,人物赵巧英对该地区的描述是"鸟都不拉屎的地方"。孙旺泉作为一个农民,他的劳动内容是背石板、凿石槽;作为一个有文化、有能力、学习过井位勘测技术的农村知识青年,他劳动的内容是背着勘测仪器,漫山遍野寻找合适的打井地点——总之,土地不再以她的丰腴和多产作为基本的影像特征,她也不能为观众提供一种情感慰藉。相反,土地成为青年人逃离的对象。在吴天明看来,孙旺泉没有逃离,是他的失败;而赵巧英,如果她的爱情成功了,那么她就与孙旺泉一起走;她的爱情失败了,她就自己走。总之,无论如何,她是要离开土地的。——所以,尽管《人生》与《老井》的故事主人公看起来都是农村青年,但由于影片为人物所选定的理想人生的未来走向,与土地的关系是截然相反的,在影片的故事中,土地之于农村青年的人生意义,也是大异其趣的;而土地自身作为一种影像的存在,其在《人生》中生产性和在《老井》中的非生产性特征是完全矛盾的,因此我们说,尽管依然自称"血管里流淌着农民的血",①但影片《老井》讲述故事的视点,已经是想要离开土地的那些有文化的农民的视点了。

  吴天明让孙旺泉承载了能够反思中国乡村之过去、面对中国乡村之现在、展望中国乡村之未来的知识分子的能力和责任。孙旺泉从艺术家那里被动地获得这一能力的结果,就是他与土地之间的亲密关系产生裂隙的开始。只有了这种因裂隙而产生的距离,对土地的审视才成为可能。让摄影机和孙旺泉都作为贫瘠土地的审视者而非仰慕者,这就是《人生》到《老井》之间发生的变化。为了呈现这种变化的深刻性,《老井》使用了大量象征物和象征手法。

  《人生》作为一种经验性写作的结果,其中很少使用到象征物和象征的手法。马栓骑了一辆崭新的自行车去相亲,这说明他很重视与巧珍的

---

① 吴天明、罗雪莹:《〈老井〉边的对话》,载王人殷主编:《梦的脚印:吴天明研究文集》,中国电影出版社,2005年,第91页。

见面，也说明他的家庭，其经济状况在 20 世纪 80 年代初的陕北农村，是很殷实的；高加林背着一捆玉米秆回家，这是因为玉米秆既是牲口的饲料，又可以当柴火烧，并且，他的小学教师被"下"掉的季节，正是秋季，收玉米的季节。最有象征可能的是高加林送给刘巧珍的红纱巾。巧珍戴着它，坐在回村的拖拉机上，爱情的幸福和随时会到来的分离的担忧全部写在她的脸上；巧珍在结婚时戴着它，一滴晶莹的泪珠在红纱巾上闪烁，这是为自己失败的爱情而纪念，而伤感。还有多少隐含的意义能够被发掘呢？很难了，因为说到底，红纱巾还是一个经验的存在，是一个礼物，它是巧珍曾经在爱情上有所获得的轻微的物证。

然而，在《老井》中，事物的存在，却完全缺乏其经验层面上的意义，它们大多被赋予了强烈的象征性。从影片开头多个叠化的凿石头的画面开始，《老井》中的事物，就体现出其强烈的"无用性"特征。赵巧英明知道自己的家乡地处深山，没有电视信号，但她依然买了电视，并且和一群年轻人抬着电视来到山头上找信号，这个情节的叙事性功能十分微弱。它并没有构成赵巧英后来的行为的直接驱动，只是在片尾捐款的时候作为一种有价值的物品被捐赠。那么这个电视机的存在，就是一种象征，它象征着老井村的青年所处的环境，是连来自天上的信号都不会眷顾的；"人与自然环境相关联时所体会到的痛苦"，[①]在《老井》一开始就作为一个明确的判断存在着。孙旺泉被爷爷派去给喜凤家凿猪食槽子，可后来在影片的发展过程中，这个猪食槽子并没有被当作喜凤家的一个器物得以展示。可见，这个猪食槽子是无个性的。那么为什么要凿这个"石"槽？它的存在，从表面上看，是为了让媒婆、喜凤和喜凤妈仔细端详这个倒插门的对象，但从深层次上讲，它可以在潜意识里提醒那些了解一些基本哲学史的观众，苏格拉底就曾经是一名石匠；而一个有知识的青年人，它一遍一遍去凿一个可能无用的石槽，更能让人联想起西绪福斯神话中西绪福斯的重复、无奈和坚韧。

毫无疑问的是，在 20 世纪 80 年代，加缪及其所阐释的西绪福斯神话以无效之劳作反抗命运之摆布的悲剧英雄的意涵，在所有锐意革新的艺

[①] 戴维·罗伯特：《光晕以及自然的生态美学》，郭军译，载郭军、曹雷雨编：《论瓦尔特·本雅明：现代性、语言和语言的种子》，吉林人民出版社，2003 年，第 151 页。

术家的认识当中,都占据着极为重要的地位。吴天明和张艺谋不可能对其一无所知。不过,如果凿石槽与西绪福斯之间的关联还不那么直接的话,那么孙旺泉背着一块巨大的石板在山间长时间行走的画面,则无疑是这一种英雄情结在集结了强烈的当代文化抱负之后的典型的中国式呈现。它可以被看作是整部影片中最具核心性的象征物。孙旺泉背着那块大石头是打算做什么用并非影片要交代的目的,一个爱情失败、家庭破碎、前途渺茫的农村青年,他背负重压,在乱石翻滚的万丈崖壁边默然独行,这早已不是孙旺泉个人命运的象征,而是吴天明所赋予给他心目中的亿万农村青年的命运象征,也是几千年来在漫长的历史中艰难前行的国家和民族的象征。事实上,吴天明认为影片中人羊抢水、二爷填井和诅咒打井、盲人演出、旺才的娘在井架上系红布条,诸如此类,都渗透着影片主创者的"象征"的抱负。"将叙述性与表现性相结合","由局部象征积累起来,成为一种总体象征",继而"能让人从整体上感受到更身层次的表现性的东西",[①]这正是吴天明所满意的《老井》在艺术上的突破。

然而我们说,将孙旺泉的形象分析至此,吴天明所期望的象征的艺术手法固然是成功了,但孙旺泉这个人物的存在空间却在思想上被抛弃了。尽管他在这里背石头、凿石头、挖石头(打井),但除去这些被动的人生任务,他没有得以实现"本我"之自我的时间和空间。老井村在意志上磨炼了孙旺泉,但在情感上,则疏离了孙旺泉。不是老井村要疏离孙旺泉,也不是孙旺泉要疏离老井村,而是作为故事讲述者的吴天明和影像拍摄者的张艺谋,他们在孙旺泉和老井村之间安插了将其二者疏离的第三方力量,这就是知识以及"知识就是力量"的认知。

孙旺泉的能够改变老井村面貌的知识都是由外来者给予的,不管是他高中上学的学校,还是水利培训班,还是水利专家,他们都不是老井村的人。老井村在民间最有威权的人,是爷爷,他的骄人历史,是"曾经吊打过龙王爷",这显然是一种虚拟的威权,因为龙王爷仅仅是一种假定性的存在;而在政治上最有威权的人,是村支书,可他对权力的认识,是"因为地都分了,牲口也分了,没有人再听我的了"。它只是在利用过去年代里

[①] 吴天明、罗雪莹:《〈老井〉边的对话》,载王人殷主编:《梦的脚印:吴天明研究文集》,中国电影出版社,2005年,第104页。

积累到的个人声誉,请求孙旺泉为村里打井。更加耐人寻味的是,这个村支书认为自己此前所做的所有的事情,没有一件是好的。这就是说,有知识的孙旺泉,他在力量(power)上讲,不仅超越了爷爷这个民间英雄,也超越了村支书这个曾经的政治英雄。这是很有意思的情节设置。这个关于知识之威力的设置使得旺才和巧英乐于跟着孙旺泉漫山遍野地跋涉寻找合适的井位,因为他不仅有打井的知识,而且有打井的工具——高深莫测的罗盘定位仪完全可以被看作是知识和技术的象征;他也能使得全村百姓都围在炕头上观看他和巧英如何计算测量的数据:在这个时候,本来不应该发生的恋情的一对恋人,就可以公然同时出现在公共视野中了,知识让孙旺泉获得了在精神上逃出婚姻的合理性和合情性。有了这些铺垫,后来井塌,孙旺泉和巧英在井下实现身体上的结合,就没有什么可质疑的了。知识的拥有者可以逾越道德的界限,而且这种逾越获得了被观众原谅的特权。这种逾越绝非是《人生》中的高加林和黄亚萍可以做到的。孙旺泉和赵巧英的逾越,跨越的是伦理传统和政治正确这两个历史残留,被吴天明和张艺谋们提升到了一个未被质疑的、欣欣向荣的人"性"的"高度"。但无论怎样提升,它已然不能代表社会主义的价值观,也不能代表乡村伦理的价值观。吴天明在孙旺泉和赵巧英两个人物形象上,实现的是对感性生活的空间(土地)和传统价值观念(乡村伦理的和社会主义理想)的脱离。而这,尽管不是他的本意。

三、结语:象征及其后果

有"知识"的青年人在电影《人生》和《老井》中都扮演着举足轻重的角色。不同的是高加林因为有知识而离开土地,最后因道德戒律回到土地(走后门被举报和抛弃巧珍),他的回归让他重新体认了土地的价值;孙旺泉虽然也有知识,他也在试图离开土地时失败了,不过,虽然他的身体(作为打井人和生育者)回到了老井村,但他的精神世界,则保持了与老井村之间的审视关系。也就是说,在《人生》中,高加林尽管渴望离开土地,但他的价值坐标,是以土地为参照并且最终皈依到土地当中去的;在《老井》中,孙旺泉虽然留在了土地上,但他的价值坐标,是精英的,是脱离土地的。

同样的逻辑,以张艺谋为代表的第五代电影创作人员,他们进入《老井》剧组,也是以"知识者"的身份进入的。比起吴天明学徒式的成才道路,张艺谋他们都是电影创作科班出身,他们不仅以他们的新锐的电影"知识"审视拍摄对象,而且也在审视并逾越与他们一起创作的"经验型"的艺术家。吴天明在《老井》拍摄之后和罗雪莹的谈话中,曾经举了一个例子,说明的是当时的青年艺术家张艺谋和前辈摄影师陈万才之间的争论:到底将《老井》开头部分孙旺泉家的夜景戏拍成"长全景镜头",以"表现这个五口的光棍之家生活的贫困、寂寞,以及他们对自身悲苦境遇的麻木",还是拍成陈万才所希望的近景镜头,以表现家庭成员间互相关心的温情?吴天明选择了张艺谋的方案,只是将镜头的时长缩短。① 这说明,尽管吴天明从理智上讲,认为《老井》的拍摄,是"吴天明织锦",青年艺术家"添花",但从最终影片的完成和观念的落实上看,他还是选择了对新的艺术手段的倾斜,也就是说,选择对乡村进行符号化和景观化的描写。也就是说,当老井村的故事作为中国民族寓言在银幕上被呈现的时候,影片《老井》的创作目的,已非像《人生》那样,要呈现老井村的生活本身。也就是说,对于这个有着先锋艺术家参与的创作团队,实践一种新的、"为艺术"的艺术创作理念,这本身也是学院化的、精英化的价值选择的胜利。形式创新,它已经作为一种携带着电影专业知识的权力,构成了对真实生活及其经验的挑战和压抑。在这个意义上讲,"象征"的手法,本身就意味着精英阶层对于"非知识"的劳动阶层的胜利。

第五代导演群体在登上银幕之初,就热衷于将土地形象荒漠化,这在最初,可以看成是借助形式而完成的意识形态革新的努力。但是这个革新的方向,最终要指向何处?影片《老井》对土地作为一种意象或生存空间的处理,也延续了第五代电影导演的一贯风格,尽管吴天明在贫瘠的土地上倾注了对劳动者的爱,但作为一种艺术选择,它极有可能造成形式追求的过度膨胀,使得电影创作和接受的趣味快速走向景观化,而景观化就意味着消费化,意味着城市化,意味着土地再也不承担土地本身的责任。——事实上,这一前景已经为《老井》之后 30 年间中国电影发展的轨迹所证实。从更深刻的意义上讲,由于这一变化,吴天明曾经在《人生》那

---

① 吴天明、罗雪莹:《〈老井〉边的对话》,载王人殷主编:《梦的脚印:吴天明研究文集》,中国电影出版社,2005 年,第 104 页。

里实践的"为人民"的"社会主义现实主义"艺术理念,在《老井》的时代,已经显示出了某种危机,尽管这一危机及其本质,导演本人也许并未察觉。从这个意义上说:形式就是观念,形式也是政治立场。

论中国电影与通俗文化传统

丁亚平*

[内容提要] 中国电影与民族通俗文化传统息息相关,现代通俗文化对电影的渗透性成为民族电影的现代化创建中的重要一环。中国电影要具有民族色彩走向大众创建现代民族电影,就必须重视民族电影对通俗文化的借鉴,为中国观众提供最理想的亲和视角,以符合大众的传统审美趣味,为艺术通俗化和商业化提供合乎逻辑的背景和人性核心。中国电影的对象,既是大众,就径直以大众命名;中国民族电影既与越来越生动、越来越健康的经济生活遭遇,就要彻底解放思想,放下架子,适应通俗性和商业性的要求。舶来的电影要摆脱处处受好莱坞电影的影响,并与好莱坞占据中国电影市场的不利形势抗衡,反省并竭力架设通向本土艺术文化的桥梁,使自己捕捉到真正民族化也即实现中国的现代性的真实道路。

[关键词] 20世纪 中国电影 现代通俗文化 多元化 通俗文学

中国电影与民族通俗文化传统这个研究课题,可能会引出无休止的质询,但迄未有人提出这个课题并进行系统梳理与探讨,或者说,它在国内电影研究界还未引起应有的重视,却是一个让人深感遗憾的事实。中国电影的出生证上印有"舶来品"的字样,百余年的电影认识理路上,中国电影如何学好莱坞、学欧陆影片一直是主流,以至于近年走向世界与国际接轨虽没有成为特别张扬的口号却仍是以隐蔽的形态存在着的。人人都觉得张艺谋、李安是成功的范例,电影学院学生言必欧陆"后现代",学术

---

* 丁亚平(1961—),男,博士,中国艺术研究院电影电视艺术研究所所长、研究员,中国传媒大学电影专业教授、博导,主要从事电影批评、中西电影史与电视艺术等方面的研究。

界关于中国电影影响源的研究，长期以来也大都是将眼光放在国外，尤其是好莱坞电影，用力甚勤地去叙述并探析如何受外国电影影响的种种表征与关系，而很少关注中国电影与中国现代通俗文化/文学的渊源。我们在面对这种事实并进行反省时，必须指出这种历史状况的形成虽然未必是有意的，但仍是以电影是一种艺术这一优越性为潜在的前提，而有关两者之间存在的异同的意识也是寓于这一认识中的。其实，从中国电影诞生之日起，中国电影的发展不仅与外国电影有明显的影响关系，而且与民族通俗文化传统也有非常密切的审美联系。中国电影经过百余年的发展，它对自身的娱乐性质素的认识一直在深化，不仅基于这种历史意识上的记忆仍以现在时态存在着，而且20世纪90年代以降由流动着的现在时态的电影历史之多重化断面，也不难看到电影语境中的"通俗"文化面影。因此，透过此刻正在产生的历史记忆，过去的记忆便能成为历史。讨论中国电影与民族通俗文化、文学的"知识共同"，无疑会为我们提供一个追踪省察历史、推动电影文化建构发展的宽阔空间。

一、眩晕在"通俗"的魔力里

120年前，电影传入我国，最初的中国电影创作者，"完全处于赤贫状态"，差不多可以说是"既没有民族传统可以继承，又没有外来影响足资借鉴"（柯灵语），当时那个首先"吃螃蟹"的任庆泰，仅仅是为了给谭鑫培祝寿，才选取了戏曲这一最受百姓欢迎的题材与形式拍出《定军山》这部影片的。戏曲有着当时最大的观众群。有资料显示，任庆泰正是受此激励，《定军山》之后，仍抓住京剧不放，又拍了谭鑫培主演的《长坂坡》，俞菊笙的《艳阳楼》《青石山》，俞振庭的《金钱豹》《白水滩》，许德义的《收关胜》，小麻姑的《纺棉花》等剧目片段。戏迷们看了颇为喜欢，津津乐道，大开眼界。要不是因为照相馆遭受火灾，烧掉了胶片，烧坏了机器设备，这种京剧电影还会拍下去。

将自己的文本嵌入外来的文本之中，其作用是使这种叙述与尝试得以在本土扎根。最初的中国电影尝试与实验者们用心去领悟其中的信息并继续这种创作，他们知道使用陌生化的形式与视角的风险，甚至首先不在商业而在具有颠覆意义的电影指涉的不可靠性，电影语言与想象的世界倘若违背了主导着它们的创作者所在的社会/民间的那些标准,就会被毫不留情面地划出民族本土可接受的阅读与观赏的界线之外。中国电影诞生之初处于这样的危险之中。这是意味深长的。世界潮流汹涌澎湃,世界主义的世纪业已来临。和世界上很多国家相同,中国也是在这个世纪初兴起一股通俗文学的潮流。而特别值得重视的是,中国历来就有笔记小说等被称作"闲书"的通俗文学存在,但借助于报刊等新兴传媒手段、大量涌现于文化市场的现代通俗文学,却是与中国电影发生发展同步进行的,而且作为现代通俗文学潮流的具体表现与代表的鸳鸯蝴蝶派作品在20世纪第二个10年至40年代末的广泛流行,也是与中国电影发生着紧密的关联与作用的。

被称为"中国电影之父"的郑正秋,是电影史视野里的社会派代表。社会派电影的主要特征是干预现实,反映时代,努力求真,生活感较强,展现比较广泛的社会生活图景。郑正秋早年参加民鸣社,编排文明新戏,1913年与张石川合编第一部无声片《难夫难妻》,一度息影,1922年又与张共同创办了明星公司。他重视电影社会教化作用,但同时又注意考虑营业收入与观众口味,而且非常重视当时时兴并崛起的通俗文学潮流,视其为电影创作的重要资源。他请包天笑做明星公司的编剧,包为其编了《可怜的闺女》《空谷兰》《多情的女伶》《富人之女》《良心复活》《梅花落》《挂名的夫妻》等片;①他和明星公司两个主事者(张石川和周剑云)共同决策投拍张恨水《啼笑因缘》(六集),并不惜为此费尽周折,排除困难,把这部影响很大的通俗言情小说搬上银幕。② 20世纪20年代(至30年代初)的"明星",除去洪深编过一些"叫好不叫座"的"心理影戏"外,依靠的大都为鸳鸯蝴蝶派文人(包、张之外,还有程小青、严独鹤、姚苏凤等)。而"明星"当时的三驾马车之一的张石川本人,也与这一重要的通俗文学流派结下不解之缘。熟悉他的何秀君这样讲他:"他这一生一共导演了一百五十部左右的影片,其中绝大部分的剧本是由这派文人所写,或由石川授意、由他们执笔,以及由他们的小说改编而来的。如果说电影导演也可以

---

① 包天笑:《钏影楼回忆录续篇》,载《中国无声电影》,中国电影出版社,1996年,第1509—1516页。
② 参见张明明:《有关〈啼笑因缘〉二三事》,载《回忆我的父亲张恨水》,香港广角镜出版社,1979年。

分什么派的话，石川无疑地也是个老牌的鸳鸯蝴蝶派。"①

通俗文化/文学无一例外地成了早期中国电影创作中呈现出的那个经典叙述的"先本文"，②其中明显包含着这样一些思想：电影是一种戏剧，而"戏就是一种娱乐品"，③影片的卖点，"惟一只有这些生长在民间、流传在民间的通俗故事"，④"一部好的影片的最主要的前提，是使观众发生兴趣"。⑤电影要在商业渠道中进行，就必须放下孤傲和清高的架子，立足民间，亲和观众，注意作为影片受众主体的市民的口味与兴趣。这在一些缺少对电影与商业的感悟的新文学作家和批评家那里，自然难以认同。电影娱乐消遣的通俗本色，在他们眼中，也和通俗文学一样受到轻视和怠慢，标举游戏、消遣、兴趣与商业的电影与通俗文学，不仅无法与其他的所谓"新文学""纯文学"作品一争短长，而且是非常有"毒害"的，虽然它们的观众、读者又是最多的。

视其为垃圾、批判格外激烈的茅盾，也是承认这种标示"通俗"的电影较大的观众群与魔力的："《火烧红莲寺》对于小市民层的魔力之大，只要你一到那开映这影片的影戏院内就可以看到。叫好，拍掌，在那些影戏院里是不禁的；从头到尾，你是在狂热的包围中，而每逢影片中剑侠放飞互相斗争的时候，看客们的狂呼就同作战一般。他们对红姑的飞降而喝彩，并不是因为那红姑是女明星胡蝶所扮演，而是因为那红姑是一个女剑侠，是《火烧红莲寺》的中心人物；他们对于影片的批评从来不会是某某明星扮演某某角色的表情那样好那样坏，他们是批评昆仑派如何，崆峒派如何的！在他们，影戏不复是'戏'，而是真实！如果说国产影片而有对于广大的群众感情起作用的，那就得首推《火烧红莲寺》了。"⑥通俗的东西一向被认为是不登大雅之堂的，加以它本身确也鱼龙混杂，因此虽大受市民观众欢迎，却也难免会受到不屑一顾的"礼遇"，甚至大张挞伐的批判。茅盾

---

① 参见何秀君口述、肖凤记：《张石川和明星影片公司》，载《文史资料选辑》第67辑，中华书局，1980年。
② 约翰·纽鲍尔：《历史和文化的文学"误读"》，载《文化传递与文学形象》，北京大学出版社，1999年，第125页。
③ 郑正秋：《明星公司发行月刊之必要》，《影戏杂志》1922年第1卷第3期。
④ 《天一公司十年经历史》，载《中国电影年鉴(1934)》，1934年。
⑤ 蔡楚生：《八十四日之后》，《影迷周报》1934年第1卷第1期。
⑥ 茅盾：《封建的小市民文艺》，《东方杂志》1933年第30卷第3号。

是这样作批判的："这些小说的读者大部分是小市民——即所谓小资产阶级；而这些影片的看客更无例外地是小市民，特别是小市民层的青年（小学生和店员），梦魂中也念念不忘于金罗汉和红姑（两个都是《火烧红莲寺》里的重要侠客）。"①他称这是些封建的小市民文艺，因此要进行清理、抵制和批判。但他坚决反对电影以市民阶层作主要受众定位，却也就差不多等于关上了电影的主要服务对象的大门，电影和通俗文艺的生路，也就给堵死了。

"五四"以来新文学坚持"为人生"的主张，认为"将文艺当作高兴时的游戏或失意时的消遣的时候，现在已经过去了。我们相信文学是一种工作，而且又是于人生很切要的一种工作"，②这是有积极意义的，但将这种文艺预设延展为"唯一的文艺观"，并且直接针对"通俗"影剧或某一派文学，就非常值得商榷了。其实正是从"五四"时起，文学的调整与重组，电影的出现，就都是紧紧跟随着普通百姓/市民的接受喜好与习惯的变化，而这种习惯与喜好又往往是通过文化市场的需求表现出来的。在很大程度上就是因为从这一时期开始，中国电影和中国现代通俗文化-文学形成互动，并终于冲破某些正统和习俗的屏障，在观念方面与流行时尚方面成为独领风骚的交流的媒介。茅盾去世前在回忆录中谈到"五四"以后的通俗文艺时，还认为他们在"赶潮流"，"足以迷惑一般小市民，故而其毒害性更大"。③ 通俗文化一直持续地发展和壮大，而且它与电影的关系已变得越来越密切，越来越富于生命活力和创造性，这是经典的或主流的文化论者——当然远不止茅盾一人——根本看不见或不愿意看见，当然更不愿意承认的。从20世纪80年代后期开始，消费文化使得一向被认为是崇高和高雅的"美学"与"艺术"打上了当代商品经济的印记，电影作为"通俗"的魔力努力不竭地突起，一个确实完全异样的但看起来似乎有可能逐渐上升为主导地位并持续存在下去的信心，正在得以重建。

二、结构、位置与中国电影的多元化进程

大众话语和通过它起作用的通俗文化逻辑对电影创作，哪怕是最具

---

① 茅盾：《封建的小市民文艺》，《东方杂志》1933年第30卷第3号。
② 《文学研究会宣言》，《小说月报》1921年第12卷第1期。
③ 茅盾：《复杂而紧张的生活·学习与斗争》，《新文学史料》1979年第4辑。

自主性和作者意识的电影创作所施加的影响,都是一种历史存在。对中国电影的"通俗"的大众话语性质及其与通俗文化的互渗渊源的认识,为从历史的角度看中国电影与通俗文化的关系,梳理现代通俗文化/文学在中国电影历史发展中的形态与位置,提供了充满张力的前提条件。探讨受大众话语和通俗文化所施加于中国电影的结构性的影响是怎样在不同的阶段程度不同地改变人们对电影艺术的认识,怎样影响人们在电影摄制活动中的所作所为和在电影文化活动中所发生的一切,又怎样在一些表象极为不同的话语类型内产生极为相似的作用,这些研究与考察,是有趣的,也是有意义的。

中国电影与中国现代通俗文化的关系发展,由错位杂和到互渗融合,大致经历了四个螺旋式的发展阶段。

第一个阶段从20世纪初至20世纪30年代初,可称为"初创和实验"期,而最后10年则为其繁盛期。在这一阶段,通俗文化-文学蔚为风潮,所持"信条"及文本话语资源最直接地影响着中国电影的初创和开拓者的思想与实践。

1924年年初"明星"创办时,张石川发表文章,说明星公司拍片,应先进行"尝试",只能"处处惟兴趣是尚,以冀博人一粲,尚无主义之足云"①,这当然是受了通俗文艺影响。早在1915年8月包天笑主编《小说大观》创刊(1921年停刊),其所撰《例言》中就说:"无论文言俗语,一以兴味为主。"20世纪二三十年代上海的一家影响极大的通俗文艺期刊《红玫瑰》,聚集着一大批通俗文学作者,其编辑方针也格外强调这一明确的趋求:"一、主旨:常注意在'趣味'二字上,以能使读者感得兴趣为标准,而切戒文字趋于恶化和腐化——轻薄和下流。二、文体:力求其能切合现在潮流,惟极端欧化,有所不采。三、描写:以现代现实的社会为背景,务求与眼前的人情风俗相去不甚悬殊。四、目的:在求其通俗化、群众化,并不以研求高深的文艺相标榜。"②期刊《红玫瑰》前身是1921年元旦创刊的《新声》杂志。据言一次海上文人陆澹庵和施济群在大世界游戏场看侦探电影《毒手》,被其深深吸引,一口气连续看了好几场,施济群便提议陆澹

---

① 张石川:《敬告读者》,《晨星》创刊号,上海晨社,1922年。
② 转引自范伯群主编:《中国近现代通俗文学史》(下卷),江苏教育出版社,2000年,第619页。

庵将其改编为小说。陆澹庵花了一个星期的时间将其编为小说,居然销数极为可观。施济群兴奋之余就将祖屋卖掉几间办起了《新声》杂志。施济群和陆澹庵都是超级影迷,后来都曾为影片公司编过电影。当时的通俗文学作家,广泛继承中国传统小说的众多题材,同时又注意引进介绍西方文艺名家名作,吸取他人之长。早在"五四"前两三年间,周瘦鹃即将自己潜心翻译的外国小说结集出版,名《欧美名家短篇小说丛刊》,凡上、中、下三卷。鲁迅时任教育部通俗教育研究会小说股主任,认为这是"空谷足音",决定为该书授奖。评语为:"当此淫佚文学充塞坊肆时,得此一书,俾读者知所谓哀情惨情外,尚有更纯洁之作,则固昏夜之微光,鸡群之鸣鹤矣。"《福尔摩斯侦探案全集》由程小青等人译出,共收长短篇侦探小说44个,汇成文言译本12册,由上海中华书局印行。刘半农在为此书所作的《序》中,说:"柯氏此书,虽非正式的教科书,实隐隐有教科书的编法。"这些看法肯定会让人回忆起郑正秋等人的一般电影立场。

1924年,在包天笑被明星影片公司邀为剧本作者的同时,郑正秋将徐枕亚的《玉梨魂》改编成电影,这是富有象征意味的事件。以此为标志,鸳鸯蝴蝶派文人全面参与电影创作活动。徐卓呆、程小青、朱瘦菊、张恨水、严独鹤、施济群、陆澹庵、王钝根等对从影活动(将自己的创作延伸到银幕之上)似乎都比较有信心。而在职业电影人那里,对鸳鸯蝴蝶派作家和作品也显得格外亲近。郑正秋、张石川等是这样,较"纯粹"的知识分子气较浓,属于电影史上的人文派代表的史东山、朱石麟等人,也曾数次与朱瘦菊、张恨水这样的通俗文艺大家合作(《儿孙福》《银汉双星》),开辟出一条通向现代通俗文学和民间审美文化传统的道路。这种错杂"合流"所代表的通俗化倾向表明,中国电影创作与实验滋长的时机,就这样成熟起来,而初创繁盛期也就宣告到来了。

庞大的市民消费群体和相当兴盛的通俗文化为电影的发展注入强大的动力。1928年5月根据《江湖奇侠传》改编的《火烧红莲寺》在上海公映。《火烧红莲寺》一片3年之内,连拍18集,且仿效者蜂起,而据不完全统计,1928—1931年间,上海大小约50家电影公司拍摄的近400部影片中,这类武侠神怪片就占了250部之多。

在这个时期,通俗文学作家在"五四"后遭到来自新文学阵营茅盾、西谛(郑振铎)、郭沫若、成仿吾等的集中攻击。通俗文艺被指为"游戏""消遣""浓情""艳意""雍容尔雅""吟风啸月",是茶余饭后消遣的东西,是游戏文章,以娱乐为目的,是在青年面前设置的歧路,完全"陷于金钱之阱"。但通俗作家似并不多做理会,更不起来与之论辩。在他们看来,这种通俗的文艺并不单是个体性的东西,而是有更为广泛的存在性,背后是庞大的受众群和本土文化的依傍,这是他们最重要的资源。

第二个阶段从20世纪30年代初至40年代末,可称为"协调和重构"期,40年代战后时期则为其丰收期。虽然时代的因素及整体的民族主义爱国情绪为电影的多元化进程带来种种丰富复杂的文化内涵,但通俗文化使电影家的注意力开始转移到从意识形态的缝隙中生长出来的都市场景和民间信息,从视像上返回旧上海的底层生活方式,是现代通俗文艺的复杂性所规定,又是战后商业电影形态和民间性旨趣所特有的。

对于通俗文学作家说来,"五四"时期虽受到意料之中的批判,但他们并不为所谓把读者和观众引向歧途而忏悔,更不怕"用二十四的大炮"来攻击[①]的威胁,可是,当20世纪30年代初期,新文学作家对通俗文学发起第二次批判高潮时,就不仅让他们感到意外,而且由迷茫而自我诘难并终于无可奈何地处于暗淡的阴影之中。包括电影领域的开拓与实践性努力,重又表现得节制而又很有分寸。本来,在特定历史时代要求与规定下,任一个创作空间是不能拒绝抗战这个主流意识形态,用其所熟悉、喜欢的民间方式取而代之的。鸳蝴派文人也写起了"爱国小说",但却仍然难以逃脱责难。钱杏在《上海事变与鸳鸯蝴蝶派文艺》一文中,指斥张恨水、徐卓呆、顾明道等人的作品,说:"他们所发表的'国难'的重要作品,一般说来,在这些作品里是充分地反映了封建余孽以及部分的小市民层对于这一伟大事迹的认识,和在这一时期的生活观点的全部。""仍旧是和他自己过去的作品,以及其他'礼拜六'派的作品一样,是鸳鸯蝴蝶一体,只是披上了'国难'的外衣。"此外发表的文章还有鲁迅《上海文艺一瞥》、茅盾(沈雁冰)《封建的小市民文艺》、瞿秋白《鬼门关以外的战争》和《论大众文艺》等。正当银幕上下"火烧"景象一团混乱时,1931年10月瞿秋白发表《论大众文艺》一文,指出:当另一种通俗化样式尚未得以别开生面地创立的时候,"上中下三等的礼拜六派倒会很巧妙地运用着旧式大众文艺

[①]《郭沫若致郑振铎》,《文学旬刊》1921年第6期。

的体裁","灌进维新的封建道德,资产阶级民族主义的内容,写成《火烧红莲寺》的大众文艺"。在宣布礼拜六——鸳鸯蝴蝶派的"老朽"的同时,作者表达出了期待新的别一种通俗文化样式的强烈欲望。尽管鸳鸯蝴蝶派文人在建立流行的文类、广泛的读者群和商业运作诸方面作出了很值得重视的贡献,但飞速向前的时代车轮还是将其甩了出去,"扫进那个腐败不堪的'传统'世界中去"。①

张爱玲是以《沉香屑·第一炉香》《沉香屑·第二炉香》在周瘦鹃主编的《紫罗兰》上一炮而红的,她也从不讳言自己对张恨水、朱瘦菊等的都市通俗小说(社会小说)的喜欢,但她的创作却更具时代气息,甚至不无得益于新文学的地方。张爱玲在 20 世纪 40 年代战后时期和桑弧等人合作的《不了情》《太太万岁》《哀乐中年》等的影片创作活动,其贡献和意义在于不满足于抓取传统文本里的陈迹,而努力把都市小市民日常生活与民间形态的真实场景,和对时代变动中道德精神的把握及对人性因素的挖掘成功地结合起来。那些乱世男女的故事,让人想到许多人的命运,有一种郁郁苍苍的身世之感,打动了动荡环境里的都市居民们的心。

20 世纪 40 年代战后电影市场化元素在电影话语类型的选择与影片制作过程中发挥着关键性作用,同时,除经济与市场因素外,政治话语介入与外片倾销等也给电影公司带来生存压力。当时聚集着一大批人文派电影家的文华公司老板曾抱怨,1947 年电影成本比战前上涨了 10 万多倍,而电影票价才上涨 3 万多倍。一篇题作《国产电影叹苦经》的文章则讲道:"一部国产片的成本,现在大约得十二亿,这些钱都得在高利贷中去借来,于是拍片一定得快,故事也非苦不可,因为苦戏好卖钱,国产片在利息和观众之间寻求生存之路,说来是够惨的。"②"二战"后"一片公司"大量出现,商业派电影大量流行,固然是与电影要赚钱,也就是与能够借以谋生的职业方面的因素有关,但更重要的,却是与具体的社会——政治上的幻灭感结合在一起的。在一定意义上,对昆仑公司等社会派而言,感时忧国,却也不能改变社会现实所具有的种种不人道的现象;而对"文华"等的人文派说来,则是想跟上迅速变化的世界的愿望,却最终不得不让位于

---

① 李欧梵:《现代性的追求》,生活·读书·新知三联书店,2000 年,第 192 页。
② 镛子:《国产电影叹苦经》,《电影杂志》1948 年第 7 期。

想逃避或忘却自己跟不上这个变得太快的世界的愿望。当时商业电影的大量出现,更从一个侧面反映了都市居民在时代转折、社会转型和环境急速变化过程中那种心理上的焦虑不安和及时行乐的迫切感。

第三个阶段从20世纪50年代到70年代,可称为"更新和杂错"期。面对一个新的社会观众群体,大多数电影家很难一下子找到自己的定位,而意识形态与电影创作内涵之间的张力,往往为简明起见而大大简化,因而也就去除或消解了不同层次的现实性与民间性。但在农村题材甚至军事题材的影片中我们仍不难找到其中潜存着的民间文化的实在价值,而一些喜剧片,也再现出都市民间文化精神。到"文革"时期,电影成为阶级斗争的通俗宣讲教材,虽然有特别庞大的观众群,但无疑已经压根儿没有一点"通俗"的理性和风致了。

20世纪50年代,随着社会转型变化,都市文学创作基本上处于冷寂状态,而周扬肯定的新秧歌和赵树理式的理直气壮举起的民间旗帜似乎显得格外有意义。戴锦华说:"1949年以后的文化拒绝此前的都市文化,将其指认为腐朽没落的资产阶级文化或殖民地文化,是一些名副其实的'恶之花'……一种特殊的联系,即革命文化和民间文化的联系。它同时是革命文化对于民间文化的一个强有力的改写。"[①]和1949年以前不同的是,电影创作有一套新的程序和做法。当时的电影厂虽仍设在城市,但所拍电影却由都市市民生活题材为主的影片改变为《我们村里的年轻人》《五朵金花》《鸡毛信》《南征北战》《战火中的青春》等乡村题材或革命历史斗争、军事题材占主流的作品,主流意识形态和电影政策鼓励电影家在创作中解释革命历史、解释党史、军史、革命战争史、革命斗争史,而从决定题材、文学剧本初稿、分镜头剧本审查,甚至帮着修改,到样片送审、创作全过程,都寓有国家权力形态、集体意志和组织的约束。

作为20世纪三四十年代社会派电影代表人物之一的汤晓丹,从影之初在天一公司,所拍《白金龙》等片,在商业趋求之外,体现了一种民间审美的价值与可能,40年代战后时期拍《天堂春梦》,更把自己的艺术触角伸向社会批判,在一种虚拟的民间状态中努力召回民间的正义力量,五六十年代他的创作风格在军事题材影片拍摄中充分反映出来,取得始料未

---

① 戴锦华:《犹在镜中》,知识出版社,1999年,第60—61页。

及的极大的成功。当大多数创作者在国家主导意识形态和民众趣味之间进退失据的时候,他从现实和组织要求出发,选取了军事片这一个较为适切、合适的视角与形式,顺畅地叙写一个个人民故事,既与主流意识形态对电影政治教化功能要求相一致,又给个人找到了一个大显身手的舞台,为自己创造了巨大的可阐释的艺术空间。在军事题材影片创作中,汤晓丹抓住大众的想象力和革命文化浸润下的大众关心热点,以其现实主义精神和当时已相当熟练的电影编导技艺,努力不让原来有生命气息的素材和生活实感被过多的政治教条以及单一的规范性流程所割裂,终于拍出像《南征北战》《渡江侦察记》《红日》等比较成功的影片,得到广大观众和政府有关部门的肯定。他曾三次被评为上海市劳动模范,两次被评为全国先进工作者,所得荣誉,几无人出其右。汤晓丹军事影片创作的成功,诚然与表现革命军事斗争占主导力量的意识形态倾向有关,但从其传奇性的表现手段及影片传达的其他丰富的社会信息内容看,所或多或少地表现出的大众话语与民间文化形态中的某些传统意义,也是其取得比较突出的创作成就的因素。当然,汤晓丹的创作仅是极少数的成功例子。

20世纪50年代被改造着思想的电影创作者与受众群,大都与旧文学、旧文化有特殊关系,对现代都市世俗文化充满温馨的回忆,诸如沪上曲艺、旧京剧、社会小报、商业影片,湮没多久也在思想的背景里,过多少年也可能仍然在一个私人性的空间里聚在一起,昏昏然讲述起过去的电影故事和旧式都市生活经历。所以,含有民间性质的传统审美口味,虽然从一开始就陷入了被动,但注意到艺术形式的通俗性,却毕竟为"十七年"以至"文革"时期的电影提供了一定意义上的新的贡献。当然不用说,通俗文化的位置和民间的自主性在"文革"期间受到空前的抑制,八个样板戏电影则明显是谈不上具备真正的民间"通俗"意义的。

第四个阶段从20世纪80年代至90年代,可称为"确立和完善"期。从新时期电影的最初创作而言,通俗文化传统并未得以接续,其于电影创作的潜在复活与合流也没有提供多少新的贡献。通俗文化在电影创作中的确立与出场,即现代都市通俗文学与电影创作达成了艺术风格上的真正融合,却是在80年代后期开始逐渐完成的。90年代电影创作开始进入商业性的文化市场,成为都市里的流行媒介和时尚。

张艺谋等的"第五代"电影作品是以反"理性电影"与"载道电影"的个

性化姿态出现的,视觉造型上注意要比较有意思、比较好看,相信"生命的快乐和活力,是人性中最本质的东西,是作为生命主体的任何层次的人都可以感悟到的",①消解或摒除了传统创作模式,将新时期之初"第三代"(包括部分"第四代")电影"控诉"型、"批判"型电影话语转向了主流意识形态和知识分子立场之外的民俗、民间生活描写。新时期这一电影探索的重要趋势,是和电影与通俗文化传统融会贯通的艺术整合紧密相连的:希望寻求与普通人最本质的情感沟通;消解原有宏大叙事电影的神圣魅力;电影塑造与表现的人物失却过去神圣光圈与感召力,英雄变成非英雄,变成世俗化的平庸的游戏式的人物;新民俗视界、城市空间、通俗话语与日常生活表现为电影创作提供了真正灵魂。

从 1987 年电影界所谓"王朔年"开始,《顽主》《大撒把》《上一当》《站直啰,别趴下》《无人喝彩》《三毛从军记》等,构成了从 20 世纪 80 年代后期至 21 世纪电影创作中的"游戏"景观。随着 20 世纪 90 年代市场经济的发展与深入,城市人口又开始出现了新的流动,市民私人空间合法化并得到越来越多的关注,这在更普泛意义与层面上有可能使都市的民间文化形态、通俗文化传统和都市电影的民间性真正成熟起来。叶大鹰的《红樱桃》《红色恋人》,冯小刚的《甲方乙方》《不见不散》《没完没了》《一声叹息》《大腕》《手机》《天下无贼》《非诚勿扰》《私人订制》等,通过主流的新奇的审美方式表现出来的象征体,成为都市里流行的消闲性精神消遣。商业电影作为商品而投入观众消费市场,主流的、社会的、人文的或艺术实验的电影和通俗文艺以至商业化之间的界限有时并不那么清楚,特别是进入 21 世纪以来,电影从西方电影尤其是好莱坞电影反观并走向民族通俗文化传统,着重从电影作为文化产业本身去发掘它所蕴藏的大众话语的生命力。包括第六代的年轻电影导演在内的电影创作界,尽管艺术观念的区别、镜语表现方式的区别以及通俗口味上的区别仍然是存在的,一些坚持纯艺术探索的电影家,即使站在自己的立场上吸取过某些通俗文化形态的内容,扩大了艺术阐释与表现的空间,也并不轻言使其创作进入一个新境界,或坦承自己就是一个通俗电影的制作者,但在面向观众时,

---

① 罗雪莹:《赞颂生命　崇尚创造——张艺谋谈〈红高粱〉创作体会》,载《论张艺谋》,中国电影出版社,1994 年,第 169 页。

却大都是在交流与对话中发现并重塑了现代通俗文化的独特魅力和美学价值,中国电影再次掀起的通俗化浪潮,显示出卓有声势的魅力,赢得了观众的喝彩。但是,用艺术手段来包装一个个通俗故事,用娱乐性、商业性取代原创性,用民间文本形式来反映都市人各种心理折射出来的欲望,表达知识分子立场,以对旧通俗文学文本的模仿,使电影创作的结构趋向复杂多样,仍然有可能并未真正传达出电影现代性与中国性的精神。当代电影的"媚俗"倾向并为此付出的代价,及由此可能重新陷入的困境,是值得重视的。

在中国电影发展中,对通俗文化的借鉴、整合与融会形成一股时隐时显的潮流。在具体创作中的通俗化形态是个比较复杂的现象,参与通俗化潮流并非电影家们悲喜交织的实验探索的唯一努力途径。通俗文化传统对于中国电影而言,是其百余年发展进程中多重矛盾相互缠绕、往复循环所造成的整体格局中一个极其重要的基础性环扣。

三、重新思考:通俗文化传统、电影观念与民族电影的现代化创建

通俗文化传统包含了中国通俗文学和民间文艺所具有的多样性、存真性、情感性、艺术创造性和民族艺术不断增长的活力。通俗文化充满着对故事的渴望,通俗文化消费者在各式各样的故事与情感中获得世俗化生活的愉悦、幻想、趣味和快乐。现代通俗文化传承中国古典文艺中的戏曲、传奇、讲史、说唱文学、民间故事和话本、神魔、人情、讽刺、侠义、谴责等小说门类和品种,加以反映都市生活的流行口味与商业性元素,作出新的探索,体现了民间的立场和大众话语趋向。其中的民间性,既体现对权力中心的游移、疏离与超越,又反映出一定程度的对社会主流以至于权力控制的漠视、容忍及依随。通俗文化传统与中国电影的结合,使百余年中国电影观念显现出一种开放性的活力,同时中国的现代性与民族电影发展的思潮演进,也从电影家对通俗文化的选择倾向上反映出来。

第一,游戏、娱乐与艺术互渗。作为一种大众化的通俗的艺术形式,早期的中国电影从一开始便承受着较多的传统艺术思想和现代都市通俗文化/戏剧/文学的强力影响与渗透。倘若电影一味讲究正经,死板板的

面孔教人亲近不得,或者一味欧化,不用"中国式",①早期中国的影戏院之门可罗雀,就是不难想见的了。然而事实上,是形式活泼、颇受观众欢迎的文明戏的编剧与表演方式,影响了初创时期的中国电影;而中国戏剧与故事的传统,特别是通俗文学一面,包括民间故事与清末民初的"鸳鸯蝴蝶派",则多融会于早期电影当中,成为其鲜活的、有生命力的关键性元素。这时期的中国电影大都是为了迎合小市民意识及趣味,也就是反映题材以大都会生活为主轴,又以消遣、游戏为主要功能。电影最初就是作为一个游戏而诞生的。在20世纪二三十年代的上海,电影更成了都会居民游戏时间的一个巨大的魔镜。作为现代城市生活的重要标志的电影院,和咖啡馆、舞厅一样,成为当年包括知识分子在内的都会居民爱去的时髦场所——一家电影杂志极其张扬地宣称影院为:"每日百万人消纳之所!"——仅在20年代中期全国18个城市便有百余家电影院,其中上海约占1/4。当时还兴起老戏院的革新翻建工作。到30年代后期,上海已有影院近40家。完美的构造和设计,一切为观众的舒适和健康着想,提供绝佳影像……电影院几乎用尽了所有的广告策略。电影广告遍及中外日报、期刊,影院霓虹灯、招牌及在城市电车和公共汽车张贴的海报和宣传画,琳琅满目。电影成为以影像创作的视觉戏剧,电影院则成为风行都市的与通俗文学以至通俗期刊/读物形式不同的游戏与娱乐场所。电影因其流行与时尚而在物质和文化上给城市生活带来了一种新的娱乐形式。庞大的电影受众群及其由此形成的巨大的市场,使众多电影的创作与摄制者自觉不自觉地去走艺术与娱乐的路线。而经过数十年时代变化与社会迁延发展,我国电影的观念朝娱乐文化转向的趋赴更呈不可扭转之势。

第二,商业化运作的形成。娱乐类型影片及其商业化,是中国电影自诞生之日起便格外突出的一种现象。从《阎瑞生》拍摄完成后在夏令配克影院放映大获盈利时起,"中国影戏足以获利之影像"便"深映华人之

---

① 舍予:《观明星摄制之〈孤儿救祖记〉》,《申报》1923年12月26日,文中称《孤》片"剧本取材、演员服装、布景设计,皆能力避欧化,纯用中国式"。郑正秋在《请为中国影戏留有余地》一文中还曾说:"发扬中国艺术,使它(按指中国电影)在世界上有个位置。"文载《明星特刊》1925年第1期。

脑"。① 1928 年,周剑云代表明星影片公司,联合大中华百合影片公司、民新影片公司、上海影片公司、华剧影片公司和友联影片公司,组成六合影片发行公司,与上海及外埠以至南洋片商联络,建立了庞大的发行网络。1928—1931 年的《火烧红莲寺》片集发行成功,一定意义上也与此种市场化运作有关。而就影片本身,从剧本的通俗化写作、起用胡蝶等明星、武打设计、影片节奏到特技摄影、布景及服饰等,都直接奔着商业而去,也是意在试验一个新的电影商业观念和一种电影类型片的摄制是否可能,结果颇为成功,大受观众欢迎,"每集开映时,到处都是万人空巷,争先恐后","观众对于此片的欢迎程度,一集胜一集","各戏院开映此片时,都能突破以前最佳的卖座纪录"。② 这种商业运作的成功,使得直到年张石川还把此片集拿到"孤岛"时期的上海影院放映,而过了 60 多年,到 1993 年,中国影坛上还曾出现《新火烧红莲寺》之类的效仿之作。

　　电影终归是要人看的,它不是收藏品,它是一种时尚,一种时髦品。它在历史上先后取代戏剧甚至文学而流行,成为都会生活中的主要创作媒介。其成功与否,关键还在它的市场运作。但不容乐观的事实是,1989 年,国内票房收入为 20.4 亿元,观众人次 168.6 亿,而 1999 年,电影产量增长,中国大陆的票房收入却仅为 8.5 亿元,而观众人次还不足 4.6 亿人次。影片《我的兄弟姐妹》的导演俞钟说:"第五代导演的成名,是一个时代的产物,没有张艺谋也会有李艺谋、王艺谋。""艺术和商业是能够相融的,要考虑观众的接受能力。电影最终还是要回到影院的。"③ 从一定的角度,张艺谋的作品(大都由文学作品改编而成)有强烈而鲜明的个性追求,但他从未把电影完全变成个人性的作品,他的商业运作极其成功,他甚至从来也没有放弃商业片的道路。《网络时代的爱情》一片的编剧郭小橹说:"电影是要与大众共谋,在中国,电影更是要与 9 亿农民共谋。如果在 21 世纪你还不承认电影是门工业和大众娱乐,你只接受电影是门经典艺术,你就是一厢情愿的,不合时宜的。""我在剧本里写了几个年轻人的成长故事,而我们创作者拉投资改剧本的过程,也是我们社会化

---

① 徐耻痕:《中国影戏之溯源》,载《中国无声电影》,中国电影出版社,1996 年,第 1327 页。
② 蕙陶:《〈火烧红莲寺〉人人欢迎的几种原因》,《新银星》1929 年第 11 期。
③ 李多钰:《〈我的兄弟姐妹〉:灵魂没有失父(导演俞钟访谈)》,《南方周末》2001 年 6 月 7 日。

的过程,这就意味着我们走出了每天研究欧洲艺术电影的学院,我们被抛到了市场和社会这个毫无保护的天地,纸币、票房、大众、回本、分账,好莱坞和国产主旋律电影,这一切都是你应该面对的,你开始明白你的电影应该对投资负责,对观众负责,而不只是一部尚待破译密码的日记。"①作为新生代的年轻电影人有这种认识颇为难得,而这种反思对整个电影创作界以至电影发行业、放映业也都是非常必要的。

第三,国家权力形态与民间政治形态的结合。电影理论家尼克·布朗尼认为:"最复杂、最有力的流行形式总包含传统伦理体系和新国族意识形态之间的相互妥协,这种形式能整合这两者之间情感冲突的范围和力量。"②通俗文化在本质上就是一种映寓传统道德内容而又与一定政治经济存在紧密联系的审美文化。现代通俗作家对此并不讳言。包天笑就曾说他的写作宗旨是:"拥护新政制,保守旧道德。"③20世纪20年代,邵醉翁的天一公司的制片主张则也与此相似:"注重旧道德,旧伦理,发扬中华文明。"④同期有关古装历史片的讨论中,肯定者认为它从历史故事中汲取的是一种"神武伟大"的精神,目的是"发扬古代文化的价值"。⑤ 传统伦理观念和道德理念作为大众意识形态,是中国普通百姓最为关注的民间生活层面,应和了观众的审美取向,同时与主流意识形态的正统性同构,体现以至契合了正统观念与要求,因而包含了多种成分的融合,达至自身在复杂的多样化生存中的安身立命与兴盛繁衍。电影以其独具的世俗化品格,植根于特定的社会文化语境,折射并寓示着时代生活与政治经济内容的特质,反映了其与现实社会的互动与对话。很多研究者都注意到30年代"左翼"电影与流行通俗剧之间的关联,而当时的左翼影人所选择的劳动大众和同情劳动大众的新主题固然具有时代的革命的政治属性,但毕竟又顾及都市观众的社会情绪和审美趣味的变化趋向,所以带有通俗艺术和商业行为的特性。

20世纪40年代战后时期取得成功的电影则明显是小心翼翼地在官

---

① 郭小橹:《一个非职业编剧的思路》,《当代电影》1999年第3期。
② 转引自李欧梵:《上海摩登》,剑桥大学出版社,2000年(香港版),第103页。
③ 参见包天笑:《钏影楼回忆录》,香港大华出版社,1971年。
④ 参见天一公司《〈立地成佛〉特刊》,1925年。
⑤ 陈趾青《对于摄制古装影片之意见》,载《神州特刊》(《道义之交》号),1926年2月。

方旨意与民众趣味之间走钢丝。《一江春水向东流》在社会批判的基础上,以特定故事类型表现传统的忠孝伦理及其道德判断,既赚取平民观众眼泪赢得极好的票房,又同时得到官办奖项("中正奖")的褒奖。与此相似,当时的众多影片就都是以都市文化中的一种民间形态来及时找出官方与民众的共同欲望加以渲染,而成为都市通俗的流行艺术。80年代新时期以来,电影创作努力塑造富有道德感召力的人物形象,表现道德至善,人伦大义,张扬忠、诚、信、勇、仁爱、和平等道德理念,触及大众最为敏感的审美神经,引起观众情绪反应和情感投入,同时符合主流社会克己、谦让、服从等中庸的价值观念,成为这些影片成功的关键因素。当然,电影表现伦理建构与道德化的大众话语,起着明确的意识形态作用,是否就是使绝大多数人安于现状,关闭上他们可能瞥见真实的窗户,不去站在对社会、人生的审视以至文化重建的高度传达一种民间性立场,却也不能简单地下此划一的断语。

中国的电影与通俗文化/文学相互补充,联系密切,给我们许多有益的启示。从一开始,中国电影业就曾从通俗作家队伍中吸取人才,而通俗期刊、通俗读物、通俗文学则是中国电影改编的一个丰富源泉。都市生活方式与特定环境更历练、提升并建构了一种严格的明星体制,使包括电影表、导演在内的电影艺术达到了细腻深入的境界。多方面的电影观念与通俗艺术发展诚然构成互动渊源,而在一定意义上,中国电影的文学性和戏剧性,甚至超过了纯电影的技巧。作为最广大的都市大众能够接触到的传播媒介,电影和通俗文学/读物一样证明了它的效力。

现代通俗文化对电影的渗透性成为民族电影的现代化创建中的重要一环。也许我们无法对民族电影一个多世纪的艺术发展作出无懈可击的概括,但我们至少可以认定,中国电影要具有民族色彩,走向大众,创建现代民族电影,就必须重视民族电影对通俗文化的借鉴,必须为中国观众提供最理想的亲和视角,必须符合大众的传统审美趣味,必须为艺术通俗化和商业化提供合乎逻辑的背景和人性核心。舶来的电影要摆脱处处受好莱坞电影的影响局面,并与好莱坞占据中国电影市场的不利形势抗衡,就既需要依赖传统艺术的思想和民间性的平民文艺,又要努力汲取现代通俗文化/文学的话语资源,反省并竭力架设通向本土艺术文化的桥梁。中国电影的对象,既是大众,就径直以大众命名;中国民族电影既与越来越生动、越来越健康的经济生活遭遇,就要彻底解放思想,放下架子,适应通俗性和商业性的要求,使自己捕捉到真正民族化也即实现中国的现代性的真实道路。

"有害"甚或"有罪": 1920年前后清华学校的"电影问题"

——以《清华周刊》里的电影信息为中心

李道新

[内容提要] 1914年3月,《清华周刊》创办;1918年前后,清华学校开始放映电影。从1920年年底开始,因闻一多、潘光旦等"⊥社"社员在《清华周刊》上发表文章,严厉批评清华的电影放映,激起李迪俊、丁济详、钱宗堡等人强烈回应,引发了一场关于"电影问题"的论争,并试图就清华电影的改良,以及电影的本质及与其相关的艺术、娱乐、教育等属性和道德、审查、存废等问题展开辨析,甚而上升到公共言论、社会责任、人权保护和学生自治等层面。清华学校的电影放映,是1920年前后中国电影传播史上颇有特点的案例;而这场关于电影是否"有害"甚或"有罪"的电影论战,既能显现20世纪20年代清华学校对学生自治及言论自由的追寻,又可称为中国电影理论批评史上第一次较为集中并颇有成效的学术争鸣,还是中国现代思想文化史上值得进一步阐发的公共事件。

[关键词] 清华学校电影问题 《清华周刊》 闻一多 潘光旦 ⊥社 中国电影理论批评

本文试图以《清华周刊》里的电影信息为中心,从中国电影理论批评的历史考察角度,结合电影史、文学史、报刊史、教育史和思想文化史研究的多重维度,具体分析和深入探讨20世纪20年代清华学校的"电影问题"。尽管迄今为止,相关方面的研究并没有充分展开,但在此前的讨论中,还是有作者较早注意到了闻一多、潘光旦、《清华周刊》以及有关"改良清华电影"的讨论。文章指出:"为了抵制放映色情、恐怖、荒诞的美国电影,闻一多约集了潘光旦、吴景超等同学在《清华周刊》上发起了一场关于'改良清华电影'的讨论。他在《黄纸条告》《电影是不是艺术》等文章中,痛斥那些'迎合观众的低级趣味'、海淫海盗和'飞弹走肉、杀人如打鸟'的美国电影,根本不是什么艺术,'无非是骗我们的手段'。经过这场批判,提高了同学们的认识,不少同学还相约不看美国电影,一度刹住了学校里滥放美国坏电影的歪风。"①——文章较短,观点直接,却遗憾地带有为尊者讳及凭主观推定的色彩;由于并未关注论战双方的内在逻辑,也不可避免地落入简单偏颇之嫌。

20世纪80年代以来至今,各门学术愈趋深广,自然也将推动与本文相关方面的研究。其中,任勇胜的《"清华园里好读书"——〈清华周刊〉的"书评"概述》,②李乐的《闻一多的言论社会责任观——以〈清华底出版物与言论家〉为例》,③以及肖伊绯的《怎样做艺术家——以〈清华周刊〉所载徐志摩讲演整理稿为中心》④等论文,便针对《清华周刊》展开新的思考;而在有关清华学校及其重要人物如闻一多、潘光旦、周先庚、梅贻宝等人的口述史和学术研究方面,更是史料纷呈、新论频出,无法一一罗列。这都为从跨学科视野讨论20世纪20年代清华学校的"电影问题",带来了有益的启发和突破的契机。正是以此为基础,本文倾向于认为:从1920年年底开始,因闻一多、潘光旦等"上社"社员在《清华周刊》上发表文章,严厉批评清华的电影放映,激起李迪俊、丁济详、钱宗堡等人回应,引发了一场关于清华"电影问题"的论战,并试图就清华电影的改良,以及电影的本质及与其相关的艺术、娱乐、教育等属性和道德、审查、存废等问题展开辨析,甚而上升到公共言论、社会责任、人权保护和学生自治的层面。清华学校的电影放映,是1920年前后中国电影传播史上颇有特点的案例;而这场有关电影是否"有害"甚或"有罪"的电影论战,既能显现20世纪20年代清华学校对学生自治及言论自由的追寻,又可称为中国

---

① 周晓平:《闻一多向坏电影挑战》,《人民教育》1985年第10期。
② 任勇胜:《"清华园里好读书"——〈清华周刊〉的"书评"概述》,《中国图书评论》2006年第7期。
③ 李乐:《闻一多的言论社会责任观——以〈清华底出版物与言论家〉为例》,《青年记者》2011年第3期。
④ 肖伊绯:《怎样做艺术家——以〈清华周刊〉所载徐志摩讲演整理稿为中心》,《现代中文学刊》2017年第1期。

电影理论批评史上第一次较为集中并颇有成效的学术争鸣,还是中国现代思想文化史上值得进一步阐发的公共事件。

一

《清华周刊》是由清华学校创办的大型综合性学生刊物,曾在清华校内和国内外教育界、学术界和文化界产生过相当大的影响力。综合各家材料可知,《清华周刊》创办于 1914 年 3 月,1915 年 6 月发行第一次"临时增刊",此前共出版 46 期;1919 年年底出版第 183 期,并受"五四"新文化运动影响,在此前后酝酿改革,将其隶属于清华学生会并以"集稿制"代替"编辑制"。至 1937 年 5 月,一共出版 676 期。抗日战争爆发后,清华大学南迁,《清华周刊》被迫停刊。1947 年 4 月复刊,出版 17 期后再次停刊。

根据《清华周刊》1917 年发行的"临时增刊"所列《本校各团体一览》,其时周刊社总编辑为李权时,总经理为谢宝添。与此同时,闻多(闻一多)任游艺社副社长,潘光亶(潘光旦)任英文文学会会长。按闻一多家信,至少从 1916 年前后开始至 1919 年,闻一多即已跟《清华周刊》产生相当密切的关系,而且非常重视《清华周刊》。其中,写于 1916 年 1 月中旬家信,有"周刊等考完后统寄归"内容;1918 年 1 月 25 日家信,有"所缺《周刊》,亦望开单寄来,以便补购"内容;1918 年 11 月 15 日家信,有"首次津贴二十九元有余,开销大宗为学内费九元,火车中借八哥二元,书籍费十一元,欢迎新同乡一元五角,《学报》一元八角五,《周刊》八角,图画特别班器用费一元,杂项捐款如国庆纪念级会常费,级会俱乐会捐款,高等科二、三、四年级欢迎一年级捐款及欧战协济会捐款共三、四元之谱,其余为零用。……《周刊》颇载同学课艺之佳者,均可供驷弟之读,所缺《周刊》份数单子遗失,祈命驷弟再开一纸来"内容;1918 年 11 月 25 日家信,有"《周刊》二份,望詧收"内容;1919 年 3 月 8 日家信,有"附上《周刊》三份,祁詧收为祷"内容。①

另外,据清华史载,1919 年 12 月 23 日,在清华全体学生的努力下,受到"五四"新文化运动洗礼,吁求民主、自由、科学的清华学生会正式成

---

① 《闻一多书信选辑[清华学生时期(1916—1922)]》,《新文学史料》1983 年第 3 期。

立。清华学生会设评议部和干事部,干事部下设总务、交际、文牍、会计和新闻五科,其中,文牍科正、副主任即为闻一多、潘光旦。① 次年,闻一多还与潘光旦、吴泽霖、雷海宗、梅贻宝等人发起成立"丄社",②"丄社"(6名,一说8名)成员中,包括闻一多、潘光旦、雷海宗和吴泽霖等在内的6人都是基督教徒。据吴泽霖回忆:"关于信基督教事,我们几个知己的朋友态度几乎是一致的。"③ 此时已经隶属于清华学生会的《清华周刊》,确实已成闻一多、潘光旦等"丄社"成员所称的"我们的"刊物,他们也就在"五四"新文化精神与基督教伦理的交互对话中,共同承担着对刊物、对社会进行"改良"和"革新"的历史使命。

同样,作为游艺社副社长及此后成立的新剧社社长,闻一多也要对即将在清华开映的电影"娱乐"表达自己的态度和观点;而作为清华同级毕业生,跟闻一多志趣相投、交谊甚深并在"五四"运动中同为清华学生代表团成员及学生会文牍科负责人的潘光旦,④则在"电影问题"论战中加入闻一多阵营,并以更加理性、学术的分析探究把论战推向深入,最终影响清华方面的选择,并在很大程度上改变了清华的"电影生态"。

事实上,早在1913年6月,14岁的闻一多便在由自己参与编辑的清华学校《课余一览》第1期第2号发表文章《名誉谈》,这也是闻一多公开发表的第一篇文章。而从1916年4月开始,至1916年12月,闻一多即以"多"为笔名,在《清华周刊》(第37—91期)发表其在清华求学期间暑假回乡时撰写的读书笔记《二月庐漫记(纪)》,一共16篇。除此之外,还于1922年7月离国赴美前,在《清华周刊》上发表了多篇散文、杂文和文艺评论。这些文章,都成为闻一多早期文学、艺术、美学、教育等思想及其世界观和文化心态的集中体现。其中,对《清华周刊》和言论出版本身的关注,以及在《清华周刊》上发起针对清华学校"电影问题"的论战,更可看出其对"著作的言论家"的尊敬,尤其是对清华学校甚或中国人的公共言论

---

① 史轩:《清华第一个学生会》,《新清华》2004年11月19日。
② "丄"是"上"的古体字。值得注意的是,"丄社"成员留学美国后,均成中国社会文化、科学教育界的著名学者;另外,参与"电影问题"讨论的李迪俊、丁济详、钱宗堡等人,也在电影之外的各自领域作出过重要贡献。
③ 闻黎明等:《闻一多年谱长编》,湖北人民出版社,1994年,第126页。
④ 进入清华学校时,闻一多实名闻多,同学就用英文词 widow(寡妇)的谐音给他起绰号。潘光旦建议改名为一多,闻一多接受了。

和社会责任的热烈期许。

闻一多发表在《清华周刊》并检讨《清华周刊》和言论出版本身的文章,计有《出版物底封面》(1920年5月,第187期)、《清华的出版物与言论家》(1920年10月,第192期)、《清华周刊革新底宣言》(1921年3月,第210期)、《公共机关底威信》(1921年4月,第218期)、《〈清华周刊〉底地位——一个疑问》(1921年9月,第223期)5篇,都是从"我们的"刊物的角度,站在学生自治及言论自由的立场上,自我反思并认真检视《清华周刊》的"改良"与"革新"。为了回应并声援闻一多,潘光旦不仅加入了"电影问题"论战,而且在《清华周刊》上发表了《今后的〈清华周刊〉》(1921年11月,第225期)一文。

在这些文章中,闻一多极其严厉地斥责了那些出于个人利益,不愿意担负言论责任,要么"噤若寒蝉",要么抱着"搁笔主义"的虚伪的滑头,认为这些"三缄其口"的"金人",才真是"水底蟊贼"。基于对"著作的言论家"的十分的尊敬,闻一多发出了"小心些做文章!大胆些发表文章!"的呼吁。不仅如此,闻一多还把批评的矛头对准金(邦正)校长在开学仪式演说中再三提及的《清华周刊》改良问题。在闻一多看来,因为《清华周刊》能够代表"自治"的"真精神",所以是"清华自治"的一大成绩;今后的《清华周刊》,不能只是校内消息传递,还应以言论为主要部分,还要在坚守"鼓励善良""注重建设""务避愤激""力矫浮夸""删除琐碎"五个条件基础上保持批评的精神;闻一多指出,《清华周刊》是我们学校的"生命的一部分",是我们的"喉舌",我们应该"抚助""爱护"和"尊敬"它。

值得注意的是,尽管如此强调《清华周刊》在言论发表与清华自治方面的重要性,但闻一多仍然描述了"逻辑上"已是"独立机关"并获得"言论自由"的《清华周刊》,却总是因为经费、利益等原因,在学校、学生会和多数同学之间产生纠葛并难以调和的困境,对《周刊》的"地位"及其"主张"和"态度",均表示无法"训释"和"拣定"。作为对闻一多文章的直接反馈,潘光旦显得相对冷静:他将《清华周刊》新近加入三个教职员集稿员的行为,当作三方彼此"谅解""同情"及实现"合作精神"的第一步;在他看来,《清华周刊》的使命,就是需要在学校、学生会与其他学生会社之间传递消息、发表意见和交换观点;而作为当下校内"唯一的言论机关",《清华周刊》当然需要对全校担负"言责",同时,全校也需要对它担负一种"保护将养"的责任。

显然,闻一多、潘光旦对《清华周刊》的"改良"和"革新",既为理顺清华校内三方关系,又不可避免地涉及公共言论和社会责任等时代命题。正是在这样的背景下,他们关注着清华园电影,提出了清华学校的"电影问题",并以《清华周刊》为阵地,展开了较大规模的讨论和争鸣,不仅为"改良"清华电影出谋划策,而且就电影的本质及与其相关的艺术、娱乐、教育等属性和道德、审查、存废等问题展开辨析,甚而上升到公共言论、社会责任、人权保护和学生自治的层面,为中国电影理论批评的初建,奠定了弥足珍贵的基础;也为20世纪以来的中国思想文化建设,留下了不可多得的话语资源。

二

综合《清华周刊》里的相关信息可以得知:清华学校的电影放映,始于1918年前后;而清华园电影产生的原因、经过及其遭遇的困难和挫折,均与1920年前后中国电影本身的发展状况密切相关,并与清华园独特的交通、地理位置以及鲜明的精神、文化气质联系在一起。

1920年前后,随着专业影院的陆续创设、中外影片的大量投放以及观影习惯的逐步确立,电影作为一种新的娱乐方式,开始在上海、香港、天津和北京等都市崛起,并呈现"蒸蒸日上"的发展态势。① 据统计,从1912年到1921年间,仅在北京城中,便依次有丹桂、大观楼、平安、中华舞台、一洞天、新世界、城南游艺园、真光、中天、开明、北京电影园、隆福12个电影放映场所,另有夏季中央公园每周四的青年会、协和医院和开明公司两星期一次的电影堂会等,前往观影的人数也比10年前大约多出10倍。② 尽管这一时期里,在几大都市上映并吸引国人眼光的电影,大多为从欧美舶来的《血手印》《黑衣盗》和《宝莲女士》等侦探长片,但跟戏曲一样,电影已成古都生活的一道独特风景。

然而,1920年前后的清华园,虽为留美预备学校,但地理位置远离北京城内,进城交通也颇为不便;尽管每到周末,不少清华学子都会把"去北

---

① 李道新:《中国电影史研究专题》,北京大学出版社,2006年,第23—37页。
② 晓:《北京电影事业之发达》,《电影周刊》1921年第1期。

京"或"进城"当作主要任务,但毕竟会有更多的同学留在校内。如何在繁重的学业之余,利用周末休养生息,是清华校方、学生会和各种学生会社都会考虑的问题。电影作为清华园里的"娱乐"项目,就是这样被提上了议事日程。事实上,正如闻一多所见,当时的清华学校,恰如"只此一家""中外驰名"的"清华旅馆",跟洋楼、电灯、电话、胡琴和洋笛一样,自来水、体育馆、图书馆和电影等,也都令人"应接不暇"。①

1918年4月,时任外交部参事秘书张煜全接替周诒春担任清华校长,但张煜全在任期间,因极少与学生见面,引起学生强烈不满,还因在清华学生会成立大会上派出校警横加干涉,被学生风潮赶出清华;1920年8月,接替张煜全继任清华校长的金邦正,也因处罚清华高年级学生"同情罢考"事件,引起学生强烈反对,最终在清华学生会压力下,被迫于1922年4月辞职。幸运的是,这两届校长主政下的清华,均由深受学生爱戴的庶务长唐孟伦负责教务管理和学生管理之外的重要事务。清华园这一时期的电影放映,即由清华学生董大酉受庶务长唐孟伦委托"代理"。

按董大酉文章中的说法,清华学生整个星期都埋头在书堆里,星期六理应娱乐休息;从前清华有"音乐会"和"聚乐会",但近年来本校中种种事情"退步",这些东西一概没有了。于是一到星期六,有看小说和打纸牌的,也有"偷跑"到城里去看梅兰芳的,无非都是"有损无益"的事。鄙人"欲救此弊",才想到电影。因为此物不但可以"消遣",还可"增长见识"。不过校中一向无人过问,也无专人管理,唐孟伦先生事务繁忙也无暇兼顾,所以托鄙人"代理"。此事并非好差使,也只能得到既"赔钱"又"赔工夫"的酬报;而在清华,选片也有诸多困难,因为美国片虽然不少,但并非可以随意挑选,租片只有"天津百代公司"和"北京平安电影"两个来源,本来范围已经很小,两处有时还因合同关系不能将影片转租;如果想要扩充租片范围,则本校限于"时期"及"金钱"又不能做到。所以无论美国出品了何种好片,如果"百代"与"平安"没有代理权,清华也不能有;如果嫌片子不好,也就只有不看了。②

---

① 闻一多:《旅客式的学生》,《清华周刊》1920年4月第185期。
② 董大酉:《电影问题》,《清华周刊》1920年11月第200期。

另据1919年考取清华学校的著名导演孙瑜回忆,他当时投靠清华高等科,已感到这个学校的一派"洋气";在清华读书时,他便"迷"上了电影,并从美国函购了《电影编剧法》(Photoplay Writing)一书,在课余时钻研学习。按孙瑜的说法,他的同班好友、河南人孙福麟跟他一起,都感到电影是一个能深入人心,会在广大群众中起重要作用的艺术。孙福麟曾负责清华学校每星期六晚间从北京的华北电影公司选租电影在大礼堂里放映的任务。他们俩"通力合作","精选"美国文艺性强的影片和部分国产影片在学校放映。① 现在看来,有关清华学校的电影放映,孙瑜在半个多世纪之后的忆述,跟董大酉当年的说法存在着重大的分歧;但结合《清华周刊》所载信息分析,应是孙瑜的记忆出现了偏差。

查阅《清华周刊》,在清华学校的"电影问题"出现之前,有关电影的信息其实并不多见。但在其中,1918年第126期,登载"现学期考试将届,所有每星期六之活动电影暂行停止",可见除了考试和放假期间,清华已经形成每周六放映电影的惯例;1919年第160期,登载"本星期六晚,校中将演活动电影片,系耶稣事略云",可见清华园放映电影,对一些特殊题材也会特别重视并预报广告;1919年第161期,登载"本星期六晚将演实业活动影片,闻影片系由北京美使馆借来云",可见除了董大酉所述从"百代"和"平安"租片,清华园电影已在努力拓展租借范围。

然而,从1920年11月第198期发表闻一多的《黄纸条告》和周先庚的《改良清华电影的发端》,提出电影"遗害"全校,建议"改良"清华电影开始,"清华电影"便在《清华周刊》上成为言论的热点和争论的焦点。接下来,《清华周刊》发表署名"果"的《电影话》和董大酉的《电影问题》(第200期),对闻一多特别是周先庚的观点进行反驳,并逐一解释清华电影的来龙去脉,希望得到批评者的同情和理解;随后,潘光旦的《电影与道德》和《电影与视觉》两文(第202期),从伦理学和医学科学的角度,分析了电影"不道德"的根源和刺激"神经"的"大魔力";闻一多的《电影是不是艺术?》和潘光旦的《清华电影和今后的娱乐》(第203期),更是从"机械的基础""营业的目的"和"非艺术的组织"三个方面,论证电影"决不是艺术",并建议对电影各个层面进行"系统的"研究,提出一系列解决清华电

---

① 孙瑜:《大路之歌》,台湾远流出版公司,1990年,第61—68页。

影问题的方案;而在 1921 年 1 月第 208 期,除了发表《校长对于星期六演电影之意见》,对争论双方观点各有取舍之外,还集中发表了李迪俊的《电影与上社》、涤镜的《电影存废问题》、丁济详的《对于电影问题之不平鸣》、钱宗堡的《清华园电影问题的我见》4 篇相关言论,不仅直接指斥闻一多、潘光旦等"上社"成员在清华电影问题上的"违法"和"缺乏智识",而且进一步论证电影是"最好的娱乐品",不应该"废除",也没有"取消"的理由。此后,由于争论产生的后果,清华的娱乐活动和电影放映在格局上发生改变,也表明"上社"成员的观点占据上风;但有关清华学校的"电影问题",《清华周刊》仍不定期地发表过梅贻宝的《电影与罪恶》(1921 年增刊第 7 期)、闻一多的《景超〈出俱乐会场的悲哀〉附识》(1921 年第 222 期)、盛斯民的《电影问题》(1922 年第 249 期)与肩吾的《谈电影》(1924 年第 322 期)等文章,继续从不同角度历数电影的"害处"与"罪状",而为清华电影和电影本身辩护的文章,再也没有出现。这场发生在 20 世纪 20 年代初期清华学校的、有关电影是否"有害"甚或"有罪"的"问题"之争,应该是迄今为止所能发现的、在中国报刊上最早就电影展开集中讨论的历史事件;热点所及和焦点所聚,也远远超出清华电影和电影本身,需要在媒介、社会和思想、文化等领域定位其内在的价值和意义。

三

综上所述,由闻一多主持的《清华周刊》,不仅发表了一系列呈现其思想轨迹、文化心态与美育观念、艺术批评的言论,而且以其发起的有关清华学校"电影问题"的争论,表达了其对清华教育"美国化"倾向的抨击、对"以美育改造社会"的期许以及对"文化的国家主义"的坚持。

事实上,在对电影是否"有害"甚或"有罪"的激烈争论中,清华学校的"电影问题",虽然主要针对欧美舶来的《血手印》《黑衣盗》和《宝莲女士》等侦探长片,但其核心指向,却是在电影的功能与目的之辩中彰显中西不同的道德观和价值观。也正因为如此,为清华电影及"电影问题"辩护的李迪俊、丁济详、钱宗堡等人,虽然并非无理无据,甚至在很多方面更为接近清华学校的实际与电影自身的逻辑,但在中西文化冲突加剧、民族国家意识渐长的 20 世纪 20 年代初期,闻一多、潘光旦及其"上社"成员,已经在处理"电影问题"上拥有了独特的优越感与自认的合法性。然而,电影的题材、片种和类型是多样的,其功能、目的和影响也并非单一,如闻一多、潘光旦等一样坚称电影"有害"甚或"有罪",无疑是一种有意为之的偏激之辞;而此后清华学校针对电影的审慎态度的养成,则是对电影"有害"论甚或"有罪"论的某种默许。在闻一多心目中,只有当"电影"和"漫画"跟"朗诵诗"和"歌剧"等艺术部门密切配合,回到"群众"之中并为他们"服务"之时,才能收到"更大的效果",①电影也才会从"有害"论甚或"有罪"论的宿命中被解救出来。

闻一多对清华教育"美国化"倾向的抨击,集中体现于发表在《清华周刊》1922年5月第247期文章《美国化的清华》里。在这篇文章中,闻一多直指清华"太美国化了!"并明确表示:"清华不应该美国化,因为所谓美国文化者实不值得我们去领受!"也是在这篇文章里,闻一多还历数清华学生的"罪状":"谁说清华学生不浪费?厨房、售品所不用讲,每星期还非看电影不可。贵胄公子,这一点安逸不能不讲。清华底生活看着寻常,其实比一般中等社会人都高。"——把清华学生"每星期还非看电影不可"的所作所为,跟"浪费"和"奢华"的生活方式联系起来,并与"厨房"和"售品所"一起归结为一种不值得我们去"领受"的"美国化"文化,这也可以看成20世纪20年代初期闻一多及其《清华周刊》和"工社"成员对待电影的基本态度。

因此,在《黄纸条告》一文中,闻一多以一种不屑、调侃的口吻和不无夸饰的语气,描述了清华学生星期六在清华礼堂观看《黑衣盗》和《毒手盗》等"好片子"时"万头攒动""接踵摩肩""馨香顶祝""人涛泛滥"和"断绝交通"的"盛况"。在闻一多看来,美国侦探长片如此"神通广大的魔力",其实是一把"杀人的斧子",凭其"飞弹走肉""杀人如同打鸟"的"可敬可爱的盗",给整星期"囚"在水木清华的学子们飨以"五花十色""光怪陆离"的"地狱风光",也真是清华学子不小的"眼福"。正因此故,周先庚发出了"改良清华电影"的先声。只是相较闻一多而言,其《改良清华电影的发端》一文,没有把清华电影"无益于我们学生,并且遗害全校"的原因,怪罪于"不良"的侦探长片,而是主要归结为"不良"的选片机制。按周先庚的

---

① 闻一多:《五四与中国新文艺》,原载国立西南联合大学、云南大学、私立中法大学、云南省立英语专科学校学生自治会主编《五四特刊》,1945年。载《闻一多全集》,湖北人民出版社,1993年,第230—231页。

观点，要谋清华电影的改良，必先改良影片；而要谋影片的改良，必先组织"择片委员会"或"同等的组织"，并且增加选择影片的人，以及确定如何选片的"标准"。

作为对问题的直接回应，也为了消除其中的"误会"并为清华电影辩护，清华选片人董大酉与"果"分别发表文章《电影问题》与《电影话》。董大酉试图从"鄙人担任择片之由来"与"择片之困难情形"等方面进行解释，并明确提出电影批评的素养和标准等问题。在他看来，影片之好坏，"不能以个人之意思为标准"；有人喜欢看"感情"的影片，有人喜欢看"冒险"的影片；至于"强盗"影片，有人以为可以"增长智识"，养成"冒险精神"，而"老学究们"便以为"淫暴""地狱"，看的人个个都会变成强盗。诸君即欲批评电影，亦宜先"多看几卷电影，多读几本书"，不要"坐井观天"，"教人家笑话"。文章之末，董大酉还"特此声明"："自本星期起，即与清华电影脱离关系，至于电影的存在与取消，乃学校办事人之事，不与鄙人相干。"——既质疑闻一多、周先庚等"老学究们"批评电影的资格，又将清华"电影问题"的实质归为"学校办事人"。"果"的文章，则基本赞同闻一多的观点，认为"盗贼长片"确实"无味"，希望同学们能"提高看电影的眼光"，使这种"遗害"社会的"好片子"在清华"绝迹"；但却认为周先庚的观点"太欠审慎"。在他看来，"无论看何种电影，多少皆可增进常识"，即便《毒手盗》里面的液体空气，也可增长人们的"科学的智识"，而不是只有"百代新闻"一种。电影事业"何等伟大"，绝不是"一知半解""不明真象"的人所能"信口雌黄"的。文章之末，"果"同样"忠告"评论电影者："最好多看几个片子，多参考几本书，否则徒贴人话柄，实在不值得。"

现在看来，董大酉和"果"对清华电影的状况和电影本身的认知，确实比闻一多和周先庚更丰富、具体而又真切，他们提出的电影批评素养和标准问题，也确实是理解清华电影的关键，但闻一多、潘光旦等"上社"成员，从一开始就是以"改良清华电影"为由，试图就电影的本质及与其相关的艺术、娱乐、教育等属性和道德、审查、存废等问题展开辨析，至于清华电影的运作方式，以及电影批评的素养和标准，并不在他们的考量范围。因此，接下来闻一多发表的《电影是不是艺术？》，以及潘光旦连续发表的《电影与道德》《电影与视觉》与《清华电影和今后的娱乐》等文章，其实并没有进一步回应董大酉和"果"的观点，而是倾向于论证电影的娱乐性和道德功能,并从根本上否定电影作为"艺术"及其有益于"世道人心"的价值和意义。

在文章中,闻一多首先发出"电影是不是艺术?"的疑问,因为在他看来,电影已是"最通行,最有势力的娱乐品",但"正当的,适合的娱乐品必出于艺术","电影若是艺术,便没有问题,若不是,老实讲,便当请他让贤引退,将娱乐底职权交给艺术执行",基于这一推论,闻一多从"机械的基础""营业的目的"和"非艺术的组织"三个方面,一一"证明"了"电影决不是艺术"。作为总结,闻一多虽然认为有些影片仍具有"教育的职守",但更应当"立刻斥退"电影这位在艺术界滥竽充数的"南郭先生"。

跟闻一多相似,潘光旦也意识到电影引发的"道德问题"。因为在他看来,电影是"完全商业"的,目的也在"娱乐",都很容易"向不道德的方向走";而电影的"不道德",一是"因影戏园而发生",二是"因影片而发生"。因为要"招徕生意",影戏园大都开设在酒馆、跳舞馆等"热闹的地方",许多"社会的蠹虫"便会常聚在门口,"准备做他们淫盗的勾当";另外,有影戏园的"黑暗"做"护符",又有"不十分干净的影片"做"引线",那些"不道德或是意志较弱"的青年男女,就会发生"道德问题";而影戏园放映的电影,不外"言情""滑稽"和"侦探",或几种"兼而有之","纯正爱情片"极少,并常有"近于秽亵"的。在美国,这种"害多利少"的影片,因"政府检验""同业协议"和"舆论不容"而没有产生"大影响",但中国市面上流行的影片的大部分,比较被美国和欧洲取缔的若干种,都要"荒唐"得多。从另外一个角度来看,由于电影胶片放映"闪烁"(blink ring)的缘故,电影对于人的视觉也是"有害"的,但对于人的"神经",害处更大;电影的"大魔力",侦探片中的"杀戮",以及"间不容发的逃脱"(hair escape)等,对于未成年男女的刺激,也应当禁止。针对清华电影和今后的娱乐,潘光旦建议,设立有专人负责并规定标准的影片"选验委员会";减少清华电影开演的次数,可用清华已有的电影机当作"助教的工具",恢复以前的"俱乐会"并组织大规模的"游艺室",以期抵御电影"发达"对清华学校的"损害"。值得注意的是,潘光旦的意见和建议,基本得到清华校长的采纳。在《校长对于星期六演电影之意见》中,校长称:"以后定组织大规模委员会专管娱乐事宜。遇有电影,好的片仍可开演。"这也就意味着,自1921年年初开始,每周六都在清华放映电影的惯例被打破,清华电影变成清华学子的一种不定期也不可期待的娱乐了。

显然，无论闻一多，还是潘光旦，都对电影本身进行了"有害"甚或"有罪"推定，并以这种观念影响甚至改变了清华学校的娱乐格局和电影生态。其实，电影作为艺术，以及电影的娱乐和教化功能，早在20世纪20年代之前，就已经成为美欧各国不少有识之士的共识，"ㄴ社"成员也有能力获知这样的信息，但以"有害"论甚或"有罪"论武断地定义电影，其偏激之处也是显而易见的，遭到各界批评和反驳便也在情理之中。

李迪俊的《电影与ㄴ社》一文，就描述了"大多数中高同学"听到消息后"群情激动"，对"ㄴ社社员"和"校长先生"都加以"极严厉批评"的情形。文章也明确表示，"电影"是什么？是清华大多数的教职员和学生的娱乐品；"ㄴ社"是什么？是六个研究学术的"私人组织"！拿ㄴ社社员的资格出来批评、废除和减少清华大多数教职员和学生的娱乐品，就要发生"法律上的违法"与"智识上的缺乏"；法律上，ㄴ社社员"没有代表大多数的清华教职员和学生的法权"，他们"擅自"与校长私自协商，就是"违法"，就是"蔑视大家的人权"，就是"学生自治的蟊贼"！智识上，都知道ㄴ社社员是"老不看电影"的，电影的存废跟他们不发生利害关系，这次不守"清戒"，跑到自己领域之外"出风头"，还要拿那"残缺的眼光""接三连四地批评"，真是缺乏"自爱"！

与此同时，涤镜的《电影存废问题》，也认为电影是清华学生（除ㄴ社社员外）每周必有的"公爱"的活动，是"最好的娱乐品"，没有犯下应该废除的罪过，因此旗帜鲜明地主张清华电影"不应当废除"；为了证明"电影是最合适，最有趣的娱乐品，所以一定要电影"，文章还将音乐会、游艺室跟电影的"好坏"进行细致比较，进而指出："从道德方面看起来，清华所演的电影，并没有'伤风败俗'的地方；从教育方面看起来，清华所演的电影，给学生们的新见识不少；从美术上看起来，清华学生的美感，很被电影抬高。至于什么艺术不艺术，我没有一多先生专门研究，不敢妄评。总之清华所演的电影，虽然不能好到一百度，可总没有犯废除的罪过。"丁济详《对于电影问题之不平鸣》也是如此观点，认为"ㄴ社"社员既然喜欢"道德片""历史片"和"教育片"，"何不到图书馆，多看几本道德经，多读几本历史呢？"况且，他们不是同学的代表，又怎么能"商决大家的事"呢？钱宗堡则以"电影场中一个平平常常纯纯粹粹看客"的身份，发表《清华园电影问题的我见》,认为清华照常放映电影是"无害而有利"的,在清华学校,"改良电影须有标准,取消电影没有理由,减少电影可以不必,替代电影不能得满意的结果"。

有趣的是,虽然主持着《清华周刊》这一重要的言论机关,在发表了对他们自己的言行甚至校长的抉择予以严厉批评指责的系列文章之后,闻一多、潘光旦及其"上社"社员,仍然没有在周刊上予以正面的反驳或回击。诚然,此后的《清华周刊》,还发表过梅贻宝译自美国《科学月刊》(Science Monthly)第12卷第4期的文章《电影与罪恶》,也发表过闻一多《景超〈出俱乐会场的悲哀〉附识》,对全校的人把那些"充满性欲杀欲表现"的电影"当饭吃"感到"不寒而栗";但当盛斯民的《电影问题》一文再提"现在的电影是陷人于堕落的境地,于清华底教育有妨害,我们应当反对他"的观点的时候,这一场有关清华学校"电影问题"的争论,实际上已因对话者的缺失宣告结束了。在肩吾的《谈电影》一文中,描述的清华电影自从庶务处接办之后"令人失望"的情景,应该就是"电影问题"争鸣的结果。

四

1920年前后清华学校的"电影问题"及其争鸣,确实改变了清华学校的电影生态、娱乐格局和生活方式。在1922年以后的《清华周刊》里,常会出现清华"没有电影"或者"电影无人负责"的报道,如1924年第326期,有"自电影无同学负责之后,各方均感不便"之说;1925年第24卷第18期,发表《寒假中的娱乐问题》,指出:"寒假中功课的压迫既去,惟一的娱乐——电影——也没有了,校中又不注意正当的娱乐,除了少数的同学能从绘画、音乐、文艺、运动中求点安慰外,叫他怎能过这'无课无考'的三星期寒假?……"由于各种原因,20世纪20年代中期至1949年的清华大学,既没有恢复每星期六晚在礼堂放映电影这种"最好的娱乐品"的传统,也没有再现闻一多所描述的清华学子把"充满性欲杀欲表现"的电影"当饭吃"的不安局面,更不会就"电影问题"展开如此严肃尖锐的讨论和争辩。

从这一角度分析,闻一多、潘光旦等发起的有关"电影问题"的讨论和争辩,如其对清华教育"美国化"倾向的抨击、对"以美育改造社会"的期许以及对"文化的国家主义"的坚持一样,也是一把双刃剑。在电影"有害"甚或"有毒"论的前提下,既有对"舶来品"的抵制本能,也有对艺术介入社会变革和文化改造的强烈期许,又过分夸大了娱乐的危险性和艺术的实用功能,并将此当作解决清华问题以至中国社会问题的灵丹妙药;而在面对美国电影在清华的无条件倾销以及清华学子对美国电影的强烈趋鹜之时,闻一多、潘光旦对艺术和美育的执迷以及对电影本身的否定,由于缺乏实际生活的体验与严格学理的论证,不仅充满观念的矛盾和论证的疏漏,而且也不太符合清华的现实与中国的国情。

尽管如此,作为《清华周刊》的主持者,闻一多、潘光旦等发起的有关"电影问题"的讨论和争辩,还是见证了20世纪20年代清华学校对学生自治及言论自由的追寻;而作为中国电影理论批评史上第一次较为集中并颇有成效的学术争鸣,清华学校的"电影问题",确实早已超越清华园,具备可资阐发的更加普遍的思想价值和深广的文化意义。

后　　记

为配合"复旦大学中文学科百年庆典"活动,2017年11月25日至26日,我们在复旦大学中文系举办了"文学艺术跨界工作坊"活动。当工作坊邀请函发出后,我们在第一时间收到了来自文学与音乐、美术、戏剧、电影五个领域一批优秀学者热情的回应与朋友般的支持。其实,读者只要稍稍注意这部工作坊论文集所收入文章的作者及他们多年所沉淀的研究专业,就可以感受到他们都是上述五个研究领域中的一线学者。

的确,作为这五个研究领域的一线学者,大家都非常繁忙,他们有太多的学术事务要处理。当我把工作坊的邀请函通过电邮与微信传递出去时,有的学者正在国外讲学,有的学者已经确定在工作坊举办的时间要参加国内或国外的其他学术活动等。实事求是地讲,在如此短暂的几天时间内,要把文学艺术五个研究领域的一线学者无界地邀约到同一个时间与同一个地点做学术对话,谈何容易! 而令人感动的是,接到邀请函的学者朋友们都及时调整了自己的学术活动与工作时间,向复旦大学中文系集结,以支持此次跨界工作坊。

事实上,参加此次"文学艺术跨界工作坊"的学者,无论其研究领域是怎样的不同,相互之间都是多年来在学术活动中所结交或相知的学术朋友,大家真的是心心相通,最终为了学术与友谊走到一起来了。其中很多学者之间的交往与相知可以追溯至若干年前,甚至可以追溯至20年或30年前。那个时候,大家还都是风华正茂的青年学者,或许在书生意气中还显得相当青涩。

在古今中外的学术史上,一般来讲,知识分子大都自恃才华与个性,只是多读了一些书或思想敏锐了一点,便好论天人之际,行步顾影,总觉得自己分外妖娆,其实反而敏感且自负无比,无原则地轻蔑了同行。知识分子之间的学术较量往往衍生出一种莫名的焦虑而铸就了学界的紧张，所以大多数知识分子缺少常人生活的自适而无法悠然其乐。其实，这是一种蔓延于历史已久的学者综合征，这也是知识分子的亚健康心理。然而，我相信知识分子之间的交往一定还存在着宽容、大气、信任与友谊。此次，我们一批来自"五湖四海"的五个研究领域的学者集结于复旦大学中文系的"文学艺术跨界工作坊"，在两天充满睿智的互动中已经充分地见证了这一点。

其实，对于知识分子来说，只要多懂得一点谦卑，就会脱去太多的傲慢与无知，也会珍惜更多的信任与友谊。某种程度上，信任与友谊远高于学术。

我特别要向参与此次工作坊的学者给予衷心的感谢，也特别感谢其中几位教授，他（她）们因诸种原因未能出席此次工作坊，但也慷慨提交了论文。毫无疑问，这25位学者的加盟让此次工作坊及这部论文集灿烂无比。此次工作坊的成功举办，也得益于我们这个团队一批青年学者的帮助，金瑶、王一丹、王涵、周海天、黄晚、庄薏洁、穆成功与王梦瑶等为工作坊做了大量的会务工作，金瑶承担会务主管，王涵、王一丹与李盛先后投入了大量的时间与精力对这部论文集进行了全文的整理和校对，在此我特别向她（他）们表示感谢。感谢复旦大学中文系主任陈引驰教授与副主任朱刚教授对我们学术工作的持续性支持，感谢上海市高峰学科建设经费的支持，同时，也感谢复旦大学出版社责任编辑宋启立先生为出版这部论文集所付出的辛劳。

杨乃乔

复旦大学中文系

光华楼西主楼1005办公室

2019年5月1日国际劳动节

图书在版编目(CIP)数据

中西文学艺术思潮及跨界思考:文学与美术、音乐、戏剧、电影的对话/杨乃乔主编. —上海:复旦大学出版社,2020.1
ISBN 978-7-309-14470-3

Ⅰ.①中… Ⅱ.①杨… Ⅲ.①比较文学-文学研究-中国、西方国家 Ⅳ.①I0-03

中国版本图书馆CIP数据核字(2019)第145952号

中西文学艺术思潮及跨界思考:文学与美术、音乐、戏剧、电影的对话
杨乃乔 主编
责任编辑/宋启立

复旦大学出版社有限公司出版发行
上海市国权路579号 邮编:200433
网址:fupnet@fudanpress.com http://www.fudanpress.com
门市零售:86-21-65642857 团体订购:86-21-65118853
外埠邮购:86-21-65109143
上海盛通时代印刷有限公司

开本 787×960 1/16 印张 42.75 字数 624 千
2020年1月第1版第1次印刷

ISBN 978-7-309-14470-3/I·1170
定价:158.00元

如有印装质量问题,请向复旦大学出版社有限公司发行部调换。
版权所有　侵权必究